D0594908

GREY

Après avoir travaillé pendant vingt-cinq ans pour la télévision, E L James décide de poursuivre son rêve d'enfant en écrivant des histoires dont les lecteurs tomberaient amoureux. Il en a résulté le très sensuel *Cinquante nuances de Grey* et les deux tomes suivants, *Cinquante nuances plus sombres* et *Cinquante nuances plus claires*, une trilogie vendue à plus de cent vingt-cinq millions d'exemplaires à travers le monde et traduite dans cinquante-deux langues. *Cinquante nuances de Grey* a figuré sur la liste des best-sellers du *New York Times* durant cent trente-trois semaines et, en 2015, l'adaptation cinématographique, dont James a été productrice, a battu les records d'entrées d'Universal Pictures partout dans le monde. E L James vit dans la banlieue ouest de Londres avec son mari, le romancier et scénariste Niall Leonard, et leurs deux fils. Elle continue d'écrire des romans tout en participant à la production des prochains films de *Cinquante nuances plus sombres* et *Cinquante nuances plus claires*.

Paru dans Le Livre de Poche :

E L JAMES

Grey

ROMAN TRADUIT DE L'ANGLAIS PAR DENYSE BEAULIEU,
DOMINIQUE DEFERT ET CAROLE DELPORTE

JC LATTÈS

Titre original :

GREY
Publié par Vintage Books,
un département de Penguin Random House LLC,
New York, juin 2015. Distribué au Canada
par Penguin Random House of Canada Limited, Toronto.

Certains passages de ce livre, notamment certains dialogues
et échanges de mails, sont déjà parus dans les ouvrages précédents de l'auteur.

© Éditions Jean-Claude Lattès 2015, pour la traduction française.
ISBN : 978-2-253-06800-6 – 1re publication LGF

*Ce livre est dédié à tous ces lecteurs
qui me l'ont tellement… tellement… réclamé.
Merci pour tout ce que vous m'avez apporté.
Vous êtes géniaux.*

Lundi 9 mai 2011

J'ai trois voitures. Elles roulent vite sur le plancher. Super vite. J'en ai une rouge. Une verte. Une jaune. Ma préférée, c'est la verte. C'est la mieux. Maman les aime aussi. J'aime bien quand maman joue avec moi et mes voitures. Elle préfère la rouge. Aujourd'hui, elle reste assise sur le canapé à regarder le mur. La voiture verte fonce dans le tapis. La voiture rouge aussi. Puis la jaune. Boum ! Mais maman ne voit pas. Je recommence. Boum ! Mais maman ne voit pas. Je vise ses pieds avec la voiture verte. Mais la voiture verte disparaît sous le canapé. Je ne peux pas l'attraper. Ma main est trop grosse pour passer en dessous. Maman ne voit pas. Je veux ma voiture verte. Mais maman reste sur le canapé à regarder le mur. « Maman ! Ma voiture ! » Elle ne m'entend pas. « Maman ! » Je lui tire la main, elle s'allonge et ferme les yeux. Elle dit : « Pas maintenant, Asticot. Pas maintenant. » Ma voiture verte reste sous le canapé. Elle est toujours sous le canapé. Je la vois. Mais je ne peux pas l'attraper. Ma voiture verte est toute poilue. Pleine de fourrure grise et de poussière. Je veux la récupérer. Mais je ne peux pas l'attraper. Impossible de l'attraper. J'ai perdu ma voiture verte. Je l'ai perdue. Et je ne pourrai plus jamais jouer avec.

J'ouvre les yeux. La lumière du petit matin dissipe mon rêve. *C'était quoi, ce délire ?* Je tente d'en saisir des bribes, mais elles s'évanouissent avant que j'y arrive. Comme presque tous les matins, je chasse ce songe de mon esprit, me lève et sors un survêtement propre du dressing. Un ciel de plomb annonce une averse imminente, et je ne suis pas d'humeur à courir sous la pluie. Je monte à ma salle de sport, j'allume la télé pour écouter les infos boursières et je grimpe sur le tapis de course. Je pense à ma journée. Je n'ai que des réunions, mais mon coach va passer pour une séance au bureau – j'aime bien relever les défis de Bastille.

Je devrais peut-être appeler Elena ? Oui. Peut-être. On pourrait dîner plus tard dans la semaine. J'arrête le tapis de course, à bout de souffle, et je descends prendre une douche. Encore une journée qui s'annonce monotone.

— À demain, dis-je à Claude Bastille qui s'apprête à partir.

— Une partie de golf cette semaine, Grey ?

Claude Bastille affiche un sourire arrogant : il sait que sa victoire sur le terrain de golf est assurée. Sa dernière phrase retourne le couteau dans la plaie car, malgré mes efforts héroïques dans la salle de sport ce

10

matin, mon coach m'a mis une raclée. Bastille est le seul qui puisse me battre, et maintenant il s'apprête à remettre ça. Je déteste le golf, mais tellement d'affaires sont conclues sur les fairways que je dois supporter ses leçons là aussi... et, bien que ça m'ennuie de le reconnaître, Bastille m'a aidé à améliorer mon jeu.

Je contemple le panorama de Seattle, d'humeur aussi morne et grise que le ciel. Mes journées se suivent et se ressemblent. Il me faut une distraction. J'ai travaillé tout le week-end et maintenant, confiné dans mon bureau, je piaffe. Je ne devrais pas éprouver cette sensation après ma séance avec Bastille. Mais c'est comme ça. Je m'ennuie.

La seule chose qui m'ait motivé récemment, c'est ma décision d'envoyer deux cargos de nourriture au Soudan. Ce qui me rappelle que Ros est censée venir me voir pour parler budget et logistique. *Qu'est-ce qu'elle fout ?* Je jette un coup d'œil à mon agenda et tends la main vers le téléphone.

Et merde ! La petite Kavanagh vient m'interviewer pour le journal des étudiants de WSU. *Putain, pourquoi j'ai accepté ça ?* Je déteste les interviews – que des questions ineptes, posées par des débiles qui ne se donnent pas la peine de se documenter.

— Oui ! dis-je sèchement à Andréa comme si c'était sa faute.

Je vais abréger le supplice au maximum.

— Mlle Anastasia Steele est ici pour vous voir, monsieur Grey.

— Steele ? J'attendais Katherine Kavanagh.

— C'est Mlle Anastasia Steele qui est là, monsieur.

Je me renfrogne. Je déteste les imprévus.

— Faites-la entrer.

J'ai marmonné comme un ado boudeur, mais je m'en fous.

Tiens, tiens… La petite Kavanagh a envoyé une copine ? Je connais son père, propriétaire de Kavanagh Media. Nous avons fait des affaires ensemble : il me donne l'impression d'être à la fois un entrepreneur avisé et un être humain rationnel. Cette interview, c'est une faveur à son intention – faveur que j'entends bien lui rappeler au moment voulu. Et je dois avouer que j'étais vaguement curieux de rencontrer sa fille pour voir si elle tient de lui.

Un vacarme à ma porte me pousse à me lever d'un bond : un tourbillon de longs cheveux châtains, de membres pâles et de bottes brunes tombe tête la première dans mon bureau. Je lève les yeux au ciel en réprimant mon agacement légitime face à tant de maladresse, mais je me précipite vers la gamine qui a atterri à quatre pattes. J'agrippe ses frêles épaules pour l'aider à se relever.

Un regard mortifié rencontre le mien. Je me fige. Ces yeux sont d'une couleur extraordinaire, bleu profond, d'une candeur stupéfiante. Un instant, j'ai l'affreuse sensation qu'elle peut lire directement en moi. Je me sens… mis à nu, et cette idée me trouble. Son petit visage adorable s'est teinté de rose. Je me demande brièvement si toute sa peau est comme ça – sans défaut – et à quoi elle ressemblerait, rosie, échauffée par la morsure de la canne. *Putain.* Alarmé par la direction que prennent mes pensées, je refoule ce fantasme involontaire. *Bordel, qu'est-ce qui te passe par la tête, Grey ? Cette fille est beaucoup trop jeune.* Elle me fixe, bouche bée, et je me retiens de lever à nouveau les yeux au ciel. *Ouais, ouais, bébé, c'est ma gueule, mais la beauté, c'est superficiel.* J'ai envie de faire disparaître ce regard admiratif de ces grands yeux bleus.

Que le spectacle commence. On va se marrer.

— Mademoiselle Kavanagh, je suis Christian Grey. Vous ne vous êtes pas fait mal ? Vous voulez vous asseoir ?

Elle rosit encore. Je me suis ressaisi et je la détaille. Elle est un peu empotée, mais assez jolie – mince, pâle, avec une crinière acajou à peine contenue par un élastique. Vraiment mignonne, cette petite brune. Je tends la main, et elle commence à bafouiller des excuses, mortifiée. Sa peau est fraîche et veloutée, mais sa poignée de main est étonnamment ferme.

— Mlle Kavanagh est souffrante, c'est moi qui la remplace. J'espère que ça ne vous ennuie pas, monsieur Grey.

Sa voix est agréable, hésitante mais musicale ; ses longs cils papillonnent sur ses grands yeux bleus. Toujours amusé par son entrée fracassante, je lui demande qui elle est.

— Anastasia Steele. Je prépare ma licence de lettres, j'étudie avec Kate, euh… Katherine… euh… Mlle Kavanagh, à l'université de Vancouver.

Donc, cette petite chose effarouchée est une intello. Ça se voit. Qu'est-ce qu'elle est mal fringuée ! Elle planque son corps sous un pull informe et une jupe de bonne sœur. Elle n'a aucune idée de ce qui la mettrait en valeur.

Elle regarde partout, sauf dans ma direction. C'est une journaliste, ça ? Cette minette nerveuse, docile, douce… soumise ? Je secoue la tête pour chasser ces pensées déplacées. Tout en marmonnant une banalité, je lui demande de s'asseoir, puis je remarque qu'elle regarde les tableaux de mon bureau d'un œil assez avisé. Je lui explique qu'ils sont de Trouton, un artiste local.

— Ils sont ravissants. Ils rendent extraordinaires des objets ordinaires, déclare-t-elle, rêveuse, plongée dans leur beauté exquise.

Elle a un profil délicat – nez retroussé, lèvres pleines et douces. Et ce qu'elle dit de mes tableaux correspond exactement à ce que j'en pense. En plus d'être mignonne, Mlle Steele est donc intelligente.

J'acquiesce en marmonnant et elle rougit encore. Je m'assois en face d'elle en essayant de réfréner le tour de plus en plus salace que prennent mes pensées.

Elle extirpe une feuille de papier chiffonnée et un dictaphone de sa besace. Un dictaphone ? *Ça n'a pas disparu en même temps que les cassettes vidéo, ce genre de gadget ?* Nom de Dieu, qu'est-ce qu'elle est empotée. Elle fait tomber le machin deux fois sur ma table basse Bauhaus. Manifestement, elle n'a jamais fait ça. Normalement, ce genre de maladresse me fiche en rogne, mais, je ne sais pas pourquoi, elle m'amuse. Je cache mon sourire derrière mon index en me retenant de l'aider à installer son matériel.

14

Tandis qu'elle s'empêtre de plus en plus, je songe que quelques coups de cravache pourraient l'aider à améliorer sa coordination. Habilement manié, l'instrument peut mettre au pas les créatures les plus nerveuses. Elle lève les yeux vers moi et mord sa lèvre inférieure. *Putain !* Comment ai-je fait pour ne pas remarquer cette bouche-là ?

— D… désolée. Je n'ai pas l'habitude de faire ça.

Ça se voit, bébé… mais pour l'instant, je m'en fous, parce que je ne peux pas quitter ta bouche des yeux.

— Prenez votre temps, mademoiselle Steele.

Il me faut encore un moment pour rassembler mes pensées indisciplinées. *Grey… arrête, tout de suite.*

— Ça vous ennuie que je vous enregistre ? me demande-t-elle d'un air candide et plein d'espoir.

J'ai envie de rire. *Ouf.*

— C'est maintenant que vous me posez la question, après tout le mal que vous vous êtes donné pour installer votre dictaphone ?

Elle ouvre de grands yeux perdus et j'éprouve un pincement inhabituel de culpabilité. *Arrête de te conduire comme un salaud, Grey.* Je ne veux plus être responsable de ce regard-là.

— Non, ça ne m'ennuie pas.

— Kate, enfin Mlle Kavanagh, vous a-t-elle expliqué la raison de l'interview ?

— Oui. Elle paraît dans le numéro de fin d'année du journal des étudiants, puisque je dois remettre des diplômes.

Pourquoi j'ai accepté de faire *ça*, je l'ignore. Mon attaché de presse m'assure que c'est un honneur. Et surtout, le département des sciences de l'environnement de la fac a besoin de pub pour attirer des fonds, en plus de la subvention que je lui accorde.

Mlle Steele ouvre à nouveau de grands yeux, comme si ça l'étonnait. On dirait même que ça l'offusque ! Elle ne s'est donc pas documentée avant l'interview ? Cette pensée me refroidit. Quand j'accorde mon temps, je m'attends à un minimum de préparation de la part de mes interlocuteurs.

— Bien. J'ai quelques questions à vous poser, monsieur Grey.

Elle se cale une mèche derrière l'oreille, ce qui me distrait de mon agacement.

— Je m'en doutais un peu, dis-je sèchement.

Comme je l'avais prévu, elle se tortille nerveusement, puis se ressaisit. Elle s'assoit bien droite et redresse ses petites épaules. Elle se penche pour appuyer sur le bouton « enregistrer » du dictaphone et fronce les sourcils en consultant ses notes chiffonnées.

— Vous êtes très jeune pour avoir bâti un pareil empire. À quoi devez-vous votre succès ?

C'est tout ce qu'elle trouve à me demander ? Putain, tu parles d'une question bateau. Pas un gramme d'originalité. Ça me déçoit de sa part. Je ressors mon laïus habituel : je suis entouré d'une équipe exceptionnelle en laquelle j'ai toute confiance, à supposer que je fasse confiance à qui que ce soit, je paie bien mes collaborateurs – bla bla bla bla… Mais, mademoiselle Steele, le fait est que je suis un génie dans mon domaine. Je fais des affaires comme je respire. Racheter des entreprises en difficulté, les redresser ou, si elles sont vraiment irrécupérables, les

16

démanteler pour vendre leurs actifs aux plus offrants… Il s'agit simplement de savoir distinguer les deux cas, ce qui revient toujours à une question d'équipe. Pour réussir en affaires, il faut bien savoir s'entourer, et pour ça, je suis plus doué que la plupart des gens.

— Ou alors, vous avez eu de la chance, tout simplement, fait-elle avec sa petite voix.

De la chance ? Non, mais et puis quoi encore ? *De la chance ?* Non, ce n'est pas une question de chance, mademoiselle Steele. Elle paraît toute timide, comme ça… mais quelle question ! Personne ne m'a jamais demandé si j'avais eu de la *chance*. Travailler d'arrache-pied, m'entourer de collaborateurs hors pair, les surveiller de près, revenir sur leurs décisions si nécessaire ; puis, s'ils ne sont pas à la hauteur, les virer. *C'est ça que je fais, et je le fais bien. Ça n'a rien à voir avec la chance ! Je t'en ficherais, de la chance…* Affichant mon érudition, je lui cite mon industriel américain préféré.

— Autrement dit, vous êtes un maniaque du contrôle, conclut-elle, absolument sérieuse.

Mais qu'est-ce que… !? Ce regard candide m'a percé à jour. « Contrôle », c'est mon second prénom.

Je la dévisage froidement.

— Oui, j'exerce mon contrôle dans tous les domaines, mademoiselle Steele.

Et j'aimerais l'exercer sur vous, ici, maintenant.

Ses yeux s'écarquillent, une jolie rougeur envahit à nouveau son visage et elle recommence à se mordiller la lèvre. Je continue à raconter n'importe quoi, juste pour éviter de regarder sa bouche.

— De plus, on n'acquiert un pouvoir immense que si on est persuadé d'être né pour tout contrôler.

— Vous avez le sentiment de détenir un pouvoir immense ? demande-t-elle d'une voix douce.

Elle hausse un sourcil délicat, qui trahit sa désapprobation. Je suis de plus en plus agacé. Elle fait exprès de me provoquer ? Qu'est-ce qui m'énerve le plus, ses questions, son attitude ou le fait qu'elle me trouble ?

— J'ai plus de quarante mille salariés, mademoiselle Steele. Cela me confère de grandes responsabilités – autrement dit, du pouvoir. Si je décidais du jour au lendemain que l'industrie des télécommunications ne m'intéressait plus et que je vendais mon entreprise, vingt mille personnes auraient du mal à boucler leurs fins de mois.

Ma réponse la laisse bouche bée. Voilà qui est mieux. *C'est comme ça, mademoiselle Steele.* Je sens que je commence à retrouver mon sang-froid.

— Vous n'avez pas de comptes à rendre à votre conseil d'administration ?

— Mon entreprise m'appartient. Je n'ai aucun compte à rendre à qui que ce soit, dis-je sèchement.

Elle devrait le savoir.

— Quels sont vos centres d'intérêt en dehors du travail ? poursuit-elle précipitamment.

Elle a compris que j'étais furieux et, pour une raison que je ne m'explique pas, cela me fait extrêmement plaisir.

— J'ai des centres d'intérêt variés, mademoiselle Steele. Très variés.

Je souris en l'imaginant dans différentes positions dans ma salle de jeux : menottée à la croix de Saint-André, écartelée sur le lit à baldaquin, offerte sur le banc à fouetter. *Bordel de merde ! Qu'est-ce qui me prend ?* Et, tiens donc – elle rougit encore. C'est comme un mécanisme de défense. *Du calme, Grey.*

— Que faites-vous pour vous détendre ?

— Me détendre ?

Je souris. Ces mots sont curieux dans la bouche de cette insolente. Est-ce que j'ai le temps de me détendre ? N'a-t-elle aucune idée du nombre d'entreprises que je contrôle ? Mais quand elle me dévisage avec ses grands yeux bleus ingénus, je m'étonne de réfléchir sérieusement à sa question. Qu'est-ce que je fais pour me détendre ? Je navigue, je vole, je baise… je teste les limites de petites brunes comme elle, je les dresse… Cette pensée m'oblige à changer de position, mais je lui réponds calmement, en omettant mes deux passe-temps préférés.

— Vous avez aussi investi dans l'industrie navale. Pour quelle raison ?

Sa question me ramène malencontreusement au présent.

— J'aime construire, savoir comment les choses fonctionnent. Et j'adore les bateaux.

Qu'ajouter de plus ? Qu'ils permettent de distribuer les aliments sur la planète ; de transporter la production des nantis aux plus démunis. Quelle meilleure raison d'aimer les bateaux ?

— Là, on dirait que c'est votre cœur qui parle, plutôt que la logique et les faits.

Un cœur ? Moi ? Et non, bébé. Mon cœur a été massacré jusqu'à en être méconnaissable il y a bien longtemps.

— Peut-être. Mais certains disent que je suis sans cœur.

— Pourquoi ?

— Parce qu'ils me connaissent.

Je lui adresse un sourire ironique. En réalité, personne ne me connaît à ce point, sauf peut-être Elena. Je me demande ce qu'elle penserait de la petite Mlle Steele. Cette gamine est un concentré de contradictions : gênée, empotée, mais manifestement intelligente et follement excitante. *Oui, d'accord, j'avoue. Elle est assez bandante.*

Elle récite machinalement la question suivante :

— Et d'après vos amis, vous êtes quelqu'un de facile à connaître ?

— Je suis quelqu'un de très secret, mademoiselle Steele. Je m'efforce de protéger ma vie privée. Je ne donne pas souvent d'interviews.

Faire ce que je fais, vivre la vie que j'ai choisie m'imposent le secret.

— Pourquoi avoir accepté celle-ci ?

— Parce que je suis l'un des mécènes de l'université et que je n'arrivais pas à me débarrasser de Mlle Kavanagh. Elle n'a pas arrêté de harceler mon service de presse, et j'admire ce genre de ténacité.

Mais je suis ravi que vous soyez venue à sa place.

— Vous investissez aussi dans les technologies agroalimentaires. Pourquoi ce secteur vous intéresse-t-il ?

— On ne peut pas manger l'argent, mademoiselle Steele. Et il y a trop de gens sur cette planète qui n'ont pas de quoi manger.

Je la fixe, impassible.

— Alors c'est de la philanthropie ? Nourrir les affamés, c'est une cause qui vous tient à cœur ?

Elle me dévisage, perplexe, comme si j'étais une espèce d'énigme à résoudre. Mais pas question que je laisse ces grands yeux bleus plonger jusqu'aux recoins les plus obscurs de mon âme. Je n'aborde jamais ce sujet. Jamais.

— C'est un bon investissement.

Je hausse les épaules comme si j'étais blasé alors qu'en réalité je m'imagine en train de baiser cette bouche insolente. Oui, cette bouche a besoin d'être dressée. Voilà une idée séduisante. Je me permets de l'imaginer à genoux devant moi.

— Avez-vous une philosophie ? Si oui, laquelle ?

La voilà qui recommence avec ses questions.

— Je n'ai pas de philosophie en tant que telle. Peut-être un principe directeur, celui de Harvey Firestone : « Tout homme qui acquiert la capacité de prendre pleine possession de son propre esprit peut prendre possession de tout ce à quoi il estime avoir droit. » Je suis très individualiste, très déterminé. J'aime contrôler – moi-même et ceux qui m'entourent.

— Vous aimez les biens matériels ?

Ses yeux s'écarquillent. *Oui, bébé. À commencer par toi.*

— Je veux les posséder si je les mérite, mais oui, pour résumer, je les aime.

— Cela fait-il de vous un consommateur compulsif ?

Sa voix a encore pris un accent désapprobateur et je me fâche à nouveau. Encore une gosse de riche qui n'a manqué de rien. Mais, à regarder ses vêtements plus attentivement – elle s'habille chez Walmart, peut-être Old Navy –, je constate que je me trompe sur son compte. Non, elle n'a pas grandi dans une famille aisée.

Mais je pourrais m'occuper de toi, ma petite.

Et merde, mais d'où ça sort, ça ? Cela dit, maintenant que j'y pense, j'aurais besoin d'une nouvelle soumise. Ça fait quoi... deux mois, depuis Susannah ? Voilà pourquoi je salive devant cette petite brune. J'essaie de sourire et d'acquiescer à ce qu'elle dit. Il n'y a rien de mal à consommer – après tout, c'est ce qui fait marcher ce qui reste de l'économie américaine.

— Vous avez été adopté. En quoi pensez-vous que cela a influencé votre parcours ?

Je la fusille du regard. Quelle question ridicule. Si j'étais resté avec la pute camée, je serais sans doute mort. Je l'envoie balader avec une réponse nonchalante, en essayant de parler d'une voix égale, mais elle insiste, exige de savoir à quel âge j'ai été adopté. *Fais-la taire, Grey !*

— Cette information est publique, mademoiselle Steele.

J'ai parlé d'une voix glaciale. Elle est censée savoir ce genre de détail. Maintenant, elle a pris une mine contrite. Tant mieux.

— Vous avez dû sacrifier votre vie de famille à votre travail.

— Ce n'est pas une question, dis-je sèchement.

Elle rougit encore et recommence à mordiller cette foutue lèvre, mais elle a la correction de s'excuser.

— Avez-vous dû sacrifier votre vie de famille à votre travail ?

Et qu'est-ce que je foutrais d'une putain de famille ?

— J'ai une famille : un frère, une sœur et deux parents aimants. Ça me suffit largement.

— Êtes-vous gay, monsieur Grey ?

Et merde, et puis quoi encore ? Je n'arrive pas à croire qu'elle ait dit ça à voix haute ! La question que ma famille n'ose pas me poser, ce qui m'amuse beaucoup, soit dit en passant. *Mais quel culot, celle-là !* Je dois réfréner mon envie de la tirer de son siège pour la mettre à plat ventre sur mes cuisses et lui flanquer une bonne fessée, avant de lui attacher les mains derrière le dos pour la baiser sur mon bureau. Ça répondrait à sa question, non ? Qu'est-ce qu'elle est exaspérante, cette gamine ! J'inspire profondément pour me calmer, tout en me réjouissant de constater qu'elle semble morte de honte. Ça me réconforte un peu.

— Non, Anastasia, je ne suis pas gay.

Je hausse les sourcils mais je reste impassible. Anastasia, quel joli prénom. J'aime bien la façon dont il roule sur ma langue.

— Je suis désolée. C'est, euh… c'est écrit ici.

Nerveuse, elle cale une mèche derrière son oreille.

Alors elle ne sait même pas d'avance les questions qu'elle pose ? Ça y est, j'ai compris : ce n'est pas elle qui les a rédigées. Quand je lui demande si c'est le cas, elle pâlit. Décidément, elle est vraiment très jolie, à sa façon discrète. J'irais même jusqu'à dire qu'elle est belle.

— Euh… non. C'est Kate – Mlle Kavanagh – qui les a rédigées.

— Vous êtes collègues au journal des étudiants ?

— Non. Kate est ma colocataire.

Pas étonnant qu'elle parte dans tous les sens. Je me gratte le menton en me demandant si je ne devrais pas lui donner un peu de fil à retordre, rien que pour rigoler.

— Vous êtes-vous portée volontaire pour faire cette interview ?

Je suis récompensé par un regard de soumise : elle ouvre de grands yeux, comme si elle craignait ma réaction. J'aime bien l'effet que j'ai sur elle.

— J'ai été recrutée de force. Kate est souffrante, fait-elle d'une voix douce.

— Ce qui explique bien des choses.

On frappe à la porte ; Andréa apparaît.

— Monsieur Grey, excusez-moi de vous interrompre, mais votre prochain rendez-vous est dans deux minutes.

— Nous n'avons pas terminé, Andréa. S'il vous plaît, annulez mon prochain rendez-vous.

Andréa hésite en me fixant, ébahie. Je la dévisage. *Du vent ! Tout de suite ! Je m'occupe de la petite Mlle Steele, là.* Andréa s'empourpre, mais se ressaisit aussitôt :

— Très bien, monsieur, dit-elle en tournant les talons.

Je me consacre de nouveau à la créature curieuse et exaspérante posée sur mon canapé.

— Où en étions-nous, mademoiselle Steele ?

— Je vous en prie, je ne veux pas bousculer votre emploi du temps.

Oh non, bébé. Ne te défile pas. À moi, maintenant. Je veux savoir si ces beaux yeux cachent des secrets.

— Je veux que vous me parliez de vous. Il me semble que c'est de bonne guerre.

Quand je me cale dans le canapé et que je pose mes doigts sur mes lèvres, son regard se porte une seconde sur ma bouche et elle déglutit. *Ouais, bon – comme d'habitude.* Mais, en fait, je suis ravi de constater qu'elle n'est pas entièrement insensible à mon charme.

— Il n'y a pas grand-chose à raconter, dit-elle en rougissant à nouveau.

Je l'intimide. Tant mieux.

— Quels sont vos projets après la fin de vos études ?

Elle hausse les épaules.

— Je n'ai pas de projets précis, monsieur Grey. Pour l'instant, il faut simplement que je passe ma licence.

— Nous proposons d'excellents stages.

Merde. Qu'est-ce qui m'a pris de dire ça ? Je transgresse une règle d'or – ne jamais, *jamais* baiser le personnel. *Mais Grey, tu ne baises pas cette fille.* Elle semble étonnée. Ses dents s'enfoncent encore une fois dans sa lèvre. *Pourquoi est-ce que ça m'excite autant ?*

— Je m'en souviendrai, marmonne-t-elle avant d'ajouter : Mais je ne suis pas certaine d'être à ma place, ici.

Et pourquoi pas, bon sang ? Qu'est-ce qu'elle lui reproche, à ma boîte ?

— Pourquoi dites-vous ça ?

— C'est évident, non ?

— Pas pour moi.

Sa réaction me déconcerte. À nouveau nerveuse, elle reprend son dictaphone. *Merde, elle s'en va.* Je me repasse mon programme de l'après-midi – rien d'urgent.

— Voulez-vous que je vous fasse visiter nos bureaux ?

— Vous êtes sûrement très occupé, monsieur Grey, et j'ai une longue route à faire.

— Vous rentrez à Vancouver ?

Je jette un coup d'œil par la fenêtre. C'est une sacrée distance, et il pleut. Elle ne devrait pas prendre la route par ce temps mais je ne peux pas le lui interdire. Cette pensée m'irrite.

— Vous devrez rouler prudemment.

J'ai parlé d'une voix plus sévère que je n'en avais l'intention.

Elle s'empêtre avec le dictaphone. Elle veut s'enfuir de mon bureau, et pour une raison que je ne m'explique pas, je n'ai pas envie de la laisser partir.

— Vous avez tout ce qu'il vous faut ? dis-je dans l'intention évidente de la retenir.

— Oui, monsieur, répond-elle d'une voix douce.

Cette réponse me terrasse – ces mots, émis par cette bouche insolente… Un instant, je m'imagine qu'elle est à ma disposition.

— Merci de m'avoir accordé votre temps, monsieur.

26

— Tout le plaisir a été pour moi.

Je parle sincèrement : il y a longtemps qu'une personne ne m'a autant fasciné, et cette pensée me trouble. Elle se lève. Je lui tends la main, avide de la toucher.

— À bientôt, mademoiselle Steele.

Je parle à voix basse tandis qu'elle met sa petite main dans la mienne. *Oui, j'ai envie de fouetter et de baiser cette fille dans ma salle de jeux.* De la ligoter, de la voir m'attendre... me désirer, confiante... Je déglutis. *Laisse tomber, Grey.*

— Monsieur Grey.

Elle incline la tête et retire sa main très vite... trop vite.

Merde, je ne peux pas la laisser partir comme ça. Manifestement, elle meurt d'envie de s'enfuir. Tout en la raccompagnant, je suis pris d'une inspiration subite.

— Je tiens simplement à m'assurer que vous franchirez le seuil saine et sauve, mademoiselle Steele.

Elle rougit comme sur commande, d'une délicieuse nuance de rose.

— C'est très aimable à vous, monsieur Grey, répond-elle sèchement.

Mlle Steele montre les dents ! Je souris derrière elle tandis qu'elle sort, tout en lui emboîtant le pas. Andréa et Olivia lèvent les yeux, stupéfaites. *Ouais, bon, quoi, je raccompagne une visiteuse, c'est tout.*

— Vous aviez un manteau ?

— Une veste.

Je fusille du regard Olivia, qui est encore en train de minauder, comme chaque fois qu'elle me voit. Elle

27

se lève d'un bond pour aller chercher une veste marine. Je la lui prends en lui ordonnant d'aller se rasseoir. Qu'est-ce qu'elle m'énerve, celle-là, avec ses regards énamourés.

Tiens donc. La veste a bien été achetée chez Old Navy. Mlle Anastasia Steele devrait faire un peu plus d'efforts vestimentaires. Je lui tends la veste, et en la passant sur ses épaules délicates, je lui effleure la nuque. Elle se fige à ce contact et pâlit. *Oui !* Je la trouble. Ce constat m'enchante. Je m'avance jusqu'à l'ascenseur pour appuyer sur le bouton d'appel, tandis qu'elle s'agite à côté de moi.

Ah, qu'est-ce que j'aimerais t'empêcher de gigoter, bébé.

Les portes s'ouvrent. Elle se précipite dans la cabine, puis se retourne vers moi.

— Anastasia, dis-je dans un murmure en guise d'au revoir.

— Christian, chuchote-t-elle.

Les portes de l'ascenseur se referment en laissant mon prénom suspendu dans l'air. Tout d'un coup, il me paraît étrange, comme s'il ne m'était pas familier, et cette sensation est excitante.

Mais qu'est-ce qui m'arrive ? Il faut que j'en sache plus sur cette fille.

— Andréa, dis-je en rentrant dans mon bureau, appelez-moi Welch, tout de suite.

En me rasseyant pour attendre l'appel, je contemple les tableaux accrochés au mur et les paroles de Mlle Steele me reviennent : « Ils rendent extraordinaires des objets ordinaires. » C'est comme si elle s'était décrite elle-même.

Mon téléphone bourdonne.

— M. Welch est en ligne.

— Passez-le-moi.

— Oui, monsieur.

— Welch, j'ai besoin que vous fassiez une recherche.

Samedi 14 mai 2011

Anastasia Rose Steele

Date de naissance :	10 septembre 1989, Montesano, WA
Adresse :	1114 SW Green Street, appartement 7
	Haven Heights, Vancouver, WA 98888
Téléphone portable :	360 959 4352
Numéro de sécurité sociale :	987-65-4320
Compte bancaire :	Wells Fargo Bank, Vancouver, WA 98888
	N° de compte : 309361, créditeur $683,16
Occupation :	Étudiante
	WSU Vancouver College of Liberal Arts
	Licence d'anglais
Moyenne :	4,0
Études antérieures :	Lycée de Montesano
Examen d'admission à l'université :	2150
Emploi :	Quincaillerie Clayton's
	NW Vancouver Drive, Portland, OR (mi-temps)
Père :	Franklin A. Lambert
	Date de naissance : 1er septembre 1969

	Date de décès : 11 septembre 1989
Mère :	Carla May Wilks Adams
	Date de naissance : 18 juillet 1970
	épouse Frank Lambert, 1er mars 1989, veuve 11 septembre 1989
	épouse Raymond Steele, 6 juin 1990
	Divorcée 12 juillet 2006
	épouse Stephen M. Morton, 16 août 2006
	Divorcée 31 janvier 2007
	épouse Robbin (Bob) Adams, 6 avril 2009
Affiliation politique :	Aucune
Religion :	Aucune
Orientation sexuelle :	Inconnue
Relations amoureuses :	Aucune actuellement

J'étudie ce dossier pour la centième fois depuis que je l'ai reçu il y a deux jours pour trouver des indices sur l'énigmatique Mlle Anastasia Rose Steele. Je n'arrive pas à oublier ce fichu petit bout de femme et ça commence à m'énerver sérieusement. Cette dernière semaine, au cours de réunions particulièrement ennuyeuses, je me suis surpris à me repasser l'interview dans ma tête. Ses doigts maladroits sur le dictaphone, sa façon de se caler les cheveux derrière les oreilles, de se mordre la lèvre, ça me remue chaque fois.

Et maintenant, me voilà garé devant Clayton's, la modeste quincaillerie où elle travaille.

Tu es cinglé, Grey. Qu'est-ce que tu fous là ?

Je savais que j'en arriverais là. Que je devais la revoir. Je le sais depuis qu'elle a prononcé mon prénom dans l'ascenseur avant d'être engloutie dans les entrailles de mon immeuble. J'ai essayé de résister. J'ai attendu cinq jours, cinq fichues journées pour voir si j'arriverais à l'oublier. *Et attendre, ça n'est pas mon truc. Je déteste attendre...* Je n'ai jamais fait la cour à une femme de ma vie. Toutes celles que j'ai eues savaient ce que j'attendais d'elles. J'ai peur que Mlle Steele soit trop jeune, que mon offre ne l'intéresse pas... Ferait-elle une bonne soumise ? Je secoue la tête. Il n'y a qu'un moyen de le savoir... alors me voilà, comme un con, assis dans un parking de banlieue dans un quartier sinistre de Portland.

L'enquête n'a rien révélé de remarquable – sauf la dernière information, qui me taraude. Voilà pourquoi je suis ici. *Pourquoi n'y a-t-il aucun homme dans votre vie, mademoiselle Steele ?* Orientation sexuelle inconnue. Elle est peut-être lesbienne ? Je ricane. C'est peu probable. Je me rappelle la question qu'elle m'a posée durant l'interview, sa gêne intense, la façon dont sa peau s'est teintée de rose clair... *Merde.* Depuis que je l'ai rencontrée, je n'arrête pas d'avoir ce genre de pensée ridicule.

C'est pour ça que tu es là.

Je meurs d'envie de la revoir – ces yeux bleus me hantent jusque dans mes rêves. Je n'ai pas parlé d'elle à Flynn, heureusement, parce que en ce moment je me conduis comme un harceleur. *Je devrais peut-être le mettre au courant.* Je lève les yeux au ciel – je n'ai aucune envie qu'il m'emmerde avec ses interprétations à la con. J'ai simplement besoin de distraction... et, pour l'instant, la seule distraction dont j'aie envie est vendeuse dans une quincaillerie.

*Voyons voir si la petite Mlle Steele est aussi appé-
tissante que dans tes souvenirs. En piste, Grey.* Je
descends de voiture et traverse tranquillement le
parking jusqu'à l'entrée. Le timbre monotone d'une
sonnette électronique résonne lorsque je franchis le
seuil.

Le magasin est beaucoup plus vaste qu'il n'en a
l'air de l'extérieur, et bien qu'on soit samedi midi, il
est pratiquement désert. Des allées entières de bric-
à-brac me rappellent qu'une quincaillerie recèle bien
des trésors pour les personnes dans mon genre. Je me
fournis surtout sur Internet mais puisque je suis ici,
je pourrais faire quelques courses… Velcro, anneaux
à clé fendus – *ouais.* Je vais trouver la délicieuse
Mlle Steele et m'amuser un peu.

Je mets trois secondes à la repérer. Elle est derrière
un comptoir, en train de scruter intensément un
écran d'ordinateur tout en grignotant son déjeuner
– un bagel. Distraitement, elle essuie une miette au
coin de ses lèvres et la glisse dans sa bouche en se
suçant le doigt. Ma queue tressaille. *Putain, j'ai qua-
torze ans, là, ou quoi ?* Ça m'énerve, cette réaction
d'ado. Je me calmerai peut-être une fois que je l'aurai
ligotée, baisée, fouettée… pas forcément dans cet
ordre-là. Ouais. C'est de ça que j'ai besoin.

Elle est totalement concentrée sur sa tâche, ce qui
me donne l'occasion de l'examiner. Pensées salaces
mises à part, elle est séduisante, vraiment très séduisante. Mes souvenirs ne me trompaient pas.

Elle lève les yeux et se fige. Quand son regard bleu
me transperce, c'est aussi déstabilisant que la première fois. Elle se contente de me fixer, en état de

choc, je crois. Je ne sais pas si c'est bon ou mauvais signe.

— Mademoiselle Steele. Quelle agréable surprise.

— Monsieur Grey, chuchote-t-elle d'une voix étranglée.

Ah… bon signe.

— J'étais dans le coin. J'avais besoin de faire quelques achats. Je suis ravi de vous revoir, mademoiselle Steele.

Vraiment ravi. Elle porte un tee-shirt et un jean moulant, pas ces machins informes qu'elle avait l'autre jour. Toute en jambes, la taille fine, des seins parfaits. Elle continue à me fixer, bouche bée. Il faut que je résiste à l'envie de tendre la main pour donner une chiquenaude à son menton afin qu'elle referme la bouche. *Je suis venu de Seattle en hélico rien que pour toi, et voir ta tête en ce moment, ça vaut le voyage.*

— Ana. Mon nom, c'est Ana. Que puis-je faire pour vous, monsieur Grey ?

Elle inspire profondément, redresse les épaules comme elle l'avait fait lors de l'interview et m'adresse le sourire forcé qu'elle réserve aux clients.

À vous de jouer, mademoiselle Steele.

— J'ai besoin de quelques articles. Tout d'abord, des liens de serrage en plastique.

Ses lèvres s'entrouvrent lorsqu'elle inspire brusquement.

Vous seriez étonnée de tout ce qu'on peut faire avec des liens de serrage, mademoiselle Steele.

— Nous en avons de différentes tailles. Voulez-vous les voir ?

— S'il vous plaît. Montrez-les-moi, mademoiselle Steele.

Elle contourne le comptoir et désigne l'une des allées. Elle porte des Converse. Je me demande vaguement de quoi elle aurait l'air en talons aiguilles vertigineux. Des Louboutin… rien que des Louboutin.

— Ils sont au rayon des accessoires électriques, allée huit.

Sa voix tremble et elle rougit… encore. *Je la trouble*. Il y a de l'espoir. *Donc, elle n'est pas lesbienne*. Je ricane.

— Après vous, dis-je en tendant la main pour lui demander de me précéder.

Je la laisse marcher devant pour admirer son cul superbe. Elle a vraiment tout pour me plaire : douce, polie, belle, avec tous les attributs physiques que je recherche chez une soumise. Reste à savoir si elle pourrait l'être. Elle ne connaît sans doute rien à mon mode de vie mais j'aimerais beaucoup l'initier. *Tu mets la charrue avant les bœufs, Grey.*

— Vous êtes à Portland pour affaires ? me demande-t-elle, interrompant mes pensées.

Elle joue les indifférentes. Ça me donne envie de rire, pour une fois – les femmes me donnent rarement envie de rire.

— Je suis venu visiter le département agroalimentaire de la Washington State University, qui est situé à Vancouver.

En réalité, je suis venu vous voir, mademoiselle Steele. Quand elle s'empourpre, je me sens coupable de lui avoir menti.

— Je subventionne des recherches sur la rotation des cultures et la science des sols.

Ça, au moins, c'est vrai.

— Ça fait partie de vos projets pour nourrir la planète ?

Elle esquisse un demi-sourire.

— Plus ou moins.

Est-ce qu'elle se moque de moi ? Si c'est le cas, qu'est-ce que j'aimerais la corriger… Mais par où commencer ? Peut-être par une invitation à dîner, plutôt que l'entretien habituel ? Alors ça, ce serait du jamais-vu : inviter une soumise potentielle à dîner…

Nous parvenons au rayon des liens de serrage, rangés par tailles et par couleurs. Je caresse distraitement les emballages. *Si je l'invitais à dîner, viendrait-elle ?* Quand je lui jette un coup d'œil, elle sonde ses doigts noués sans me regarder… *Voilà qui est prometteur.* Je sélectionne les liens les plus longs : plus flexibles, ils permettent d'attacher les deux poignets et les deux chevilles ensemble.

— Ceux-là, ça ira.

Elle rougit à nouveau.

— Autre chose ? dit-elle rapidement.

Soit elle est très zélée, soit elle veut me virer du magasin dès que possible.

— Je voudrais du gros scotch.

— Vous faites des rénovations ?

Je retiens un ricanement.

— Non, pas de rénovations.

Je n'ai pas manié le pinceau depuis un bon moment. L'idée me fait sourire : j'ai du personnel pour ça.

— Par ici, murmure-t-elle, l'air chagriné. Cet article se trouve au rayon décoration.

Allez, Grey. Tu n'as plus beaucoup de temps. Fais-lui la conversation.

— Vous travaillez ici depuis longtemps ?

Évidemment, je connais déjà la réponse. Contrairement à certaines personnes, je me documente, moi. Elle rougit à nouveau – bon sang, qu'est-ce qu'elle est timide. *Je n'ai pas le moindre espoir.* Elle se retourne rapidement et descend l'allée vers la section décoration. Je lui colle au train. *Je suis quoi, là, un toutou ?*

— Quatre ans, marmonne-t-elle quand nous parvenons au rayon adhésifs.

Elle se penche pour prendre deux rouleaux de différentes largeurs.

— Celui-ci, dis-je.

Le plus large est plus efficace pour bâillonner. Quand elle me le remet, nos doigts s'effleurent. Ça me descend jusqu'à l'aine. *Bordel !*

Elle pâlit.

— Ce sera tout ? demande-t-elle d'une voix rauque.

Putain, je lui fais le même effet. *Peut-être…*

— Il me faudrait aussi de la corde.

— Par ici.

Elle part comme une flèche, ce qui me donne une nouvelle occasion d'admirer son joli cul.

— Vous cherchez quoi, au juste ? Fibre synthétique, naturelle ? De la ficelle, des câbles ?

Merde – stop. Je gémis intérieurement en tentant de refouler une image d'elle, suspendue au plafond de ma salle de jeux.

— Je prendrai cinq mètres de corde en fibre naturelle.

La fibre naturelle est plus rêche et plus irritante quand on essaie de se débattre... c'est ma corde préférée.

Malgré ses doigts tremblants, elle mesure efficacement cinq mètres de corde, tire un cutter de sa poche arrière et la coupe en un seul geste, puis elle l'enroule et l'attache avec un nœud coulant. *Impressionnant.*

— Vous étiez scoute quand vous étiez petite ?

— Les activités de groupe, ça n'est pas mon truc, monsieur Grey.

— Et c'est quoi votre truc, Anastasia ?

Je croise son regard : ses iris se dilatent. *Oui !*

— Les livres, chuchote-t-elle.

— Quelles sortes de livres ?

— Bof, vous savez, comme tout le monde. Les classiques. Surtout la littérature anglaise.

La littérature anglaise ? Brontë et Austen, je parie. Des trucs romantiques avec des fleurs et des petits oiseaux. Putain. Pas bon, ça.

— Vous avez besoin d'autre chose ?

— Je ne sais pas. Que pourriez-vous me recommander ?

Je veux voir sa réaction.

— Pour bricoler ? demande-t-elle, étonnée.

J'ai envie de hurler de rire. *Tu sais, bébé, le bricolage, ça n'est vraiment pas mon truc.* Je hoche la tête en me retenant de rire. Elle me détaille de la tête aux pieds. *Oh, putain.* Elle me reluque !

— Une salopette, lâche-t-elle.

C'est le truc le plus inattendu qui soit sorti de sa jolie bouche insolente depuis qu'elle m'a demandé si j'étais gay.

— Pour ne pas salir vos vêtements.

Elle désigne mon jean, à nouveau gênée. Je n'y résiste pas :

— Je pourrais les enlever.

— Euh…

Elle vire au rouge betterave et fixe le sol.

— Alors je prends une salopette. Il ne manquerait plus que je salisse mes vêtements, dis-je pour abréger ses souffrances.

Sans un mot, elle fait volte-face et remonte l'allée rapidement. Une fois de plus, je la suis.

— Autre chose ? me demande-t-elle d'une voix étranglée en me tendant une salopette bleue.

Elle est mortifiée, les yeux baissés, le visage écarlate. Putain, qu'est-ce que ça me remue.

— Et votre article, ça avance ? lui dis-je en espérant la remettre à l'aise.

Elle lève les yeux et m'adresse un petit sourire soulagé. *Enfin.*

— Ce n'est pas moi qui l'écris, c'est Katherine. Mlle Kavanagh. Ma colocataire. C'est elle, la journaliste. Elle en est très contente. Elle est rédactrice en chef du journal des étudiants, et elle était catastrophée de ne pouvoir faire l'entretien elle-même.

C'est la phrase la plus longue qu'elle m'ait adressée depuis que nous nous sommes rencontrés, et c'est pour parler de quelqu'un d'autre. *Intéressant.*

Avant que j'aie pu répondre, elle ajoute :

— La seule chose qui l'ennuie, c'est de ne pas avoir de photo originale de vous.

Tiens donc, la tenace Mlle Kavanagh veut des photos. Ça pourrait se faire. Ainsi, j'aurai l'occasion de passer un peu plus de temps avec la délicieuse Mlle Steele.

— Quelles sortes de photos veut-elle ?

Elle me fixe un moment, puis secoue la tête.

— Eh bien, je suis dans le coin. Demain, peut-être…

Je pourrais rester à Portland. Travailler à l'hôtel. Prendre une chambre au Heathman. Il faudra que Taylor m'apporte mon ordinateur et quelques vêtements. Ou Elliot – à moins qu'il soit en train de baiser une nouvelle conquête, comme tous les week-ends.

— Vous seriez prêt à faire une séance photo ?

Elle ne cache pas son étonnement. Je hoche la tête. *Vous seriez surprise de savoir tout ce que je ferais pour passer plus de temps avec vous, mademoiselle Steele… d'ailleurs, je me surprends moi-même.*

— Kate en serait ravie – si nous arrivons à trouver un photographe.

Quand elle sourit, son visage s'éclaire comme un matin d'aurore en été. Elle devient belle à en couper le souffle.

— Tenez-moi au courant, pour demain.

Je tire une carte de visite de mon portefeuille.

— Voici ma carte, avec mon numéro de portable. Il faudra m'appeler avant 10 heures du matin.

Si elle ne m'appelle pas, je rentre à Seattle et j'oublie cette aventure ridicule. L'idée me déprime.

— D'accord. Kate va être ravie.

Elle sourit toujours.

— Ana !

Nous nous retournons tous les deux vers un jeune homme en vêtements de sport qui a surgi au bout de l'allée. Il est tout sourire pour Mlle Anastasia Steele. *C'est qui, ce con ?*

— Euh… excusez-moi un instant, monsieur Grey.

Elle s'avance vers lui et le con l'enveloppe de ses bras de gorille. Mon sang se glace. C'est une réaction primitive. *Bas les pattes, connard.* Je serre les poings et je ne suis que vaguement apaisé quand je vois qu'elle ne fait rien pour lui rendre son étreinte.

Ils se mettent à chuchoter. *Merde, Welch s'est planté.* C'est son mec. Il a l'âge qu'il faut, et il la dévore de ses petits yeux porcins. Il la tient un moment à bout de bras pour l'examiner, puis il lui pose la main sur les épaules comme si de rien n'était. C'est un geste apparemment désinvolte, mais je sais qu'il est en train de marquer son territoire. Elle, gênée, se dandine d'un pied sur l'autre.

Merde. Je me tire ? Puis elle lui dit autre chose et s'écarte pour se mettre hors d'atteinte ; elle lui touche le bras, pas la main. Manifestement, ils n'ont pas de rapports intimes. *Tant mieux.*

— Paul, je te présente Christian Grey. Monsieur Grey, voici Paul Clayton, le frère du propriétaire du magasin.

Elle m'adresse un regard bizarre et poursuit :

— Je connais Paul depuis que je travaille ici, mais on ne se voit pas très souvent. Il est rentré de Princeton où il fait des études de management.

Bon, c'est le frère du patron, pas son mec. Je ne m'attendais pas à me sentir aussi soulagé, et ça m'énerve. *J'ai vraiment cette fille dans la peau.*

— Monsieur Clayton, dis-je d'une voix délibérément cassante.

— Monsieur Grey…

Il me tend une main flasque. *Couille molle.*

— … *le* Christian Grey ? De Grey Enterprises Holdings ?

En une fraction de seconde, je le regarde passer du possessif à l'obséquieux.

Ouais, c'est moi, tête de nœud.

— Ça alors. Je peux vous aider ?

— Anastasia s'en est chargée, monsieur Clayton. Elle m'a donné toute satisfaction.

Maintenant, fous le camp.

— Super, fait-il avec de grands yeux pleins de déférence. À tout à l'heure, Ana.

— D'accord, Paul.

Il s'éloigne, Dieu merci. Je le regarde disparaître au fond du magasin.

— Autre chose, monsieur Grey ?

— Ce sera tout.

Merde, il ne me reste plus beaucoup de temps, et je ne sais pas encore si je vais la revoir. Il faut que je sache s'il y a le moindre espoir qu'elle envisage ce que j'ai en tête. Comment le lui demander ? Suis-je prêt à me charger d'une novice ? Merde. Il va lui falloir un entraînement intensif. Je gémis intérieurement en considérant toutes les possibilités intéressantes que ça représente… Rien que le processus d'apprentissage, ça sera du pur plaisir. Mais est-ce qu'elle sera intéressée ? Ou est-ce que je me plante sur toute la ligne ?

Elle retourne vers la caisse et calcule le montant de mes achats sans lever les yeux. *Regarde-moi, merde !* Je veux revoir ses beaux yeux bleus pour essayer de deviner ce qu'ils cachent.

Elle lève enfin la tête.

— Ça vous fera quarante-trois dollars, s'il vous plaît.

C'est tout ?

— Voulez-vous un sac ? me demande-t-elle en reprenant son attitude de vendeuse tandis que je lui tends mon American Express.

— S'il vous plaît, Anastasia.

Son prénom – un beau prénom pour une belle fille – roule sur ma langue.

Elle place les articles rapidement et efficacement dans le sac. Ça y est. Il faut que j'y aille.

— Vous m'appellerez, pour la séance photo ?

Elle hoche la tête et me rend ma carte bancaire.

— Très bien. Alors à demain, peut-être.

Je ne peux pas partir comme ça. Il faut que je lui fasse comprendre qu'elle m'intéresse.

— Au fait, Anastasia, je suis ravi que Mlle Kavanagh n'ait pas pu faire cette interview.

Satisfait de sa réaction, je jette le sac en plastique par-dessus mon épaule et je sors du magasin d'un pas décidé.

Oui, je sais que je fais une erreur, mais je la veux. Maintenant, il faut que j'attende… que j'attende… une fois de plus.

Exerçant une force de volonté qui ferait honneur à Elena, je regarde droit devant moi tout en sortant mon téléphone de ma poche. Je monte dans ma voiture de location. Non, je ne me retournerai pas. Pas question. Mais je jette un coup d'œil dans le rétroviseur, d'où je peux voir la devanture désuète du magasin. Elle n'est pas derrière la vitrine à me regarder. Je suis déçu.

J'appelle Taylor, qui répond avant même que le téléphone ait sonné.

— Monsieur Grey.

— Réservez-moi une suite à l'hôtel Heathman. Je reste à Portland pour le week-end. Rejoignez-moi avec le SUV. Vous m'apporterez mon ordinateur, les documents qui sont en dessous, et une ou deux tenues de rechange.

— Oui, monsieur. Et Charlie Tango ?

— Demandez à Joe de le garer à PDX.

— Très bien, monsieur. Je serai là dans trois heures et demie environ.

Je raccroche et démarre. J'ai donc quelques heures à tuer à Portland en attendant de savoir si cette fille s'intéresse à moi. Que faire ? Une randonnée, je crois. La marche gommera peut-être cette faim bizarre qui me ronge.

Cinq heures se sont écoulées sans que la délicieuse Mlle Steele me téléphone. Et alors, qu'est-ce que je m'imaginais ? J'observe la rue depuis la fenêtre de ma suite du Heathman. Je déteste attendre. J'ai toujours détesté. Les nuages s'accumulent dans le ciel. Il n'a pas plu durant ma randonnée dans

Forest Park, mais la marche n'a pas atténué mon agitation. Je lui en veux de ne pas m'appeler, mais c'est surtout à moi que j'en veux. Qu'est-ce que je suis con d'être venu à Portland. Je perds mon temps à courir après cette femme. J'ai déjà couru après une femme, moi ?

Grey, contrôle-toi.

Je consulte une fois de plus mon téléphone en soupirant, au cas où j'aie raté son appel. Rien. Au moins, Taylor m'a apporté tout mon barda. Il faut que je lise le rapport de Barney au sujet de ses expériences sur le graphène, et à l'hôtel, je peux travailler en paix. *En paix ?* Je n'ai pas connu la paix depuis que Mlle Steele a déboulé dans mon bureau.

Lorsque je lève les yeux, le crépuscule voile ma suite d'ombres grises. La perspective de passer encore une nuit tout seul me déprime. Alors que je me demande quoi faire, mon téléphone vibre sur le bois ciré du bureau. Le numéro qui s'affiche à l'écran m'est inconnu mais vaguement familier. Il porte le préfixe régional de Washington. Tout d'un coup, mon cœur s'emballe comme si je venais de courir quinze kilomètres. *Et si c'était elle ?*

Je réponds.

— Euh... monsieur Grey ? C'est Anastasia Steele.

J'affiche aussitôt un sourire triomphant. *Tiens, tiens.* Mlle Steele chuchote d'une petite voix nerveuse. Ma soirée s'annonce déjà plus intéressante.

— Mademoiselle Steele. Je suis ravi de vous entendre.

Elle retient son souffle. Ça me titille aussitôt l'entrejambe. *Génial. Je la trouble autant qu'elle me trouble.*

— Euh… Nous aimerions faire une séance photo… demain, si vous êtes toujours d'accord. Est-ce que ça vous irait, monsieur ?

Dans ma chambre. Rien que toi et moi, avec des liens de serrage.

— Je suis à l'hôtel Heathman, à Portland. Disons 9 h 30 demain matin ?

— Très bien, nous y serons ! s'exclame-t-elle, incapable de masquer son soulagement.

— Je m'en réjouis d'avance, mademoiselle Steele.

Je raccroche avant qu'elle ne devine à quel point je suis enchanté et excité. Je me cale dans mon fauteuil pour contempler l'horizon qui s'obscurcit, en passant les deux mains dans mes cheveux. Comment vais-je m'y prendre pour conclure cette affaire ?

Dimanche 15 mai 2011

Moby à fond dans les écouteurs, je cours sur Southwest Salmon Street en direction de Willamette River. Il est 6 h 30 du matin et j'essaie de me vider la tête. Cette nuit, j'ai rêvé d'elle, avec ses grands yeux bleus et sa petite voix étranglée, à genoux devant moi, terminant toutes ses phrases par « monsieur »... Depuis que je l'ai rencontrée, je ne fais plus de cauchemars. Je me demande ce que Flynn en déduirait. Cette pensée me déconcerte. Je la chasse donc de mon esprit pour me concentrer sur ma course, et obliger mon corps à atteindre ses limites. Tandis que mes pieds martèlent le sentier longeant la Willamette, le soleil perce les nuages et me redonne espoir.

Deux heures plus tard, je passe devant un café en revenant vers l'hôtel. Je devrais peut-être l'inviter à prendre un verre. *Comme si je lui proposais un rendez-vous amoureux ?* Non, enfin, quand même pas. Cette idée ridicule me fait rire. Il s'agirait d'une simple conversation – d'une sorte d'entretien d'embauche. Ça me permettrait d'en découvrir un peu plus sur cette mystérieuse jeune femme, de savoir si elle est intéressée ou si je fais fausse route. Seul dans l'ascenseur, je fais mes étirements. Alors que je les termine dans ma suite, je me sens calme et serein pour la première fois depuis mon arrivée à Portland – on vient de m'apporter mon petit déjeuner et je suis affamé. Or la faim est une sensation que je ne tolère en aucun cas. Je m'attable en survêt. Je mangerai avant de prendre ma douche.

On frappe à la porte. C'est Taylor.

— Bonjour, monsieur Grey.

— Bonjour. Ça y est, ils sont prêts ?

— Oui, monsieur. Ils ont installé leur matériel dans la chambre 601.

— Je descends tout de suite.

Je referme la porte et rentre ma chemise dans mon pantalon gris. J'ai encore les cheveux mouillés, mais je m'en fiche. Après avoir jeté un coup d'œil dans le miroir où me nargue un type à l'air louche, je sors rejoindre Taylor dans l'ascenseur.

Il y a foule dans la chambre 601, encombrée de spots et d'appareils photo, mais je la repère immédiatement. Elle reste un peu à l'écart. Ses cheveux retombent en crinière épaisse et brillante entre ses seins. Elle porte un jean moulant et des Converse avec une veste marine à manches courtes et un tee-shirt blanc. C'est son uniforme, jean et Converse ? Bien que ce ne soit pas très pratique, ça met en valeur la finesse de ses jambes. Ses yeux, plus désarmants que jamais, s'écarquillent lorsqu'elle m'aperçoit.

— Mademoiselle Steele, ravi de vous revoir.

Elle prend la main que je lui tends ; tout d'un coup, j'ai envie de lui faire un baisemain. *Ne sois pas absurde, Grey.* Elle rosit délicieusement et me présente sa copine, qui s'incruste en attendant que je daigne m'intéresser à elle.

— Monsieur Grey, voici Katherine Kavanagh.

Je lâche sa main à contrecœur pour me tourner vers la persistante Mlle Kavanagh. Grande, belle, bien fringuée, elle a la prestance de son père et les yeux de sa mère. Comme c'est grâce à elle que j'ai rencontré la charmante Mlle Steele, j'éprouve une certaine bienveillance à son égard.

— La tenace mademoiselle Kavanagh. Comment allez-vous ? Anastasia m'a dit que vous étiez souffrante la semaine dernière. J'espère que vous êtes remise ?

— Je vais très bien maintenant. Merci, monsieur Grey.

Sa poignée de main est ferme et assurée. Elle n'a pas dû connaître une seule galère de toute sa vie de gosse de riche. Je me demande pourquoi ces deux-là sont amies. Elles n'ont rien en commun.

— Merci de nous accorder de votre temps, ajoute Katherine.

— C'est un plaisir.

À ces mots, je jette un coup d'œil à Anastasia, qui me récompense par un rougissement révélateur. Suis-je le seul à la faire rougir ? Cette idée me plaît.

— Et voici José Rodriguez, notre photographe, dit Anastasia.

Quand elle le présente, son visage s'illumine. *Merde. C'est son mec ?* Rodriguez rayonne en contemplant le doux sourire d'Ana. *Il la baise ?*

— Monsieur Grey.

En me serrant la main, Rodriguez m'adresse un regard glacial. C'est un avertissement. Il me demande de dégager. Elle lui plaît. Elle lui plaît beaucoup. *À nous deux, mon gars.*

— Monsieur Rodriguez, où voulez-vous que je me mette ?

Je parle d'un ton vaguement menaçant, et il l'a compris, mais Katherine intervient pour m'indiquer un fauteuil. Manifestement, elle aime commander. Amusant. Quand je m'assois, un autre jeune homme, sans doute l'assistant de Rodriguez, m'aveugle en allumant les spots sans me prévenir. *Petit con !*

Quand je retrouve la vue, je cherche des yeux la ravissante Mlle Steele. Elle reste au fond de la pièce. Est-elle toujours aussi timide ? Voilà sans doute le secret de son amitié avec Kavanagh : elle préfère s'effacer et laisser sa copine occuper le devant de la scène. *Tiens donc... serait-elle naturellement soumise ?*

Le photographe, concentré sur son travail, me semble assez professionnel. Je scrute Mlle Steele tandis qu'elle nous observe. Nos regards se croisent. Le sien, franc et innocent, m'incite un instant à renoncer à mon projet. Puis elle se mordille la lèvre, et j'en ai le souffle coupé. *Baisse les yeux, Anastasia.* Comme si elle m'avait entendu, elle est la première à détourner le regard. *C'est bien, ma belle.*

Katherine me demande de me lever. Rodriguez prend encore quelques photos. Ça y est, la séance est finie : c'est le moment d'agir.

— Encore merci, monsieur Grey.

Katherine se précipite vers moi pour me serrer la main, suivie du photographe qui me dévisage d'un œil désapprobateur. Son hostilité me fait sourire. *Ah, mon petit gars... Tu ne sais pas à qui tu te mesures.*

— J'ai hâte de lire votre article, mademoiselle Kavanagh.

Je lui adresse un petit signe de tête poli. C'est à Ana que je veux parler.

— Vous me raccompagnez, mademoiselle Steele ?

— Euh... Bien sûr.

À toi de jouer, Grey. Prenant congé des autres, je la fais sortir, pressé de l'éloigner de Rodriguez. Elle patiente dans le couloir en tortillant ses mèches, puis ses doigts, pendant que je parle à Taylor. Lorsque ce dernier s'est éloigné, j'invite Ana à prendre un café. Je retiens ma respiration en attendant sa réponse. Ses longs cils papillonnent sur ses yeux.

— Il faut que je reconduise les autres, bafouille-t-elle.

— Taylor !

Elle sursaute. Je la rends nerveuse. Est-ce bon signe ? En plus, elle n'arrête pas de gigoter. J'ai du mal à me concentrer en songeant à toutes les façons dont je pourrais l'en empêcher.

— Ils habitent près de l'université ?

Elle acquiesce. Je demande à Taylor de les ramener chez eux.

— Voilà. Maintenant, vous joindrez-vous à moi pour un café ?

— Euh, monsieur Grey, c'est vraiment…

Elle se tait. *Merde. C'est « non ». L'affaire m'échappe.* Tout d'un coup, elle me regarde droit dans les yeux, le regard animé.

— Écoutez, Taylor n'est pas obligé de les raccompagner. Kate et moi pouvons échanger nos voitures, si vous me donnez un instant.

Soulagé, je souris. *Elle accepte ma proposition !* Tandis que je lui ouvre la porte pour qu'elle retourne dans la chambre, Taylor tente de cacher son étonnement.

— Vous pouvez monter prendre ma veste, Taylor ?

— Certainement, monsieur.

Sourcils froncés, je le suis des yeux. J'ai l'impression qu'il a envie de sourire. Lorsqu'il disparaît dans l'ascenseur, je m'adosse au mur pour attendre Mlle Steele. Qu'est-ce que je vais bien pouvoir lui dire ? *« Ça vous plairait d'être ma soumise ? »* Non. *Doucement, Grey. Ne brûle pas les étapes.*

Deux minutes plus tard, Taylor est de retour avec ma veste.

— Ce sera tout, monsieur ?

— Oui, merci.

Il me la remet et me laisse planté dans le couloir, comme un con, à attendre Anastasia. Ça va durer encore longtemps ? Je consulte ma montre. Elle doit être en train de négocier son échange de bagnoles avec Katherine. Ou alors, elle explique à Rodriguez qu'elle va simplement prendre un café avec moi pour m'amadouer, au cas où je changerais d'avis sur la publication de l'article. Puis mes pensées prennent un tour plus sombre. Elle est peut-être en train de l'embrasser. *Et merde.* Lorsqu'elle émerge un instant plus tard, j'en suis ravi. Elle n'a pas une tête à s'être fait embrasser.

— D'accord, on va prendre un café, lâche-t-elle d'une voix résolue.

Elle tente d'avoir l'air assuré, mais ses joues empourprées la trahissent. Je cache ma joie :

— Après vous, mademoiselle Steele.

Tout en marchant derrière elle, je m'interroge sur ses rapports avec Katherine, et plus précisément sur leur compatibilité. Depuis combien de temps se connaissent-elles ?

— Depuis notre première année de fac. C'est une très bonne amie, répond chaleureusement Ana.

Manifestement, elle lui est très dévouée. Après tout, elle a accepté de venir jusqu'à Seattle pour m'interviewer parce que Katherine était souffrante. J'espère que Mlle Kavanagh la traite avec autant de respect et de loyauté.

J'appelle un ascenseur. Les portes s'ouvrent presque immédiatement. Un couple en pleine étreinte se sépare précipitamment, gêné de s'être fait surprendre. Nous faisons comme si de rien n'était, mais je remarque le sourire espiègle d'Ana. Alors que la cabine file vers le rez-de-chaussée, l'ambiance devient de plus en plus torride. Cette sensation de désir inassouvi émane-t-elle de moi ou du jeune couple ? *Oui. J'ai envie d'elle. Mais elle, aura-t-elle envie de ce que je peux lui offrir ?* Lorsque les portes s'ouvrent, je suis soulagé. En lui prenant la main, je m'attends à la trouver moite, mais elle est fraîche. Je ne la trouble peut-être pas autant que je ne l'espérais. Cette pensée me déprime.

Dans notre dos, le jeune couple étouffe ses gloussements.

— Les ascenseurs, ça fait toujours de l'effet, dis-je à mi-voix.

Je dois avouer que ces sons ont quelque chose de naïf qui ne manque pas de charme. Mlle Steele me paraît aussi innocente que ces deux amoureux et, une fois de plus, je remets mon projet en cause. Elle est trop jeune. Elle est trop inexpérimentée. Mais qu'est-ce que c'est bon de sentir sa main dans la mienne...

Dans le café, je la charge de nous trouver une table et lui demande ce qu'elle veut boire. Elle bégaye sa commande : de l'English Breakfast Tea, avec le sachet dans la soucoupe. Drôle d'idée.

— Vous ne voulez pas un café ?

— Je n'aime pas le café.

— Bon, alors un thé. Sucre ?

— Non merci.

Elle fixe ses doigts entrelacés.

— Voulez-vous manger quelque chose ?

— Non merci.

Quand elle secoue la tête, ses cheveux glissent sur ses épaules en lançant des reflets auburn.

Je pars faire la queue au comptoir, mais les deux bonnes femmes qui servent les clients se croient obligées de bavarder avec chacun d'entre eux. C'est exaspérant, ça m'éloigne de mon objectif : Anastasia.

— Alors, beau gosse, qu'est-ce qui vous ferait plaisir ? me demande la plus âgée des deux, l'œil pétillant.

Bon, ça va, remets-toi, cocotte.

— Un crème et un English Breakfast Tea avec le sachet dans la soucoupe. Et un muffin aux myrtilles.

Autant commander un truc à grignoter. Anastasia pourrait changer d'avis.

— Vous êtes de passage à Portland ?

— Oui.

— En week-end ?

— Oui.

— On dirait que ça se dégage.

— Oui.

— J'espère que vous aurez beau temps.

S'il vous plaît, arrêtez de me parler et grouillez-vous.

— Oui.

Je jette un coup d'œil à Ana, qui détourne aussitôt les yeux. *Elle m'observe. Peut-être qu'elle me mate ?* Une bulle d'espoir éclate dans ma poitrine. La femme m'adresse un clin d'œil en posant mes consommations sur un plateau.

— Voilà, beau gosse. Vous payez à la caisse. Passez une très belle journée !

Je réussis à la remercier cordialement.

Lorsque je rejoins Anastasia, elle est en train de regarder fixement ses doigts. Songerait-elle déjà à moi ?

— À quoi pensez-vous ?

Mes mots la font sursauter. Pendant que je pose nos consommations sur la table, elle reste muette, le feu aux joues, comme si elle mourait de honte. Pourquoi ? On dirait qu'elle n'a qu'une hâte, fuir. Je répète ma question :

— À quoi pensez-vous ?

Elle tripote le sachet de thé.

— Je pense que c'est mon thé préféré.

Il faudra que je m'en souvienne. Je l'observe préparer son thé, cérémonie assez particulière car dès qu'elle a trempé le sachet dans la théière, elle le retire pour le poser dans la soucoupe, en faisant des tas d'éclaboussures. Je me retiens de sourire. Et lorsqu'elle m'explique qu'elle préfère son thé noir, mais pas trop fort, mon esprit s'égare : je m'imagine qu'elle parle de ses préférences amoureuses. *Contrôle-toi, Grey.* C'est de thé qu'il est question.

Bon, assez tourné autour du pot : il est temps de réaliser un audit préalable avant d'aborder les négociations.

— C'est votre petit ami ?

Ses sourcils froncés forment un petit « v » au-dessus de son nez.

— Qui ?

Plutôt encourageant, comme réaction.

— Le photographe. José Rodriguez.

Elle rit. De moi ? *Elle rit de moi !* Est-ce parce qu'elle est soulagée ou parce qu'elle me trouve drôle ? C'est agaçant, je n'arrive jamais à savoir ce qu'elle pense. Je lui plais, ou pas ? Elle me répond qu'ils sont simplement amis.

Ah, ma belle, il n'est pas du même avis que toi.

— Qu'est-ce qui vous fait penser qu'on est ensemble ?

— La façon dont vous vous êtes souri.

Tu n'as toujours pas compris que ce garçon était fou de toi ?

— José est comme un frère pour moi.

Bon, alors ça n'est pas réciproque. Mais enfin, est-ce qu'elle comprend à quel point elle est ravissante ? Elle fixe le muffin aux myrtilles tandis que je retire son emballage et, l'espace d'un instant, je l'imagine à genoux à côté de moi, pendant que je la nourris. Une bouchée à la fois. Cette pensée est distrayante – et bandante.

— Vous en voulez ?

Elle secoue la tête.

— Non merci.

Elle bafouille et baisse les yeux. Pourquoi est-elle aussi tendue ? Je lui fais peur ?

— Et le garçon d'hier, au magasin, ce n'est pas votre petit ami ?

— Non. Paul est un copain. Je vous l'ai déjà dit.

Elle fronce de nouveau les sourcils, perplexe, et croise les bras comme pour se protéger. Visiblement, elle n'aime pas parler de ses rapports avec les garçons. Déjà, hier, quand ce petit con l'a enlacée dans le magasin pour marquer son territoire, elle semblait mal à l'aise.

— Pourquoi me posez-vous la question ?

— J'ai l'impression que vous êtes nerveuse avec les hommes.

Ses yeux s'écarquillent. Ils sont vraiment magnifiques, bleus comme la plus bleue des mers, comme l'océan à Cabo San Lucas… Et si je l'emmenais là-bas ?

Quoi ? Ça sort d'où, ça ?

— Vous m'intimidez, avoue-t-elle en baissant les yeux et en se tortillant de nouveau les doigts.

D'un côté, elle est très soumise, mais de l'autre elle... représente un défi.

— Vous avez raison de me trouver intimidant.

Tout à fait raison. Mais rares sont ceux qui ont assez de courage pour me l'avouer. Quand je la félicite de son honnêteté, elle détourne les yeux. À quoi pense-t-elle ? Qu'est-ce que c'est frustrant... Je lui plais ? Ou tolère-t-elle ma présence simplement pour que je ne bloque pas la publication de l'interview de Kavanagh ? Comment savoir ?

— Vous êtes mystérieuse, mademoiselle Steele.

— Je n'ai rien de mystérieux.

— Vous êtes très secrète.

Comme toute bonne soumise. J'ajoute :

— Sauf quand vous rougissez, évidemment, ce qui vous arrive souvent. J'aimerais bien savoir ce qui vous fait rougir.

Là. Ça va l'obliger à réagir. Je glisse un petit bout de muffin entre mes lèvres en attendant sa réponse.

— Vous faites toujours des remarques aussi personnelles aux gens ?

Ça n'est pas une remarque personnelle, ça. Si ?

— Je n'avais pas conscience que celle-là le soit. Vous ai-je offensée ?

— Non.

— Bien.

— Mais vous êtes très autoritaire.

— Je suis habitué à obtenir ce que je veux, Anastasia. Dans tous les domaines.

— Je n'en doute pas, marmonne-t-elle avant de me demander pourquoi je ne lui ai pas proposé de m'appeler par mon prénom.

Quoi ? C'est alors que je me souviens du moment où les portes de l'ascenseur se sont refermées sur elle, quand elle est sortie de mon bureau et que sa bouche insolente a prononcé mon prénom… M'a-t-elle percé à jour ? Fait-elle exprès de me provoquer ? Je lui réponds que personne ne m'appelle Christian, sauf les membres de ma famille.

Je ne sais même pas si c'est mon vrai prénom.

Ne t'aventure pas sur ce terrain-là, Grey.

Je change de sujet. Je veux qu'elle me parle d'elle.

— Vous êtes fille unique ?

Ses cils papillonnent à plusieurs reprises avant qu'elle me le confirme.

— Parlez-moi de vos parents.

Quand elle lève les yeux au ciel, je dois me retenir de la gronder.

— Ma mère vit à Savannah, en Georgie, avec son nouveau mari. Mon beau-père habite à Montesano.

Le rapport de Welch m'a appris tout cela, bien entendu, mais je tiens à l'entendre de sa bouche à elle. Elle esquisse un sourire affectueux lorsqu'elle mentionne son beau-père.

— Et votre père ?

— Mort quand j'étais bébé.

Un instant, je suis projeté dans mes cauchemars, face à un corps prostré sur un plancher crasseux.

— Je suis désolé.

Sa réponse me ramène au présent :

— Je ne me souviens pas de lui.

À son expression sereine et joyeuse, je comprends que Raymond Steele a été un bon père. Ses relations avec sa mère, en revanche...

— Et votre mère s'est remariée ?

Elle éclate d'un petit rire amer.

— C'est le moins qu'on puisse dire.

Mais elle ne développe pas. C'est l'une des rares femmes que j'aie rencontrées qui sache se taire. C'est très bien, mais pour l'instant, ça ne m'arrange pas.

— Vous n'aimez pas vous livrer.

— Vous non plus, riposte-t-elle.

Tiens donc, mademoiselle Steele... À nous deux.

Avec un sourire narquois, je me fais une joie de lui rappeler qu'elle m'a déjà interviewé, elle.

— Si mes souvenirs sont bons, certaines de vos questions étaient assez indiscrètes.

Par exemple, vous m'avez demandé si j'étais gay. Ma remarque produit l'effet souhaité : elle a honte. Du coup, elle se met à babiller, à se raconter, et me confie quelques détails révélateurs. Sa mère est une incurable romantique. Lorsqu'une femme se marie quatre fois, on peut imaginer que l'espérance l'emporte sur l'expérience. Anastasia tient-elle de sa mère ? Je n'ai pas le courage de lui poser la question. Si c'est le cas, il n'y aura aucun espoir. Et je ne veux pas que cette conversation se termine. J'y prends trop de plaisir.

Quand je l'interroge sur son beau-père, elle confirme mon intuition. Manifestement, elle l'adore. Son visage s'illumine lorsqu'elle me parle de son travail (il est menuisier), de ses loisirs (le foot et la pêche). Quand sa mère s'est remariée pour la troisième fois, elle a préféré rester avec lui. *Intéressant.*

Elle redresse les épaules.

— Parlez-moi de vos parents.

Comme je n'aime pas évoquer ma famille, je fournis le minimum de détails.

— Mon père est avocat, ma mère pédiatre. Ils vivent à Seattle.

— Et vos frère et sœur, ils font quoi dans la vie ?

Elle tient vraiment à le savoir ? Je lui réponds brièvement qu'Elliot travaille dans la construction, alors que ma petite sœur étudie la cuisine à Paris.

Elle m'écoute, rêveuse.

— Il paraît que c'est très beau, Paris.

— C'est beau, en effet. Vous n'y êtes jamais allée ?

— Je ne suis jamais sortie des États-Unis, fait-elle d'une voix teintée de regret.

Je pourrais l'emmener.

— Vous aimeriez y aller ?

D'abord Cabo, ensuite Paris ? Calme-toi, Grey.

— À Paris ? Évidemment. Mais c'est l'Angleterre que j'ai envie de visiter en premier.

Son visage s'éclaire. Ainsi donc, Mlle Steele rêve de voyager. Mais pourquoi l'Angleterre ?

— Parce que c'est la patrie de Shakespeare, de Jane Austen, des sœurs Brontë, de Thomas Hardy. Je voudrais voir les lieux qui ont inspiré leurs livres.

Manifestement, la littérature est son premier amour. Elle m'en a déjà parlé hier chez Clayton's. Autrement dit, mes rivaux sont des héros romantiques comme

Darcy, Rochester ou Angel Clare... La voilà, ma réponse : Mlle Steele est bien une incurable romantique, comme sa mère. Ça ne collera pas. Et voilà, pour couronner le tout, qu'elle consulte sa montre. Elle veut se tirer. *Je me suis planté.*

— Il faut que j'y aille. Je dois réviser.

Je lui propose de la raccompagner jusqu'à la voiture de sa copine, ce qui me donnera encore un peu de temps pour plaider ma cause. *Mais est-ce une bonne idée ?*

— Merci pour le thé, monsieur Grey.

— Je vous en prie, Anastasia. Tout le plaisir est pour moi.

En prononçant ces mots, je me rends compte à quel point ces vingt dernières minutes m'ont été... agréables. Je lui adresse mon sourire le plus éblouissant, capable de désarmer n'importe qui, en lui tendant la main :

— Venez.

Elle la prend et, tandis que nous cheminons vers le Heathman, je m'étonne de la joie que j'éprouve à tenir sa paume dans la mienne. *Ça pourrait peut-être coller, après tout.*

— Vous êtes toujours en jean ?

— La plupart du temps.

Une incurable romantique qui porte toujours un jean : deux fautes impardonnables... J'aime que mes femmes portent des jupes. J'aime qu'elles soient accessibles.

— Vous avez une amie ? me demande-t-elle tout d'un coup.

Troisième faute. C'est bon, je me retire des négociations. Elle veut une histoire d'amour, et je ne peux pas la lui offrir.

— Non, Anastasia. Les petites amies, ça n'est pas mon truc.

Elle fronce les sourcils, fait brusquement volte-face et trébuche sur le bord du trottoir.

— Merde ! Ana !

Je la rabats contre moi pour l'empêcher de se faire heurter par un con de cycliste qui roule en sens interdit. Et tout d'un coup, elle est dans mes bras, elle s'agrippe à moi en me regardant dans les yeux, affolée. Vus d'aussi près, ses yeux sont encore plus beaux et, pour la première fois, je remarque qu'un anneau d'un bleu plus soutenu encercle ses iris. Ses pupilles se dilatent, et je sais que je pourrais plonger dans son regard pour ne plus jamais en ressortir. Elle inspire profondément.

— Ça va ?

J'entends ma voix de loin, comme si elle appartenait à un autre. Je me rends compte qu'elle me touche et que ça ne me dérange pas. Je caresse sa joue du bout des doigts. Sa peau est douce et lisse. Lorsque j'effleure du pouce sa lèvre inférieure, j'en oublie de respirer. Son corps se presse contre le mien ; à travers ma chemise, je sens sa chaleur et la rondeur de ses seins, ça m'excite… Son parfum frais et propre me rappelle les pommiers de mon grand-père. J'inspire en fermant les yeux pour graver cette odeur dans ma mémoire. Lorsque je les rouvre, son regard posé sur mes lèvres m'implore… *Eh merde.* Elle veut que je l'embrasse. Et j'en ai envie. Rien qu'une fois. Ses lèvres sont entrouvertes, offertes, avides. Sous mon pouce, sa bouche semblait accueillante.

Non. Non. Non. Ne fais pas ça, Grey. Ça n'est pas une fille pour toi. Elle veut des fleurs et des chocolats, et ça n'est pas ton truc. Je ferme les yeux pour ne plus la voir, pour repousser la tentation. Lorsque je les rouvre, ma décision est prise.

— Anastasia, vous devriez m'éviter. Je ne suis pas l'homme qu'il vous faut.

Le petit « v » se forme entre ses sourcils. Elle retient son souffle.

— Respirez, Anastasia, respirez.

Il faut que je relâche mon étreinte, sinon je vais faire une bêtise. Mais je n'y arrive pas. J'ai envie de la tenir encore dans mes bras.

— Ça va ? Vous êtes remise ?

Je recule d'un pas pour la libérer. Elle me lâche, mais curieusement ça ne me soulage pas. Je la tiens par les épaules pour m'assurer qu'elle peut tenir debout toute seule. Son visage s'est assombri. Mon rejet l'a humiliée. *Bon sang, je ne voulais pas te blesser.*

— C'est bon, j'ai compris, lâche-t-elle sèchement.

Sa voix trahit sa déception et elle est devenue distante, mais elle ne cherche pas à se libérer.

— Merci, ajoute-t-elle.

— Pourquoi merci ?

— Merci de m'avoir sauvée.

Et j'ai envie de lui dire que c'est de moi que je la sauve, qu'il s'agit d'un geste noble... Mais ce n'est pas ce qu'elle veut entendre.

— Cet imbécile roulait en sens interdit. Heureusement que j'étais là. Je tremble en pensant à ce qui aurait pu vous arriver.

Maintenant, c'est moi qui parlote. Je suis toujours incapable de la lâcher. Je lui propose de venir s'asseoir un moment à l'hôtel pour se remettre, en sachant très bien qu'il s'agit d'un prétexte pour passer encore du temps avec elle, avant de la libérer.

Raide comme un piquet, elle secoue la tête et croise les bras. Puis, brusquement, elle traverse la rue en flèche, si vite que je dois courir pour la rattraper. Lorsque nous parvenons à l'hôtel, elle se tourne de nouveau vers moi. Elle a retrouvé son calme.

— Merci pour le thé et la séance photo.

Elle me dévisage d'un œil impassible. J'en ai les tripes retournées.

— Anastasia, je…

Je ne sais pas quoi dire, à part que je suis désolé.

— Quoi, Christian ?

Oh ! La voilà en colère, maintenant, déversant dans chaque syllabe de mon prénom tout le mépris dont elle est capable. C'est une expérience inédite pour moi. Et puis elle s'en va. Je ne veux pas qu'elle parte.

— Bonne chance pour vos examens.

La douleur et l'indignation font étinceler ses yeux.

— Merci, marmonne-t-elle, dédaigneuse. Adieu, monsieur Grey.

Elle tourne les talons et se dirige à grands pas vers le parking souterrain. Je la suis des yeux en espérant qu'elle se retournera, mais en vain. Elle disparaît, laissant dans son sillage une trace de regret, le souvenir de ses magnifiques yeux bleus et le parfum des pommes en automne.

Jeudi 19 mai 2011

« Non ! » Mon cri se répercute dans ma chambre et m'arrache à mon cauchemar. Je suis trempé de sueur, des relents de bière, de cigarettes et de misère plein les narines, avec la peur au ventre de cette violence qui vient avec l'alcool. Je me redresse, la tête entre les mains, pour tenter d'apaiser mon cœur emballé et mon souffle irrégulier. Depuis quatre nuits, c'est toujours la même chose. Un coup d'œil au réveil m'apprend qu'il est 3 heures du matin.

J'ai deux réunions importantes demain… aujourd'hui… il faut que je dorme, j'aurai besoin d'avoir les idées claires. *Qu'est-ce que je ne donnerais pas pour une bonne nuit de sommeil.* En plus, j'ai encore une fichue partie de golf avec Bastille. Je devrais annuler : la perspective de me faire battre me déprime encore plus.

Je me lève péniblement pour me traîner jusqu'au coin cuisine. En me versant de l'eau, j'aperçois mon reflet, vêtu d'un pantalon de pyjama, sur le mur en verre à l'autre bout de la pièce. Je m'en détourne, écœuré.

Tu l'as rejetée. Elle avait envie de toi. Et tu l'as rejetée.

Mais c'était pour son bien.

Cette histoire me taraude depuis plusieurs jours. Son beau visage surgit à tout moment dans mon esprit sans prévenir, comme pour me narguer. Si mon psy était rentré de vacances, je pourrais l'appeler. Avec son jargon à la con, il me remettrait les idées en place et je me sentirais moins minable.

Grey, ce n'est qu'une jolie fille.

Il me faudrait peut-être une distraction ; une nouvelle soumise, pourquoi pas ? Je pourrais téléphoner à Elena dans la matinée. Elle a le don de trouver des candidates qui me conviennent. Mais à vrai dire, je n'ai pas envie d'une nouvelle soumise. J'ai envie d'Ana.

Sa déception, son indignation, son mépris me hantent. Elle est partie sans se retourner. Je lui avais donné de faux espoirs en l'invitant à prendre un café. Je l'ai déçue. Je devrais trouver le moyen de me faire pardonner. J'arriverais peut-être alors à oublier cet épisode lamentable et à me sortir cette fille de la tête. Je retourne me coucher d'un pas lourd.

Quand le radioréveil retentit à 5 h 45, je n'ai pas dormi. Je suis épuisé. *Merde ! Ça devient ridicule.* Heureusement, l'émission de radio me change les idées, du moins jusqu'au deuxième reportage, consacré à la vente aux enchères, à Londres, d'un manuscrit rarissime : un roman inachevé de Jane Austen intitulé *The Watsons*. Nom de Dieu. Même les infos me rappellent Miss Intello, incurable romantique passionnée de littérature anglaise. Moi aussi, j'aime les vieux bouquins, mais pas tout à fait pour les mêmes raisons. Je n'ai pas de premières éditions de Jane Austen, ni d'ailleurs des sœurs Brontë... mais j'ai deux Thomas Hardy. Voilà ! J'ai trouvé !

Quelques instants plus tard, je suis dans ma bibliothèque, en train d'examiner mon exemplaire de *Jude l'Obscur* et mon coffret de *Tess d'Urberville* en trois volumes, posés sur la table de billard. Des romans sinistres aux thèmes tragiques. Une âme sombre et tourmentée, ce Hardy... *Comme moi.* Bref. *Jude* est en meilleur état, mais son personnage ne connaît aucune rédemption. Ce sera donc *Tess*, dont je tirerai une citation de circonstance. Certes, ce n'est pas un ouvrage très romantique. Il n'arrive pratiquement que des malheurs à Tess, l'héroïne, mais au moins, elle vit une brève idylle bucolique dans la campagne anglaise. Et elle se venge de l'homme qui l'a bafouée. Mais là n'est pas la question. Hardy est l'un des auteurs préférés d'Ana et je suis sûr qu'elle n'a jamais vu, encore moins possédé, une édition originale.

« Cela fait-il de vous un consommateur compulsif ? » Sa critique en forme de question revient me hanter. Oui. J'aime posséder des choses, en particulier celles qui prendront de la valeur : des premières éditions, par exemple.

Rasséréné et plutôt fier de moi, je m'habille pour aller courir.

Sur la banquette arrière de la voiture, je feuillette le premier tome de *Tess* pour trouver une citation, tout en me demandant quand aura lieu le dernier examen d'Ana. Je me rappelle vaguement l'intrigue du livre, même s'il y a plusieurs années que je l'ai lu. Lorsque j'étais adolescent, ma mère s'émerveillait de mon goût pour la lecture. Contrairement à Elliot, les romans étaient mon refuge. J'avais besoin d'évasion. Pas lui.

— Monsieur Grey, nous sommes arrivés, m'interrompt Taylor, qui descend pour m'ouvrir la portière. Je reviens vous prendre à 14 heures pour vous emmener au golf.

Je hoche la tête et entre dans Grey House, les livres calés sous le bras. La jeune réceptionniste m'accueille avec une œillade aguicheuse. *C'est comme ça tous les jours… comme une chanson ringarde qui passe en boucle.* Sans lui jeter un regard, je me dirige vers l'ascenseur qui me conduira directement à mon étage.

— Bonjour, monsieur Grey, me dit Barry, du service sécurité, en appelant l'ascenseur.

— Comment va votre fils, Barry ?

— Mieux, monsieur.

— Je suis heureux de l'apprendre.

L'ascenseur monte en flèche vers le vingtième étage. Andréa est là pour m'accueillir.

— Bonjour, monsieur Grey. Ros veut vous voir pour discuter de l'opération au Darfour. Et Barney aimerait vous parler quelques minutes…

Je la fais taire d'un signe.

— Ça peut attendre. Appelez-moi Welch, et renseignez-vous pour savoir quand Flynn rentrera de vacances. Dès que j'aurai parlé à Welch, j'enchaînerai sur mes rendez-vous de la journée.

— Oui, monsieur.

— Je voudrais un double expresso. Demandez à Olivia de le préparer.

Mais en regardant autour de moi, je constate l'absence d'Olivia. J'en suis vaguement soulagé.

— Voulez-vous du lait, monsieur ? me propose Andréa.

C'est bien, ma belle. Je lui adresse un sourire.

— Pas aujourd'hui.

J'aime cultiver l'incertitude...

— Très bien, monsieur Grey.

Elle a l'air fière d'elle, et à juste titre. Je n'ai jamais eu de meilleure assistante. Trois minutes plus tard, elle me passe Welch.

— Welch ?

— Monsieur Grey.

— C'est au sujet de l'enquête que je vous ai demandée la semaine dernière sur Anastasia Steele, étudiante à la WSU.

— Oui, monsieur. Je m'en souviens.

— J'aimerais connaître la date de son examen de fin d'année. Transmettez-moi l'information dès que possible.

— Très bien, monsieur. Autre chose ?

— Non, ce sera tout.

Je raccroche et contemple les livres posés sur mon bureau. Maintenant, il faut que je trouve cette fameuse citation.

Ros, mon bras droit, me briefe sur l'opération au Darfour :

— Nous avons obtenu des autorités soudanaises l'autorisation de décharger les cargaisons à Port-Soudan. Mais nos contacts sur le terrain se demandent encore si elles peuvent être acheminées au Darfour par voie terrestre. Ils sont en train de faire une évaluation de risques pour savoir si c'est jouable.

Ces problèmes de logistique doivent lui donner du fil à retordre. Elle en a perdu son habituelle bonne humeur.

— On pourrait toujours parachuter les colis.

— Christian, le coût d'un parachutage...

— Je sais. Attendons de voir ce que nos amis des ONG nous rapportent.

— D'accord, soupire-t-elle. J'attends aussi le feu vert du Département d'État.

Je lève les yeux au ciel. Putain de bureaucratie.

— S'il faut graisser la patte à quelqu'un, ou faire intervenir le sénateur Blandino, tenez-moi au courant.

— Bon, alors passons au dossier suivant : le site de la nouvelle usine. Vous savez que Detroit nous offre des avantages fiscaux très importants. Je vous ai envoyé une note là-dessus.

— Je sais. Mais bon sang, pourquoi Detroit ?

— Je ne sais pas ce que vous avez contre cette ville. Elle correspond à nos critères.

— D'accord, dites à Bill de repérer des friches industrielles. Mais qu'il cherche encore des municipalités qui pourraient nous offrir des conditions plus favorables.

— Bill a déjà envoyé Ruth sur place pour discuter avec le comité de réaménagement des sites industriels de Detroit, mais je demanderai à Bill de vérifier une dernière fois.

Mon téléphone sonne. Je réponds par un grognement. Andréa sait très bien que je déteste être interrompu lorsque je suis en réunion.

— J'ai Welch en ligne pour vous.

11 h 30. Il a fait vite.

— Passez-le-moi.

Je fais signe à Ros de rester.

— Monsieur Grey ?

— Welch. Du nouveau ?

— L'examen de fin d'année de Mlle Steele a lieu demain, le 20 mai.

Merde. Un peu juste, comme délai.

— Excellent. C'est tout ce que je voulais savoir.

Je raccroche.

— Ros, je vous demande de patienter encore un petit moment.

Je décroche le combiné. Andréa répond immédiatement.

— Andréa, trouvez-moi dans l'heure une carte en papier vélin.

Je raccroche.

— Bien, Ros, où en étions-nous ?

À 12 h 30, Olivia m'apporte mon plateau-repas, qu'elle dépose en tremblant sur mon bureau. J'espère que ce sera comestible. Après cette matinée chargée, je crève de faim… Une salade de thon. Pour une fois, elle ne s'est pas trompée. Elle dispose également sur le bureau trois cartes blanches de tailles différentes, avec leurs enveloppes.

— Très bien.

Allez, ouste. Elle détale.

J'avale une bouchée de thon pour apaiser ma faim, puis prends ma plume. J'ai choisi une citation. Un avertissement. J'ai pris la bonne décision en m'éloignant d'elle. Tous les hommes ne sont pas des héros romantiques… Elle comprendra.

Pourquoi ne m'avez-vous pas dit qu'il y avait du danger avec les hommes ? Pourquoi ne m'avez-vous pas avertie ? Les dames savent contre quoi se défendre parce qu'elles lisent des romans qui leur parlent du danger qu'il y a avec les hommes…

Je glisse la carte dans l'enveloppe assortie et j'y inscris l'adresse d'Ana, gravée dans ma mémoire grâce au rapport de Welch. J'appelle Andréa.

— Oui, monsieur Grey.

— Ces livres doivent parvenir à destination demain au plus tard.

— Oui, monsieur. Ce sera tout ?

— Non. Trouvez-moi les mêmes.

— Les mêmes livres ?

— Oui. Ce sont des premières éditions. Demandez à Olivia de s'en occuper.

— De quel ouvrage s'agit-il ?

— *Tess d'Urberville.*

Elle m'adresse l'un de ses rares sourires avant de quitter le bureau. *Pourquoi a-t-elle souri ?* Elle ne le fait jamais… Je chasse cette pensée de mon esprit en me demandant si je reverrai un jour ces livres. Je dois avouer que je l'espère.

Vendredi 20 mai 2011

Pour la première fois depuis cinq jours, j'ai bien dormi. Mon cadeau à Anastasia m'aurait-il permis de tourner la page ? Alors que je me rase, le miroir me renvoie l'image d'un connard au regard gris et froid. *Menteur.* Très bien, je l'avoue, j'espère qu'elle m'appellera. Elle a mon numéro.

Mme Jones lève les yeux lorsque j'approche du coin cuisine.

— Bonjour, monsieur Grey.

— Bonjour, Gail.

— Qu'aimeriez-vous manger ce matin ?

— Je prendrai une omelette, merci.

Je m'assois au bar pendant qu'elle prépare mon petit déjeuner. Je feuillette le *Wall Street Journal*, le *New York Times* et le *Seattle Times*. Le bourdonnement de mon téléphone me tire de ma lecture.

C'est Elliot. Et merde, que peut bien me vouloir mon grand frère ?

— Elliot ?

— Il faut que je me tire de Seattle ce week-end, mec. Une gonzesse qui me casse les couilles...

— Comment ça, elle te casse les couilles ?

— Si t'en avais, tu comprendrais.

Je ne relève pas sa raillerie, car je viens d'avoir une idée retorse.

— Tu veux qu'on aille en rando dans les environs de Portland ? On pourrait filer cet après-midi. Dormir sur place. Rentrer dimanche.

— Super. On prend l'hélico ou la bagnole ?

— On y va en voiture. Passe au bureau à l'heure du déjeuner et on partira de là.

— Merci, mec. À charge de revanche.

Mon frère a toujours eu du mal à maîtriser ses pulsions. Cette pauvre fille n'est qu'une conquête à ajouter à la liste interminable de ses aventures d'un soir.

— Monsieur Grey, qu'aimeriez-vous manger ce week-end ?

— Préparez un truc léger et laissez-le dans le frigo. Il est possible que je rentre samedi.

Ou peut-être pas.

Elle ne s'est même pas retournée pour te regarder, Grey.

Ayant passé une bonne partie de ma vie professionnelle à gérer les attentes des autres, je devrais être à même de maîtriser les miennes.

Elliot dort pendant presque tout le trajet vers Portland. Le pauvre vieux, il doit être crevé. Bosser, baiser : voilà les deux raisons d'être d'Elliot. Il ronfle, vautré sur le siège passager. Tu parles d'un compagnon de voyage. Nous arriverons à Portland vers 15 heures. J'appelle Andréa avec le kit mains libres. Elle répond au bout de deux sonneries.

— Monsieur Grey.

— Pourriez-vous faire livrer deux VTT au Heathman ?

— Pour quelle heure, monsieur ?

— 15 heures.

— Pour vous et votre frère ?

— Oui.

— Votre frère fait 1,85 mètre environ, c'est ça ?

— Oui.

— Je m'en occupe tout de suite.

— Excellent.

Je raccroche et appelle Taylor.

— Monsieur Grey.

— À quelle heure arrivez-vous ?

— Vers 21 heures.

— Vous prendrez la R8 ?

— Avec plaisir, monsieur.

Taylor, lui aussi, est fou de bagnoles.

— Très bien.

Je termine l'appel et augmente le volume de la
sono. Voyons si Elliot continue à dormir avec The
Verve à fond dans les oreilles.

De plus en plus excité, je file sur l'autoroute I-5.
Les livres sont-ils arrivés ? J'ai envie de rappeler
Andréa pour le savoir, mais je lui ai laissé une tonne
de boulot. En plus, inutile de prêter le flanc aux
ragots du personnel. Ce n'est pas dans mes habitudes. Ça n'est pas mon truc. *Alors pourquoi lui as-tu
offert ces livres, dans ce cas ? Parce que je veux la
revoir.*

En dépassant la sortie de Vancouver, je me demande si elle a terminé son examen.

— Hé, mec, on est où, là ? bredouille Elliot.

— Tiens, un ressuscité ! On est presque arrivés. On va faire une randonnée en VTT.

— Ah bon ?

— Oui.

— Super. Là où on allait avec papa ?

— Ouais.

Je secoue la tête en songeant à ces expéditions. À la fois intello et sportif, citadin et baroudeur, mon père est à l'aise partout, doué dans tous les domaines. Et en plus, il a adopté trois enfants… je suis le seul qui n'ait pas été à la hauteur de ses attentes. Pourtant, jusqu'à mon adolescence, nous étions très proches. C'était mon héros. Il nous emmenait en camping, et nous a initiés aux sports que j'adore aujourd'hui : voile, kayak, VTT… Tout a changé à la puberté.

— Je me suis dit qu'en arrivant en milieu d'après-midi, on aurait le temps de se balader.

— Bonne idée.

— Alors, qui fuis-tu cette fois-ci ?

— Mec, tu me connais : mon genre, c'est plutôt le coup d'un soir. Je ne m'engage pas. Mais c'est bizarre, dès qu'une gonzesse apprend que je suis mon propre patron, elle commence à se faire des idées. (Il me regarde du coin de l'œil.) Tu as raison de garder ta queue dans ta braguette.

— Ce n'est pas de ma queue qu'il est question, mais de la tienne et de celles qui s'y sont frottées ces derniers temps.

Elliot ricane.

— J'ai perdu le compte. Bon, assez parlé de moi. Quoi de neuf, dans l'univers stimulant des affaires internationales et de la haute finance ?

— Ça t'intéresse vraiment ?

— Nan ! beugle-t-il.

Son apathie et son manque d'éloquence me font rire. Je l'interroge à mon tour :

— Et toi, les affaires, ça marche ?

— Tu veux des nouvelles de ton investissement ?

— Comme toujours.

C'est mon boulot.

— On a démarré le chantier de Spokani Eden la semaine dernière et, pour l'instant, on est dans les temps.

Il hausse les épaules. Derrière son allure désinvolte, mon frère est un éco-guerrier. Son combat pour le développement durable déchaîne parfois des discussions houleuses lors des dîners familiaux du dimanche, et son dernier projet est un lotissement écologique au nord de Seattle.

— Je vais y installer ce nouveau système de recyclage des eaux grises dont je t'avais parlé. Ça permettrait à chaque foyer de réduire sa consommation et ses factures d'eau de vingt-cinq pour cent.

— Impressionnant.

— J'espère.

Nous roulons en silence jusqu'au centre-ville de Portland et, au moment où nous pénétrons dans le parking souterrain du Heathman – le dernier endroit où je l'ai vue –, Elliot marmonne :

— Tu sais qu'on va rater le match des Mariners, ce soir ?

— Tu pourrais passer la soirée devant la télé, pour changer. Regarder un match de baseball, ça te reposerait de tes galipettes.

— Bonne idée.

C'est un véritable défi de suivre Elliot. Aussi casse-cou sur le VTT que dans la vie, mon frère ne connaît pas la peur – voilà pourquoi je l'admire. Sauf qu'à cette vitesse je n'ai pas l'occasion d'admirer le paysage. J'entrevois vaguement une végétation luxuriante, mais je n'ose pas quitter la piste des yeux, pour éviter les nids-de-poule.

À la fin de la course, nous sommes tous les deux sales et exténués.

— Ça fait longtemps que je ne me suis pas autant amusé sans me déshabiller, déclare Elliot tandis que nous confions nos VTT à un groom du Heathman.

J'acquiesce, avant de me rappeler le moment où j'ai tenu Anastasia dans mes bras, après l'avoir sauvée du cycliste. Sa chaleur, ses seins pressés contre moi, son parfum envahissant mes sens… J'étais habillé.

Dans l'ascenseur qui nous mène au dernier étage, nous consultons nos téléphones respectifs. J'ai reçu des mails, Elena m'a envoyé un SMS pour me demander ce que je faisais ce week-end, mais Anastasia ne m'a pas appelé. Pourtant, il est presque 19 heures, elle a dû recevoir les livres. Démoralisé, je me dis qu'une fois de plus j'ai fait fausse route en venant à Portland.

— Putain, la gonzesse m'a téléphoné cinq fois et elle m'a envoyé quatre SMS, bougonne Elliot. Elle ne se rend pas compte que le désespoir, c'est tout sauf bandant ?

— Elle est peut-être enceinte.

Elliot blêmit. J'éclate de rire.

— Ne plaisante pas là-dessus, champion, grogne-t-il. En plus, je ne la connais pas depuis assez long-temps pour ça. Et je ne l'ai pas « connue » assez sou-vent.

Après une douche rapide, je rejoins Elliot dans sa suite où nous nous installons pour regarder le match des Mariners contre les Padres de San Diego. Nous commandons des steaks avec des frites, des salades et des bières. Résigné à l'idée qu'Anastasia n'appellera pas, je profite de la compagnie de mon frère. Les Mariners sont en train de mettre une branlée à l'équipe adverse, et finissent par remporter la par-tie 4-1. *Allez, les Mariners !* Elliot et moi trinquons avec nos bières.

Tandis que les commentateurs analysent le match, mon téléphone vibre. Le numéro de Mlle Steele s'affiche à l'écran. *C'est elle.*

— Anastasia ?

Je ne cherche à cacher ni mon plaisir ni mon éton-nement. À en juger par les bruits de fond, elle est dans une fête ou un bar. Comme Elliot me lance un regard curieux, je me lève pour qu'il ne puisse pas m'écouter.

— Pourquoi m'avez-vous envoyé ces livres ?

Elle parle d'une voix pâteuse. Un frisson d'appré-hension me court dans le dos.

— Anastasia, ça va ? Vous avez une drôle de voix.

82

— Ce n'est pas moi qui suis drôle, c'est vous.

Son ton est accusateur.

— Anastasia, vous avez bu ?

— Qu'est-ce que vous en avez à foutre ?

Son attitude revêche et belliqueuse me confirme qu'elle est ivre. Il faut que je sache si elle est en sécurité.

— Je suis… curieux. Où êtes-vous ?

— Dans un bar.

— Quel bar ?

Dis-moi. L'angoisse me tord les tripes. C'est une femme, elle est jeune, elle est ivre, donc elle n'est pas en sécurité.

— Un bar à Portland.

— Comment rentrez-vous ?

Je me pince l'arête du nez en espérant que cela m'empêchera de craquer.

— Je me débrouillerai.

Mais ça ne va pas ? Elle ne va pas prendre le volant dans cet état ? Je lui demande de nouveau dans quel bar elle se trouve, mais elle fait comme si elle n'avait pas entendu ma question.

— Pourquoi m'avez-vous envoyé ces livres, Christian ?

— Anastasia, où êtes-vous ? Dites-le-moi, tout de suite.

Comment va-t-elle rentrer ?

— Vous êtes tellement… autoritaire.

Elle glousse. En d'autres circonstances, je trouverais ça charmant. Mais en ce moment, je veux lui montrer à quel point je peux être intransigeant. Elle me rend fou.

— Ana, bordel de merde, où êtes-vous ?

Elle glousse de nouveau. *Merde, elle se moque encore de moi !*

— Je suis à Portland… C'est loin de Seattle.

— Où, au juste, à Portland ?

— Bonne nuit, Christian.

Elle a raccroché.

— Ana !

Elle m'a raccroché au nez ! Je fixe le téléphone, incrédule. Personne ne m'a jamais raccroché au nez. *Putain, je n'arrive pas à le croire !*

— Ça ne va pas ? me lance Elliot depuis le canapé.

— C'est une nana bourrée qui m'a téléphoné.

Je le regarde du coin de l'œil. Il est bouche bée.

— Toi ?

— Ouais.

J'appuie sur la touche « rappel » en tentant de contenir ma colère et mon angoisse.

— Allô ?

Elle chuchote timidement, maintenant, et elle est dans un environnement moins bruyant.

— Je viens vous chercher.

Ma voix est d'une froideur arctique, car je lutte pour me contrôler. Je raccroche aussitôt et me tourne vers Elliot :

— Il faut que j'aille chercher cette fille pour la ramener à la maison. Tu m'accompagnes ?

Elliot me dévisage comme si j'avais trois têtes.

— Toi ? Avec une gonzesse ? Il faut que je voie ça.

Il attrape ses baskets.

— Je passe un coup de fil et on y va.

Je m'enferme dans la chambre en me demandant s'il vaut mieux que j'appelle Barney ou Welch. Barney est l'ingénieur le plus chevronné du département télécom de ma société et c'est un génie de la technologie. Mais ma requête n'est pas tout à fait légale. *Mieux vaut ne pas mêler ma boîte à ça.* J'appelle donc Welch.

— Monsieur Grey ?

— Il est très important que je sache où se trouve Anastasia Steele en ce moment.

— Je vois. (Il se tait un instant.) Je m'en charge, monsieur Grey.

Je sais que c'est illégal, mais elle est peut-être en danger.

— Merci.

— Je vous rappelle dans quelques minutes.

Quand je repasse au salon, Elliot se frotte les mains en affichant un sourire fanfaron. *Putain, mais quel crétin, celui-là.*

— Je ne raterais ça pour rien au monde, exulte-t-il.

Je fais comme si je n'avais pas remarqué sa jubilation déplacée et je grogne :

— Je vais chercher les clés de la voiture. On se rejoint dans le parking dans cinq minutes.

Le bar est bondé d'étudiants bien décidés à s'éclater, la sono déverse une merde indie et la piste est noire de monde. Brusquement, je me sens vieux. *Elle est ici, quelque part…*

Elliot est entré derrière moi.

— Tu la vois ? me hurle-t-il pour se faire entendre malgré le vacarme.

En scrutant la salle, je repère Katherine Kavanagh. Elle est dans un box avec un groupe de garçons. Leur table est encombrée de verres à shot et de bocks de bière. Pas de signe d'Ana.

Voyons voir si Mlle Kavanagh est aussi loyale envers Ana qu'Ana l'est envers elle.

Elle me regarde d'un air étonné lorsque nous parvenons à sa table.

— Katherine…

Avant que je puisse lui demander où se trouve Ana, elle s'exclame :

— Christian, vous ici ! Quelle surprise !

Les trois types qui l'accompagnent nous dévisagent d'un air hostile, Elliot et moi.

— Je passais dans le quartier.

— Et lui, c'est qui ? m'interrompt-elle encore pour sourire largement à Elliot.

Bon sang, qu'est-ce qu'elle peut être exaspérante.

— C'est mon frère Elliot. Elliot, je te présente Katherine Kavanagh. Où est Ana ?

Le sourire de Kavanagh s'agrandit encore. Elliot y répond.

— Je pense qu'elle est sortie prendre l'air, lâche-t-elle sans me regarder.

Elle n'a d'yeux que pour M. Coup-d'un-Soir. Tant pis pour elle.

— Sortie ? Où ?

Elle désigne les doubles portes au fond du bar :

— Là.

Laissant Kavanagh et Elliot à leur concours de sourires aguicheurs sous l'œil morose des trois types, je joue des coudes jusqu'aux portes. Elles donnent d'un côté sur les WC dames, de l'autre sur une sortie de secours.

Je me retrouve sur le parking où j'ai garé ma voiture. Quelques jeunes fument, boivent et bavardent, appuyés à des plates-bandes surélevées. D'autres se pelotent.

Je la repère. *Bordel de merde !* Elle est avec le photographe, je crois, mais il fait trop noir pour que j'en sois sûr. Il la tient dans ses bras, mais j'ai l'impression qu'elle se tortille pour se dégager. Il lui marmonne des paroles inaudibles avant de l'embrasser dans le cou.

— José, non, proteste-t-elle.

Tout s'éclaire. Elle essaie de se libérer. *Elle ne veut pas de lui.* Je vais lui arracher la tête, à ce con. Les poings serrés le long du corps, je m'avance vers eux d'un pas déterminé.

— La dame a dit non, je crois.

Dans ce silence relatif, je n'ai pas besoin d'élever la voix pour me faire entendre. Je lutte pour contenir ma colère. Il lâche Ana, qui plisse les yeux en me fixant d'un air hébété.

— Grey, bredouille-t-il.

Il me faut tout mon self-control pour ne pas le réduire en bouillie. Soudain, Ana a un haut-le-cœur, puis se plie en deux pour vomir par terre. *Oh, merde !* José, dégoûté, s'écarte d'un bond.

— Pouah ! *Dios mío*, Ana !

Putain de petit con. J'attrape les cheveux d'Ana pour les éloigner de son visage tandis qu'elle continue à vomir. Agacé, je constate qu'elle n'a sans doute rien mangé. Lui passant le bras autour des épaules, je la guide vers une plate-bande, loin des regards.

— Si vous voulez encore vomir, faites-le ici. Je vais vous soutenir.

Dans le noir, elle pourra dégueuler tranquillement. Ce qu'elle fait en abondance, en prenant appui sur la bordure en briques. C'est pitoyable. Même l'estomac vide, elle continue à avoir des haut-le-cœur violents. *La pauvre, elle est dans un état…*

Son corps se détend enfin. Je crois que c'est fini. Je la lâche et lui tends mon mouchoir, qui se trouve comme par miracle dans la poche intérieure de ma veste. *Merci, madame Jones.* Elle s'essuie la bouche, se retourne et s'assoit sur la bordure en briques, morte de honte, en évitant mon regard. Et pourtant, malgré tout, je suis heureux de la voir. Ma fureur contre le photographe s'est dissipée. Je suis ravi d'être à Portland, sur le parking de ce bar, avec Mlle Anastasia Steele.

Elle prend sa tête entre ses mains, grimace et lève les yeux vers moi, mortifiée. Puis elle lance un regard furieux par-dessus mon épaule en direction du bar. Regard qui, je suppose, s'adresse à son « ami ».

— Je… euh… à tout à l'heure, bafouille-t-il.

Je ne me retourne pas, et je suis ravi de constater qu'elle l'ignore aussi : c'est moi qu'elle observe.

— Je suis désolée, souffle-t-elle en triturant mon mouchoir entre ses doigts.

Très bien. Maintenant, on va s'amuser un peu.

— De quoi êtes-vous désolée, Anastasia ?

— Désolée de vous avoir appelé. D'avoir vomi. La liste est interminable, murmure-t-elle.

— Ça nous est tous arrivé un jour ou l'autre, mais peut-être pas de façon aussi spectaculaire.

Pourquoi est-ce aussi amusant de taquiner cette jeune femme ?

— Il faut connaître ses limites, Anastasia. Les repousser, je suis pour, mais là, vous êtes vraiment allée trop loin. Ça vous arrive souvent ?

Elle a peut-être un problème avec l'alcool. Cette pensée m'inquiète, et je me demande si je devrais appeler ma mère pour qu'elle me conseille un centre de désintoxication.

Quand Ana fronce les sourcils, je résiste à l'envie d'embrasser le petit « v » qui se forme sur son front. Mais lorsqu'elle parle, c'est d'une voix contrite :

— Non. Je n'ai jamais bu et, pour le moment, je n'ai aucune envie de recommencer.

Elle me regarde d'un œil flou et vacille un peu, comme si elle allait tomber dans les pommes. D'instinct, je la soulève dans mes bras. Elle est étonnamment légère. Trop légère. Ça m'agace. Rien d'étonnant à ce qu'elle soit aussi ivre.

— Venez, je vous raccompagne chez vous.

— Il faut que j'avertisse Kate, dit-elle en posant la tête sur mon épaule.

— Mon frère peut le lui dire.

— Quoi ?

— Mon frère Elliot est avec Mlle Kavanagh.

— Ah ?

— Il était avec moi quand vous m'avez appelé.

— À Seattle ?

— Non, je suis à l'hôtel Heathman.

Et cette fois, je ne me serai pas déplacé pour rien.

— Comment m'avez-vous retrouvée ?

— J'ai fait tracer votre appel, Anastasia.

Je me dirige vers la voiture. Je dois la raccompagner chez elle.

— Vous avez une veste ou un sac ?

— Euh… oui, les deux. Christian, je vous en prie, il faut que je parle à Kate. Elle va s'inquiéter.

Je préfère me taire. Kavanagh ne s'est pas inquiétée quand ce photographe lui a sauté dessus. Comment s'appelle-t-il, déjà ? *Rodriguez.* Tu parles d'une amie. Les lumières du bar illuminent le visage anxieux d'Ana. À contrecœur, je la pose et accepte de l'accompagner à l'intérieur. Main dans la main, nous entrons dans le bar pour nous diriger vers la table de Kate. L'un de ses camarades est toujours là, seul et dépité.

— Où est Kate ? lui demande Ana.

— Elle danse, répond le type en se tournant vers la piste.

Ana prend sa veste, son sac, puis elle s'agrippe à mon bras alors que je ne m'y attendais pas. Je me fige. *Merde.* Ma fréquence cardiaque s'emballe tandis que les ténèbres remontent à la surface et allongent leurs tentacules pour me prendre à la gorge.

— Elle est sur la piste de danse ! me crie Ana.

En me chatouillant l'oreille, ses mots me détournent de ma terreur. Tout d'un coup, les ténèbres se dissipent et mon cœur cesse de battre à tout rompre. *Quoi ?* Je lève les yeux au ciel pour cacher ma confusion et entraîne Ana vers le bar pour commander un grand verre d'eau, que je lui tends.

— Buvez.

Elle avale une petite gorgée en me regardant.

— Tout ! ordonné-je.

J'espère que ça limitera suffisamment les dégâts pour lui éviter une gueule de bois carabinée demain matin. Que lui serait-il arrivé si je n'étais pas intervenu ? Mon humeur s'assombrit. Puis, je repense à ce qui vient de m'arriver, à moi. *Sa main sur mon bras. Ma réaction.* J'en suis encore plus déprimé.

Ana vacille un peu en buvant. Je la stabilise en lui posant une main sur l'épaule. J'aime bien la toucher – quand c'est mon initiative. Ce contact semble apaiser les remous de mes eaux sombres, profondes, troubles.

Dis donc… tu deviens poète, Grey.

Elle finit son verre d'eau. Je le lui reprends et le pose sur le comptoir. Bon. Elle veut parler à sa soi-disant amie. Je scrute la piste de danse bondée, tendu à l'idée que tous ces corps se pressent contre le mien. M'armant de courage, j'attrape sa main et la guide. Elle hésite, mais si elle veut parler à sa copine, il n'y a pas d'autre moyen : elle doit danser avec moi. Une fois qu'Elliot est lancé, impossible de l'arrêter : pour la soirée tranquille entre frangins, c'est râpé.

Je l'attire dans mes bras. Ça, je supporte. Quand je sais d'avance qu'elle va me toucher, ça va, d'autant que je porte ma veste. Tout en dansant, nous nous faufilons à travers la foule pour rejoindre Elliot et Kate, qui sont en train de se donner en spectacle. Sans cesser de se déhancher, Elliot se penche vers moi lorsque nous parvenons à sa hauteur et nous toise d'un œil incrédule.

— Je raccompagne Ana chez elle. Dis-le à Kate.

Il hoche la tête et attire Kavanagh dans ses bras.

Bon. Maintenant, il faut que je reconduise Miss Intello Pompette qui, Dieu sait pourquoi, reste clouée sur place à guetter sa copine d'un air inquiet. Alors que je réussis enfin à l'entraîner, elle se retourne vers Kate, puis vers moi, et se met à tituber.

— Merde !

Par miracle, je réussis à l'attraper au moment où elle s'effondre en plein milieu de la piste. J'aurais envie de la porter sur mes épaules, mais on nous remarquerait. Je la soulève donc de nouveau dans mes bras en la serrant contre ma poitrine pour me rendre jusqu'à la voiture.

Tout en tentant de la maintenir, j'extirpe ma clé de la poche de mon jean. J'arrive tant bien que mal à l'installer sur le siège passager et à boucler sa ceinture.

Son silence m'inquiète. Je la secoue doucement.

— Ana ? Ana !

Elle marmonne des paroles incohérentes, donc elle est toujours consciente. Je devrais la ramener chez elle, mais Vancouver n'est pas tout près et j'ai peur qu'elle soit encore malade. L'idée que mon Audi empeste le vomi ne m'enchante pas. La puanteur qui émane de ses vêtements est déjà assez forte. Je me dirige vers le Heathman en me disant que c'est pour son bien. *Ouais, cause toujours, Grey.*

Elle dort dans mes bras dans l'ascenseur qui nous conduit du garage à mon étage. Il faut que je lui enlève son jean et ses chaussures dès que possible, car l'odeur est vraiment envahissante. En fait, il aurait fallu lui donner un bain, mais ce serait outrepasser les limites de la bienséance.

Et ce que tu fais, alors, c'est quoi ?

Arrivé dans ma suite, je pose son sac sur le canapé, la porte dans la chambre et l'allonge sur le lit. Elle marmonne sans se réveiller. Rapidement, je lui retire ses chaussures et ses chaussettes, que je mets dans le sac du pressing de l'hôtel. J'y ajoute son jean après avoir vérifié que les poches sont vides. Elle se laisse tomber sur le dos, bras et jambes écartés comme une étoile de mer. Un instant, j'imagine ces jambes pâles qui enserrent ma taille, pendant qu'elle est attachée par les poignets à ma croix de Saint-André… Elle a un bleu sur le genou. Je me demande si elle se l'est fait en tombant dans mon bureau. *Depuis, elle est marquée… comme moi.*

Je la redresse. Elle ouvre les yeux.

— Hello, Ana.

Je lui retire lentement sa veste, sans sa coopération.

— Grey. Lèvres, bredouille-t-elle.

— Oui, ma belle.

Je la recouche doucement. Elle referme les yeux, se tourne sur le côté et se roule en boule, ce qui lui donne l'air minuscule et vulnérable. Je la borde et pose un baiser sur ses cheveux. Maintenant qu'elle n'a plus ses vêtements souillés, une trace de son parfum a refait surface. Elle sent les pommes, l'automne, c'est frais et délicieux… elle sent Ana. Ses lèvres sont entrouvertes, ses cils ombrent ses joues pâles, sa peau est sans défaut. Je me permets de la toucher une dernière fois, en caressant sa joue du dos de mon index.

— Dors bien.

Je me dirige vers le salon pour remplir le formulaire du pressing de l'hôtel, puis je place le sac malodorant à l'extérieur de ma suite.

Avant de relever mes mails, j'envoie un SMS à Welch pour lui demander de vérifier si José Rodriguez a un casier judiciaire. Je suis curieux de savoir s'il a l'habitude de s'en prendre aux jeunes filles en état d'ébriété. Puis je règle le problème vestimentaire de Mlle Steele en envoyant un mail à Taylor.

De : Christian Grey
Objet : Mlle Anastasia Steele
Date : 20 mai 2011 23:46
À : J.B. Taylor

Bonjour,
Pourriez-vous s'il vous plaît trouver les articles suivants pour Mlle Steele et les faire livrer à ma chambre habituelle avant 10 heures.

Jean : Denim bleu. Taille 34
Chemisier : Bleu. Joli. Taille 34
Converse : Noires. Taille 37,5
Chaussettes : Taille 37/38
Lingerie : Culotte – Small. Soutien-gorge – 90C.

Merci.

Christian Grey
P-DG, Grey Enterprises Holdings, Inc.

Une fois le mail expédié, j'envoie un SMS à Elliot auquel il répond aussitôt :

« Ana est avec moi.
Si tu es encore avec Kate,
dis-le-lui. »

                    « D'accord.
                    J'espère que tu vas baiser.
                    Tu en as troooop besoin. ;) »

Sa réponse m'arrache un petit rire. *En effet, Elliot. J'en ai besoin. Trop besoin.* J'ouvre mes mails professionnels et commence à les lire.

Samedi 21 mai 2011

Quand je vais me coucher deux heures plus tard, il est 1 h 45. Profondément endormie, Ana n'a pas changé de position. Je me déshabille, enfile un pantalon de pyjama et un tee-shirt, et me couche à côté d'elle. Elle est comateuse ; il est peu probable qu'elle me touche en s'agitant dans son sommeil. J'hésite un moment. Les ténèbres montent en moi, mais elles n'émergent pas et je sais que c'est parce que j'observe le mouvement hypnotique de sa poitrine, et que je synchronise ma respiration sur la sienne. Inspirer. Expirer. Inspirer. Expirer. Inspirer. Expirer. Pendant plusieurs secondes, minutes, heures, je ne sais plus, je la contemple, j'inspecte chaque magnifique centimètre de son ravissant visage. Ses cils noirs papillonnent, ses lèvres s'entrouvrent légèrement, me laissant apercevoir ses dents blanches et régulières. Elle marmonne des paroles inintelligibles ; elle darde sa langue hors de sa bouche et lèche ses lèvres. C'est bandant, très bandant. Je finis par sombrer dans un sommeil profond et sans rêves.

Tout est silencieux lorsque j'ouvre les yeux, et je suis un instant désorienté. Ah oui. Je suis au Heath-

man. Le réveil sur ma table de chevet indique
7 h 43.

Quand ai-je dormi aussi longtemps pour la dernière fois ?

Ana.

Je tourne lentement la tête. Elle dort à poings
fermés, face à moi. Son beau visage est doux et
détendu.

Je n'ai jamais passé la nuit avec une femme. J'en ai
baisé beaucoup, mais le fait de me réveiller à côté
d'une jeune femme séduisante est une expérience
inédite et stimulante. Ma queue acquiesce.

On se calme.

Je me lève à contrecœur pour passer mon survêtement. Je dois brûler ce… surplus d'énergie. Dans
le salon, j'allume mon ordinateur, vérifie mes mails
et réponds à ceux de Ros et d'Andréa. J'y mets plus
de temps que d'habitude. La présence d'Ana dans
ma chambre me déconcentre. Je me demande dans quel
état elle sera à son réveil. Elle aura forcément la
gueule de bois. Je prends un jus d'orange dans le
minibar et lui en verse un verre. Lorsque j'entre dans
la chambre, elle dort toujours, avec ses cheveux en
tourbillon acajou sur l'oreiller. Elle a repoussé la couverture et son tee-shirt s'est retroussé, dévoilant son
ventre et son nombril. Ce spectacle me remue de
nouveau.

*Ne reste pas planté là à la reluquer, enfin, merde,
Grey.*

Il faut que je sorte avant de commettre un acte que
je regretterais. Posant le verre sur sa table de chevet,
je passe dans la salle de bains, prends deux Advil

dans ma trousse de toilette et les dépose à côté du jus d'orange. Après avoir longuement contemplé une dernière fois Anastasia Steele – la première femme avec laquelle j'aie dormi –, je sors courir.

Lorsque je rentre, je trouve dans le salon un sac en plastique contenant des vêtements pour Ana. Taylor s'est bien débrouillé – il n'est pas encore 9 heures, et il a tout trouvé. Une perle, ce type.

Le sac à main d'Ana est toujours sur le canapé, là où je l'ai déposé hier, et la porte de la chambre est fermée. J'en déduis donc, soulagé, qu'elle est encore là. Lorsqu'elle s'éveillera, elle aura faim. J'étudie le menu du room-service mais comme je ne sais pas ce qu'elle mange, je commande un peu de tout dans un rare accès d'extravagance. On m'informe que ce sera prêt dans une demi-heure.

Il est temps de réveiller la délectable Mlle Steele. Prenant ma serviette de sport et le sac en plastique, je frappe avant d'entrer. Je suis ravi de la trouver adossée aux oreillers. Les cachets ont disparu, ainsi que le jus d'orange. *C'est bien, ma belle.*

Elle blêmit lorsqu'elle me voit entrer. *Vas-y doucement, Grey. Pas la peine de te faire accuser de kidnapping.*

— Bonjour, Anastasia. Comment vous sentez-vous ?

— Mieux que ce que je mérite.

Je pose le sac sur la chaise. Quand elle me dévisage avec ses immenses yeux bleus, même coiffée en pétard… elle est belle à tomber.

— Comment suis-je arrivée ici ? demande-t-elle comme si elle redoutait ma réponse.

Rassure-la, Grey. Je m'assois sur le bord du lit et je m'en tiens aux faits.

— Vous vous êtes évanouie, et je n'ai pas voulu faire courir aux sièges de ma voiture le risque de vous raccompagner chez vous. Alors je vous ai emmenée ici.

— C'est vous qui m'avez couchée ?

— Oui.

— J'ai encore vomi ?

— Non.

Dieu merci.

— Vous m'avez déshabillée ?

— Oui.

Qui d'autre aurait pu le faire ?

Elle rougit, ce qui lui met enfin un peu de rose aux joues. Des dents blanches parfaites s'enfoncent dans sa lèvre inférieure. Je retiens un gémissement.

— Nous n'avons pas… ? murmure-t-elle en fixant ses mains.

Mais enfin, elle me prend pour une brute, ou quoi ? Je réponds sèchement :

— Anastasia, vous étiez dans le coma. La nécrophilie, ça n'est pas mon truc. J'aime qu'une femme soit consciente et réceptive.

Elle s'affaisse, soulagée. Du coup, je me demande si elle ne s'est pas déjà réveillée, ivre morte, dans le lit d'un inconnu qui l'a baisée sans son consentement. C'est peut-être le mode opératoire du photographe. Cette éventualité m'inquiète jusqu'à ce que je me rappelle sa confession de la veille : c'était la première fois qu'elle était ivre. Dieu merci, elle n'est pas coutumière du fait.

— Je suis vraiment navrée, lâche-t-elle, honteuse.

Aïe. Il vaudrait peut-être mieux que j'y aille plus doucement.

— Ce fut une soirée très divertissante. Je ne risque pas de l'oublier.

J'espère l'avoir amadouée, mais elle plisse le front.

— Je ne vous ai pas obligé à me repérer avec vos gadgets à la James Bond, que vous êtes sans doute en train de développer pour les vendre au plus offrant !

Oh ! La voilà qui se fâche, maintenant. Pourquoi donc ?

— Premièrement, la technologie nécessaire à tracer les appels des téléphones portables est largement disponible sur Internet.

Enfin, disons dans les tréfonds du web…

— Deuxièmement, ma société ne fabrique pas d'appareils de surveillance. (Je commence à m'énerver, mais je suis lancé.) Troisièmement, si je n'étais pas venu vous chercher, vous vous seriez sans doute réveillée dans le lit de ce photographe et, si j'ai bien compris, vous n'étiez pas particulièrement ravie qu'il vous poursuive de ses assiduités.

Elle cligne des yeux deux ou trois fois, avant de se mettre à glousser. *Mais elle se moque encore de moi, ma parole ?*

— Vous vous êtes échappé d'une chronique médiévale, ou quoi ? Vous parlez comme un preux chevalier.

Elle est charmante quand elle me taquine. Je trouve son irrévérence rafraîchissante, vraiment rafraîchissante. Mais je ne suis pas un preux chevalier, loin de là. Et bien que cela ne plaide pas en ma faveur, je me dois de la détromper : je n'ai rien de preux, ni de chevaleresque.

— Anastasia, ça m'étonnerait. Ou alors, un chevalier noir. (Si seulement elle savait… Mais assez parlé de moi :) Vous avez mangé hier soir ?

Elle secoue la tête. *J'en étais sûr !*

— Il faut que vous mangiez. C'est pour ça que vous avez été aussi malade. Manger avant de boire, c'est la règle numéro un.

— Vous allez me gronder encore longtemps comme ça ?

— Je vous gronde ?

— Je crois.

— Vous avez de la chance que je ne fasse que vous gronder.

— C'est-à-dire ?

— Si vous étiez à moi, après votre petite escapade d'hier soir, vous ne pourriez pas vous asseoir pendant une semaine. Vous n'avez rien mangé, vous vous êtes soûlée, vous vous êtes mise en danger. J'ai peur quand je pense à ce qui aurait pu vous arriver.

Elle se renfrogne.

— Il ne me serait rien arrivé. J'étais avec Kate.

— Et le photographe ?

— José a un peu dépassé les bornes, c'est tout, répond-elle en rejetant ses boucles emmêlées sur ses épaules, comme si je n'avais aucune raison de m'inquiéter.

— La prochaine fois qu'il dépasse les bornes, quelqu'un devra lui enseigner les bonnes manières.

— Vous êtes adepte de la discipline, on dirait, rétorque-t-elle.

— Anastasia, vous ne savez pas à quel point vous avez raison.

Je la vois tout d'un coup ligotée à mon banc, avec un bout de gingembre frais inséré dans le cul pour l'empêcher de serrer les fesses, tandis que je manie judicieusement une ceinture ou un fouet. *Ouais...* Ça lui apprendrait à ne pas se comporter en irresponsable. Cette pensée me plaît énormément.

Sa façon de me fixer avec de grands yeux rêveurs m'alarme. *Peut-elle lire mes pensées ? Ou est-ce qu'elle me contemple, tout bêtement ?*

— Je vais prendre une douche, lui dis-je. À moins que vous ne préfériez passer en premier ?

Elle continue à me scruter, bouche bée. Et même avec la bouche ouverte elle est tout à fait ravissante, tellement irrésistible que je me permets de la toucher : mon pouce parcourt sa joue. Lorsque j'effleure sa lèvre inférieure si douce, elle retient son souffle.

— Respirez, Anastasia.

Je me lève et l'informe que le petit déjeuner sera servi dans quinze minutes. Elle ne répond rien. Pour une fois, cette bouche insolente reste muette.

Dans la salle de bains, j'inspire profondément, me déshabille et entre dans la douche. Je suis tenté de me branler, mais j'en suis empêché par la peur d'être surpris, souvenir d'une époque révolue de ma vie. Elena ne serait pas contente. *Les vieilles habitudes...*

Tandis que l'eau ruisselle sur ma tête, je songe à la stimulante Mlle Steele. Si elle est toujours là, dans mon lit, c'est qu'elle ne me trouve pas entièrement répugnant. La façon dont elle retient son souffle, dont elle me suit du regard... Il y a de l'espoir. Mais ferait-elle une bonne soumise ?

Elle ne connaît rien à mon style de vie, c'est évident. Elle n'est même pas capable de prononcer à voix haute les mots « baiser » ou « sexe », ni aucun des euphémismes qu'utilisent ses camarades pour parler de cul. Elle est totalement innocente. Sans doute n'a-t-elle jamais connu autre chose que les pelotages maladroits de garçons comme ce photographe. Et même ça, ça m'énerve.

Je pourrais simplement lui demander si elle est intéressée ? Non. Il faut que je lui explique à quoi s'attendre si elle accepte d'avoir une relation avec moi. Mais voyons d'abord comment se passe le petit déjeuner...

Je me rince sous le jet brûlant et rassemble mes esprits pour mon deuxième round avec Anastasia Steele. Je ferme le robinet, sors de la douche et noue une serviette autour de ma taille. Après un coup d'œil au miroir, je décide de ne pas me raser. Le petit déjeuner arrive et j'ai faim. Je me brosse les dents en vitesse.

Lorsque j'ouvre la porte de la salle de bains, elle est debout et cherche son jean. Avec ses grands yeux et ses longues jambes, on dirait une biche effarouchée.

— Au fait, votre jean est au pressing.

Elle a vraiment des jambes superbes. Elle ne devrait pas les cacher sous des pantalons. Ses yeux se plissent, et comme j'ai l'impression qu'elle va m'engueuler, je précise :

— Il était éclaboussé de vomi.

— Oh.

Oui. « Oh. » Ça vous cloue le bec, n'est-ce pas, mademoiselle Steele ?

— J'ai envoyé Taylor vous acheter un autre jean et des chaussures. Tout est là sur la chaise.

Je désigne le sac de shopping d'un signe de tête. Elle hausse les sourcils – d'étonnement, je crois.

— Euh… je vais prendre une douche, marmonne-t-elle, avant d'ajouter : Merci.

Elle prend le sac, me contourne et file dans la salle de bains dont elle verrouille la porte. *Tiens, tiens…* Elle était bien pressée de s'enfermer. *Elle me fuit.* J'ai peut-être été trop optimiste. Démoralisé, je me sèche vigoureusement et m'habille. Dans le salon, je consulte mes mails, mais il n'y a rien d'urgent. Je suis interrompu par le room-service.

— Où voulez-vous prendre votre petit déjeuner, monsieur ?

— Mettez-le sur la table.

Lorsque j'ouvre la porte de la chambre, je surprends les deux serveuses qui m'épient furtivement. Je me sens coupable d'avoir commandé autant de nourriture. Nous n'arriverons jamais à tout manger.

Je frappe à la porte de la salle de bains.

— Le petit déjeuner est servi.

— D'ac…cord.

Ana parle d'une voix un peu éteinte.

Quand je reviens dans le salon, la table est dressée. L'une des deux serveuses, une jeune femme aux yeux noirs, me tend la note pour que je la signe. Je tire deux billets de vingt dollars de mon portefeuille.

— Merci, mesdames.

— Vous n'avez qu'à appeler le room-service quand vous voudrez qu'on desserve, monsieur, précise Mlle Yeux-Noirs d'un air aguicheur, comme si elle était prête à m'offrir d'autres services…

Un sourire glacial lui signifie mon refus.

Je m'attable avec le journal, me sers un café et attaque mon omelette. Mon téléphone vibre – c'est un SMS d'Elliot.

« Kate veut savoir si Ana est toujours vivante. »

Je ricane : en fin de compte, la soi-disant amie d'Ana s'inquiète de son sort. Et apparemment, malgré ses protestations de la veille, Elliot n'a pas donné congé à sa queue. Je réponds par SMS :

« Elle pète la forme ;) »

Ana fait son apparition quelques instants plus tard, les cheveux mouillés, vêtue d'un joli chemisier bleu assorti à ses yeux. Taylor a bien choisi : c'est ravissant. Scrutant la pièce, elle repère son sac à main.

— Merde ! Kate ! lâche-t-elle.

— Elle sait que vous êtes ici et que vous êtes encore vivante. J'ai envoyé un SMS à Elliot.

Elle m'adresse un sourire hésitant en s'approchant de la table. Je lui désigne sa place :

— Asseyez-vous.

Elle fronce les sourcils en découvrant la table chargée d'aliments, ce qui ne fait qu'accentuer ma culpabilité. Je lui explique, comme pour m'excuser :

— Je ne savais pas ce que vous aimiez, alors j'ai commandé un peu de tout.

— C'est très extravagant de votre part.

Ma culpabilité s'accroît encore.

— Oui, en effet.

Mais je me pardonne en la voyant attaquer avec appétit pancakes, œufs brouillés, bacon et sirop d'érable. C'est bon de la voir manger.

— Thé ?

— Oui, s'il vous plaît, articule-t-elle entre deux bouchées.

Elle était manifestement affamée. Je lui tends un petit pot d'eau chaude. Elle m'adresse un doux sourire lorsqu'elle remarque le sachet de Twinings English Breakfast Tea. J'en ai le souffle coupé. Et en même temps, j'en éprouve un pincement. Parce que je me permets d'espérer.

— Vous avez les cheveux mouillés.

— Je n'ai pas trouvé le sèche-cheveux, répond-elle, confuse.

Elle va prendre froid.

— Et merci pour les vêtements.

— Ça m'a fait plaisir, Anastasia. Cette couleur vous va bien.

Elle fixe ses doigts.

— Vous savez, il faut que vous appreniez à accepter les compliments.

On lui en fait peut-être rarement… mais pourquoi ? Elle est très belle, à sa façon discrète.

— Je vais vous rembourser pour ces vêtements.

Pardon ? Comme je la foudroie du regard, elle s'empresse d'ajouter :

— Vous m'avez déjà offert les livres, qu'évidemment je ne peux pas accepter. Mais ces vêtements… je vous en prie, laissez-moi vous rembourser.

Ma beauté.

— Anastasia, croyez-moi, j'ai les moyens de vous les offrir.

— Là n'est pas la question. Pourquoi me faire un tel cadeau ?

— Parce que je le peux.

Je suis très riche, Ana.

— Simplement parce que vous le pouvez, ça ne veut pas dire que vous le devez.

Elle parle d'une voix douce mais tout d'un coup, je me demande si elle ne m'a pas percé à jour, si elle a deviné mes désirs les plus obscurs.

— Pourquoi m'avez-vous offert ces livres, Christian ?

Parce que je voulais vous revoir. Et vous voilà…

— Quand vous avez failli vous faire renverser par ce cycliste, que je vous tenais dans mes bras et que vous me regardiez comme pour me dire « embrassez-moi, Christian »…

Je me tais en me rappelant son corps contre le mien. *Eh merde.* Je chasse aussitôt ce souvenir de mon esprit.

— … j'ai eu le sentiment que je vous devais des excuses et un avertissement. Anastasia, je ne suis pas du genre à offrir des fleurs et des chocolats… Les histoires d'amour, ça n'est pas mon truc. J'ai des goûts très particuliers. Vous devriez m'éviter. Il y a pourtant quelque chose en vous qui m'attire irrésistiblement. Mais je crois que vous l'aviez déjà deviné.

— Alors ne résistez pas, souffle-t-elle.

Quoi ?

— Vous ne savez pas ce que vous dites.

— Expliquez-moi.

Ses mots filent directement vers ma queue. *Putain.*

— Donc, vous n'avez pas fait vœu de chasteté ? me demande-t-elle.

— Non, Anastasia, je ne suis pas chaste.

Et si tu te laissais ligoter, je te le prouverais immédiatement.

Ses yeux s'écarquillent et ses joues s'empourprent. *Oh, Ana.* Il faut que je lui montre. C'est la seule façon de savoir. Je me lance :

— Quels sont vos projets pour les jours qui viennent ?

— Je travaille aujourd'hui à partir de midi. Il est quelle heure ? s'exclame-t-elle, brusquement affolée.

— Un peu plus de 10 heures : vous avez tout votre temps. Et demain ?

— Kate et moi, nous allons commencer à faire nos cartons. Nous déménageons à Seattle la semaine prochaine, et je travaille chez Clayton's toute la semaine.

— Vous avez déjà trouvé un appartement à Seattle ?

— Oui.

— Où ?

— Je ne me rappelle pas l'adresse. C'est dans le quartier de Pike Market.

— Pas loin de chez moi. Qu'allez-vous faire à Seattle ?

— J'ai envoyé des candidatures de stages. J'attends des nouvelles.

— Avez-vous demandé un stage chez moi, comme je vous l'ai suggéré ?

— Euh… non.

— Qu'est-ce que vous lui reprochez, à ma compagnie ?

— À votre compagnie ou à votre *compagnie* ?

Elle hausse un sourcil.

— Vous moqueriez-vous de moi, mademoiselle Steele ?

Je n'arrive pas à dissimuler mon amusement. *Ah, ce serait un pur plaisir de dresser cette insolente…* Elle examine son assiette en se mordillant la lèvre.

— J'aimerais bien mordre cette lèvre-là.

Elle relève aussitôt les yeux, se redresse et soutient mon regard.

— Pourquoi pas ? demande-t-elle posément.

Ne me tente pas, bébé. Je ne peux pas. Pas encore.

— Parce que je ne veux pas vous toucher, Anastasia. Pas avant d'avoir obtenu votre consentement écrit.

Il faut que tu t'engages en connaissance de cause.

— Que voulez-vous dire ?

— Exactement ce que j'ai dit. Il faut que je vous explique tout ça, Anastasia. À quelle heure finissez-vous de travailler ?

— Vers 20 heures.

— Nous pourrions aller à Seattle ce soir ou samedi prochain, comme vous voulez, pour dîner chez moi, et je vous expliquerai.

— Pourquoi pas tout de suite ?

— Parce que je savoure mon petit déjeuner en votre compagnie. Une fois que vous saurez, vous ne voudrez sans doute plus me revoir.

Elle réfléchit à ce que je viens de dire en fronçant les sourcils.

— Ce soir, dit-elle.

Oh ! Ça n'a pas traîné.

— Comme Ève, vous avez hâte de croquer le fruit de l'arbre de la connaissance.

— Vous moqueriez-vous de moi, monsieur Grey ?

Je la dévisage, les yeux plissés. *Très bien, bébé. Tu l'auras voulu.* Je prends mon téléphone pour appeler Taylor, qui répond presque immédiatement.

— Monsieur Grey.

— Taylor, j'aurais besoin de Charlie Tango.

Elle m'observe attentivement tandis que j'organise le transfert de mon EC135 à Portland. Je vais lui montrer ce que j'ai en tête… et ce sera à elle de décider. Lorsqu'elle saura, elle voudra sans doute rentrer chez elle immédiatement. Il faut donc que mon pilote, Stephan, soit d'astreinte pour la ramener à Portland le cas échéant. J'espère que ça ne sera pas nécessaire.

Je me rends compte, tout d'un coup, que je suis ravi de l'emmener à Seattle à bord de Charlie Tango. *Ce sera une première.*

— Qu'un pilote reste à disposition à Seattle à partir de 22 h 30, dis-je à Taylor avant de raccrocher.

— Les gens font-ils toujours ce que vous leur demandez ?

110

Sa voix est ouvertement désapprobatrice. Elle me gronde, ou quoi ? Ça commence à m'énerver, cette manie qu'elle a de me défier sans arrêt...

— En général, s'ils veulent garder leur poste.

Ne te mêle pas de la façon dont je gère mon personnel.

— Et s'ils ne travaillent pas pour vous ?

— Je suis capable d'être très persuasif, Anastasia. Finissez votre petit déjeuner. Ensuite je vous déposerai chez vous. Je passerai vous prendre chez Clayton's à 20 heures. Nous irons en hélico à Seattle.

— En hélico ?

— Oui, j'ai un hélicoptère privé.

Elle en reste bouche bée. Ses lèvres forment un petit « o ». C'est un instant gratifiant.

— On va en hélicoptère à Seattle ?

— Oui.

— Pourquoi ?

— Parce que je le peux. Finissez votre petit déjeuner.

Je souris. Parfois, tout bêtement, je trouve que c'est génial d'être moi. Mais comme elle continue à me fixer, sidérée, je répète plus sèchement :

— Mangez. Anastasia, je déteste qu'on gaspille la nourriture... mangez.

— Je ne peux pas avaler tout ça.

Elle contemple la table et je me sens de nouveau coupable. Elle a raison. C'est beaucoup trop.

— Videz votre assiette. Si vous aviez mangé hier, vous ne seriez pas ici aujourd'hui, et je n'aurais pas été obligé de dévoiler mon jeu aussi rapidement.

Je viens peut-être de commettre une énorme erreur.
Elle me regarde du coin de l'œil tout en triturant sa nourriture avec sa fourchette. Ses lèvres tressaillent.

— Qu'est-ce qui vous fait rire ?

Elle secoue la tête en glissant la dernière bouchée de pancake entre ses lèvres. Je me retiens de rire à mon tour. Comme toujours, elle me surprend. Gauche, imprévisible, désarmante... elle me donne vraiment envie de rire, et qui plus est, de rire de moi.

— Bravo. Je vous raccompagnerai chez vous quand vous vous serez séché les cheveux. Je ne tiens pas à ce que vous tombiez malade.

Vous aurez besoin de toutes vos forces pour ce que je dois vous montrer ce soir.

Lorsqu'elle se lève, je dois me retenir de lui dire qu'elle n'en a pas la permission. *Ce n'est pas ta soumise... pas encore, Grey.* En se dirigeant vers la chambre, elle s'arrête à la hauteur du canapé.

— Où avez-vous dormi cette nuit ?

— Dans mon lit.

Avec toi.

— Ah.

— Oui, et c'était assez nouveau pour moi.

— De ne pas avoir... de rapports sexuels ?

Ça y est, elle a prononcé le mot en « s »... ce qui la fait rougir dans l'instant.

— Non.

Comment lui expliquer sans avoir l'air d'un tordu ?

Dis-le-lui, Grey.

— De ne pas dormir seul.

Faussement désinvolte, je me plonge dans la section sport du journal pour lire un article sur le match d'hier soir, mais je la suis des yeux lorsqu'elle disparaît dans la chambre. *Mais non, tu n'as pas eu l'air d'un tordu. Pas du tout.* Quoi qu'il en soit, j'ai un deuxième rendez-vous avec Mlle Steele. Enfin, non, pas un rendez-vous. Il faut qu'elle sache qui je suis. Je pousse un long soupir et bois le reste de mon jus d'orange. La journée s'annonce pour le moins intéressante... Lorsque j'entends le vrombissement du sèche-cheveux, je m'étonne que, pour une fois, elle m'ait obéi.

En l'attendant, j'appelle le voiturier pour qu'il sorte ma voiture du parking et je vérifie une dernière fois sur Google Maps mon itinéraire pour aller chez Ana. J'envoie ensuite un SMS à Andréa pour qu'elle me fasse parvenir un accord de confidentialité par mail ; si Ana veut savoir, il faudra qu'elle se taise. Mon téléphone vibre. C'est Ros.

Pendant que Ros me parle du Darfour, Ana émerge de la chambre et farfouille dans son sac. Elle paraît ravie d'y trouver un élastique.

Elle a des cheveux magnifiques. Volumineux. Longs. Épais. Je me demande en passant quelle sensation j'éprouverais en les tressant... Elle les attache, passe sa veste et s'assoit sur le canapé en m'attendant.

— D'accord, on fait comme ça. Tenez-moi au courant.

Je conclus ma conversation avec Ros. Elle a fait des miracles : il semble que nous allons réussir à acheminer des vivres au Darfour.

— Prête ?

Ana acquiesce. Je prends ma veste et mes clés de voiture. Elle me regarde par-dessous ses longs cils tandis que nous nous dirigeons vers l'ascenseur. Je lui retourne le timide sourire qui se dessine sur ses lèvres.

Mais pourquoi me fait-elle cet effet-là ?

Je m'efface pour la laisser entrer dans l'ascenseur. J'appuie sur le bouton du rez-de-chaussée et les portes se referment. Plus que jamais, dans cet espace confiné, je suis conscient de sa présence, de son doux parfum qui me pénètre… Sa respiration s'accélère, son regard se fait aguicheur, enjoué… Elle se mordille la lèvre. Exprès. Pendant une fraction de seconde, je me perds dans son regard sensuel, hypnotique. Ce regard qui soutient le mien…

Je bande. Instantanément. J'ai envie d'elle. Ici. Maintenant. Dans l'ascenseur.

— Oh, et puis merde pour la paperasse.

Les mots sont sortis tout seuls. D'instinct, je la pousse contre le mur de la cabine. D'une main, je l'agrippe par les poignets et je lui lève les bras au-dessus de la tête pour qu'elle ne puisse pas me toucher, puis j'entortille mon autre main dans ses cheveux tandis que mes lèvres cherchent et trouvent les siennes.

Elle gémit son chant de sirène dans ma bouche et je la savoure enfin. Menthe, thé, verger de fruits sucrés… elle a aussi bon goût qu'elle est belle à regarder. Elle me rappelle une époque d'abondance. *Mon Dieu.* J'ai tellement envie d'elle… Je l'attrape par le menton pour fouiller sa bouche plus profondément. Sa langue vient timidement à la rencontre de la mienne, explore, hésite, s'insinue…. Elle m'embrasse aussi.

Ah, Dieu du ciel.

— Vous êtes adorable…

Je murmure ces mots contre ses lèvres, complètement enivré, affolé par son odeur et par son goût… Soudain, l'ascenseur s'arrête et les portes commencent à s'ouvrir. *Nom de Dieu ! Contrôle-toi, Grey.* Je m'arrache à elle et me mets hors de portée. Elle halète. Moi aussi. *Quand ai-je perdu le contrôle pour la dernière fois ?*

Les trois hommes d'affaires qui entrent dans l'ascenseur nous adressent des regards coquins. Je feins d'étudier l'affiche au-dessus du panneau d'ascenseur, une pub pour un week-end romantique au Heathman, mais j'observe Ana du coin de l'œil en soupirant. Elle sourit. Et mes lèvres imitent de nouveau les siennes.

Putain, mais pourquoi elle me fait cet effet-là ?

L'ascenseur s'arrête au premier. Les trois types sortent, me laissant seul avec Mlle Steele.

— Vous vous êtes brossé les dents, fais-je observer, ironique.

— Et je me suis servie de votre brosse à dents, répond-elle, l'œil pétillant.

Ça ne m'étonne pas de sa part… et je ne sais pas pourquoi, ça me fait plaisir, trop plaisir. Je ravale un sourire.

— Ah, Anastasia Steele, que vais-je donc faire de vous ?

Je la prends par la main quand les portes de l'ascenseur s'ouvrent au rez-de-chaussée, tout en marmonnant à mi-voix : « Les ascenseurs, ça fait toujours de l'effet. » Elle m'adresse un regard complice tandis que nous traversons le hall en marbre.

Ma voiture est garée devant l'hôtel. Je tends au voiturier un pourboire obscène et j'ouvre la portière pour Ana, brusquement devenue silencieuse et pensive. Au moins, elle ne s'est pas enfuie en courant, même après s'être fait sauter dessus dans l'ascenseur. Je devrais dire quelque chose à propos de ce qui vient de se passer... mais quoi ?

Désolé ?

Alors, heureuse ?

Mais pourquoi tu me fais cet effet-là ?

Tout en démarrant, je conclus qu'il vaut mieux en dire le moins possible. Lorsque la mélodie apaisante du « Duo des fleurs » de Delibes s'élève dans l'habitacle, je me détends un peu.

— C'est quoi, ce morceau ? s'enquiert Ana tandis que je tourne sur Southwest Jefferson Street.

Je le lui dis et lui demande si elle aime.

— Christian, c'est sublime.

J'aime l'entendre prononcer mon nom. Elle l'a dit cinq ou six fois depuis que je la connais, et chaque fois de manière différente. Aujourd'hui, à cause de la musique, c'est avec émerveillement... Je suis heureux qu'elle aime ce morceau : c'est l'un de mes préférés. Je me surprends à sourire ; manifestement, elle m'a pardonné mon coup de folie dans l'ascenseur.

— Je peux l'écouter encore ?

— Bien sûr.

Je tapote l'écran tactile.

— Vous aimez la musique classique ? me demande-t-elle alors que nous traversons Fremont Bridge.

Pendant que nous bavardons de mes goûts musicaux, mon téléphone bourdonne.

— Grey.

— Monsieur Grey, ici Welch. J'ai l'information que vous m'avez demandée.

— Très bien. Faites-moi un mail. Autre chose ?

— Non, monsieur.

J'appuie sur une touche et la musique revient. Nous nous abandonnons aux rythmes sauvages des Kings of Leon, mais pas longtemps : le téléphone nous interrompt une fois de plus.

Quoi, encore ?

— Grey.

— L'accord de confidentialité vous a été envoyé par mail, monsieur Grey.

— Très bien, Andréa. Ce sera tout.

— Bonne journée, monsieur.

Je regarde Ana à la dérobée, pour voir si elle a suivi la conversation, mais elle fait mine d'admirer le panorama de Portland, sans doute par discrétion. J'ai du mal à garder les yeux sur la route. J'ai envie de la regarder, elle. Elle a une nuque sublime, que j'aimerais embrasser du creux de l'oreille jusqu'à l'épaule. *Eh merde.* Pourvu qu'elle accepte de signer l'accord de confidentialité et qu'elle se contente de ce que je peux lui offrir !

Alors que nous atteignons l'autoroute I-5, je reçois un autre appel. C'est Elliot.

— Salut, Christian ! Alors, tu t'es envoyé en l'air ?

Ouais... classe, mec. Vraiment classe.

— Salut, Elliot. Je suis sur haut-parleur et je ne suis pas seul dans la voiture.

— Tu es avec qui ?

— Anastasia Steele.

— Salut, Ana !

— Salut, Elliot ! répond-elle d'une voix enjouée.

— J'ai beaucoup entendu parler de toi, dit Elliot.

Putain. Quoi, par exemple ?

— Ne crois pas un mot de ce que Kate a pu te raconter, réplique-t-elle d'une voix badine.

Elliot éclate de rire. J'interviens :

— Je raccompagne Anastasia chez elle. Tu veux que je te ramène en ville ?

Je suis certain qu'Elliot veut se tirer le plus vite possible.

— Ouais.

— À tout de suite.

Je raccroche.

— Pourquoi tenez-vous à m'appeler Anastasia ?

— Parce que c'est votre prénom.

— Je préfère Ana.

— Ah bon, vraiment ?

« Ana », c'est trop courant, trop ordinaire pour elle. Trop familier. Ces trois lettres ont le pouvoir de blesser… C'est à ce moment-là que je comprends à quel point je souffrirai lorsqu'elle me rejettera. Ça m'est déjà arrivé, mais je ne me suis jamais autant… investi. Je ne sais presque rien de cette fille, mais j'ai envie de la connaître, de la connaître tout entière. Peut-être parce que je n'ai jamais fait la cour à une femme.

Grey, contrôle-toi et suis les règles, autrement tu vas tout faire foirer.

— Anastasia, ce qui s'est passé dans l'ascenseur…
ça ne se reproduira plus, à moins d'être prémédité.

Je me gare devant son appartement et descends
pour lui ouvrir la portière. Elle me lance un regard
furtif en murmurant :

— J'ai aimé ce qui s'est passé dans l'ascenseur.

C'est vrai ? Je me fige en entendant cet aveu. Une
fois de plus, la petite Mlle Steele m'étonne agréablement.

Elliot et Kate sont attablés dans une pièce dont
l'ameublement spartiate sied à un appartement d'étu-
diant. Quelques cartons de déménagement s'entas-
sent à côté d'une bibliothèque. Je m'étonne de
trouver Elliot détendu, et pas du tout pressé de s'en
aller. Quant à Kavanagh, elle se lève d'un bond pour
étreindre Ana tout en me dévisageant d'un air soupçonneux. Mais elle pensait que j'allais lui faire quoi,
à sa copine ? *En tout cas, moi, je sais bien ce que
j'aimerais lui faire…* Alors que Kavanagh tient Ana à
bout de bras pour l'examiner, je me retiens d'ironiser
sur le fait qu'elle daigne enfin s'intéresser à son amie.

— Bonjour, Christian, lâche-t-elle enfin d'une
voix froide et condescendante.

— Mademoiselle Kavanagh.

— Christian, appelle-la Kate, grogne Elliot.

— Kate, dis-je poliment.

C'est au tour d'Elliot de serrer Ana dans ses bras,
en la retenant un peu trop longtemps contre lui à
mon goût.

— Salut, Ana.

Il est tout sourires, ce con. Elle lui répond de
même.

— Salut, Elliot.

Bon, ça suffit. Je vais craquer.

— Elliot, il faut qu'on y aille.

Et bas les pattes !

— D'accord.

Lâchant Ana, il se jette sur Kavanagh pour l'embrasser goulûment. C'est un spectacle indécent. *Enfin, merde, un peu de tenue !* Ana est gênée. Je la comprends. Mais quand elle se tourne vers moi, c'est avec un regard interrogateur. À quoi pense-t-elle ?

— À plus, bébé, marmonne Elliot en couvrant Kavanagh de baisers baveux.

Mec, un peu de dignité, pour l'amour du ciel.

Le regard lourd de reproche d'Ana pèse sur moi. Est-ce à cause de l'exhibition d'Elliot et Kate, ou… *Nom de Dieu !* Elle veut la même chose. Elle veut qu'on lui fasse la cour.

Les histoires d'amour, ça n'est pas mon truc, ma beauté.

Une mèche s'est échappée de sa queue-de-cheval et, sans réfléchir, je la cale derrière son oreille. Elle penche la joue vers mes doigts, et je m'étonne de la tendresse de ce geste. Mon pouce s'égare vers cette lèvre inférieure si douce que j'aimerais de nouveau embrasser… Mais je ne peux pas. Pas avant d'obtenir son consentement. Je me contente de murmurer à mon tour :

— À plus, bébé.

Un sourire adoucit ses traits.

— Je passe vous prendre à 20 heures.

Je me détourne à contrecœur pour sortir, suivi d'Elliot.

120

— Dis donc, qu'est-ce que je suis crevé, m'annonce-t-il dès que nous sommes dans la voiture. C'est une gourmande, cette fille.

— Vraiment ?

Ma voix dégouline de sarcasme. J'ai envie de tout, sauf d'un récit détaillé de sa nuit.

— Et toi, champion ? Elle t'a déniaisé, la petite ?

Fous-moi la paix. Je lui lance un regard noir.

Elliot éclate de rire.

— Ben dis donc, t'es vraiment coincé, fils de pute.

Il rabat sa casquette des Sounders sur son nez et se blottit dans son siège pour piquer un somme. J'augmente le volume de la musique. *Essaie de dormir, maintenant, Lelliot !*

Je l'avoue, je suis jaloux de mon frère : de ses conquêtes féminines, de son aptitude à s'endormir n'importe où… et du fait qu'il ne soit pas le fils d'une pute.

Seule une amende pour possession de cannabis figure au casier judiciaire de José Luis Rodriguez. Il n'a jamais été accusé de harcèlement sexuel. Bref, si je n'étais pas intervenu, l'incident d'hier soir aurait sans doute été une première. Bon, alors il fume de l'herbe, ce petit con. J'espère qu'il n'en fume pas devant Ana – et qu'elle ne fume pas, point barre.

J'ouvre le mail d'Andréa et je lance l'accord de confidentialité sur mon imprimante, chez moi, à l'Escala. Il faudra qu'Ana le signe avant que je lui montre ma salle de jeux. Dans un accès de faiblesse, d'arrogance, ou d'optimisme insensé – allez savoir –, j'ajoute son nom et son adresse à mon contrat-type Dominant/Soumise, que j'imprime aussi.

On frappe à la porte.

— Hé, champion, on se fait une rando ? lance Elliot à travers la porte.

Tiens donc... Le gamin a fini sa sieste.

Les senteurs de pin, de terre humide et de printemps tardif agissent comme un baume sur mes sens. Ces odeurs me rappellent mes jeux d'enfant dans la forêt avec Elliot et ma sœur Mia, sous le regard attentif de nos parents adoptifs. Le silence, l'espace, la liberté... le craquement des aiguilles de pin sous nos pieds. Ici, en pleine nature, je pouvais oublier. Ici, je pouvais échapper à mes cauchemars.

Elliot parle tout seul ; il suffit que je grogne de temps en temps pour le relancer. En foulant les galets des berges de la Willamette, je songe à Anastasia. Pour la première fois depuis longtemps, je me réjouis à l'idée de revoir quelqu'un. Je suis même impatient.

Acceptera-t-elle ma proposition ?

Je la revois, endormie près de moi, douce et menue... et ma queue tressaute. J'aurais pu la réveiller et la baiser à ce moment-là – ça aurait été une expérience tout à fait inédite pour moi.

Je la baiserai, tôt ou tard. Je la baiserai, ligotée, avec un bâillon sur sa bouche insolente.

Tout est tranquille chez Clayton's. Le dernier client est parti il y a cinq minutes. Et j'attends – une fois de plus – en tapotant mes cuisses du bout des doigts. La patience n'est pas ma plus grande qualité.

Même ma longue randonnée avec Elliot n'a pas apaisé mon agitation. Il dîne ce soir avec Kate au Heathman. Deux rendez-vous, deux soirs d'affilée, ça n'est pourtant pas son genre.

Les néons s'éteignent enfin à l'intérieur du magasin, la porte s'ouvre et Ana apparaît dans la douceur du soir. Mon cœur se met à marteler dans ma poitrine. Nous y voilà : c'est le début d'une nouvelle histoire, ou le début de la fin. Elle salue un jeune homme sorti en même temps qu'elle. Ce n'est pas le même que la dernière fois. Il la regarde marcher vers ma voiture, l'œil rivé à son cul. Taylor s'apprête à descendre de voiture, mais je lui fais signe de ne pas bouger. C'est à moi de jouer. Quand je sors pour ouvrir la portière à Ana, l'inconnu, qui ferme le magasin, a cessé de mater Mlle Steele.

Un sourire timide s'esquisse sur ses lèvres, tandis que sa queue-de-cheval danse dans la brise du crépuscule.

— Bonsoir, mademoiselle Steele.

— Monsieur Grey.

Elle porte un jean noir… *Encore un jean.* Elle salue Taylor en s'installant sur le siège arrière. Je m'assois à côté d'elle et lui prends la main, tandis que Taylor s'engage sur la route déserte pour se diriger vers l'héliport de Portland.

— Comment s'est passée votre journée ? lui dis-je en savourant la sensation de sa main dans la mienne.

— Interminable, répond-elle d'une voix un peu éraillée.

— Moi aussi, j'ai trouvé le temps long.

Les deux dernières heures ont été un calvaire.

— Vous avez fait quoi ? me demande-t-elle.

— Je suis parti en randonnée avec Elliot.

Sa main est tiède et douce. Elle jette un coup d'œil à nos doigts entrelacés ; je caresse ses phalanges avec mon pouce, ce qui la fait tressaillir. Nos regards se trouvent. Dans le sien, je lis son besoin d'amour, son désir... et son impatience. Pourvu qu'elle accepte ma proposition !

Heureusement, le trajet vers l'héliport est court. En descendant de voiture, je lui reprends la main. Elle semble un peu perplexe. Je pense qu'elle se demande où peut bien se trouver l'hélicoptère.

— Prête ? lui dis-je.

Elle acquiesce. Nous entrons dans l'édifice et nous dirigeons vers l'ascenseur. Elle m'adresse un regard complice. *Ça lui rappelle notre baiser de ce matin... à moi aussi, d'ailleurs.* Je lui précise à mi-voix qu'il n'y a que trois étages. Il faudra que je la baise un jour dans un ascenseur. Du moins, si nous faisons affaire.

Sur le toit, Charlie Tango, qui vient d'arriver de Boeing Field, est paré au décollage. Mon pilote, Stephan, n'est pas dans les parages, mais Joe, le directeur de l'héliport de Portland, est dans son petit bureau. Il m'adresse un salut militaire. Il est plus vieux que mon grand-père, et il n'y a pas grand-chose qu'il ignore des hélicoptères ; il a piloté des Sikorsky en Corée pour évacuer les blessés et bon sang, ses souvenirs de guerre font dresser les cheveux sur la tête.

— Voici votre plan de vol, monsieur Grey, dit Joe d'une voix rocailleuse qui trahit son âge. Toutes les vérifications préalables sont faites. L'appareil est prêt. Vous pouvez décoller.

— Merci, Joe.

Je jette un rapide coup d'œil à Ana. Elle est excitée... moi aussi. C'est une première.

— On y va.

Je reprends sa main pour la conduire vers Charlie Tango. C'est l'Eurocopter le plus sûr de sa classe. Un pur plaisir à piloter et la prunelle de mes yeux. J'ouvre la porte pour Ana, qui se hisse à bord. Je monte derrière elle et lui désigne le siège passager avant :

— Asseyez-vous là et ne touchez à rien.

Étonnamment, elle obéit. Une fois installée dans son siège, elle examine l'assortiment d'instruments avec un mélange de respect et d'enthousiasme. M'accroupissant à côté d'elle, je lui passe son harnais en tentant de ne pas m'imaginer qu'elle est nue en dessous. Je m'attarde plus que nécessaire : c'est peut-être la dernière fois que je l'approche d'aussi près, la dernière fois que je respire sa douce odeur. Lorsqu'elle connaîtra mes prédilections, elle risque de s'enfuir... mais il se pourrait aussi qu'elle adhère à mon mode de vie. Les possibilités que cela évoque dans mon esprit me donnent le vertige... Elle m'observe attentivement, elle est tellement près de moi... tellement ravissante. Je resserre une dernière sangle. Elle ne risque pas de se dérober. Du moins, pas dans l'heure qui suit.

Réprimant mon excitation, je chuchote :

— Maintenant, vous ne pouvez plus vous échapper.

Elle inspire brusquement.

— Respirez, Anastasia, dis-je en lui caressant la joue.

J'attrape son menton et me penche pour déposer un rapide baiser sur ses lèvres.

— J'aime bien ce harnais.

J'ai envie d'ajouter que j'en ai d'autres, en cuir, que je lui passerais bien pour la suspendre au plafond. Mais je reste sage et je passe mon harnais à mon tour.

— Mettez votre casque, dis-je en désignant ses écouteurs à Ana. J'effectue les vérifications avant décollage.

Tout me paraît en ordre. Je monte la commande de gaz à 1 500 tr/min, transpondeur en standby, feu de position allumé. Paré pour le décollage.

— Vous savez ce que vous faites, au moins ? me demande-t-elle, impressionnée.

Je la rassure : j'ai ma licence de pilote depuis quatre ans.

— Vous êtes en sécurité avec moi… En tout cas, tant que nous sommes dans les airs.

Je lui adresse un clin d'œil, auquel elle répond par un sourire éblouissant. C'est incroyable, ce que je peux être heureux de l'avoir ici, près de moi.

— Prête ?

Elle hoche la tête.

Je parle à la tour de contrôle et je pousse à 2 000 tr/min. Une fois reçue l'autorisation de décollage, j'effectue les dernières vérifications. Température de l'huile, 104 °C. Parfait. J'augmente la pression d'admission jusqu'à 14, je pousse le moteur à 2 500 tr/min, et je tire sur la commande à gaz. Comme un oiseau élégant, Charlie Tango prend son envol.

Anastasia inspire bruyamment lorsque le sol disparaît, mais elle se tait, fascinée par les lumières de Portland qui s'éloignent. Bientôt, nous sommes plongés dans les ténèbres ; la seule lumière provient du tableau de bord, qui illumine le visage d'Ana de lueurs rouges et vertes.

— C'est étrange, non ?

En réalité, je ne trouve pas ça étrange, mais réconfortant. Rien ne peut me faire de mal, ici. *Je suis en sécurité, à l'abri des ténèbres.*

— Comment savez-vous que vous allez dans la bonne direction ? s'enquiert Ana.

Je désigne le tableau de bord. Je ne veux pas l'ennuyer en lui expliquant le fonctionnement des instruments, qui tous contribuent à nous mener à bon port : l'indicateur d'assiette, l'altimètre, l'indicateur de vitesse verticale et, bien entendu, le GPS. Je lui précise que Charlie Tango est équipé pour les vols de nuit.

— Il y a une hélistation sur le toit de mon immeuble. C'est là que nous allons nous poser.

Je consulte de nouveau le tableau de bord. Contrôler, voilà ce que j'aime. Ma sécurité et mon bien-être dépendent de ma maîtrise de la technologie dont je dispose.

— La nuit, on vole à l'aveugle. Il faut se fier aux instruments, lui dis-je.

— C'est long, ce vol ? demande-t-elle, légèrement haletante.

— Moins d'une heure. Nous avons le vent dans le dos. (Je lui jette un coup d'œil.) Ça va, Anastasia ?

— Oui, répond-elle d'une voix curieusement sèche.

Est-elle nerveuse ? Ou regrette-t-elle d'être venue ? Cette pensée me déstabilise. Elle ne m'a pas encore donné ma chance ! Mes échanges avec les contrôleurs aériens interrompent mes ruminations... Quand nous traversons la couverture nuageuse, les lumières de Seattle apparaissent au loin, illuminant la nuit. Je les désigne à Ana :

— Regardez, là-bas.

— C'est comme ça que vous vous y prenez pour impressionner les femmes ? « Venez faire un tour dans mon hélicoptère » ?

— Je n'ai jamais emmené de femme à bord de cet appareil. C'est encore une première pour moi. Vous êtes donc impressionnée, Anastasia ?

— Je suis ébahie, Christian, souffle-t-elle.

— Ébahie ?

Spontanément, je ne peux pas m'empêcher de sourire. Ce mot me rappelle Grace, ma mère, me caressant les cheveux pendant que je lisais à haute voix. « Christian, c'était merveilleux. Je suis ébahie, mon fils chéri. » J'avais sept ans et je venais tout juste de commencer à parler.

— Vous êtes tellement... compétent, reprend Ana.

— Merci, mademoiselle Steele.

Ce compliment inattendu me fait rougir de plaisir. J'espère qu'elle ne s'en est pas aperçue.

— Vous adorez faire ça, ça se voit, ajoute-t-elle un peu plus tard.

— Quoi ?

— Piloter.

— Ça exige du self-control et de la concentration... Tout ce que j'aime. Mais ce que je préfère, c'est le vol à voile.

— Le vol à voile ?

— Oui. Le planeur, pour les non-initiés. Les planeurs et les hélicoptères – je pilote les deux.

Je devrais peut-être lui faire découvrir le vol à voile ?

Tu brûles les étapes, Grey. En plus, tu as déjà emmené une femme faire du vol à voile ? Et alors ? C'est bien la première fois qu'une femme monte à bord de Charlie Tango !

Nous survolerons bientôt la banlieue de Seattle. Je dois me concentrer sur le couloir aérien, ce qui met un frein à mes divagations. Nous sommes sur le point d'arriver. Et je saurais bientôt si je poursuis une chimère. Ana regarde par la fenêtre, fascinée.

Impossible de la quitter des yeux. *Je t'en supplie, dis-moi oui.* Je lui parle, simplement pour admirer son visage lorsqu'elle se tournera vers moi :

— C'est beau, non ?

Elle m'adresse un immense sourire qui me remue jusqu'à la queue. J'ajoute :

— Nous y serons dans quelques minutes.

Tout d'un coup, dans la cabine, l'ambiance devient plus tendue. Je ressens plus intensément la proximité d'Ana. J'inspire profondément son odeur. Je devine son impatience. *Ana, sois à moi...*

Nous entamons notre descente. Quand Charlie Tango survole le centre-ville en direction de l'Escala, où j'habite, mon cœur se met à battre plus vite et Ana commence à gigoter. Elle aussi, elle est nerveuse. J'espère qu'elle ne va pas prendre ses jambes à son cou.

Lorsque j'aperçois l'hélistation, j'inspire de nouveau à fond. *Nous y voilà.* Nous atterrissons en douceur. Je coupe l'alimentation. Tandis que les pales ralentissent, s'immobilisent, nous restons assis sans parler. Je n'entends plus que le sifflement du bruit blanc dans nos écouteurs. Je retire mon casque, puis celui d'Ana.

— On y est.

Les feux d'approche éclairent son visage pâle et se reflètent dans ses yeux. *Doux Jésus qu'elle est belle.* Je défais mon harnais, puis le sien. Elle lève les yeux vers moi. Confiante. Jeune. Douce. Son parfum délicieux me monte à la tête. Est-ce que j'ai le droit de lui faire ça ? C'est une adulte. Elle est capable de prendre ses propres décisions. Et je veux qu'elle me regarde comme elle le fait maintenant lorsqu'elle me connaîtra… lorsqu'elle saura de quoi je suis capable.

— Vous n'êtes pas obligée de faire ce que vous ne voulez pas faire. Vous le savez, n'est-ce pas ?

Il faut qu'elle comprenne. Car plus encore que sa soumission, c'est son consentement que je désire.

— Je ne ferai rien que je ne veux pas faire, Christian.

Elle parle sincèrement et j'ai envie de la croire. Ses paroles rassurantes résonnent encore dans mes oreilles alors que je me glisse jusqu'à la porte de l'hélicoptère pour l'ouvrir. Je sors d'un bond et lui tends la main pour l'aider à descendre. Le vent fouette ses cheveux contre ses joues, et elle semble angoissée. Est-ce le fait d'être seule avec moi, ou parce que nous sommes sur le toit d'un immeuble de trente étages ? Il y a de quoi avoir le vertige.

— Venez.

Je l'enlace pour la protéger du vent et la guide vers l'ascenseur.

Nous effectuons en silence le court trajet qui nous mène à mon appartement, situé au dernier étage. Sous sa veste noire, elle porte un chemisier vert clair. Cette couleur lui va bien. Si elle accepte mon contrat, je lui offrirai des tenues vertes et bleues. Elle devrait faire plus attention à ce qu'elle porte. Quand l'ascenseur arrive dans mon appartement, son regard croise le mien dans les miroirs de la cabine.

Je la fais entrer dans le salon.

— Puis-je prendre votre veste ?

Elle secoue la tête et resserre son col comme pour me signifier qu'elle n'est pas prête à se déshabiller. *Bon, comme tu veux.* Je tente une approche différente. En plus, j'ai besoin d'un verre pour me calmer les nerfs. *Pourquoi suis-je aussi nerveux ?* Parce que j'ai envie d'elle…

— Vous voulez boire quelque chose ? Je vais prendre un verre de vin blanc. Vous m'accompagnez ?

— Oui, s'il vous plaît, dit-elle.

Je passe dans la cuisine, retire ma veste et ouvre la cave à vins. Un sauvignon blanc, ce sera très bien pour commencer. Tout en sélectionnant un pouilly-fumé, j'observe Ana, qui contemple la vue depuis les portes du balcon. Lorsqu'elle se retourne, je lui demande si ce choix lui convient.

— Je n'y connais rien, Christian. Je suis sûre que ce sera parfait.

Elle parle d'une voix éteinte. *Merde*. Ça ne va pas. Se sent-elle intimidée ? Dépassée par les événements ? Je remplis deux verres et la rejoins. Elle est restée plantée au milieu du salon. On dirait un agneau qu'on mène au sacrifice. La jeune femme désarmante a disparu. Elle semble perdue. Comme moi...

— Tenez.

Je lui tends son vin. Elle en prend aussitôt une petite gorgée en fermant les yeux pour mieux le savourer. Lorsqu'elle baisse son verre, elle a les lèvres humides.

Bon choix, Grey.

— Vous ne dites plus rien, vous ne rougissez même pas. D'ailleurs, je ne vous ai jamais vue aussi pâle, Anastasia. Avez-vous faim ?

Elle secoue la tête et boit une autre gorgée. Elle a sans doute besoin d'un remontant, elle aussi.

— C'est très grand, chez vous, lâche-t-elle enfin d'un air timide.

— Grand ?

— Grand.

Il n'y a pas à discuter : l'appartement fait plus de neuf cents mètres carrés.

— C'est grand.

Puis elle regarde le piano.

— Vous jouez ?

— Oui.

— Bien ?

— Oui.

— Évidemment. Y a-t-il des choses que vous ne fassiez pas bien ?

— Oui... quelques-unes.

Faire la cuisine. Raconter des blagues. Discuter de façon détendue avec une femme que je désire. *Me laisser toucher...*

— Voulez-vous vous asseoir ?

Elle acquiesce. Je la guide vers le grand canapé. Quand elle s'assoit, elle me lance un regard espiègle.

— Qu'est-ce qui vous amuse ? dis-je en m'asseyant près d'elle.

— Pourquoi m'avez-vous offert *Tess d'Urberville* ? *Où veut-elle en venir ?*

— Vous m'aviez dit que vous aimiez Thomas Hardy.

— C'est la seule raison ?

Je ne veux pas lui avouer que je lui ai offert un ouvrage de ma propre collection, parce que ce choix me paraissait plus judicieux que *Jude l'Obscur.*

— Ça m'a semblé approprié. Je pourrais vous mettre sur un piédestal comme Angel Clare ou bien vous avilir comme Alec d'Urberville.

Non seulement ma réponse est à peu près véridique, mais elle n'est pas dénuée d'ironie. Je me doute bien que ma proposition sera très éloignée de ses attentes.

— S'il n'y a que ça comme choix, je choisis d'être avilie, murmure-t-elle.

Nom de Dieu. C'est bien ça que tu voulais, non, Grey ?

133

— Anastasia, arrêtez de vous mordiller la lèvre, s'il vous plaît. Ça me déconcentre. Vous ne savez pas de quoi vous parlez.

— C'est pour ça que je suis ici, dit-elle.

Ses dents ont laissé une petite marque sur sa lèvre inférieure humectée par le vin. Je la retrouve bien là, toujours aussi déconcertante et imprévisible... Ma queue marque son approbation. Nous entrons dans le vif du sujet, mais avant d'en discuter les détails, il faut qu'elle signe l'accord de confidentialité. Je m'excuse et passe dans mon bureau. Le contrat et l'accord sont posés sur l'imprimante. Laissant le contrat sur mon bureau – j'ignore si nous en arriverons là –, j'agrafe l'autre document et je rejoins Ana.

— Ceci est un accord de confidentialité.

Je le pose devant elle sur la table basse. Elle me dévisage sans comprendre.

— Mon avocat y tient. Si vous choisissez l'option deux, l'avilissement, vous devrez signer ceci.

— Et si je ne signe pas ?

— Alors ce sera le piédestal d'Angel Clare.

Et je n'aurai pas le droit de te toucher. Je te renverrai chez toi avec Stephan, et je ferai tout mon possible pour t'oublier. Mon angoisse monte : cette affaire pourrait capoter.

— Que signifie cet accord ?

— Que vous ne pourrez rien révéler de ce qui aura lieu entre nous. Rien, à personne.

Elle m'interroge du regard. Est-elle perplexe ? Contrariée ? C'est l'instant où tout peut basculer...

— Très bien, je signe.

Ouf. Jusqu'ici, tout va bien. Je lui tends mon Mont-blanc. Elle pose la plume sur la ligne pointillée.

— Vous ne lisez pas avant ? dis-je, subitement agacé.

— Non.

— Anastasia, il faut toujours lire avant de signer.

Comment peut-elle être aussi imprudente ? Ses parents ne lui ont donc rien appris ?

— Christian, ce que vous ne comprenez pas, c'est que je ne parlerai de nous à personne. Pas même à Kate. Alors peu importe que je signe cet accord. Si vous y tenez, vous ou votre avocat, alors très bien. Je signe.

Elle a réponse à tout. C'est rafraîchissant.

— Bien raisonné, mademoiselle Steele.

Après avoir jeté un coup d'œil rapide et désapprobateur sur le document, elle le signe. Mais avant même que j'aie pu me lancer dans mon argumentaire, elle me demande :

— Donc, vous allez me faire l'amour ce soir, Christian ?

Quoi ? Moi ? Faire l'amour ? Allez, Grey. Autant la détromper tout de suite.

— Non, Anastasia. Premièrement, je ne fais pas l'amour. Je baise… brutalement.

Elle tressaille. Ce sont en effet des paroles qui donnent à réfléchir.

— Deuxièmement, il y a d'autres papiers à signer. Et troisièmement, vous ne savez pas encore à quoi vous vous engagez. Quand vous l'apprendrez, vous risquez de fuir à toutes jambes. Venez, je vais vous montrer ma salle de jeux.

Elle ne comprend plus. Un petit « v » se forme entre ses sourcils.

— Vous voulez qu'on joue avec votre Xbox ?

J'éclate de rire. *Ah, bébé.*

— Non, Anastasia, ni avec ma Xbox ni avec ma Playstation. Venez.

Je me lève et lui tends la main, qu'elle accepte volontiers, pour la conduire à l'étage. Quand je m'arrête devant la porte de ma salle de jeux, mon cœur bat à tout rompre.

Nous y voilà. Maintenant, ça passe ou ça casse. Je n'ai jamais été aussi nerveux de ma vie. Je tourne la clé dans la serrure, en sachant que l'assouvissement de mes désirs dépend de ce petit geste banal. Mais avant d'ouvrir, je dois la rassurer une dernière fois :

— Vous pouvez partir à n'importe quel moment. L'hélico est en stand-by pour vous emmener où vous voulez, ou alors vous pouvez passer la nuit ici et rentrer chez vous demain matin. C'est à vous de décider.

— Ouvrez-la, cette satanée porte, Christian, s'impatiente-t-elle.

Nous sommes à la croisée des chemins. Je ne veux pas qu'elle parte en courant. Jamais je ne me suis senti aussi exposé. Même entre les mains d'Elena… et je sais que c'est parce qu'elle ignore tout de mon mode de vie.

J'ouvre et la suis dans ma salle de jeux. Mon refuge. Le seul endroit où je puisse être vraiment moi-même.

Plantée au milieu de la pièce, Ana examine l'équipement qui fait partie intégrante de ma vie : les martinets, les cannes, le lit, le banc… Elle absorbe tout sans rien dire. Je n'entends plus que les battements assourdissants de mon cœur et mon sang qui rugit dans mes tympans.

Maintenant, tu sais. *Voilà qui je suis.*

Quand elle se retourne, son regard me transperce. J'attends qu'elle parle, mais elle prolonge mon supplice en avançant dans la pièce, ce qui m'oblige à la suivre. Elle caresse du bout du doigt l'un de mes instruments préférés. Je lui précise que cela s'appelle un martinet, mais elle ne répond pas. Elle s'approche du lit à baldaquin pour effleurer de la main ses colonnes sculptées. Son silence est insoutenable. Il faut que je sache si elle va s'enfuir.

— Dites quelque chose.

— Vous faites ça aux autres ? Ou ce sont les autres qui vous le font ?

Enfin !

— Les autres ?

J'ai envie de rire, tout d'un coup.

— Je le fais aux femmes consentantes.

Elle est disposée à dialoguer. Il y a de l'espoir.

— Si vous avez des volontaires, pourquoi suis-je ici, moi ? me demande-t-elle en fronçant les sourcils.

— Parce que je tiens beaucoup à faire ça avec vous.

Je l'imagine ligotée dans diverses positions, sur la croix, le lit, le banc…

— Ah.

Elle s'approche du banc. Mon regard est aimanté par ses doigts inquisiteurs qui frôlent le cuir d'un geste curieux, lent, sensuel… S'en rend-elle compte ?

— Vous êtes sadique ?

Sa question m'a fait sursauter. *Et merde.* Je la reprends précipitamment, en espérant faire progresser la discussion :

— Je suis un Dominant.

— Qu'est-ce que ça veut dire ? s'enquiert-elle, apparemment choquée.

— Que vous vous soumettriez à moi volontairement, en toutes choses.

— Mais pourquoi ferais-je une chose pareille ?

Parce que c'est ce que je veux de toi.

— Pour me faire plaisir. Autrement dit, je veux que vous désiriez me faire plaisir.

— Et je m'y prends comment ? souffle-t-elle.

— J'ai des règles, et je tiens à ce que vous les respectiez, à la fois pour votre bien et pour mon plaisir. Si je suis satisfait de la façon dont vous obéissez, vous serez récompensée. Si vous me désobéissez, je vous punirai, afin que vous appreniez à les respecter.

Et j'ai très hâte de te dresser. Dans tous les sens du terme.

Elle jette un coup d'œil au porte-cannes.

— Et tous ces trucs, ça sert à quoi ?

Elle balaie la pièce d'un grand geste.

— Ça fait partie de la prime de motivation. À la fois comme récompense et comme punition.

— Donc, vous prenez votre pied en m'imposant votre volonté.

Tout juste, mademoiselle Steele.

— Il s'agit de gagner votre confiance et votre respect, afin que vous me permettiez de vous imposer

138

ma volonté. Je trouverai beaucoup de plaisir, et même de joie, à vous soumettre. Plus vous vous soumettrez, plus j'éprouverai de joie : l'équation est très simple.

— Et moi, qu'est-ce que j'y gagne ?

Je hausse les épaules.

— Moi.

C'est tout, bébé. Rien que moi. Moi, tout entier. Et tu y trouveras du plaisir...

Ses yeux s'écarquillent légèrement tandis qu'elle me dévisage sans rien dire. C'est exaspérant.

— Vous ne montrez pas ce que vous ressentez, Anastasia. Redescendons, je pourrai mieux me concentrer. C'est très troublant de vous voir ici.

Je lui tends la main. Pour la première fois, elle hésite à la prendre. *Eh merde.* Elle a peur de moi.

— Je ne vais pas vous faire de mal, Anastasia.

Timidement, elle finit par poser sa paume dans la mienne. Je jubile. Elle ne s'est pas encore défilée. J'en suis tellement soulagé que, dans la foulée, je décide de lui montrer la chambre des soumises.

— Si vous acceptez, je dois encore vous montrer ceci.

Je l'entraîne à l'autre bout du couloir.

— Ce sera votre chambre. Vous pourrez la décorer comme vous voudrez, y mettre tout ce dont vous aurez envie.

— Ma chambre ? Vous vous attendez que j'emménage chez vous ? s'affole-t-elle.

Bon, d'accord. J'aurais peut-être dû attendre un peu.

— Pas à plein temps. Seulement, disons, du vendredi soir au dimanche. Nous devons discuter de tout cela, négocier. Si toutefois vous acceptez.

— Je dormirais ici ?

— Oui.

— Pas avec vous ?

— Non. Je vous l'ai déjà dit, je ne dors avec personne, sauf vous, quand vous êtes ivre morte.

— Et vous, vous dormez où ?

— Dans ma chambre, en bas. Venez, vous devez avoir faim.

— J'ai perdu l'appétit. On se demande bien pourquoi, déclare-t-elle en reprenant une expression butée.

— Vous devez manger, Anastasia.

Si elle accepte d'être à moi, l'un des premiers problèmes auxquels je m'attaquerai sera celui de ses habitudes alimentaires… ça, et sa manie de gigoter.

Tu brûles les étapes, Grey !

— Je sais parfaitement que je vous entraîne dans une voie obscure, Anastasia. C'est pourquoi je tiens à ce que vous réfléchissiez.

Nous retournons au salon.

— Vous devez avoir des questions. Vous avez signé un accord de confidentialité ; vous pouvez me demander n'importe quoi, je vous répondrai.

Si ça doit coller entre nous, il faudra qu'elle apprenne à communiquer. Dans la cuisine, j'ouvre le réfrigérateur, où je trouve une grande assiette de fromages et du raisin. Gail ne savait pas que j'aurais une invitée. Il n'y aura pas assez à manger pour deux personnes… Je me demande si je devrais faire livrer

140

quelque chose ou l'emmener dîner au restaurant. Ce qui équivaudrait à un autre rendez-vous en amoureux... Pas question d'en faire une habitude. Les rendez-vous en amoureux, ça n'est pas mon truc. *Sauf avec elle, apparemment...* Ce constat m'exaspère.

Bon, il y a une baguette fraîche dans la corbeille. Nous allons devoir nous contenter de pain et de fromage. De toute façon, elle vient de me dire qu'elle n'avait pas faim.

— Asseyez-vous.

Je désigne l'un des tabourets du bar. Ana s'assoit et me dévisage posément.

— Vous avez parlé de papiers à signer.

— En effet.

— Quelles sortes de papiers ?

— Eh bien, à part l'accord de confidentialité, un contrat qui établit ce que nous ferons et ne ferons pas. Je dois connaître vos limites, et il faut que vous connaissiez les miennes. Il s'agit de rapports consensuels, Anastasia.

— Et si je ne veux pas aller plus loin ?

Merde.

— C'est votre droit.

— Mais nous n'aurons aucune autre forme de rapport ?

— Non.

— Pourquoi ?

— Parce que c'est le seul genre de rapport qui m'intéresse.

— Pourquoi ?

— Je suis comme ça.

— Et comment êtes-vous devenu comme ça ?

— Comment devient-on ce qu'on est ? Difficile de répondre. Pourquoi certaines personnes aiment-elles le fromage alors que d'autres le détestent ? Vous aimez le fromage ? Mme Jones, ma gouvernante, nous a préparé ceci pour notre souper.

Je pose l'assiette devant elle.

— Quelles sont les règles auxquelles je dois obéir ?

— Nous les lirons ensemble lorsque nous aurons mangé.

— Je n'ai pas faim, vraiment, souffle-t-elle.

— Vous allez manger.

Elle me défie du regard.

— Vous voulez encore du vin ? dis-je pour calmer le jeu.

— Oui, s'il vous plaît.

Je remplis son verre et m'assois à côté d'elle.

— Servez-vous, Anastasia.

Elle grappille quelques grains de raisin. *C'est tout ? Tu ne manges rien d'autre ?*

— Vous êtes comme ça depuis longtemps ? me demande-t-elle.

— Oui.

— C'est facile, de trouver des femmes qui ont envie de faire ça ?

Ah, si tu savais… J'ironise :

— Vous seriez étonnée.

— Alors pourquoi moi ? Sincèrement, je ne comprends pas.

Elle est totalement déroutée. *Tu es belle, bébé. Comment est-ce que je n'aurais pas envie de faire tout ça avec toi ?*

— Anastasia, je vous l'ai déjà expliqué. Il y a quelque chose en vous qui m'attire irrésistiblement. Comme un papillon est attiré par la flamme. Je vous désire terriblement, surtout maintenant que vous avez recommencé à vous mordiller la lèvre.

— Je crois que vous inversez les rôles, dans ce cliché, dit-elle d'une voix douce.

Cet aveu me trouble. Pour changer de sujet, je lui ordonne de manger.

— Non. Je n'ai encore rien signé, alors je pense que je vais profiter encore un peu de ma liberté, si ça ne vous dérange pas.

Ah… cette bouche insolente.

— Comme vous voudrez, mademoiselle Steele.

Je ravale un ricanement.

— Combien de femmes ?

Elle glisse un grain de raisin entre ses lèvres. Je dois détourner les yeux.

— Quinze.

— Ça dure longtemps ?

— Avec certaines, oui.

— Avez-vous déjà fait mal à l'une d'entre elles ?

— Oui.

— Très mal ?

— Non.

Dawn a été un peu secouée par l'expérience – moi aussi, à vrai dire – mais elle s'en est vite remise.

— Allez-vous me faire mal ?

— Que voulez-vous dire par là ?

— Allez-vous m'infliger des douleurs physiques ?

Uniquement ce que tu pourras supporter.

— Je vous punirai lorsque vous l'aurez mérité, et ce sera douloureux, en effet.

Par exemple, si tu te soûles et que tu te mets en danger.

— Et vous, vous a-t-on déjà fait mal ? me demande-t-elle.

— Oui.

Très, très souvent. Elena maniait la canne avec une dextérité redoutable. C'était le seul contact que je tolérais. Ana écarquille les yeux, pose dans son assiette les raisins qu'elle n'a pas mangés et avale une gorgée de vin. Son manque d'appétit m'agace, et il affecte le mien. Autant aller jusqu'au bout et lui expliquer les règles.

— Allons parler dans mon bureau. Je veux vous montrer quelque chose.

Elle me suit et s'installe dans le fauteuil en cuir, en face de mon bureau, auquel je m'accoude. Elle veut savoir. Heureusement qu'elle est curieuse – elle n'a pas encore fichu le camp. Je tire l'une des pages du contrat posé devant moi pour la lui tendre.

— Voici les règles. Elles sont susceptibles d'être modifiées. Elles font partie du contrat, que vous pouvez également consulter. Lisez et nous en discuterons.

Elle les parcourt rapidement.

— Des limites à ne pas franchir ? s'étonne-t-elle.

— Oui. Le contrat doit préciser ce que vous ne voulez pas faire et ce que je ne veux pas faire.

— Je n'aime pas beaucoup l'idée d'accepter de l'argent pour acheter des vêtements. Ça me dérange.

— J'ai envie de dépenser de l'argent pour vous. Laissez-moi vous acheter des vêtements. Vous devrez m'accompagner dans des soirées.

Grey, qu'est-ce que tu racontes ? Ça aussi, ce serait une première. Je poursuis :

— Je tiens à ce que vous soyez élégante et je suis sûr que votre salaire, lorsque vous trouverez du travail, ne vous suffira pas à vous offrir le genre de tenues que je veux que vous portiez.

— Je ne serai pas obligée de les mettre quand je ne serai pas avec vous ?

— Non.

— Je ne veux pas faire de gym quatre fois par semaine.

— Anastasia, vous devez être souple, forte et endurante. Faites-moi confiance, vous devez faire de la gym.

— Mais pas quatre fois par semaine. Pourquoi pas trois ?

— Je veux que vous fassiez quatre heures.

— Je croyais qu'on négociait ?

Une fois de plus, désarmante, elle n'hésite pas à me signaler mes contradictions.

— D'accord, mademoiselle Steele, vous marquez un point. Si on disait trois fois une heure et une fois une demi-heure ?

— Trois jours, trois heures. J'ai l'impression que vous allez me faire faire assez d'exercice quand je serai ici.

C'est bien ce que j'espère.

— Oui, en effet. Très bien. Vous êtes certaine que vous ne voulez pas faire un stage dans mon entreprise ? Vous êtes une bonne négociatrice.

— Non, je ne crois pas que ce serait une bonne idée.

Elle a raison, évidemment. Et c'est ma règle numéro un : ne jamais baiser le personnel.

— Bon, maintenant, les limites. Voici les miennes.

Je lui tends la liste. Nous y voilà. C'est l'heure de vérité. Je connais mes limites par cœur, et je coche mentalement les articles de la liste. Plus elle avance dans sa lecture, plus elle blêmit. *Merde, j'espère que ça ne va pas lui faire peur.*

Je la désire. Je désire sa soumission… intensément. Elle déglutit et lève les yeux vers moi, nerveuse. *Comment la persuader d'essayer ?* Je devrais la rassurer, lui montrer que je me soucie d'elle.

— Avez-vous quelque chose à ajouter ?

En fait, j'espère qu'elle n'ajoutera rien. Je veux qu'elle me donne carte blanche. Mais elle se contente de me fixer, sans voix. Ça m'agace. Je n'ai pas l'habitude d'attendre qu'on me réponde.

— Y a-t-il quelque chose que vous refuseriez de faire ?

— Je ne sais pas.

Ce n'est pas la réponse à laquelle je m'attendais.

— Que voulez-vous dire par là ?

Elle se tortille sur son fauteuil, gênée, en mordillant sa lèvre inférieure. *Encore.*

— Je n'ai jamais rien fait de ce genre.

Tu m'étonnes ! Mais patience, Grey. Nom de Dieu, tu viens de lui balancer une tonne d'informations, laisse-la se ressaisir. J'opte pour une approche en douceur, expérience inédite pour moi.

146

— Enfin, vous avez bien eu des relations sexuelles, y a-t-il quelque chose qui ne vous a pas plu ?

Par exemple, se faire tripoter par ce photographe… Elle rougit, ce qui titille ma curiosité. Qu'a-t-elle fait qui lui ait déplu ? Est-elle aventureuse au lit ? Elle me paraît tellement… innocente. Normalement, ça ne m'attire pas.

— Vous pouvez me parler, Anastasia. Nous devons être honnêtes l'un envers l'autre, sinon ça ne marchera pas entre nous.

Il faut vraiment que je l'amène à se décoincer : pour l'instant, elle ne peut même pas dire le mot « sexe ». La voilà maintenant qui recommence à se tortiller en fixant ses doigts.

Allez, Ana.

— Dites-moi, lui ordonné-je.

Doux Jésus, qu'est-ce qu'elle est frustrante.

— Eh bien… je n'ai jamais eu de relations sexuelles, alors je n'en sais rien.

La terre s'arrête de tourner. Putain, je n'y crois pas. *Comment ? Pourquoi ? Eh merde !*

— Jamais ?

Elle secoue la tête, les yeux écarquillés.

— Vous êtes vierge ?

Elle acquiesce, mais je n'arrive toujours pas à y croire. Je ferme les yeux, incapable de la regarder en face. *Comment ai-je pu me planter à ce point-là ?* Submergé par une vague de fureur, je la foudroie du regard.

— Putain, mais pourquoi vous ne m'avez rien dit ?

Je commence à faire les cent pas dans mon bureau. *Qu'est-ce que je pourrais bien foutre d'une vierge ?*

Elle hausse les épaules comme pour s'excuser, incapable de trouver ses mots.

— Je ne comprends pas pourquoi vous ne m'en avez rien dit.

Je ne peux pas cacher mon exaspération.

— On n'a jamais abordé le sujet. Je n'ai pas l'habitude de dévoiler mon statut sexuel à tous ceux que je croise. Enfin ! On vient à peine de se rencontrer !

Comme toujours, elle m'oppose un argument valable. Je n'arrive pas à croire que je lui ai fait une visite guidée de ma salle de jeux – heureusement qu'elle a signé l'accord de confidentialité.

— Eh bien, vous en savez beaucoup plus long sur moi, maintenant. Je me doutais que vous n'aviez pas beaucoup d'expérience, mais vierge ! Merde, Ana, je viens de vous montrer...

Non seulement la salle de jeux, mais aussi mes règles et mes limites à ne pas franchir. Alors qu'elle ne connaît rien au sexe. Comment ai-je pu lui infliger ça ? Dieu me pardonne. Je ne sais plus où j'en suis. C'est alors qu'il me vient une pensée stupéfiante : et notre baiser torride dans l'ascenseur, alors que j'aurais pu la prendre là, tout de suite... C'était son premier ?

— Quelqu'un vous a-t-il embrassée avant moi ?

Je t'en prie, dis-moi oui.

— Évidemment, répond-elle, offusquée.

Oui, on l'a embrassée. Mais pas souvent. Dieu sait pourquoi, cette idée m'est... agréable.

— Aucun gentil jeune homme ne vous a fait perdre la tête ? Je ne comprends pas. Vous avez vingt et un ans, bientôt vingt-deux. Vous êtes belle.

Pourquoi n'a-t-elle jamais couché avec un garçon ? *Merde !* Et si c'était par conviction religieuse ? Non, Welch l'aurait signalé dans son rapport.

Elle regarde ses doigts. Je crois qu'elle sourit. Elle trouve ça drôle, peut-être ? Je me donnerais des claques.

— Et nous voilà en train de discuter sérieusement de ce que je veux vous faire, alors que vous n'avez aucune expérience en la matière.

Les mots me manquent. Comment est-ce possible ?

— Comment vous y êtes-vous prise pour éviter le sexe ? Expliquez-moi.

Parce que je ne comprends pas. Elle est à la fac – et si je me souviens bien, à la fac, les gamins baisent comme des lapins. *Tous. Sauf moi.* Ce souvenir m'assombrit. Je le repousse de mon esprit.

Ana hausse ses épaules délicates.

— Personne ne s'est vraiment, enfin...

Elle ne finit pas sa phrase. Personne ne s'est vraiment quoi ? Aperçu de ta beauté ? Montré à la hauteur de tes espérances ? Alors que moi, oui ?

Moi ?

Elle ne connaît rien à rien. Comment pourrait-elle être ma soumise alors qu'elle n'a pas la moindre idée de ce qu'est le sexe ? Ça ne va pas coller entre nous... et j'aurai passé tout ce temps à préparer le terrain pour rien. L'affaire ne se conclura pas.

— Pourquoi êtes-vous fâché contre moi ? chuchote-t-elle.

Pas étonnant qu'elle me croie en colère. *Rassure-la, Grey.*

— Je ne suis pas fâché contre vous. Je suis fâché contre moi-même. J'avais supposé…

Et pourquoi serais-je fâché contre toi, enfin ? Quel bordel. Je passe mes mains dans mes cheveux pour tenter de contenir ma fureur.

— Vous voulez partir ?

— Non, à moins que vous ne vouliez que je parte, dit-elle d'une voix douce et teintée de regrets.

— Bien sûr que non. J'aime que vous soyez ici.

Je m'étonne d'avoir prononcé ces mots. Mais c'est vrai : j'aime qu'elle soit ici. J'aime être avec elle. Elle est tellement… différente. J'ai envie de la baiser, de lui donner la fessée, de voir sa peau d'albâtre rosir sous mes mains. Sauf que maintenant, c'est hors de question… non ? Enfin, je pourrais peut-être la baiser… pourquoi pas ? Cette idée est une révélation. Je pourrais coucher avec elle. La « roder ». Ce serait une expérience inédite pour nous deux. Y consentirait-elle ? Elle me demandait tout à l'heure si j'allais lui faire l'amour. Je pourrais essayer, sans la ligoter.

Mais elle risque de me toucher.

Merde. Je jette un coup d'œil à ma montre. Il est tard. Lorsque je relève les yeux vers elle, elle est en train de tripoter sa lèvre inférieure, et ça m'excite. Je la désire encore, malgré son innocence. Pourrais-je coucher avec elle ? En aurait-elle envie, elle, sachant tout de moi ? *Et merde.* Je n'en ai pas la moindre idée. Et si je lui posais la question, tout simplement ? Elle m'excite trop, à se mordiller la lèvre, comme ça… Je le lui fais remarquer. Elle s'excuse.

— Ne vous en excusez pas. C'est simplement que ça me donne envie de la mordre, moi aussi, cette lèvre. Fort.

Elle retient son souffle.

Ah ? Elle est peut-être intéressée, au fond. *Oui. Je me lance.* Ma décision est prise.

— Venez.

Je lui tends la main.

— Quoi ?

— Nous allons rectifier la situation immédiatement.

— Que voulez-vous dire par là ? Quelle situation ?

— Votre situation. Ana, je vais vous faire l'amour, maintenant.

— Oh.

— Si vous y consentez. Je ne veux rien vous imposer.

— Je croyais que vous ne faisiez pas l'amour ? Que vous baisiez brutalement ? dit-elle d'une voix sensuelle et éraillée.

Elle écarquille des yeux aux pupilles dilatées. Le désir lui rosit les joues. Elle aussi, elle en a envie. Un frisson totalement inattendu me parcourt.

— Je peux faire une exception, ou alors combiner les deux, on verra. J'ai vraiment envie de vous faire l'amour. Je vous en prie, couchez avec moi. Je veux que notre arrangement fonctionne, mais il faut que vous ayez une idée de ce à quoi vous vous engagez. Nous pouvons commencer votre entraînement de base dès ce soir. Mais n'allez pas vous imaginer que je me suis converti aux fleurs et aux chocolats ; c'est seulement le moyen d'atteindre mon but, et puis j'en ai envie, et vous aussi, j'espère.

Les mots sont sortis de ma bouche comme un torrent. *Grey ! Du calme !* Ses joues s'empourprent. *Allez, Ana, oui ou non ? Je vais mourir.*

— Mais je n'ai pas fait tout ce que vous exigez dans votre liste de règles.

Elle parle d'une petite voix timide. Je lui fais peur ? J'espère que non. Je ne veux pas qu'elle ait peur de moi.

— Oubliez les règles. Oubliez ces détails pour une nuit. J'ai envie de vous. J'ai envie de vous depuis que vous êtes tombée à quatre pattes dans mon bureau, et je sais que vous aussi, vous avez envie de moi. Autrement, vous ne seriez pas en train de discuter tranquillement avec moi de punitions et de limites à ne pas franchir. Je vous en prie, Ana, passez la nuit avec moi.

Je lui tends de nouveau la main : cette fois elle la prend sans hésiter. Je l'attire dans mes bras et la presse contre mon corps. Étonnée, elle pousse un petit cri étranglé. Lorsque je sens son corps contre le mien, les ténèbres refluent, sans doute repoussées par mon désir. J'ai envie d'elle. Elle m'attire follement car elle ne cesse de me déconcerter, à chaque instant. Je lui ai révélé mon secret, et pourtant elle est toujours là.

Je tire sur sa queue-de-cheval pour lui renverser la tête en arrière, et je me perds dans son regard captivant.

— Vous êtes une jeune femme très courageuse, dis-je dans un murmure. Vous m'impressionnez beaucoup.

Je me penche pour l'embrasser, puis je tire doucement sur sa lèvre inférieure avec mes dents.

— J'ai envie de la mordre, cette lèvre.

Je tire plus fort. Elle gémit. Ma queue durcit.

— Je t'en prie, Ana, laisse-moi te faire l'amour.

— Oui, répond-elle.

Mon corps s'embrase comme un feu d'artifice.
Contrôle-toi, Grey. Nous n'avons signé aucun
accord, nous n'avons établi aucune limite, elle ne
s'est pas livrée à mon bon plaisir – et pourtant, je
suis excité. Je bande. C'est une sensation inconnue
mais enivrante que d'éprouver du désir pour cette
femme. J'ai l'impression d'être au sommet d'un
grand huit.

Le sexe-vanille ?

Tu es sûr que tu y arriveras ?

Sans un mot, je l'entraîne hors du bureau, à travers
le salon, le long du couloir menant à ma chambre.
Elle me suit, en serrant très fort ma paume contre la
sienne.

Merde. La contraception. Je doute qu'elle prenne
la pilule… Heureusement, j'ai des préservatifs. Au
moins, je n'aurai pas à me soucier de tous les petits
cons qui l'ont sautée avant moi. Parvenu à côté du
lit, je lui lâche la main, je marche vers la commode
et je retire ma montre, mes chaussures et mes chaussettes.

— Bien entendu, vous ne prenez pas la pilule.

Elle secoue la tête.

— C'est bien ce que je me disais.

Je tire une boîte de préservatifs de la commode,
pour lui faire comprendre que je suis paré. Quand

elle me dévisage avec de grands yeux, j'hésite un instant. Pour elle, c'est sans doute un moment important. Je me rappelle ma première fois avec Elena, à quel point j'étais gêné... mais soulagé, aussi. Au fond, je sais qu'il vaudrait mieux que je la renvoie chez elle. Mais pour être parfaitement sincère, je n'ai aucune envie qu'elle s'en aille. Je la désire. Et je lis son désir à elle sur son visage, dans ses yeux qui s'assombrissent...

— Vous voulez que je baisse les stores ?

— Peu importe, répond-elle. Je croyais que vous ne laissiez personne dormir dans votre lit ?

— Qui vous parle de dormir ?

— Oh.

Ses lèvres forment un petit « o » parfait. Ma queue durcit davantage. Oui, j'ai envie de baiser cette bouche, ce « o ». Je m'avance vers elle comme un fauve vers sa proie. *Ah, bébé, qu'est-ce que j'ai envie de m'enfoncer en toi.* Elle a le souffle court et les joues roses... elle est nerveuse, mais excitée. Et elle est à ma merci, ce qui me donne une sensation de puissance. Elle n'a aucune idée de ce que je m'apprête à lui faire.

— On retire cette veste, d'accord ?

Je la saisis par les revers, la repousse doucement sur ses épaules, la replie et la pose sur ma chaise.

— Savez-vous combien j'ai envie de vous, Ana Steele ?

Ses lèvres s'entrouvrent lorsqu'elle inspire. J'effleure sa joue. Sa peau a la douceur d'un pétale sous mes doigts qui glissent vers son menton. Elle est troublée, envoûtée, ensorcelée… Elle est déjà à moi. C'est enivrant.

— Avez-vous la moindre idée de ce que je vais vous faire ?

Attrapant son menton entre le pouce et l'index, je me penche vers elle pour l'embrasser fermement, moulant ses lèvres sur les miennes. Elle me rend mon baiser, douce, adorable, consentante… Tout d'un coup, j'ai un besoin irrésistible de la voir, tout entière. Je déboutonne son chemisier rapidement, le lui retire et le laisse tomber par terre. Je recule d'un pas pour la contempler. Elle porte le soutien-gorge bleu acheté par Taylor.

Elle est éblouissante.

— Ana, tu as la plus belle peau du monde, si pâle et si parfaite. Je veux en embrasser chaque centimètre.

Sa peau ne porte pas une marque. Ce constat me trouble. J'ai envie de la marquer… de la faire rosir… avec les fines zébrures d'une cravache, peut-être.

Elle se teinte d'un rose délicieux – la pudeur, sans doute. Avant toute chose, je devrai lui apprendre à ne pas avoir honte de son corps. Je retire doucement l'élastique de sa queue-de-cheval pour libérer sa chevelure, qui retombe en lourde cascade acajou autour de son visage et entre ses seins.

— Mmm, j'aime les brunes.

Elle est ravissante, exceptionnelle : un vrai joyau.

Je prends sa tête entre mes mains en plongeant mes doigts dans ses cheveux, puis je l'attire vers moi pour l'embrasser. En gémissant, elle entrouvre les lèvres pour me livrer sa bouche chaude et humide. Ce doux gémissement parcourt mon corps jusqu'au bout de ma queue. Timidement, sa langue vient à la rencontre de la mienne, explore ma bouche, et je ne sais pourquoi, cette maladresse, ce manque d'expérience… m'excitent.

Elle a un goût délectable. Un goût de vin, de raisin, d'innocence… mélange puissamment enivrant de saveurs. Je la serre contre moi, soulagé qu'elle ne touche que mes avant-bras. Une main dans ses cheveux pour l'immobiliser, je fais courir l'autre le long de son dos jusqu'à ses fesses. Quand je la presse contre mon érection, elle gémit de nouveau. Je continue à l'embrasser, incitant sa langue ingénue à explorer ma bouche comme j'explore la sienne. Mon corps se tend lorsque ses mains commencent à remonter vers mes épaules… Elle se contente de caresser ma joue, puis mes cheveux. C'est un peu perturbant, mais lorsqu'elle entortille ses doigts dans mes cheveux et qu'elle tire légèrement dessus… *Putain, comme c'est agréable !*

Je gémis de plaisir, mais je ne peux pas la laisser continuer sur sa lancée. Avant qu'elle puisse me toucher ailleurs, je la pousse contre le lit et m'agenouille devant elle. Je veux lui enlever ce jean, la dénuder, l'exciter davantage, et… l'empêcher de poser la main sur moi. L'agrippant par les hanches, je fais courir ma langue de sa ceinture à son nombril. Elle se crispe et inspire brusquement. Putain, qu'est-ce qu'elle sent bon, qu'est-ce qu'elle a bon goût, comme un verger au printemps, et je veux m'en rassasier. Elle tire de nouveau doucement sur mes cheveux ; ça ne me gêne pas – en fait, ça me plaît. Je mordille sa hanche et ses doigts se resserrent sur mes cheveux. Les yeux fermés, la bouche béante, elle halète. Lorsque je défais le bouton de son jean, elle ouvre les yeux et plonge son regard dans le mien. Lentement, je baisse le zip et insinue les mains jusqu'à son cul. Paumes pressées contre ses fesses satinées, je glisse les mains sous sa ceinture et lui retire son jean.

J'ai envie d'aller plus loin, de la choquer… de tester ses limites tout de suite. Sans cesser de la regarder dans les yeux, je me lèche les lèvres, avant de m'incliner et de faire courir mon nez jusqu'au milieu de sa culotte pour humer son excitation. Je ferme les yeux pour mieux la savourer.

Mon Dieu, qu'est-ce qu'elle est attirante.

— Tu sens tellement bon.

Ma voix est rauque de désir et mon jean commence à me serrer. Il faut que je l'enlève. Doucement, je la pousse sur le lit et, attrapant son pied droit, je lui retire rapidement sa basket et sa chaussette. Pour la titiller, je fais courir l'ongle de mon pouce le long de la cambrure de son pied ; elle se tortille, la bouche ouverte, en m'observant avec fascination. Je me penche pour lécher, puis effleurer des dents le petit sillon tracé par mon ongle. Elle retombe sur le dos, les yeux fermés, en râlant. Elle est d'une telle réceptivité… c'est un pur délice.

— Ana, qu'est-ce que je pourrais te faire…

Je l'imagine dans ma salle de jeux, en train de se tordre sous moi : menottée à mon lit à baldaquin, ployée sur la table… suspendue à la croix. J'aimerais l'émoustiller, la torturer jusqu'à ce qu'elle me supplie de la soulager… Mon jean est de plus en plus serré.

Rapidement, je déchausse son pied gauche et lui arrache son jean. Elle est presque nue sur mon lit, avec son visage parfaitement encadré par sa chevelure et ses longues jambes pâles qui m'invitent… Je dois tenir compte de son manque d'expérience. Mais elle halète. Elle en a envie. Elle ne me quitte pas des yeux.

Je n'ai jamais baisé personne sur mon lit. *Encore une première avec Mlle Steele.*

— Tu es très belle, Anastasia. J'ai hâte d'être en toi.

Ma voix est douce ; je veux découvrir ce qu'elle sait déjà.

— Montre-moi comment tu te caresses, lui dis-je en la dévorant des yeux.

Elle fronce les sourcils.

— Ne sois pas timide, Ana. Montre-moi.

Quelque part, j'aurais envie de la corriger de sa timidité par une bonne fessée. Elle secoue la tête.

— Je ne sais pas ce que tu veux dire.

C'est un jeu ?

— Comment te fais-tu jouir ? Je veux voir.

Elle reste muette. Apparemment, j'ai encore froissé sa pudeur.

— Je n'ai jamais fait ça, finit-elle par avouer dans un souffle.

Je la dévisage, incrédule. Même moi, je me masturbais avant qu'Elena me prenne en main ! Elle n'a donc jamais eu d'orgasme ? J'ai du mal à le croire.

Oh ! Me voilà à la fois chargé de sa première baise et de sa première jouissance. J'ai intérêt à me surpasser.

— Bon, il va falloir remédier à ça.

Je vais t'envoyer au septième ciel, bébé.

Si ça se trouve, elle n'a jamais vu d'homme nu, non plus. Sans la quitter des yeux, je déboutonne mon jean et le fais glisser par terre. Mais je ne peux pas courir le risque de retirer ma chemise, car elle pourrait me toucher.

Et si jamais elle te touchait... ça serait aussi grave que ça ?

Je chasse cette pensée avant que les ténèbres ne ressurgissent. L'attrapant par les chevilles, je lui ouvre les jambes d'un coup sec. Elle écarquille les yeux et s'agrippe aux draps. *C'est ça. Laisse tes mains là, bébé.* Je rampe lentement sur le lit, entre ses jambes. Elle se trémousse.

— Ne bouge pas, lui dis-je.

Je me penche pour embrasser la peau délicate de l'intérieur d'une cuisse. Remontant de sa culotte jusqu'à son ventre, je sème partout des baisers, des mordillements, des suçotements tandis qu'elle frétille sous moi.

— Il va falloir que tu apprennes à te tenir tranquille, bébé.

Si elle m'y autorise, je lui apprendrai à absorber le plaisir sans bouger, pour intensifier chaque caresse, chaque baiser, chaque morsure... Rien qu'à cette idée, j'ai envie de m'enfoncer en elle. Mais il faut d'abord que je sache à quel point elle est réceptive. Jusqu'ici, elle ne s'est pas retenue. Elle m'a donné libre accès à son corps. Elle n'a pas hésité un seul instant. Elle en a envie… réellement envie. Je plonge ma langue dans son nombril et poursuis ma progression nonchalante vers le nord tout en la savourant. M'allongeant à côté d'elle, je glisse une jambe entre les siennes. Ma main remonte le long de son corps, de sa hanche à sa taille jusqu'à son sein que je prends doucement au creux de ma paume en observant sa réaction. Elle ne se fige pas. Elle n'essaie pas d'arrêter mon geste… elle me fait confiance. Pourrais-je l'inciter à me faire assez confiance pour qu'elle me laisse exercer une domination totale sur son corps… sur elle ? Cette perspective est exaltante.

— Il est tout juste à ma taille, Anastasia.

Plongeant un doigt dans le bonnet de son soutien-gorge, je libère son sein. Son petit téton rose est déjà dur. Je rabats le bonnet pour le coincer sous l'armature, ce qui fait darder son sein vers le haut. Je répète le processus avec l'autre et j'observe, fasciné, ses tétons qui se dressent sous mes yeux. *Oh !* Et je ne l'ai pas encore touchée. Impressionnant.

— Très joli, dis-je dans un murmure.

Je souffle doucement sur le téton le plus proche, qui durcit et s'allonge davantage. Anastasia ferme les yeux et se cambre.

Ne bouge pas, bébé. Contente-toi d'absorber le plaisir, ce sera bien plus intense.

Tout en soufflant sur un téton, je fais doucement rouler l'autre entre le pouce et l'index. Elle s'agrippe aux draps lorsque je me penche pour les aspirer

160

vigoureusement, et se cambre de nouveau en poussant un petit cri.

— Voyons un peu si on peut te faire jouir comme ça.

Je continue. Elle se met à geindre.

C'est ça, oui, bébé... tu le sens ? Ses tétons se dressent encore plus et elle commence à onduler des hanches. *Ne bouge pas, bébé. Je t'apprendrai à ne pas bouger.*

— S'il te plaît..., me supplie-t-elle.

Ses jambes se raidissent. C'est bon. Elle y est presque. Je poursuis mon assaut lascif. Me concentrer sur chaque téton, observer sa réaction, deviner son plaisir... ça me rend fou. Nom de Dieu, qu'est-ce que j'ai envie d'elle !

— Laisse-toi aller, bébé.

Mes dents se referment sur un téton. Elle hurle en jouissant.

Oui ! Vite, je l'embrasse pour étouffer ses cris. Elle est à bout de souffle, pantelante, égarée de plaisir... Et ce plaisir est le mien. Son premier orgasme m'appartient. Cette pensée me fait ridiculement plaisir.

— Tu es très réceptive. Mais tu vas devoir apprendre à te contrôler, et je me ferai un plaisir de te l'enseigner.

J'attends ce moment avec impatience... mais pour l'instant, j'ai envie d'elle. D'elle, tout entière. Je l'embrasse de nouveau et fais courir ma main le long de son corps jusqu'à son sexe. Je le recouvre, je sens sa chaleur... Glissant l'index sous la dentelle de sa culotte, je décris lentement des cercles autour d'elle… *Putain, elle est trempée.*

— Tu es délicieusement mouillée. Mon Dieu, qu'est-ce que j'ai envie de toi.

J'enfonce un doigt en elle, ce qui lui fait pousser un cri. Elle est brûlante, étroite, mouillée, et je la désire. J'enfonce de nouveau le doigt en étouffant ses cris de mes baisers. J'appuie la paume sur son clitoris… je pousse vers le bas… je malaxe. Elle couine et se tortille sous moi. *Putain*, j'ai envie de la prendre… tout de suite. Elle est prête. Je me redresse, lui arrache sa culotte, retire mon boxer et attrape un préservatif. Je m'agenouille entre ses jambes et les écarte encore plus. Anastasia m'observe avec… quoi ? Appréhension ? Elle n'a sans doute jamais vu de pénis en érection.

— N'aie pas peur. Toi aussi, tu t'agrandis.

M'allongeant au-dessus d'elle, je m'accoude de part et d'autre de sa tête. Bon sang, qu'est-ce que j'ai envie d'elle… mais il faut que je sache si elle est toujours consentante.

— Tu en as vraiment envie ?

Pour l'amour du ciel, ne dis pas non.

— Oui, s'il te plaît, me supplie-t-elle.

— Remonte les genoux.

Ça sera plus facile comme ça. Ai-je déjà été aussi excité ? J'arrive à peine à me contenir. Je ne comprends pas… ça doit venir d'elle. *Pourquoi ?*

Grey, concentre-toi !

Je me place de façon à pouvoir la prendre à mon gré. Ses grands yeux m'implorent. Elle en a vraiment envie… autant que moi. Devrais-je y aller doucement pour prolonger le supplice, ou foncer ? Je fonce. J'ai besoin de la posséder.

— Et maintenant, je vais vous baiser, mademoiselle Steele. Brutalement.

En une poussée, je suis en elle.

PUTAIN.

Qu'est-ce qu'elle est étroite. Elle pousse un cri. *Merde !* Je lui ai fait mal. Je voudrais remuer, me perdre en elle, et il me faut tout mon self-control pour m'immobiliser.

— Tu es tellement étroite... Ça va ? lui dis-je dans un chuchotement rauque et angoissé.

Elle hoche la tête en écarquillant les yeux. La sentir autour de moi, c'est le paradis sur terre. Elle a posé les mains sur mes avant-bras, mais je m'en fous. Les ténèbres restent assoupies, peut-être parce que j'ai envie d'elle depuis trop longtemps. Je n'ai jamais éprouvé auparavant ce désir, cette... faim. C'est une sensation inédite. Je veux qu'elle m'offre sa confiance, son obéissance, sa soumission. Je veux qu'elle soit à moi, mais pour l'instant... je suis à elle.

— Je vais bouger, bébé, dis-je d'une voix tendue.

Je me retire lentement. C'est une sensation extraordinaire, exquise : son corps étreint mon sexe. Je m'enfonce de nouveau pour revendiquer ma possession, sachant que personne ne l'a prise avant moi. Elle gémit. Je m'immobilise.

— Encore ?

— Oui, souffle-t-elle au bout d'un moment.

Cette fois, je m'enfonce plus profondément.

— Encore ? la supplié-je, le corps perlé de sueur.

— Oui.

Sa confiance me fait basculer. N'y tenant plus, j'y vais franchement. Je veux qu'elle jouisse. Je ne m'arrêterai pas avant. Je veux que cette femme m'appartienne, corps et âme. Je veux qu'elle se contracte sur ma queue.

Oh, putain... Elle vient à la rencontre de chaque coup de rein, elle soutient le rythme. *Tu vois comme nos corps sont faits l'un pour l'autre, Ana ?* Je l'immobilise pendant que je prends possession de son corps, possession de sa bouche par un baiser profond. Elle se fige sous moi... *putain, oui !* Elle va jouir.

— Jouis pour moi, Ana.

Elle s'embrase en poussant un grand cri, la tête renversée, la bouche ouverte, les paupières serrées... et le simple spectacle de son extase suffit à me faire exploser en elle... Je jouis violemment, à en perdre la raison, en criant son nom.

Lorsque j'ouvre les yeux, haletant, nous sommes front contre front, les yeux dans les yeux. *Putain.* Je suis foutu.

Je lui pose un petit baiser sur le front et m'allonge à côté d'elle. Elle a grimacé quand je me suis retiré, mais autrement, ça a l'air d'aller.

— Je t'ai fait mal ?

Je lui cale une mèche derrière l'oreille, parce que j'ai envie de la toucher tout le temps. Ana sourit, moqueuse :

— Tu as peur de m'avoir fait mal ?

Je ne comprends pas immédiatement pourquoi elle trouve ça drôle. Ah oui. Ma salle de jeux.

— J'ai saisi l'ironie de la situation. Sérieusement, ça va ?

Elle s'étire en affichant une expression amusée mais assouvie. Je grogne :

— Tu ne m'as pas répondu.

Il faut que je sache si elle a pris du plaisir. Tous les indices semblent le confirmer, mais j'ai besoin de l'entendre de sa bouche. En attendant qu'elle s'exprime, je retire le préservatif. Bon sang, qu'est-ce que je déteste ces machins. Je le dépose discrètement par terre.

Elle lève les yeux vers moi.

— J'aimerais bien recommencer, lâche-t-elle avec un petit rire timide.

Quoi ? Encore ? Déjà ?

— Vous voudriez recommencer, mademoiselle Steele ? dis-je en l'embrassant sur le coin des lèvres. Vous êtes une petite créature exigeante, non ? Mettez-vous sur le ventre.

Comme ça, je suis sûr que tu ne me toucheras pas.

Elle m'adresse un doux sourire, puis se retourne. Ma queue remue, approbatrice. Je dégrafe son soutien-gorge et caresse son petit cul rebondi.

— Tu as vraiment une peau superbe.

Je lui écarte les jambes et repousse ses cheveux pour lui mordiller doucement l'épaule.

— Tu n'enlèves pas ta chemise ? me demande-t-elle tout d'un coup.

Toujours aussi inquisitrice… Mais tant qu'elle est sur le ventre, je sais qu'elle ne me touchera pas. Je me redresse donc pour passer ma chemise par-dessus ma tête et la jeter par terre. Entièrement nu, je m'allonge sur elle. Sa peau tiède fond contre la mienne. *Hum... je pourrais m'habituer à cette sensation*. Je lui chuchote à l'oreille en l'embrassant :

— Alors comme ça, tu veux que je te baise encore ?

Elle s'agite délicieusement sous moi.

Ça ne va pas du tout, ça. Ne bouge pas, bébé.

Je fais courir ma main sur son corps jusqu'au creux du genou, puis je lui écarte les jambes largement. Elle retient son souffle : j'espère que c'est parce qu'elle est impatiente. Elle s'immobilise sous moi. *Enfin !* Je lui pelote le cul en m'allongeant sur elle.

— Je vais te prendre par-derrière, Anastasia.

J'attrape ses cheveux sur sa nuque et je les tire doucement pour l'empêcher de gigoter. Ses mains, à plat sur les draps, ne peuvent pas m'atteindre.

— Tu es à moi. Rien qu'à moi. Ne l'oublie jamais.

Je passe de ses fesses à son clitoris que je masse d'un lent mouvement circulaire. Ses muscles se tendent sous moi lorsqu'elle essaie de remuer, mais mon poids la cloue sur place. Je fais courir mes dents sur la ligne de sa mâchoire. Son doux parfum se mêle aux effluves de nos étreintes.

— Tu sens divinement bon, dis-je en frottant mon nez derrière son oreille.

Elle commence à onduler des hanches contre ma main.

— Ne bouge pas.

Sinon, j'arrête...

Lentement, je la pénètre avec mon pouce, auquel j'imprime un mouvement circulaire, en me concentrant en particulier sur la paroi antérieure de son vagin. Elle geint et se crispe sous moi, en essayant de nouveau de remuer. J'effleure son oreille de mes dents :

— Ça te plaît ?

Tout en continuant à tourmenter son clitoris, je fais des va-et-vient avec mon doigt. Tendue mais immobilisée, elle gémit longuement en serrant les paupières.

— Tu mouilles tellement vite. Tu es tellement réceptive. Ça me plaît, Anastasia. Ça me plaît énormément.

Bon. Voyons jusqu'où tu peux aller. Je retire mon pouce.

— Ouvre ta bouche.

Elle obéit. J'enfonce mon doigt entre ses lèvres.

— Je veux que tu te goûtes. Suce, bébé.

Et elle suce… avidement. *Oh, bordel !* Un instant, j'imagine que c'est ma queue.

— Je veux te baiser la bouche, Anastasia, et je le ferai bientôt.

Sur ce, elle me mord. *Aïe ! Merde !* Je lui tire les cheveux et elle desserre la mâchoire.

— Vilaine petite fille.

Je songe à toutes les punitions que mériterait autant d'audace, et que je lui infligerais si elle était ma soumise. Je bande à en exploser. Je m'assois sur mes talons.

— Ne bouge pas.

Je saisis un nouveau préservatif, déchire le sachet et déroule le latex sur mon érection. Elle ne bouge plus. Seul le souffle rapide qui soulève son dos trahit son excitation. Elle est sublime, comme ça... Je me penche de nouveau vers elle, je lui attrape les cheveux et je tire dessus pour qu'elle ne puisse pas bouger la tête.

— On va y aller très doucement cette fois, Anastasia.

Elle pousse un petit cri étranglé quand je m'insinue doucement en elle, jusqu'à ce que je ne puisse pas aller plus loin. *Bon sang.* C'est trop bon... En me retirant, je remue des hanches, avant de me glisser de nouveau lentement en elle. Elle gémit, et ses membres se crispent sous moi tandis qu'elle tente de remuer.

Oh non, bébé. Je te veux immobile. Je veux que tu le sentes. Je veux que tu sentes ton plaisir.

— C'est tellement bon d'être en toi, lui dis-je en recommençant le même mouvement.

J'ondule des hanches en la pénétrant. Lentement. Puis je me retire. Je vais. Je viens. Je vais. Je viens. Son sexe se met à se contracter autour de mon sexe.

— Non, bébé, pas tout de suite.

Pas question de te laisser jouir. C'est trop bon, ce que je te fais là.

— S'il te plaît.

— Je veux que tu aies mal, bébé.

Je me retire et m'enfonce encore.

— Je veux que demain, chaque fois que tu bouges, tu te rappelles que j'ai été en toi. Que je suis le seul. Tu es à moi.

— S'il te plaît, Christian, me supplie-t-elle.

— Que veux-tu, Anastasia ? Dis-moi.

Je continue à la torturer lentement en répétant :
« Dis-moi. »

— Toi, s'il te plaît.

Elle est désespérée. Elle me veut. *C'est bien, ma belle.* J'accélère le rythme et son ventre commence aussitôt à se contracter. Entre chaque coup de rein, je prononce un mot :

— Tu. Es. Si. Douce. J'ai. Envie. De. Toi. Tu. Es. À. Moi.

Ses membres tremblent, tendus par l'effort de rester immobile. Elle est au bord de l'explosion. Je rugis :

— Jouis pour moi, bébé !

Sur mon ordre, elle se resserre autour de moi, submergée par l'orgasme, en hurlant mon nom dans le matelas. Ce nom sur ses lèvres me fait basculer : je jouis et m'effondre sur elle.

— Putain… Ana.

Vidé mais euphorique, je me retire presque immédiatement pour m'affaler sur le dos. Elle se love contre moi, et alors que je retire le préservatif, elle ferme les yeux et s'endort aussitôt.

Dimanche 22 mai 2011

Je m'éveille en sursaut, envahi par un sentiment de culpabilité. J'ai l'impression d'avoir commis un péché épouvantable.

Parce que j'ai baisé Anastasia Steele ? Une vierge ?

Je consulte le radioréveil : il est un peu plus de 3 heures. Blottie contre moi, Ana dort, innocente. Quoique… Innocente n'est peut-être plus tout à fait le terme qui convienne. Rien qu'à la voir, mon corps réagit. Je pourrais la réveiller. La rebaiser. En fin de compte, dormir avec elle n'a pas que des désavantages. *Grey. Arrête tes conneries.* La baiser n'était qu'un moyen de parvenir à mes fins et une diversion agréable. Oui. Très agréable. *Dis plutôt incroyable.* Enfin, merde, ça n'était que du sexe.

Je ferme les yeux, mais je sais que je ne me rendormirai pas. La chambre est trop saturée d'Ana : de son parfum, de son souffle, du souvenir de ma première baise à la vanille… Je la revois, la tête renversée, hurler une version méconnaissable de mon prénom… Son enthousiasme débridé pour les ébats érotiques me bouleverse. Mlle Steele est une créature charnelle. Ce serait un pur plaisir de la dresser. Ma queue tressaille pour signifier son accord.

Pour une fois, ce ne sont pas les cauchemars qui perturbent mon sommeil mais la petite Mlle Steele. Sortant du lit, je ramasse les préservatifs usagés qui traînent par terre, je les noue et les jette dans la corbeille à papier. J'enfile un bas de pyjama et, après avoir contemplé l'appétissante créature qui se trouve dans mon lit, je m'aventure jusqu'à la cuisine. J'ai soif.

Après avoir bu un verre d'eau, je vais dans mon bureau pour lire mes mails, comme toujours lorsque j'ai des insomnies. Taylor, qui est rentré de Portland, me demande s'il peut annuler Charlie Tango. Stephan doit dormir à l'étage. Je lui réponds « oui », bien qu'à cette heure de la nuit, cela aille de soi.

Passant au salon, je m'assois au piano. La musique est une source de réconfort pour moi. Je peux m'y perdre pendant des heures. Je sais jouer depuis l'âge de six ans, mais ce n'est que depuis que j'ai mon propre piano, dans ma maison, que la musique est réellement devenue une passion. Je joue quand je veux tout oublier. Et cette nuit, je veux oublier que j'ai fait des avances à une vierge, que je l'ai dépucelée, et que j'ai révélé mon mode de vie à quelqu'un qui n'avait pas la moindre expérience sexuelle. Mes mains courent sur les touches ; je m'abandonne à la beauté de Bach.

Un mouvement, perçu du coin de l'œil, m'arrache à la musique. Ana se tient à côté du piano. Enroulée dans la couette, avec ses boucles en bataille qui tombent en cascades dans son dos et son regard lumineux, elle est magnifique.

— Désolée, je ne voulais pas te déranger.

Pourquoi s'excuse-t-elle ?

— Ce serait plutôt à moi de te faire mes excuses. Je finis le morceau et me lève pour la gronder :

— Tu devrais être au lit.

— C'est magnifique, ce morceau. Bach ?

— Une transcription par Bach d'un concerto pour hautbois d'Alessandro Marcello.

— C'est sublime, mais très triste. La mélodie est tellement mélancolique.

Mélancolique ? Ce n'est pas la première fois qu'on me qualifie ainsi.

« Puis-je vous parler librement, monsieur ? »

Leila est agenouillée à mes pieds pendant que je travaille.

« Tu as ma permission. »

« Monsieur, je vous trouve très mélancolique, aujourd'hui. »

« Ah bon ? »

« Oui, monsieur. Y a-t-il quelque chose que je puisse faire pour vous… ? »

Je chasse ce souvenir. Ana devrait être au lit. Je le lui répète.

— Quand je me suis réveillée, tu n'étais pas là.

— J'avais du mal à dormir. Je suis habitué à dormir seul.

Je le lui ai déjà expliqué – pourquoi suis-je en train de me justifier ? Je pose le bras sur ses épaules nues, savourant le contact de sa peau, et la ramène dans la chambre.

— Tu es vraiment doué. Tu joues depuis combien de temps ?

— Depuis l'âge de six ans.

J'ai répondu d'une voix cassante, pour lui faire comprendre que je ne tiens pas à parler de mon enfance.

— Tu te sens comment ? dis-je en allumant la lampe de chevet.

— Très bien.

Il y a du sang sur les draps. Son sang. La preuve de sa virginité envolée. Elle jette un coup d'œil aux taches, puis me regarde avant de détourner aussitôt les yeux.

— Voilà qui va donner à réfléchir à Mme Jones.

Ma remarque la mortifie davantage. *Mais ce n'est que ton corps, ma belle.* Je l'attrape par le menton et lui renverse la tête pour la dévisager. Je suis sur le point de lui administrer un petit sermon sur l'absurdité d'avoir honte de son corps lorsqu'elle me touche la poitrine.

Et merde. Je recule d'un pas vers les ténèbres. *Non. Ne me touche pas.*

— Recouche-toi, dis-je plus sèchement que je n'en avais l'intention.

J'espère qu'elle n'a pas deviné ma peur. Perplexe, blessée aussi sans doute, elle m'interroge du regard.

— Je vais m'allonger avec toi, dis-je pour me faire pardonner.

Je sors un tee-shirt de la commode et le passe rapidement, en guise de protection. Elle est toujours plantée devant moi.

— Au lit, lui ordonné-je plus fermement.

Cette fois, elle obéit. Je m'allonge derrière elle et la prends dans mes bras, enfouissant mon visage dans ses cheveux pour respirer son doux parfum de pommes d'automne. Comme elle me tourne le dos, elle ne peut pas me toucher. Je décide de rester allongé en cuiller avec elle jusqu'à ce qu'elle se rendorme. Ensuite, je me relèverai pour aller travailler.

— Dors, ma douce Anastasia.

J'embrasse ses cheveux et ferme les yeux. Son parfum me rappelle des jours heureux… une sensation de plénitude… et même de bonheur…

> Maman est contente aujourd'hui. Elle chante.
> Elle chante une chanson d'amour.
> Elle fait la cuisine. Et elle chante.
> Mon ventre gargouille. Elle fait du bacon et des gaufres.
> Ça sent bon. Mon ventre aime bien le bacon et les gaufres.
> Ça sent trop bon.

Quand j'ouvre les yeux, le soleil se déverse par les fenêtres et un arôme appétissant chatouille mes narines. Un arôme de bacon. J'ai un moment de confusion. Gail est-elle rentrée de chez sa sœur plus tôt que prévu ?

Puis, ça me revient. *Ana.* Un coup d'œil au réveil m'apprend qu'il est tard. Je me lève d'un bond et l'odeur m'attire dans la cuisine.

Ana est là. Elle m'a piqué ma chemise, s'est fait des couettes et danse au rythme d'une musique que je ne peux pas entendre, puisqu'elle porte des écouteurs.

Sans qu'elle me voie, je m'assois au bar pour profiter du spectacle. Elle fouette des œufs, ses couettes rebondissent chaque fois qu'elle se trémousse, et je suis ravi de constater qu'elle ne porte pas de culotte.

C'est bien, ma belle.

Je n'ai jamais vu de fille aussi gauche, mais curieusement, je trouve ça à la fois amusant, charmant et bandant ; je songe à toutes les façons dont je pourrais l'inciter à améliorer sa coordination. Quand elle se retourne et m'aperçoit, elle se fige.

— Bonjour, mademoiselle Steele. Vous êtes très en forme ce matin.

Avec ses couettes, elle fait encore plus jeune.

— J'ai… j'ai bien dormi, bredouille-t-elle.

— On se demande pourquoi.

Je plaisante, mais je dois avouer que moi aussi, j'ai bien dormi. Il est plus de 9 heures. Quand me suis-je réveillé plus tard que 6 h 30 pour la dernière fois ?

Hier. Après avoir dormi avec elle.

— Tu as faim ? me demande-t-elle.

— Très.

Je ne sais pas si c'est de nourriture ou d'elle que je suis le plus affamé.

— Pancakes, bacon et œufs ? dit-elle.

— Formidable.

— Je ne sais pas où tu ranges tes sets de table.

Elle semble un peu gênée. Je crois que c'est parce que je l'ai surprise à danser. La prenant en pitié, je lui propose de mettre les couverts en ajoutant :

— Tu veux un peu de musique pour que tu puisses continuer à… euh… danser ?

Ses joues s'empourprent et elle baisse les yeux. *Merde.* Je l'ai blessée.

— Je t'en prie, ne t'arrête pas pour moi. C'est très distrayant.

Elle fait la moue, me tourne le dos, et recommence à fouetter les œufs avec enthousiasme. Je me demande si elle sait à quel point, pour quelqu'un comme moi, ce geste est un manque de respect… mais évidemment, elle ne peut s'en douter, ce qui, Dieu sait pourquoi, me fait sourire. Je m'approche d'elle en douce pour la tirer délicatement par une couette.

— J'adore. Elles ne te protégeront pas.

Pas de moi. Pas après t'avoir possédée.

— Tes œufs, tu les aimes comment ?

Elle a parlé d'une voix étonnamment hautaine. J'ai envie de rire, mais je me retiens et j'ironise :

— Fouettés.

Elle aussi, elle essaie de rester pince-sans-rire tout en poursuivant sa tâche, mais son sourire est ensorcelant. En vitesse, je mets le couvert tout en me demandant à quand remonte la dernière fois que j'ai dressé la table pour quelqu'un d'autre. *Jamais.* Normalement, le week-end, ma soumise assure les corvées domestiques. *Mais pas aujourd'hui, Grey, puisqu'elle n'est pas ta soumise… Du moins, pas encore.*

Je verse deux verres de jus d'orange et fais le café. *Mais c'est vrai, au fait, elle ne boit pas de café !*

— Tu veux du thé ?

— Oui, si tu en as.

Je déniche dans un placard les sachets de thé Twinings que j'ai demandé à Gail d'acheter. Tiens, tiens, qui eût cru que j'aurais l'occasion de les utiliser ? Ana fronce les sourcils.

— Si j'ai bien compris, tu savais déjà qu'on allait conclure.

Je lui réponds d'une voix sévère :

— Nous n'avons encore rien conclu, mademoiselle Steele.

Et arrête de te voir comme ça. J'ajoute sa tendance à se dénigrer à la liste des comportements qu'il faudra corriger. Évitant mon regard, elle pose les assiettes sur les sets, puis sort le sirop d'érable du réfrigérateur. Lorsqu'elle lève les yeux, je lui désigne sa place :

— Mademoiselle Steele.

— Monsieur Grey, répond-elle avec une politesse exagérée.

Elle grimace en s'asseyant.

— Tu as mal ?

Je m'étonne de me sentir coupable. J'avais l'intention de la baiser après le petit déjeuner, mais si elle a mal, c'est exclu. À moins que je n'aie recours à sa bouche ?

Le rose lui monte aux joues.

— Pourquoi, tu veux t'excuser ? ironise-t-elle.

Son ton sarcastique me prend au dépourvu. Si elle était à moi, ça lui vaudrait une fessée, au minimum, sans doute sur le bar de la cuisine.

— Non, mais je me demandais si nous pouvions poursuivre ta formation de base.

Elle tressaille :

— Oh !

Eh oui, Ana, on peut aussi baiser en plein jour. Et j'aimerais remplir cette bouche insolente.

Tandis que je déguste mon petit déjeuner – elle est plutôt bonne cuisinière –, elle ne cesse de me dévisager.

— Mange, Anastasia. Au fait, c'est délicieux.

Ana prend une bouchée puis repousse sa nourriture avec sa fourchette. Elle a recommencé à se mordiller la lèvre. Je lui ordonne d'arrêter.

— Ça me déconcentre, et je devine que tu ne portes rien sous ma chemise, ce qui me distrait encore plus.

Elle tripote la théière, sans prendre garde à mon irritation.

— À quel genre de formation de base songes-tu ?

Toujours aussi curieuse… *Voyons jusqu'où elle est prête à aller.*

— Comme tu as mal, je me disais qu'on pourrait s'en tenir à l'oral.

Elle avale sa gorgée de thé de travers et se met à tousser. *Merde.* Il ne manquerait plus qu'elle s'étouffe. Je lui tapote doucement le dos et lui tends un verre de jus d'orange.

— À supposer que tu aies envie de rester, évidemment.

Mieux vaut ne pas trop tirer sur la corde.

— J'aimerais rester encore aujourd'hui, si tu es d'accord. Demain, je travaille.

— À quelle heure ?

— 9 heures.

— Je ferai en sorte que tu sois rentrée à 9 heures demain matin.

Quoi ? J'ai envie qu'elle reste ? J'en suis le premier étonné. *Oui, j'ai envie qu'elle reste.*

— Il faut que je rentre ce soir pour me changer.

— On peut te trouver des vêtements de rechange à Seattle.

Elle tripote ses couettes et mordille nerveusement sa lèvre inférieure… encore.

— Qu'est-ce qu'il y a ?

— Je dois rentrer ce soir.

Bon sang, qu'est-ce qu'elle est têtue. Je ne veux pas qu'elle s'en aille, mais à ce stade, comme elle n'a pas signé, je ne peux pas insister pour qu'elle reste.

— Comme tu veux. Mange.

Elle examine le contenu de son assiette.

— Mange, Anastasia. Tu n'as rien avalé hier soir.

— Je n'ai plus faim, je te jure.

Elle commence à m'énerver.

— Je tiens vraiment à ce que tu finisses ton petit déjeuner.

— Veux-tu bien m'expliquer cette obsession de la bouffe ? aboie-t-elle.

Crois-moi, bébé, il vaut mieux que tu ne le saches pas.

— Je te l'ai déjà dit, je n'aime pas qu'on gaspille la nourriture. Mange.

Je lui fais les gros yeux. *Ne me pousse pas à bout, Ana.* Elle se renfrogne mais se remet à manger.

En la regardant porter une bouchée d'omelette à sa bouche, je commence à me détendre. Elle est plutôt rebelle, à sa façon. Et ça, c'est assez inhabituel dans mon parcours. Je n'ai jamais eu affaire à ce genre de femme. Mais oui ! Ça y est, j'ai compris. La nouveauté, voilà ce qui me fascine chez elle... non ?

Lorsqu'elle a fini, je ramasse son assiette.

— Tu as fait la cuisine, c'est à moi de débarrasser.

— C'est très démocratique, ironise-t-elle en haussant un sourcil.

— Oui. Pourtant, ça n'est pas mon genre. Après, on prendra un bain.

Où je pourrai évaluer ses talents à l'oral. J'inspire rapidement pour contrôler l'érection immédiate que cette pensée suscite.

C'est à ce moment-là que son portable sonne. Pour répondre, elle gagne le fond du salon. Depuis le coin cuisine, je l'observe, en grande conversation devant le mur en verre qui éclaire sa silhouette à contre-jour à travers sa chemise blanche... Ses longues jambes, ses seins parfaits, son cul splendide... J'en ai la bouche sèche.

Tout en parlant au téléphone, elle se tourne vers moi. Je fais mine de m'affairer. Dieu sait pourquoi, je n'ai pas envie qu'elle me surprenne à la reluquer. *À qui parle-t-elle ?* En entendant prononcer le nom de Kavanagh, je me crispe. *Qu'est-ce qu'elle est en train de lui raconter ?* Nos regards se croisent. *Qu'est-ce que tu es en train de lui dire, Ana ?* Elle me tourne le dos, raccroche presque tout de suite après et me rejoint en ondulant voluptueusement des hanches sous ma chemise. *Devrais-je lui dire ce que je vois ?*

— L'accord de confidentialité, ça couvre tout ? me demande-t-elle à brûle-pourpoint.

180

J'étais en train de refermer le réfrigérateur. Je me fige :

— Pourquoi ?

Où veut-elle en venir ? Qu'a-t-elle raconté à Kavanagh ?

Elle inspire profondément.

— J'aimerais poser quelques questions à Kate au sujet du sexe.

— Tu peux me les poser à moi.

— Christian, sans vouloir te vexer…

Elle est trop gênée ?

— Juste des questions techniques. Je ne parlerai pas de la Chambre rouge de la Douleur, s'empresse-t-elle d'ajouter.

— La Chambre rouge de la Douleur ?

Mais qu'est-ce que… !?

— Il s'agit de plaisir, Anastasia, crois-moi. En plus, ta colocataire s'envoie en l'air avec mon frère. Je préférerais vraiment que tu t'abstiennes de discuter de moi avec elle.

Pas question qu'Elliot apprenne quoi que ce soit de ma vie sexuelle. Il ne raterait pas une occasion de me vanner là-dessus.

— Ta famille est au courant de tes… euh… prédilections ?

— Non. Ça ne les regarde pas.

Il y a une question qu'elle meurt d'envie de poser. Je lui lance un regard interrogatif.

— Qu'est-ce que tu veux savoir ?

Qu'est-ce qu'il y a, Ana ?

— Rien de précis pour l'instant.

— Commençons par cette question : cette nuit, c'était comment, pour toi ?

Je retiens mon souffle. Notre accord pourrait dépendre de sa réponse.

— C'était bon, réplique-t-elle avec un sourire langoureux.

Voilà ce que je voulais entendre.

— Pour moi aussi. C'est la première fois que je pratique le sexe-vanille. Ça n'est pas si mal que ça, au fond. Mais c'est peut-être parce que c'est toi.

Manifestement, ces mots l'étonnent et la ravissent. J'effleure du pouce sa lèvre inférieure charnue. Je meurs d'envie de la toucher... encore.

— Allez, on va prendre un bain.

Je l'embrasse avant de l'entraîner vers ma salle de bains.

— Reste là, lui ordonné-je en ouvrant le robinet.

Je verse une huile parfumée dans l'eau brûlante. La baignoire se remplit rapidement tandis qu'elle m'observe. Normalement, dans ces circonstances, j'exigerais que ma soumise garde les yeux baissés en signe d'humilité. Ana ne baisse pas les yeux. Son regard étincelle de désir et de curiosité. Mais elle se recouvre de ses bras, et cette pudeur m'excite.

Dire qu'elle n'a jamais pris un bain avec un homme... Encore une première. Une fois que la baignoire est pleine, je retire mon tee-shirt et tends la main :

— Mademoiselle Steele.

Acceptant mon invitation, elle met les pieds dans l'eau.

— Retourne-toi, fais-moi face. Je sais que cette lèvre est délicieuse, je peux en attester, mais veux-tu bien arrêter de la mordre ? Quand tu fais ça, j'ai envie de te baiser, et je ne peux pas parce que tu as mal, tu comprends ?

Elle tressaille, ce qui libère automatiquement sa lèvre.

— Compris ?

Toujours plantée devant moi, elle hoche la tête énergiquement.

— Bien.

Elle porte encore ma chemise. Je retire l'iPod de la poche et le pose près du lavabo.

— Les iPods et l'eau, ça n'est pas compatible.

J'attrape le bas de sa chemise et la lui ôte. Dès que je recule d'un pas pour la contempler, elle baisse la tête.

— Hé !

Je parle d'une voix douce qui l'encourage à lever les yeux.

— Anastasia, tu es une très belle femme. Ne baisse pas la tête comme si tu avais honte de ton corps. Au contraire, tu peux en être fière, et c'est un véritable plaisir de te regarder.

Je lui attrape le menton et lui renverse la tête. *Ne te cache pas de moi, bébé.*

— Tu peux t'asseoir, maintenant.

Elle s'assoit trop vite et grimace lorsque son corps endolori touche l'eau. *Aïe...* Elle ferme les yeux en s'allongeant, mais lorsqu'elle les rouvre elle paraît plus détendue.

— Tu viens ? dit-elle avec un sourire timide.

— Pourquoi pas ? Pousse-toi.

Je me déshabille, m'installe derrière elle, l'attire contre ma poitrine, allonge mes jambes sur les siennes et passe mes pieds par-dessus ses chevilles, ce qui me permet de lui écarter largement les jambes. Elle se tortille contre moi ; j'enfouis mon nez dans ses cheveux.

— Tu sens tellement bon, Anastasia.

Lorsqu'elle a fini de se mettre à son aise, je prends le flacon de gel douche sur l'étagère. J'en verse un peu dans ma paume, je le fais mousser et je commence à masser sa nuque et ses épaules. Elle gémit et penche la tête en s'abandonnant à mes bons soins.

— Ça te plaît ?

— Mmm, chantonne-t-elle, comblée.

Je lui lave les bras et les aisselles, avant d'atteindre mon premier but : ses seins. *Mon Dieu, quelle sensation.* Elle a des seins parfaits. Je les malaxe et les titille. Elle geint, se cambre, sa respiration s'affole… Elle est excitée. Gonflant sous elle, mon corps lui fait écho.

Mes mains effleurent son torse et son ventre pour s'acheminer vers mon deuxième but. Mais avant de parvenir à sa toison, je prends un gant de toilette sur lequel je verse du gel douche pour la laver entre les jambes. D'un geste délicat, lent mais assuré, je la frotte, la lave, la stimule. Elle commence à haleter et ses hanches suivent le rythme de ma main. Sa tête sur mon épaule, les yeux fermés, la bouche ouverte par un gémissement silencieux, elle s'abandonne à mes doigts implacables.

— Vas-y, bébé, dis-je en lui effleurant un lobe de mes dents. Vas-y pour moi.

— S'il te plaît...

Elle tente d'allonger les jambes, mais je les cloue sous les miennes. *Ça suffit.* Maintenant qu'elle est tout écumante, on passe à l'étape suivante. Je retire ma main.

— Je crois que tu es assez propre, maintenant.

— Pourquoi tu t'arrêtes ? proteste-t-elle en ouvrant brusquement des yeux qui trahissent sa frustration et sa déception.

— Parce que j'ai d'autres projets pour toi, Anastasia.

Elle halète et, si je ne m'abuse, elle boude. *Très bien.*

— Retourne-toi. Moi aussi, j'ai besoin de me laver.

Elle obéit, le visage rose, l'œil brillant, la pupille dilatée. Je bascule les hanches pour empoigner ma queue.

— Je veux que tu apprennes à connaître, à tutoyer, si l'on peut dire, la partie préférée de mon anatomie. J'y suis très attaché.

Elle en reste bouche bée. Son regard passe de mon sexe à mon visage... puis revient à mon sexe. Je ne peux pas m'empêcher de sourire malicieusement. On dirait l'image même de la vertu outragée. Mais tandis qu'elle me fixe, son expression se transforme : d'abord pensive, elle devient calculatrice. Lorsque ses yeux trouvent les miens, c'est pour me lancer un défi.

Allez, montrez-moi ce que vous savez faire, mademoiselle Steele.

Elle sourit en prenant le gel douche, comme si elle se régalait d'avance. Posément, elle en verse une petite flaque dans sa paume et, sans détacher son regard du mien, se frotte les mains. Elle entrouvre la bouche et mord sa lèvre inférieure, avant de passer la langue sur la petite dépression tracée par ses dents. *Ana Steele, séductrice !*

Ma queue montre son appréciation en durcissant encore plus. Elle tend les doigts pour me saisir ; son poing se referme sur moi. Ma respiration siffle entre mes dents serrées et je ferme les yeux pour savourer cet instant. *Là, ça ne m'ennuie pas qu'on me touche.* Non, ça ne m'ennuie pas du tout… Posant ma main sur la sienne, je lui montre comment elle doit faire.

— Comme ça, dis-je d'une voix rauque.

Je la guide. Elle resserre les doigts autour de moi ; sa main coulisse sous la mienne. *Oh oui.*

— C'est ça, bébé.

Je la laisse continuer seule, en fermant les yeux pour m'abandonner à son rythme. *Oh mon Dieu.* Pourquoi son manque d'expérience est-il aussi excitant ? Est-ce parce qu'elle me doit toutes ses premières ?

Soudain, elle m'aspire dans sa bouche. Sa langue me torture.

— Ah mon Dieu… Ana.

Elle suce plus fort, ses yeux pétillent de ruse féminine. Voilà comment elle se venge… Donnant-donnant. Elle est belle à tomber.

— Putain…

Je ferme les yeux pour ne pas jouir immédiatement. Elle poursuit son doux supplice, et au fur et à mesure qu'elle prend de l'assurance, je bascule les hanches pour m'enfoncer de plus en plus profondément dans sa bouche. *Jusqu'où je peux aller, bébé ?* C'est excitant de la regarder, très excitant. Je l'attrape par les couettes et je commence à lui baiser la bouche pendant qu'elle prend appui sur mes cuisses.

— Ah... bébé... c'est bon...

Elle gaine ses dents de ses lèvres pour me pomper. Je gémis en me demandant jusqu'où elle me laissera pénétrer. Sa bouche me tourmente, ses dents me serrent comme un étau. Et j'en veux davantage.

— Bon sang. Tu peux aller loin, comme ça ?

Son regard trouve le mien et elle fronce les sourcils. Puis, l'air déterminé, elle me fait coulisser dans sa bouche jusqu'à ce que je bute contre le fond de sa gorge. *Putain de merde !*

— Anastasia, je vais te jouir dans la bouche, la préviens-je d'une voix éraillée. Si tu ne veux pas, arrête tout de suite.

Je m'enfonce en elle, je vais, je viens, je regarde ma queue disparaître dans sa bouche, puis reparaître. C'est plus qu'érotique. Je suis sur le point de jouir quand tout d'un coup, elle découvre les dents et les appuie doucement contre ma queue : j'explose, éjaculant au fond de sa gorge avec un cri de plaisir.

Putain.

Une fois de plus, elle m'a totalement désarmé... Lorsque je rouvre les yeux, elle rayonne de fierté. À juste titre. Elle m'a fait une pipe d'anthologie. Je l'interroge, émerveillé, tout en reprenant mon souffle :

— Tu n'as pas de réflexe de haut-le-cœur ?
Merde, Ana... c'était... bon, vraiment bon. Mais
inattendu. Tu sais, tu n'arrêtes pas de m'étonner.

Ce sont des félicitations bien méritées. Mais au
fait, pour être douée à ce point-là, elle a peut-être
déjà une certaine expérience...

— Tu as déjà fait ça ?

— Non, se rengorge-t-elle.

J'espère que mon soulagement n'est pas trop appa-
rent.

— Très bien. Encore une première, alors, mademoiselle Steele. Reçue à l'oral, mention excellent.
Viens, allons au lit, je te dois un orgasme.

Je sors de la baignoire, un peu flageolant, et
m'entoure la taille d'une serviette. J'en prends une
autre pour en envelopper Ana, de façon à ce qu'elle
soit prise au piège. Je la serre contre moi pour
l'embrasser, l'embrasser vraiment, explorer sa bouche
avec ma langue, goûter mon foutre dans sa bouche...
Pour l'embrasser encore plus profondément, je
prends sa tête entre mes mains. Je la veux. Je la
veux toute. Corps et âme. Je veux qu'elle m'appartienne. Plongeant mon regard dans le sien, je
l'implore :

— Dis-moi oui.

— Oui à quoi ? souffle-t-elle.

— À notre accord. Dis-moi que tu veux être à
moi. S'il te plaît, Ana.

Il y a longtemps que je n'ai supplié personne. Je
l'embrasse de nouveau, en déversant toute ma ferveur dans ce baiser. Lorsque je lui prends la main,

elle est chancelante. *Éblouis-la davantage, Grey.* Une fois dans la chambre, je la libère.

— Tu me fais confiance ?

Elle hoche la tête.

— C'est bien, ma belle.

Ma belle. Ma toute belle.

Je me dirige vers mon dressing pour sélectionner l'une de mes cravates. Lorsque je la rejoins, je lui retire sa serviette, que je jette par terre.

— Tends les mains devant toi et joins-les.

Elle se lèche les lèvres, hésitante, avant d'obéir. Rapidement, je lui attache les poignets avec la cravate. Je vérifie le nœud. Oui. Il est solide. *Il est temps de poursuivre votre initiation, mademoiselle Steele.*

Sa bouche s'entrouvre... elle est excitée. Je lui caresse les couettes.

— Tu as l'air tellement jeune comme ça.

Mais ça ne risque pas de m'inhiber... Je laisse tomber ma serviette par terre.

— Ah, Anastasia, qu'est-ce que je vais bien pouvoir te faire ?

L'agrippant par le haut des bras, je la repousse doucement sur le lit, en la retenant pour qu'elle ne tombe pas. Lorsqu'elle est couchée, je m'allonge près d'elle et je lui attrape les poignets pour lui relever les bras au-dessus de la tête.

— Laisse-les là, ne bouge pas, compris ?

Elle déglutit.

— Réponds-moi.

— Je ne bougerai pas, dit-elle d'une voix rauque.

— Très bien.

Je ne peux m'empêcher de sourire en la voyant ainsi, étendue près de moi, les poings liés, à ma merci. *Elle est à moi.* Je ne peux pas encore faire d'elle tout ce que je veux – pas encore – mais c'est pour bientôt. Je m'incline pour lui donner un petit baiser, en lui annonçant que je compte l'embrasser partout. Quand mes lèvres passent du bas de son oreille au creux à la base du cou, je suis récompensé par un gémissement reconnaissant.

Puis, sans crier gare, elle baisse les bras pour m'entourer le cou. *Non. Non. Non. Pas de ça, mademoiselle Steele.* La foudroyant du regard, je replace ses bras fermement au-dessus de sa tête.

— Ne bouge pas, ou il va falloir tout recommencer de zéro.

— J'avais envie de te toucher.

Mais tu n'as pas le droit.

— Je sais. Garde tes mains au-dessus de la tête.

Elle entrouvre les lèvres, respire plus vite… Elle est excitée. *Très bien.* J'attrape son menton pour l'embrasser ; mes doigts effleurent ses seins, rejoints par mes lèvres. Plaquant une main sur son ventre pour l'immobiliser, je rends hommage à ses tétons en les suçotant et en les mordillant tour à tour, ravi de les sentir durcir sur ma langue. Elle miaule et commence à remuer les hanches. Bouche contre peau, je la préviens :

— Ne bouge pas.

Je sème des baisers sur son ventre. Ma langue explore la saveur et les replis de son nombril. Elle gémit et se cambre. Je vais devoir lui apprendre à rester immobile… Mes dents effleurent sa peau.

— Mmm. Vous êtes si douce, mademoiselle Steele.

Je passe de son nombril à sa toison que je butine doucement, avant de me redresser pour m'agenouiller entre ses jambes, que j'écarte en lui agrippant les chevilles. Dans cette posture, nue, vulnérable, elle offre un spectacle splendide. Attrapant son pied gauche, je lui replie le genou et porte ses orteils à mes lèvres tout en observant son visage. J'embrasse chaque orteil, puis je mords le bout.

Ses yeux sont écarquillés ; sa bouche ouverte alterne entre un « o » minuscule et un « O » majuscule. Quand je croque le coussinet de son petit orteil un peu plus fort, elle bascule le bassin en geignant. Je la lèche de la cambrure du pied jusqu'à la cheville. Elle ferme les yeux en secouant la tête tandis que je continue à la tourmenter.

— S'il te plaît !

— Chaque chose en son temps, mademoiselle Steele.

Parvenu au genou, je poursuis ma route : je lèche, je suce, je mords l'intérieur de sa cuisse en écartant encore davantage ses jambes. Elle frémit, s'apprêtant à sentir ma langue au point culminant de ses cuisses. *Eh non… pas encore, mademoiselle Steele.*

Je passe à sa jambe droite, en semant des baisers et des morsures du creux du genou à l'intérieur de la cuisse. Elle se crispe lorsque je m'allonge enfin entre ses jambes. Mais elle ne baisse pas les bras. *C'est bien, ma belle.*

Doucement, je frotte mon nez contre son sexe. Elle s'agite sous moi. J'arrête. Il faut vraiment qu'elle apprenne à ne pas bouger. Elle relève la tête pour me regarder.

— Savez-vous à quel point votre odeur est enivrante, mademoiselle Steele ?

Soutenant son regard, j'enfonce mon nez dans sa toison, que je hume profondément. Elle se laisse retomber sur le lit en gémissant. Je souffle sur ses poils.

— Je les aime bien, en fin de compte.

Il y a longtemps que je n'ai pas vu des poils pubiens d'aussi près. Je tire doucement dessus.

— Peut-être qu'on les gardera.

En revanche, ça risque de nous gêner pour les jeux de cire…

— Ah… s'il te plaît, continue.

— Mmm. J'aime bien que tu me supplies, Anastasia.

Elle geint.

— Donnant-donnant, ça n'est pas mon genre, mademoiselle Steele, mais comme vous m'avez comblé aujourd'hui, vous devez être récompensée.

J'appuie sur ses cuisses ouvertes pour la livrer encore mieux à ma langue, et je commence lentement à encercler son clitoris. Elle pousse un petit cri et s'arc-boute sur le lit. Mais je ne m'arrête pas. Ma langue est impitoyable. Ses jambes se raidissent, elle pointe les pieds, elle y est presque… J'introduis lentement mon majeur en elle. Elle mouille. Elle mouille, et elle m'attend.

— Bébé, tu mouilles tellement pour moi… j'adore.

Je remue mon doigt dans le sens des aiguilles d'une montre pour la distendre alors que ma langue, inlassable, continue à tourmenter son clitoris. Elle se raidit sous moi et hurle lorsque l'orgasme déferle en elle.

Oui !

Je m'agenouille et prends une capote. Dès que je l'ai passé, je me glisse lentement en elle. Putain, qu'est-ce que c'est bon.

— Ça va ?

— C'est bon, fait-elle d'une voix rauque.

Je commence à bouger, savourant la sensation d'être sur elle, en elle. Encore et encore, de plus en plus vite, je me perds. Je veux la faire jouir une fois de plus. Je la veux assouvie. Je la veux heureuse. Enfin, elle se crispe de nouveau en gémissant.

— Jouis pour moi, bébé, fais-je entre mes dents serrées.

Elle explose autour de moi.

— Putain... merci !

Me laissant enfin aller, j'explose à mon tour et m'effondre sur elle, savourant sa douceur. Elle tente de mettre ses bras autour de mon cou, mais comme elle est ligotée elle ne peut pas me toucher. J'inspire profondément et je m'accoude pour la contempler, émerveillé.

— Tu vois à quel point c'est bon entre nous. Si tu te donnes à moi, ce sera encore meilleur. Fais-moi confiance, Anastasia, je peux t'entraîner vers des lieux dont tu ignores jusqu'à l'existence.

Nos fronts se touchent et je ferme les yeux. *Je t'en prie, dis-moi oui.*

C'est alors que nous entendons des éclats de voix devant la porte. *Mais qu'est-ce... ?!* Je reconnais Taylor et Grace.

— Ciel ! Ma mère.

Ana grimace quand je me retire d'elle. Je me lève d'un bond et je jette le préservatif dans la corbeille à papier. *Mais qu'est-ce que ma mère fout là ?* Taylor l'a interceptée, Dieu merci. En tout cas, elle est sur le point d'avoir une sacrée surprise.

— Allez, on s'habille : je vais te présenter à ma mère.

Je souris à Ana en enfilant mon jean. Elle est toujours allongée sur le dos. Qu'est-ce qu'elle est adorable, comme ça...

— Christian, je ne peux pas bouger, proteste-t-elle en souriant.

Je m'incline pour dénouer la cravate et l'embrasser sur le front. *Je parie que ma mère sera folle de joie.* En passant mon tee-shirt, je n'arrive pas à m'empêcher de sourire.

— Encore une première, dis-je à voix basse.

Ana, assise sur le lit, serre ses genoux contre elle.

— Je n'ai pas de vêtements propres. Il vaut peut-être mieux que je reste ici.

— Pas question. Je peux te prêter quelque chose.

J'aime bien l'idée qu'elle porte mes vêtements. Mais son visage se décompose.

— Anastasia, même avec un sac à pommes de terre tu serais ravissante. Je t'en prie, ne t'en fais pas. J'ai vraiment envie de te présenter à ma mère. Habille-toi. Je vais aller la rassurer. Je t'attends dans cinq minutes, sinon je viens te chercher, quelle que soit ta tenue. Mes tee-shirts sont dans ce tiroir. Mes chemises sont dans le dressing. Sers-toi.

Elle écarquille les yeux. *Mais oui, je parle sérieusement, bébé.* Après l'avoir menacée d'un regard éloquent, j'ouvre la porte pour aller retrouver ma mère.

Grace est dans le couloir. Taylor tente visiblement de la raisonner. Son visage s'illumine lorsqu'elle me voit.

— Mon chéri, excuse-moi, je ne savais pas que tu n'étais pas seul ! s'exclame-t-elle, un peu gênée.

Elle me tend sa joue, sur laquelle je dépose un petit baiser.

— Bonjour, maman. C'est bon, je gère, ajouté-je à l'intention de Taylor.

— Oui, monsieur Grey.

Il hoche la tête, exaspéré, et repart dans son bureau.

— Merci, Taylor, lui lance Grace avant de se tourner vers moi. Alors, comme ça, tu me « gères » ? me gronde-t-elle. Je faisais des courses dans le centre-ville et j'ai pensé que je pourrais passer prendre un café en vitesse.

Elle marque une pause.

— Si j'avais su que tu n'étais pas seul...

Elle hausse les épaules, comme une petite fille prise en faute. En fait, il y avait souvent une femme chez moi lorsqu'elle passait prendre un café... mais elle ne l'a jamais su. J'abrège son supplice :

— Elle nous rejoint dans un instant. Assieds-toi.

Je désigne le canapé.

— Elle ?

— Oui, maman. Elle.

Je parle sèchement mais c'est pour m'empêcher de rire. Pour une fois, elle se tait en traversant le salon.

— Je vois que vous avez déjà pris votre petit déjeuner, fait-elle observer en regardant les casseroles dans l'évier.

— Tu veux du café ?

— Non merci, mon chéri. Je salue ton… amie, et je m'en vais. Je ne voulais pas te déranger. Je pensais te trouver en train de trimer dans ton bureau. Tu travailles trop, mon chéri. Je voulais t'arracher un peu à tes dossiers, c'est tout.

Elle ne sait plus comment s'excuser. Sa réaction m'amuse :

— Pas de souci. Pourquoi n'es-tu pas allée à la messe ce matin ?

— Carrick avait du boulot, donc nous avons décidé d'aller à la messe du soir. Tu te joins à nous ? Ou serait-ce trop espérer ?

Je hausse un sourcil cynique.

— Maman, tu sais bien que ce n'est pas mon truc. *Dieu et moi, on est fâchés depuis longtemps.*

Elle soupire. C'est à ce moment-là que j'aperçois Ana. Elle a remis ses vêtements de la veille, et attend timidement à l'entrée du salon. Son arrivée nous évite de justesse une querelle familiale. Je me lève, soulagé.

— La voici.

Grace se retourne et se lève à son tour.

— Maman, je te présente Anastasia Steele. Anastasia, je te présente Grace Trevelyan-Grey.

Elles se serrent la main.

— Ravie de faire votre connaissance ! s'exclame ma mère avec un peu trop d'enthousiasme à mon goût.

196

— Docteur Trevelyan-Grey, réplique poliment Ana.

— Appelez-moi Grace, s'il vous plaît, répond chaleureusement ma mère.

Quoi ? Déjà ? Grace adresse un clin d'œil à Ana et se rassoit. Je fais signe à Ana de s'installer à côté de moi en tapotant un coussin.

— Et alors, comment vous êtes-vous rencontrés ? demande Grace.

— Anastasia m'a interviewé pour le journal des étudiants de l'université de Washington, où je remets les diplômes la semaine prochaine.

Grace sourit à Ana.

— Donc, vous allez recevoir votre diplôme la semaine prochaine ?

— Oui.

Le téléphone d'Ana se met à sonner. Elle s'excuse pour décrocher.

— C'est moi qui fais le discours de fin d'année, précisé-je à Grace.

Tout en parlant à ma mère, j'observe Ana. *Qui l'appelle ?*

— Écoute, José, tu tombes mal, là, l'entends-je dire.

C'est ce foutu photographe. Qu'est-ce qu'il lui veut ?

— J'avais laissé un message à Elliot, puis j'ai appris qu'il était à Portland. Je ne l'ai pas vu depuis la semaine dernière, m'explique Grace. C'est lui qui m'a dit que tu étais à Seattle – mon chéri, tu n'es pas passé à la maison depuis deux semaines…

Ana raccroche et nous rejoint. Je réussis à marmonner :

— Ah bon, il t'a dit ça ?

Qu'est-ce qu'il lui veut, ce petit con ?

— J'avais pensé t'inviter à déjeuner, mais je ne veux pas te déranger, tu as sûrement d'autres projets.

Grace se lève, et pour une fois, je suis ravi qu'elle soit assez intuitive pour comprendre la situation. Elle me tend de nouveau la joue. Je l'embrasse.

— Il faut que je raccompagne Anastasia à Portland.

— Bien sûr, mon chéri.

Grace adresse à Ana un sourire radieux – et, si je ne m'abuse, reconnaissant. Ça devient agaçant.

— Anastasia, j'ai été ravie de faire votre connaissance, ajoute Grace en lui serrant la main. J'espère que nous nous reverrons bientôt.

— Madame Grey ?

Taylor a fait son apparition à l'entrée du salon.

— Merci, Taylor, répond Grace, qui se laisse raccompagner.

Eh bien voilà qui était intéressant.

Ma mère a toujours cru que j'étais gay. Mais elle a toujours respecté mon intimité, et ne m'a jamais posé la question. La voilà fixée.

Ana mordille sa lèvre inférieure. Elle est inquiète… et elle a raison de l'être.

— Alors comme ça, le photographe t'a appelée ? demandé-je d'un ton bourru.

— Oui.

— Qu'est-ce qu'il te voulait ?

— Simplement s'excuser pour vendredi dernier.

— Je vois.

Il veut peut-être encore tenter sa chance avec elle. Cette pensée m'est pénible. C'est alors que Taylor toussote.

— Monsieur Grey, il y a un problème avec la cargaison du Darfour.

Eh merde. Voilà ce qui arrive quand je ne consulte pas mes mails. Ce matin, j'étais trop obnubilé par Ana.

— Charlie Tango est rentré à Boeing Field ?

— Oui, monsieur.

Taylor constate la présence d'Ana en lui adressant un signe de tête.

— Mademoiselle Steele.

Elle lui adresse un grand sourire tandis qu'il s'éclipse.

— Taylor habite ici ?

— Oui.

Je me dirige vers le coin cuisine, prends mon téléphone et parcours mes mails en vitesse. Ros m'a envoyé un mail et deux SMS. Je la rappelle immédiatement.

— Ros, qu'est-ce qui se passe ?

— Bonjour, Christian. Mauvaises nouvelles du Darfour. L'ONG ne peut pas garantir la sécurité des cargaisons et du convoi routier, et le Département d'État refuse d'autoriser l'opération sans le soutien de l'ONG.

Bordel de merde.

— Pas question de faire courir un tel risque à l'équipage.

Ros le sait parfaitement.

— On pourrait recruter des mercenaires, suggère-t-elle.

— Non, annulez l'opération.

— Mais le coût…

— Nous parachuterons la cargaison.

— J'avais prévu votre réaction, Christian. Je suis en train de mettre au point le plan B. Ce sera cher. Entre-temps, les containers peuvent être acheminés de Philadelphie à Rotterdam, d'ici là on aura trouvé une solution.

— Très bien.

Je raccroche. Il faut que le Département d'État se mouille un peu plus. Je décide d'appeler Blandino pour en discuter.

Mon attention se reporte sur Mlle Steele, qui, plantée au milieu du salon, me dévisage avec circonspection. Revenons au sujet qui nous préoccupe. Le contrat. Je vais dans mon bureau pour rassembler les documents nécessaires et les glisser dans une enveloppe Kraft.

Ana n'a pas bougé. Elle pense peut-être au photographe… mon humeur vire au noir.

— Voici le contrat, dis-je en brandissant l'enveloppe. Lis-le, nous en discuterons le week-end prochain. Je te suggère de te documenter, pour mieux comprendre ce que ça implique.

Son regard passe de l'enveloppe à mon visage. Elle a pâli. J'ajoute aussitôt :

— À supposer que tu acceptes, ce que j'espère sincèrement.

— Me documenter ?

— Tu serais étonnée de tout ce qu'on peut trouver sur Internet.

Elle se renfrogne.

— Qu'est-ce qu'il y a ?

— Je n'ai pas d'ordinateur. En général, j'utilise ceux de la fac. Je vais voir si je peux emprunter le portable de Kate.

Pas d'ordinateur ? Comment est-il possible qu'une étudiante n'ait pas d'ordinateur ? Est-elle fauchée à ce point-là ? Je lui remets l'enveloppe.

— Je peux… t'en prêter un. Prends tes affaires, je te raccompagne à Portland en voiture, on déjeunera en route. Je m'habille.

— Il faut juste que je donne un coup de fil, dit-elle d'une voix douce et hésitante.

— Au photographe ?

J'ai aboyé. Elle prend un air coupable.

Mais qu'est-ce qu'elle manigance ?

— Je n'aime pas partager, mademoiselle Steele. Souvenez-vous-en.

Je me dirige vers la chambre avant d'en dire davantage. Est-elle amoureuse de lui ? S'est-elle servie de moi pour se faire initier ? Ou alors, c'est une affaire de fric, ce qui serait encore plus déprimant… Cela dit, je ne crois pas qu'elle soit vénale. Quand il a été question que je lui offre des vêtements, elle s'est braquée. Je retire mon jean pour passer un boxer.

Ma cravate Brioni gît sur le sol. Je la ramasse. En tout cas, elle n'a pas protesté lorsque je l'ai attachée… *Il y a de l'espoir, Grey. Une lueur d'espoir.* Je fourre la Brioni avec deux autres cravates dans un sac de voyage avec des chaussettes, des sous-vêtements et des préservatifs. *Minute, je fais quoi, là ?*

En fait, je sais déjà que je vais rester la semaine au Heathman… pour être près d'elle. Je sélectionne deux costumes et quelques chemises, Taylor pourra me les apporter plus tard. Il va me falloir une tenue pour la cérémonie de remise des diplômes.

Alors que j'enfile un jean propre et un blouson en cuir, mon téléphone vibre. C'est un SMS d'Elliot.

« Je prends ta voiture pour
rentrer à Seattle aujourd'hui.
J'espère que ça ne t'emmerde
pas. »

> « Non, je retourne à Portland
> à l'instant.
> Préviens Taylor quand tu arri-
> veras. »

J'appelle Taylor sur la ligne interne.

— Monsieur Grey ?

— Elliot ramène le SUV cet après-midi. Vous le prendrez pour me rejoindre à Portland demain. Je vais descendre au Heathman jusqu'à la cérémonie de remise des diplômes. J'ai mis des vêtements de côté, vous me les apporterez.

— Oui, monsieur.

— Et passez un coup de fil à Audi. J'aurai peut-être besoin de l'A3 plus tôt que prévu.

— Elle est prête, monsieur Grey.

— Ah. Très bien. Merci.

Bon, pour la voiture, c'est réglé ; maintenant, l'ordinateur. J'appelle Barney, certain qu'il sera au bureau, et sachant qu'il aura sous la main un ordinateur portable de dernière génération.

— Monsieur Grey ?

— Que faites-vous au bureau, Barney ? On est dimanche.

— Je bosse sur la tablette. Le panneau solaire me donne du fil à retordre.

— Et votre vie de famille, alors ?

Barney rit de bonne grâce.

— Que puis-je faire pour vous, monsieur Grey ?

— Vous avez un ordinateur portable neuf sous la main ?

— J'ai deux nouveaux Mac sous le nez.

— Génial. Il m'en faudrait un.

— Pas de souci.

— Pouvez-vous paramétrer un compte mail pour Anastasia Steele ? L'ordinateur est pour elle.

— Vous écrivez ça comment ? « Steal » ?

— S.T.E.E.L.E.

— C'est bon.

— Très bien. Andréa vous contactera aujourd'hui pour organiser la livraison.

— Sans problèmes, monsieur.

— Merci, Barney. Et maintenant, rentrez chez vous.

— Oui, monsieur.

Avant de retourner dans le salon, j'envoie un SMS à Andréa pour lui demander de faire livrer l'ordinateur au domicile d'Ana. Assise sur le canapé, Ana se tortille les doigts. Elle m'adresse un regard vaguement méfiant.

— Prête ?

Elle hoche la tête.

Taylor sort de son bureau.

— À demain, lui dis-je.

— Oui, monsieur. Quelle voiture prendrez-vous, monsieur ?

— La R8.

— Bon voyage, monsieur Grey. Mademoiselle Steele, dit Taylor en nous ouvrant les portes.

Ana se balance nerveusement à côté de moi tandis que nous attendons l'ascenseur. Elle enfonce les dents dans sa lèvre charnue… Ce qui me rappelle, brusquement, ses dents sur ma queue.

— Qu'est-ce qu'il y a, Anastasia ? dis-je en lui relevant le menton. Arrête de te mordiller la lèvre ou je vais te baiser dans l'ascenseur, et tant pis si on nous surprend.

Je crois que je l'ai choquée – on se demande bien pourquoi, d'ailleurs, après tout ce que nous avons fait… Je me radoucis.

— Christian, j'ai un problème.

— Ah ?

Dans l'ascenseur, j'appuie sur le bouton « garage ».

— Eh bien…, bredouille-t-elle avant de redresser les épaules : il faut que je parle à Kate. Je me pose tellement de questions sur le sexe. Si tu veux que je fasse tous ces trucs avec toi, comment pourrais-je savoir…

Elle se tait, comme pour chercher ses mots.

— Bref, je n'ai pas de point de référence.

Encore cette histoire ? Je croyais que c'était réglé. Je ne veux pas qu'elle parle. À qui que ce soit. Elle a signé un accord de confidentialité. Et pourtant, si elle revient à la charge, c'est que ça doit être important pour elle... Je fléchis.

— Parle-lui si tu t'y sens obligée. Mais fais en sorte qu'elle n'aille pas tout répéter à Elliot.

— Elle ne ferait jamais ça, et je ne te raconterais rien de ce qu'elle me dit sur Elliot – à supposer qu'elle me dise quoi que ce soit.

Je lui rappelle que la vie sexuelle d'Elliot ne présente aucune espèce d'intérêt pour moi, mais je lui permets de parler de ce que nous avons fait jusqu'à présent. Kavanagh m'arracherait les couilles si elle apprenait mes véritables intentions.

— D'accord, acquiesce Ana avec un sourire radieux.

— Plus vite j'obtiendrai ta soumission, mieux ça vaudra. On pourra arrêter tout ce cirque.

— Quel cirque ?

— Ta façon de me défier sans arrêt.

Je l'embrasse rapidement. Ses lèvres sur les miennes me rendent aussitôt ma bonne humeur.

— Jolie bagnole ! s'exclame-t-elle lorsqu'elle découvre la R8 dans le parking souterrain.

— Je sais.

Elle me rend mon sourire avant de lever les yeux au ciel. Devrais-je m'en formaliser ? Je lui ouvre la portière.

— C'est quoi, comme voiture ? me demande-t-elle alors que je m'installe au volant.

— Une Audi R8 Spyder... Il fait beau. On va pouvoir décapoter. Il y a une casquette de baseball dans la boîte à gants. Il doit même y en avoir deux. Et des lunettes de soleil, si tu veux.

Je mets le contact et rétracte la capote. La voix de Bruce Springsteen s'élève.

— Ah, Bruce... Comment ne pas l'aimer ? dis-je en souriant à Ana.

Zigzaguant entre les voitures, nous filons vers Portland sur l'autoroute I-5. Ana se tait : elle écoute la musique et regarde le paysage. J'ai du mal à déchiffrer son expression, car son visage est masqué par des Wayfarer surdimensionnées et la visière de ma casquette des Mariners. Le vent siffle dans nos oreilles tandis que nous dépassons Boeing Field.

Jusqu'ici, le week-end s'est déroulé de façon inattendue. Mais à quoi m'attendais-je, au juste ? Je m'imaginais que nous dînerions, que nous discuterions du contrat, et ensuite... ? Il était sans doute inévitable que je la baise. Je lui jette un coup d'œil. Et j'en ai encore envie.

J'aimerais bien savoir ce qu'elle pense. Elle ne se laisse pas cerner facilement, mais je sais déjà que, malgré son manque d'expérience, elle est tout à fait disposée à apprendre. Qui aurait cru que, sous ses allures timides, elle dissimulait une âme de sirène ? Je revois tout d'un coup ses lèvres autour de ma queue, et je dois m'empêcher de gémir. *Oui...* elle a réellement des dispositions. J'espère que je pourrai la revoir avant le week-end prochain. Mourant d'envie de la toucher, je pose ma main sur son genou.

— Tu as faim ?

— Pas spécialement, répond-elle d'une petite voix.

Et voilà, c'est reparti.

— Tu dois manger, Anastasia. Je connais un bon petit restaurant près d'Olympia. On va s'arrêter là.

Le petit restaurant Cuisine sauvage est déjà bondé de couples et de familles venus déguster le brunch du dimanche. Je suis l'hôtesse jusqu'à notre table en tenant Ana par la main. La dernière fois que j'ai déjeuné ici, c'était avec Elena. Je me demande ce qu'elle penserait d'Anastasia.

— Il y a longtemps que je ne suis pas venu... Il n'y a pas de menu. On mange les fruits de la chasse ou de la cueillette du jour, expliqué-je à Ana en feignant l'horreur, ce qui la fait éclater de rire.

Pourquoi ai-je l'impression d'être le roi du monde quand je la fais rire ?

— Deux verres de pinot gris, dis-je à la serveuse.

Elle me fait les yeux doux sous sa frange blonde. Ça m'énerve. Ana se renfrogne. Est-ce parce que le manège de la serveuse l'énerve, elle aussi ?

— Quoi ?

— Je voulais un Coca light.

Et pourquoi ne pas l'avoir dit ? Je fronce les sourcils.

— Leur pinot gris est très correct. Il accompagnera bien les plats, quoi qu'on nous serve.

— Quoi qu'on nous serve ? s'étrangle-t-elle en écarquillant les yeux.

— Oui.

Je lui décoche mon sourire à mille mégawatts pour me faire pardonner de ne pas l'avoir consultée avant de passer commande. Il est vrai que je n'ai pas l'habitude de poser la question… Pour lui faire plaisir, je lui rappelle l'accueil de Grace :

— Tu as plu à ma mère.

— Vraiment ? réplique-t-elle, flattée.

— Oui. Elle s'est toujours imaginé que j'étais gay.

— Pourquoi ?

— Parce qu'elle ne m'a jamais vu avec une fille.

— Ah… pas même l'une des quinze ?

— Tu te souviens du nombre. Non, aucune des quinze.

— Ah.

Eh oui… tu es la seule, bébé. Cette pensée me déstabilise.

— Tu sais, Anastasia, pour moi aussi, ça a été un week-end avec beaucoup de premières.

— C'est vrai ?

— Je n'ai jamais dormi avec personne, je n'ai jamais couché avec une femme dans mon lit, je n'ai jamais fait monter une femme à bord de Charlie Tango, je n'ai jamais présenté une femme à ma mère. Tu vois quel effet tu me fais ?

Mais oui, tu me fais quoi, là ? Je ne me reconnais plus.

La serveuse apporte notre vin, et Ana le goûte aussitôt en me regardant dans les yeux.

— Ce week-end, ça m'a vraiment plu, Christian, dit-elle d'une voix à la fois pudique et ravie.

À moi aussi. Tout d'un coup, je me rends compte qu'il y a longtemps que je n'ai pas passé un aussi bon moment… en fait, depuis que je me suis séparé de Susannah. Je lui réponds qu'à moi aussi, ça m'a plu.

— Au fait, c'est quoi, le sexe-vanille ? demande-t-elle à brûle-pourpoint.

Sa façon de passer du coq à l'âne me fait éclater de rire.

— Le sexe, tout bêtement, Anastasia, sans joujoux ni accessoires. Tu sais bien… bon, en fait, tu ne sais pas, mais voilà ce que ça veut dire.

— Ah, lâche-t-elle, l'air vaguement dépité.

Mais pourquoi donc ?

La serveuse fait diversion en posant devant nous deux bols d'une mixture verte.

— Soupe aux orties, annonce-t-elle avant de filer vers la cuisine.

Nos regards se croisent. Puis nous scrutons la soupe d'un œil méfiant. Elle se révèle délicieuse. Mon expression de soulagement surjoué fait glousser Ana.

— C'est un très joli son, dis-je doucement.

— Pourquoi n'as-tu jamais pratiqué le sexe-vanille ? As-tu toujours fait… euh, ce que tu fais ?

Elle est décidément toujours aussi indiscrète.

— Plus ou moins.

Je me demande si je devrais m'expliquer. Plus que tout, je veux qu'elle s'ouvre à moi, qu'elle me fasse confiance. Jamais je ne me suis autant dévoilé, mais je crois pouvoir me fier à elle. Je choisis donc mes mots avec soin.

— Une amie de ma mère m'a séduit quand j'avais quinze ans.

— Oh ?

La cuiller d'Ana reste suspendue entre son bol et sa bouche.

— Elle avait des goûts très particuliers. J'ai été son soumis pendant six ans.

— Oh, lâche-t-elle de nouveau.

— Donc je sais ce que ça représente, Anastasia. Mon initiation au sexe n'a pas été banale.

Tu n'imagines même pas. Je ne supportais pas qu'on me touche. Je ne le supporte toujours pas.

J'attends qu'elle réagisse mais elle continue à manger sa soupe en réfléchissant à ce qu'elle vient d'apprendre.

— Tu n'as donc jamais eu de copine à la fac ? s'enquiert-elle, sa dernière cuillerée terminée.

— Non.

La serveuse vient débarrasser. Ana attend son départ pour reprendre :

— Pourquoi ?

— Tu tiens vraiment à le savoir ?

— Oui.

— Ça ne m'intéressait pas. Elle était tout ce que je voulais, tout ce que je désirais. En plus, elle m'aurait flanqué une volée.

Elle cligne des yeux à quelques reprises en assimilant cette information.

— Cette amie de ta mère, elle avait quel âge ?

— L'âge d'agir en connaissance de cause.

— Tu la revois ?

— Oui.

Cette réponse paraît la scandaliser. Elle vire au cramoisi.

— Vous faites encore… euh…

Je m'empresse de la rassurer. Je ne veux pas qu'elle se méprenne sur ma relation avec Elena.

— Non. C'est une très bonne amie.

— Ah. Et ta mère, elle est au courant ?

— Bien sûr que non.

Ma mère me tuerait – Elena aussi.

La serveuse revient avec le plat principal, du gibier. Ana avale une grande gorgée de vin.

— Mais ce n'était pas à plein temps ?

Elle se désintéresse de son assiette.

— En fait, si, même si je ne la voyais pas tout le temps. Ça aurait été… compliqué. Après tout, j'étais encore au lycée, puis je suis allé en fac. Mange, Anastasia.

— Je n'ai pas faim, Christian.

Je plisse les yeux, mais je parle d'une voix posée, en tentant de contenir ma colère.

— Mange.

— Donne-moi un moment, répond-elle sur le même ton.

Mais qu'est-ce qui l'emmerde comme ça ? Elena ?

— D'accord.

Tout en entamant mon gibier, je me demande si je lui en ai trop révélé. Elle finit par prendre ses couverts et commence à picorer. *Très bien.*

— C'est à ça que va ressembler notre… relation ? Tu vas me donner des ordres à tout bout de champ ?

Elle scrute son assiette.

— Oui.

— Je vois.

Elle rejette sa queue-de-cheval par-dessus son épaule.

— Et qui plus est, tu le désireras.

— C'est un grand pas à franchir.

— En effet.

Je ferme les yeux. Maintenant, plus que jamais, je veux qu'elle accepte. Que puis-je lui dire pour la convaincre de tenter le coup ?

— Anastasia, tu dois suivre ton instinct. Renseigne-toi, lis le contrat. Je serai à Portland jusqu'à vendredi. Si tu veux m'en parler avant le week-end prochain, appelle-moi. On pourrait peut-être dîner ensemble, disons, mercredi ? J'ai vraiment envie que ça marche, entre nous. À vrai dire, je n'ai jamais autant désiré quoi que ce soit.

Oh ! Sacré discours, Grey. Tu viens de lui proposer un autre rendez-vous en amoureux, là, ou je rêve ?

— Qu'est-ce qui s'est passé avec les quinze ? demande-t-elle.

— Toutes sortes de choses… mais ça pourrait se résumer à… une incompatibilité.

— Et tu penses que toi et moi, on serait compatibles ?

— Oui.

J'espère…

— Tu ne revois aucune d'entre elles ?

— Non, Anastasia. J'ai des relations monogames.

— Je vois.

— Renseigne-toi, Anastasia.

Elle pose son couteau et sa fourchette pour signaler qu'elle a fini son repas.

— C'est tout ce que tu comptes manger ?

Elle hoche la tête en plaquant les mains sur ses cuisses ; une moue butée se dessine sur ses lèvres… J'aurai du mal à la persuader de finir son assiette.

Pas étonnant qu'elle soit aussi mince. Si elle accepte d'être à moi, il faudra vraiment soigner ce désordre alimentaire. Pendant que je termine mon plat, je sens son regard sur moi toutes les trois secondes, tandis que ses joues s'empourprent lentement.

Tiens donc. Qu'est-ce qui se passe ?

— Je donnerais n'importe quoi pour savoir à quoi tu penses en ce moment.

Manifestement, il s'agit de sexe. J'ajoute, pour la taquiner :

— Je devine.

— Heureusement que tu ne peux pas lire dans mon esprit.

— Dans ton esprit, non, Anastasia. Mais dans ton corps – j'ai bien appris à le connaître depuis hier.

Je lui adresse un sourire lascif tout en demandant l'addition.

Lorsque nous partons, sa main est fermement calée dans la mienne. Plongée dans ses pensées, elle reste silencieuse jusqu'à Vancouver. Il est vrai que je lui ai beaucoup donné à réfléchir. Cela dit, c'est pareil pour moi. *Aura-t-elle envie d'aller de l'avant ? Bon sang, je l'espère.*

Il fait encore jour lorsque nous arrivons chez elle, mais le soleil couchant teinte Mount St. Helens de rose et de perle. Ana et Kate habitent un quartier aux panoramas spectaculaires.

— Tu veux entrer ? me propose-t-elle lorsque je coupe le contact.

— Non merci. J'ai du travail.

Si j'acceptais son invitation, je transgresserais l'une des règles de mon code de conduite. Je ne suis pas son petit ami, et elle ne doit pas se méprendre sur le type de relation qu'elle aura avec moi.

Son visage se décompose. Elle détourne la tête. Elle ne veut pas que je m'en aille. C'est touchant. Pour atténuer mon refus, je lui fais un baisemain.

— Merci pour ce week-end, Anastasia. Ça a été... merveilleux.

Elle me regarde avec des yeux brillants. Je reprends :

— Alors, à mercredi ? Je passe te chercher au travail, ou ailleurs ?

— À mercredi, répond-elle d'une voix si pleine d'espoir que j'en reste déconcerté.

Enfin, merde, ce n'est pas un rendez-vous amoureux !

Je lui fais un second baisemain et sors pour lui ouvrir la portière. Il faut que je me tire avant de faire un truc que je vais regretter.

Lorsqu'elle descend de voiture, son visage s'éclaire. Elle se dirige vers la porte d'entrée, mais avant de parvenir à l'escalier, elle fait volte-face.

— Ah, au fait, je porte un de tes boxers.

Elle m'adresse un petit sourire triomphant en tirant sur l'élastique pour que je puisse lire les mots « Calvin Klein ». Elle m'a piqué un boxer ! Je suis sidéré. Et à ce moment-là, plus que tout au monde, j'ai envie de la voir avec... et rien d'autre. Elle balance sa queue-de-cheval dans son dos et rentre chez elle en se déhanchant, me laissant planté là, comme un con, sur le trottoir.

Je remonte en voiture en secouant la tête, et tout en démarrant, je ne peux pas m'empêcher d'afficher un sourire idiot. Pourvu qu'elle dise oui !

Après avoir terminé mon boulot, je savoure l'excellent sancerre que m'a apporté la serveuse aux yeux noirs du room-service. Pendant que je m'occupais de mes mails, j'ai réussi à ne pas penser à Anastasia. Et maintenant, je me sens agréablement fatigué, à la fois par mes cinq heures de travail et par les activités sexuelles de ces dernières vingt-quatre heures… Des images de la délectable Mlle Steele me reviennent à l'esprit : à bord de Charlie Tango, dans mon lit, dans ma baignoire, en train de danser dans ma cuisine… Dire que tout a commencé ici même vendredi… et qu'elle a bien voulu envisager ma proposition… A-t-elle lu le contrat ? Est-elle en train de se documenter ? Je consulte une fois de plus mon téléphone pour voir si elle m'a envoyé un SMS ou a tenté de me joindre, mais évidemment, je ne trouve rien.

Acceptera-t-elle ? Je l'espère…

Andréa m'a envoyé la nouvelle adresse mail d'Ana et m'a assuré que l'ordinateur lui serait livré demain matin. Le sachant, j'écris un mail.

De : Christian Grey
Objet : Votre nouvel ordinateur
Date : 22 mai 2011 23:15

À : Anastasia Steele

Chère mademoiselle Steele,

Je suppose que vous avez bien dormi. J'espère que vous ferez bon usage de cet ordinateur portable. Je me réjouis d'avance de dîner avec vous mercredi. D'ici là, je serai ravi de répondre par mail à toute question que vous souhaiteriez me poser.

Christian Grey
P-DG, Grey Enterprises Holdings, Inc.

Le mail ne me revient pas. Son compte est donc activé. Je me demande quelle sera sa réaction lorsqu'elle le lira. J'espère que son ordinateur lui fera plaisir. Enfin, je saurai tout ça demain matin... Je me cale dans le canapé pour me plonger dans un ouvrage rédigé par deux économistes qui analysent le comportement des pauvres. L'image d'une jeune femme brossant ses longs cheveux sombres surgit brusquement ; ils brillent dans la lumière qui filtre à travers les vitres jaunies, et l'air est rempli de particules de poussière. Elle chantonne doucement, comme une petite fille. Un frisson me parcourt le dos. *Ne t'aventure pas sur ce terrain, Grey...* J'entame ma lecture.

Lundi 23 mai 2011

Il est plus de 1 heure du matin lorsque je me couche. Je fixe le plafond, fatigué, détendu, mais également exalté par le programme de la semaine. J'espère aborder un nouveau projet : Mlle Anastasia Steele.

Je cours sur Main Street en direction de la rivière. Il est 6 h 35 et le soleil darde ses rayons entre les gratte-ciel. Les arbres bordant le trottoir bruissent de jeunes feuilles ; l'air est frais, les rues tranquilles. J'ai bien dormi. *O Fortuna* des *Carmina Burana* retentit dans mes écouteurs. Aujourd'hui, tout me paraît possible. *Répondra-t-elle à mon mail ?* C'est encore beaucoup trop tôt pour espérer une réponse. Mais je ne me suis pas senti aussi léger depuis plusieurs semaines.

À 7 h 45, j'ai déjà pris ma douche, commandé mon petit déjeuner et allumé mon ordinateur. J'informe Andréa que je travaillerai depuis Portland toute la semaine, et lui demande de reprogrammer mes réunions afin qu'elles puissent avoir lieu par téléphone ou visioconférence. J'envoie une note à Gail pour la prévenir que je ne rentrerai pas avant jeudi soir au plus tôt. Puis j'épluche mes mails, où figure notamment un partenariat éventuel avec un chantier naval taïwanais. Je la transmets à Ros, afin qu'elle fasse figurer le sujet à l'ordre du jour de notre prochaine réunion.

Je me consacre ensuite à mon autre dossier en souffrance : Elena. Elle m'a envoyé deux ou trois SMS ce week-end auxquels je n'ai pas répondu.

De : Christian Grey
Objet : Ce week-end
Date : 23 mai 2011 08:15
À : Elena Lincoln

Bonjour Elena,
Désolé de ne pas t'avoir répondu plus tôt. J'ai été très pris ce week-end et je passe la semaine à Portland. Je n'ai pas calé mes projets pour le week-end prochain, mais si je suis libre, je te ferai signe. Les derniers résultats du salon de beauté sont prometteurs. Bravo, chère madame...

Bien à toi,
C.

Christian Grey
P-DG, Grey Enterprises Holdings, Inc.

Je clique sur « envoi » tout en me demandant une fois de plus ce qu'Elena penserait d'Ana... et inversement. Un « ping » me signale l'arrivée d'un mail.
Il est d'Ana.

De : Anastasia Steele
Objet : Votre nouvel ordinateur (prêt)
Date : 23 mai 2011 08:20
À : Christian Grey

J'ai très bien dormi, merci – on se demande pourquoi – *Monsieur*. D'après ce que j'ai compris, cet ordinateur est un prêt, autrement dit, il n'est pas à moi.

Ana

« Monsieur », avec un « M » majuscule : la demoiselle a peut-être commencé à se documenter. Et elle me parle encore. Je souris comme un idiot à l'écran. Ce sont de bonnes nouvelles. Même si elle m'apprend qu'elle ne veut pas de mon ordinateur. *Ça, c'est frustrant.* Je secoue la tête, amusé.

De : Christian Grey
Objet : Votre nouvel ordinateur (prêt)
Date : 23 mai 2011 08:22
À : Anastasia Steele

L'ordinateur est un prêt. Pour une durée indéfinie, mademoiselle Steele. J'en déduis d'après vos propos que vous avez déjà consulté la documentation que je vous ai remise. Avez-vous des questions à me poser ?

Christian Grey
P-DG, Grey Enterprises Holdings, Inc.

Je clique sur « envoi ». Combien de temps mettra-t-elle à répondre ? Je recommence à lire mes mails pour me changer les idées en attendant. Fred, le directeur de mon département télécom, m'envoie une note de synthèse au sujet du développement de notre tablette à énergie solaire. Ce projet ambitieux est celui qui me tient le plus à cœur. Je suis déterminé à fournir aux pays en voie de développement une technologie de pointe à des prix abordables.

Mon ordinateur émet un « ping ». Encore un mail de Mlle Steele.

De : Anastasia Steele
Objet : Curiosité
Date : 23 mai 2011 08:25
À : Christian Grey

J'ai plusieurs questions, mais elles ne peuvent pas être posées par mail, et certains d'entre nous travaillent pour gagner leur vie. Je ne veux ni n'ai besoin d'un ordinateur pour une durée indéfinie.

À plus tard, et bonne journée. *Monsieur.*

Ana

Le ton de son mail me fait sourire, mais à l'heure qu'il est, elle doit être partie bosser. Je n'en recevrai plus avant un bon moment. Sa réticence à accepter ce fichu ordinateur est agaçante. Enfin, ça prouve qu'elle n'est pas matérialiste. Ni vénale, contrairement à de nombreuses femmes que j'ai connues... sauf Leila.

« Monsieur, je ne mérite pas cette robe magnifique.

— Au contraire. Prends-la. Je ne veux plus en entendre parler. Compris ?

— Oui, Maître.

— Très bien. Et ce style te convient. »

Ah, Leila. C'était une bonne soumise, mais trop attachée à moi, et je n'étais pas l'homme qu'il lui fallait. Heureusement, ça n'a pas duré longtemps. Aujourd'hui, elle est mariée et heureuse en couple...

Je relis le mail d'Ana. « Certains d'entre nous travaillent pour gagner leur vie. » Autrement dit, cette jeune impertinente laisse entendre que je ne fous rien de mes dix doigts. *Elle ne manque pas d'air !* Du coup, avant de me consacrer à la lecture de l'austère note de synthèse de Fred, je décide de remettre les pendules à l'heure.

De : Christian Grey
Objet : Votre nouvel ordinateur (prêt)
Date : 23 mai 2011 08:26
À : Anastasia Steele

À plus, bébé ?

P.-S. : Moi aussi, je travaille pour gagner ma vie.

Christian Grey
P-DG, Grey Enterprises Holdings, Inc.

Incapable de me concentrer, j'attends le « ping » qui annoncera la réponse d'Ana. Lorsqu'il retentit, je lève aussitôt les yeux – mais c'est un mail d'Elena. Je m'étonne d'être aussi déçu.

Je lui raconte ? Dans ce cas, elle va me téléphoner immédiatement pour m'interroger, et je ne suis pas prêt à dévoiler ce que j'ai vécu ce week-end. Je lui réponds en vitesse que c'est en effet pour le boulot et reprends ma lecture.

Andréa m'appelle à 9 heures pour revoir mon emploi du temps. Puisque je suis à Portland, je lui demande de caler un rendez-vous avec le président et le vice-président du développement économique de la Washington State University, pour discuter du projet de science des sols que nous avons mis en place, et de leurs besoins de financement sur la prochaine année fiscale. Elle confirme l'annulation de tous mes rendez-vous mondains de la semaine, puis me connecte à ma première visioconférence de la journée.

À 15 heures, on frappe à la porte alors que je suis en train d'étudier les schémas de Barney pour la tablette à énergie solaire. Cette interruption m'agace. J'espère qu'il s'agit de Mlle Steele. Mais c'est Taylor.

— Bonjour.

Pourvu que ma voix ne trahisse pas ma déception.

— J'ai vos vêtements, monsieur Grey, dit-il poliment.

— Entrez. Vous pouvez les suspendre dans le placard ? J'attends ma prochaine conférence téléphonique d'un instant à l'autre.

— Certainement, monsieur.

Il passe dans la chambre, chargé de deux housses de costumes et d'un sac de sport. Lorsqu'il ressort, j'attends toujours mon appel.

— Taylor, je crois que je n'aurai pas besoin de vous au cours des deux prochains jours. Vous voulez en profiter pour aller voir votre fille ?

— C'est très gentil à vous, monsieur, mais sa mère et moi…

Gêné, il se tait.

— C'est compliqué ?

Il hoche la tête.

— Oui, monsieur. Il va falloir négocier.

— Mercredi vous conviendrait-il mieux ?

— Je vais poser la question. Merci, monsieur.

— Je peux faire quelque chose pour vous aider ?

— Vous en faites déjà assez, monsieur.

Taylor n'aime pas parler de sa vie privée.

— Bon. Je vais avoir besoin d'une imprimante. Vous pouvez vous en occuper ?

— Oui, monsieur, acquiesce-t-il.

Il sort en refermant doucement la porte derrière lui. Je fronce les sourcils. J'espère que son ex-femme ne l'emmerde pas trop. Je finance l'éducation de sa fille pour l'inciter à rester en poste chez moi : il est extrêmement compétent, et je n'ai aucune envie de le perdre.

Le téléphone sonne – c'est ma conférence avec Ros et le sénateur Blandino.

Mon dernier appel se termine à 17 h 20. Tout en m'étirant dans mon fauteuil, je m'étonne de ma productivité. C'est insensé, tout le travail que j'arrive à abattre lorsque je ne suis pas au bureau. Encore deux rapports à lire et j'aurai terminé pour la journée. En contemplant le ciel de fin d'après-midi, je me prends à rêver à une certaine soumise potentielle…

Je me demande comment s'est passée sa journée chez Clayton's. A-t-elle vendu des liens de serrage ? Mesuré de la corde ? J'espère avoir un jour l'occasion d'utiliser mes achats sur elle. Je l'imagine, attachée dans ma salle de jeux… Je m'attarde un moment sur cette image, puis je lui écris un mot en vitesse. Après toutes ces heures d'attente, de boulot, de mails, je me sens agité. Je sais comment j'aimerais me défouler, mais je devrai me contenter d'aller courir.

De : Christian Grey
Objet : Travailler pour gagner sa vie
Date : 23 mai 2011 17:24

À : Anastasia Steele
Chère mademoiselle Steele,
J'espère que vous avez passé une bonne journée au travail.

Christian Grey
P-DG, Grey Enterprises Holdings, Inc.

Je passe mon survêt. Taylor m'en a apporté deux autres, sûrement à l'initiative de Gail. Avant de sortir, je vérifie mes mails. Elle a répondu.

De : Anastasia Steele
Objet : Travailler pour gagner sa vie
Date : 23 mai 2011 17:48
À : Christian Grey
Monsieur... J'ai passé une très bonne journée, merci.

Ana

Mais elle n'a pas encore entamé ses recherches.

De : Christian Grey
Objet : Au boulot !
Date : 23 mai 2011 17:50
À : Anastasia Steele
Mademoiselle Steele,
Je suis ravi que vous ayez passé une bonne journée. Mais pendant que vous m'écrivez des mails, vous ne vous documentez pas.

Christian Grey
P-DG, Grey Enterprises Holdings, Inc.

Plutôt que de sortir, j'attends sa réponse. Elle ne tarde pas.

De : Anastasia Steele
Objet : Nuisance
Date : 23 mai 2011 17:53
À : Christian Grey

Monsieur Grey, arrêtez de m'écrire et laissez-moi faire mes devoirs. Je voudrais décrocher une autre mention « excellent ».

Ana

J'éclate de rire. *Oui.* Cette mention « excellent », c'était quelque chose. Fermant les yeux, je vois et sens sa bouche entourant ma queue. *Oh, putain.* Rappelant à l'ordre mon corps dépravé, je réponds, clique sur « envoi », et patiente.

De : Christian Grey
Objet : Impatient
Date : 23 mai 2011 17:55
À : Anastasia Steele

Mademoiselle Steele,
C'est à vous d'arrêter de m'écrire. Faites vos devoirs. Je voudrais en effet vous décerner une autre mention « excellent ». La première était largement méritée. ;-)

Christian Grey
P-DG, Grey Enterprises Holdings, Inc.

Je décide d'aller courir. Mais alors que j'ouvre la porte, le « ping » de ma boîte de réception me rappelle.

De : Anastasia Steele
Objet : Recherche Internet
Date : 23 mai 2011 17:59
À : Christian Grey

Monsieur Grey,
Que me suggérez-vous d'entrer comme mot-clé dans la boîte de recherche ?

Ana

Pourquoi n'y ai-je pas pensé ? J'aurais pu lui donner quelques bouquins. De nombreux sites me viennent à l'esprit, mais je ne veux pas lui faire peur. Sans doute devrait-elle commencer par le plus « vanille »…

De : Christian Grey
Objet : Recherche Internet
Date : 23 mai 2011 18:02
À : Anastasia Steele

Mademoiselle Steele,
Commencez par Wikipedia. Plus de mails à moins que vous n'ayez des questions. Compris ?

Christian Grey
P-DG, Grey Enterprises Holdings, Inc.

Je me lève, persuadé qu'elle ne répondra pas, mais comme d'habitude, elle me surprend. Je suis incapable de résister.

De : Anastasia Steele
Objet : Autoritaire !
Date : 23 mai 2011 18:04
À : Christian Grey

Oui... *Monsieur*.
Qu'est-ce que tu es autoritaire !

Ana

Tu l'as dit, bébé.

De : Christian Grey
Objet : Contrôle
Date : 23 mai 2011 18:06
À : Anastasia Steele

Anastasia, tu n'as pas idée. Enfin, peut-être un peu, maintenant. Au boulot.

Christian Grey
P-DG, Grey Enterprises Holdings, Inc.

Allez, un peu de discipline, Grey. Je sors avant qu'elle ait pu me distraire de nouveau. Les Foo Fighters dans les écouteurs, je cours jusqu'à la rivière ; j'ai vu la Willamette à l'aube, je veux la voir au crépuscule. C'est une belle soirée : des couples se baladent au bord de l'eau, quelques-uns sont assis dans l'herbe, et des touristes font du vélo. Je slalome entre eux, avec la musique à fond dans les oreilles.

Si Mlle Steele a des questions, c'est qu'elle est toujours partante ou du moins, qu'elle ne dit pas non. Nos échanges me donnent bon espoir. Tout en passant sous Hawthorne Bridge, je songe qu'elle est bien plus à l'aise à l'écrit qu'à l'oral. Sans doute est-ce son mode d'expression privilégié. Après tout, c'est une littéraire. Je compte bien trouver un autre mail en rentrant, peut-être des questions, ou alors l'une de ces remarques badines et impertinentes dont elle a le secret.

Oui. Voilà qui mérite d'être attendu avec impatience.

En remontant Main Street, je me permets d'espérer qu'elle acceptera ma proposition. Cette perspective est excitante, voire revigorante : je pique un sprint jusqu'au Heathman.

Il est 20 h 15 lorsque je termine mon dîner. J'ai dégusté du saumon sauvage de l'Oregon, apporté par Mlle Yeux-Noirs, et il me reste encore la moitié d'un verre de sancerre. Mon ordinateur portable est allumé, au cas où je recevrai un message important. J'entame la lecture d'un rapport sur les friches industrielles de Detroit, en grognant à haute voix : « Parce qu'il fallait que ça tombe sur Detroit. »

Quelques minutes plus tard, j'entends un « ping ».

Le mail s'intitule « Choquée ». En lisant ce mot, je me redresse aussitôt.

De : Anastasia Steele
Objet : Choquée
Date : 23 mai 2011 20:33
À : Christian Grey

D'accord, j'en ai assez vu.
Ciao, c'était sympa de faire ta connaissance.

Ana

Merde ! Je relis. *Putain de merde !* C'est « non ». Je fixe l'écran, incrédule. *C'est tout ? Sans discuter ?* Mais non. Rien. Seulement : « C'était sympa de faire ta connaissance. » *Bordel. De. Merde.* Je m'affale dans mon fauteuil, estomaqué.

Sympa ?
Sympa.
SYMPA.

Elle trouvait ça sympa, quand elle hurlait sa jouissance, la tête renversée ? *Ne tire pas de conclusions trop vite, Grey.* C'est peut-être une blague ? *Tu parles d'une blague !* Je rapproche mon ordinateur.

De : Christian Grey
Objet : SYMPA ?
Date : 23 mai 2011
À : Anastasia Steele

J'ai les yeux collés à l'écran, les doigts au-dessus du clavier, mais je ne sais pas quoi dire.

Comment peut-elle me congédier aussi facilement ? Moi, son premier amant...

Reprends-toi, Grey. Quelles sont tes options ? Je devrais peut-être aller la voir, pour qu'elle me confirme son refus de vive voix. Ou pour la persuader de changer d'avis. En tout cas, impossible de lui répondre par mail. Elle a peut-être consulté des sites particulièrement hard. Pourquoi n'ai-je pas pensé à lui offrir quelques livres ? Je n'y crois pas. Je veux qu'elle me regarde bien en face lorsqu'elle me dira « non ».

Ouais. Je me frotte le menton en élaborant un plan, et quelques instants plus tard, je tire ma cravate de mon placard.

La cravate.

Je n'ai pas dit mon dernier mot dans cette affaire. Je pioche quelques capotes dans ma trousse de toilette et les glisse dans la poche arrière de mon pantalon, puis j'attrape ma veste et une bouteille de vin blanc dans le minibar. Merde, ils n'ont que du chardonnay – il faudra bien s'en contenter. Je prends la clé de ma chambre, referme la porte et me dirige vers l'ascenseur pour aller prendre ma voiture.

En garant ma R8 devant l'appartement qu'Ana partage avec Kavanagh, je me demande si ce que je m'apprête à faire est bien malin. Je n'ai jamais rendu visite à aucune de mes soumises : ce sont toujours elles qui sont venues chez moi. Cette visite est téméraire, présomptueuse. Je transgresse toutes les règles que je me suis fixées. Il est vrai que je suis déjà venu à deux reprises, même si je ne suis resté que quelques minutes. Mais si Ana accepte ma proposition, je devrai lui faire comprendre que ceci ne se reproduira plus. *Tu brûles les étapes, Grey. Si tu es ici, c'est parce que tu penses qu'elle a dit « non ».*

C'est Kavanagh qui m'ouvre. Elle paraît étonnée de me voir.

— Bonsoir, Christian. Ana ne m'avait pas dit que vous passiez, dit-elle en s'effaçant pour me laisser entrer. Elle est dans sa chambre, je vais la chercher.

— Non. J'aimerais lui faire la surprise.

Je lui décoche mon regard le plus sincère et le plus attendrissant. Elle réagit en papillotant des cils. *Oh ! Fastoche. Qui l'eût cru ?* C'est gratifiant.

— Où est sa chambre ?

— Par là. C'est la première porte.

Elle désigne une porte donnant sur le salon.

— Merci.

Je dépose ma veste et la bouteille de vin sur un carton de déménagement et passe dans un petit couloir avec deux portes. L'une donne sur la salle de bains. Je frappe à l'autre. Pas de réponse. J'attends une seconde avant d'ouvrir. Ana est assise à son petit bureau. Elle lit un document qui me semble être le contrat. Elle porte des écouteurs et tambourine des doigts au rythme d'une musique que je n'entends pas. Je l'observe un moment. Elle fronce les sourcils, concentrée ; elle s'est fait des tresses et elle porte un survêt. Elle est peut-être allée courir, elle aussi, histoire de se défouler… Cette idée m'est agréable. Éclairée par la lumière tamisée d'une lampe de chevet, sa petite chambre blanche, crème et bleu ciel ressemble à celle d'une petite fille. Elle est un peu vide, mais je repère un carton portant l'inscription « Chambre d'Ana » : elle a déjà commencé à la vider. Au moins, elle a un lit double. La tête de lit en fer forgé blanc offre d'ailleurs un certain potentiel.

Ana sursaute en me voyant. *Oui. C'est ton mail qui m'amène.* Elle retire ses écouteurs. Une petite musique métallique meuble le silence.

— Bonsoir, Anastasia.

Elle me fixe, tétanisée.

— Je me suis dit que ton mail méritait qu'on y réponde en personne.

Je tente de parler d'un ton neutre. Sa bouche s'ouvre et se referme sans que rien en sorte. Tiens, Mlle Steele est sans voix. Voilà qui me plaît.

— Je peux m'asseoir ?

Elle hoche la tête en continuant à me fixer, incrédule, tandis que je m'assois au bord du lit.

— Je me demandais à quoi ressemblait ta chambre, dis-je pour briser la glace, bien que je ne sois pas doué pour les menus propos.

Elle examine la pièce comme si elle la voyait pour la première fois. J'ajoute :

— C'est très serein et paisible, ici.

À vrai dire, j'éprouve tout en ce moment, sauf de la paix et de la sérénité. Il faut que je sache pourquoi elle a refusé ma proposition sans la moindre discussion préalable.

— Comment... ? souffle-t-elle sans terminer sa question.

Elle n'arrive vraiment pas à en croire ses yeux.

— Je suis toujours à l'hôtel Heathman.

Elle le sait, pourtant.

— Tu veux boire quelque chose ? couine-t-elle.

— Non merci, Anastasia.

Très bien. Sa politesse a pris le pas. Mais je veux passer dès que possible à l'affaire qui nous occupe : son mail alarmant.

— Alors comme ça, c'était *sympa* de faire ma connaissance ? dis-je en accentuant le mot qui m'a le plus offensé.

Sympa ? Sérieusement ? Elle examine ses mains posées sur ses cuisses, qu'elle tapote nerveusement du bout des doigts.

— Je pensais que tu répondrais par mail, fait-elle d'une petite voix.

— Tu la mordilles exprès, ta lèvre ?

J'ai parlé d'une voix plus sévère que je n'en avais l'intention.

— Je ne me rendais pas compte, murmure-t-elle en pâlissant.

Nous nous regardons intensément. L'air crépite entre nous. *Tu sens ça, Ana ? Cette tension ? Cette attirance ?* Tandis que j'observe ses pupilles qui se dilatent, ma respiration s'accélère. Lentement, posément, je tends la main vers ses cheveux pour libérer une tresse en tirant doucement sur l'élastique. Fascinée, elle ne me quitte pas du regard. Je défais la seconde tresse.

— Alors tu as décidé de te mettre au sport ?

Mes doigts caressent le coquillage soyeux de son oreille. Puis, très délicatement, je tire sur la chair dodue de son lobe. Elle ne porte pas de boucles d'oreilles, mais elle a les oreilles percées. Je me demande brièvement de quoi aurait l'air un diamant, scintillant sur ce lobe, avant de poser ma question une seconde fois. Je n'élève pas la voix, mais sa respiration s'accélère.

— J'avais besoin de réfléchir.

— Réfléchir à quoi, Anastasia ?

— À toi.

— Et tu as décidé que ça avait été sympa de faire ma connaissance ? Tu l'entends au sens biblique ?

Ses joues rosissent.

— Je ne savais pas que tu connaissais la Bible.

— J'ai suivi des cours de catéchisme, Anastasia. J'y ai beaucoup appris.

J'y ai appris la culpabilité. J'y ai appris que Dieu m'avait abandonné depuis longtemps.

— Si mes souvenirs sont bons, il n'est pas question de pinces à seins dans la Bible. Ou alors, tu l'as lue dans une traduction plus moderne que moi, me taquine-t-elle, les yeux brillants et provocateurs.

Ah, cette bouche insolente...

— En tout cas, je suis venu te rappeler à quel point c'était *sympa* de faire ma connaissance.

Ma voix lui lance un défi. Elle en reste bouche bée. Je glisse un doigt sous son menton pour la refermer.

— Qu'en dites-vous, mademoiselle Steele ?

Nous nous mesurons du regard. Puis, tout d'un coup, elle se jette sur moi. *Eh merde !* J'arrive à l'intercepter avant qu'elle ne puisse me toucher, la plaque sur le lit et lui cloue les bras au-dessus de la tête. Je l'embrasse durement ; ma langue l'explore, reprend possession de sa bouche. Le corps cambré, elle me rend mes baisers avec une ardeur égale à la mienne. *Ah, Ana. Qu'est-ce que tu me fais...* Mais une fois qu'elle est bien échauffée, je m'arrête. Il est temps de mettre en œuvre le deuxième volet de mon projet. Elle ouvre les yeux en papillonnant des cils.

— Tu me fais confiance ? lui dis-je.

Elle hoche la tête avec enthousiasme. De la poche arrière de mon pantalon, j'extirpe la cravate, avant de la chevaucher. Je m'empare de ses poignets tendus, que j'attache à un barreau de la tête de lit. Elle se tortille sous mon corps en tentant de se libérer, mais la cravate est solidement nouée. Elle ne m'échappera pas.

— Voilà qui est mieux.

Je souris, soulagé : elle est en position. Maintenant, il faut la déshabiller. J'attrape son pied droit et commence à délacer sa basket.

— Non, proteste-t-elle en essayant de dégager son pied.

Je devine que c'est parce qu'elle a fait un jogging et qu'elle ne veut pas que je lui retire sa chaussure. S'imagine-t-elle que sa transpiration peut me rebuter ?

Ma beauté !

— Si tu te débats, je te ligote aussi les chevilles. Si tu fais un seul bruit, Anastasia, je te bâillonne. Tais-toi. Katherine est sans doute en train d'écouter à la porte en ce moment.

Elle s'arrête. Et je sais que j'ai vu juste. Ce sont ses pieds qui l'inquiètent. Quand comprendra-t-elle que rien de tout cela ne me dérange ? Rapidement, je la déshabille. Puis je la soulève pour rabattre son édredon de jeune fille sage et la rallonger sur ses draps. Ce que je compte lui faire est un peu salissant. *Veux-tu bien arrêter de mordre cette fichue lèvre ?* J'effleure sa bouche de mon doigt en guise d'avertissement. Elle avance les lèvres comme pour un baiser, ce qui me fait sourire. Quelle créature belle et sensuelle...

Maintenant qu'elle est à ma disposition, je retire mes chaussures et mes chaussettes, déboutonne mon pantalon et enlève ma chemise. Elle me dévore des yeux.

— Je crois que tu en as assez vu.

Je veux la tenir en haleine, qu'elle ne sache pas ce qui l'attend. Ce sera un pur délice. Je ne lui ai jamais bandé les yeux : ça comptera pour son entraînement. *Si toutefois elle accepte...*

L'enfourchant de nouveau, j'attrape le bord de son tee-shirt mais plutôt que de le lui enlever, je le rabats sur ses yeux en guise de bandeau. Elle est superbe, comme ça, allongée et ligotée...

— Hum... De mieux en mieux. Bon, je vais aller chercher à boire.

Je l'embrasse. Elle pousse un petit cri étranglé lorsque je me lève. Je sors de sa chambre en laissant la porte légèrement entrouverte et passe dans le salon pour récupérer la bouteille de vin.

Du canapé, Kate lève les yeux de son livre et hausse les sourcils. *Ne me dis pas que tu n'as jamais vu un homme torse nu, Kavanagh, parce que je ne te croirai pas.* Je fais comme si je n'avais pas remarqué son regard scandalisé.

— Kate, pourriez-vous me dire où je peux trouver des verres, des glaçons et un tire-bouchon ?

— Euh… dans la cuisine. Je vais les chercher. Où est Ana ?

Tiens, elle s'inquiète de sa copine. Très bien.

— Elle est retenue pour l'instant, mais elle boirait bien un verre.

Je prends la bouteille de chardonnay.

— Je vois, dit Kavanagh.

Je la suis dans la cuisine, où elle me désigne des verres sur le bar. Toute la vaisselle est sortie, prête à être empaquetée pour le déménagement, je suppose. Elle me tend un tire-bouchon et sort un bac à glaçons du réfrigérateur.

— Il faut encore emballer tout ça. Vous savez qu'Elliot nous aide pour le déménagement ?

J'ouvre la bouteille en affectant l'indifférence :

— Ah bon ?

J'ajoute, en désignant les verres d'un signe de tête :

— Vous pouvez mettre des glaçons ? C'est du chardonnay. Avec des glaçons, ça sera à peu près buvable.

— Je vous voyais plutôt amateur de rouge, dit-elle alors que je verse le vin. Vous allez prêter main-forte à Ana pour le déménagement ?

Elle me défie du regard. *Fais-la taire tout de suite, Grey.*

— Non. Impossible.

J'ai répondu sèchement. Elle me gonfle, avec ses tentatives de culpabilisation. Elle pince les lèvres et, avant de lui tourner le dos pour sortir de la cuisine, j'entrevois son regard désapprobateur. *Va te faire foutre, Kavanagh.* Pas question que je leur donne un coup de main. Ana et moi, nous n'avons pas ce genre de relation. En plus, je n'ai pas le temps.

Je retourne dans la chambre d'Ana en refermant derrière moi, chassant le dédain de Kavanagh de mon esprit. Je suis aussitôt apaisé par un spectacle enchanteur : Ana Steele, haletante et offerte sur le lit. Posant le vin sur la table de chevet, j'extirpe le sachet en alu de ma poche et le place à côté du vin, puis je retire mon pantalon et mon boxer pour libérer mon érection.

Je bois une gorgée de vin – assez correct, en fin de compte – tout en contemplant Ana. Elle n'a pas dit un mot. Elle se tourne vers moi, lèvres entrouvertes. Je prends le verre et la chevauche de nouveau.

— Tu as soif, Anastasia ?

— Oui, murmure-t-elle.

Je prends une gorgée et me penche sur elle pour déverser le vin dans sa bouche. Elle le boit ; un léger fredonnement monte du fond de sa gorge… elle apprécie.

— Encore ?

Elle hoche la tête en souriant, et je lui verse une deuxième gorgée.

— Assez. On sait que tu tiens mal l'alcool, Anastasia.

Elle comprend que je la taquine ; un grand sourire fend sa bouche. Je me penche pour lui passer une autre goulée de vin, et elle frétille sous moi.

— Et ça, c'est *sympa* ? dis-je en m'allongeant à ses côtés.

Elle se fige, redevenue sérieuse, et inspire brusquement en entrouvrant les lèvres. Je prends une nouvelle gorgée, cette fois avec deux glaçons. Quand je l'embrasse, je pousse un petit éclat de glace entre ses lèvres, puis je dépose un chapelet de baisers glacés sur sa peau odorante, de la gorge au nombril, où je crache l'autre glaçon avec un peu de vin.

Elle retient son souffle.

— Maintenant, ne bouge plus. Si tu bouges, Anastasia, tu vas renverser du vin sur le lit.

Je l'embrasse juste au-dessus du nombril. Ses hanches ondulent.

— Non ! Si vous renversez du vin, je vous punirai, mademoiselle Steele.

Elle répond par un gémissement et tire sur ses liens. *Tout vient à point, Ana…* Je libère ses seins de son soutien-gorge, de sorte qu'ils soient soutenus par les armatures ; ils sont mutins et vulnérables, exactement comme je les aime. Lentement, je les titille tour à tour avec mes lèvres.

— Et ça, c'est *sympa* ?

Je souffle doucement sur un téton. Un « ah » silencieux distend sa bouche. Prenant un glaçon dans la mienne, je le fais glisser de son sternum à son téton, autour duquel je trace quelques cercles. Elle gémit. Puis je prends le glaçon entre mes doigts pour continuer à torturer son téton avec mes lèvres froides. Elle geint et halète, mais réussit à ne pas bouger.

— Si tu renverses du vin, je ne te laisserai pas jouir.

— Non… s'il te plaît… Christian… monsieur… s'il vous plaît.

Ah, l'entendre prononcer ces mots… Il y a de l'espoir. Elle n'a pas dit « non ».

J'effleure son corps jusqu'à sa culotte en caressant sa peau satinée. Soudain, elle bascule le bassin, renversant la petite flaque de vin et de glace fondue accumulée dans son nombril. Vite, je lèche et suce le liquide qui dégouline sur sa peau.

— Mon Dieu, Anastasia, tu as bougé. Qu'est-ce que je vais faire de toi ?

Je glisse les doigts sous sa culotte en frôlant son clitoris. Elle pousse un petit cri.

— Ah, bébé, murmuré-je, admiratif.

Elle mouille. Elle mouille comme une folle. *Tu vois ? Tu vois comme c'est* sympa *?* J'enfonce en elle l'index et le majeur. Elle frémit.

— Tu es prête pour moi.

Le lent va-et-vient de mes doigts lui arrache un long et doux gémissement. Ses hanches se soulèvent pour venir à la rencontre de mes doigts.

Elle en crève d'envie.

— Tu es une petite gourmande, lui dis-je tout bas.

Je trace des cercles autour de son clitoris avec mon pouce pour la titiller et la tourmenter. Elle suit mon rythme, puis tout d'un coup, lâche un cri en s'arc-boutant. Je veux voir son visage. De ma main libre, je soulève son tee-shirt pour dégager sa tête. Elle cligne des yeux dans la lumière tamisée.

— J'ai envie de te toucher, souffle-t-elle d'une voix éraillée et pressante.

— Je sais…

Je murmure contre ses lèvres, sans ralentir le rythme inexorable de mes doigts et de mon pouce… Elle a un goût de vin, de désir… d'Ana. Et elle me rend mon baiser avec une avidité que je n'ai jamais encore ressentie chez elle. Je lui coince la tête au creux de mon bras pour l'immobiliser, tout en continuant à l'embrasser et à la baiser avec mes doigts. Mais dès qu'elle tend les jambes, je ralentis.

Ah non, bébé. Tu ne vas pas jouir tout de suite.

Je recommence cinq fois ce manège en continuant d'embrasser sa bouche veloutée et tiède. Puis j'arrête de bouger en elle et je lui murmure :

— La voilà, ta punition. Si près et pourtant si loin… C'est *sympa*, ça ?

— S'il te plaît ! geint-elle.

Qu'est-ce que j'adore l'entendre me supplier.

— Comment vais-je te baiser, Anastasia ?

Mes doigts recommencent à remuer, ses jambes frémissent, et je m'immobilise de nouveau.

— S'il te plaît ! répète-t-elle, si bas que je l'entends à peine.

— Qu'est-ce que tu veux, Anastasia ?

— Toi… maintenant ! supplie-t-elle.

— Comment vais-je te baiser ? Le choix est infini.

Retirant ma main, je prends le préservatif sur la table de chevet et m'agenouille entre ses jambes. Sans la quitter des yeux, je lui retire sa culotte et la

242

jette par terre. Son regard s'assombrit, débordant de promesses et de désir. J'enfile lentement le préservatif.

— Et ça, c'est *sympa* ? dis-je en empoignant mon érection.

— C'était une plaisanterie, gémit-elle.

Une plaisanterie ? Dieu. Soit. Loué. Tout n'est pas perdu.

— Une plaisanterie ? dis-je en faisant coulisser mon poing sur ma queue.

— Oui. Je t'en prie, Christian.

— Tu trouves ça drôle, maintenant ?

— Non !

Sa voix est presque inaudible, mais le léger mouvement de sa tête m'apprend tout ce que je veux savoir. Rien qu'à la regarder, avide de moi... je pourrais exploser dans ma main. Je l'attrape pour la retourner et je relève son beau petit cul. La tentation est irrésistible. Je lui claque une fesse, durement, avant de plonger en elle. *Oh, putain.* Elle est chaude.

Presque immédiatement, ses spasmes enserrent ma queue tandis qu'elle pousse un cri. *Merde. Elle a joui trop vite.* Empoignant ses hanches, je la baise brutalement pendant qu'elle jouit. Puis, les dents serrées, je continue à la pilonner jusqu'à ce que ça remonte en elle. *Allez, Ana. Encore.* Je veux lui arracher une nouvelle jouissance. Elle gémit et couine sous moi ; la sueur perle sur son dos. Ses jambes se mettent à trembler. Elle y est presque...

— Allez, Anastasia, encore !

Comme par magie, l'orgasme qui vrille son corps se communique au mien. *Putain, enfin.* Je jouis sans un mot, me déversant en elle.

Doux Jésus. Je m'effondre sur elle. Je suis crevé.

— Et ça, c'était *sympa* ? sifflé-je à son oreille en reprenant mon souffle.

Alors qu'elle halète, allongée à plat ventre, je me retire et ôte cette fichue capote. Je me lève, me rhabille rapidement et dénoue ma cravate pour la libérer. Elle se retourne, plie et déplie ses doigts, puis rajuste son soutien-gorge. Je la recouvre avec son édredon et m'étends à côté d'elle.

— C'est vraiment sympa d'être venu me voir, dit-elle avec un sourire mutin.

Je ricane.

— Encore ce mot.

— Tu ne l'aimes pas ?

— Non. Pas du tout.

— Eh bien, en tout cas, il me semble qu'il aura eu des retombées bénéfiques.

— Non seulement je suis sympa, mais en plus je suis bénéfique ? Pourriez-vous blesser un peu plus cruellement mon amour-propre, mademoiselle Steele ?

— Je ne crois pas que ton amour-propre puisse être blessé par quoi que ce soit.

— Tu crois ?

Le Dr Flynn aurait son mot à dire là-dessus. Elle fronce brièvement les sourcils.

— Pourquoi n'aimes-tu pas être touché ? me demande-t-elle d'une voix douce.

— Je n'aime pas, c'est tout.

L'embrassant sur le front, je tente de la détourner de son interrogatoire :

— Donc, ce mail, c'était une plaisanterie ?

Elle me répond par un regard contrit et hausse les épaules comme pour s'excuser.

— Je vois. Et tu envisages toujours ma proposition ?

— Ta proposition indécente… oui.

Dieu merci. L'affaire est encore jouable. Mon soulagement est palpable.

— Mais ça me pose quelques problèmes, ajoute-t-elle.

— Le contraire m'aurait étonné.

— J'allais t'envoyer un mail à ce sujet, mais tu m'as interrompue.

— *Coitus interruptus.*

— Tu vois, je savais que tu avais le sens de l'humour, même s'il est bien caché.

Ses yeux pétillent d'espièglerie.

— Seulement à propos de certains sujets, Anastasia. J'ai cru que tu refusais, sans discussion.

— Je ne sais pas encore. Je n'ai rien décidé. Tu vas me mettre une laisse ?

Sa question me prend de court.

— Je vois que tu as fait ta petite enquête. Je ne sais pas, Anastasia, je n'ai jamais mis de laisse à personne.

— Et toi, on t'a mis une laisse ?

— Oui.

— Mrs Robinson ?

— Mrs Robinson !?

J'éclate de rire. Anne Bancroft dans *Le Lauréat.*

— Je vais lui raconter ça, elle va adorer.

— Tu lui parles encore régulièrement ?

Sous le coup du choc et de l'indignation, sa voix est devenue aiguë.

— Oui.

Et alors, où est le problème ?

— Je vois, fait-elle sèchement.

Elle est fâchée ? Pourquoi ? Je ne comprends pas.

— Donc, toi, tu peux discuter de ton mode de vie alternatif avec quelqu'un, alors que moi, je n'en ai pas le droit.

Elle ronchonne comme une petite fille capricieuse, mais une fois de plus, elle met le doigt sur mes contradictions.

— Je ne l'ai jamais vu sous cet angle. Mrs Robinson adhère à ce mode de vie. Je te l'ai déjà dit, c'est une bonne amie, maintenant. Si tu veux, je peux te présenter à l'une de mes anciennes soumises. Tu pourrais lui parler.

— C'est à mon tour de te demander si tu plaisantes.

— Non, Anastasia.

Sa véhémence me surprend. Il est parfaitement normal pour une soumise de consulter des ex pour s'assurer que son nouveau dominant sait ce qu'il fait.

— Pas la peine. Je me débrouillerai seule, merci, insiste-t-elle en tirant son édredon jusqu'à son menton.

Quoi ? Elle est fâchée ?

— Anastasia, je… je ne voulais pas t'offenser.

— Je ne suis pas offensée. Je suis consternée.

— Consternée ?

— Je ne veux pas parler à l'une de tes anciennes copines… esclaves… soumises… peu importe comment tu les appelles.

Ah.

— Anastasia Steele, seriez-vous jalouse, par hasard ?

Je suis dérouté. Quand elle vire au rouge betterave, je comprends que j'ai touché un point sensible. Mais comment diable peut-elle être jalouse ?

Ma poulette, figure-toi que j'ai eu une vie avant de te rencontrer.

Une vie très active.

— Tu restes ? dit-elle d'une voix cassante.

Quoi ? Bien sûr que non.

— Non. J'ai un petit déjeuner d'affaires demain matin au Heathman. En plus, je te l'ai déjà dit, je ne dors pas avec mes copines, mes esclaves, mes soumises, ou qui que ce soit. Vendredi et samedi, c'était exceptionnel. Ça ne se reproduira pas.

Elle pince les lèvres, l'air buté.

— Bon, je suis fatiguée, maintenant.

Pardon ?

— Tu me vires ?

Ça n'est pas censé se passer comme ça.

— Oui.

Non mais, je rêve ?

Je suis désarmé, une fois de plus, par Mlle Steele.

— Eh bien, encore une première, marmonné-je.

Viré. Je n'y crois pas.

— Donc tu ne veux pas discuter maintenant ? Au sujet du contrat ?

Je saisis cette excuse pour prolonger ma visite.

— Non, grogne-t-elle.

Sa mauvaise humeur m'exaspère. Si elle était vraiment à moi, je ne la tolérerais pas.

— Mon Dieu, qu'est-ce que j'aimerais te flanquer une bonne fessée. Ça te ferait du bien, et à moi aussi, lui dis-je.

— Tu n'as pas le droit de me parler comme ça… Je n'ai encore rien signé.

Son regard étincelant me défie.

J'ai le droit de parler. Mais pas le droit de faire. Pas avant que tu n'y consentes.

— On peut toujours rêver, Anastasia. À mercredi ?

J'ai encore envie qu'elle accepte, mais je me demande bien pourquoi : elle est ingérable. Je l'embrasse en vitesse.

— À mercredi, acquiesce-t-elle, à mon grand soulagement. Je te raccompagne. Une minute, ajoute-t-elle d'une voix plus douce.

Elle me pousse du lit et enfile son tee-shirt.

— Passe-moi mon pantalon, s'il te plaît.

Dites donc. C'est qu'elle peut être autoritaire, cette petite Mlle Steele.

— Oui, madame.

J'ai lancé cette boutade en pensant qu'elle ne comprendrait pas l'allusion. Mais elle plisse les yeux. Elle sait que je me moque d'elle.

Encore déconcerté à l'idée d'être mis à la porte, je traverse le salon derrière elle. *À quand remonte la dernière fois qu'on m'a fait ce coup-là ? Jamais. On ne m'a jamais jeté.* Elle ouvre la porte, mais elle fixe ses doigts. *Qu'est-ce qui se passe ?*

— Ça va ?

En lui posant la question, j'effleure sa bouche avec mon pouce. Elle ne veut peut-être plus que je parte – ou alors, elle a hâte que je m'en aille ?

— Oui, répond-elle d'une petite voix éteinte.

Je ne suis pas certain de la croire.

— À mercredi, lui dis-je de nouveau.

Quand je m'incline pour l'embrasser, elle ferme les yeux. En fait, je ne veux pas la quitter. Pas dans cet état. Je prends sa tête entre mes mains et l'embrasse plus profondément. Elle m'abandonne sa bouche. *Bébé, s'il te plaît, fais-moi confiance. Essaie, au moins.* Même quand elle m'agrippe les bras pour me rendre mon baiser, je n'ai pas envie de m'arrêter. Elle est enivrante, et elle sait apaiser les ténèbres… Pourtant, je m'écarte et appuie mon front contre le sien. Elle a le souffle court. Moi aussi.

— Anastasia, qu'est-ce que tu me fais ?

— Je pourrais te répondre la même chose, chuchote-t-elle.

Je sais qu'il faut que je m'en aille. Elle me déstabilise, et je ne sais pas pourquoi. Je dépose un baiser sur son front et remonte l'allée jusqu'à la R8. Elle reste sur le seuil à me regarder. Elle n'est pas rentrée. Je souris, heureux qu'elle me suive des yeux quand je monte dans la voiture. Mais quand je me retourne, elle a disparu. *Qu'est-ce qui se passe ? Pourquoi n'a-t-elle pas attendu que je démarre ?*

En roulant vers Portland, je tente d'analyser les événements de la soirée. Elle m'a envoyé un mail. Je suis allé la rejoindre. Nous avons baisé. Elle m'a viré avant que je sois prêt à m'en aller.

C'est la première fois – enfin, pas tout à fait – que j'ai l'impression qu'on se sert de moi comme d'un objet sexuel, sensation perturbante qui me rappelle ma relation avec Elena. *Bon sang !* Mlle Steele est une soumise qui domine, et elle ne s'en rend même pas compte. Et comme un con, je la laisse faire. Il faut que je retourne la situation. Cette approche en douceur est en train de m'embrouiller. Mais j'ai envie d'elle. J'ai besoin qu'elle signe.

Est-ce simplement le plaisir de la conquête ? Est-ce ça qui m'excite ? Ou est-ce elle ? *Merde.* Je ne sais plus. Mais j'espère mettre ça au clair mercredi. Enfin, c'était tout de même une façon *sympa* de passer la soirée. Je ricane en m'engageant dans le parking de l'hôtel.

De retour dans ma chambre, je m'installe devant mon ordinateur. *Concentrez-vous sur ce que vous voulez, sur le but que vous cherchez à atteindre.* Voilà la rengaine que Flynn n'arrête pas de me ressasser.

De : Christian Grey
Objet : Ce soir
Date : 23 mai 2011 23:16
À : Anastasia Steele

Mademoiselle Steele,
J'attends vos remarques sur le contrat.
D'ici là, dors bien, bébé.

Christian Grey
P-DG, Grey Enterprises Holdings, Inc.

Et j'aurais envie d'ajouter, « Merci pour cette soirée divertissante »... mais ce serait sans doute déplacé. Supposant qu'Ana dort déjà à cette heure-ci et qu'elle ne répondra pas, je reprends ma lecture du rapport sur Detroit.

Mardi 24 mai 2011

L'idée d'implanter l'usine d'électronique à Detroit est déprimante. Ce ne sont que des mauvais souvenirs. Des souvenirs que je fais tout pour oublier. Ils refont surface, principalement la nuit, pour me rappeler qui je suis et d'où je viens.

Mais l'État du Michigan présente de réels avantages fiscaux. Difficile d'ignorer ce détail, dans l'offre qu'ils me font. Je jette le rapport sur la table et bois une gorgée de sancerre. Beurk. Il est tiède. Il se fait tard. Je devrais dormir. Au moment où je me lève et m'étire, mon ordinateur émet un « ping ». Un nouveau mail. Sûrement de Ros, je vais jeter un coup d'œil.

Il est d'Ana. Pourquoi ne dort-elle pas encore ?

De : Anastasia Steele
Objet : Problèmes
Date : 24 mai 2011 00:02
À : Christian Grey

Cher monsieur Grey,
Voici ce qui me pose problème. J'espère pouvoir en discuter plus longuement lors de notre dîner de mercredi. Les numéros renvoient aux clauses :

Elle se reporte aux clauses ? Mademoiselle Steele, vous êtes une femme très scrupuleuse. Je fais apparaître le contrat sur mon écran.

CONTRAT
Fait ce.... /.... 2011 (« Date de début »)
ENTRE
M. CHRISTIAN GREY
301 Escala, Seattle WA 98889
(Ci-après « Le Dominant »)
ET
Mlle ANASTASIA STEELE
1114 S.W. Green Street, apt. 7, Haven Heights, Vancouver WA 98888
(Ci-après « La Soumise »)
LES PARTIES SONT CONVENUES
DE CE QUI SUIT :
MODALITÉS DE BASE :
1. L'objectif fondamental de ce contrat est de permettre à la Soumise d'explorer sa sensualité et ses limites sans danger, en respectant ses besoins, ses limites et son bien-être.
2. Le Dominant et la Soumise sont convenus et reconnaissent que tout ce qui aura lieu dans le cadre de ce contrat sera consensuel, confidentiel et sujet aux limites et mesures de sécurité définies par ce contrat. Des limites et des mesures de sécurité supplémentaires sont susceptibles de faire l'objet d'un accord écrit.
3. Le Dominant et la Soumise garantissent l'un et l'autre qu'ils ne souffrent d'aucune maladie sexuellement transmissible, y compris le VIH, l'herpès et l'hépatite. Si pendant la durée du contrat (telle que définie ci-dessous) ou un prolongement une telle

maladie était diagnostiquée chez l'une ou l'autre partie, il ou elle s'engage à en informer l'autre partie immédiatement, avant toute forme de contact physique.

4. Le respect de garanties, accords et engagements définis ci-dessus (ainsi que de toutes limites et mesures de sécurité supplémentaires déterminées par la clause 2) est le fondement de ce contrat. Tout manquement le rendra immédiatement caduc, et chaque partie acceptera la pleine responsabilité des conséquences d'un tel manquement.

5. Tous les articles de ce contrat doivent être lus et interprétés au vu de l'objectif fondamental et des modalités de base définis par les clauses 1-5.

RÔLES :

6. Le Dominant assume la responsabilité du bienêtre, de la formation, de la direction et de la discipline de la Soumise. Il décidera de leur nature ainsi que du temps et du lieu où elles seront administrées, étant sujet aux modalités, limites et mesures de sécurité définies par ce contrat ou faisant l'objet d'un amendement, selon les termes de la clause 2.

7. Si à n'importe quel moment le Dominant ne respecte pas les modalités, limites et mesures de sécurité définies par ce contrat ou faisant l'objet d'un amendement selon les termes de la clause 2, la Soumise est en droit de résilier ce contrat immédiatement et de quitter le service du Dominant sans préavis.

8. Sous réserve de cette condition et des clauses 1-5, la Soumise s'engage à obéir au Dominant. Sous réserve des modalités, limites et mesures de sécurité définies par ce contrat ou faisant l'objet d'un amendement selon les termes de la clause 2, elle procurera au Dominant sans questions ni hésitations le plaisir qu'il exigera et acceptera sans questions ni hésitations

sa formation, sa direction et sa discipline, quelque forme qu'elles puissent prendre.

DÉBUT ET TERME DU CONTRAT :

9. Le Dominant et la Soumise adhèrent à ce contrat dès sa signature en pleine conscience de sa nature et s'engagent à en respecter toutes les conditions sans exception.

10. Ce contrat sera en vigueur pendant une période de trois mois du calendrier à partir de la signature. À l'expiration de ce terme, les parties détermineront si ce contrat et les accords auxquels ils se sont engagés leur agréent, et si les besoins des deux parties ont été satisfaits. Chaque partie peut proposer la prorogation de ce contrat, sous réserve de réajustement de ses modalités ou des accords conclus. En l'absence de prorogation, ce contrat sera résilié et les deux parties seront libres de reprendre leur vie de façon autonome.

DISPONIBILITÉ :

11. La Soumise se mettra à la disposition du Dominant du vendredi soir au dimanche après-midi, toutes les semaines du terme et aux moments précisés par le Dominant (« Périodes allouées »). Des périodes supplémentaires peuvent être déterminées au gré des circonstances.

12. Le Dominant se réserve le droit de congédier la Soumise à tout moment et pour n'importe quel motif. La Soumise peut demander son affranchissement à tout moment, cette requête devant être acceptée par le Dominant dans le cadre des droits de la Soumise déterminés par les clauses 1-5 et 7.

LIEUX :

13. La Soumise se rendra disponible durant les périodes allouées ou faisant l'objet d'un accord ulté-

rieur dans les lieux déterminés par le Dominant. Le Dominant assumera tous les frais de déplacement encourus par la Soumise.

PRESTATIONS :

14. Les prestations suivantes ont été discutées, acceptées et les deux parties s'engagent à y adhérer pour la durée du contrat. Les deux parties reconnaissent que certains problèmes peuvent surgir qui ne sont pas prévus par les modalités de ce contrat ou que certains termes sont susceptibles d'être renégociés. Dans de telles circonstances, des amendements peuvent être proposés. Tout amendement doit être convenu, documenté et signé par les deux parties, sous réserve des modalités de base définies par les clauses 1-5.

LE DOMINANT :

14.1 Le Dominant fera de la santé et de la sécurité de la Soumise sa priorité en tout temps. À aucun moment le Dominant ne permettra ou n'exigera de la Soumise qu'elle participe aux activités définies par l'Annexe 2 ou à un acte considéré dangereux par l'une ou l'autre partie. Le Dominant n'entreprendra ni ne permettra que soit entrepris aucun acte pouvant entraîner une blessure ou mettre la vie de la Soumise en danger. Les sous-alinéas de la clause 14 sont sujets à cette réserve et aux modalités de base convenues dans les clauses 1-5.

14.2 Le Dominant accepte la Soumise comme sa propriété, qu'il peut contrôler, dominer et discipliner pendant la durée du contrat. Le Dominant peut user du corps de la Soumise à tout moment durant les périodes allouées ou d'autres périodes convenues entre les parties, de quelque façon qu'il juge opportune, sexuellement ou autrement.

14.3 Le Dominant fournira à la Soumise toute formation ou conseil nécessaires à ce qu'elle serve adéquatement le Dominant.

14.4 Le Dominant procurera un environnement stable et sûr où la Soumise pourra assurer le service du Dominant.

14.5 Le Dominant pourra discipliner la Soumise lorsque nécessaire pour s'assurer que la Soumise prenne la pleine mesure de sa servitude envers le Dominant et pour décourager des comportements inacceptables. Le Dominant peut flageller, fesser, fouetter ou administrer des punitions corporelles à la Soumise comme il l'entend, à des fins disciplinaires, pour son propre plaisir, ou toute autre raison qu'il n'est pas contraint de fournir.

14.6 Lors de la formation et de l'administration de la discipline, le Dominant s'assurera qu'aucune marque permanente n'est faite au corps de la Soumise, ni aucune blessure nécessitant des soins médicaux.

14.7 Lors de la formation et de l'administration de la discipline, le Dominant s'assurera que la discipline et les instruments utilisés soient sans danger, qu'ils ne soient pas utilisés de manière à entraîner des blessures graves, et n'excèdent en aucune façon les limites définies et déterminées par le présent contrat.

14.8 En cas de maladie ou de blessure, le Dominant soignera la Soumise, s'assurera de sa santé et de sa sécurité, encouragera et si nécessaire ordonnera des soins médicaux.

14.9 Le Dominant préservera sa propre santé et se procurera des soins médicaux si nécessaire afin de maintenir un environnement sans risques pour la Soumise.

14.10 Le Dominant ne prêtera pas sa Soumise à un autre Dominant.

14.11 Le Dominant peut attacher, menotter ou ligoter la Soumise à tout moment durant les périodes allouées ou toute autre période supplémentaire, pour quelque raison que ce soit, et pour des durées prolongées, en tenant compte de la santé et de la sécurité de la Soumise.

14.12 Le Dominant s'assurera que tout équipement utilisé dans le but de former et de discipliner la Soumise sera dans un état d'hygiène et de sécurité adéquat en tout temps.

LA SOUMISE :

14.13 La Soumise accepte le Dominant comme son maître, sachant qu'elle est désormais la propriété du Dominant. Il pourra user de la Soumise à sa guise pour la durée du contrat durant les périodes allouées ainsi que toute autre période supplémentaire convenue.

14.14 La Soumise obéira aux (« Les Règles ») définies par l'Annexe 1 de ce contrat.

14.15 La Soumise servira le Dominant de quelque manière qu'il estime opportune et satisfera le Dominant à tout moment au mieux de ses aptitudes.

14.16 La Soumise prendra toutes les mesures nécessaires pour préserver sa santé et demandera ou se procurera les soins médicaux nécessaires, en informant immédiatement le Dominant d'éventuels problèmes de santé.

14.17 La Soumise s'assurera de prendre une contraception orale et de respecter l'ordonnance afin de prévenir toute grossesse.

14.18 La Soumise acceptera sans questions toute action disciplinaire jugée nécessaire par le Dominant et se rappellera son rôle et son statut à l'égard du Dominant en toute circonstance.

14.19 La Soumise ne se touchera ni ne se masturbera sans la permission du Dominant.

14.20 La Soumise se soumettra à toute activité sexuelle exigée par le Dominant sans hésitation ni discussion.

14.21 La Soumise acceptera le fouet, la fessée, la canne, la palette ou toute autre forme de discipline que le Dominant décidera de lui administrer, sans hésitation, question ou plainte.

14.22 La Soumise ne regardera pas le Dominant dans les yeux sauf lorsqu'elle en recevra l'ordre. La Soumise gardera les yeux baissés et observera une posture respectueuse en présence du Dominant.

14.23 La Soumise se conduira toujours de façon respectueuse envers le Dominant et l'appellera uniquement monsieur, M. Grey ou tout autre titre souhaité par le Dominant.

14.24 La Soumise ne touchera pas le Dominant sans y être expressément autorisée.

ACTIVITÉS :

15. La Soumise ne participera à aucune activité ni à aucun acte sexuel considéré par l'une ou l'autre des parties comme dangereux, ni à aucune des activités définies par l'Annexe 2.

16. Le Dominant et la Soumise ont discuté des activités définies par l'Annexe 3 et ont accepté par écrit de les respecter.

MOT D'ALERTE :

17. Le Dominant et la Soumise reconnaissent que le Dominant est susceptible d'exiger de la Soumise des actes irréalisables sans entraîner des torts physiques, mentaux, affectifs ou spirituels au moment où ces

demandes seront faites à la Soumise. Dans ces circonstances, la Soumise peut utiliser des mots d'alerte définis ci-après. Ces mots d'alerte peuvent être prononcés selon la sévérité des exigences.

18. Le mot d'alerte « Jaune » sera utilisé pour signaler au Dominant que la Soumise approche la limite de son endurance.

19. Le mot d'alerte « Rouge » sera utilisé pour signaler au Dominant que la Soumise ne peut plus tolérer d'exigences supplémentaires. Lorsque ce mot est prononcé, l'action du Dominant cessera immédiatement.

CONCLUSION :

20. Les soussignés ont lu et pleinement compris les modalités de ce contrat. Les signataires en acceptent librement les termes.

**Le Dominant : Christian Grey
Date**

**La Soumise : Anastasia Steele
Date**

**ANNEXE 1
RÈGLES**

Obéissance :

La Soumise obéira immédiatement et avec enthousiasme à tous les ordres donnés par le Dominant. La Soumise acceptera toute activité sexuelle estimée opportune et agréable par le Dominant, à l'exception des activités figurant dans la liste des limites à ne pas franchir (Annexe 2).

Sommeil :

La Soumise fera en sorte de dormir sept heures par nuit au minimum lorsqu'elle n'est pas avec le Dominant.

Nourriture :

La Soumise mangera régulièrement les aliments prescrits pour rester bien portante (Annexe 4). La Soumise ne grignotera pas entre les repas, à l'exception de fruits.

Vêtements :

Pour la durée du Contrat, la Soumise ne portera que des vêtements approuvés par le Dominant. Le Dominant fournira un budget vestimentaire à la Soumise, que la Soumise utilisera dans son intégralité. Le Dominant accompagnera la Soumise pour acheter des vêtements lorsqu'il le jugera opportun. Si le Dominant l'exige, la Soumise portera pour la durée du Contrat toutes les parures imposées par le Dominant, en présence du Dominant ou à tout moment jugé opportun par le Dominant.

Exercice :

Le Dominant fournira à la Soumise un coach personnel quatre fois par semaine pour une séance d'une heure, aux moments qui conviendront au coach et à la Soumise. Ce coach rapportera au Dominant les progrès de la Soumise.

Hygiène personnelle/Beauté :

La Soumise sera propre et rasée/épilée en tout temps. La Soumise se rendra dans l'institut de beauté désigné par le Dominant aux moments choisis par lui et se soumettra à tous les traitements qu'il jugera opportuns.

Sécurité personnelle :

La Soumise n'abusera pas de l'alcool, ne fumera pas, ne prendra pas de drogues et ne s'exposera pas à des dangers inutiles.

Qualités personnelles :

La Soumise n'aura pas de relations sexuelles avec un autre que le Dominant. La Soumise se comportera avec respect et pudeur en tout temps. Elle doit reconnaître que son comportement a des conséquences directes sur la réputation du Dominant. Elle sera tenue responsable de toute faute, méfait, ou inconduite commis en l'absence du Dominant.

Toute infraction aux clauses ci-dessus entraînera une punition immédiate, dont la nature sera déterminée par le Dominant.

ANNEXE 2
LIMITES À NE PAS FRANCHIR

Aucun acte impliquant le feu.

Aucun acte impliquant la miction, la défécation ou les produits qui en résultent.

Aucun acte impliquant les épingles, les couteaux, le piercing ou le sang.

Aucun acte impliquant des instruments médicaux.

Aucun acte impliquant des enfants ou des animaux.

Aucun acte qui laisserait sur la peau des marques permanentes.

Aucun acte impliquant la suffocation.

Aucune activité impliquant un contact direct du corps avec un courant électrique.

ANNEXE 3
LIMITES NÉGOCIÉES

Elles doivent être discutées et convenues entre les deux parties :

La Soumise consent-elle aux actes suivants :

- Masturbation
- Cunnilingus
- Fellation
- Avaler le sperme
- Pénétration vaginale
- Fisting vaginal
- Pénétration anale
- Fisting anal

La Soumise consent-elle à l'usage des accessoires suivants :

- Vibromasseur
- Godemiché
- Plug anal
- Autres jouets vaginaux/anaux

La Soumise consent-elle à être ligotée avec les accessoires suivants :

- Cordes
- Bracelets en cuir
- Menottes/cadenas/chaînes
- Gros scotch
- Autres accessoires à définir

La Soumise consent-elle à être immobilisée :

- Les mains attachées devant
- Être ligotée à des articles fixés aux murs, meubles, etc.
- Les chevilles attachées
- Les coudes attachés
- Être ligotée à une barre d'écartement
- Les mains attachées derrière le dos
- Les genoux attachés
- Suspension
- Les poignets attachés aux chevilles

La Soumise consent-elle à avoir les yeux bandés ?
La Soumise consent-elle à être bâillonnée ?

Sur une échelle de 1 à 5, quel degré de douleur la Soumise est-elle prête à subir ?
1–2–3–4–5
La Soumise consent-elle à accepter les formes suivantes de douleur/punition/discipline :

- Fessée
- Fouet
- Morsure
- Canne
- Cire chaude
- Glace
- Palette
- Pinces à lèvres vaginales
- Pinces à seins
- Autres types/méthodes de douleur

Donc, elle attire mon attention sur :

1 : Je ne vois pas en quoi ceci est uniquement pour MON bien – autrement dit, pour explorer MA sensualité et mes limites. Je suis certaine de ne pas avoir besoin d'un contrat de dix pages pour ça ! Il me semble que c'est pour VOTRE bien à vous.

Bien vu, mademoiselle Steele !

3 : Comme vous le savez, vous êtes mon premier partenaire sexuel. Je ne me drogue pas et je n'ai jamais eu de transfusion sanguine. Je n'ai sans doute aucune maladie. Pouvez-vous en dire autant ?

Encore bien vu. J'avoue que c'est la première fois que je n'ai pas à éplucher l'historique sexuel d'une partenaire. C'est l'avantage de baiser une vierge.

7 : Je peux résilier ce contrat dès que je constate que vous ne respectez pas les limites convenues ? D'accord, ça me va.

J'espère qu'on n'en arrivera pas là, mais ça ne serait pas la première fois.

8 : Vous obéir en toutes choses ? Accepter sans hésitation votre discipline ? Il faut qu'on en discute.
10 : Période d'essai d'un mois. Pas trois.

Seulement un mois ? C'est trop court ! Jusqu'où est-il possible d'aller en un mois ?

11 : Je ne peux pas m'engager tous les week-ends. J'ai une vie, ou j'en aurai une. Trois sur quatre, peut-être ?

Pour qu'elle rencontre d'autres hommes ? Et comprenne à côté de quoi elle passe ? Sûrement pas.

14.2 : User de mon corps comme vous le jugez opportun, sexuellement ou autrement : définissez « autrement », s'il vous plaît.
14.5 : Je ne suis pas sûre de vouloir être fouettée, flagellée, ou de vouloir subir un châtiment corporel. Je suis certaine que ce serait un manquement aux clauses 1-5. Et « pour toute autre raison », c'est de la pure méchanceté – vous m'avez pourtant dit que vous n'étiez pas sadique.

Merde ! Continue à lire, Grey.

14.10 : Comme si le fait de me prêter à un autre était envisageable. Mais je suis contente que ce soit écrit noir sur blanc.
14.14 : Les Règles : on y reviendra.

14.19 : Me toucher ou me masturber sans votre permission. Faut-il une clause pour ça ? Vous savez bien que je ne le fais pas de toute façon.
14.21 : La discipline – voir la clause 14.5 ci-dessus.
14.22 : Je ne peux pas vous regarder dans les yeux ? Pourquoi ?
14.24 : Pourquoi ne puis-je pas vous toucher ?

Règles :
Sommeil – d'accord pour six heures.
Aliments – pas question de me laisser dicter ce que je mange. C'est la liste ou moi. Cette clause est rédhibitoire.

Ah ! Ça va être un problème.

Vêtements – si je ne suis obligée de les porter qu'avec vous, d'accord.
Gym – nous nous étions mis d'accord sur trois heures, ici je vois encore quatre heures.
Limites négociées :
On peut revoir tout ça ensemble ? Fisting, pas question. Suspension, qu'est-ce que c'est ? Pince à lèvres génitales – vous plaisantez ?

Pourriez-vous me dire comment on fait pour mercredi ? Je travaille jusqu'à 17 heures ce jour-là.

Bonne nuit,
Ana

Sa réponse me soulage. Mlle Steele a bien réfléchi à ma proposition, plus que n'importe quelle autre candidate. Elle prend mon offre très au sérieux. La discussion de mercredi s'annonce passionnante. Les doutes qui me tiraillaient quand j'ai quitté son appartement s'estompent. Notre relation n'est pas sans espoir… mais pour le moment, elle doit dormir.

De : Christian Grey
Objet : Problèmes
Date : 24 mai 2011 00:07
À : Anastasia Steele

Mademoiselle Steele,
La liste est longue. Pourquoi n'êtes-vous pas encore couchée ?

Christian Grey
P-DG, Grey Enterprises Holdings, Inc.

Peu après, la réponse arrive dans ma boîte.

De : Anastasia Steele
Objet : Problèmes
Date : 24 mai 2011 00:10
À : Christian Grey

Monsieur,
Permettez-moi de vous rappeler que je rédigeais cette liste lorsque j'ai été détournée de ma tâche et troussée par un maniaque du contrôle qui passait dans le quartier.
Bonne nuit,

Ana

Son message est à la fois drôle et irritant. Elle est plus impertinente par écrit et fait preuve de beaucoup d'humour, mais maintenant il faut qu'elle dorme.

De : Christian Grey
Objet : Au lit !
Date : 24 mai 2011 00:12
À : Anastasia Steele

AU LIT, ANASTASIA.

Christian Grey
P-DG & Maniaque du contrôle, Grey Enterprises Holdings, Inc.

Quelques minutes plus tard, convaincu qu'elle a obéi à mes injonctions en majuscules, je décide d'aller me coucher. Je prends tout de même mon ordinateur portable, au cas où elle répondrait.

Une fois au lit, j'ouvre un livre. Mais au bout d'une demi-heure, j'abandonne. Impossible de me concentrer. Mon esprit revient inlassablement à Ana, à son comportement de ce soir, et à son mail.

Il faut que je lui rappelle ce que j'attends de notre relation. Pas question qu'elle se fasse de fausses idées. Je me suis déjà trop éloigné de mon objectif.

Les paroles de Kavanagh, « Vous allez prêter main-forte à Ana pour le déménagement ? », me confirment que j'ai déjà donné trop d'espoir à Ana. Je pourrais quand même leur filer un coup de main ? *Non. Arrête ça, Grey.*

Je relis son mail intitulé « Problèmes ». Je dois ménager les attentes d'Ana tout en trouvant les mots justes pour exprimer ce que je ressens.

Enfin, l'inspiration me vient.

Chère mademoiselle Steele,

Après lecture de vos remarques, je me permets d'attirer votre attention sur la définition du mot « soumis ».

Soumis [sumi], *participe passé, adjectif*
1. Enclin ou disposé à se soumettre ; humblement obéissant : *domestiques soumis.*
2. Caractérisé par, ou indiquant la soumission : *une réponse soumise.*
Étymologie : Première moitié du xiiᵉ siècle, de *suzmetre* « mettre dans un état de dépendance (par la force) ».
Synonymes : 1. Docile, obéissant, accommodant, souple. 2. Passif, résigné, patient, dompté, subjugué. *Antonymes* : Rebelle, désobéissant.

Veuillez la prendre en considération lors de notre réunion de mercredi.

Christian Grey
P-DG, Grey Enterprises Holdings, Inc.

Voilà, j'espère que ça va la faire sourire. Au moins, j'ai été clair. Satisfait, j'éteins ma lampe de chevet et m'endors, aussitôt happé par un rêve.

Il s'appelle Lelliot. Il est plus grand que moi. Il rit. Il sourit. Il crie aussi. Et il parle tout le temps. Il parle tout le temps à papa et maman. C'est mon frère. « Pourquoi tu ne dis rien ? me demande Lelliot. Tu es stupide ou quoi ? » Il me le répète encore et encore et encore. Je me jette sur lui et le frappe au visage encore et encore et encore. Il pleure. Il pleure fort. Je ne pleure pas. Je ne pleure jamais. Maman est fâchée contre moi. Je dois m'asseoir sur la dernière marche de l'escalier et ne plus bouger. Pendant longtemps. Mais Lelliot ne me demande plus pourquoi je ne parle pas. Quand je lui montre le poing, il part en courant. Lelliot a peur de moi. Il sait que je suis un monstre.

Quand je rentre de mon jogging matinal, je vérifie ma boîte mail avant d'aller prendre une douche. Rien de Mlle Steele, mais il n'est que 7 h 30. C'est peut-être encore un peu tôt pour elle.

Ressaisis-toi, Grey.

Tout en me rasant, j'observe le connard aux yeux gris qui se reflète dans le miroir.

Ça suffit. Ne pense plus à elle de la journée, c'est un ordre !

J'ai du boulot et une réunion prévue à l'heure du petit déjeuner.

— D'après Freddie, Barney pourra vous donner un prototype de la tablette dans deux jours, explique Ros lors de notre visioconférence.

— J'ai étudié les schémas hier. Ils sont impressionnants, mais je ne suis pas sûr qu'on tienne la solution. Si cette nouvelle technologie fonctionne, on devrait aller très loin, et ce sera un grand pas en avant pour les pays en voie de développement.

— N'oubliez pas le marché intérieur, intervient Ros.

— Comme si je pouvais l'oublier.

— Christian, combien de temps comptez-vous rester à Portland ?

Elle paraît agacée.

— Qu'est-ce qui se passe là-bas ? ajoute-t-elle en scrutant l'écran, comme pour trouver un indice sur mon visage.

Je réprime un sourire.

— Une fusion.

— Marco est au courant ?

Je ricane. Marco Inglis est le chef de mon département Fusions & Acquisitions.

— Non, ce n'est pas ce genre de fusion.

— Oh.

Ros ne sait plus quoi dire.

— Eh bien, j'espère que vous allez réussir.

— Moi aussi. Bon, on peut parler de Woods maintenant ?

L'année dernière, nous avons racheté trois sociétés de nouvelles technologies. Deux ont dépassé toutes nos attentes, mais la troisième peine à s'en sortir, malgré l'optimisme de Marco. Lucas Woods la dirige. Ce type est un imbécile – que de l'esbroufe, aucune consistance. L'argent lui est monté à la tête. Il a manqué de lucidité et son entreprise a perdu sa position de leader sur le marché de la fibre optique. Mon instinct me dit de démanteler la société, de virer Woods, et d'intégrer leur département de technologie à celui de GEH.

Mais selon Ros, Lucas a besoin de plus de temps – mieux vaut réfléchir avant de liquider et de changer l'image de la boîte. Sans parler du montant exorbitant des frais de licenciements.

— Woods a eu largement le temps de remonter la pente. Il refuse tout simplement d'accepter la réalité. Je veux m'en débarrasser ! Demandez à Marco de faire une estimation de la liquidation.

— Marco aimerait se joindre à notre visioconférence pour en discuter. Je lui dis de se connecter.

À 12 h 30, Taylor me conduit à l'université, où je suis attendu pour déjeuner avec le président, le directeur du département des sciences environnementales et le vice-président du développement économique. Sur l'allée du campus, je ne peux m'empêcher de scruter la foule des étudiants, au cas où je repérerais Mlle Steele. Hélas, en vain. Elle est probablement dans la bibliothèque, plongée dans un classique de la littérature anglaise. Cette idée me rassure. Elle n'a pas répondu à mon dernier message, mais elle devait travailler ce matin. Peut-être après le déjeuner.

Au moment où Taylor se gare devant le bâtiment réservé à l'administration, mon portable sonne. C'est Grace. Curieux. Elle ne m'appelle jamais en semaine.

— Maman ?

— Bonjour, mon chéri. Comment vas-tu ?

— Bien. J'arrive à mon rendez-vous.

— Ton assistante m'a dit que tu étais à Portland.

Sa voix est pleine d'espoir. *Bon sang. Elle pense que je suis avec Ana.*

— Ouais, je suis là pour affaires.

— Comment va Anastasia ?

Nous y voilà !

— Bien, aux dernières nouvelles. Tu voulais me demander quelque chose ?

Il ne manquait plus que ça. Voilà qu'en plus il faut que je gère les attentes de ma mère.

— Oui. Mia rentre à la maison une semaine plus tôt : elle arrive samedi. Je suis de garde ce jour-là et ton père assiste à un séminaire juridique.

— Tu veux que j'aille la chercher à l'aéroport ?

— C'est possible pour toi ?

— Bien sûr. Dis-lui de m'envoyer son heure d'arrivée.

— Merci, mon chéri. Passe le bonjour à Anastasia de ma part.

— Je dois te laisser. Au revoir, maman.

Je raccroche avant qu'elle ne me pose d'autres questions bizarres. Taylor m'ouvre la portière.

— Je devrais avoir terminé vers 15 heures.

— Bien, monsieur.

— Vous voyez votre fille demain, Taylor ?

— Oui, monsieur, dit-il avec une fierté paternelle évidente.

— Bien.

— Je serai là à 15 heures, monsieur.

J'entre dans le bâtiment de l'administration universitaire… Ce déjeuner s'annonce long, très long.

J'ai réussi à empêcher mon esprit de revenir sans cesse à Mlle Steele. Enfin, presque. Pendant le déjeuner, je me suis surpris à nous imaginer dans ma salle de jeux… Comment l'appelle-t-elle déjà ? *La Chambre rouge de la Douleur.* Je secoue la tête, un petit sourire aux lèvres, et consulte ma messagerie. Cette fille sait manier les mots, mais jusqu'ici, pas la moindre ligne de sa part.

J'enfile mon survêtement et m'apprête à descendre dans la salle de gym de l'hôtel quand j'entends le « ping » tant attendu. C'est elle.

De : Anastasia Steele
Objet : Mes problèmes… et les vôtres, alors ?
Date : 24 mai 2011 18:29
À : Christian Grey

Monsieur,
Veuillez noter la date de l'origine du mot « soumettre » : XIIe siècle. Je me permets respectueusement de vous signaler que nous sommes en 2011. Nous avons fait un bout de chemin depuis ce temps-là.
Puis-je me permettre à mon tour de vous proposer une définition à prendre en considération lors de notre réunion :

Compromis [kɔ̃pʀɔmi], *substantif masculin*
1. Action qui implique des concessions réciproques ; transaction : *La vie en société nécessite des compromis.*
2. Moyen terme, état intermédiaire, transition : *Cette attitude est un compromis entre le classicisme et le modernisme.*
3. Convention par laquelle les parties dans un litige soumettent l'objet de celui-ci à un arbitrage.
4. *Participe passé de compromettre* : Exposer quelque chose à un danger, à une atteinte, à un risque, diminuer les possibilités de réussite de quelque chose ou de quelqu'un : *Compromettre sa réputation.*

Ana

Quelle surprise ! Mlle Steele se rebelle ? Heureusement, notre rendez-vous de demain n'est pas annulé... Je me sens bizarrement soulagé.

De : Christian Grey
Objet : Et mes problèmes, alors ?
Date : 24 mai 2011 18:32
À : Anastasia Steele

Encore une fois, vous avez marqué un point, mademoiselle Steele. Je passerai vous prendre chez vous à 19 heures demain.

Christian Grey
P-DG, Grey Enterprises Holdings, Inc.

Mon portable vibre. C'est Elliot.

— Salut, champion. Kate m'a demandé de t'appeler pour le déménagement.

— Le déménagement ?

— Aider Kate et Ana à porter les cartons, trouduc' !

Je pousse un soupir exaspéré. Mon frère est vraiment un emmerdeur.

— Je ne peux pas, je vais chercher Mia à l'aéroport.

— Quoi ? Maman ne peut pas y aller ? Ou papa ?

— Non. Maman m'a appelé ce matin.

— Bon, c'est plié alors. Tu ne m'as pas dit où tu en étais avec la petite Ana ? Tu l'as b...

— Au revoir, Elliot !

Je raccroche. Ça ne le regarde pas et j'ai un mail à lire.

De : Anastasia Steele
Objet : Femmes au volant
Date : 24 mai 2011 18:40
À : Christian Grey

Monsieur,
J'ai une voiture. J'ai mon permis. Je préférerais vous rejoindre quelque part. Où dois-je vous retrouver ? À votre hôtel à 19 heures ?

Ana

Qu'est-ce qu'elle peut être agaçante ! Je lui réponds immédiatement.

De : Christian Grey
Objet : Les obstinées
Date : 24 mai 2011 18:43
À : Anastasia Steele

Chère mademoiselle Steele,
En référence à mon mail daté du 24 mai 2011 à 1 h 27 et à la définition incluse :
Pensez-vous arriver un jour à faire ce qu'on vous dit de faire ?

Christian Grey
P-DG, Grey Enterprises Holdings, Inc.

Elle met un temps fou à me répondre, ce qui me fout en rogne.

De : Anastasia Steele
Objet : Les inflexibles
Date : 24 mai 2011 18:49
À : Christian Grey

Monsieur Grey,
J'aimerais prendre ma voiture. S'il vous plaît.

Ana

Inflexible, moi ? N'importe quoi. Si notre réunion se déroule comme prévu, cette attitude insolente sera bientôt de l'histoire ancienne. À cette idée, je capitule.

De : Christian Grey
Objet : Les exaspérés
Date : 24 mai 2011 18:52
À : Anastasia Steele

Très bien. Mon hôtel à 19 heures. Je vous rejoindrai au Marble Bar.

Christian Grey
P-DG, Grey Enterprises Holdings, Inc.

De : Anastasia Steele
Objet : Pas si inflexibles que ça
Date : 24 mai 2011 18:55
À : Christian Grey

Merci.

Ana xx

Et je suis récompensé par un baiser. Malgré l'effet qu'elle me fait, je lui réponds poliment par « Je vous en prie ». Quand je descends à la salle de gym, mon humeur s'est nettement améliorée.

Elle m'a envoyé un baiser...

Mercredi 25 mai 2011

Je commande un verre de sancerre et m'installe au bar. J'ai attendu ce moment toute la journée et je n'arrête pas de consulter ma montre. On dirait un premier rendez-vous ; ce qui est le cas, en un sens. Je n'ai jamais invité une soumise potentielle à dîner. Aujourd'hui, j'ai assisté à plusieurs réunions interminables, acheté une boîte, et viré trois personnes. Mais aucune des activités de ma journée – pas même mes deux joggings et ma séance de gym – n'a pu calmer mon anxiété. Ce pouvoir est entre les mains de Mlle Steele. Je veux sa soumission.

J'espère qu'elle ne sera pas en retard. Je guette l'entrée du bar... et j'ai la bouche sèche. Elle se tient sur le seuil. L'espace d'un instant, je ne la reconnais pas. Elle est divine : ses cheveux soyeux tombent sur une épaule et sont relevés par une pince de l'autre côté, me donnant tout le loisir d'admirer la ligne délicate de sa mâchoire et la courbe sensuelle de sa nuque. Elle porte des talons hauts et un fourreau couleur prune qui met en valeur sa silhouette. Elle est époustouflante.

Je me lève pour aller à sa rencontre.

— Tu es superbe, dis-je en l'embrassant sur la joue.

Fermant les yeux, je me délecte de son parfum. Elle sent merveilleusement bon.

— Une robe, mademoiselle Steele. J'approuve.

Des diamants à ses oreilles compléteraient parfaitement sa tenue ; je devrais lui en acheter une paire. Je lui prends la main et l'entraîne vers un box.

— Tu veux quoi ?

Je suis récompensé d'un sourire.

— La même chose que toi, s'il te plaît.

Bien, elle apprend vite.

— Un autre verre de sancerre, merci. Ils ont une excellente cave ici.

Je prends le temps de l'étudier. Elle s'est très légèrement maquillée. Je me rappelle combien je l'avais trouvée ordinaire la première fois, quand elle était tombée à quatre pattes sur le seuil de mon bureau. Cette fille est tout sauf ordinaire. Avec le maquillage et la robe appropriés, c'est une déesse.

Elle se trémousse sur son siège.

— Nerveuse ?

— Oui.

C'est le grand moment, Grey. Je me penche vers elle, et lui avoue dans un murmure que moi aussi, je suis nerveux. Elle me regarde comme si j'avais trois têtes.

Ouais, je suis humain moi aussi, bébé...

Le serveur pose un verre devant Ana, et deux petites assiettes remplies de fruits secs et d'olives entre nous deux.

Ana redresse les épaules, signe qu'elle s'apprête à avoir une discussion sérieuse, comme le jour où elle est venue m'interviewer.

— Bon, alors on fait comment ? On revoit mes remarques une à une ?

— Toujours aussi impatiente, mademoiselle Steele.

— Tu préfères qu'on parle d'abord de la pluie et du beau temps ?

Oh, cette bouche insolente.

Fais-la mijoter un peu, Grey. Sans la quitter du regard, j'insère une olive dans ma bouche et lèche mon doigt. Ses yeux s'écarquillent et ses pupilles s'assombrissent.

— La météo d'aujourd'hui a été particulièrement dénuée d'intérêt, dis-je avec nonchalance.

— Vous moqueriez-vous de moi, monsieur Grey ?

— En effet, mademoiselle Steele.

Elle pince les lèvres pour s'empêcher de sourire.

— Ce contrat n'a aucune valeur juridique, vous le savez, n'est-ce pas ?

— J'en suis pleinement conscient, mademoiselle Steele.

— Comptiez-vous me le préciser ?

Quoi ? Je ne pensais pas que ce serait nécessaire… en plus, tu l'as compris toute seule.

Tu t'imagines que je t'obligerais à faire quelque chose que tu ne veux pas faire, en te faisant croire que tu y es contrainte par la loi ?

— Eh bien, oui.

Ho !

— Tu n'as donc pas une très haute opinion de moi ?

— Tu n'as pas répondu à ma question.

— Anastasia, peu importe que ce contrat soit légal. Il représente un accord que je souhaiterais conclure avec toi. S'il ne te convient pas, ne signe pas. Si tu signes et que tu changes d'avis par la suite, il y a suffisamment de clauses de rupture anticipée pour te le permettre. Même s'il était juridiquement contraignant, crois-tu que je te ferais un procès si tu décidais de t'enfuir ?

Pour qui elle me prend ? Elle m'observe de ses grands yeux bleus insondables.

Ce que j'aimerais lui faire comprendre, c'est que ce contrat repose avant tout sur la confiance. *Je veux que tu me fasses confiance, Ana.*

Tandis qu'elle boit une grande gorgée de vin, je poursuis mes explications :

— Ce type de relation est fondé sur l'honnêteté et la confiance. Si tu ne me crois pas capable de savoir jusqu'où je peux aller avec toi, jusqu'où je peux t'emmener, et si tu ne peux pas me parler franchement, nous n'irons pas plus loin.

Elle réfléchit à mes paroles.

— C'est très simple, Anastasia. As-tu confiance en moi ou pas ?

Si elle a aussi peu d'estime pour moi, autant en rester là.

Je suis tendu comme un arc.

— As-tu déjà eu ce genre de discussion avec, euh… les quinze ?

— Non.

Pourquoi change-t-elle de sujet ?

— Pourquoi pas ?

— Parce que c'étaient toutes des soumises. Elles savaient ce qu'elles désiraient de moi et ce que j'attendais d'elles. Il ne restait qu'à affiner les détails du contrat.

— Tu as un endroit pour faire ton shopping de soumises ?

Elle hausse un sourcil et j'éclate de rire. Et comme le lapin du magicien, ma tension disparaît aussitôt.

— Pas exactement, dis-je avec un sourire.

— Alors comment les trouves-tu ?

Qu'est-ce qu'elle est curieuse ! Mais je ne veux pas reparler d'Elena. La dernière fois, elle a très mal réagi.

— C'est de ça que tu as envie de parler ? Ou veux-tu que nous passions aux choses sérieuses ? Tes problèmes, comme tu dis.

Elle fronce les sourcils.

— Tu as faim ?

Elle examine les olives d'un air soupçonneux.

— Non.

— Tu as mangé aujourd'hui ?

Elle hésite. *Merde.*

— Non.

J'essaie de contenir ma colère naissante.

— Il faut manger, Anastasia. On peut dîner ici ou dans ma suite, comme tu veux.

Elle ne voudra jamais monter dans ma chambre.

— Je crois qu'on devrait rester en terrain neutre, dans un lieu public.

Comme je m'y attendais, Mlle Steele choisit la prudence.

— Tu crois que ça m'arrêterait ? demandé-je d'une voix rauque.

Elle déglutit.

— J'espère.

Abrège son supplice, Grey.

— Viens, j'ai réservé un salon privé, dis-je en lui tendant la main.

Son regard passe de mon visage à ma main tendue.

— Prends ton vin.

Elle emporte son verre. Lorsque nous quittons le bar, plusieurs hommes séduisants la couvent du regard. C'est la première fois qu'on reluque ma copine... Et je n'aime pas ça du tout.

Sur la mezzanine, un jeune homme en livrée nous conduit au salon que j'ai réservé. Il n'a d'yeux que pour Mlle Steele. D'un simple coup d'œil, je le vire. Un serveur plus âgé invite Ana à s'asseoir et déplie une serviette sur ses genoux.

— J'ai déjà passé la commande. J'espère que ça ne t'ennuie pas.

— Non, c'est très bien.

— Je suis heureux de constater que tu peux parfois être docile. Bon, où en étions-nous ?

— Aux choses sérieuses, déclare-t-elle en prenant une lampée de vin.

Sans doute cherche-t-elle à se donner du courage. Je vais devoir surveiller sa consommation d'alcool car elle conduit ce soir.

Elle pourrait passer la nuit ici, bien sûr... alors je me chargerais de lui enlever cette délicieuse robe prune.

Je me force à me concentrer sur le sujet qui nous occupe – les remarques d'Ana. Je sors son mail de la poche intérieure de ma veste. Elle me regarde avec une telle innocence que je dois réprimer un sourire.

— Clause 1. D'accord. C'est pour notre bien à tous les deux. Je vais corriger.

Elle boit une nouvelle gorgée.

— Maladies sexuellement transmissibles. Toutes mes partenaires précédentes ont subi des analyses sanguines, et je me fais tester deux fois par an pour les risques mentionnés. Toutes mes analyses récentes ont été négatives. Je n'ai jamais pris de drogues. D'ailleurs, je suis violemment antidrogue. J'ai une politique de tolérance zéro dans mon entreprise, et je soumets mon personnel à des analyses aléatoires.

D'ailleurs, l'une des personnes que j'ai renvoyées aujourd'hui avait échoué à ce test.

Elle semble choquée ; tant pis, je continue :

— Je n'ai jamais eu de transfusion. Cela répond-il à tes questions ?

Elle hoche la tête.

— Remarque suivante. Tu peux en effet partir à n'importe quel moment, Anastasia. Je ne t'en empêcherai pas. Toutefois, si tu pars, tout sera fini entre nous. Il faut que tu le saches.

Pas de seconde chance. Jamais.

— D'accord.

Nous nous taisons quand le serveur nous apporte nos entrées. Je regrette presque de ne pas avoir organisé cette réunion dans mon bureau, puis écarte aussitôt cette idée. C'est l'une de mes règles d'or : ne jamais mêler affaires et plaisir. Je n'ai fait qu'une seule exception… avec Elena, qui m'a aidé à monter ma boîte.

— J'espère que tu aimes les huîtres.

— Je n'en ai jamais mangé.

— Vraiment ? Eh bien… Tu n'as qu'à pencher la coquille et à avaler. Je pense que tu ne devrais pas avoir trop de mal à y arriver.

Je fixe sa bouche en me rappelant combien elle est douée à ce petit jeu. Évidemment, elle rougit. Je presse quelques gouttes de citron et fais glisser l'huître entre mes lèvres.

— Mmm… délicieux. Ça a le goût de la mer. Allez !

Je l'encourage, mais je sais qu'elle va relever le défi.

— Je ne mâche pas ?

— Non, Anastasia, tu ne mâches pas.

J'essaie de ne pas penser à ses jolies dents en train de jouer avec la partie préférée de mon anatomie.

Elle mord sa lèvre inférieure, fort.

Bon sang. Mon corps se tend aussitôt, et tous mes sens sont en alerte. Elle soulève la coquille, presse le citron, rejette la tête en arrière, et entrouvre les lèvres. Quand elle a l'huître dans sa bouche, je sens mon sexe se durcir.

— Eh bien ?

— J'en reprends une.

— Bravo, ma belle.

Elle me demande si j'ai délibérément choisi les huîtres, connues pour leurs vertus aphrodisiaques. Je lui réponds que c'était simplement le premier choix du menu, ce qui l'étonne.

— Avec toi, je n'ai pas besoin d'aphrodisiaque.

Ouais, je pourrais te baiser tout de suite.

Un peu de tenue, Grey. Reprends le contrôle des négociations.

— Où en étions-nous ?

Je reviens à la lecture de son mail et me concentre sur les problèmes soulevés. Clause 8.

— M'obéir en toutes choses. Oui, j'y tiens. Considère ça comme un jeu de rôles, Anastasia.

— Mais j'ai peur que tu me fasses mal.

— Mal comment ?

— Physiquement.

— Tu crois vraiment que je te ferais mal ? Que je franchirais les limites de ce que tu ne peux pas supporter ?

— Tu m'as dit que tu avais déjà fait mal à quelqu'un.

— Oui, en effet. Il y a longtemps.

— Comment ?

— Je l'ai suspendue au plafond dans ma salle de jeux. D'ailleurs, c'est l'une de tes questions. La suspension. C'est à ça que servent les mousquetons. L'une des cordes était trop serrée.

Choquée, elle lève les mains pour me faire taire.

— Je ne veux pas en savoir davantage. Tu ne vas pas me suspendre ?

— Non, si tu ne veux pas. Ça peut faire partie des limites à ne pas franchir.

— D'accord.

Elle paraît soulagée. *Change de sujet, Grey.*

— L'obéissance, tu penses pouvoir y arriver ?

Elle me regarde avec ces grands yeux innocents, qui semblent plonger au plus profond de mon âme obscure. J'ai peur de ce qu'elle va dire. *Tout peut s'arrêter là.*

— Je peux essayer, répond-elle d'une toute petite voix.

C'est à mon tour d'être soulagé. *Tu es toujours de la partie, Grey.*

— Bon. Maintenant, le terme. Un mois au lieu de trois, ce n'est rien du tout, surtout si tu te gardes un week-end par mois. Je ne pense pas que je pourrai me passer de toi aussi longtemps. J'ai déjà assez de mal maintenant.

On n'ira pas loin en si peu de temps. Elle a besoin d'être formée et je n'ai aucune intention de la laisser s'éloigner de moi. Peut-être un compromis, comme elle le suggérait ?

— Et si tu te prenais un jour de week-end par mois, avec un jour en semaine pour moi cette semaine-là ?

— D'accord, dit-elle, après une minute de réflexion. *Parfait.*

— Et s'il te plaît, essayons pour trois mois. Si ça ne te plaît pas, tu peux partir quand tu veux.

— Trois mois ?

Elle est d'accord ? Je prends ça pour un « oui » et je passe à la suite.

— Cette histoire de propriété, c'est simplement une question de terminologie, ça renvoie au principe de l'obéissance. C'est pour te mettre dans l'état d'esprit qui convient. Mais je veux que tu comprennes que dès l'instant où tu franchiras mon seuil en tant que soumise, je ferai ce qui me plaît de toi. Tu dois l'accepter de ton plein gré. Voilà pourquoi tu dois me faire confiance. Je vais te baiser à n'importe quel moment, comme il me plaira, où je veux. Je vais te discipliner, parce que tu feras des bêtises. Je vais te dresser à me satisfaire. Mais je sais bien que tu n'as jamais fait ça. Au début, on ira doucement, je t'aiderai. Nous élaborerons divers scénarios. Je veux que tu me fasses confiance, mais je sais que je dois mériter cette confiance, et j'y arriverai. User de ton corps sexuellement « ou autrement », encore une fois, c'est pour t'aider à te mettre dans l'état d'esprit qui convient. Ça veut dire que tout est possible.

Sacré discours, Grey ! Elle semble sous le choc.

— Tu me suis toujours ?

Le serveur arrive pour débarrasser notre table.

— Veux-tu encore un peu de vin ?

— Je dois conduire.

Bonne réponse.

— Alors de l'eau ?

Elle acquiesce.

— Plate ou gazeuse ?

— Gazeuse, s'il te plaît.

Le serveur s'éclipse avec nos assiettes.

— Tu ne dis pas grand-chose.

— Tu parles beaucoup, réplique-t-elle du tac au tac.

Un point pour vous, mademoiselle Steele.

Reste le dernier problème de sa liste : la clause 14. Je prends une grande inspiration.

— Discipline. Il y a une limite très ténue entre le plaisir et la douleur, Anastasia. Ce sont les deux revers de la même médaille, l'un n'existe pas sans l'autre. Je peux te prouver à quel point la douleur peut être un plaisir. Tu ne me crois pas pour l'instant, mais voilà ce que j'entends par confiance. Il y aura de la douleur, mais rien que tu ne puisses supporter. Tu me fais confiance, Ana ?

— Oui.

Sa réponse est totalement inattendue. *Ai-je déjà gagné sa confiance ?*

— Très bien, alors. Le reste, ce sont des détails.

— Des détails importants.

Elle a raison. *Ne te déconcentre pas, Grey.*

— D'accord, parlons-en.

Le serveur revient avec nos plats principaux.

— Tu aimes le poisson, j'espère.

La morue est très appétissante. Ana en prend une bouchée. *Enfin, elle mange !*

— Les règles. Parlons-en. Donc, la liste d'aliments autorisés, c'est pour toi une raison suffisante de ne pas conclure l'accord ?

— Oui.

— Et si je modifie le contrat pour dire que tu dois manger au moins trois repas par jour ?

— Non.

Réprimant un soupir exaspéré, j'insiste :

— Je ne veux pas que tu sois affamée.

Elle fronce les sourcils.

— Fais-moi confiance là-dessus.

— Vous marquez encore un point, mademoiselle Steele.

Il paraît évident que je ne gagnerai pas toutes les batailles.

— Je cède sur la nourriture et le sommeil.

Elle m'adresse un petit sourire. *Soulagée ?*

— Pourquoi n'ai-je pas le droit de te regarder ?

— Ça fait partie du protocole. Tu t'y habitueras.

Elle fronce de nouveau les sourcils. Cette fois, elle semble peinée.

— Pourquoi je ne peux pas te toucher ?

— Parce que tu ne peux pas.

Fais-la taire, Grey.

— À cause de Mrs Robinson ?

Quoi ?

— Pourquoi t'imagines-tu ça ? Tu penses qu'elle m'a traumatisé ?

Elle hoche la tête.

— Non, Anastasia, ça n'est pas pour cette raison. En plus, Mrs Robinson ne m'aurait jamais permis ce genre de caprice.

— Donc, ça n'a rien à voir avec elle.

— Non.

Je ne supporte pas qu'on me touche. *Et bébé, crois-moi, inutile que tu saches pourquoi.*

— Et je ne veux pas que tu te touches non plus.

— Par curiosité, pourquoi ?

— Parce que je veux que tu me doives tout ton plaisir.

J'ai envie d'elle maintenant. Je pourrais la baiser ici pour voir si elle est capable de garder le silence, sachant que le personnel de l'hôtel et les clients pourraient l'entendre… Après tout, c'est pour cette raison que j'ai réservé ce salon.

Elle ouvre la bouche pour parler, mais la referme aussitôt et prend une nouvelle bouchée. Elle n'a pratiquement pas touché à son assiette.

— Je t'ai donné beaucoup à réfléchir, n'est-ce pas ?

Je replie la page de son mail et la glisse dans ma poche intérieure.

— Oui.

— Tu veux qu'on passe aux limites à négocier ?

— Pas en mangeant.

— Tu trouves ça dégoûtant ?

— Un peu.

— Tu n'as pas beaucoup mangé.

— Je n'ai plus faim.

Toujours la même rengaine.

— Trois huîtres, quatre bouchées de morue, une asperge, pas de pommes de terre, et en plus tu n'as rien mangé de la journée. Tu m'as pourtant dit que je pouvais te faire confiance.

Ses yeux s'arrondissent de stupeur.

Ouais, je tiens les comptes, Ana.

— Christian, je t'en prie, je n'ai pas ce genre de conversation tous les jours.

— Il faut que tu restes en bonne santé, Anastasia.

Mon ton est sans appel.

— Je sais.

— Et maintenant, j'ai envie de t'enlever cette robe.

— Je crois que ce n'est pas une bonne idée, souffle-t-elle. Nous n'avons pas encore mangé le dessert.

— Tu veux du dessert ? Alors que tu n'as pas touché au plat principal ?

— Oui.

— C'est toi que je veux comme dessert.

— Je ne suis pas sûre d'être assez sucrée.

— Anastasia, tu es délicieuse, j'en sais quelque chose.

— Christian, tu te sers du sexe comme d'une arme. Ça n'est vraiment pas juste.

Elle baisse les yeux ; son visage prend une expression amère. Quand elle relève la tête, son regard bleu azur me trouble… et m'excite.

— Tu as raison. Dans la vie, on tire parti de ses talents, Anastasia. Ça ne change rien au fait que j'aie envie de toi. Ici. Maintenant.

Et on pourrait baiser, là, tout de suite. Je sais que tu en as envie, Ana. Ta respiration s'est accélérée.

— J'ai envie d'essayer quelque chose.

Je veux vraiment savoir si elle est capable de garder cette jolie bouche fermée, si elle n'a pas peur des nouvelles expériences.

Son front se plisse de nouveau. Elle est troublée.

— Si tu étais ma soumise, tu n'aurais pas à réfléchir. Tout deviendrait tellement plus simple. Toutes ces décisions, tous ces processus mentaux épuisants… Est-ce une bonne idée ? Peut-on faire ça ici ? Maintenant ? Tu n'aurais plus à te préoccuper de ces détails. Ce serait à moi de m'en charger, en tant que Dominant. Et, en ce moment, je sais que tu as envie de moi, Anastasia, conclus-je d'une voix tentatrice.

Elle repousse ses cheveux en arrière et se passe la langue sur les lèvres. *Oh oui. Elle a envie de moi.*

— Je le sais, parce que… ton corps te trahit. Tu serres les cuisses, tu rougis, tu respires plus vite.

— Comment sais-tu, pour mes cuisses ? demande-t-elle, stupéfaite.

— Je sens la nappe qui bouge, et j'en tire la conclusion qui s'impose en me fondant sur plusieurs années d'expérience. J'ai raison, n'est-ce pas ?

Elle rougit puis détourne les yeux.

— Je n'ai pas terminé mon poisson, dit-elle, les joues roses.

— Entre moi et le poisson, c'est le poisson que tu préfères ?

— Je croyais que tu tenais à ce que je finisse tout ce qu'il y a dans mon assiette ?

— En ce moment, mademoiselle Steele, je me fous de votre assiette.

— Christian, tu ne te bats pas à la loyale.

— Je sais. J'ai toujours été comme ça.

Nous nous affrontons du regard, tous deux conscients de la tension sexuelle entre nous.

S'il te plaît, tu pourrais obéir, pour une fois ? Je l'implore des yeux. Mais les siens brillent d'une lueur rebelle et un sourire malicieux étire ses lèvres.

À quoi elle joue ? Très lentement, elle approche une asperge de sa bouche et en suce la pointe. Putain, elle me provoque – une tactique dangereuse, qui va m'obliger à la baiser sur la table.

Ne vous arrêtez surtout pas, mademoiselle Steele. Je la regarde, fasciné par son audace.

— Anastasia, tu fais quoi, là ?

— Je mange une asperge, répond-elle, mutine.

— Je crois que vous vous moquez de moi, mademoiselle Steele.

294

— Je ne fais que terminer mon repas, monsieur Grey.

Ses lèvres se retroussent lentement, à la manière d'une tigresse. La température qui règne entre nous grimpe encore de plusieurs degrés. Elle n'a vraiment aucune idée de son pouvoir de séduction… Je suis sur le point de lui sauter dessus quand le serveur entre.

C'était moins une. J'attends qu'il ait terminé sa tâche pour reporter mon attention sur Mlle Steele. Mais son front est de nouveau barré d'un petit « v » soucieux. Et elle baisse les yeux.

Qu'est-ce qui lui arrive ?

— Tu veux un dessert ?

— Non merci. Je pense que je vais y aller, ajoute-t-elle en fixant ses mains.

— Tu t'en vas ?

Elle s'en va ?

Le serveur s'éclipse avec nos assiettes.

— Oui, déclare Ana en se levant.

En gentleman, je l'imite aussitôt.

— Et nous assistons tous deux à la remise des diplômes demain, dit-elle.

Ce n'est pas du tout ce que j'avais en tête.

— Je ne veux pas que tu t'en ailles.

C'est la pure vérité.

— S'il te plaît… il le faut.

— Pourquoi ?

— Parce que tu m'as donné beaucoup à réfléchir… j'ai besoin de recul.

Ses yeux me supplient de la laisser partir.

Nous sommes déjà allés très loin dans la négocia-tion. Nous avons trouvé des compromis. Cette his-toire doit marcher. *Je veux que ça marche.*

— Je pourrais te forcer à rester, dis-je, convaincu de pouvoir la séduire ici même, tout de suite.

— Oui, facilement, mais je ne veux pas.

La partie est perdue, Grey, tu as joué toutes tes cartes. Ce n'est pas du tout comme ça que j'envisa-geais la fin de la soirée. Frustré, je me passe la main dans les cheveux.

— Tu sais, quand tu as déboulé dans mon bureau à quatre pattes, tu n'arrêtais pas de répéter « oui, monsieur », « non, monsieur », ce qui m'a fait croire que tu étais soumise de nature. Mais, très franchement, Anastasia, je ne suis pas certain qu'il y ait un gramme de soumission dans ton corps déli-cieux.

Je franchis les quelques mètres qui nous séparent et me perds dans son regard bleu et déterminé.

— Tu as sans doute raison.

Non, non, je ne veux pas avoir raison.

— Je veux tout de même avoir la possibilité d'explorer cette éventualité, dis-je en lui caressant la lèvre inférieure du pouce. Je ne connais rien d'autre, Anastasia. Je suis fait comme ça.

— Je sais.

Je me penche pour l'embrasser, attendant qu'elle m'offre ses lèvres. Je ferme les yeux, je veux lui don-ner un baiser chaste, mais quand nos bouches se trouvent, elle se presse contre mon torse et enfouit ses mains dans mes cheveux. Son baiser est urgent, sa langue avide. Enflammé par son audace, je la plaque contre moi et réponds avec ardeur à son baiser.

Le corps tendu de désir, je murmure :

— Je ne peux pas te convaincre de rester ?

— Non.

— Passe la nuit avec moi.

— Sans te toucher ? Non.

Merde. Les ténèbres envahissent mes entrailles. Je les ignore.

— Tu es impossible. Pourquoi ai-je l'impression que tu me quittes ?

— Parce que je m'en vais.

— Ce n'est pas ce que je veux dire, et tu le sais très bien.

— Christian, j'ai besoin de réfléchir. Je ne sais pas si je peux accepter le genre de relation que tu me proposes.

Je ferme les yeux et pose mon front contre le sien.

À quoi tu t'attendais, Grey ? Elle n'appartient pas à ton monde.

Je prends une profonde inspiration, embrasse son front, plonge le nez dans ses cheveux pour respirer leur douce odeur d'automne. Et la graver à tout jamais dans ma mémoire.

Bon, ça suffit. Je recule d'un pas et la libère à contrecœur.

— Comme vous voulez, mademoiselle Steele. Je vous raccompagne.

Je lui tends la main, peut-être pour la dernière fois – étonnamment, cette idée m'est très pénible. Elle glisse sa main dans la mienne, et nous nous dirigeons vers la réception sans un mot.

— Vous avez votre ticket de voiturier ?

Je parle d'un ton calme et posé, mais intérieurement, je bous.

Elle sort le ticket de son sac et me le confie. Je le donne au portier.

— Merci pour le dîner.

— Ce fut un plaisir, comme toujours, mademoiselle Steele.

Ça ne peut pas se terminer comme ça. Je dois lui montrer – lui prouver que notre histoire a un sens, que nous devons être ensemble. Lui montrer ce que nous pouvons faire dans la salle de jeux. Alors, seulement, elle saura. C'est l'unique moyen de sauver cette relation.

— Tu t'installes ce week-end à Seattle. Si tu prends la bonne décision, on peut se voir dimanche ?

— On verra. Peut-être.

Ce n'est pas un « non ».

Je remarque la chair de poule sur ses bras.

— Il fait plus frais maintenant, tu n'as pas de veste ?

— Non.

Cette jeune fille a vraiment besoin qu'on s'occupe d'elle. J'enlève ma veste.

— Tiens, je ne veux pas que tu prennes froid.

Je la pose sur ses épaules. Elle la serre contre elle en fermant les yeux, puis inspire profondément.

Est-elle attirée par mon odeur ? Comme je suis ensorcelé par la sienne ? Peut-être que tout n'est pas perdu.

Le voiturier gare une vieille Coccinelle devant nous. D'où sort cette poubelle ?

— C'est dans ça que tu circules ?

Cette bagnole est plus vieille que grand-pa Theodore ! Le voiturier me tend les clés en échange d'un pourboire généreux.

— Il est en état de rouler, ce tas de ferraille ?

Je fusille Ana du regard. Comment m'assurer de sa sécurité si elle se déplace dans un cercueil ambulant ?

— Oui.

— Elle peut se rendre jusqu'à Seattle ?

— Oui, bien sûr.

— Sans danger ?

— Oui, réplique-t-elle. D'accord, c'est une vieille bagnole. Mais c'est la mienne, et elle est en état de rouler. Mon beau-père me l'a offerte.

Quand je lui suggère qu'on pourrait trouver mieux, elle change immédiatement d'expression. Elle est en colère.

— Pas question que tu m'achètes une voiture !

— On verra.

Je m'efforce de garder mon calme.

Je lui ouvre la portière en me demandant si Taylor ne pourrait pas la ramener chez elle. Merde, j'oubliais qu'il a pris sa soirée.

Elle baisse sa vitre… avec une lenteur infernale. *C'est pas croyable !*

— Au revoir, Christian, bredouille-t-elle, comme si elle se retenait de pleurer.

Bon sang. En la voyant s'éloigner dans cette boîte de conserve, ma colère et mon inquiétude se muent en impuissance.

La reverrai-je un jour ?

J'ai l'air d'un imbécile, seul sur le trottoir, à regarder ses phares disparaître dans la nuit.

Putain. Pourquoi ça a mal tourné ?

Je regagne l'hôtel d'un pas traînant. Je commande une bouteille de sancerre et l'emporte dans ma chambre. Mon ordinateur portable est toujours ouvert sur mon bureau. Avant même d'ouvrir le vin, je m'assois pour lui écrire un mail.

De : Christian Grey
Objet : Ce soir
Date : 25 mai 2011 22:01
À : Anastasia Steele

Je ne comprends pas pourquoi tu t'es enfuie ce soir. J'espère sincèrement avoir répondu à toutes tes questions. Je sais que je t'ai donné beaucoup à réfléchir, et j'espère de tout cœur que tu prendras sérieusement en considération ma proposition. Je veux vraiment que ça marche entre nous. Nous irons doucement.
Fais-moi confiance.

Christian Grey
P-DG, Grey Enterprises Holdings, Inc.

Je jette un coup d'œil à ma montre. Il lui faut vingt minutes pour rentrer chez elle, quoique avec cette caisse pourrie, ce sera probablement plus long. J'envoie un mail à Taylor.

De : Christian Grey
Objet : Audi A3
Date : 25 mai 2011 22:04
À : JB Taylor

J'ai besoin que l'Audi soit livrée demain.
Merci de faire le nécessaire.

Christian Grey
P-DG, Grey Enterprises Holdings, Inc.

Le sancerre débouché, je me sers, puis je reprends mon livre, et tente de me concentrer sur ma lecture. Mon regard est sans cesse attiré par l'écran. Pourquoi ne répond-elle pas ?

Au bout de quelques minutes, mon angoisse est à son comble. Elle devrait avoir répondu !

À 23 heures, je lui envoie un SMS.

« Tu es bien rentrée ? »

Toujours pas de réponse. Elle est peut-être allée directement dormir. Peu avant minuit, je lui envoie un autre message.

De : Christian Grey
Objet : Ce soir
Date : 25 mai 2011 23:58
À : Anastasia Steele

J'espère que tu es bien rentrée dans ton épave.
Dis-moi que tout va bien.

Christian Grey
P-DG, Grey Enterprises Holdings, Inc.

Demain, à la remise des diplômes, je la verrai et saurai si elle veut de moi ou pas. Je vais me coucher avec cette idée déprimante, les yeux rivés au plafond.

Tu as tout fait foirer, Grey.

Jeudi 26 mai 2011

Maman est partie. Parfois, elle s'en va.
Et il n'y a plus que moi. Moi, mes petites voi-
tures et ma couverture doudou.
Quand elle rentre à la maison, elle dort sur le
canapé. Le canapé marron tout collant. Elle
est fatiguée. Je la recouvre avec ma couverture
doudou.
Ou alors elle revient avec des trucs à manger.
C'est les jours que j'aime le plus.
On mange du pain et du beurre. Et parfois
des macaronis au fromage. Mon plat préféré.
Aujourd'hui, maman n'est pas là. Je joue avec
mes petites voitures. Elle va revenir. Oui.
Quand maman va revenir ?
Il fait noir maintenant, et maman n'est pas là.
Je peux atteindre la lumière en montant sur le
tabouret.
Allumé. Éteint. Allumé. Éteint. Allumé. Éteint.
Jour. Nuit. Jour. Nuit. Jour.
J'ai faim. Je mange le fromage. Dans le frigo.
Du fromage avec des poils bleus.
Elle va rentrer quand, maman ?

Des fois, elle rentre à la maison avec lui. Je le déteste. Je me cache quand il arrive. Ma cachette préférée, c'est la penderie de maman. Il sent maman. L'odeur de maman quand elle rit. Elle rentre quand, maman ?

Mon lit est tout froid. J'ai faim. J'ai ma couverture doudou et mes petites voitures, mais pas ma maman. Elle arrive quand, maman ?

Je me réveille en sursaut. *Merde. Merde. Merde.*

Je hais mes rêves. Ils sont pleins de souvenirs douloureux, déformés, d'une époque que je voudrais oublier. Mon cœur bat à tout rompre et je suis trempé de sueur. Mais le pire, c'est l'angoisse qui m'étreint au réveil.

Mes cauchemars sont devenus plus fréquents ces derniers temps, et plus prégnants. Je ne sais pas pourquoi. Maudit Flynn – il ne revient pas avant la semaine prochaine. Je me passe les deux mains dans les cheveux et regarde l'heure. 5 h 38. Les premières lueurs de l'aube filtrent à travers les rideaux. Il est presque l'heure de se lever.

Va courir, Grey.

Toujours pas de réponse d'Ana. Plus je cours, plus j'angoisse. *Laisse tomber, Grey. C'est pourtant simple : lâche cette fille !*

Je sais que je la verrai à la cérémonie de remise des diplômes, mais c'est plus fort que moi – avant de me doucher, je lui envoie un deuxième SMS.

« Appelle-moi. »

J'ai besoin de savoir qu'elle est arrivée saine et sauve.

Après le petit déjeuner, toujours aucune nouvelle d'Ana. Pour me la sortir de la tête, je travaille deux heures sur mon discours inaugural. Lors de la cérémonie, je rendrai hommage à l'extraordinaire travail du département des sciences environnementales et aux progrès qu'ils ont réalisés en partenariat avec GEH pour mettre au point des techniques agraires pour les pays en voie de développement.

« Nourrir les affamés, c'est une cause qui vous tient à cœur ? » Les paroles d'Ana flottent encore dans ma tête, repoussant mon cauchemar de la nuit passée.

Je décide de balancer ce discours et de le réécrire entièrement. Le premier jet que m'a envoyé Sam, mon attaché de presse, me fait passer pour un prétentieux. Il me faut une heure pour insuffler un peu d'humanité à ce charabia journalistique.

9 h 30. Le silence persistant d'Ana m'inquiète. Je l'appelle, et tombe directement sur sa messagerie. Je raccroche.

Un peu de dignité, Grey.

Un « ping » accélère mon rythme cardiaque – mais le message est de Mia. Malgré mon désarroi, je souris. Ma petite sœur m'a manqué.

De : Mia G. Chef Extraordinaire
Objet : Mon vol
Date : 26 mai 2011 18 h 32 GMT-1
À : Christian Grey

Salut Christian,

J'ai hâte de partir d'ici ! Viens me sauver par pitié !
Mon numéro de vol samedi est le AF3622. J'atterris à
12 h 22 et papa me fait voyager en classe éco ! Je boude !
J'ai une tonne de bagages. J'adooooore la mode à Paris.
Maman dit que tu as une petite amie ?! C'est vrai ? De quoi
elle a l'air ?

JE VEUX TOUT SAVOIR.

À samedi. Tu me manques.

Mxxxxxxx

Ben voyons ! Ma mère est une vraie pipelette. Ana
n'est pas ma petite amie. Et samedi, je vais devoir
faire taire ma petite sœur, qui parle à tort et à travers,
qui plus est avec un optimisme horripilant. Elle peut
être épuisante, parfois. Je note son numéro de vol et
son heure d'arrivée, et lui confirme que je serai là.

À 9 h 45, je me prépare pour la cérémonie. Costume gris, chemise blanche, et bien sûr, *la* cravate.
Un rappel subtil à Mlle Steele de ma détermination,
et des bons moments passés ensemble.

Ouais, de très bons moments… Une image d'Ana,
ligotée et pantelante, s'insinue dans mon esprit. *Bon
sang.* Pourquoi elle n'appelle pas ? J'appuie sur la
touche bis de mon portable.

Toujours rien.

À 10 heures précises, on frappe à ma porte. C'est
Taylor.

— Bonjour, Taylor.

— Monsieur Grey.

— Comment s'est passée votre journée d'hier ?

— Bien, monsieur.

Le comportement de Taylor change imperceptiblement, son expression se fait plus chaleureuse. Il pense sûrement à sa fille.

— Sophie va bien ?

— C'est un ange, monsieur. Et elle travaille très bien à l'école.

— Je suis ravi de l'apprendre.

— L'A3 sera à Portland en fin d'après-midi.

— Excellent. Allons-y.

Même si je me refuse à l'admettre, je suis impatient de voir Mlle Steele.

La secrétaire du président nous fait entrer dans une petite pièce attenante à l'auditorium de la Washington State University. Elle s'empourpre, comme une certaine jeune femme que je connais intimement. Les professeurs, le personnel administratif et quelques étudiants triés sur le volet prennent un café avant la cérémonie. Parmi ces derniers, je m'étonne de reconnaître Kate Kavanagh.

— Bonjour, Christian.

Juchée sur ses hauts talons, elle s'avance vers moi avec assurance. Elle a revêtu sa toge et affiche un sourire satisfait. Sans doute a-t-elle vu Ana.

— Bonjour, Katherine. Comment allez-vous ?

— Vous semblez surpris de me voir ici, dit-elle, offensée. Je suis major de ma promotion. Elliot ne vous l'avait pas dit ?

— Non.

On ne couche pas ensemble, pour l'amour du ciel.

— Félicitations.

— Merci.

Son ton n'a rien d'amical.

— Ana est là ?

— Elle vient avec son père. Elle ne devrait pas tarder.

— Vous l'avez vue ce matin ?

— Oui. Pourquoi ?

— Je voulais m'assurer qu'elle était bien rentrée hier soir dans la poubelle qui lui sert de voiture.

— Wanda. Elle l'appelle Wanda. Et oui, elle est bien rentrée.

Elle semble surprise par ma question.

— Je suis heureux de l'apprendre.

Au même moment, le président nous rejoint et, après un signe de tête poli à Kavanagh, m'entraîne pour me présenter aux autres universitaires.

Je suis soulagé qu'Ana soit saine et sauve, mais furieux qu'elle n'ait pas répondu à mes messages. Ce n'est pas bon signe. Mais je n'ai pas le temps de réfléchir à la situation – l'un de ses professeurs m'informe qu'il est temps de débuter la cérémonie et m'invite à le suivre.

Dans un moment de faiblesse, je tente une nouvelle fois de joindre Ana sur son portable. Je tombe encore sur sa messagerie. Et je suis interrompu par Kavanagh.

— J'ai hâte d'entendre votre discours inaugural.

L'auditorium est plus grand que je ne le pensais, et plein à craquer. Lorsque nous montons sur scène, tout le monde se lève et applaudit. Puis les applaudissements se transforment en brouhaha, tandis que chacun se rassoit.

Pendant que le président souhaite la bienvenue à l'assemblée, j'en profite pour parcourir l'assistance du regard. Les étudiants sont aux premiers rangs, tous vêtus de la toge noir et rouge de la WSU. *Où est-elle ?* J'inspecte méthodiquement chaque rangée.

Ah, vous voilà, mademoiselle Steele. Planquée au deuxième rang. En vie. Je me sens stupide de m'être tant inquiété pour elle. Son regard bleu étincelant se rive au mien, et ses joues se colorent d'une charmante teinte rose.

Oui, je t'ai repérée. Et tu n'as pas répondu à mes messages. L'idée qu'elle m'évite me rend furieux. Vraiment fou de rage ! Je ferme les yeux, imagine faire tomber des gouttes de cire brûlante sur ses seins tout en la regardant se tortiller sous cette délicieuse torture. Cette vision a un effet radical sur mon corps.

Bon sang. Reprends-toi, Grey.

Je chasse Ana et mes pensées salaces de mon esprit pour me concentrer sur les orateurs.

Katherine Kavanagh fait un discours inspiré sur l'importance de savoir saisir sa chance – *oui, carpe diem, Kate* –, ce qui lui vaut une ovation du public. C'est à l'évidence une jeune femme intelligente, populaire, et sûre d'elle. Aucune comparaison possible avec la timide et discrète Mlle Steele, qui préfère se mettre en retrait. C'est un miracle que ces deux-là soient amies.

Le président vient de m'annoncer. Je me lève et prends place devant le pupitre.

À toi de jouer, Grey.

— Je suis profondément touché et reconnaissant de l'honneur que me fait la Washington State University aujourd'hui. Cela me permet de vous faire connaître le travail impressionnant réalisé par le département des sciences de l'environnement, ici même. Nous cherchons à mettre au point des méthodes agricoles viables et écologiquement durables dans les pays en voie de développement, afin d'aider à éradiquer la faim et la pauvreté dans le monde. Plus d'un milliard de personnes, surtout en Afrique subsaharienne, en Asie du Sud-Est et en Amérique latine, vivent dans une pauvreté abjecte. Les dysfonctionnements de l'agriculture, endémiques dans ces régions du globe, provoquent des ravages écologiques et sociaux terribles. J'ai moi-même connu la faim. Ce projet représente donc un enjeu très personnel pour moi.

» En tant que partenaires, la WSU et GEH ont réalisé d'énormes progrès dans la fertilisation des sols et les technologies agroalimentaires. Nous sommes des pionniers dans l'agriculture à faible niveau d'intrants pour les pays en voie de développement, et les récoltes de nos sites d'expérimentation ont augmenté de trente pour cent par hectare. La WSU a activement participé à ces formidables réalisations. Et GEH est fier des étudiants venus en stage chez nous pour travailler sur nos sites en Afrique. La tâche qu'ils ont accomplie a beaucoup apporté aux communautés locales, et eux-mêmes ont vécu une grande expérience. Ensemble, nous pouvons combattre la faim et la pauvreté qui sévissent dans ces régions.

» Mais dans cette ère d'évolution technologique, alors que le monde poursuit sa course folle, et que l'écart entre riches et pauvres ne cesse de se creuser, il est vital de ne pas gaspiller les ressources de notre planète. Ces ressources appartiennent à l'humanité tout entière, nous devons donc les maîtriser, trouver les moyens de les renouveler, et développer des solutions nouvelles pour nourrir les populations.

» GEH et WSU œuvrent ensemble pour apporter ces solutions, et il est de notre devoir de transmettre ce message à tous. C'est grâce au secteur des télécommunications de GEH que nous pourrons diffuser l'information et la connaissance aux pays en voie de développement. Je suis fier des immenses progrès que nous avons déjà réalisés dans l'énergie solaire, l'autonomie de fonctionnement, et la communication sans fil. Grâce à cette dernière, nous fournirons Internet dans les parties les plus reculées du monde – avec pour objectif l'accès gratuit à tous. L'éducation et l'information, que nous considérons ici comme acquis, sont également l'une des clés pour endiguer la pauvreté dans ces régions du globe.

» Nous avons de la chance. Nous sommes tous des privilégiés dans ce pays. Certains le sont plus que d'autres, et je m'inclus dans cette catégorie. Nous avons l'obligation morale d'offrir aux moins fortunés une existence décente – être en bonne santé, manger à sa faim, être en sécurité – et leur proposer davantage de ressources, comme nous en bénéficions ici.

» Je terminerai par une citation qui a toujours eu beaucoup de résonance en moi. Je paraphrase ici un

Indien d'Amérique : « Ce n'est que quand la dernière feuille sera tombée, que le dernier arbre sera mort, et que le dernier poisson aura été pêché, que nous comprendrons que l'argent ne se mange pas. »

Je m'assois sous les applaudissements nourris de l'assemblée, et résiste à l'envie de regarder Ana, concentrant mon attention sur la bannière de la WSU accrochée au fond de l'auditorium. Si elle veut m'ignorer, qu'elle m'ignore. Moi aussi, je peux jouer à ce petit jeu-là.

Le vice-président se lève et commence la distribution des diplômes. L'attente est interminable jusqu'à la lettre S…

Au bout d'une éternité, on appelle son nom :

— Anastasia Steele.

Elle monte sur l'estrade et se dirige vers moi, préoccupée.

À quoi pense-t-elle ? *Ne flanche pas, Grey.*

— Félicitations, mademoiselle Steele, dis-je en lui tendant son diplôme.

Je lui serre la main, et la retiens un instant dans ma paume.

— Votre ordinateur est en panne ?

Elle paraît perplexe.

— Non.

— Donc, c'est que vous ne répondez pas à mes mails ?

— Je n'ai vu que celui concernant la fusion-acquisition en cours.

Quoi ? Qu'est-ce que ça veut dire ? Elle se rembrunit, et je suis contraint de la laisser partir – une file s'est formée derrière elle.

— À plus tard, mademoiselle Steele.

Soyons clairs, cette conversation n'est pas terminée.
Lorsque j'en arrive aux derniers étudiants, je suis au purgatoire. J'ai été reluqué par des dizaines d'étudiantes qui battent des cils et gloussent bêtement. Cinq d'entre elles m'ont même glissé un bout de papier avec leur numéro de téléphone. Je suis soulagé de quitter la scène avec les autres membres de la fac, dans le brouhaha et sous les applaudissements.

En coulisses, j'agrippe le bras de Kavanagh.

— Je dois parler à Ana. Vous pouvez aller la chercher ? Tout de suite. (Devant son air interloqué, j'ajoute le plus poliment possible :) S'il vous plaît.

Malgré sa désapprobation, elle laisse passer la fin du cortège et retourne dans l'auditorium. Le président vient me féliciter pour mon discours.

— C'était un honneur d'avoir été invité aujourd'hui.

Repérant Kate du coin de l'œil – avec Ana –, je prends congé du président en lui serrant une nouvelle fois la main et me dirige à grands pas vers Ana.

— Merci, dis-je à Kate, qui jette à son amie un regard inquiet.

Ignorant Kavanagh, j'empoigne Ana par le coude et la pousse dans la première pièce que je trouve. C'est un vestiaire pour hommes, et d'après l'odeur de propreté qu'il dégage, j'en déduis qu'il est vide. Après avoir verrouillé la porte, je me tourne vers Mlle Steele.

— Pourquoi n'as-tu pas répondu à mes mails et à mes SMS ?

Elle cligne plusieurs fois des yeux.

— Je n'ai pas allumé mon ordinateur aujourd'hui ni mon téléphone.

Elle semble sincèrement étonnée par ma virulence.

— C'était très bien, ton discours, ajoute-t-elle.

— Merci.

Je ne comprends pas pourquoi elle n'a pas pu consulter son portable ou ses mails.

— Explique-moi tes problèmes avec la nourriture, s'enquiert-elle doucement – et, si je ne m'abuse, avec une pointe de commisération.

— Anastasia, je n'ai pas envie de parler de ça pour l'instant.

Je ne veux pas de ta pitié. Je ferme les yeux. Et dire que tout ce temps, j'ai cru qu'elle ne voulait pas me parler.

— J'étais inquiet pour toi.

— Inquiet ? Pourquoi ?

— J'avais peur que tu aies eu un accident dans cette épave qui te sert de voiture.

Et je pensais que tu refusais ma proposition.

— Je te demande pardon, mais ma bagnole est en bon état. José la révise régulièrement.

— Le photographe ?

De mieux en mieux !

— Oui, la Coccinelle appartenait à sa mère.

— Et sans doute à la mère de sa mère, et à sa mère à elle avant ça. C'est un danger public, cette bagnole.

Je crie presque.

— Je roule avec depuis plus de trois ans. Mais je suis désolée que tu te sois autant inquiété. Pourquoi ne m'as-tu pas appelée ?

J'ai appelé sur son portable. Elle ne se sert donc pas de ce foutu téléphone ? Elle parle du fixe de chez elle ? Exaspéré, je me passe la main dans les cheveux en inspirant profondément.

— Anastasia, j'ai besoin que tu me répondes. Ça me rend fou, d'attendre comme ça…

Elle se décompose. *Merde.*

— Christian, je… écoute, j'ai laissé mon beau-père tout seul.

— Demain. Je veux une réponse d'ici demain.

— D'accord. Demain, je te dirai.

Bon, ce n'est toujours pas un « non ». Et une nouvelle fois, je suis surpris d'être à ce point soulagé.

Mais qu'est-ce qu'elle a de spécial, cette fille ? Elle m'observe avec ses grands yeux innocents, l'air sincèrement inquiet. Je résiste à mon envie de la toucher.

— Tu restes prendre un verre ?

— Ça dépend de Ray.

— Ton beau-père ? J'aimerais faire sa connaissance.

Je vois le doute dans son regard.

— Je ne crois pas que ce soit une bonne idée, dit-elle alors que je déverrouille la porte.

Quoi ? Pourquoi ? Parce que maintenant elle sait que je sors du caniveau ? Et combien j'aime baiser ? Parce que je suis un monstre ?

— Tu as honte de moi ?

— Non ! Je te présente comment ? « Papa, voici l'homme qui m'a déflorée et qui veut entamer une relation sado-maso avec moi ? » J'espère que tu cours vite.

Si je cours vite ? Son père viendrait me demander des comptes ? Par son humour, Ana a allégé la tension entre nous. Je m'efforce de lui sourire et son visage s'éclaire comme un matin d'été.

— Sache que je cours très vite, en effet. Tu n'as qu'à lui dire que je suis un ami, Anastasia.

J'ouvre la porte et la suis, mais nous tombons sur le président de l'université entouré de ses collègues. Comme un seul homme, ils se tournent vers moi et jaugent Mlle Steele, qui s'éclipse rapidement dans l'auditorium.

Ce que je fais avec cette demoiselle ne vous regarde pas, messieurs.

J'adresse un signe de tête poli au président, qui m'invite à me joindre à eux pour profiter du buffet.

— Avec plaisir, dis-je courtoisement.

Il me faut trente minutes pour échapper au petit groupe d'universitaires. Alors que je me fraie un chemin vers la sortie, Kavanagh me rattrape. Ensemble, nous nous dirigeons vers la pelouse où les étudiants fraîchement diplômés et leurs familles boivent un verre sous une grande tente.

— Alors, vous avez invité Ana à dîner dimanche ? me demande Kavanagh.

Dimanche ? Ana a mentionné qu'on se voyait dimanche ?

— Chez vos parents, précise-t-elle.

Mes parents ?

Je repère Ana. *Mais qu'est-ce que... ?*

Un grand blond qui semble tout droit débarqué d'une plage californienne a le bras passé autour de ses épaules. *C'est qui ce connard ? C'est à cause de lui qu'elle ne voulait pas que je vienne prendre un verre avec elle et son père ?*

Nous rejoignons le petit groupe. Ana lève les yeux, capte mon regard, et pâlit. Kavanagh embrasse l'homme d'âge mûr vêtu d'un costume mal coupé qui se tient à côté d'Ana. Sûrement Raymond Steele.

— Bonjour, Ray. Vous connaissez le petit ami d'Ana ? Christian Grey ?

Petit ami ?

— Ravi de vous rencontrer, monsieur Steele, dis-je sans me démonter.

— Monsieur Grey, répond-il, manifestement surpris.

Nous échangeons une poignée de main ferme. Il a la peau et les doigts rugueux au toucher. Ah, ça me revient – il est menuisier. Son regard sombre est indéchiffrable.

— Et voici mon frère, Ethan Kavanagh, dit Kate en désignant le surfeur californien qui tient toujours les épaules d'Ana.

Ah. La progéniture Kavanagh. Je marmonne son prénom en serrant la main du frère, dont la peau est douce, contrairement à celle de Ray.

Enlève tes sales pattes de ma copine, connard.

— Ana, bébé.

Je tends la main à Ana, qui a la délicatesse de venir aussitôt vers moi. Elle s'est débarrassée de sa toge et porte une robe dos-nu grise, qui met en valeur ses épaules et sa peau parfaite.

Deux robes en deux jours. Elle me gâte.

— Ethan, papa et maman veulent nous parler, insiste Kavanagh en entraînant son frère avec elle, me laissant avec Ana et son père.

— Alors, les jeunes, vous vous connaissez depuis longtemps ?

J'effleure discrètement le dos d'Ana, qui réprime un tressaillement. Je réponds à son père que nous avons fait connaissance deux semaines plus tôt.

— Anastasia est venue m'interviewer pour le journal des étudiants.

— Tu ne m'avais pas dit que tu travaillais pour le journal, Ana, lâche Ray d'un ton de reproche.

— Kate était souffrante.

Ray Steele observe sa fille, sourcils froncés. Puis se tourne vers moi.

— Très beau discours, monsieur Grey.

— Merci, monsieur. J'ai cru comprendre que vous aimiez la pêche à la ligne ?

— En effet. C'est Annie qui vous l'a dit ?

— Oui.

— Vous pêchez aussi ?

Une lueur d'intérêt brille dans ses yeux sombres.

— Pas autant que je le voudrais. Mon père nous emmenait souvent pêcher, mon frère et moi, quand nous étions petits. Il ne jurait que par les truites arc-en-ciel. Je suppose que j'ai attrapé le virus.

Ana nous écoute poliment, puis s'excuse pour fendre la foule et rejoindre le clan Kavanagh.

Bon sang, elle est sublime dans cette robe.

— Oh ? Et vous pêchez où ?

La question de Ray Steele me ramène à la réalité. Je sais qu'il me teste.

— Un peu partout dans le Nord-Ouest Pacifique.

— Vous avez grandi dans l'État de Washington ?

— Oui, monsieur. Mon père nous emmenait sur la rivière Wynoochee.

Un sourire se dessine sur le visage de Steele.

— Ah ! Je la connais bien.

— Mais il préfère le Skagit. Du côté américain. Il nous tirait du lit aux aurores pour nous emmener là-bas. Il a fait de très belles prises dans ce fleuve.

— C'est de l'eau douce. J'ai pêché plusieurs gros morceaux dans le Skagit. Côté canadien, cela dit.

— C'est l'un des meilleurs coins pour les truites sauvages. Elles vous donnent du fil à retordre, rien à voir avec la truite d'élevage, dis-je, sans quitter Ana des yeux.

— Tout à fait d'accord avec vous.

— Mon frère a déjà attrapé plusieurs monstres sauvages. Moi, j'attends toujours le gros lot.

— Ça viendra un jour.

— J'espère.

Ana est en grande conversation avec Kavanagh. De quoi ces deux-là peuvent-elles bien parler ? Je reporte mon attention sur M. Steele.

— Vous pêchez encore souvent ?

— Bien sûr. Avec le père de José, l'ami d'Annie, on part en virée à la moindre occasion.

Ce satané photographe ? Encore lui ?

— C'est lui qui s'occupe de la Coccinelle ?

— Oui, c'est José.

— Super bagnole. Je suis fan des voitures allemandes.

— Ah oui ? Annie l'adore, mais j'ai bien peur que cette brave Coccinelle ait fait son temps.

— C'est drôle que vous parliez de ça. Je pensais prêter à Ana l'une des voitures de ma société. Vous croyez que ça lui plairait ?

— Sans doute. C'est à elle de voir.

— Bien. J'imagine qu'Ana n'est pas fan de pêche à la ligne ?

— Pas vraiment. Elle tient de sa mère : elle ne supporte pas que le poisson souffre. Sans parler du ver ! C'est une belle âme, ajoute-t-il en me jetant un regard entendu.

Oh ! Avertissement de la part de Raymond Steele. Je préfère plaisanter :

— Pas étonnant qu'elle n'ait pas touché à son poisson l'autre jour.

Steele rit.

— Les manger ne la dérange pourtant pas.

Ana a terminé sa conversation avec Kavanagh et se dirige vers nous.

— Me revoilà, dit-elle avec un large sourire.

— Ana, où sont les toilettes ? demande son père.

Elle lui indique la sortie du pavillon, sur la gauche.

— Je reviens tout de suite. Amusez-vous bien, les enfants.

Elle le regarde s'éloigner, puis me jette un coup d'œil nerveux. Mais avant de pouvoir prononcer un mot, nous sommes interrompus par un photographe. Il prend un cliché de nous avant de s'éclipser.

— Alors, tu as aussi fait ton numéro de charme à mon père ?

— Aussi ?

Êtes-vous charmée, mademoiselle Steele ?

Du bout du doigt, je caresse sa joue rose si délicate.

— J'aimerais bien savoir ce que tu penses, Anastasia.

Je lui saisis le menton et lui renverse la tête pour plonger dans son regard bleu.

— En ce moment, ce que je pense, c'est que tu as une bien jolie cravate.

Je m'attendais à une sorte de déclaration ; sa réponse me fait rire.

— Depuis peu, c'est ma préférée.

Elle sourit.

— Tu es ravissante, Anastasia. Cette robe te va bien, et en plus elle me permet de caresser la peau magnifique de ton dos.

Ses lèvres s'entrouvrent et sa respiration s'accélère. Je sens l'électricité entre nous.

— Tu sais que ce sera bon, toi et moi, bébé, non ?

Ma voix est un grondement rauque, qui trahit mon désir.

Elle ferme les yeux, déglutit, reprend son souffle. Quand elle les rouvre, son visage est chargé d'espoir.

— Mais j'en veux plus.

— Plus ?

Putain. Ça veut dire quoi ?

Je caresse sa lèvre de mon pouce.

— Plus ? Tu veux des fleurs et des chocolats ?

Merde. Ça ne marchera jamais avec elle. Impossible. Je ne fais pas dans le romantique. Tous mes espoirs et mes rêves s'écroulent. Ses grands yeux innocents s'écarquillent encore.

Bon sang. Qu'est-ce qu'elle est belle.

— Anastasia, je ne sais pas faire ça.

— Moi non plus.

Bien sûr. Elle n'a jamais eu de petit ami.

— Tu ne connais pas grand-chose à l'amour.

— Et toi, tu connais les mauvaises choses.

— Mauvaises ? Pas pour moi. Essaie.

S'il te plaît ! Son regard intense scrute mon visage, en quête de réponses. Et je me perds dans ce bleu si pur.

— Très bien, murmure-t-elle.

— Pardon ?

Tous les muscles de mon corps se tendent d'un coup.

— Très bien, j'accepte d'essayer.

— Tu acceptes notre accord ?

Je n'en reviens pas.

— Oui, sous réserve des limites à négocier.

Bordel ! Je la prends dans mes bras, enfouis mon visage dans ses cheveux, et hume son parfum enivrant. Je me fous d'être au beau milieu d'une foule ! Il n'y a plus qu'elle et moi.

— Bon sang, Ana, tu es tellement déroutante. Tu me coupes le souffle.

Soudain, je me rends compte que Raymond Steele est de retour, et scrute sa montre pour masquer son embarras. À regret, je m'écarte d'Ana. Je suis le maître du monde !

Marché conclu, Grey.

— Annie, tu veux qu'on aille déjeuner ? demande son père.

— Bien sûr, répond-elle en m'adressant un sourire timide.

— Voulez-vous vous joindre à nous, Christian ?

Je suis tenté, mais le regard implorant d'Ana me supplie de refuser. Elle veut passer du temps seule avec son père. Je comprends.

— Merci, monsieur Steele, mais je suis déjà pris. J'ai été ravi de faire votre connaissance.

Arrête de sourire bêtement, Grey.

— Moi de même, réplique Ray avec sincérité. Prenez soin de ma petite fille.

— J'en ai bien l'intention.

De toutes les manières possibles et imaginables, monsieur Steele.

Je prends la main d'Ana et dépose un baiser sur ses doigts.

— À plus tard, mademoiselle Steele.

Vous venez de faire de moi un homme heureux.

Son père m'adresse un bref signe de tête, et quitte la réception avec sa fille. Je les observe, animé d'un espoir nouveau.

Elle a dit oui.

— Christian Grey ?

Mon euphorie est brisée par l'arrivée d'Eamon Kavanagh, le père de Katherine.

— Eamon, comment allez-vous ?

Je rejoins Taylor à 15 h 30.

— Bonjour, monsieur, dit-il en m'ouvrant la portière.

Sur le chemin du retour, il m'informe que l'Audi A3 a été livrée à l'hôtel Heathman.

Je n'ai plus qu'à l'offrir à Ana. Nul doute que ce cadeau fera l'objet d'une discussion – et peut-être plus qu'une discussion. Je souris. Mais elle a consenti à être ma soumise, il est donc possible qu'elle l'accepte sans faire d'histoires.

Tu crois tromper qui, là, Grey ?

On peut toujours rêver. J'aimerais la retrouver ce soir. Lui offrir pour son diplôme.

J'appelle Andréa et lui demande d'organiser une visioconférence demain à l'heure du petit déjeuner avec Eamon Kavanagh et ses associés de New York. Kavanagh s'intéresse à la fibre optique, il cherche ce qu'il y a de mieux sur le marché. Je demande à Andréa de convoquer Ros et Fred à cette réunion. Elle me fait suivre plusieurs messages – rien d'important – et me rappelle que je dois assister à un gala de charité demain soir à Seattle.

Ce soir, c'est ma dernière nuit à Portland. C'est aussi l'une des dernières d'Ana… Je songe à l'appeler, mais à quoi bon, si elle n'a pas son portable ? Et puis elle profite de sa soirée avec son père.

Pendant le trajet jusqu'au Heathman, j'observe à travers la vitre les habitants de Portland. À un feu rouge, je vois un jeune couple se disputer sur le trottoir, le contenu d'un sac de provisions répandu à leurs pieds. Un autre couple, encore plus jeune, marche main dans la main en riant. La fille se penche pour susurrer à l'oreille de son petit ami tatoué. Ce dernier s'esclaffe, l'embrasse, et lui ouvre la porte d'un café.

Ana veut « plus ». Je soupire et me passe la main dans les cheveux. Elles veulent toujours plus. Toutes. Qu'est-ce que j'y peux ? Un couple d'amoureux qui entre main dans la main dans un café – Ana et moi avons partagé ce genre de moments. Nous avons dîné deux fois au restaurant, et c'était plutôt… amusant. Et si je tentais le coup ? Après tout, elle m'apporte énormément. Je desserre ma cravate.

Suis-je capable de plus ?

De retour dans ma chambre, je me mets en survêt et descends à la salle de gym. Les mondanités poussent ma patience à bout et j'ai besoin d'évacuer mon trop-plein d'énergie.

Et de réfléchir à ce « plus ».

Une fois douché et changé, je retourne à mon ordinateur. Ros m'appelle via WebEx pour faire le point. Pendant vingt minutes, nous évoquons différents sujets, notamment le Darfour et la proposition de Taïwan. Le coût du parachutage est faramineux, mais c'est le moyen le plus sûr. Je lui donne le feu vert. Maintenant, il ne reste plus qu'à attendre que la cargaison arrive à Rotterdam.

— Je me suis renseignée sur Kavanagh Media, dit Ros. Je crois que Barney devrait participer à la réunion lui aussi.

— Si vous le pensez. Prévenez Andréa.

— D'accord. Comment s'est passée la cérémonie de remise des diplômes ?

— Bien. Surprenante.

Ana a accepté d'être à moi.

— Surprenante en bien ?

— Oui.

Ros m'observe, intriguée, mais n'en dit pas plus.

— Andréa m'a annoncé que vous seriez de retour à Seattle demain.

— Oui. Je dois assister à un gala de charité.

— Bon, j'espère que votre « fusion » s'est bien passée.

— Je serais tenté de répondre par l'affirmative, Ros.

Elle glousse.

— Heureuse de l'apprendre. J'ai une autre réunion, donc si c'est tout pour aujourd'hui, je vous laisse.

— Au revoir.

Je me déconnecte de WebEx et ouvre ma boîte mail en songeant à la soirée qui m'attend.

De : Christian Grey
Objet : Limites à négocier
Date : 26 mai 2011 17:22
À : Anastasia Steele

Que puis-je ajouter à ce que je t'ai déjà dit ? Je serai ravi d'en discuter quand tu voudras. Tu étais ravissante aujourd'hui.

Christian Grey
P-DG, Grey Enterprises Holdings, Inc.

Et dire que ce matin, je pensais que tout était fichu entre nous.

Merde, Grey ! Tu dois absolument te ressaisir. Flynn s'en donnerait à cœur joie.

Bien sûr, c'est en partie parce qu'elle n'avait pas son portable. Elle a vraiment besoin d'un outil de communication plus fiable.

De : Christian Grey
Objet : BlackBerry
Date : 26 mai 2011 17:36
À : JB Taylor
Cc : Andréa Ashton

Taylor,
Procurez-vous, s'il vous plaît, un nouveau BlackBerry pour Anastasia Steele, avec une messagerie électronique préinstallée. Andréa vous fournira les détails du compte.
Faites-le livrer dès demain à son adresse personnelle ou chez Clayton's.

Christian Grey
P-DG, Grey Enterprises Holdings, Inc.

Mon message envoyé, je feuillette le dernier *Forbes*.

À 18 h 30, comme je n'ai aucune réponse d'Ana, j'en déduis qu'elle est toujours en compagnie du placide Ray Steele. Pour deux personnes qui n'ont aucun lien de parenté, ils se ressemblent étrangement.

Je commande un risotto aux fruits de mer au room-service et, en attendant des nouvelles de Mlle Steele, je me replonge dans mon magazine.

L'appel de Grace interrompt ma lecture.

— Bonjour, mon chéri.

— Bonjour, maman.

— Mia t'a contacté ?

— Oui, j'ai son heure d'arrivée. J'irai la chercher.

— Parfait. Dis-moi, j'espère que tu resteras dîner avec nous samedi soir.

— Bien sûr.

— Et dimanche, Elliot vient avec son amie Kate. Je peux aussi compter sur toi ? Tu pourrais emmener Anastasia.

Voilà donc de quoi parlait Kavanagh aujourd'hui.

Gagne du temps, Grey !

— Je vais voir si elle est disponible.

— Tiens-moi au courant. Ce serait formidable d'avoir toute la famille réunie.

Je lève les yeux au ciel.

— Si tu le dis, maman.

— Absolument, mon chéri. À samedi.

Elle raccroche.

Présenter Ana à mes parents ? Comment me sortir de cette impasse ? Alors que je réfléchis à une solution, un mail arrive dans ma boîte.

De : Anastasia Steele
Objet : Limites à négocier
Date : 26 mai 2011 19:23
À : Christian Grey

Je peux passer ce soir pour en discuter si tu veux.

Ana

Non, bébé. Pas avec cette voiture.

On dirait que tout se met finalement en place.

De : Christian Grey
Objet : Limites à négocier
Date : 26 mai 2011 19:27
À : Anastasia Steele

C'est moi qui me déplacerai. J'étais sérieux quand je t'ai dit que ça me faisait peur que tu conduises cette voiture. J'arrive tout de suite.

Christian Grey
P-DG, Grey Enterprises Holdings, Inc.

J'imprime les « Limites à négocier » et son mail intitulé « Problèmes ». Le reste est dans la veste que j'ai prêtée à Ana. Ensuite, j'appelle Taylor dans sa chambre.

— Je vais donner la voiture à Anastasia. Pouvez-vous venir me chercher chez elle – disons à 21 h 30 ?

— Certainement, monsieur.

Avant de partir, je glisse deux capotes dans la poche arrière de mon jean.

Qui sait, j'aurai peut-être de la chance.

L'A3 est agréable à conduire, même si elle est moins puissante que mes voitures habituelles. Je m'arrête chez un marchand de vin dans la périphérie de Portland pour acheter une bouteille de champagne. Au Cristal et au Dom Pérignon, je préfère un Bollinger 1999 rosé – une couleur symbolique, me dis-je en tendant ma carte American Express.

Ana porte toujours sa sublime robe grise quand elle ouvre la porte. Robe que j'ai bien l'intention de lui enlever.

— Bonsoir, dit-elle, les yeux brillants.

— Bonsoir.

— Entre.

Elle paraît intimidée. *Pourquoi ? Que s'est-il passé ?*

Je brandis ma bouteille.

— J'ai pensé que nous pourrions fêter ta remise de diplôme. Un bon Bollinger, ça ne peut pas faire de mal.

— Intéressant, comme choix de vocabulaire, dit-elle avec une ironie non dissimulée.

— J'aime bien ton sens de l'humour, Anastasia.

— On n'a que des tasses à thé. Tous les verres sont emballés. Ça ne te gêne pas ?

— C'est parfait.

Je la regarde déambuler dans la cuisine. Nerveuse, mal à l'aise. Peut-être parce que c'était un grand jour pour elle. Ou parce qu'elle a accepté les termes de mon contrat. Ou encore parce qu'elle est seule ici – Kavanagh est avec sa famille, son père me l'a dit. J'espère que le champagne aidera Ana à se détendre… et à se confier.

En dehors des cartons de déménagement, du canapé et de la table, la pièce est vide. Un paquet brun se trouve sur le comptoir avec une note manuscrite.

330

« J'accepte les conditions, Angel : car tu sais mieux que quiconque ce que devrait être ma punition : seulement – seulement – ne la rends pas plus dure que je ne pourrais le supporter ! »

— Tu veux une soucoupe ?

— Des tasses, ça ira, Anastasia, dis-je machinalement.

Elle a emballé les livres avec du papier Kraft – les éditions originales de *Tess d'Urberville* que je lui ai envoyées. Elle me les retourne. Elle n'en veut pas. Voilà pourquoi elle est si mal à l'aise.

Va-t-elle refuser la voiture ?

— J'aimerais que tu les reprennes, dit-elle d'une voix mal assurée.

— Je m'en doutais. Très bien trouvée, cette citation…

J'effleure du bout du doigt son écriture soignée, composée de minuscules caractères. Je me demande ce qu'en déduirait un graphologue.

— … mais je pensais que j'étais d'Urberville, pas Angel ? Tu as opté pour l'avilissement. En tout cas, tu as su choisir un passage approprié, ce qui ne m'étonne pas de ta part.

J'ai du mal à cacher ma déconvenue.

— C'est également une supplique.

— Une supplique ? Pour que j'y aille doucement avec toi ?

Elle hoche la tête.

À mes yeux, ces livres étaient un investissement, mais aux siens, je pensais qu'ils auraient plus de signification.

— Ces livres, je les ai achetés pour toi… (C'est presque la vérité, puisque je les ai remplacés.) J'irai doucement, mais à une condition : que tu les acceptes.

Je parle d'une voix posée, pour masquer ma déception.

— Christian, je ne peux pas, c'est vraiment trop extravagant comme cadeau.

Ah ! Encore une rébellion.

— Voilà, c'est bien ce que je te disais : tu passes ton temps à me défier. Je tiens à te les donner, un point c'est tout. C'est très simple. Tu n'as pas à réfléchir. En tant que soumise, tu n'as qu'à m'être reconnaissante. Tu te contentes d'accepter ce que je t'achète parce que ça me fait plaisir.

— Je n'étais pas une soumise quand tu me les as offerts.

Comme toujours, elle a réponse à tout.

— Non… mais maintenant, tu m'as donné ton accord, Anastasia.

Est-elle en train de revenir sur sa parole ? Bon sang, cette fille me rend dingue.

— S'ils sont à moi, je peux en faire ce que je veux ?

— Oui.

Je croyais que tu adorais Thomas Hardy ?

— Dans ce cas, j'aimerais en faire don à une ONG qui travaille au Darfour, puisque ce pays te tient à cœur. Ils pourront être vendus aux enchères.

— Si tu y tiens.

Tu peux même les brûler si ça te chante !

— Je vais y réfléchir, dit-elle en rougissant.

— Ne réfléchis pas, Anastasià. Pas à ça.

Garde-les, s'il te plaît. Ils sont pour toi, qui as la passion des livres. Tu me l'as dit plus d'une fois. Fais-toi ce plaisir.

Posant la bouteille sur la table, je lui prends le menton et penche sa tête pour planter mon regard dans le sien.

— Je vais t'acheter des tas de choses, Anastasia. Il vaut mieux que tu t'y habitues. J'en ai les moyens. Je suis très riche.

Je lui effleure les lèvres d'un baiser.

— S'il te plaît...

— Ça me donne l'impression de me faire acheter.

— À tort. Tu réfléchis trop, Anastasia. Ne te condamne pas en fonction de ce que d'autres pourraient penser de toi. Ne perds pas ton temps à ça. Pour l'instant, tu as encore des doutes au sujet de notre accord. C'est tout à fait naturel. Tu ne sais pas à quoi tu t'es engagée.

Son beau visage est rongé par l'angoisse.

— Hé, stop ! Tu ne te fais pas acheter, Anastasia, je ne veux pas que tu penses ça de toi-même. Je t'ai offert ces bouquins parce que je pensais qu'ils te plairaient, c'est tout.

Elle cligne plusieurs fois des paupières et contemple le paquet, indécise.

Garde-les, Ana – ils sont pour toi.

— Allez, on le boit, ce champagne ?

Elle esquisse un pâle sourire.

— Voilà, j'aime mieux ça.

Je fais sauter le bouchon et remplis les tasses qu'elle a posées devant moi.

— Il est rose !

Je n'ai pas le cœur de lui avouer pourquoi j'ai choisi du rosé.

— Bollinger Grande Année Rosé 1999, une très bonne année.

— Servi dans des tasses à thé.

Son sourire me gagne.

— Servi dans des tasses à thé. Félicitations pour ton diplôme, Anastasia.

Nous entrechoquons nos tasses, puis je bois une gorgée de champagne. Comme je le pensais, il est délicieux.

— Merci, dit-elle en portant la tasse à ses lèvres pour boire à son tour. Alors, on passe aux limites à négocier ?

— Toujours aussi impatiente.

Je la prends par la main et l'entraîne vers le canapé au milieu des cartons.

— Ton beau-père n'est pas bavard.

— Il t'a trouvé très sympathique.

Je ris.

— C'est parce que je m'y connais en pêche à la ligne.

— Comment savais-tu qu'il pêchait ?

— Tu me l'as dit quand nous avons pris un café.

— Ah bon ?

Elle boit une nouvelle lampée et ferme les yeux pour la savourer.

— Tu as bu du champagne, à la réception ?

— Il était dégueulasse, dis-je avec une grimace.

— J'ai pensé à toi en le goûtant. Comment se fait-il que tu t'y connaisses aussi bien en vins ?

— Je ne suis pas un connaisseur, Anastasia. Je sais ce qui me plaît, c'est tout.

Toi, tu me plais.

— Tu en veux encore ? lui dis-je en désignant le champagne.

— Je veux bien.

Je me lève, prends la bouteille et la ressers. Elle m'observe d'un air soupçonneux. Elle sait pourquoi je l'incite à boire. Je tente de détourner son attention.

— Alors, prête pour le déménagement ?

— Plus ou moins.

— Tu travailles demain ?

— Oui, c'est mon dernier jour.

— Je te donnerais volontiers un coup de main avec les cartons, mais j'ai promis à ma sœur d'aller la chercher à l'aéroport. Mia arrive de Paris très tôt samedi matin, et je dois rentrer à Seattle demain, mais il paraît qu'Elliot va venir vous prêter main-forte.

— Oui, Kate est ravie.

Je suis surpris qu'Elliot s'intéresse encore à l'amie d'Ana. Ce n'est pas son mode opératoire habituel.

— Eh oui, Kate et Elliot, qui l'eût cru ?

Leur liaison complique les choses. La voix de ma mère résonne encore dans ma tête. « Tu pourrais emmener Anastasia. »

— Tu vas te chercher un boulot à Seattle ?

— J'ai deux entretiens pour un stage.

— Tu comptais me l'annoncer quand, au juste ?

— Euh… je te l'annonce maintenant.

— Où ? dis-je en m'efforçant de contenir ma frustration.

— Dans deux maisons d'édition.

— Tu veux travailler dans l'édition ?

Elle hoche la tête. J'insiste :

— Eh bien ?

— Eh bien quoi ?

— Ne fais pas semblant d'être bornée, Anastasia : quelles maisons d'édition ?

Je fais mentalement l'inventaire des maisons d'édition que je connais à Seattle. Elles sont au nombre de quatre… je crois.

— Des petites, répond-elle évasivement.

— Pourquoi ne veux-tu pas me dire lesquelles ?

— Pour que tu ne cherches pas à les influencer.

Je fronce les sourcils.

— Dis donc, maintenant, c'est toi qui fais semblant d'être borné, souligne-t-elle avec un petit sourire.

— Borné ? Moi ? Mais quelle insolente ! Allez, bois, on va parler des limites.

Elle bat des cils et prend une brève inspiration, puis vide sa tasse d'un trait. À l'évidence, cette discussion la rend nerveuse. Je décide de la resservir pour lui donner du courage. Mais je suspends mon geste.

— Tu as mangé aujourd'hui ?

— Oui. J'ai mangé entrée, plat et dessert avec Ray, dit-elle en levant les yeux au ciel.

Oh, Ana. Je vais enfin pouvoir te débarrasser de cette vilaine habitude.

Me penchant vers elle, je lui agrippe le menton.

— La prochaine fois que tu me fais ça, je te donne la fessée.

— Oh.

Elle semble choquée, et légèrement intriguée.

— Oh. C'est comme ça, Anastasia.

Je remplis sa tasse avec un sourire de prédateur. Elle la vide presque entièrement.

— Tu m'écoutes bien sagement, maintenant ?

Elle hoche la tête.

— Réponds-moi.

— Oui… je t'écoute bien sagement.

— Bien. (Je prends son mail et l'annexe 3 dans ma veste.) Alors : actes sexuels. On a déjà fait presque tout ce qui est sur la liste.

ANNEXE 3

LIMITES NÉGOCIÉES

Elles doivent être discutées et convenues entre les deux parties :

La Soumise consent-elle aux actes suivants :

- Masturbation
- Cunnilingus
- Fellation
- Avaler le sperme

- Pénétration vaginale
- Fisting vaginal
- Pénétration anale
- Fisting anal

— Pas de fisting, donc. D'autres objections ?

Elle déglutit.

— La pénétration anale, ça ne me tente pas plus que ça.

— Pour le fisting, d'accord, on laisse tomber. En revanche, j'aimerais vraiment te sodomiser, Anastasia.

Elle retient son souffle, et m'observe intensément.

— Mais ça peut attendre. En plus, ça ne s'improvise pas. Ton cul doit être préparé.

— Préparé ? répète-t-elle, les yeux écarquillés.

— Oh, oui. Soigneusement. Crois-moi, la pénétration anale peut être très agréable. Mais si on essaie et que tu n'aimes pas ça, on ne le refera pas.

Son air ébahi m'amuse.

— On te l'a déjà fait ?

— Oui.

— C'était avec un homme ?

— Non. Je n'ai jamais eu de relations homosexuelles. Ça n'est pas mon truc.

— Avec Mrs Robinson ?

— Oui.

Avec son gros accessoire en latex.

Ana fronce les sourcils. Je me dépêche de reprendre, avant qu'elle ne me pose plus de questions :

— Avaler le sperme, tu sais faire. Avec mention excellent.

J'attends d'elle un sourire, mais elle m'observe attentivement, comme si elle me voyait sous un nouveau jour. Elle est sûrement en train de réfléchir à Mrs Robinson et à la pénétration anale. *Eh oui, bébé, j'étais le soumis d'Elena. Elle faisait de moi ce qu'elle voulait. Et j'adorais ça.*

— Donc, d'accord pour le sperme ?

Elle acquiesce et vide sa tasse.

— Tu en veux encore ?

Tout doux, Grey. Tu veux la détendre, pas la soûler.

— J'en veux plus…

Je la ressers et reviens à la liste.

— Jouets sexuels ?

La Soumise consent-elle à l'usage des accessoires suivants :
- Vibromasseur
- Plug anal
- Godemiché
- Autres jouets vaginaux/anaux

— Plug anal ? Ça fait ce que son nom indique ? Elle fronce le nez.

— Oui. Ça fait partie de la préparation à la pénétration anale.

— Ah… et « autres », qu'est-ce que ça comprend ?

— Des boules de geisha, des œufs… des trucs comme ça.

— Des œufs ?

— Pas des vrais.

J'éclate de rire et secoue la tête.

— Je suis ravie que tu me trouves amusante, dit-elle d'une voix tremblante.

Merde, vas-y doucement avec elle, Grey.

— Mademoiselle Steele, veuillez me pardonner… Alors, les jouets, ça te pose problème ?

— Non, répond-elle sèchement.

— Anastasia, je suis désolé. Crois-moi. Je ne me moque pas de toi, mais je n'ai jamais eu ce genre de conversation en rentrant autant dans les détails. Tu es tellement inexpérimentée. Je suis désolé.

Elle reprend une gorgée de champagne.

— Bien. Bondage, dis-je en revenant à la liste.

La Soumise consent-elle à être ligotée avec les accessoires suivants :
- Cordes
- Bracelets en cuir
- Menottes/cadenas/
  chaînes
- Gros scotch
- Autres accessoires à définir

— Alors ?

— D'accord, dit-elle en poursuivant la lecture avec moi.

La Soumise consent-elle à être immobilisée :

• Les mains attachées devant	• Les genoux attachés
	• Les poignets attachés aux chevilles
• Les chevilles attachées	• Ligotée à des articles fixés aux murs, meubles, etc.
• Les coudes attachés	• Ligotée à une barre d'écartement
• Les mains attachées derrière	• Suspension

La Soumise consent-elle à avoir les yeux bandés ?
La Soumise consent-elle à être bâillonnée ?

— Nous avons déjà parlé de la suspension. Si tu veux que ce soit une limite à ne pas franchir, ça me va. De toute façon, ça exige beaucoup de temps et je ne t'aurai que pendant de courtes périodes. Autre chose ?

— Ne te moque pas de moi, mais une barre d'écartement, c'est quoi ?

— Je te promets de ne pas rire. Je me suis déjà excusé deux fois. Ne m'oblige pas à me répéter.

Mon ton se fait plus cassant que je ne le voulais. Elle a un mouvement de recul.

Mon Dieu. Ignore sa réaction, Grey. Continue.

— Une barre d'écartement, c'est une barre avec des menottes pour les chevilles et les poignets. J'adore.

— D'accord… Mais pour ce qui est de me faire bâillonner… J'aurais peur de ne pas pouvoir respirer.

— Et moi, j'aurais peur si tu ne pouvais pas respirer. Je n'ai pas l'intention de te faire suffoquer.

Ce genre de jeux, ce n'est pas mon truc.

— Comment pourrai-je utiliser les mots d'alerte si je suis bâillonnée ?

— Premièrement, j'espère que tu n'auras jamais à les utiliser. Mais si tu es bâillonnée, on communiquera par signes.

— Le bâillon, ça me fait peur.

— D'accord. Je prends note.

Elle m'étudie un long moment, comme si elle venait de résoudre l'énigme du Sphinx.

— Tu ligotes tes soumises pour qu'elles ne te touchent pas ?

— Entre autres.

— C'est pour ça que tu m'as attaché les poignets ?

— Oui.

— Tu n'aimes pas parler de ça.

— Non.

Pas question que tu m'entraînes sur ce terrain, Ana. Laisse tomber.

— Encore un peu de champagne ? Ça te donne du courage, et il faut que je sache comment tu vis la douleur.

Je remplis sa tasse et elle en prend une gorgée.

— Alors, comment vis-tu le fait qu'on t'inflige une douleur physique ?

Elle garde le silence. Je réprime un soupir.

— Tu te mordilles la lèvre.

Heureusement, elle s'arrête ; elle continue de se taire et baisse les yeux sur ses mains.

— As-tu subi des punitions corporelles quand tu étais petite ?

— Non.

— Donc tu n'as aucun point de référence ?

— Non.

— Ça n'est pas aussi terrible que tu crois. Ton imagination est ta pire ennemie dans ce domaine. *Fais-moi confiance là-dessus, Anastasia. S'il te plaît.*

— Tu y tiens vraiment ?

— Oui.

— Pourquoi ?

Tu ne dois pas le savoir, crois-moi.

— Ça fait partie intégrante de ce type de relation, Anastasia. Bon, passons aux méthodes.

Nous lisons la liste ensemble.

• Fessée	• Morsure
• Fouet	• Pinces à lèvres vaginales
• Cire chaude	• Pinces à seins
• Palette	• Glace
• Canne	• Autres types/méthodes de douleur

— Tu as déjà refusé les pinces à lèvres vaginales. C'est noté. C'est la canne qui fait le plus mal.

Ana pâlit.

— On peut y arriver graduellement.

— Ou pas du tout.

— Ça fait partie du contrat, bébé, mais on ira doucement.

— C'est cette histoire de punition qui m'inquiète le plus.

— On raye la canne de la liste pour l'instant. Au fur et à mesure que tu te feras aux punitions, on en augmentera l'intensité.

Elle a l'air si mal à l'aise que je me penche pour l'embrasser.

— Là, ça n'était pas si effrayant, n'est-ce pas ?

Elle hausse les épaules, toujours en proie au doute.

— Écoute, je voudrais qu'on parle d'une dernière chose, et après on va au lit.

— Au lit ?

— Oui, au lit... Anastasia, cette discussion m'a donné envie de te baiser non-stop jusqu'à la semaine prochaine. Toi aussi, ça doit t'avoir fait de l'effet.

Elle serre les cuisses et rougit.

— Tu vois ? En plus, il y a un truc que j'ai envie d'essayer avec toi.

— Quelque chose qui fait mal ?

— Mais arrête de voir la douleur partout ! Il s'agit surtout de plaisir. Je t'ai déjà fait mal ?

— Non.

— Bon, alors, écoute, aujourd'hui tu m'as dit que tu en voulais plus.

Je suis au bord du gouffre. *Grey, tu es bien sûr de toi, là ?* Oui, je dois faire un essai. Je ne veux pas la perdre avant même d'avoir commencé.

Alors saute !

Je lui prends la main.

— En dehors des moments où tu es ma soumise, on pourrait essayer. Je ne sais pas si ça marchera ou si on pourra arriver à séparer les deux. C'est peut-être impossible. Mais je suis prêt à tenter le coup. Peut-être une nuit par semaine. Je ne sais pas encore.

Elle est bouche bée.

— Mais à une condition…

Elle retient son souffle.

— … que tu acceptes le cadeau que je t'offre pour ton diplôme.

— Ah !

— Viens !

Je l'aide à se lever et enlève ma veste en cuir pour la poser sur ses épaules. Prenant une grande inspiration, j'ouvre la porte d'entrée. L'Audi A3 est garée dans le virage.

— C'est pour toi. Félicitations.

Je l'enveloppe dans mes bras et pose un baiser sur mes cheveux. Quand je la libère, elle contemple la voiture d'un air éberlué.

Bon, ça passe ou ça casse.

— Anastasia, ta Coccinelle est vétuste et franche-ment dangereuse. S'il t'arrivait quoi que ce soit, je ne me le pardonnerais jamais, d'autant plus qu'il m'est facile de rectifier la situation…

Elle est toujours sans voix.

— J'en ai parlé à ton beau-père. Il était pour.

Elle se tourne brusquement vers moi et me fou-droie du regard.

— Tu en as parlé à Ray ! De quel droit ?

— C'est un cadeau, Anastasia. Tu ne pourrais pas te contenter de me dire merci, tout simplement ?

— Tu sais parfaitement bien que c'est trop.

— Pas pour moi, pas pour ma tranquillité d'esprit. *Allez, Ana. Tu veux plus. C'est le prix à payer.*

Lasse soudain, elle semble se résigner. Ce n'est pas vraiment la réaction que j'espérais. Le rose de ses joues a disparu et son visage a retrouvé sa pâleur habituelle.

— J'accepte, à condition que ce ne soit qu'un prêt, comme l'ordinateur.

Je secoue la tête. Pourquoi est-ce si difficile ? C'est la première fois qu'une soumise se vexe quand je lui offre une voiture. D'habitude, elles sont enchantées.

— D'accord. Je te la prête. Pour une durée indéfinie.

— Non, pas pour une durée indéfinie. Pour l'instant. Merci, ajoute-t-elle en m'embrassant sur la joue. Merci pour la voiture, monsieur.

Ce mot. Dans sa bouche délicieuse, appétissante. D'une main, je la plaque contre moi et de l'autre, je lui empoigne les cheveux.

— Tu es une femme compliquée, Ana Steele.

Je l'embrasse passionnément, insinuant ma langue entre ses lèvres. Très vite, elle répond à mon baiser avec la même ardeur, sa langue caressant la mienne. Mon corps se tend comme un arc – je la désire. Ici. Maintenant. Dans la rue.

— J'ai besoin de tout mon sang-froid pour ne pas te baiser tout de suite, là, sur le capot, rien que pour te prouver que tu es à moi, et que si je veux t'acheter une putain de bagnole, je t'achète une putain de bagnole. Bon, maintenant, on rentre et tu te déshabilles.

Je l'embrasse à nouveau, exigeant et possessif. Puis je l'entraîne dans l'appartement, claque la porte derrière nous, et vais tout droit dans la chambre. Là, je la lâche enfin et allume la lampe de chevet.

— Je t'en prie, ne sois pas fâché contre moi, souffle-t-elle.

Ses paroles douces m'apaisent étrangement.

— Excuse-moi, pour la voiture et les livres… Tu me fais peur quand tu es en colère.

Quoi ? Personne ne m'a jamais dit ça. Je ferme les yeux. Lui faire peur, c'est bien la dernière chose que je veux.

Calme-toi, Grey. Elle est là. Elle va bien. Elle est consentante. Ne gâche pas tout, simplement parce qu'elle ne sait pas comment se comporter.

Entrouvrant les yeux, je lis dans le regard d'Ana non pas de la frayeur, mais de l'attente.

— Retourne-toi, dis-je doucement, que je t'enlève cette robe.

Elle m'obéit immédiatement. *Bravo, bébé.*

Je fais glisser ma veste de ses épaules, la lance par terre, puis soulève ses cheveux pour dégager sa nuque. Mon index court sur ses épaules, sa peau est si douce. Maintenant qu'elle m'obéit, je me sens apaisé. Du bout du doigt, je trace une ligne le long de sa colonne vertébrale jusqu'au zip de sa robe.

— J'aime cette robe. J'aime ta peau.

Glissant mon doigt sous l'étoffe, je l'attire tout contre moi et m'enivre du parfum de ses cheveux.

— Tu sens tellement bon, Anastasia.

Aussi bon que l'automne.

Son odeur me rassure ; elle me rappelle une époque de plénitude et de joie. Ensorcelé par ce parfum délicat, je picore son oreille, sa nuque, son dos de petits baisers. Avec une lenteur calculée, je fais descendre le zip, sans cesser d'embrasser et de mordiller ses épaules.

Elle réagit à mes caresses. *Oh, bébé.*

— Tu. Vas. Apprendre. À. Te. Tenir. Tranquille, murmuré-je entre deux baisers.

Je défais l'agrafe qui retient le haut de sa robe, et le vêtement tombe à ses pieds.

— Pas de soutien-gorge, mademoiselle Steele ? Ça me plaît.

Je prends ses seins et sens les pointes se dresser contre mes paumes.

— Lève les bras et mets-les autour de ma tête.

Elle s'exécute. Ses seins se pressent contre mes mains. Elle mêle ses doigts à mes cheveux, et tire dessus. *Ah… c'est trop bon.*

Lorsqu'elle incline la tête, j'embrasse la veine qui bat à la base de son cou. Je murmure de plaisir en titillant ses tétons.

— Mmm…

Elle gémit et se cabre, offrant ses seins parfaits à mes mains fébriles.

— Tu veux que je te fasse jouir comme ça ?

Son buste s'arque un peu plus.

— Ça vous plaît, mademoiselle Steele ?

— Mmm…

— Dis-le, fais-je en accentuant ma lente et sensuelle torture.

— Oui.

— Oui, qui ?

— Oui… monsieur.

— Très bien, ma belle.

Je lui pince doucement les mamelons. Elle gémit et cambre désespérément son corps, tandis que ses mains se cramponnent sur mes cheveux.

— Je pense que tu n'es pas encore prête à jouir…

Je cesse brusquement de jouer avec ses seins et lui mordille l'oreille.

— D'autant que tu m'as mécontenté. Non, en fin de compte, je ne te laisserai peut-être pas jouir.

Je me concentre de nouveau sur ses tétons, que je pétris, impitoyable. Elle laisse échapper un cri et pousse ses fesses contre mon sexe. Plaquant mes mains sur ses hanches, je la maintiens en place et baisse les yeux sur sa petite culotte.

Coton. Blanc. Facile.

Je passe un doigt sous l'élastique, la déchire d'un coup sec et la jette aux pieds d'Ana.

Elle hoquette. Je glisse ma main par-derrière et insère un doigt dans son vagin. Elle est mouillée. Très mouillée.

— Tiens, je vois que ma petite chérie est prête.

Je la fais pivoter vers moi et suce mon doigt. *Mmm. Salé.*

— Vous avez très bon goût, mademoiselle Steele.

Ses lèvres s'entrouvrent et son regard s'assombrit, chargé de désir.

— Déshabille-moi.

Elle incline la tête, troublée par mon ordre.

— Allez, vas-y.

Elle lève les mains vers moi. Soudain, j'ai peur qu'elle me touche. Mon corps se contracte. *Merde*. Instinctivement, je lui agrippe les mains.

— Non. Pas le tee-shirt.

Je la veux sur moi. Elle risque de perdre l'équilibre. J'ai besoin de mon tee-shirt pour me protéger.

— Pour ce que je prévois de faire, il faudra peut-être que tu me touches.

Je prends sa main et la pose sur ma queue, qui enfle dans mon jean.

— Voilà l'effet que vous me faites, mademoiselle Steele.

Elle inspire brusquement, puis referme ses doigts sur mon érection. Elle me lance un coup d'œil flatteur.

— J'ai envie d'être en toi. Retire-moi mon jean. C'est toi qui commandes.

Elle n'en revient pas.

— Qu'est-ce que tu vas faire de moi ? dis-je d'une voix rauque.

Son visage s'illumine et, avant que je puisse réagir, elle me pousse sur le lit. Je ris et me laisse tomber à la renverse, ravi de son audace… et désireux d'échapper à son contact. Elle m'enlève fébrilement mes chaussures et mes chaussettes – sa maladresse me rappelle l'interview et le mal qu'elle a eu à installer le dictaphone.

Je la regarde, à la fois excité et amusé. Que va-t-elle faire maintenant ? Elle va avoir un mal de chien à m'enlever ce jean tant que je suis allongé. Elle rampe sur le lit et s'assoit à califourchon sur mes cuisses, puis passe un doigt sous la taille de mon jean.

Je ferme les yeux et soulève les hanches, me délectant de sa détermination.

— Tu vas apprendre à te tenir tranquille, singe-t-elle en tirant sur mes poils pubiens.

Hé ! Doucement, petite effrontée !

— Oui, mademoiselle Steele, dis-je entre mes dents serrées. Dans ma poche. Capote.

Son regard brille de plaisir quand ses doigts partent à la recherche du préservatif, effleurant mon sexe. *Ah…*

Elle sort les deux sachets et les jette sur le lit à côté de moi. Ses doigts nerveux s'attaquent ensuite au bouton de mon jean, qu'elle réussit à défaire après deux tentatives.

Sa naïveté est fascinante. Il est évident qu'elle n'a jamais fait ça. Une autre première… et c'est sacrément excitant !

— Toujours aussi impatiente, mademoiselle Steele.

Elle défait le zip d'un coup sec et tire vainement sur mon pantalon, l'air frustré.

Je me retiens d'éclater de rire. *Ouais, bébé, comment tu vas m'enlever ce truc ?*

Elle fait une nouvelle tentative, s'acharne, concentrée sur sa tâche. Adorable ! Je décide de lui donner un coup de main.

— Je ne peux pas me tenir tranquille si tu continues à mordiller cette lèvre, dis-je en arquant les hanches.

Elle se met à genoux et fait glisser mon jean puis mon boxer, dont je me débarrasse d'un coup de pied. Alors elle me chevauche et contemple ma queue en se léchant les lèvres.

Qu'est-ce qu'elle est sexy, avec ses longs cheveux souples qui caressent ses seins.

— Alors, qu'est-ce que tu vas faire de moi ?

Son regard remonte vers mon visage. Elle prend fermement mon sexe dans sa main et le presse, tout en effleurant le gland du pouce.

Merde.

Puis elle se penche. Et me prend dans sa bouche.

Putain de merde ! Elle me suce avec ardeur. Mon corps se tend.

— Hé, Ana, doucement, dis-je, le souffle court.

Mais elle me pompe sans merci, encore et encore. Sa langue parcourt ma queue, qu'elle fait coulisser hors de sa bouche, avant de l'enfoncer au plus profond de sa gorge. Cette vision est d'un érotisme insoutenable. Je pourrais jouir rien qu'en la regardant.

— Arrête, Ana, arrête. Je ne veux pas jouir tout de suite.

Elle se redresse, les lèvres humides et les pupilles telles deux billes noires fixées sur moi.

— Ton innocence et ton enthousiasme sont très désarmants.

Mais là, je veux te baiser en te regardant dans les yeux.

— Reste sur moi… Et mets-moi ça.

Je lui tends le préservatif.

Elle l'examine d'un air perplexe, puis en déchire l'étui avec les dents. Bien. Elle prend la capote et me regarde.

— Pince le bout entre tes doigts et déroule-le. Il ne faut pas qu'il reste de l'air

Hochant la tête, elle suit attentivement mes instructions, absorbée par sa tâche.

— Putain, tu me tues, là, Anastasia !

Une fois cette mission terminée, elle se redresse et admire son œuvre, ou moi – je ne sais pas trop. Mais je m'en fous.

— Maintenant, je veux m'enfoncer en toi.

Je me redresse d'un coup et nous nous retrouvons nez à nez.

— Comme ça.

Je passe une main autour de sa taille pour la soulever. De l'autre, je positionne ma queue. Puis je la fais lentement asseoir sur moi. J'en ai le souffle coupé. Une fulgurante vague de plaisir me parcourt le corps.

— C'est ça, bébé, prends-moi, prends tout.

Elle est… tellement… bandante. Je la laisse s'habituer à me sentir en elle.

— Comme ça, c'est bien profond, dis-je d'une voix rauque.

J'imprime à mes hanches un lent mouvement de rotation pour m'enfoncer encore plus en elle. Elle renverse la tête en arrière et gémit :

— Encore.

Elle me fixe d'un regard intense, brillant de désir. Son plaisir décuple le mien. Je continue mon mouvement circulaire et, très lentement, me rallonge pour profiter du spectacle.

— Bouge, Anastasia, vas-y.

Je lui prends les mains et les maintiens au-dessus de moi. Elle se cale sur mes hanches et se soulève doucement, avant de se rasseoir.

Ma respiration s'accélère au moment où elle se soulève de nouveau, mais cette fois, je me cambre pour venir à sa rencontre.

Oh oui. Les yeux clos, je savoure *l'instant.* Nos corps à l'unisson entament une chevauchée sensuelle, dont elle a pris les rênes. Elle est sublime avec ses seins dressés, ses cheveux épars, sa bouche ouverte à chaque élancement de plaisir. Ses yeux plongent dans les miens, ils étincellent d'un désir sauvage.

Bon sang, qu'est-ce qu'elle est belle.

Soudain, elle pousse un cri et se cabre. Elle y est presque. Je lui serre les mains et tout son corps s'embrase. Je lui agrippe les hanches, la maintiens fermement au moment où elle jouit, secouée de spasmes. Puis je l'immobilise et m'abandonne, puis explose en elle. Sans un mot.

Elle se laisse tomber sur ma poitrine. Je tente de reprendre mon souffle, pantelant. *Putain, elle sait y faire.*

Nous restons un moment étendus sans rien dire. Puis elle pose sa tête sur mon torse, et glisse la main sur ma poitrine. Les ténèbres envahissent mon ventre, et remontent lentement dans ma gorge, menaçant de m'étouffer.

Non, ne me touche pas. Je retiens sa main et la porte à mes lèvres, puis rapidement je retourne Ana pour me positionner au-dessus d'elle.

Voilà, elle ne peut plus m'atteindre.

— Ne fais plus jamais ça, dis-je dans un souffle.

— Pourquoi est-ce que tu n'aimes pas que je te touche ?

— Parce que je suis fou.

— Juste fou, sans nuances ?

— Ma folie va bien au-delà de cinquante nuances, Anastasia.

Après des années de thérapie, c'est une chose dont je suis sûr.

Ses yeux s'écarquillent, se font inquisiteurs. Elle a soif de réponses. Mais elle n'a pas à connaître toute cette noirceur.

— J'ai eu des débuts très durs dans la vie. Je ne veux pas t'imposer les détails. Mais ne fais plus jamais ça, c'est tout.

Je frotte gentiment mon nez contre le sien et me retire d'elle. Une fois assis, j'enlève le préservatif.

— Bon, ça y est, je pense qu'on a couvert les basiques. C'était comment, pour toi ?

Elle semble distraite, puis penche la tête sur le côté et sourit.

— Ne t'imagine pas un seul instant que je t'ai cru quand tu m'as dit que tu me laissais prendre les commandes. N'oublie pas que j'ai été reçue avec mention excellent. Mais merci de m'en avoir donné l'illusion.

— Mademoiselle Steele, non seulement vous avez une jolie tête bien faite, mais vous avez eu six orgasmes jusqu'ici et vous me les devez tous.

Pourquoi ce simple fait me ravit-il autant ?

Elle lève les yeux au plafond, et une fugace expression de culpabilité traverse son visage. *Eh bien ?*

— Tu as quelque chose à me dire ?

— J'ai fait un rêve ce matin, m'avoue-t-elle après une brève hésitation.

— Ah ?

— C'est arrivé pendant que je dormais.

Gênée, elle se couvre le visage d'un bras. Sa confession me surprend, et m'amuse en même temps. *Sensuelle créature.*

Elle m'observe par-dessus son bras. À croire qu'elle craint ma colère.

— Pendant que tu dormais ?

— Ça m'a réveillée.

— Je n'en doute pas. Tu rêvais de quoi ?

— De toi, murmure-t-elle.

Moi !

— Je faisais quoi ?

Elle joue encore les timides.

— Anastasia, je faisais quoi ? Ne m'oblige pas à me répéter.

Pourquoi est-elle si gênée ? Rêver de moi... c'est plutôt une bonne nouvelle.

— Tu avais une cravache.

Je repousse son bras pour voir son visage.

— Vraiment ?

— Oui.

Elle est écarlate. Ses recherches ont dû laisser des traces... dans le bon sens. Je lui souris.

— Alors il y a encore de l'espoir. J'ai plusieurs cravaches.

— En cuir marron tressé ? demande-t-elle avec un intérêt évident.

J'éclate de rire.

— Non, mais je suis sûr que je pourrais m'en procurer une.

Je lui donne un petit baiser et me lève pour m'habiller. Ana m'imite, enfilant un pantalon de survêt et un débardeur. Je ramasse le préservatif par terre. Maintenant qu'elle a accepté d'être à moi, elle a besoin d'un moyen de contraception. Une fois habillée, elle s'installe en tailleur sur le lit et m'observe.

— Tes règles, c'est pour quand ? Je déteste ces machins, dis-je en brandissant la capote.

Elle paraît interloquée.

— Eh bien ?

— La semaine prochaine.

— Il va te falloir une méthode de contraception.

Je m'assois sur le lit pour mettre mes chaussettes et mes chaussures. Elle se tait.

— Tu as un médecin ?

Elle secoue la tête.

— Je peux demander au mien de passer te voir avant que tu me rejoignes dimanche matin. Ou il peut venir chez moi. Qu'est-ce que tu préfères ?

Je suis sûr que le Dr Baxter acceptera de faire une consultation à domicile pour moi, même si je ne l'ai pas vu depuis longtemps.

— Chez toi.

— D'accord. Je te ferai savoir l'heure du rendez-vous par mail.

— Tu pars ?

Elle est surprise que je m'en aille.

— Oui.

— Tu rentres comment ?

— Taylor vient me chercher.

— Je peux te raccompagner. J'ai une nouvelle voiture magnifique.

Voilà qui est mieux. Elle a accepté la voiture comme il se doit, mais après tout ce champagne elle ne peut pas conduire.

— Je pense que tu as un peu trop bu.

— Tu as fait exprès de me faire boire ?

— Oui.

— Pourquoi ?

— Parce que tu réfléchis trop, et que tu es taciturne, comme ton beau-père. Mais dès que tu bois un peu, tu te mets à parler, et j'ai besoin que tu communiques honnêtement avec moi. Sinon, tu te renfermes et je ne sais pas ce que tu penses. *In vino veritas*, Anastasia.

— Et toi, tu penses que tu es toujours honnête avec moi ?

— J'essaie. Entre nous, ça ne marchera que si nous sommes honnêtes l'un avec l'autre.

— J'aimerais que tu restes et que tu te serves de ça, insiste-t-elle en agitant la deuxième capote.

Fais-toi désirer, Grey.

— Anastasia, il faut vraiment que je m'en aille. On se voit dimanche. Le contrat révisé sera prêt, et on pourra réellement commencer à jouer.

— Jouer ?

— J'aimerais jouer une scène avec toi. Mais pas avant que tu aies signé le contrat.

— Ah ! Donc, si je ne signais pas, je pourrais faire durer indéfiniment ce qui se passe en ce moment entre nous ?

Merde. Je n'avais pas pensé à ça.

— C'est possible, mais je risque de craquer.

— Craquer ? Comment ?

Elle me regarde d'un air de défi. Encore une fois c'est la soumise qui domine.

— Ça pourrait se gâter méchamment, lui dis-je avec un sourire malicieux.

— Se gâter comment ?

— Explosions, poursuites automobiles, enlèvement, incarcération…

— Tu me kidnapperais ?

— Oh oui.

— Et tu me retiendrais contre mon gré ?

Quelle image excitante !

— Oh oui. Et là, ça vire au TPE 24/7.

— Je ne comprends pas un mot de ce que tu dis.

— *Total Power Exchange* – relation maître-esclave vingt-quatre heures sur vingt-quatre.

Mon cerveau fourmille d'idées tout à coup. Elle est intriguée.

— Bref, tu n'as pas le choix, conclus-je avec une pointe d'ironie.

— Manifestement.

Elle a pris un ton sarcastique et lève les yeux au ciel, peut-être en quête d'inspiration divine pour comprendre mon sens de l'humour.

Oh, je vais m'amuser un peu.

— Anastasia Steele, tu viens de faire quoi, là ?

— Rien.

— Qu'est-ce que je t'ai promis, si tu levais les yeux au ciel quand je te parle ?

Mes paroles restent en suspens entre nous, et je me rassois sur le lit.

— Viens là.

Elle blêmit, et hésite.

— Je n'ai rien signé, proteste-t-elle faiblement.

— Je t'ai dit ce que je te ferais. Je suis un homme de parole. Je vais te donner la fessée, et puis je vais te baiser, très vite, très brutalement. En fin de compte, on va en avoir besoin, de cette capote.

Alors oui ou non ? Tout se joue là. Je vais enfin savoir si elle en est capable ou pas. Je l'observe, impassible, en attendant sa décision. Si c'est non, ça signifiera que, malgré ses dires, elle ne peut pas se comporter en soumise.

Et tout sera terminé.

Fais le bon choix, Ana.

Son expression est grave. Elle pèse le pour et le contre.

— J'attends. Mais je ne suis pas un homme patient.

Prenant une grande inspiration, elle rampe vers moi, et je cache mon soulagement.

— C'est très bien, ma petite. Maintenant, debout.

Elle se lève prudemment et pose le préservatif dans la main que je lui tends. Je la tire à moi et la renverse sur mes genoux, de façon à ce que son buste repose sur le lit. Puis je cale ma jambe gauche sur ses cuisses pour l'immobiliser. J'ai envie de la fesser depuis qu'elle m'a demandé si j'étais gay.

— Pose tes mains de chaque côté de ta tête.

Elle obéit sans hésiter.

— Pourquoi je fais ça, Anastasia ?

— Parce que j'ai levé les yeux au ciel quand tu as parlé.

— C'est poli, d'après toi ?

— Non.

— Tu vas le refaire ?

— Non.

— Je te donnerai la fessée chaque fois que tu referas ça, compris ?

Je vais savourer ce moment. Encore une première.

Avec une lenteur calculée, je baisse sa petite culotte. Son cul magnifique s'offre à moi. Quand je plaque ma paume sur ses fesses, elle se contracte… et attend sa punition. Sa peau est si douce que je caresse les deux globes lisses avec tendresse. Elle a un cul superbe. Et je vais le faire rosir… comme le champagne.

Levant la main, je lui donne une claque, forte, juste au-dessus des cuisses.

Elle retient un hoquet et essaie de se lever, mais je la maintiens fermement en place avec mon autre main. Puis je couvre de nouveau la zone d'une caresse tendre et lente. Elle ne bouge plus. Haletante. Sur ses gardes.

Oui. Je vais recommencer. Je lui donne une claque, deux, trois. Elle ne me demande pas d'arrêter, même si elle se tortille de douleur sur mes genoux.

— Ne bouge plus, ou je vais te fesser plus longtemps.

Je frotte la chair délicate avant de la cingler de nouveau, fesse droite, fesse gauche, au milieu. Elle pousse un cri, mais ne bouge pas les bras, et ne me demande pas d'arrêter.

— Je m'échauffe à peine.

Je la frappe encore, laissant une empreinte de main rouge sur sa peau. Son cul a une charmante teinte rose. C'est magnifique.

Encore une claque. Elle crie de nouveau.

— Il n'y a personne pour t'entendre, bébé. Sauf moi.

Je la fesse sans relâche, suivant le même schéma – droite, gauche, au milieu –, lui arrachant chaque fois un petit cri. À dix-huit, j'arrête. Je suis essoufflé, j'ai la paume en feu et je bande.

— Assez, dis-je d'une voix rauque. Bravo, Anastasia. Maintenant, je vais te baiser.

Je caresse doucement son cul brûlant, puis descends la main vers son sexe et insère deux doigts dans son vagin.

— Sens ça. Ton corps aime ça, Anastasia. Tu es trempée, rien que pour moi.

Je fais aller et venir mes doigts en elle, la faisant gémir, tandis que son corps s'enroule autour de ma main et que sa respiration s'accélère. Je retire mes doigts. J'ai envie d'elle.

— La prochaine fois, je te fais compter les coups à haute voix. Bon, où est-elle, cette capote ?

Je lui passe la main sous la tête et la relève doucement pour l'allonger sur le lit, toujours sur le ventre. Je libère mon sexe sans même enlever mon jean, et déchire l'emballage de la capote, que je déroule d'un geste sûr sur mon érection. Je lui soulève les hanches jusqu'à ce qu'elle soit à genoux. Son cul glorieux s'offre à moi.

— Maintenant, je vais te prendre. Tu as le droit de jouir.

Je lui caresse les fesses et empoigne ma queue. D'un mouvement brusque, je plonge en elle. Elle hoquette. Je lui donne de puissants coups de boutoir en regardant ma queue la pénétrer.

Pantelante, elle se met à grogner, puis à hurler, d'une voix de plus en plus aiguë.

Lâche-toi, bébé. Elle se contracte et pousse un ultime cri au moment de l'orgasme qui lui déchire le corps.

— Ah, Ana !

Ma jouissance éclate à son tour, et je me déverse en elle, perdant toute notion de temps et d'espace. Je me laisse tomber à côté d'elle et l'enlace en murmurant dans ses cheveux :

— Bienvenue chez moi, bébé.

Son corps abandonné me rassure, et elle n'essaie pas de me toucher. Ses yeux sont clos, sa respiration revient doucement à la normale. Je lui caresse les cheveux. Ils sont si doux, d'une belle couleur cuivrée, et brillent dans la lumière de la lampe de chevet. Ils sentent Ana, les pommes et le sexe. J'en ai la tête qui tourne.

— Bravo, bébé.

Elle n'est pas en larmes. Elle a suivi à la lettre mes instructions et a relevé tous les défis que je lui ai lancés. C'est vraiment une femme incroyable. Je soulève d'un doigt la fine bretelle de son débardeur en coton.

— C'est ça que tu portes pour dormir ?

— Oui, répond-elle d'une voix ensommeillée.

— Tu devrais dormir dans la soie et le satin, ma beauté. Je vais t'emmener faire du shopping.

— J'aime bien mon survêt, proteste-t-elle mollement.

Évidemment. Je lui embrasse les cheveux.

— On verra.

Fermant les yeux, je me détends un moment, enveloppé d'une étrange sensation de bien-être, qui m'irradie de l'intérieur.

Putain, je me sens bien. Trop bien.

— Cette fois, il faut vraiment que j'y aille, murmuré-je en l'embrassant sur le front. Ça va ?

— Ça va, répond-elle, un peu dans les vapes.

Je roule hors du lit et me lève.

— Où est la salle de bains ?

— Au bout du couloir, à gauche.

Je jette les capotes dans la poubelle et repère un flacon d'huile pour bébé sur l'étagère. Voilà ce qu'il me faut.

Quand je reviens dans la chambre, elle est rhabillée, et évite mon regard. *Pourquoi cette gêne tout à coup ?*

— J'ai trouvé de l'huile pour bébé. Laisse-moi t'en frotter les fesses.

— Non, ça ira, dit-elle en regardant ses mains.

— Anastasia !

Fais ce que je te dis, s'il te plaît. Je m'assois derrière elle et baisse son survêtement. Je verse un peu d'huile dans ma paume, et masse doucement ses fesses endolories.

Elle campe une main sur sa hanche, mais ne dit rien.

— J'aime te toucher. Là.

C'était un aveu à voix haute.

— Je m'en vais.

— Je te raccompagne, dit-elle doucement.

Je lui prends la main et la lâche à regret quand nous arrivons à la porte d'entrée. Une part de moi ne veut pas partir.

— Il ne faut pas que tu appelles Taylor ? demande-t-elle, les yeux fixés sur le zip de ma veste en cuir.

— Taylor est là depuis 21 h 30. Regarde-moi.

Ses grands yeux bleus, aux longs cils noirs, se lèvent timidement vers moi.

— Tu n'as pas pleuré.

Et tu m'as laissé te fesser. Tu es incroyable. Je la prends dans mes bras et l'embrasse avec reconnaissance. Je murmure contre ses lèvres :

— À dimanche.

Je m'écarte vite, avant d'être tenté de rester, et me dirige vers l'Audi où m'attend Taylor. Une fois dans la voiture, je me retourne, mais elle a disparu. Sans doute est-elle épuisée… *Épuisée et heureuse.*

C'était la discussion sur les limites à négocier la plus agréable que j'aie jamais eue. Bon sang, cette femme est unique. Les yeux clos, je la revois me chevaucher, la tête renversée en arrière, en extase. Ana fait tout avec passion. Elle se donne à fond. Et dire que sa première relation sexuelle remonte à la semaine dernière !

Avec moi. Et personne d'autre.

Je souris en regardant par la fenêtre de la voiture, mais je ne vois que mon reflet fantomatique. Les yeux clos, je me laisse aller à rêver.

Dresser Ana sera une partie de plaisir.

Taylor me tire de ma somnolence.

— Nous sommes arrivés, monsieur Grey.

— Merci. J'ai une réunion tôt demain matin.

— À l'hôtel ?

— Oui, en visioconférence. Je n'aurai pas besoin de la voiture. Mais j'aimerais partir avant le déjeuner.

— Quand dois-je faire les bagages ?

— À 10 h 30.

— Très bien, monsieur. Le BlackBerry que vous avez demandé sera livré à Mlle Steele demain.

— Bien. Ça me fait penser... pouvez-vous aller récupérer sa Coccinelle demain et vous en débarrasser ? Je ne veux plus qu'elle la conduise.

— Bien sûr. J'ai un ami qui répare les vieilles voitures. Il sera peut-être intéressé. Je vais voir avec lui. Autre chose ?

— Non, merci. Bonne nuit, Taylor.

— Bonne nuit, monsieur.

Je laisse Taylor garer l'Audi et remonte dans ma suite.

Après avoir ouvert une bouteille d'eau gazeuse, je m'assois à mon bureau et allume mon ordinateur portable. Pas de messages urgents.

En réalité, j'ai envie de souhaiter bonne nuit à Ana.

De : Christian Grey
Objet : Toi
Date : 26 mai 2011 23:14
À : Anastasia Steele

Chère mademoiselle Steele,
Vous êtes tout simplement exquise. La femme la plus belle, intelligente, drôle et courageuse que j'aie jamais rencontrée. Prenez du paracétamol – c'est un ordre. Et ne reprenez plus jamais le volant de la Coccinelle. Je le saurai.

Christian Grey
P-DG, Grey Enterprises Holdings, Inc.

Elle s'est sûrement endormie, mais je laisse mon ordinateur ouvert, on ne sait jamais. Quelques minutes plus tard, j'ai une réponse.

De : Anastasia Steele
Objet : Flatterie
Date : 26 mai 2011 23:20
À : Christian Grey

Cher monsieur Grey,
Je vous dirais bien que la flatterie ne vous mènera nulle part, mais comme vous avez déjà été *partout*, l'argument n'est pas pertinent. Je vais devoir conduire ma Coccinelle jusqu'à un garage pour la vendre – pas la peine d'essayer de m'en dissuader.
Le vin rouge est toujours préférable au paracétamol.

Ana
P.-S. : La canne est une limite À NE PAS FRANCHIR pour moi.

Sa première phrase me fait rire. *Oh, bébé, je ne suis pas allé partout où je voulais avec toi.* Du vin rouge en plus du champagne ? Ce n'est pas un bon mélange, et la canne sera rayée de la liste. Tout en rédigeant ma réponse, je me demande si elle aura d'autres objections.

De : Christian Grey
Objet : Les femmes énervantes qui ne savent pas accepter un compliment
Date : 26 mai 2011 23:26
À : Anastasia Steele

Chère mademoiselle Steele,
Je ne vous flatte pas. Vous devriez aller vous coucher.
J'accepte votre ajout aux limites à ne pas franchir.
Ne buvez pas trop.

Taylor s'occupera de votre voiture et en obtiendra un bon prix.

Christian Grey
P-DG, Grey Enterprises Holdings, Inc.

J'espère qu'elle est au lit maintenant.

De : Anastasia Steele
Objet : Taylor est-il l'homme de la situation ?
Date : 26 mai 2011 23:40
À : Christian Grey

Cher monsieur,
Je trouve curieux que vous soyez disposé à laisser votre homme de confiance conduire ma voiture, mais pas une femme que vous baisez de temps en temps. Comment puis-je être sûre que Taylor obtiendra le meilleur prix pour ladite voiture ? J'ai déjà, même avant de vous rencontrer, remporté des négociations serrées.

Ana

Une femme que je baise de temps en temps ?

Je me force à prendre une grande inspiration. Son mail me hérisse... non, il me fait enrager ! Comment ose-t-elle parler d'elle-même en ces termes ? Être ma soumise, c'est bien plus que ça. Je lui serai entièrement dévoué. Elle ne s'en rend pas compte ?

Et elle ne m'a pas fait de cadeau dans les négociations. *Bon sang !* Elle ne voit pas toutes les concessions que j'ai faites ? Je compte jusqu'à dix pour me calmer, et m'imagine à bord du *Grace*, mon catamaran, en train de voguer vers le sud. Flynn serait fier de moi.

Je lui réponds.

De : Christian Grey
Objet : Attention
Date : 26 mai 2011 23:44
À : Anastasia Steele

Chère mademoiselle Steele,

Je suppose que c'est le VIN ROUGE qui parle : vous avez eu une très longue journée.

Cela dit, je suis tenté de revenir pour m'assurer que vous ne puissiez pas vous asseoir pendant une semaine, plutôt qu'une soirée.

Taylor est un ex-militaire capable de conduire n'importe quel véhicule, de la moto au tank Sherman. Votre voiture ne représente aucun risque pour lui.

Je vous prie de ne pas vous considérer comme « une femme que je baise de temps en temps », parce que, très franche-ment, ça me rend FURIEUX, et que vous ne m'aimeriez pas lorsque je suis en colère.

Christian Grey
P-DG, Grey Enterprises Holdings, Inc.

J'expire lentement pour contrôler les battements affolés de mon cœur. Qui d'autre sur cette foutue planète est capable de me mettre dans un état pareil ?

Elle ne m'écrit pas tout de suite. Est-elle intimidée par ma réponse ? Je reprends mon livre, mais je m'aper-çois que j'ai lu trois fois le même paragraphe en atten-dant son mail. Je lève les yeux pour la millième fois.

De : Anastasia Steele
Objet : Attention vous-même !
Date : 26 mai 2011 23:57
À : Christian Grey
Cher monsieur Grey,
Je ne suis pas sûre de vous aimer de toute façon, surtout en ce moment.

Mademoiselle Steele

Je lis et relis son message et toute ma colère disparaît, immédiatement remplacée par une terrible angoisse.
Mon Dieu.
C'est terminé, c'est ça ?

Vendredi 27 mai 2011

De : Christian Grey
Objet : Attention vous-même
Date : 27 mai 2011 00:03
À : Anastasia Steele

Pourquoi tu ne m'aimes pas ?

Christian Grey
P-DG, Grey Enterprises Holdings, Inc.

Je me lève, ouvre une autre bouteille d'eau gazeuse.
Et j'attends.

De : Anastasia Steele
Objet : Attention vous-même !
Date : 27 mai 2011 00:09
À : Christian Grey

Parce que tu ne restes jamais avec moi.

Huit mots.
Huit petits mots qui me font frémir.
Je lui ai dit que je ne dormais jamais avec per-
sonne.

Mais aujourd'hui, c'était un grand jour.

Elle a obtenu son diplôme universitaire.

Elle a dit oui.

On a passé en revue toutes les limites à négocier qu'elle ne connaissait pas. On a baisé. Je l'ai fessée. On a rebaisé.

Merde.

Sans plus réfléchir, je prends mes clés de voiture, ma veste, et quitte la pièce en trombe.

Les routes sont désertes, heureusement. Vingt-trois minutes plus tard, je me gare devant chez elle.

Je frappe doucement. C'est Kavanagh qui ouvre la porte.

— Qu'est-ce que vous foutez là ?

Hou là. Pas vraiment l'accueil auquel je m'attendais.

— Je viens voir Ana.

— Je vous l'interdis !

Sa colocataire me barre la route, les bras croisés, les yeux brillants de colère. Je tente de la raisonner :

— Mais j'ai besoin de la voir. Elle m'a envoyé un mail.

Laisse-moi passer !

— Putain, qu'est-ce que vous lui avez encore fait ?

— C'est ce que j'aimerais bien comprendre ! dis-je entre mes dents.

— Depuis qu'elle vous connaît elle n'arrête pas de pleurer.

— Quoi ?

Au comble de l'exaspération, je la bouscule pour passer.

— Je vous interdis d'entrer ici !

Kavanagh me suit et crie comme une harpie alors que je me précipite vers la chambre d'Ana.

J'entre et allume la lumière. Recroquevillée sous son édredon, Ana plisse les paupières, éblouie. Elle a le nez qui coule et les yeux rouges. J'ai souvent vu des femmes dans cet état, surtout après leur avoir infligé une punition. Mais je suis surpris par la sensation de malaise qui noue mon ventre.

— Mon Dieu, Ana.

J'éteins et m'assois à côté d'elle sur le lit.

— Qu'est-ce que tu fais là ?

J'appuie sur le bouton de sa lampe de chevet.

— Tu veux que je le vire, cet enfoiré ? aboie Kavanagh depuis le pas de la porte.

Va te faire foutre ! Haussant un sourcil, je fais semblant de l'ignorer.

Ana secoue la tête, le regard humide.

— Appelle-moi si tu as besoin de moi, lance Kate à Ana, comme s'il s'agissait d'une enfant. Grey, je vous ai à l'œil.

Elle est furieuse, mais je m'en contrefous. Heureusement, elle s'en va et tire la porte, mais sans la fermer entièrement. Je palpe ma poche et, une fois encore, remercie intérieurement Mme Jones de pourvoir à mes besoins. Je sors mon mouchoir et le donne à Ana.

— Qu'est-ce qui se passe ?

— Et toi, pourquoi es-tu là ? interroge-t-elle d'une voix tremblante.

Je ne sais pas. Tu as dit que tu ne m'aimais pas.

— Je dois veiller à ton bien-être, ça fait partie de mon rôle. Tu m'as dit que tu voulais que je reste, alors je suis là. Et je te trouve dans cet état. Je sais que c'est à cause de moi, mais je ne sais pas ce que j'ai fait. C'est parce que je t'ai frappée ?

Elle se redresse péniblement en réprimant une grimace.

— Tu as pris du paracétamol ?

Elle secoue la tête. *Quand feras-tu ce que je te dis ?*

Je vais trouver Kavanagh, qui bout de rage sur le canapé.

— Ana a la migraine. Vous avez du paracétamol ?

Elle hausse les sourcils, surprise par ma sollicitude pour son amie. Me jetant un regard noir, elle se lève et disparaît dans la cuisine. Après avoir fourragé dans plusieurs cartons, elle me tend une plaquette de médicaments et une tasse d'eau.

De retour dans la chambre, je donne un cachet à Ana et m'assois sur le lit.

— Prends ça.

Elle obéit, le regard voilé par l'appréhension.

— Parle-moi. Tu m'as dit que ça allait. Je ne t'aurais pas quittée si j'avais su que tu te mettrais dans cet état.

Elle joue machinalement avec un fil échappé de son édredon.

— Donc, quand tu m'as dit que ça allait, ça n'allait pas.

— Je pensais que ça allait.

— Anastasia, il ne fallait pas me dire ce que tu pensais que je voulais entendre. Ce n'était pas très honnête de ta part. Comment pourrai-je te croire, après ça ?

Parle-moi, Ana.

— Tu t'es sentie comment, pendant que je te donnais la fessée ? Et après ?

— Je n'ai pas aimé. Je préférerais que tu ne le refasses pas.

— Tu n'étais pas censée aimer.

— Et toi, pourquoi aimes-tu ça ?

Merde. Je ne peux pas lui dire pourquoi.

— Tu tiens vraiment à le savoir ?

— Crois-moi, je trouve ça fascinant.

Elle est sarcastique maintenant !

— Attention, dis-je d'un ton menaçant.

— Tu vas encore me donner la fessée ?

Cette idée la fait pâlir.

— Non, pas ce soir.

Je crois que c'est assez pour aujourd'hui.

— Alors, pourquoi aimes-tu ça ? insiste-t-elle.

— J'aime la sensation de contrôle que ça me procure, Anastasia. Je tiens à ce que tu te comportes d'une certaine façon et si tu n'obéis pas, je te punirai, pour que tu apprennes à te comporter comme je le désire. Je prends du plaisir à te punir. J'avais envie de te donner la fessée depuis que tu m'as demandé si j'étais gay.

Et je ne veux pas que tu lèves les yeux au ciel, ni que tu sois sarcastique.

— Si je comprends bien, tu ne m'aimes pas comme je suis.

— Je te trouve très bien comme tu es.

— Alors pourquoi essaies-tu de me changer ?

Jamais de la vie ! Tu es adorable.

— Je ne veux pas te changer. J'aimerais que tu sois courtoise, que tu respectes mes règles et que tu arrêtes de me défier. C'est pourtant simple.

Je veux te savoir en sécurité.

— Mais tu prends du plaisir à me punir ?

— Oui, en effet.

— C'est ça que je ne comprends pas.

Je soupire.

— Je suis fait comme ça, Anastasia. J'ai besoin de te contrôler. J'ai besoin que tu te conduises d'une certaine façon, et si tu ne le fais pas...

Mon esprit s'égare. *Ça me rend fou de désir, Ana. Ne peux-tu pas l'accepter ?* Te mettre à plat ventre sur mes genoux... sentir tes fesses sous ma paume.

— ... j'adore voir ta jolie peau nacrée rosir et s'échauffer sous mes mains. Ça m'excite.

— Donc, ce n'est pas pour me faire mal ?

Comment lui faire comprendre ?

— Un peu, pour voir si tu supportes, mais pas uniquement. C'est le fait que tu sois à moi, que je puisse faire de toi ce que bon me semble, te contrôler totalement. Voilà ce qui m'excite. Ça m'excite beaucoup, Anastasia.

Je devrais lui prêter un livre ou deux sur l'art d'être soumise.

— Écoute, je ne m'explique pas très bien... je n'ai jamais eu à le faire, alors je n'y ai jamais vraiment réfléchi. J'ai toujours fréquenté des gens comme moi. Et tu n'as encore pas répondu à la deuxième partie de ma question. Qu'as-tu éprouvé, après la fessée ?

— De la confusion.

— Ça t'a excitée sexuellement, Anastasia.

Tu as un monstre intérieur, Ana, je le savais.

Fermant les yeux, je me rappelle combien elle était excitée et impatiente après la fessée. Quand je les rouvre, elle m'observe, les pupilles dilatées, les lèvres entrouvertes... et se passe la langue sur les lèvres. Elle a envie de moi elle aussi.

Non, pas encore, Grey. Pas quand elle est dans cet état.

— Ne me regarde pas comme ça.

Elle paraît surprise.

Tu sais très bien ce que je veux dire, Ana.

— Je n'ai plus de préservatifs, Anastasia, et tu es bouleversée. Contrairement à ce que croit ta colocataire, je ne suis pas atteint de priapisme. Donc, tu as éprouvé de la confusion ?

Elle garde le silence. *Mon Dieu.*

— Tu n'as aucun mal à être honnête avec moi par écrit. Tu me dis toujours exactement ce que tu ressens dans tes mails. Qu'est-ce qui t'empêche de le faire de vive voix ? Est-ce que je t'intimide autant que ça ?

Ses doigts tortillent toujours le fil de l'édredon.

— Je suis sous le charme, Christian. Tu m'éblouis. J'ai l'impression d'être Icare et de voler trop près du soleil.

Elle a parlé d'une voix douce, émue. Son aveu me fait l'effet d'un coup de poing dans le ventre.

— Je crois que c'est l'inverse.

— Quoi ?

— Anastasia, c'est toi qui m'as ensorcelé. C'est évident, non ?

Pourquoi je suis là, à ton avis ? Elle n'est pas convaincue.

Ana, tu dois me croire.

— Tu n'as toujours pas répondu à ma question. Écris-moi un mail, s'il te plaît. Mais maintenant, j'aimerais vraiment dormir. Je peux rester ?

— Tu veux rester ?

— Tu voulais que je reste avec toi, non ?

— Tu n'as pas répondu à ma question, insiste-t-elle.

Quelle femme impossible ! J'ai sauté dans ma bagnole et j'ai roulé comme un fou pour la rejoindre dès que j'ai lu son foutu message. La voilà ta réponse ! Je grogne que je lui répondrai par mail. Je n'ai plus envie d'en parler. Cette conversation est terminée.

Avant de changer d'avis et de retourner en vitesse au Heathman, je me lève, vide mes poches, retire chaussures et chaussettes, et grimpe dans son lit.

— Allonge-toi.

Elle obéit, et je me hisse sur un coude pour l'observer.

— Si tu as envie de pleurer, pleure devant moi. Il faut que je sache.

— Tu veux que je pleure ?

— Pas spécialement. Je cherche simplement à savoir ce que tu ressens. Je ne veux pas que tu me glisses entre les doigts. Éteins. Il est tard, et nous travaillons tous les deux demain matin.

Elle appuie docilement sur l'interrupteur.

— Allonge-toi sur le côté, en me tournant le dos.

Je ne veux pas que tu me touches. Je me rapproche et l'enlace pour la lover tout contre moi.

— Dors, bébé, murmuré-je en enfouissant mon nez dans ses cheveux.

Bon sang, elle sent tellement bon.

Lelliot court sur la pelouse.

Il rit aux éclats.

Je le pourchasse en riant.

Je vais le rattraper.

On est entourés de petits arbres.

Des tout petits arbres couverts de pommes.

Maman me laisse cueillir les pommes.

Maman me laisse manger les pommes.

Je les glisse dans mes poches. Dans toutes mes poches.

Je les cache dans mes vêtements.

Les pommes ont bon goût.

Les pommes sentent bon.

Maman fait des tartes aux pommes.

Des tartes aux pommes avec de la glace.

Mon ventre est content.

Je cache les pommes dans mes chaussures. Et sous mon oreiller.

Il y a un homme. Grand-pa Trev-Trev-yan.

Son nom est difficile à dire. Difficile à dire dans ma tête.

Il a un autre nom. Thee-o-doore.

Theodore, c'est un drôle de nom.

Les petits arbres sont à lui.

Dans le jardin de sa maison. Là où il habite.

C'est le papa de ma maman.

Il a un gros rire. Des épaules larges.

Et des yeux rieurs.

Il court pour nous attraper, Lelliot et moi.

Tu ne m'attraperas pas.

Lelliot court. Il rit.

Et on roule tous les deux dans l'herbe.

Il rit et rit encore.

Les pommes scintillent au soleil.

Et elles sont si bonnes.

Miam.

Et elles sentent si bon.

Si bon.

Les pommes tombent.

Elles tombent sur moi.

Je me retourne et elles frappent mon dos. Ça fait mal.

Aïe.

Mais l'odeur est encore là, douce et fraîche.

Ana.

Quand j'ouvre les yeux, son corps est toujours lové contre le mien et nos jambes sont entremêlées. Elle me regarde avec un sourire tendre. Son visage n'est plus rouge ni gonflé. Elle est radieuse. Cette délicieuse vision fait frémir ma queue.

— Bonjour, dis-je, un peu désorienté. Putain, même dans mon sommeil tu m'attires.

Je me détache d'elle et regarde autour de moi. Bien sûr, on est dans sa chambre. Son regard brille quand je presse mon érection naissante contre elle.

— Hum… Il y a de quoi faire, mais je crois que nous devrions attendre jusqu'à dimanche.

Elle a le feu aux joues. Et son corps est brûlant.

— Tu es chaud comme la braise, me susurre-t-elle.

— Toi aussi, dis-je en la taquinant avec la partie préférée de mon anatomie.

Elle tente un regard désapprobateur, mais ne peut s'empêcher de sourire. Je me penche pour l'embrasser.

— Tu as bien dormi ?

Elle hoche la tête.

— Moi aussi. Oui, vraiment très bien.

Bizarrement, pas de cauchemars. Seulement des rêves…

— Quelle heure est-il ?

— 7 h 30.

— 7 h 30… ? Merde !

Je bondis du lit et ramasse mon jean à la hâte. Elle me regarde m'habiller en se retenant de rire.

— Tu as une mauvaise influence sur moi. J'ai une réunion. Il faut que j'y aille – je dois être à Portland à 8 heures. Tu ris de moi ?

— Oui.

— Je suis en retard. Je ne suis jamais en retard, dis-je en enfilant ma veste. Encore une première, mademoiselle Steele. À dimanche, fais-je en l'embrassant.

Je prends mon portefeuille, la monnaie que j'ai laissée sur la table de nuit, mes chaussures, et fonce vers la porte.

— Taylor passera prendre ta voiture. Je parlais sérieusement. Ne la conduis pas. À dimanche. Je t'enverrai un mail pour te dire à quelle heure.

Abasourdie, elle me regarde filer vers ma voiture. Dès que j'ai enfilé mes chaussures, je mets les gaz et louvoie entre les voitures qui se dirigent vers Portland. Je vais devoir assister en jean à la réunion avec Eamon Kavanagh et ses associés. Heureusement que c'est une visioconférence.

Je m'engouffre dans ma chambre du Heathman, j'allume mon ordinateur. 8 h 02. Merde. Je ne suis pas rasé, tant pis. Je lisse mes cheveux et ma veste en espérant qu'ils ne remarqueront pas que je porte un tee-shirt en dessous.

Qu'est-ce que ça peut faire, après tout ?

J'ouvre WebEx. Andréa est déjà connectée.

— Bonjour, monsieur Grey. M. Kavanagh est en retard, mais tout le monde est prêt à New York et Seattle.

— Fred et Barney ?

Mes Pierrafeu. Cette pensée me fait sourire.

— Oui, monsieur. Ainsi que Ros.

— Parfait. Merci.

Je suis à bout de souffle. Je remarque le regard surpris d'Andréa, mais choisis de l'ignorer.

— Commandez-moi un bagel saumon et crème et un café, noir. À monter dans ma suite, ASAP.

— Oui, monsieur Grey, dit-elle en me postant le lien pour la visioconférence, qui apparaît sur mon écran. Voilà, monsieur.

Je clique sur le lien, et je suis en ligne.

— Bonjour.

Deux hommes sont assis autour d'une table à New York, le regard tourné vers la caméra. Ros, Barney et Fred sont chacun dans une fenêtre séparée.

Au boulot, Grey. Kavanagh veut passer à la fibre optique. GEH peut lui fournir ce service – mais leur offre est-elle sérieuse ? C'est un gros investissement pour lui, qui ne sera rentable qu'à long terme.

Pendant la discussion, une notification apparaît dans le coin de mon écran : un mail d'Ana vient d'arriver dans ma boîte. Je clique dessus aussi discrètement que possible.

De : Anastasia Steele
Objet : Coups et blessures : le bilan
Date : 27 mai 2011 08:05
À : Christian Grey

Cher monsieur Grey,
Vous vouliez savoir pourquoi j'ai éprouvé de la confusion après que vous m'avez – comment dire ? – fessée, punie, battue, agressée.

C'est un rien mélodramatique, mademoiselle Steele. Vous auriez pu dire non.

Eh bien, sur le coup, je me suis sentie méprisée, avilie, maltraitée.

Si c'est ce que tu ressens, pourquoi ne pas m'avoir arrêté ? Tu connais les mots d'alerte.

Mais j'ai été mortifiée de constater – vous aviez raison – que ça m'a aussi excitée, ce qui me surprend.

Je sais. C'est bien. Tu l'avoues enfin.

Comme vous le savez, tout ce qui relève de la sexualité est nouveau pour moi. Si j'avais eu plus d'expérience, j'aurais été mieux préparée. Ça m'a choquée, d'être excitée.

Mais ce qui m'a vraiment inquiétée, c'est ce que j'ai ressenti après coup. Et ça, c'est plus difficile à exprimer. J'étais heureuse que vous soyez heureux. Soulagée que ça n'ait pas été aussi douloureux que je l'imaginais. Et, dans vos bras, je me suis sentie... assouvie.

Comme moi, Ana, comme moi...

Mais, en même temps, je me sentais mal, voire coupable, d'éprouver cette sensation. Ça ne me correspond pas et, du coup, j'éprouve de la confusion. Cela répond-il à votre question ?
J'espère que l'univers des fusions-acquisitions est toujours aussi stimulant pour vous... et que vous n'avez pas été trop en retard.

Merci d'être resté avec moi.

Ana

Kavanagh se joint à la réunion et nous demande d'excuser son retard. Pendant que Fred explique à Eamon ce que GEH peut offrir à sa société, je réponds à Ana. J'espère que de l'autre côté de l'écran, ils pensent que je prends des notes.

De : Christian Grey
Objet : Libérez votre esprit
Date : 27 mai 2011 08:24
À : Anastasia Steele

Intitulé intéressant... bien que légèrement exagéré, mademoiselle Steele.

Pour répondre à vos remarques :
— J'opte pour « fessée », puisque c'est de cela qu'il s'agit.

— Donc, vous vous êtes sentie méprisée, avilie, maltraitée – on croirait entendre Tess. C'est vous-même qui avez opté pour l'avilissement, si mes souvenirs sont bons. Est-ce vraiment ce que vous ressentez ou est-ce ce que vous pensez devoir ressentir ? Ce sont deux choses très différentes. Si c'est ce que vous ressentez, pensez-vous pouvoir essayer d'assumer ces sentiments, pour moi ? C'est ce que ferait une soumise.

— Je vous suis reconnaissant de votre inexpérience. Elle m'est précieuse, et je commence tout juste à comprendre ce qu'elle implique. En un mot... elle signifie que vous êtes à moi, sur tous les plans.

— Oui, vous étiez excitée, ce qui était à son tour excitant pour moi, il n'y a rien de mal à cela.

— Heureux, le mot est faible. Disons plutôt en extase.

— La fessée de punition est bien plus douloureuse que la fessée sensuelle – ça ne sera jamais plus dur que ça, à moins évidemment que vous ne commettiez une transgression majeure, auquel cas j'utiliserai un instrument pour vous punir. J'ai d'ailleurs mal à la main, ce matin. Mais ça me plaît.

— Moi aussi, je me suis senti assouvi – plus que vous ne pourrez jamais l'imaginer.

— Ne gaspillez pas votre énergie à vous sentir coupable, à penser que vous avez fait quelque chose de mal, etc. Nous sommes des adultes consentants, et ce que nous faisons en privé reste entre nous. Vous devez libérer votre esprit et écouter votre corps.

— Le monde des fusions-acquisitions n'est pas aussi stimulant que vous, mademoiselle Steele.

Christian Grey
P-DG, Grey Enterprises Holdings, Inc.

Sa réponse est presque immédiate.

De : Anastasia Steele
Objet : Adultes consentants !
Date : 27 mai 2011 08:26
À : Christian Grey

Tu n'es pas en réunion ?
Si tu as mal à la main, bien fait pour toi.
Et si j'écoutais mon corps, à l'heure qu'il est je serais en Alaska.

Ana
P.-S. : Je réfléchirai au fait d'assumer ces sentiments.

En Alaska ! Voyons, mademoiselle Steele ! Je réprime un fou rire et fais semblant de me concentrer sur la visioconférence. On frappe à ma porte. Je m'excuse d'interrompre la réunion pour faire entrer l'employée du room-service, venue m'apporter mon petit déjeuner. Mlle Yeux-Noirs me remercie d'un sourire enjôleur quand je signe la note.

Revenant à mon écran, j'écoute Fred expliquer à Kavanagh et ses associés combien la fibre optique a été bénéfique pour un autre de nos clients.

— Et cette technologie va m'aider dans mes marchés à terme ? demande Kavanagh avec un sourire de prédateur.

Quand je lui réponds que Barney travaille dur pour développer une boule de cristal capable de prédire les prix, tous ont la courtoisie de rire.

Pendant que Fred discute planning pour la mise en œuvre et l'intégration technique, j'écris à Ana.

De : Christian Grey
Objet : Vous n'avez pas appelé les flics
Date : 27 mai 2011 08:35
À : Anastasia Steele

Mademoiselle Steele,

J'assiste à une réunion sur les marchés à terme, si ça vous intéresse.

Pour mémoire, vous saviez très bien ce que je m'apprêtais à faire. Vous ne m'avez à aucun moment demandé d'arrêter, et vous n'avez pas utilisé les mots d'alerte.

Vous êtes une adulte – vous avez le choix.

Très franchement, j'ai hâte d'avoir de nouveau mal à la main.

Vous n'écoutez manifestement pas la bonne partie de votre corps.

L'Alaska, c'est très froid, et ce n'est pas le refuge idéal. Je vous retrouverais. Je peux tracer votre téléphone portable – ne l'oubliez pas.

Allez bosser.

Christian Grey
P-DG, Grey Enterprises Holdings, Inc.

Fred est lancé dans une longue explication quand je reçois la réponse d'Ana.

De : Anastasia Steele
Objet : Harceleur
Date : 27 mai 2011 08:36
À : Christian Grey

Avez-vous songé à vous faire soigner pour vos tendances au harcèlement ?

Ana

Je me retiens d'éclater de rire. Elle a vraiment beaucoup d'humour.

De : Christian Grey
Objet : Harceleur ? Moi ?
Date : 27 mai 2011 08:38
À : Anastasia Steele

Je paie une petite fortune à l'éminent Dr Flynn à cet effet. Va bosser.

Christian Grey
P-DG, Grey Enterprises Holdings, Inc.

Pourquoi n'est-elle pas partie travailler ? Elle va être en retard.

De : Anastasia Steele
Objet : Charlatans
Date : 27 mai 2011 08:40
À : Christian Grey

Puis-je vous suggérer humblement de demander un deuxième avis ? Je ne suis pas certaine que le Dr Flynn soit très efficace.

Mademoiselle Steele

Bon sang, que cette fille est drôle... et intuitive. Flynn me coûte une petite fortune pour ses conseils. Je tape subrepticement ma réponse.

De : Christian Grey
Objet : Deuxième avis
Date : 27 mai 2011 08:43
À : Anastasia Steele

Ça ne vous regarde pas, mais le Dr Flynn représente déjà le deuxième avis.

Il va falloir que vous rouliez vite dans votre nouvelle voiture pour ne pas arriver en retard, ce qui vous ferait courir des risques inutiles – je crois que c'est une infraction aux règles. VA BOSSER !

Christian Grey
P-DG, Grey Enterprises Holdings, Inc.

Kavanagh me pose une question sur nos perspectives et nos garanties. Je l'informe que nous avons récemment acquis une société qui représente un acteur dynamique et innovant dans le secteur de la fibre optique. Je passe sous silence mes doutes au sujet de son P-DG, Lucas Woods. Il aura bientôt débarrassé le plancher. C'est décidé, je vais virer ce con, peu importe ce qu'en pense Ros.

De : Anastasia Steele
Objet : CRIER AVEC DES MAJUSCULES
Date : 27 mai 2011 08:47
À : Christian Grey

En fait, étant victime de vos tendances au harcèlement, je crois que ça me regarde. Je n'ai pas encore signé. Alors les règles, je m'en tape. Et je ne commence qu'à 9 h 30.

Mademoiselle Steele

CRIER AVEC DES MAJUSCULES ? J'adore.

De : Christian Grey
Objet : Linguistique descriptive
Date : 27 mai 2011 08:49
À : Anastasia Steele

Vous vous en « tapez » ? Je vous suggère de réfléchir à votre choix de vocabulaire.

Christian Grey
P-DG, Grey Enterprises Holdings, Inc.

— Nous pouvons reprendre cette conversation hors ligne, propose Ros à Kavanagh. Maintenant que nous avons une idée de vos besoins et vos attentes, nous allons vous préparer une proposition détaillée et convenir d'une nouvelle réunion la semaine prochaine pour en discuter.

— Parfait, dis-je, d'un ton que j'espère professionnel. (Je reprends à l'intention de Kavanagh :) Merci de l'intérêt que vous portez à notre société, Eamon.

— On dirait que vous connaissez votre affaire. Ravi de vous avoir vu hier. Au revoir.

Tous se déconnectent sauf Ros, qui me regarde comme si j'avais deux têtes. Un nouveau « ping » dans ma boîte.

— Attendez, Ros, j'en ai pour une minute.

Je coupe le son et lis la réponse d'Ana. J'éclate de rire.

De : Anastasia Steele
Objet : Linguistique descriptive
Date : 27 mai 2011 08:52

À : Christian Grey
Harceleur, et en plus maniaque du contrôle.
La linguistique descriptive, en ce qui me concerne, c'est une limite à ne pas franchir.
Veux-tu bien arrêter de me déranger, maintenant ?
J'aimerais aller travailler dans ma nouvelle voiture.

Ana

Je tape ma réponse à toute vitesse.

De : Christian Grey
Objet : Insolente mais amusante
Date : 27 mai 2011 08:56
À : Anastasia Steele
La main me démange.
Roulez prudemment, mademoiselle Steele.

Christian Grey
P-DG, Grey Enterprises Holdings, Inc.

Ros a l'œil noir.

— Qu'est-ce qui se passe, Christian ? fulmine-t-elle quand je remets le son.

— Comment ça ?

— Vous le savez très bien. Pourquoi avoir organisé cette satanée réunion si vous vous en foutez ?

— C'était si évident ?

— Oui.

— Merde.

— Exactement. C'est un très gros contrat pour nous.

— Je sais, je sais. Je suis désolé.

Je souris malgré moi.

— Qu'est-ce que vous avez ces derniers temps ?

Elle secoue la tête, mais je sais qu'elle cherche à dissimuler son amusement par de l'agacement.

— C'est l'air de Portland.

— Eh bien, plus tôt vous serez rentré, mieux ce sera pour tout le monde !

— Je prends le chemin du retour après le déjeuner. En attendant, demandez à Marco de se renseigner sur toutes les maisons d'édition de Seattle, et de regarder s'il y en aurait une qu'on pourrait racheter.

— Vous voulez investir dans l'édition ? s'étonne Ros. Ce n'est pas un secteur à fort potentiel.

Elle a sans doute raison.

— Renseignez-vous, c'est tout.

Elle soupire.

— Si vous insistez. Vous passerez au bureau cet après-midi ? On pourrait avoir une vraie conversation.

— Tout dépendra de la circulation.

— Je vais fixer une réunion provisoire avec Andréa.

— Parfait. À plus tard.

Je me déconnecte de WebEx, puis appelle Andréa.

— Bonjour, monsieur Grey.

— Andréa, appelez le Dr Baxter et demandez-lui de venir chez moi dimanche, autour de midi. S'il n'est pas disponible, trouvez un bon gynécologue. Le meilleur de Seattle.

— Très bien, monsieur. Autre chose ?

— Oui. Comment s'appelle la styliste de Neiman Marcus que j'ai employée pour le Bravern Center ?

— Caroline Acton.

— Envoyez-moi son numéro par texto.

— Très bien.

— Je vous vois en fin d'après-midi.

— Oui, monsieur.

Je raccroche. Jusqu'ici, la matinée a été des plus intéressantes. Je ne me rappelle pas avoir eu un échange de mails aussi drôle. Je jette un coup d'œil à mon portable, mais rien de nouveau. Ana doit être au travail.

Je me passe la main dans les cheveux. Ros a remarqué ma distraction pendant la visioconférence. *Bon sang, Grey, ressaisis-toi.*

Je dévore mon petit déjeuner, bois mon café froid, et file me doucher et me changer. Même sous le jet brûlant, je ne peux me sortir cette femme de la tête.

Envoûtante Ana. L'image de son corps de déesse s'impose à moi : en train de me chevaucher ; à plat ventre sur mes genoux ; attachée au lit, en extase. Dieu, que cette fille est sexy ! Et ce matin, quand je me suis réveillé à côté d'elle, ce n'était pas si désagréable. Et j'ai bien dormi… vraiment bien.

« Je crie en majuscules. » Ses mails me font rire. Elle est tellement drôle. Je ne savais pas que ce trait de caractère pouvait me plaire chez une femme. Je vais devoir réfléchir à ce que nous allons faire dans ma salle de jeux dimanche… Une expérience amusante, nouvelle pour elle.

En me rasant, une idée me vient, et dès que je suis habillé, j'ouvre mon portable et me connecte à mon magasin en ligne favori. J'ai besoin d'une cravache – en cuir tressé marron. Je souris. *Ana, ton rêve va devenir réalité.*

Ma commande passée, je consulte mes messages professionnels, plein d'une énergie nouvelle, quand Taylor m'interrompt.

— Bonjour, Taylor, lui dis-je gaiement.

— Monsieur Grey.

Il me regarde d'un drôle d'air, et je me rends compte que j'ai toujours le sourire aux lèvres.

« La linguistique descriptive est une limite à ne pas franchir pour moi. »

— J'ai passé une bonne matinée.

— Heureux de l'apprendre, monsieur. Les vête-ments que Mlle Steele a laissés la semaine dernière sont revenus de chez le teinturier.

— Mettez-les dans ma valise.

— Très bien.

— Merci.

Je le regarde s'éloigner, songeur. Même Taylor a constaté l'effet Anastasia Steele sur mon humeur. Mon téléphone bourdonne – un SMS d'Elliot.

« Toujours à Portland ? »

« Oui, mais je pars bientôt. »

« Je serai là dans la soirée. Je vais aider les filles. Dom-mage que tu partes. Notre premier DOUBLE RENCART depuis qu'Ana t'a dépucelé. »

« Va te faire foutre. Je vais chercher Mia. »

« Des détails, mec ! Kate ne
raconte rien. »

> « Tant mieux. Va te faire
> foutre, j'ai dit. »

— Monsieur Grey ?

Taylor m'interrompt une nouvelle fois, ma valise à
la main.

— Le BlackBerry a été livré, monsieur.

— Bien. Merci, Taylor.

Il fait un signe de tête et quitte la pièce pendant
que j'écris un énième mail à Mlle Steele.

De : Christian Grey
Objet : Prêt de BlackBerry
Date : 27 mai 2011 11:15
À : Anastasia Steele

Je dois pouvoir te contacter en tout temps, et puisque tu
ne me parles franchement que par mail, je me suis dit qu'il
te fallait un BlackBerry.

Christian Grey
P-DG, Grey Enterprises Holdings, Inc.

*Et tu répondras peut-être à ce téléphone quand je
t'appelle !*

À 11 h 30, j'ai une autre visioconférence avec
notre directeur financier, pour discuter des prochains dons de GEH à des organisations caritatives.
Notre réunion dure près d'une heure, puis je prends
un déjeuner léger et termine la lecture de mon
Forbes.

En avalant ma dernière bouchée de salade, je réalise que je n'ai aucune raison de m'attarder à l'hôtel. J'ai pourtant des réticences à partir. Tout au fond de moi, je sais que c'est parce que je ne verrai pas Ana avant dimanche, à moins qu'elle ne change d'avis.

Merde. J'espère que non. Chassant cette déplaisante pensée, je range mes documents, mais au moment de fermer mon ordinateur, je trouve un message d'Ana.

De : Anastasia Steele
Objet : Consommation compulsive
Date : 27 mai 2011 13:22
À : Christian Grey

Je crois que tu devrais appeler le Dr Flynn tout de suite. Tes tendances au harcèlement sont hors de contrôle. Je suis au travail, je t'écris quand je rentre. Merci pour ce nouveau gadget. Je n'avais pas tort quand je t'ai demandé si tu étais un consommateur compulsif.
Pourquoi fais-tu ça ?

Ana

Elle me réprimande !

De : Christian Grey
Objet : Si jeune et pourtant si sage
Date : 27 mai 2011 13:24
À : Anastasia Steele

Bien raisonné, comme toujours, mademoiselle Steele. Le Dr Flynn est en vacances. Et je le fais parce que je le peux.

Christian Grey
P-DG, Grey Enterprises Holdings, Inc.

Comme elle ne réagit pas tout de suite, j'éteins mon ordinateur. Attrapant ma sacoche, je file à la réception et règle les formalités de départ. Pendant que j'attends la voiture, Andréa m'appelle pour m'informer qu'elle a trouvé une gynécologue-obstétricienne qui accepte de venir à l'Escala dimanche.

— C'est le Dr Greene. Elle m'a été chaudement recommandée par votre médecin traitant.

— Parfait.

— Elle tient une consultation au Northwest.

— D'accord.

Où veut en venir Andréa ?

— Seulement, ses honoraires sont très élevés.

— Aucune importance.

— Dans ce cas, elle sera chez vous dimanche à 13 h 30.

— OK. Vous pouvez confirmer le rendez-vous.

— Très bien, monsieur Grey.

Je raccroche, et suis tenté d'appeler ma mère pour vérifier les références du Dr Greene, puisqu'elles travaillent dans le même hôpital. Mais cela susciterait trop d'interrogations de la part de Grace.

De la voiture, j'envoie à Ana les précisions pour la journée de dimanche.

De : Christian Grey
Objet : Dimanche
Date : 27 mai 2011 13:40

Bien. Tout est en place. Je prends la direction de l'autoroute avec la R8. Quand je passe devant la sortie pour Vancouver, j'ai une idée. J'appelle Andréa avec le kit mains libres et lui demande de faire livrer un cadeau de bienvenue à Ana et Kate.

— Bien sûr. Que voulez-vous leur envoyer ?

— Un Bollinger Grande Année Rosé 1999.

— Bien, monsieur. Autre chose ?

— Comment ça, autre chose ?

— Des fleurs ? Des chocolats ? Un ballon ?

— Un ballon ?

— Oui.

— Quel genre de ballon ?

— Eh bien… il en existe de toutes sortes.

— D'accord. Bonne idée – voyez s'il existe des ballons en forme d'hélicoptère.

— Oui, monsieur. Le message pour la carte ?

— « Mesdemoiselles, bienvenue dans votre nouveau foyer. Christian Grey. »

— C'est noté, monsieur. À quelle adresse ?

Merde. Aucune idée.

— Je vous l'envoie ce soir ou demain.

— Très bien, monsieur. Je fais livrer le tout demain.

— Merci, Andréa.

— Je vous en prie.

Je raccroche et fais rugir ma R8.

Quand j'arrive chez moi à 18 h 30, ma bonne humeur de la matinée s'est évaporée – je n'ai toujours aucune nouvelle d'Ana. Je m'habille pour la soirée. Je choisis une paire de boutons de manchette dans les tiroirs de mon dressing et, tout en nouant ma cravate, je me demande si elle va bien. Elle avait dit qu'elle me contacterait dès son retour. Je l'ai appelée deux fois, sans succès. Ça me fiche en pétard. Je fais une nouvelle tentative et cette fois, je laisse un message.

« Je crois que tu n'as pas saisi ce que j'attends de toi. Je ne suis pas un homme patient. Si tu me dis que tu vas me contacter en rentrant du travail, aie la courtoisie de le faire. Autrement, je m'inquiète, et l'inquiétude n'est pas une émotion familière pour moi. Je ne la supporte pas bien. Appelle-moi. »

Si elle n'obéit pas, je vais péter les plombs !

Je suis attablé à côté de Whelan, mon banquier. C'est lui qui m'a invité à ce gala de charité au profit d'une association qui lève des fonds pour lutter contre la pauvreté dans le monde.

— Heureux de vous voir ! me lance Whelan.

— C'est une noble cause.

— Et merci pour votre généreuse contribution, monsieur Grey.

Son épouse exhibe ses faux seins sans aucune gêne.

— Je vous l'ai dit, c'est une noble cause.

Ana. Pourquoi ne m'a-t-elle pas rappelé ? Je vérifie ma messagerie. Rien.

J'observe la tablée d'hommes d'âge mûr accompagnés de leur deuxième ou troisième femme-trophée. *Pas question de tomber aussi bas un jour.*

Je m'emmerde. Je m'emmerde et je suis fou de rage. *Qu'est-ce qu'elle fabrique ?* Et si je l'avais emmenée avec moi ? Non, elle aussi se serait ennuyée. Quand la conversation se porte sur l'état de l'économie, j'en ai plus qu'assez. Prenant congé des autres convives, je quitte la salle de bal et sors de l'hôtel. En attendant le voiturier, j'appelle une fois encore Ana.

Pas de réponse. Peut-être que maintenant que je suis parti, elle ne veut plus entendre parler de moi.

De retour à l'Escala, je vais directement dans mon bureau et j'allume mon iMac.

De : Christian Grey
Objet : Où es-tu ?
Date : 27 mai 2011 22:14
À : Anastasia Steele

« Je suis au travail, je t'écris quand je rentre. »
Es-tu toujours au travail ou as-tu rangé ton téléphone, ton BlackBerry et ton Mac dans tes cartons ? Appelle-moi, ou je serai peut-être obligé de contacter Elliot.

Christian Grey
P-DG, Grey Enterprises Holdings, Inc.

Par la baie vitrée, je contemple la surface sombre du détroit. Pourquoi me suis-je porté volontaire pour aller chercher Mia ? Je pourrais être avec Ana, l'aider à emballer ses affaires, puis manger une pizza avec Kate, Elliot et elle – comme le font les gens ordinaires.

Pour l'amour du ciel, Grey. Je ne me reconnais plus.

Mes pas résonnent dans l'appartement, qui me semble cruellement vide depuis mon retour. Je dénoue mon nœud de cravate. C'est moi, peut-être, qui suis vide. Je me sers un armagnac et admire le panorama de Seattle.

Est-ce que tu penses à moi, Anastasia Steele ? Les lumières scintillantes de la ville n'ont pas de réponse à m'offrir.

Mon téléphone vibre. *Enfin !* C'est elle.

— Salut, dis-je, soulagé.

— Salut.

— J'étais inquiet.

— Je sais. Je suis désolée. Tout va bien.

Tout va bien ? Heureusement pour elle que je ne suis pas... Je contiens ma fureur.

— Tu as passé une bonne soirée ?

— Oui. On a fini les cartons, ensuite José nous a apporté des plats chinois.

Oh, de mieux en mieux. Encore ce satané photographe. Voilà pourquoi elle n'a pas appelé.

— Et toi, comment s'est passée ta soirée ?

Sa voix recèle une pointe de désespoir.

Pourquoi ? Qu'est-ce qu'elle ne me dit pas ? *Oh, arrête de te faire des films, Grey !* Je soupire.

— Je suis allé à un dîner de charité. C'était chiant à mourir. Je suis parti dès que j'ai pu.

— Je regrette que tu ne sois pas ici.

— Vraiment ?

— Oui, dit-elle avec ferveur.

Ah. Peut-être que je lui manque.

— On se voit dimanche ?

Je m'efforce de dissimuler la note d'espoir de ma voix.

— Oui, dimanche.

— Bonne nuit.

— Bonne nuit, monsieur.

Je crois déceler un sourire dans ses paroles.

— Bon courage pour ton déménagement, Anastasia.

Elle reste en ligne. Pourquoi ne raccroche-t-elle pas ? Elle ne veut pas ?

— Raccroche, toi, chuchote-t-elle.

Elle ne veut pas raccrocher ! Mon moral s'améliore instantanément. Je souris au ciel de Seattle.

— Non, toi, raccroche.

— Je n'ai pas envie.

— Moi non plus.

— Tu étais très fâché contre moi ?

— Oui.

— Tu es encore fâché ?

— Non.

Plus depuis que je te sais en sécurité.

— Tu ne vas pas me punir ?

— Non. Je suis du genre spontané.

— J'avais remarqué, plaisante-t-elle.

— Vous pouvez raccrocher maintenant, mademoiselle Steele.

— Vous y tenez vraiment, monsieur ?

— Au lit, Anastasia.

— Oui, monsieur.

Elle ne raccroche pas, et sourit, je le sais. Mon moral est au beau fixe à présent.

— Tu crois que tu arriveras un jour à faire ce qu'on te dit, Ana ?

— Peut-être. On verra dimanche, souffle-t-elle, enjôleuse.

Et elle met fin à la conversation.

Anastasia Steele, qu'est-ce que je vais bien pouvoir faire de vous ? En fait, j'en ai une petite idée, si cette jolie cravache arrive à temps.

C'est avec cette agréable pensée que je termine mon armagnac et vais me coucher.

Samedi 28 mai 2011

— Christian !

Mia pousse un cri de joie et se précipite vers moi, abandonnant ses valises. Elle se jette à mon cou et me serre contre elle.

— Tu m'as manqué !

— Toi aussi, petite sœur, dis-je en lui rendant son étreinte.

Elle se recule et me scrute de ses grands yeux noirs.

— Tu as l'air en forme. Parle-moi de cette fille !

— Laisse-moi d'abord te ramener à la maison.

Je récupère son chariot à bagages – qui pèse une tonne – et nous traversons le terminal en direction du parking.

— Alors, Paris ? Tu en as rapporté une partie avec toi ?

— C'était incroyable ! Par contre, Floubert est un vrai con. Horrible, ce type ! Comme professeur, il est vraiment nul, mais c'est un bon chef.

— Donc c'est toi qui cuisines ce soir ?

— Oh, j'espérais que maman serait aux fourneaux.

Mia se met à babiller non-stop sur Paris : sa chambre minuscule, la plomberie vétuste, le Sacré-Cœur, Montmartre, les Parisiens, le café, le vin rouge, le fromage, la mode, le shopping. Surtout la mode et le shopping. Dire qu'elle était à Paris pour apprendre à cuisiner !

Son bavardage m'a manqué. Il me fait du bien, me rassure. Mia est la seule personne qui ne me donne pas l'impression d'être... différent.

« Voici ta petite sœur, Christian. Elle s'appelle Mia. »

Maman me laisse porter le bébé. Elle est toute petite. Avec des cheveux très très noirs.

Elle sourit. Elle n'a pas de dents. Je lui tire la langue. Elle fait des bulles quand elle rit.

Maman me laisse encore prendre le bébé. Elle s'appelle Mia.

Je la fais rire. Je la porte encore et encore. Elle est en sécurité dans mes bras.

Elliot ne s'intéresse pas à Mia. Elle bave et pleure. Et elle fronce le nez quand elle fait caca.

Quand Mia pleure, Elliot l'ignore. Je la prends dans mes bras et elle s'arrête.

Elle s'endort sur moi.

« Miii-a », je murmure.

« Qu'est-ce que tu as dit ? » demande maman.

Son visage devient blanc comme la craie.

« Miii-a. »

« Oui. Oui, mon chéri. Mia. Elle s'appelle Mia. »

Et maman se met à pleurer des larmes de joie.

Je me gare devant la maison de mes parents. Puis je décharge les bagages de Mia et les transporte dans l'entrée.

— Où sont-ils tous passés ? demande Mia en faisant la moue.

La seule personne présente est l'employée de Grace – une étudiante étrangère dont j'ai oublié le nom.

— Bienvenue à la maison, dit-elle à Mia dans son anglais guindé, tout en me couvant d'un regard énamouré.

Mon Dieu. J'ai juste une belle gueule, ma petite. Je l'ignore et me tourne vers ma sœur.

— Je crois que maman est de garde, et papa assiste à une conférence. Tu es rentrée une semaine trop tôt.

— Je n'aurais pas pu supporter Floubert une minute de plus. Il fallait que je m'échappe. Oh, je t'ai acheté un cadeau !

Elle attrape un de ses sacs, l'ouvre en grand dans le couloir et fourrage dedans.

— J'ai trouvé ! s'écrie-t-elle en me tendant une lourde boîte carrée. Ouvre-la !

Ma sœur a une énergie débordante. Je soulève le couvercle et découvre une boule à neige contenant un piano à queue couvert de paillettes. Je n'ai jamais vu un objet aussi kitsch.

— C'est une boîte à musique. Regarde…

Elle me la prend des mains, la secoue, et tourne la petite clé du socle. Une version mécanique de *La Marseillaise* s'élève dans une nuée de paillettes colorées.

Qu'est-ce que je vais faire de ce truc ? J'éclate de rire – c'est Mia tout craché.

— C'est génial, Mia, merci.

Je l'étreins.

— Je savais que ça te ferait marrer.

Elle a raison – elle me connaît bien.

— Bon, parle-moi de cette fille.

Mais nous sommes interrompus par l'arrivée de Grace. Les retrouvailles entre mère et fille me laissent un sursis.

— Désolée de ne pas être venue t'accueillir à l'aéroport, ma chérie. J'étais à l'hôpital. On dirait que tu as grandi. Christian, peux-tu porter les valises de Mia à l'étage ? Gretchen va t'aider.

Sans blague ? Je suis bagagiste maintenant ?

— Oui, maman.

Je lève les yeux au ciel. Je n'ai aucune envie que Gretchen me suive comme un toutou.

Ma mission accomplie, je prétexte un rendez-vous avec mon coach. Et je m'éclipse avant d'être bombardé de questions à propos d'Ana.

Bastille m'en fait baver. Aujourd'hui, on fait du kick-boxing dans sa salle de gym.

— Vous vous êtes ramolli à Portland, jeune homme.

Il vient de me mettre au tapis d'un coup de pied circulaire. Question préparation physique, Bastille est de la vieille école, ce qui me convient très bien.

Je me relève péniblement, décidé à lui faire manger la poussière. Mais il a raison – je suis une chiffe molle aujourd'hui.

Après l'entraînement, il m'interroge :

— Qu'est-ce qui vous arrive ? Vous avez la tête ailleurs, là.

Je prends un air détaché.

— La vie est parfois compliquée.

— À qui le dites-vous. Vous restez à Seattle cette semaine ?

— Oui.

— Parfait. On va vous remettre d'aplomb.

En retournant à petites foulées à l'Escala, je me rappelle le cadeau de bienvenue pour Ana. J'envoie un SMS à Elliot.

« Tu as l'adresse de Kate et Ana stp ?
Je veux leur faire une surprise. »

Il m'envoie l'adresse, que je transfère à Andréa. Dans l'ascenseur qui m'emmène à l'appartement, Andréa me répond :

« Champagne et ballon envoyés. A. »

À mon arrivée, Taylor me tend un paquet.

— Ceci est arrivé pour vous, monsieur Grey.

Ah oui. Je reconnais aussitôt l'emballage : la cravache !

— Merci.

— Mme Jones sera de retour demain, en fin d'après-midi.

— D'accord. Ce sera tout pour aujourd'hui, je pense.

— Très bien, monsieur, dit-il avec un sourire poli, avant de regagner ses quartiers.

Le paquet sous le bras, je vais dans ma chambre. C'est le parfait prélude à mon univers. De son propre aveu, Ana n'a aucune référence concernant les punitions corporelles, à l'exception de la fessée que je lui ai donnée hier. Et elle a pris son pied. Avec la cravache, je pourrai commencer son initiation en douceur, et rendre l'expérience agréable.

Vraiment très agréable. La cravache est superbe. Je vais montrer à Ana que la peur n'existe que dans son esprit. Quand elle l'aura compris, on pourra passer à la vitesse supérieure.

Du moins, je l'espère…

On ira doucement. Et on fera seulement ce qu'elle sera capable de supporter. Pour que cette histoire marche, on va devoir aller à son rythme. Pas au mien.

Je jette un dernier coup d'œil à mon nouveau jouet et le range dans mon placard pour demain.

Lorsque j'ouvre mon ordinateur portable, mon téléphone sonne. Malheureusement, c'est Elena. J'étais censé l'appeler ?

— Bonjour, Christian. Comment vas-tu ?

— Bien, merci.

— Tu es de retour de Portland ?

— Oui.

— Une soirée mondaine ?

— Pas ce soir. Mia vient de rentrer de Paris et je dois dîner en famille.

— Ah. Maman Grey. Comment va-t-elle ?

— Maman Grey ? Bien. Je pense. Pourquoi ? Que sais-tu que j'ignore ?

— Je te posais une simple question, Christian. Ne sois pas si susceptible.

— Je t'appelle la semaine prochaine. On pourra peut-être dîner ensemble.

— Bonne idée. Tu n'as pas été très disponible ces derniers temps. Et j'ai rencontré une jeune femme qui pourrait bien répondre à tes besoins.

Moi aussi.

J'ignore son commentaire.

— À la semaine prochaine.

Sous la douche, je me demande si c'est le fait d'avoir à courtiser Ana qui la rend si intéressante… ou bien si c'est Ana elle-même.

Le dîner est enjoué. Ma sœur est de retour, et avec elle la petite princesse que le reste de la famille fait tout pour satisfaire. Grace est dans son élément avec tous ses enfants autour d'elle. Elle a cuisiné le plat préféré de Mia – poulet frit, purée et sauce au babeurre. J'adore moi aussi cette recette.

— Parle-moi d'Anastasia ! s'écrie Mia dès que nous passons à table.

Elliot se renverse dans son siège et croise les mains derrière sa tête.

— Je veux entendre ça. Vous êtes au courant qu'elle l'a dépucelé ?

— Elliot ! gronde Grace en lui donnant un petit coup de torchon.

— Aïe !

Je lève les yeux au ciel.

— J'ai rencontré une fille. Voilà. C'est tout.

— Tu ne peux pas t'arrêter là ! proteste Mia.

— Bien sûr que si, Mia. La preuve…, dit Carrick à sa fille, avec un regard réprobateur par-dessus ses lunettes.

— Nous serons tous réunis demain soir, n'est-ce pas, Christian ?

Grace m'adresse un sourire insistant.

Et merde.

— Kate sera là, claironne Elliot.

Sale traître.

— J'ai hâte de la connaître. Elle a l'air géniale ! s'exclame Mia en bondissant de sa chaise.

— Ouais, ouais, maugréé-je en me demandant comment échapper à ce foutu dîner.

— Elena m'a demandé de tes nouvelles, mon chéri, m'informe Grace.

— Ah bon ?

Je prends un air indifférent, résultat de plusieurs années d'entraînement.

— Oui, elle prétend qu'elle ne t'a pas vu depuis un moment.

— Je suis allé à Portland pour affaires. D'ailleurs il faut que je vous laisse – j'ai une réunion importante demain et je dois la préparer.

— Mais tu n'as pas mangé le dessert. Une tarte aux pommes.

Hum… tentant. Mais si je reste, ils vont me cuisiner au sujet d'Ana.

— Désolé, j'ai du travail.

— Mon chéri, tu travailles trop, me reproche Grace en voulant se lever.

— Reste assise, maman, je suis sûr qu'Elliot va t'aider à débarrasser.

— Hein ?

Elliot se renfrogne. Je lui fais un clin d'œil et prends congé.

— Alors on te voit demain ? insiste Grace, pleine d'espoir.

— On verra.

Bon. On dirait qu'Anastasia va faire la connaissance de ma famille.

Je ne sais pas ce que je dois en penser.

Dimanche 29 mai 2011

Je cours sur la 4e Avenue avec les Rolling Stones – *Shake Your Hips* – à plein tube dans les oreilles. Il est 6 h 45. Si je continue à descendre la colline, je vais tomber… sur son appartement. C'est plus fort que moi : je veux juste savoir où elle habite.

Entre le maniaque du contrôle et le harceleur.

Je ricane tout seul. Je fais juste mon jogging. Nous sommes dans un pays libre. L'immeuble de brique rouge, aux encadrements de fenêtres vert sombre, est typique de ce quartier de Seattle. L'appartement est bien situé, près du croisement entre Vine Street et Western. J'imagine Ana enroulée sous son édredon bleu et crème.

Poursuivant mon circuit, je traverse le marché. Les marchands s'installent déjà. Je zigzague entre les étalages de fruits et légumes et les camions réfrigérés venus livrer les produits du jour. C'est le cœur de la ville, très animé, même en cette matinée fraîche et grise. La surface lisse du détroit a la même couleur de plomb que le ciel. Mais rien ne peut entamer ma bonne humeur.

Aujourd'hui, c'est un grand jour.

Après ma douche, j'enfile un jean et une chemise en lin, et choisis un élastique dans un tiroir de ma commode, que je glisse dans ma poche. Puis je m'installe dans mon bureau pour écrire à Ana.

De : Christian Grey
Objet : Ma vie en numéros
Date : 29 mai 2011 08:04
À : Anastasia Steele

Si tu viens en voiture, voici le code d'accès au parking souterrain de l'Escala : 146963.
Gare-toi dans l'aire de stationnement n° 5, elle est à moi.
Code ascenseur : 1880.

Christian Grey
P-DG, Grey Enterprises Holdings, Inc.

À peine une minute plus tard, je reçois sa réponse.

De : Anastasia Steele
Objet : Une très bonne année
Date : 29 mai 2011 08:08
À : Christian Grey

Oui, monsieur. Compris.
Merci pour le champagne et pour le ballon Charlie Tango, qui est maintenant attaché au pied de mon lit.

Ana

L'image d'Ana ligotée à son lit avec ma cravate me trouble de nouveau. J'espère qu'elle a emporté son lit à Seattle.

Je t'en prie.
Sois ponctuelle.
Charlie Tango a bien de la chance.

Christian Grey
P-DG, Grey Enterprises Holdings, Inc.

Comme elle ne répond pas, je me mets en quête d'un petit déjeuner. Gail a acheté des croissants et a préparé une salade César pour midi. Il y en a assez pour deux.

Taylor apparaît.

— Bonjour, monsieur Grey. Voici les journaux du dimanche.

— Merci. Ana et moi allons dîner chez mes parents ce soir.

Taylor incline la tête, l'air surpris, puis il se reprend et quitte la pièce. Je retourne à mon croissant et à ma confiture d'abricot.

Ouais. Je vais la présenter à mes parents. Pas de quoi en faire un plat, si ?

Impossible de tenir. Il est 12 h 15. Le temps passe affreusement lentement aujourd'hui. J'attrape le journal du dimanche et m'installe dans le salon, où je mets de la musique.

Je suis surpris de tomber sur une photo d'Ana et moi dans les pages locales – le cliché pris à la cérémonie de remise des diplômes de la WSU. Ana est charmante, quoique un peu déconcertée.

Les doubles portes s'ouvrent… et elle apparaît. Les cheveux lâchés, elle est sexy en diable dans le fourreau prune qu'elle portait pour notre dîner au Heathman. Sublime.

Bravo, mademoiselle Steele.

— Très bien, cette robe. Bienvenue, mademoiselle Steele.

Je lui prends le menton et l'embrasse doucement sur les lèvres.

— Bonjour, dit-elle, rose de plaisir.

— Tu es à l'heure. J'aime la ponctualité. Viens, je veux te montrer quelque chose.

Je lui tends le *Seattle Times*. La photo la fait rire. Pas vraiment la réaction que j'attendais.

— Alors maintenant, je suis ton « amie » ? plaisante-t-elle.

— À ce qu'il paraît. Puisque c'est dans le journal, ça doit être vrai.

Je me sens apaisé – probablement parce qu'elle est là ! Elle ne s'est pas enfuie. Je cale une mèche de ses cheveux soyeux derrière son oreille. Mes doigts tremblent à l'idée de les tresser.

— Bon, Anastasia, depuis la dernière fois que tu es venue ici, tu as une idée plus précise de ce que je suis.

— En effet.

Son regard s'enfièvre. Elle sait pourquoi elle est là.

— Et pourtant, tu es revenue.

Elle hoche timidement la tête. Je n'en crois pas ma chance. *Je savais que tu étais un petit monstre, Ana.*

— Tu as mangé ?

— Non.

Pas du tout ? D'accord. Je vais arranger ça.

— Tu as faim ?

— Je n'ai pas faim de nourriture.

Ah ! Je me penche vers son oreille et inhale son odeur ensorcelante.

— Vous êtes toujours aussi impatiente, mademoiselle Steele, et je vais vous avouer un petit secret, moi aussi. Mais le Dr Greene doit arriver d'un instant à l'autre. Il faut que tu te nourrisses correctement.

— Alors, il est comment, ce Dr Greene ?

— C'est la meilleure gynéco de Seattle. Je n'en sais pas plus.

C'est ce que mon médecin a dit à mon assistante en tout cas.

— Je pensais que j'allais voir ton médecin ? Ne me dis pas qu'en réalité tu es une femme parce que je ne te croirais pas.

— Je crois qu'il vaut mieux que tu consultes une spécialiste. Pas toi ?

Elle me regarde avec étonnement, puis acquiesce. *Bien. Reste une dernière question à régler.*

— Anastasia, ma mère aimerait que tu te joignes à nous ce soir pour dîner. Elliot vient avec Kate. Je ne sais pas ce que tu en penses. Ça va être bizarre pour moi de te présenter à ma famille.

Elle prend le temps de réfléchir à cette idée. Puis elle repousse ses cheveux en arrière, comme chaque fois qu'elle s'apprête à me défier. Mais cette fois, elle semble blessée, et non contrariée.

— Tu as honte de moi ?

Enfin, c'est ridicule ! Je lui jette un regard noir. Comment peut-elle se déconsidérer à ce point ?

— Bien sûr que non !

— Alors pourquoi, bizarre ?

Je lève les yeux au ciel.

— Parce que je ne l'ai jamais fait.

— Pourquoi, toi, tu as le droit de lever les yeux au ciel, et pas moi ?

— Je l'ai fait sans m'en rendre compte.

— Comme moi, en général.

C'est quoi ça ? Une dispute ?

Taylor, sur le seuil, s'éclaircit la gorge.

— Le Dr Greene est arrivé, monsieur.

— Faites-la monter dans la chambre de Mlle Steele.

Je tends la main à Ana, qui ouvre des yeux ronds.

— Tu ne vas pas assister à la consultation, tout de même ?

Elle semble horrifiée et amusée à la fois. J'éclate de rire.

— J'aurais payé cher pour voir ça, crois-moi, Anastasia, mais je doute que le médecin soit d'accord.

Je l'attire à moi pour l'embrasser. Ses lèvres sont douces, chaudes, comme une caresse. Je glisse mes mains dans ses cheveux et approfondis mon baiser. Quand je me recule, elle semble prise de vertige. Je presse mon front contre le sien.

— Je suis tellement heureux que tu sois là. J'ai hâte de te mettre nue.

C'est fou comme tu m'as manqué.

— Viens, moi aussi je veux rencontrer le Dr Greene.

— Tu ne la connais pas ?

— Non.

J'entraîne Ana à l'étage, dans sa future chambre.

Le Dr Greene a le regard typique des gens myopes : à la fois pénétrant et dérangeant.

— Monsieur Grey, dit-elle en me donnant une solide poignée de main.

— Merci d'être passée malgré un délai aussi court.

— Merci de m'avoir rémunérée en conséquence, monsieur Grey. Mademoiselle Steele, ajoute-t-elle poliment en se tournant vers Ana.

Elle semble jauger notre relation. Je suis certain qu'elle me verrait bien dans un film muet jouer le rôle du méchant à moustache. D'un regard, elle me signifie que ma présence n'est plus requise.

D'accord.

— Je serai en bas.

Comme j'aurais aimé assister à la consultation – rien que pour voir la réaction du Dr Greene ! Je ricane à cette idée, et regagne le salon.

En l'absence d'Ana, je me sens de nouveau nerveux. Pour me distraire, je pose deux sets de table sur le bar. C'est la deuxième fois que je fais ce geste, et la première, c'était déjà avec Ana.

Tu te ramollis, Grey.

Je choisis un chablis pour le déjeuner – l'un des rares chardonnay que j'aime – et me plonge dans la section sport du journal. J'ai monté le son de mon iPod pour m'aider à me concentrer sur la victoire des Mariners – au lieu de penser à ce qui se passe là-haut.

Enfin, les pas d'Ana et du Dr Greene résonnent dans le couloir. Je laisse mon journal pour aller à leur rencontre.

— Ça y est ? dis-je en baissant le volume.

— Oui, monsieur Grey. Mlle Steele est une jeune femme belle et brillante. Prenez bien soin d'elle.

Mais que lui a dit Ana ?

— C'est mon intention.

J'observe Ana à la dérobée, qui bat des cils, apparemment aussi étonnée que moi par le commentaire du médecin. Bien. Elle n'a rien dit alors.

— Je vous ferai parvenir ma note d'honoraires, déclare le Dr Greene en me tendant la main. Bonne journée, et bonne chance, Ana.

Taylor la raccompagne jusqu'à l'ascenseur et referme les doubles portes derrière lui.

— Alors, ça s'est bien passé ?

Je suis encore décontenancé par les propos du Dr Greene.

— Très bien, merci. Elle m'a dit de m'abstenir de toute activité sexuelle pendant les quatre prochaines semaines.

Quoi… ? Qu'est-ce que… ?

— Je t'ai bien eu !

Bien joué, mademoiselle Steele.

Je plisse les yeux et son sourire s'évanouit aussitôt.

— Je t'ai bien eue !

Je ne peux m'empêcher de rigoler. L'attrapant par la taille, je l'attire contre moi.

— Vous êtes incorrigible, mademoiselle Steele.

Je plonge les doigts dans ses cheveux et l'embrasse abruptement en me demandant si je ne devrais pas la baiser sur le comptoir pour lui donner une bonne leçon.

Chaque chose en son temps, Grey.

— J'aimerais te prendre ici maintenant, mais il faut que tu manges, et moi aussi. Je ne tiens pas à ce que tu tombes dans les pommes tout à l'heure.

— C'est tout ce qui t'intéresse chez moi ? Mon corps ?

— Ton corps, et ton insolence.

Je l'embrasse, plus avidement encore, rien qu'à l'idée de ce qui l'attend... J'ai envie de cette femme. Avant de la prendre pour de bon, je réussis à me détacher d'elle. Nous sommes tous deux à bout de souffle.

— C'est quoi, cette musique ?

— Une aria des *Bachianas brasileiras* de Villa-Lobos. C'est beau, non ?

— Sublime.

Je pose les plats sur le bar.

— Salade César, ça te va ?

— Oui, c'est très bien, merci.

Puis je sors la bouteille de chablis. Elle observe le moindre de mes gestes. Je ne me savais pas capable de jouer les maîtres de maison.

— À quoi penses-tu ?

— Je regardais ta façon de bouger.

Vraiment ?

— Et ?

— Tu as beaucoup de grâce, dit-elle en rougissant.

— Merci, mademoiselle Steele.

Je m'assois à côté d'elle, ne sachant pas trop quoi faire de ce compliment. Personne ne m'a jamais dit une chose pareille.

420

— Chablis ?

— S'il te plaît.

— Sers-toi, lui dis-je en lui désignant la salade. Alors, pour quelle méthode as-tu opté ?

— La pilule minidosée.

— Tu te souviendras de la prendre à la même heure tous les jours ?

Une lueur d'agacement traverse son regard.

— Je suis sûre que tu sauras me le rappeler.

Je préfère ignorer le sarcasme. *Tu aurais dû choisir les injections, bébé.*

— Je programmerai une alarme sur mon agenda électronique. Mange.

Elle avale une première bouchée, puis une deuxième... Elle mange !

— Alors je peux ajouter la salade sur la liste de Mme Jones ?

— Je pensais cuisiner moi-même.

— Bien sûr.

Son assiette est déjà vide. Elle devait être affamée.

— Toujours aussi impatiente, mademoiselle Steele ?

— Oui.

Soudain, je la sens de nouveau. Cette attraction... irrésistible. Comme ensorcelé, je me lève et l'attire à moi.

— Tu acceptes ? murmuré-je en la suppliant du regard.

— Je n'ai encore rien signé.

— Je sais... Mais je transgresse toutes les règles ces derniers temps.

— Tu vas me frapper ?

— Oui, mais pas pour te faire mal. Je n'ai pas envie de te punir en ce moment. Alors que si tu étais tombée sur moi hier soir…

Une expression horrifiée crispe ses traits.

Oh, bébé.

— C'est très simple, Anastasia : les gens comme moi aiment subir ou infliger la douleur. Mais, puisque ce n'est pas ton cas, j'ai longuement réfléchi à ta question hier.

Je l'enlace et la retiens prisonnière de mes bras.

— Es-tu parvenu à une conclusion ?

— Non, et pour l'instant, j'ai juste envie de te ligoter et de te faire jouir jusqu'à ce que tu tombes dans les pommes. Tu es prête ?

Son regard s'assombrit, empli d'un désir sauvage.

— Oui, soupire-t-elle.

— Très bien. Viens.

Je l'emmène à l'étage dans ma salle de jeux. L'endroit où je me sens en sécurité. Où je peux lui faire tout ce que bon me semble. Les yeux clos, je savoure ma victoire. Je n'ai jamais été aussi excité.

Refermant la porte derrière nous, je l'observe. Ses lèvres entrouvertes, sa respiration saccadée, ses yeux écarquillés. Elle est prête. Elle le veut.

— Quand tu es ici, tu es totalement à moi. Je peux faire de toi tout ce qui me plaît. Tu comprends ?

Elle hoche la tête. *C'est bien, bébé.*

— Déchausse-toi.

Elle déglutit et ôte ses escarpins à talons. Je les ramasse et les range soigneusement près de la porte.

— Bien. N'hésite jamais quand je te donne un ordre. Maintenant, je vais te retirer cette robe. Ça fait

422

plusieurs jours que j'en ai envie. Je veux que tu sois à l'aise dans ton corps, Anastasia. Tu es superbe, et j'aime te regarder. Je pourrais te regarder toute la journée, et je tiens à ce que tu ne sois ni gênée ni honteuse de ta nudité. Tu comprends ?

— Oui.

— Oui, qui ?

— Oui, monsieur.

— Tu penses ce que tu dis ?

— Oui, monsieur.

— Bien. Maintenant, lève les bras au-dessus de la tête.

Elle obéit. J'attrape l'ourlet de sa robe et dénude lentement son corps, qui se révèle peu à peu à moi. À moi seul.

Je me recule pour l'admirer. Jambes, cuisses, ventre, fesses, seins, épaules, visage, bouche… elle est parfaite. Je plie sa robe et la pose sur la commode qui renferme mes jouets. Puis je lui prends le menton.

— Tu te mordilles la lèvre. Tu sais quel effet ça me fait. Retourne-toi.

Elle se met docilement face à la porte. Je dégrafe son soutien-gorge et fais glisser les bretelles sur ses bras. Sa peau frémit sous la caresse de mes doigts. Son soutien-gorge rejoint rapidement sa robe sur le coffre. Je m'approche tout près d'elle, sans la toucher. J'entends sa respiration précipitée, et m'imprègne de la chaleur qui irradie de tout son corps. Elle brûle de désir, comme moi. Je soulève ses cheveux – doux comme la soie – et les laisse retomber librement sur son dos. Puis je les rassemble d'une main et tire dessus pour lui faire incliner la tête sur le côté, offrant sa nuque à mes lèvres. Je me penche vers son cou et hume son odeur envoûtante.

— Tu sens toujours aussi divinement bon, Anastasia, dis-je en l'embrassant doucement sous l'oreille.

Elle gémit.

— Silence ! Pas un son.

Je sors l'élastique de la poche de mon jean et lui tresse les cheveux, révélant peu à peu son dos magnifique. Je noue adroitement l'élastique au bout de la natte et tire dessus d'un coup sec pour plaquer Ana contre moi.

— J'aime bien que tu portes une tresse, ici. Retourne-toi.

Elle s'exécute aussitôt.

— Quand tu viendras ici, ce sera dans cette tenue : nue, en petite culotte. Compris ?

— Oui.

— Oui, qui ?

— Oui, monsieur.

— Très bien.

Elle apprend vite. Les bras le long du corps, les yeux vers le sol, elle attend mes instructions.

— Tu m'attendras là, à genoux.

Je pointe du doigt le coin de la pièce, près de la porte.

— Vas-y.

Elle cligne plusieurs fois des yeux, puis sans que j'aie besoin de répéter mon ordre, s'agenouille face à moi dans le coin. Je lui donne la permission de s'asseoir sur les talons.

— Pose tes mains et tes avant-bras à plat sur tes cuisses. Bien. Maintenant, écarte les genoux. Plus.

(*J'ai envie de te regarder, bébé.*) Plus. (*De voir ton sexe.*) Parfait. Baisse les yeux.

Ne regarde pas autour de toi. Ne me regarde pas. Ne bouge pas et laisse tes pensées vagabonder. Imagine tout ce que je pourrais te faire.

Quand je m'approche d'elle, je constate avec satisfaction qu'elle a toujours les yeux baissés. Je tire sur sa tresse pour l'obliger à me regarder dans les yeux.

— Tu te rappelleras cette position, Anastasia ?

— Oui, monsieur.

— Bien. Reste là, ne bouge pas.

Juste avant de sortir, je me retourne pour l'observer. Elle est prostrée, le regard fixé au sol.

Quelle agréable vision. *Bravo, bébé.*

Je me retiens de courir et gagne ma chambre d'un pas tranquille. *Un peu de dignité, bon sang, Grey.*

Dans mon dressing, je me déshabille entièrement et prends mon jean préféré dans un tiroir. Je l'enfile et mets tous les boutons sauf celui du haut. Du même tiroir, je sors ma nouvelle cravache et une robe de chambre grise. Avant de retourner dans la salle de jeux, je pioche quelques préservatifs et les fourre dans ma poche.

Voilà. À toi de jouer, Grey.

Quand je reviens, Ana est dans la même position : tête baissée, la tresse dans le dos, les mains sur les genoux. Je ferme la porte et pends la robe de chambre à la patère.

— Bravo, Anastasia, tu m'as attendu bien sagement. Tu es ravissante comme ça. Lève-toi.

Elle obéit, sans relever la tête.

— Tu as le droit de me regarder.

Ses grands yeux bleus me cherchent.

— Je vais t'attacher, maintenant, Anastasia. Donne-moi ta main droite.

Sans la quitter des yeux, je tourne sa paume vers le haut. Avec la cravache que je cachais derrière mon dos, je lui donne un petit coup sec. Surprise, elle tressaille et referme la main.

— Alors, quel effet ça te fait ?

Sa respiration s'accélère, et son regard va de moi à la cravache.

— Réponds-moi.

— Ça va.

Elle fronce les sourcils.

— Ne fronce pas les sourcils. Ça t'a fait mal ?

— Non.

— Ça ne te fera pas mal. Tu comprends ?

— Oui.

— Fais-moi confiance.

Je lui montre la cravache. *En cuir tressé marron, tu vois ?* Son regard croise le mien. Elle n'en revient pas. Je souris.

— Vous satisfaire est notre priorité, mademoiselle Steele. Par ici.

Je la conduis au milieu de la pièce, sous la grille.

— Cette grille est conçue pour que les menottes puissent coulisser sur toute sa longueur.

Elle étudie le système compliqué, puis revient à moi.

— On va partir d'ici, mais je veux te baiser debout contre le mur, là-bas.

Je désigne la grande croix de Saint-André.

— Lève les bras au-dessus de la tête.

426

Elle s'exécute sans hésiter. Je prends les menottes qui pendent à la grille et les passe à ses poignets. Je suis méthodique, mais sa présence me déconcentre. Être si proche d'elle, sentir son désir, sa peur, sa peau frémissante. Une fois qu'elle est attachée, je recule et la contemple avec satisfaction.

Enfin, j'ai réussi à vous emmener dans mon monde, Ana Steele.

Je la contourne lentement, profitant du spectacle. Qu'est-ce qu'elle est sexy !

— Vous êtes très belle, ligotée comme ça, mademoiselle Steele. Et, pour une fois, vous n'êtes pas insolente. Ça me plaît.

Je me place face à elle, puis je passe mes doigts dans sa petite culotte pour la faire lentement glisser le long de ses superbes jambes, jusqu'à me retrouver agenouillé à ses pieds.

Je la vénère. Telle une déesse.

Le regard rivé au sien, je froisse l'étoffe et la porte à mon nez pour m'étourdir de son parfum. Ses lèvres forment un petit « o ». Son air offusqué m'amuse.

Oui. Bonne réaction.

J'enfouis sa culotte dans la poche arrière de mon jean et me lève en réfléchissant à la suite. La cravache à la main, je fais courir la langue de cuir sur son ventre, puis trace des cercles langoureux autour de son nombril... Elle tressaille, retient son souffle.

Ça va être bon, Ana. Fais-moi confiance.

Je poursuis mon exploration sensuelle, caressant ses côtes, son dos, jusqu'à la naissance de ses fesses, puis je fais claquer la cravache sur son sexe.

— Ah !

— Silence !

Je répète mon geste. Cette fois, elle ferme les yeux et gémit sous la morsure du cuir. D'un nouveau mouvement du poignet, je donne un petit coup sec sur la pointe d'un sein. Elle renverse la tête en arrière en gémissant. Je m'attaque à l'autre sein et son corps se cabre.

— C'est bon ?

— Oui, souffle-t-elle, les yeux toujours clos.

Je lui cingle les fesses, plus fort cette fois.

— Oui, qui ?

— Oui, monsieur.

Lentement, j'assène de petits coups sur son ventre, puis son sexe. Le cuir mord son clitoris, lui arrachant un petit cri étranglé.

— Ah… s'il te plaît.

— Silence.

Je la corrige d'un claquement sur les fesses. Je plonge de nouveau la languette dans sa toison, caresse ses lèvres, sa fente, puis la brandis devant son visage. Le cuir brun luit de son désir.

— Tu vois comme tu mouilles, Anastasia ? Ouvre les yeux et la bouche.

Elle respire avec peine, mais obéit et me regarde avec fièvre, abandonnée à la tension charnelle du moment. Je glisse la cravache dans sa bouche.

— Goûte-toi. Suce. Suce fort, bébé.

Quand ses lèvres se referment sur le cuir, j'ai l'impression que c'est ma queue qu'elle suce.

Putain de merde. Elle me fait tellement bander que je ne peux pas résister. J'enlève la cravache de sa bouche, et la serre dans mes bras. Elle m'offre ses lèvres et je la goûte, l'explore de ma langue.

— Anastasia, tu as un goût délicieux. Je te fais jouir ?

— S'il vous plaît.

Elle reçoit un nouveau coup sur les fesses.

— S'il vous plaît, qui ?

— S'il vous plaît, monsieur, gémit-elle.

Bien. Je recule.

— Avec ça ? dis-je en brandissant la cravache.

— Oui, monsieur.

— Tu es sûre ?

Je n'arrive pas à y croire.

— Oui, s'il vous plaît, monsieur.

Oh, Ana, ma déesse.

— Ferme les yeux.

Elle s'exécute. Je martèle son ventre de petits coups. Dès qu'elle se met à haleter, je trace une ligne jusqu'à son sexe avec la langue de cuir, et cingle gentiment son clitoris. Encore. Et encore. Et encore.

Elle tire sur ses liens, geint, grogne. Puis elle se tait, et je la sais proche de l'extase. Soudain, elle jette la tête en arrière et pousse un cri déchirant sous la vague qui la submerge. Aussitôt, je lâche la cravache et prends dans mes bras son corps qui s'abandonne.

Oh. Ce n'est pas fini, Ana.

Les mains sous ses cuisses, je soulève son corps tremblant et la porte jusqu'à la croix de Saint-André, les poignets toujours menottés à la grille. Là, je la pose par terre, la redresse, et la plaque contre la croix. Je déboutonne mon jean à la hâte et libère ma queue. Extirpant un préservatif de ma poche, je déchire l'emballage avec mes dents et, d'une main, le déroule sur mon sexe dressé.

Avec tendresse, je la soulève encore et chuchote :

— Lève les jambes, bébé, mets-les autour de moi.

Maintenant son dos contre le bois, je l'aide à enrouler ses jambes autour de mes hanches, ses coudes sur mes épaules.

Tu es à moi, bébé.

D'un coup de rein, je la pénètre. Putain, elle est trop bonne. Je savoure ce moment et commence à me mouvoir, haletant de plaisir. Je me perds en elle. Ma bouche goûte son cou, mes narines hument son odeur. *Ana, Ana, Ana.* Je ne veux pas que ça s'arrête.

Soudain, elle se cambre, son corps se contracte.

Oui. Encore. Et je me laisse aller… la remplis.

Oui. Oui. Oui.

Elle est si belle. *Bordel, c'était complètement dingue.*

Je me retire, et détache rapidement les boucles de la grille pour la soutenir avant de m'effondrer par terre avec elle. Je la berce contre moi, les yeux clos, le souffle court.

— Bravo, bébé. Ça t'a fait mal ?

— Non, dit-elle d'une voix à peine audible.

— Tu pensais que ça ferait mal ?

Je repousse une mèche de son visage pour mieux la contempler.

— Oui.

— Tu vois bien que la peur, c'est dans ta tête, Anastasia. Tu recommencerais ?

Elle ne répond pas tout de suite, à croire qu'elle s'est endormie.

— Oui, souffle-t-elle enfin.

Merci mon Dieu. Je la serre contre moi.

— Tant mieux. Moi aussi.

Encore et encore. Je lui dépose un baiser sur les cheveux et inspire profondément. Ils sentent Ana, la sueur et le sexe.

— Et je n'en ai pas fini avec toi.

Je suis si fier d'elle. Elle a réussi. Elle a fait tout ce que je voulais.

Elle est tout ce que je désire.

Et soudain, je suis submergé par une émotion inhabituelle, fulgurante, qui me laisse une étrange sensation de malaise.

Ana tourne la tête et se blottit contre ma poitrine. Les ténèbres si familières enflent, se font menaçantes, et le malaise fait place à la terreur. Tous les muscles de mon corps se contractent. Ana cligne des paupières et m'observe de ses grands yeux alors que je m'efforce de contrôler ma peur.

— Non.

S'il te plaît. Elle se recule et observe mon torse.

Reprends les rênes, Grey.

— Agenouille-toi près de la porte.

Vas-y. Ne me touche pas.

Tremblante de la tête aux pieds, elle titube jusqu'à la porte, où elle se remet à genoux.

Je prends une profonde inspiration. *Qu'est-ce que vous êtes en train de me faire, mademoiselle Steele ?*

Calmé, je me lève et m'étire. Agenouillée comme ça près de la porte, elle a tout de la soumise idéale. Ses yeux sont brillants, fatigués. Je suis sûr que l'adrénaline est en train de retomber. Ses paupières sont lourdes.

Non, pas question de dormir, bébé. Tu voulais faire d'elle une soumise, Grey. Montre-lui ce que ça signifie.

De mon tiroir à jouets, je sors les liens de serrage que j'ai achetés chez Clayton's, ainsi qu'une paire de ciseaux.

— Je vous ennuie, mademoiselle Steele ?

Elle se redresse en sursaut et me regarde d'un air coupable.

— Lève-toi.

Elle s'exécute péniblement.

— Tu es crevée, non ?

Elle hoche la tête en rougissant. *Oh bébé, tu as été merveilleuse.*

— Un peu d'endurance, mademoiselle Steele. Je n'en ai pas fini avec toi. Tends les mains devant toi comme si tu priais.

Son front se plisse, mais elle joint docilement les mains et les lève vers moi. J'enroule le câble autour de ses poignets. Son regard s'illumine en reconnaissant les liens de serrage.

— Ça te rappelle quelque chose ?

Je passe un doigt sous le plastique pour vérifier que ce n'est pas trop serré.

— J'ai des ciseaux. Je peux te détacher à n'importe quel moment.

Elle paraît rassurée.

— Viens.

Prenant ses mains ligotées, je la conduis vers le lit à baldaquin.

— J'en veux plus – beaucoup, beaucoup plus, murmuré-je à son oreille. Mais j'irai vite. Tu es fatiguée. Accroche-toi à la colonne.

Haletante, elle agrippe le montant de bois.

— Accroche-toi. Voilà, comme ça. Ne lâche pas. Si tu lâches, tu auras la fessée. Compris ?

— Oui, monsieur.

— Très bien.

J'agrippe ses hanches et les soulève pour les positionner correctement. Son beau cul s'offre à moi.

— Accroche-toi bien, Anastasia, parce que je vais te baiser à fond par-derrière. La colonne va soutenir ton poids. Compris ?

— Oui.

Je lui claque les fesses.

— Oui, monsieur.

— Écarte les jambes, dis-je en calant mon pied entre les siens, pour agrandir l'espace. Là, c'est mieux. Après ça, je te laisserai dormir.

La courbe de son dos est sans défaut. Chaque vertèbre se dessine harmonieusement de sa nuque gracile à ses fesses rebondies. Je suis ce tracé parfait du bout du doigt.

— Que j'aime ta peau, Anastasia.

Je me penche pour déposer une série de baisers légers comme des plumes le long de son épine dorsale. Je prends ses seins et emprisonne ses pointes entre mes doigts, puis les pince doucement. Elle se tortille sous cet assaut. Je lui mordille la nuque, sans cesser de jouer avec ses tétons.

Elle grogne. Je m'arrête pour admirer le spectacle. Mon érection enfle rien qu'à la regarder. Je prends un deuxième préservatif dans ma poche, me débarrasse de mon jean et déchire le sachet argenté. À deux mains, je le déroule sur mon membre dressé.

J'ai envie de la sodomiser. Tout de suite. Mais c'est encore trop tôt pour ça.

— Anastasia Steele, votre cul me fait bander. Qu'est-ce que je n'aimerais pas lui faire…

Je lui caresse les fesses, les malaxe, puis glisse deux doigts en elle pour la préparer. Elle grogne de nouveau. Elle est prête.

— Tu mouilles à fond… Vous ne me décevez jamais, mademoiselle Steele. Accroche-toi, on y va, bébé, un petit coup en vitesse.

Bloquant ses hanches, je me positionne derrière elle. D'une main, j'enroule sa tresse autour de mon poignet pour la tenir fermement et de l'autre, j'enfonce ma queue en elle.

Putain. Elle… est… tellement… douce.

Je sors lentement d'elle, empoigne la hanche de ma main libre, et resserre mon emprise sur sa tresse de l'autre. *Soumise*.

Puis je m'enfonce de nouveau profondément en elle, lui arrachant un gémissement.

— Accroche-toi, Anastasia !

Si elle lâche la colonne, je risque de lui faire mal. À bout de souffle, elle contracte tous ses muscles, décidée à tenir le coup.

Bravo, ma belle. Je me mets à la pilonner, sans relâche, pendant qu'elle s'accroche au pilier de bois. *C'est bien, Ana.*

Alors je le sens. Son sexe se referme sur moi. Perdant tout contrôle, je m'enfonce au plus profond d'elle en criant :

— Allez, Ana, lâche-toi !

Je jouis dans un grognement animal, et elle s'abandonne avec moi.

Je l'entoure de mes bras et me laisse tomber par terre avec Ana sur moi, tous deux sur le dos. Elle est totalement relâchée, épuisée. Son poids est agréable. J'observe les mousquetons au plafond en me demandant si elle me laissera la suspendre un jour.

Probablement pas. Et je m'en fiche. Pour notre première séance de jeux ici, Ana a été parfaite. Je lui embrasse la tempe.

— Tends les mains.

Elle lève les bras comme s'ils étaient en plomb et je glisse la lame des ciseaux sous le câble en plastique.

— Je déclare l'ouverture officielle d'Ana, dis-je en tranchant ses liens.

Elle glousse. Son corps frissonne contre le mien. C'est un sentiment étrange, mais pas désagréable, qui me fait sourire.

— C'est un si joli son.

Elle se frotte les poignets. Je me redresse de manière à la prendre sur mes genoux. J'adore la faire rire. Elle ne rit pas assez.

— C'est ma faute, dis-je tout en lui massant les bras pour faire affluer le sang dans ses membres ankylosés.

Elle se tourne vers moi sans comprendre. Je m'explique :

— C'est ma faute si tu ne ris pas plus souvent.

— Je ne suis pas très rieuse.

— Ah, mais quand vous riez, mademoiselle Steele, on croirait entendre la musique des sphères.

— Comme c'est poétique, monsieur Grey, plaisante-t-elle.

Je souris.

— J'ai l'impression que ça t'a crevée, de te faire baiser à fond.

— Alors là, ça n'était pas poétique du tout !

Je la fais glisser de mes genoux pour me lever et remettre mon jean.

— Je ne tiens pas à faire peur à Taylor ou à Mme Jones.

Ce ne serait pas la première fois.

Ana reste assise, les paupières lourdes. Je l'aide à se relever et la soutiens jusqu'à la porte, d'où je décroche le peignoir gris. Elle est tellement épuisée que je suis obligé de l'aider à le passer.

— Allez, au lit, dis-je en lui donnant un baiser.

Une lueur d'inquiétude traverse son regard ensommeillé.

— Pour dormir.

Je la soulève dans mes bras et la porte jusqu'à la chambre des soumises. Elle a la tête blottie dans mon cou. Je rabats la couette et la dépose délicatement sur le lit. Puis, dans un moment de faiblesse, je me couche à côté d'elle et l'enlace.

— Dors, maintenant, ma belle.

Je vais juste attendre qu'elle s'endorme. Je lui embrasse les cheveux avec un sentiment de plénitude et de… reconnaissance. Je crois qu'elle a adoré. Moi en tout cas j'ai aimé… plus que jamais.

Maman est assise devant le miroir avec la grande fissure.

Je lui brosse les cheveux. Ils sont doux et ils sentent maman et les fleurs.

Elle prend la brosse et enroule ses cheveux avec.

On dirait un serpent dans son dos.

« Voilà », dit maman.

Elle se tourne vers moi et me sourit.

Aujourd'hui, elle est heureuse.

J'aime quand maman est heureuse.

J'aime quand elle me sourit.

Elle est si jolie quand elle sourit.

« Si on faisait une tarte, Asticot ? »

Une tarte aux pommes.

J'aime quand maman fait des tartes.

Je me réveille en sursaut, enveloppé d'une douce odeur. Ana. Elle dort à côté de moi. Je me rallonge et contemple le plafond. Ai-je déjà dormi dans cette chambre ?

Jamais. Cette idée me trouble. Sans que je sache pourquoi, elle me met mal à l'aise. *Qu'est-ce qui t'arrive, Grey ?*

Je m'assois sans faire de bruit et observe la pièce. Je sais – je ne comprends pas pourquoi je suis là, avec elle. Je me lève et retourne dans la salle de jeux. Je ramasse les liens de serrage, les préservatifs, et les enfouis dans ma poche, où je trouve la culotte d'Ana. Avec la cravache, ses vêtements et ses chaussures à la main, je quitte la pièce et la verrouille derrière moi.

De retour dans sa chambre, je pends sa robe à la porte du dressing, pose ses chaussures, son soutien-gorge, et sa culotte… j'ai une idée.

Je vais dans la salle de bains pour prendre une douche avant le dîner de ce soir chez mes parents. Ana peut dormir encore.

L'eau brûlante ruisselle sur mon corps, me lavant de toute l'anxiété du réveil. Toutes ces premières n'étaient pas si mal, pour elle comme pour moi. Je pensais qu'une relation avec Ana était inenvisageable, mais l'avenir me semble à présent plein de possibilités. Il faudra que j'appelle Caroline Acton pour renouveler la garde-robe d'Ana.

Après une heure de travail productif dans mon bureau, où je rattrape une partie de mon retard, je décide qu'Ana a assez dormi. La nuit tombe déjà, et nous devons partir dans quarante-cinq minutes pour aller dîner chez mes parents. Il a été bien plus facile de me concentrer sur mon travail en la sachant là-haut.

Bizarre.

Oui, je sais qu'elle est en sécurité dans sa chambre.

Je vais chercher du jus de canneberge et une bouteille d'eau gazeuse dans le frigo. Après avoir mélangé les deux dans un verre, je retourne à l'étage.

Elle dort toujours en boule là où je l'ai laissée. Comme si elle n'avait pas bougé. Elle respire doucement par ses lèvres entrouvertes. Des mèches folles s'échappent de sa tresse. Je m'assois au bord du lit, me penche et lui dépose un baiser sur la tempe. Elle marmonne dans son sommeil.

— Anastasia, réveille-toi.

— Non…, proteste-t-elle en serrant son oreiller.

— On doit partir dans une demi-heure pour dîner chez mes parents.

Ses paupières papillonnent et s'ouvrent.

— Allez, paresseuse, debout. Je t'ai apporté à boire. Je descends. Ne te rendors pas, ou ça va barder.

Je l'embrasse encore, jette un coup d'œil à la chaise, où elle ne trouvera pas sa culotte, puis je redescends au salon, ravi de mon mauvais tour.

Encore un petit jeu, Grey.

En attendant Mlle Steele, j'enclenche le mode aléatoire de mon iPod. Incapable de tenir en place, je m'approche des baies vitrées pour contempler le ciel crépusculaire, sur la musique de *And She Was*, des Talking Heads.

Taylor entre.

— Monsieur Grey, dois-je avancer la voiture ?

— Donnez-nous encore cinq minutes.

— Oui, monsieur.

Il disparaît vers l'ascenseur de service.

Peu après, Ana arrive dans le salon, lumineuse et un rien… mutine. Qu'est-ce qu'elle va dire pour sa culotte disparue ?

— Salut.

Son sourire est énigmatique.

— Salut. Tu te sens comment ?

Son sourire s'élargit.

— Bien, merci. Et toi ?

— En pleine forme, mademoiselle Steele.

— Tiens, je ne pensais pas que tu étais un fan de Sinatra.

Elle m'observe avec curiosité, tandis que la mélodie de *Witchcraft* envahit la pièce.

— J'ai des goûts éclectiques, mademoiselle Steele.

Je m'approche pour lui faire face. Va-t-elle craquer ? Je cherche une réponse dans le bleu étincelant de son regard.

Demande-moi ta culotte, bébé.

Je lui caresse la joue du bout des doigts. Elle incline la tête – je suis totalement subjugué par ce geste tendre, son expression espiègle, et la musique autour de nous. J'ai envie de la prendre dans mes bras.

— Danse avec moi.

Je sors la télécommande de ma poche et augmente le son. Elle me donne la main. Un bras autour de sa taille, son corps sublime tout près du mien, nous entamons un fox-trot. Elle pose la main sur mon épaule, mais je suis préparé à son contact. Nous virevoltons dans la pièce. Je ne vois plus que son visage rayonnant, qui chasse les ténèbres en moi. Quand la musique s'arrête, elle a la tête qui tourne.

Moi aussi, j'ai le vertige.

— Il n'y a pas de sorcière plus gentille que toi, dis-je, reprenant les paroles de Sinatra, tout en plantant un tendre baiser sur ses lèvres. Eh bien, cette danse vous a donné des couleurs, mademoiselle Steele. Alors, on va voir mes parents ?

— Oui, j'ai hâte de les rencontrer.

— Tu as tout ce qu'il te faut ?

— Mais oui.

— Tu es sûre ?

Elle hoche la tête avec une moue taquine.

Mademoiselle Steele, vous êtes une petite culottée.
Je souris.

— Très bien, comme vous voulez, mademoiselle Steele.

J'attrape ma veste et l'entraîne vers l'ascenseur.

Elle continue à me surprendre, à m'impressionner, me désarmer. Je vais devoir passer tout le dîner assis à côté d'elle à la table de mes parents, sachant qu'elle ne porte pas de sous-vêtements. Et là, dans cet ascenseur, je sais qu'elle est nue sous sa robe.

C'est elle qui mène la danse, Grey.

Dans la voiture, Ana ne dit rien. La lune est éclipsée par un nuage et, au loin, les eaux du lac Union s'assombrissent, comme mon humeur. Pourquoi ai-je décidé d'emmener Ana chez mes parents ? S'ils la rencontrent, ils vont avoir certaines attentes. Et Ana aussi. Or je ne suis pas certain que la relation que je souhaite avec Ana puisse y répondre. Je suis le seul à blâmer. Évidemment, ce serait plus simple si Elliot ne baisait pas sa colocataire.

Tu espères tromper qui, Grey ? Si je ne voulais pas la présenter à ma famille, elle ne serait pas dans cette voiture. J'aurais seulement aimé être moins nerveux à cette idée.

Voilà le vrai problème.

— Où as-tu appris à danser comme ça ? demande Ana, interrompant le cours de mes pensées.

Oh, Ana, tu ne dois pas aller sur ce terrain-là.

« Christian, tiens-moi. Là. Correctement. Bien. Un… deux… bien. Reste en rythme. Sinatra est parfait pour le fox-trot. »

Elena est dans son élément.

« Oui, madame. »

— Tu tiens vraiment à le savoir ?

— Oui.

Son expression indique pourtant tout le contraire.

— Mrs Robinson aimait beaucoup danser.

Il ne fallait pas poser la question, bébé.

— C'était un bon professeur, on dirait.

— En effet.

« C'est bien. Encore. Un… deux… trois… quatre… Bébé, tu as le rythme dans la peau. »

Elena et moi tournoyons dans son sous-sol.

« Encore. »

Elle rit et rejette la tête en arrière. Elle paraît soudain la moitié de son âge.

Ana hoche la tête et se perd dans la contemplation du paysage, sans doute occupée à élaborer une théorie au sujet d'Elena. Ou alors elle pense à mes parents. J'aimerais être dans sa tête. Elle est peut-être juste nerveuse, comme moi. C'est la première fois que j'amène une femme à la maison.

Quand Ana s'agite, c'est qu'elle est tracassée. Est-ce à cause de ce que nous avons fait aujourd'hui ?

— Arrête, dis-je d'une voix douce.

— Arrêter quoi ?

— Tu réfléchis trop, Anastasia.

Je lui prends la main et la porte à mes lèvres avant d'ajouter :

— J'ai passé un après-midi merveilleux. Merci.

Elle me gratifie d'un sourire timide.

— Pourquoi t'es-tu servi d'un lien de serrage ?

Des questions à propos de cet après-midi ? C'est bon signe.

— Ça va vite, c'est simple à utiliser et c'est une nouvelle expérience pour toi. Je sais que c'est assez brutal, mais c'est justement ça qui me plaît.

Mon ton est si froid que je tente de distiller un peu d'humour dans la conversation.

— Ça t'a immobilisée très efficacement.

Elle s'empourpre et jette un coup d'œil à Taylor, qui reste impassible.

Ne t'inquiète pas pour Taylor, ma beauté. Il sait exactement ce qui se passe, il est à mon service depuis quatre ans.

— Tout ça, ça fait partie de mon monde, Anastasia.

Je lui serre la main pour la rassurer. Ana regarde l'immense étendue d'eau qui nous entoure. Nous sommes sur le pont flottant qui traverse le Washington Lake, un endroit que j'adore.

Ana remonte ses jambes et enroule ses bras autour. Quelque chose ne va pas.

— À quoi penses-tu ?

Elle soupire.

— C'est à ce point-là ?

— J'aimerais bien savoir ce qui t'est passé par la tête quand tu m'as invitée.

Je ris, soulagé qu'elle ne sache pas ce que j'ai réellement à l'esprit.

— Moi aussi, bébé.

Taylor se gare devant l'entrée de la maison.

— Prête ?

Ana hoche la tête et je lui presse de nouveau la main.

— C'est une première pour moi aussi. Je parie que tu regrettes ta culotte en ce moment.

Je ris à son air paniqué, et descends de la voiture pour dire bonjour à mes parents, qui nous attendent sur le pas de la porte. Ana paraît calme et décontractée quand elle nous rejoint.

— Anastasia, tu as déjà rencontré ma mère. Voici mon père, Carrick.

— Monsieur Grey, ravie de vous rencontrer.

Elle lui serre la main avec un grand sourire.

— Tout le plaisir est pour moi, Anastasia.

— Je vous en prie, appelez-moi Ana.

— Ana, je suis contente de vous revoir, dit Grace en l'étreignant chaleureusement. Entrez, mon petit.

Grace prend le bras d'Ana et l'entraîne dans la maison. Je la suis, aimanté.

— Elle est là ? crie une voix de l'intérieur de la maison.

Ana me jette un coup d'œil interrogateur.

— C'est Mia, ma petite sœur.

Nous nous tournons tous deux vers la tornade qui déboule du couloir dans un fracas de talons aiguilles.

— Anastasia ! J'ai tellement entendu parler de toi ! s'exclame Mia en se jetant à son cou.

444

Bien que ma sœur soit plus grande par la taille, elle a le même âge qu'Ana. Mia lui prend la main et la tire vers le vestibule.

— Il n'a jamais ramené de fille à la maison ! s'écrie-t-elle d'une voix suraiguë.

— Mia, un peu de tenue, s'il te plaît, la gronde gentiment Grace. Bonsoir, mon chéri.

Bon sang, Mia, arrête ton cirque !

Ana me voit lever les yeux au ciel et me jette un regard réprobateur. Grace m'embrasse sur la joue. Elle est follement heureuse d'avoir tous ses enfants réunis sous son toit. Carrick me tend la main.

— Salut, fiston. Ça fait un bail.

Nous suivons ces dames dans la salle à manger.

— Papa, on s'est vus hier.

L'humour de mon père… Kavanagh et Elliot sont assis sur le canapé. Kavanagh se lève pour étreindre Ana et m'adresse un signe de tête poli.

— Christian.

— Kate.

Et voilà qu'Elliot pose ses grosses pattes sur Ana. Qui eût cru que ma famille était si tactile ? *Lâche-la.* Je jette à Elliot un regard noir – mais mon frère sourit, avec une insupportable expression de satisfaction sur le visage du genre « je vais te montrer comment faire ». J'enlace Ana par la taille et la ramène à moi. Tous les regards se tournent vers nous.

Enfin, merde, quoi… ! On se croirait à la foire aux bestiaux.

— Vous voulez boire quelque chose ? propose papa. Un prosecco ?

— Volontiers.

Nous avons répondu en chœur. Mia sautille en battant des mains.

— Je vais le chercher !

Elle sort de la pièce en trombe. Qu'est-ce qui cloche avec ma famille ? Ana a les sourcils froncés. Elle les trouve sûrement bizarres elle aussi.

— Le dîner va bientôt être servi, annonce Grace en sortant du salon.

— Assieds-toi, dis-je à Ana en désignant le canapé.

Elle s'assoit et je me place à côté d'elle, prenant garde à ne pas la toucher. Je dois montrer l'exemple à cette famille un peu trop démonstrative.

Mon père fait diversion :

— Nous parlions de nos projets de vacances, Ana. Elliot a décidé d'accompagner Kate et sa famille à la Barbade.

Quoi ? Je fusille Elliot du regard. Qu'est-ce qui est arrivé à M. Coup-d'un-Soir ? Kavanagh doit être un sacré bon coup. En tout cas, elle a l'air très contente d'elle.

— Et vous, Ana, quels sont vos projets pour cet été ? demande Carrick.

— Je pensais passer quelques jours à Savannah.

— À Savannah ?

Je suis incapable de masquer ma surprise.

— Ma mère vit là-bas, et je ne l'ai pas vue depuis un bon moment.

— Tu pensais partir quand ?

— Demain en fin de journée.

Demain ? Qu'est-ce que… ? Et je ne l'apprends que maintenant ?

Mia revient avec deux flûtes de prosecco rosé.

446

— À votre santé ! dit papa en levant son verre.

— Pour combien de temps ?

Mon ton calme est trompeur.

— Je ne sais pas encore. Tout dépend de mes entretiens.

Des entretiens ? Demain ?

— Ana mérite de petites vacances, intervient Kavanagh avec une hostilité manifeste.

Je lui dirais bien de s'occuper de ses fesses, à celle-là ! Mais par égard pour Ana, je tiens ma langue.

— Vous avez des entretiens ? demande papa.

— Oui, demain, dans deux maisons d'édition.

Quand comptait-elle me l'apprendre ? Je suis ici depuis deux minutes et je découvre des détails de sa vie que je devrais déjà connaître !

— Je vous souhaite bonne chance, dit Carrick avec un sourire.

— Le dîner est servi, annonce Grace.

Pendant que les autres quittent la pièce, j'agrippe Ana par le coude.

— Quand avais-tu l'intention de m'annoncer que tu partais ?

Mon amertume augmente de minute en minute.

— Je ne pars pas, je pensais seulement aller voir ma mère quelques jours.

— Et notre accord ?

— Je ne l'ai pas encore signé.

Mais... Nous entrons dans la salle à manger.

— Cette conversation n'est pas terminée.

Maman a mis les petits plats dans les grands – service en porcelaine, verres en cristal – rien que pour Ana et Kate. Je désigne sa chaise à Ana, puis prends place à côté d'elle. Face à nous, Mia nous adresse un grand sourire.

— Vous vous êtes rencontrés comment, tous les deux ?

— Elle m'a interviewé pour le journal des étudiants de l'université de Washington.

— Dont Kate est la rédactrice en chef, précise Ana.

— Je veux être journaliste, explique Kate à Mia.

Carrick propose du vin à Ana pendant que Mia et Kate discutent journalisme. Kavanagh a décroché un stage au *Seattle Times*. Nul doute que son père lui a donné un petit coup de pouce.

Du coin de l'œil, je remarque qu'Ana m'observe. Je finis par lâcher :

— Quoi ?

— S'il te plaît, ne sois pas fâché contre moi.

Elle parle si bas que je l'entends à peine.

— Je ne suis pas fâché. (Elle plisse les yeux – évidemment, elle ne me croit pas.) OK, je suis fâché.

Agacé de réagir aussi mal, je ferme les yeux. *Calme-toi, Grey.*

— Fâché au point que ta main te démange ?

— Hé, c'est quoi ces messes basses ? intervient Kate.

Putain ! Elle est toujours comme ça ? Aussi indiscrète ? Comment Elliot fait-il pour la supporter ? Je la foudroie du regard, et elle a le bon sens de ne rien ajouter.

— On parlait de mon voyage à Savannah, répond Ana, tout sourire.

— Et avec José, ça s'est bien passé vendredi soir ? demande Kate en me regardant à la dérobée.

Je rêve ou quoi ? Ana se raidit imperceptiblement.

— Très bien.

— Tu avais raison, lui chuchoté-je d'une voix à la fois posée et venimeuse. Je suis tellement fâché que ma main me démange. Surtout maintenant.

Elle est allée dans un bar avec le type qui a voulu lui fourrer sa langue dans la bouche la dernière fois que je l'ai vu ? Pourtant elle a déjà accepté d'être à moi. Boire un verre en douce avec un autre homme ? Et sans ma permission ? Elle mérite une punition.

J'ai décidé de ne pas y aller trop fort avec elle... je devrais peut-être me servir d'un martinet. Ou lui administrer une bonne fessée, plus forte que la dernière. Ici, ce soir.

Oui. J'ai plusieurs choix.

Ana garde les yeux rivés sur ses mains. Kate, Elliot et Mia discutent de la cuisine française, et papa est revenu à table. Où était-il passé ?

— C'est pour toi, ma chérie. C'est l'hôpital.

— Ne m'attendez pas, commencez.

Maman passe son assiette à Ana.

Ça sent bon. Ana se lèche les lèvres. Un picotement me parcourt l'entrejambe. Elle doit être morte de faim. Bien. C'est déjà ça.

Grace s'est surpassée : chorizo, saint-jacques, poivrons rouges. Un délice. Et je réalise que moi aussi, je meurs de faim. Ça expliquait sûrement ma mauvaise humeur. Voir Ana manger me détend.

Ma mère revient, l'air soucieux.

— Tout va bien ? demande papa.

— Encore un cas de rougeole. C'est le quatrième ce mois-ci. Si seulement les parents faisaient vacciner leurs enfants, dit-elle en secouant la tête tristement. Heureusement, nos enfants n'ont jamais vécu ça. Ils n'ont jamais rien attrapé de pire que la varicelle. Mon pauvre petit Elliot…

Nous nous tournons tous vers Elliot, qui cesse de mâcher, la bouche pleine, l'air bovin. Il n'aime pas être le centre de l'attention.

Kavanagh regarde Grace avec intérêt, qui poursuit :

— Christian et Mia ont eu de la chance. Ils n'ont pas été très malades, à peine un bouton à eux deux.

Oh, s'il te plaît, maman.

— Alors, papa, tu as regardé le match des Mariners ?

Elliot est pressé de détourner la conversation.

— Je n'arrive pas à croire qu'ils aient battu les Yankees, répond Carrick.

— Tu as vu le match, champion ? me demande Elliot.

— Non, mais je lis les pages sport.

— Les Mariners font un tabac cette saison. Neuf matchs gagnés sur onze, ça nous donne de l'espoir.

Papa est aux anges.

— C'est sûr qu'ils font bien mieux que l'année dernière.

— Gutierrez en voltigeur de centre était une idée de génie. Cet arrêt de volée ! Incroyable !

Elliot lève les bras en l'air et Kavanagh le regarde comme une dinde énamourée.

— Alors, vous êtes bien installées dans votre nouvel appartement, ma petite Ana ? lui demande Grace.

— C'est seulement notre première nuit, et j'ai encore des cartons à déballer, mais j'adore son emplacement très central. On peut facilement gagner Pike Place et les berges à pied.

— Oh, alors vous êtes très proche de Christian, fait remarquer Grace.

L'employée de maman commence à débarrasser la table. Je ne me rappelle jamais son nom. Elle est suisse, ou autrichienne, je ne sais plus. Elle me regarde sans arrêt en battant des cils.

— Tu es déjà allée à Paris, Ana ? demande Mia.

— Non, mais j'adorerais y aller.

— Nous avons passé notre lune de miel à Paris.

Grace décoche une œillade à Carrick, que franchement j'aurais préféré ne pas voir. Apparemment, ils ont passé du bon temps là-bas.

— C'est une ville magnifique, acquiesce Mia. Malgré les Parisiens. Christian, tu devrais emmener Ana à Paris !

— Je pense qu'Anastasia préférerait aller à Londres.

Voilà ma réponse à la suggestion ridicule de ma sœur. La main sur le genou d'Ana, je caresse langoureusement sa cuisse, et fais progressivement remonter sa jupe. J'ai envie de la toucher, de caresser l'endroit où devrait être sa culotte. Je bande, et je réprime un grognement de plaisir.

Elle s'écarte. Je lui agrippe la cuisse pour l'immobiliser. Comment ose-t-elle ?

Ana boit une gorgée de vin et suit des yeux la jeune étrangère, qui vient servir le plat principal.

— Qu'est-ce que tu leur reproches, au juste, aux Parisiens ? demande Elliot à sa sœur. Ils n'ont pas succombé à tes charmes ?

— Ce serait plutôt le contraire ! Sauf un : M. Floubert, mon patron. Arrogant, autoritaire, dominateur… bref, un vrai tyran.

Ana manque s'étrangler avec son vin.

— Anastasia, ça va ?

Je relâche sa cuisse. Elle hoche la tête, le visage rouge, pendant que je lui masse doucement le dos.

Un tyran dominateur ? Moi ? Cette idée m'amuse. Mia me lance un regard approbateur en me voyant si affectueux.

Grace a cuisiné sa spécialité, le bœuf Wellington, une recette qu'elle a découverte à Londres. Je dois dire que c'est presque aussi savoureux que le poulet frit d'hier. Malgré sa mésaventure avec le vin, Ana a un bon coup de fourchette. Ça fait plaisir à voir. Sans doute affamée par son après-midi éreintant. Je déguste mon vin tout en réfléchissant à d'autres moyens de lui ouvrir l'appétit.

Mia et Kavanagh débattent des mérites respectifs de Saint-Bart et la Barbade, où la famille Kavanagh prend ses quartiers d'été.

— Vous vous rappelez Elliot et les méduses ?

Les yeux de Mia pétillent de malice. Je ricane.

— Et comment ! Il couinait comme une fille !

— Hé, ça aurait pu être une Vessie de mer ! Je hais les méduses. Elles gâchent les vacances.

Elliot est vexé. Mia et Kate gloussent comme des bécasses.

Ana mange toujours de bon cœur en les écoutant. Tout le monde s'est calmé, et ma famille paraît moins bizarre. Alors pourquoi suis-je aussi tendu ? Tous les jours, partout dans le monde, des familles se réunissent pour dîner et avoir le plaisir d'être ensemble. Suis-je nerveux parce qu'Ana est là ? Ai-je peur qu'ils ne l'aiment pas ? Ou qu'elle ne les aime pas ? Ou bien est-ce parce qu'elle part à Savannah demain et ne m'en avait rien dit ?

Je ne sais plus quoi penser.

Comme toujours, Mia occupe le devant de la scène. Ses anecdotes sur la vie et la cuisine françaises amusent tout le monde.

— Oh, maman, les pâtisseries sont tout simplement fabuleuses ! dit-elle en français. La tarte aux pommes de M. Floubert est incroyable.

— Mia, chérie, tu parles français, dis-je dans la même langue. Nous parlons anglais ici. Enfin, à l'exception d'Elliot bien sûr, lui parle l'imbécile couramment.

Mia éclate de rire, et tous l'imitent. Je regarde Ana et lui prends le menton.

— Ne mordille pas ta lèvre. Ça me donne envie de le faire, moi aussi.

Je dois établir quelques règles de base. Nous devons discuter de son voyage impromptu à Savannah, et surtout de sa mauvaise habitude d'accepter les propositions du premier venu qui a des vues sur elle. De plus, elle doit me laisser faire quand j'ai envie de la toucher. Mes doigts courent sur sa cuisse pour jauger sa réaction. Elle retient son souffle et serre les jambes, me bloquant le passage.

D'accord. Je dois trouver une excuse pour quitter la table.

— Et si je te faisais faire le tour de la propriété ?

Je ne lui laisse pas le temps de répondre. Son visage se ferme quand elle place sa main dans la mienne.

Dans la cuisine, Mia et Grace font du rangement.

— Je vais montrer le jardin à Anastasia, dis-je à ma mère d'un ton faussement enjoué.

Dès que nous sommes dehors, ma colère refait surface.

La culotte. Le photographe. Savannah.

Nous traversons la terrasse et descendons les escaliers qui mènent à la pelouse. Ana s'arrête pour admirer la vue.

Ouais, ouais. Seattle. Les lumières. La lune. L'eau.

Je continue de marcher à grandes enjambées vers le hangar à bateaux de mes parents.

— Une minute, s'il te plaît.

Je me retourne, passablement énervé.

— Mes talons. Il faut que je retire mes chaussures.

— Pas la peine.

Je la prends par la taille et la jette sur mon épaule. Elle pousse un cri de surprise.

Bordel. Je lui donne une claque sur les fesses.

— Chut !

— On va où ? gémit-elle sur mon épaule.

— Hangar à bateaux.

— Pourquoi ?

— J'ai besoin d'être seul avec toi.

— Pourquoi ?

454

— Parce que je vais te donner la fessée et ensuite te baiser.

— Pourquoi ?

— Tu le sais très bien.

— Je croyais que tu étais du genre spontané ?

— Anastasia, c'est très spontané, crois-moi.

Ouvrant la porte du hangar à la volée, j'entre et appuie sur l'interrupteur. Alors que les néons reviennent lentement à la vie, je grimpe à l'étage. Une lampe halogène éclaire bientôt la petite pièce.

Je fais glisser Ana le long de mon corps, me délectant de cette sensation, et la repose par terre. Ses cheveux sombres rebiquent et ses yeux brillent sous le halo lumineux. Je sais qu'elle ne porte toujours pas de culotte, ça me rend fou de désir.

— S'il te plaît, ne me bats pas…

Je la regarde sans comprendre.

— Je ne veux pas que tu me donnes la fessée, pas ici, pas maintenant. S'il te plaît, non.

Mais… Paralysé, je la regarde sans rien dire. *Mais c'est pour ça qu'on est ici.* Elle lève la main ; je ne sais pas ce qu'elle va faire. Les ténèbres s'enroulent autour de ma gorge, menaçant de m'étouffer si elle me touche. Elle caresse ma joue avec une tendresse infinie. Les ténèbres s'évanouissent et je ferme les yeux, subjugué par sa douceur. De l'autre main, elle ébouriffe gentiment mes cheveux.

Je laisse échapper un grognement, sans savoir si c'est une réaction de peur ou de désir. À bout de souffle, je me tiens au bord du précipice. Quand j'ouvre les yeux, elle s'approche tout contre moi, nos corps s'effleurent. Elle plonge ses mains dans mes cheveux et approche mon visage du sien. Je la regarde, impuissant, comme étranger à la scène. Nos lèvres se rejoignent et je ferme les yeux quand elle insinue sa langue dans ma bouche. Mes propres gémissements brisent le sort qu'elle m'a jeté.

Ana. Je l'enlace et lui rends son baiser, ardent, fiévreux, relâchant toute la tension accumulée ces deux dernières heures. Ma bouche la possède, mon esprit se reconnecte à elle. Mes mains agrippent ses cheveux, et je savoure le goût de sa langue. Ana se presse contre mon corps qui s'embrase à son contact.

Bordel.

Quand nous nous séparons, tous deux haletants, elle s'agrippe à mes bras. Je ne sais plus où j'en suis. Je voulais la fesser, mais elle a dit non. Comme quand je lui ai caressé la cuisse sous la table.

— Tu fais quoi, là ?

— Je t'embrasse.

— Tu m'as dit non.

— Quoi ?

Elle me dévisage, totalement déconcertée.

— Sous la table, avec tes jambes.

— Mais on était en train de dîner avec tes parents !

— Personne ne m'a jamais dit non. Et je trouve ça... bandant.

Et si différent. Je passe la main dans son dos et la plaque contre moi, décidé à reprendre le contrôle.

— Je ne comprends pas. Tu es fâché ou excité ?

— Les deux. Je suis fâché parce que tu ne m'as jamais parlé de ce voyage à Savannah. Je suis fâché parce que tu es sortie avec ce petit con qui t'a sauté

456

dessus quand tu étais bourrée et qui t'a laissée seule avec un parfait inconnu quand tu étais malade. C'est ça, un ami ? Et je suis fâché parce que tu as refermé tes jambes, mais ça m'excite.

Et tu ne portes pas de culotte. Mes doigts remontent lentement l'ourlet de sa robe.

— J'ai envie de toi, ici, maintenant. Si tu ne me laisses pas te donner la fessée que tu mérites, je vais te baiser sur ce canapé tout de suite, à la hussarde, pour mon plaisir, pas pour le tien.

Elle hoquette quand je glisse ma main sur son sexe et insère un doigt dedans. De l'autre bras, je la maintiens fermement contre moi. Un gémissement rauque trahit son plaisir. Elle est trempée.

— Ça, c'est à moi. Rien qu'à moi. Tu comprends ?

Je fais aller et venir mon doigt et elle se mord la lèvre.

— Oui, rien qu'à toi, souffle-t-elle, à ma merci.

Oui. À moi. Ne l'oublie jamais, Ana.

Je la pousse sur le canapé, baisse ma braguette et m'allonge lourdement sur elle. Je gronde :

— Les mains au-dessus de la tête.

Je passe un genou entre ses jambes pour l'obliger à les écarter le plus possible. Je prends une capote dans la poche intérieure de ma veste. Sans la quitter des yeux, je déroule le préservatif sur ma queue. Ana pose les mains sur ma tête, le regard étincelant, embrasée de désir. Ses hanches se soulèvent pour m'accueillir en elle.

— Juste un coup vite fait, pour moi, pas pour toi. Compris ? Tu ne jouis pas, ou je te donne la fessée.

Je la pénètre brutalement. Elle pousse un cri familier de plaisir. Je l'immobilise et commence à la baiser, à la pilonner avec fièvre. Elle se tortille sous moi, et bascule les reins à chaque coup de boutoir.

Oh, Ana. Oui, bébé. Elle ondule à mon rythme, me rend coup pour coup. Oh, la sensation d'être en elle. Et je m'abandonne. Dans son corps. Son odeur. Je ne sais pas si c'est parce que je suis en colère, tendu, ou…

Ouiiii. Je jouis abruptement, perdant conscience quand j'explose en elle. Je la possède, lui rappelle qu'elle m'appartient. Tout entière.

Putain. C'était… Je me retire d'un coup et m'agenouille.

— Je t'interdis de te toucher. Je veux que tu sois frustrée. Tu ne m'as pas parlé de tes projets, tu m'as refusé ce qui est à moi : tu n'as que ce que tu mérites.

Elle hoche la tête, la robe retroussée jusqu'à la taille, si bien que je peux contempler son sexe offert, humide, admirer la plénitude de son corps de déesse. Je me lève, enlève le préservatif, puis me rhabille et ramasse ma veste par terre.

J'inspire profondément. Je suis plus calme à présent. Bien plus calme.

Bon sang, c'était vraiment bon !

— Il faut qu'on retourne à la maison.

Elle s'assoit et m'observe de ses yeux sombres, indéchiffrables. Mon Dieu, qu'elle est belle !

— Tiens. Tu peux la remettre.

Je lui tends sa petite culotte.

Je crois qu'elle retient un rire.

Ouais, ouais, jeu, set et match pour vous, mademoi-selle Steele.

— Christian !

Mia est au pied de l'escalier. *Merde.*

— Il était moins une. Putain, qu'est-ce qu'elle peut être chiante, parfois.

Mais c'est ma petite sœur. Alarmé, je jette un coup d'œil à Ana qui enfile rapidement sa culotte. Elle fait la moue, se lève et remet vaguement de l'ordre dans ses cheveux.

— Ici, Mia, en haut ! Eh bien, mademoiselle Steele, je me sens mieux – mais j'ai toujours envie de vous donner la fessée.

— Je ne crois pas la mériter, monsieur Grey, sur-tout après avoir subi cette attaque sans provocation.

— Sans provocation ? Tu m'as embrassé !

— L'attaque est parfois la meilleure forme de défense.

— Défense contre quoi ?

— Toi et ta main qui te démange.

Elle se mord la lèvre pour ne pas rire. Les talons de Mia claquent dans l'escalier.

— Mais c'était tolérable ?

— Limite, dit-elle avec un petit sourire.

— Ah, vous voilà ! s'exclame Mia, rayonnante.

Deux minutes plutôt, la situation aurait été des plus gênantes.

— Je faisais faire le tour du propriétaire à Anasta-sia.

Je lui prends la main et la serre doucement.

— Kate et Elliot s'en vont. Ah, ces deux-là, c'est insensé, ils n'arrêtent pas de se peloter.

Mia fait une grimace dégoûtée.

— Vous faisiez quoi, ici, les amoureux ?

Mais quelle effrontée !

— Je montrais à Anastasia mes trophées d'aviron.

Je désigne les statuettes en faux métal sur l'étagère au fond de la pièce, qui datent de mes années à Harvard.

— Allez, on va dire au revoir à Kate et Elliot.

Mia tourne les talons, suivie d'Ana, qui reçoit une claque sur les fesses avant de descendre l'escalier.

Elle étouffe un cri de surprise.

— Tu ne perds rien pour attendre, Anastasia.

Nous reprenons le chemin de la maison tandis que Mia bavarde à côté de nous. La soirée est magnifique. Après une merveilleuse journée. Je suis heureux qu'Ana ait rencontré mes parents.

Pourquoi ne pas l'avoir fait avant ? *Je n'en ai jamais eu envie.*

Je serre la main d'Ana, qui m'adresse un sourire timide, désarmant. Elle s'assoit sur les marches, et je lui remets ses escarpins, que je tenais à la main.

— Voilà, dis-je, satisfait.

— Eh bien, merci, monsieur Grey.

— Tout le plaisir est pour moi.

— J'en ai bien conscience, monsieur, plaisante-t-elle.

— Oh, vous êtes tellement mignons tous les deux ! roucoule Mia.

Au moment de prendre congé de Kavanagh et Elliot, Ana entraîne son amie à l'écart. Qu'est-ce qu'elles peuvent bien se raconter ? Elliot prend sa copine par le bras et mes parents leur font un signe de la main quand ils grimpent dans le pick-up.

— Il faudrait qu'on y aille, nous aussi. Tu as des entretiens demain, Ana.

Mia m'embrasse tendrement.

— On croyait qu'il ne trouverait jamais personne ! s'épanche-t-elle en serrant Ana dans ses bras.

Oh, pour l'amour du ciel…

— Prenez soin de vous, ma petite Ana, lui dit chaleureusement Grace.

Je l'entraîne vers moi.

— Lâchez-la, vous allez lui donner la grosse tête.

— Christian, arrête de plaisanter.

— Maman, dis-je en lui faisant une bise.

Merci d'avoir invité Ana. Ça a été une révélation.

Ana prend congé de mon père, puis nous regagnons l'Audi où Taylor nous attend.

— On dirait que ma famille t'aime bien aussi.

Je suis incapable de déchiffrer l'expression de son visage, mais une ombre voile son regard. Quelque chose la tracasse.

— Qu'est-ce qu'il y a ?

Elle garde le silence un moment, puis se met à parler d'une voix atone.

— Je pense que tu t'es senti obligé de m'emmener chez tes parents. Tu ne l'aurais pas fait si Elliot n'avait pas invité Kate.

Bon sang. Elle ne comprend pas. C'était une première pour moi. J'étais nerveux. Elle doit me connaître assez maintenant pour savoir que si je n'avais pas voulu d'elle ici, elle ne serait pas là. Alors que nous passons sous la lumière des réverbères, elle paraît soudain distante.

Grey, il va falloir faire mieux que ça.

— Mais Anastasia, au contraire, je suis ravi que tu aies rencontré mes parents ! Pourquoi doutes-tu toujours autant de toi ? Ça me dépasse. Tu es forte et indépendante, mais tu te vois de façon tellement négative. Si je n'avais pas voulu que tu les rencontres, je ne t'aurais pas emmenée. Alors c'est ça que tu t'imaginais ?

Je secoue la tête et lui prends la main pour la rassurer. Elle jette un coup d'œil nerveux à Taylor.

— Ne t'en fais pas pour Taylor. Parle-moi.

— Oui. C'est ça que je m'imaginais. Et au fait, pour Savannah, je n'ai pas encore décidé. Je voulais simplement avoir quelque chose à dire quand ton père m'a demandé mes projets de vacances.

— Tu voudrais aller voir ta mère ?

— Oui.

Mon angoisse refait surface. Elle veut s'en aller ? Si elle part pour Savannah, sa mère va la persuader de trouver un homme plus... fréquentable, un homme qui, comme sa mère, croit aux fleurs et aux chocolats.

J'ai une idée. Elle a rencontré ma famille et je connais Ray. Peut-être que je pourrais faire la connaissance de sa mère, l'incurable romantique. La charmer.

— Je peux venir avec toi ?

Je tente le coup, même si je sais qu'elle va dire non.

— Euh... Je ne crois pas ce soit une bonne idée.

— Pourquoi pas ?

— J'espérais souffler un peu après toute cette... intensité. Prendre du recul pour réfléchir.

Alors elle veut vraiment me quitter.

— Tu me trouves trop intense ?

Elle éclate de rire.

— C'est le moins qu'on puisse dire !

Bon sang, j'adore la faire rire, même à mes dépens. Et je suis soulagé qu'elle ait encore son sens de l'humour. Elle ne veut peut-être pas me quitter après tout.

— Riez-vous de moi, mademoiselle Steele ?

— Je n'oserais pas, monsieur Grey.

— Je crois que si, et je crois que tu ris souvent de moi.

— Tu es assez drôle, en effet.

— Drôle ?

— Oh oui.

Elle se moque de moi ! C'est nouveau, ça.

— Drôle bizarre, ou drôle ha, ha ?

— Disons... un peu des deux.

— L'un plus que l'autre ?

— À toi de le deviner.

— Je ne sais pas si je peux deviner quoi que ce soit en ce qui te concerne, Anastasia, dis-je avec un soupir. À quoi veux-tu réfléchir à Savannah ?

— À nous deux.

Merde.

— Tu m'as dit que tu essaierais.

— Je sais.

— Tu as changé d'avis ?

— Peut-être.

C'est pire que je ne le pensais.

— Pourquoi ?

Elle m'observe en silence.

— Pourquoi, Anastasia ?

Elle hausse les épaules, indécise, et j'espère la rassurer par une tendre pression de la main.

— Parle-moi, Anastasia. Je ne veux pas te perdre. Cette semaine qu'on a passée ensemble…

… a été la plus belle de mon existence.

— J'en veux plus.

La voilà qui recommence. Qu'est-ce qu'elle veut ?

— Je sais. Je vais essayer. Pour toi, Anastasia, dis-je en lui prenant doucement le menton, je vais essayer.

Je viens de te présenter mes parents, bordel !

Soudain, elle détache sa ceinture et avant que je puisse réagir, grimpe sur mes genoux. *Mais qu'est-ce qu'elle… ?*

Je me fige quand elle passe ses bras autour de ma tête et m'embrasse avant même que les ténèbres aient une chance de m'envahir. Je l'enlace à mon tour et lui rends son baiser fougueux, me délectant de son goût exquis, sucré, tentant de trouver des réponses…

Cette tendresse inattendue est totalement désarmante. Nouvelle pour moi. Et troublante. Je croyais qu'elle voulait me quitter, et voilà qu'elle est sur mes genoux, en train de me faire perdre la tête.

Je n'ai jamais… jamais… Ne pars pas, Ana.

— Reste avec moi cette nuit. Ne t'en va pas, je ne te verrai pas de la semaine. S'il te plaît.

— Oui. Et moi aussi, je vais essayer. Je vais signer notre contrat.

Oh, bébé.

— Ça peut attendre ton retour de Savannah. Réfléchis. Réfléchis bien.

Je veux que sa décision soit mûre et réfléchie – je ne veux surtout pas la forcer. Enfin, une partie de moi ne le veut pas. La partie rationnelle.

— Bon, d'accord.

Elle niche sa tête contre ma poitrine.

Cette femme me donne le vertige. *Quelle ironie, Grey.* Et j'ai envie de rire, je suis soulagé et heureux. Je l'étreins et m'enivre de son odeur si rassurante.

— Il vaudrait mieux que tu attaches ta ceinture.

Je la gronde, mais en même temps, je ne veux pas qu'elle bouge. Elle reste lovée contre moi. Son corps se détend peu à peu. Les ténèbres se sont tues en moi, tenues à distance, et je me sens troublé par des émotions contradictoires. Qu'est-ce que j'attends d'elle ? Pourquoi ai-je tant besoin d'elle ?

Notre relation n'est pas censée évoluer dans ce sens-là, mais j'aime la tenir dans mes bras. Nichée contre mon torse. J'embrasse ses cheveux et m'enfonce dans la banquette pour profiter du panorama de Seattle.

Taylor se gare devant l'Escala.

— On est à la maison.

Même si je n'ai aucune envie de la laisser partir, je la soulève pour la reposer sur son siège. Taylor lui ouvre la portière et Ana me rejoint devant l'immeuble.

Elle est parcourue d'un frisson.

— Tu es sortie sans veste.

Je ne peux réprimer un ton de reproche en retirant ma veste pour la poser sur ses épaules.

— Je l'ai laissée dans ma nouvelle voiture, répond-elle en bâillant.

— Fatiguée, mademoiselle Steele ?

— Oui, monsieur Grey. Aujourd'hui, on m'a fait subir des choses que je n'aurais jamais cru possibles.

— Eh bien, si tu ne fais pas attention, tu en subiras encore.

Et si j'ai de la chance.

Elle s'adosse au mur de l'ascenseur qui nous propulse jusqu'à l'appartement. Avec ma veste sur les épaules, elle est si menue, si sexy. Si elle n'avait pas sa culotte, je la prendrais là, tout de suite... Je m'approche et caresse sa lèvre inférieure, qu'elle est en train de mordiller.

— Un jour, je vais te baiser dans cet ascenseur, Anastasia, mais pour l'instant, tu es trop fatiguée – je pense qu'on va s'en tenir au lit.

Je me penche et mordille à mon tour sa lèvre. Elle retient son souffle et me mord aussi, réveillant immédiatement la partie préférée de mon anatomie.

J'ai envie de l'emporter dans son lit, de me perdre en elle. Après notre discussion dans la voiture, je veux être sûr qu'elle est à moi. Dans l'appartement, je lui offre un verre, qu'elle refuse.

— Bien. On va se coucher.

Elle paraît étonnée.

— Tu vas te contenter d'un bon vieux sexe-vanille tout bête ?

— Pas si bête que ça... au contraire, c'est un parfum qui m'intrigue de plus en plus.

— Depuis quand ?

466

— Depuis samedi dernier. Pourquoi ? Tu espérais quelque chose de plus exotique ?

— Ah non. L'exotisme, ça va pour aujourd'hui.

— Tu en es sûre ? Il y en a pour tous les goûts ici – au moins trente et un parfums, au choix.

Je lui décoche un sourire lascif.

— J'avais remarqué.

— Allez, mademoiselle Steele, vous avez une grosse journée demain. Plus tôt vous serez couchée, plus tôt vous serez baisée, et plus tôt vous pourrez dormir.

— Monsieur Grey, vous êtes un romantique.

— Mademoiselle Steele, vous êtes une insolente. Je vais devoir vous mater. Allez.

Ouais, et j'ai une petite idée. En refermant la porte de ma chambre, je me sens plus léger que tout à l'heure.

— Haut les mains !

Elle m'obéit étonnamment vite. J'attrape le bas de sa robe et la fais passer par-dessus sa tête d'un mouvement leste. Son corps est tout bonnement sublime.

— Abracadabra !

Elle glousse et applaudit. Je m'incline, amusé par ce petit jeu, et pose sa robe sur la chaise.

— Et c'est quoi, ton prochain tour de passe-passe ?

— Eh bien, ma chère mademoiselle Steele, couchez-vous et je vous le montre.

— Et si, pour une fois, je me faisais désirer ?

Elle incline la tête sur le côté, l'air mutin.

Un nouveau jeu ? Comme c'est intéressant.

— La porte est fermée. Je ne sais pas comment tu pourrais m'échapper. Je pense que l'affaire est dans le sac.

— Mais je suis une bonne négociatrice.

— Moi aussi.

D'accord, mais où veut-elle en venir ? Elle n'en a pas envie ? Elle est trop fatiguée ? Quoi ?

— Tu ne veux pas baiser ?

— Non.

— Ah !

Quelle déception. Elle déglutit, et annonce d'une petite voix :

— Je veux que tu me fasses l'amour.

Je la regarde, perplexe. Comment ça, faire l'amour ? On l'a fait. Plusieurs fois. C'est juste une autre manière de dire baiser.

Elle m'étudie très sérieusement. *Bordel.* C'est son idée du « plus » ? Encore les fleurs et les chocolats ? Mais ce n'est qu'une question de vocabulaire ! De la sémantique, rien d'autre.

— Ana, je…

Je ne comprends pas ce qu'elle attend de moi.

— Je pensais que c'était ça qu'on faisait.

— Je veux te toucher.

Putain. Non. Instinctivement, je recule d'un pas, et les ténèbres gagnent mes entrailles.

— S'il te plaît.

Non. Je n'ai pas été clair là-dessus ? Je ne supporte pas d'être touché. Je ne peux pas. Jamais.

— Mademoiselle Steele, vous avez déjà obtenu assez de concessions ce soir. Alors c'est non.

— Non ?

— Non.

J'ai presque envie de la renvoyer chez elle – ou dans sa chambre à l'étage – de l'éloigner de moi.

Ne me touche pas.

Elle m'observe bizarrement et je me dis qu'elle part demain et que je ne la verrai pas pendant un bon moment. Je soupire. Je n'en ai pas l'énergie.

— Écoute, tu es fatiguée, moi aussi. On va se coucher.

— Bref, te toucher, c'est une limite à ne pas franchir ?

— Oui. Tu le savais déjà.

Impossible de lui cacher mon exaspération.

— S'il te plaît, dis-moi pourquoi.

Je ne veux pas en discuter !

— Anastasia, je t'en prie, laisse tomber.

— C'est important pour moi de le savoir.

Sa voix se fait suppliante.

Exaspéré, je sors un tee-shirt de ma commode et le lui lance.

— Mets ça et couche-toi.

Pourquoi je la laisse dormir avec moi ? Mais c'est une question rhétorique – au fond de moi, je connais la réponse. C'est parce que je dors mieux avec elle.

Elle est mon attrapeuse de mauvais rêves. Elle repousse mes cauchemars.

Elle se retourne pour ôter son soutien-gorge et enfiler mon tee-shirt. Qu'est-ce que je lui ai dit cet après-midi dans la salle de jeux ? Elle ne doit pas me cacher son corps.

— J'ai besoin de la salle de bains.

— Tu me demandes la permission ?

— Euh... non.

— Anastasia, tu sais où est la salle de bains. Aujourd'hui, à ce stade de notre accord bancal, tu n'as pas besoin de ma permission pour y aller.

Je déboutonne ma chemise et l'enlève pendant qu'elle quitte la chambre sans un mot. Il me faut un gros effort de volonté pour ne pas laisser libre cours à ma colère.

Qu'est-ce qui lui prend ?

Une soirée chez mes parents et elle espère des sérénades, des couchers de soleil et des fichues balades sous la pluie. Ça n'est pas mon truc. Je le lui ai dit cent fois. Je ne suis pas du genre sentimental. Je soupire en me débarrassant de mon pantalon.

Mais elle veut plus. Toutes ces conneries romantiques. *Bordel.*

Dans mon dressing, je jette mon pantalon dans le panier à linge et prends un bas de pyjama, puis je retourne dans ma chambre.

Ça ne marchera pas, Grey.

Mais je veux que ça marche.

Tu devrais la laisser partir.

Pas question. Je vais trouver un moyen.

Le réveil indique 23 h 46. Il est temps de se coucher. Je vérifie sur mon téléphone que je n'ai pas de mails urgents, puis je frappe à la porte de la salle de bains.

— Entre, bafouille Ana.

Elle se lave les dents avec ma brosse. Elle crache dans le lavabo et me regarde à travers le miroir. Ses yeux pétillent de malice. Elle rince la brosse à dents

470

et me la tend sans un mot. Je la mets dans ma bouche, ce qui semble la réjouir au plus haut point.

Ce simple geste fait retomber la tension de notre conversation de tout à l'heure.

— Si tu veux emprunter ma brosse à dents, ne te gêne surtout pas, dis-je, moqueur.

— Merci, monsieur.

Elle me sourit, et un instant je crois même qu'elle va faire une petite révérence, mais elle me laisse seul avec ma brosse à dents. Quand je retourne dans la chambre, elle est sous la couette. C'est sous moi qu'elle devrait être allongée.

— Tu sais, ça n'est pas comme ça que je me voyais finir la soirée.

— Imagine, si c'est moi qui te disais que tu ne pouvais pas me toucher.

Elle n'a pas l'intention d'abandonner le sujet. Je m'assois sur le lit.

— Anastasia, je te l'ai déjà dit. Cinquante nuances de folie. J'ai eu des débuts difficiles dans la vie – tu tiens vraiment à savoir ? Pourquoi ?

Personne ne devrait avoir des horreurs pareilles dans la tête !

— Parce que je veux mieux te connaître.

— Tu me connais déjà assez bien.

— Comment peux-tu me dire ça ?

Elle se redresse et s'agenouille près de moi, le visage sincère et suppliant.

Ana. Ana. Ana. Laisse tomber, je t'en prie.

— Tu as levé les yeux au ciel. La dernière fois que je t'ai fait ça, moi, je me suis pris une fessée.

— J'aimerais bien recommencer.

Tout de suite. Soudain, son visage s'éclaire.

— Raconte-moi, et je te laisse faire.

— Quoi ?

— Tu m'as bien entendue.

— Tu marchandes avec moi ?

Je n'en reviens pas. Elle hoche la tête.

— Je négocie.

— Ça ne marche pas comme ça, Anastasia.

— Bon, d'accord. Raconte-moi d'abord, ensuite je lèverai les yeux au ciel et j'en assumerai les conséquences.

J'éclate de rire. Elle est adorable avec mon tee-shirt. Son regard est chargé d'attente.

— Toujours aussi curieuse, mademoiselle Steele.

Et si je lui donnais une fessée ? J'en ai envie depuis le dîner, et je pourrais même pimenter l'expérience ! Je me lève d'un bond.

— Ne bouge pas, dis-je en quittant la chambre en trombe.

Je vais chercher la clé de la salle de jeux dans mon bureau et file à l'étage. Dans la commode, je prends les jouets auxquels je songeais et hésite pour le lubrifiant. Mais, vu nos derniers ébats, Ana n'en aura pas besoin.

Quand je reviens dans la chambre, elle est assise sur le lit, les yeux brillants de curiosité.

— C'est quand, ton premier rendez-vous, demain ?

— À 14 heures.

Parfait. Pas de réveil matinal.

— Bien. Lève-toi. Mets-toi là.

Ana descend docilement du lit et se positionne devant moi, plus impatiente que jamais.

— Tu me fais confiance ?

Elle hoche la tête. J'ouvre ma paume, où se nichent deux boules de geisha argentées. Elle fronce les sourcils et son regard va des boules à moi.

— Je viens de les acheter. Je vais te les mettre et te donner la fessée, pas pour te punir mais pour ton plaisir et le mien.

Lundi 30 mai 2011

Son petit hoquet étranglé réjouit ma queue.

— Ensuite, on va baiser, et si tu es encore éveillée, je te ferai part de certaines informations concernant ma jeunesse. Ça te va ?

Elle hoche la tête. Sa respiration s'accélère, ses pupilles se dilatent, elle brûle de désir et de curiosité.

— Tu es une bonne petite. Ouvre la bouche.

Elle hésite, déconcertée, mais s'exécute avant que je la réprimande.

— Plus grand.

Je pose les boules sur sa langue. Elles sont un peu lourdes, mais vont bien occuper sa bouche insolente.

— Il faut les lubrifier. Suce.

Elle cligne des yeux et fait rouler les boules entre ses lèvres. Sa position change imperceptiblement et ses cuisses se serrent l'une contre l'autre.

Oh oui.

— Ne bouge pas, Anastasia…

Je me repais du spectacle. *Bon, ça suffit.*

— Stop.

Je lui retire les boules de la bouche, rabats la couette et m'assois au bord du lit.

— Viens ici.

Elle s'avance docilement, effrontée et sexy. *Oh, Ana, mon petit monstre.*

— Maintenant tu te retournes, tu te penches en avant et tu attrapes tes chevilles.

À son expression, il est clair qu'elle ne s'attendait pas à ça.

— N'hésite pas, dis-je en insérant les boules dans ma propre bouche.

Elle se retourne et se penche sans effort, m'offrant le spectacle de ses longues jambes et de son cul superbe. Son tee-shirt glisse sur sa tête, découvrant son dos.

Je pourrais admirer ce magnifique spectacle pendant longtemps en imaginant tout ce que je vais lui faire. Mais pour l'instant, je veux la fesser et la baiser. La main sur ses fesses, je m'imprègne de la chaleur qui irradie à travers le sous-vêtement.

Oh, ce cul est à moi, rien qu'à moi. Et il va sacrément chauffer.

J'écarte sa culotte et la maintiens d'une main sur le côté. Je résiste au désir de plonger ma langue dans son sexe, d'autant que ma bouche est pleine. Je taquine son clitoris, puis glisse un doigt en elle. Satisfait, je décris des cercles lents pour élargir l'ouverture. Elle gémit de plaisir, et mon sexe durcit aussitôt.

Mlle Steele approuve. Elle en veut encore.

Après un dernier mouvement circulaire, je retire les boules de ma bouche pour les insérer doucement, l'une après l'autre, dans son vagin, laissant la cordelette à l'extérieur. Puis j'embrasse ses fesses nues et remets sa culotte en place.

— Redresse-toi, dis-je en lui maintenant les hanches. Ça va ?

— Oui.

— Tourne-toi.

Elle obéit.

— Ça te fait quel effet ?

— Bizarre.

— Bizarre bon ou bizarre mauvais ?

— Bizarre bon.

— Très bien.

Il faut qu'elle s'habitue à la sensation. Et si elle allait faire un petit tour ?

— Je veux un verre d'eau. Va me le chercher, s'il te plaît. Quand tu reviendras, je te donnerai la fessée. Penses-y, Anastasia.

Malgré sa perplexité, elle se dirige d'une démarche hésitante vers la salle de bains. Je profite de son absence pour prendre une capote dans mon tiroir. Il ne m'en reste plus beaucoup. Je vais devoir me réapprovisionner, le temps que sa pilule fasse effet. Me rasseyant sur le lit, je l'attends avec impatience.

Quand elle revient, son pas est plus assuré, et elle tient un verre d'eau.

Je la remercie, bois une gorgée, puis pose le verre sur ma table de nuit. Quand je lève les yeux, elle m'observe d'un regard brillant de désir.

J'aime ce regard.

— Viens près de moi. Comme tout à l'heure.

Elle s'avance, le souffle court... Bon sang, elle est vraiment en feu. Pas du tout comme pour la dernière fessée.

— Demande-moi.

Fais-la encore un peu mijoter, Grey. Je répète plus fermement :

— Demande-moi.

Allez, Ana. Elle paraît déboussolée.

— Demande-moi, Anastasia. Je ne me répéterai pas.

Elle comprend enfin ce que j'attends d'elle et rougit.

— Donnez-moi la fessée, s'il vous plaît… monsieur.

Ces mots… Je ferme les yeux et les laisse résonner dans ma tête. La tirant par la main, je la renverse sur mes genoux, la poitrine sur le lit. D'une main, je lui caresse les fesses, et de l'autre, je dégage les cheveux de son visage et les empoigne au niveau de la nuque.

— Je veux voir ton visage pendant que je te claque les fesses, Anastasia.

Je presse la main sur son sexe pour faire remonter les boules en elle. Elle gémit de contentement.

— Cette fois, c'est pour le plaisir, Anastasia, le tien et le mien.

Je la frappe à la naissance des fesses.

— Ah !

Je caresse son cul de reine pendant qu'elle s'habitue à cette nouvelle sensation. Quand elle se détend, je la claque de nouveau. Sans merci, ma main s'abat sur son cul : à droite, à gauche, au milieu. Entre chaque claque, je masse sa croupe, satisfait de voir sa peau prendre cette si jolie nuance de rose sous la dentelle de sa culotte.

Elle gémit de plaisir, savoure l'expérience.

Je m'arrête. Je veux l'admirer dans toute sa splendeur. Sans me presser, je baisse sa culotte et glisse mes doigts sur ses cuisses, le creux de ses genoux, le galbe de ses mollets. Elle lève les pieds pour que je puisse l'enlever complètement. Elle se tortille, mais s'arrête dès que je pose ma paume sur sa peau rougie. Et je recommence : d'abord doucement, puis plus fort, je lui redonne la fessée.

Elle est trempée. Je tire ses cheveux, lui arrachant un gémissement.

Merde, qu'est-ce qu'elle est bandante.

— C'est bien.

Ma voix est rauque, ma respiration saccadée. Je la fesse encore deux fois, puis tire sur le cordon pour retirer les boules de son vagin.

Elle pousse un cri de jouissance. Je la retourne, déchire l'emballage du préservatif et m'allonge sur elle. Lui planquant les mains au-dessus de sa tête, je la pénètre lentement. Elle miaule comme un chat.

— Ah, bébé.

« Je veux que tu me fasses l'amour », ses mots résonnent dans ma tête.

Lentement, très lentement, j'entame un va-et-vient langoureux, me perds dans la sensation affolante de sa peau contre la mienne. Elle enroule ses jambes autour de moi et se cabre à chaque coup de reins. Emportée dans une spirale de plaisir, elle finit par hurler. Son orgasme me pousse au bord du gouffre.

— Ana !

Je crie en me déversant en elle, lâchant totalement prise. Un soulagement extrême me submerge, et me donne envie… de plus. J'ai besoin de plus.

Alors que je reprends peu à peu mes esprits, je repousse l'étrange émotion qui me gagne. Ce ne sont pas les ténèbres, mais autre chose, qui enfle et qui m'effraie. Une chose que je ne comprends pas.

Nos mains toujours entremêlées, j'ouvre les yeux et plonge dans son regard ensommeillé, rassasié.

— C'était bon, dis-je en lui donnant un tendre baiser.

Elle me récompense d'un sourire enjôleur. Je me lève, rabats la couette sur elle, ramasse mon pantalon de pyjama, et vais jeter le préservatif dans la salle de bains. J'enfile mon pantalon et prends le tube d'arnica.

De retour dans le lit, j'ai droit à un beau sourire d'Ana.

— Retourne-toi.

Elle hésite et semble vouloir lever les yeux au ciel, mais se ravise et obéit.

— Superbe, la couleur de ton cul.

Satisfait du résultat, je verse un peu de pommade au creux de ma paume et lui masse délicatement les fesses.

— Crache le morceau, Grey, dit-elle en bâillant.

— Mademoiselle Steele, vous avez vraiment le don de gâcher l'ambiance.

— On a conclu un marché.

— Tu te sens comment ?

— Flouée.

Avec un gros soupir, je repose le tube d'arnica sur ma table de nuit et me glisse dans le lit. Je prends Ana dans mes bras, son dos contre ma poitrine, et lui embrasse les cheveux.

— La femme qui m'a mis au monde était une pute accro au crack, Anastasia. Dors.

Elle se raidit entre mes bras.

Je ne veux pas de sa sympathie, ni de sa pitié.

— Était ?

— Elle est morte.

— Depuis longtemps ?

— Elle est morte quand j'avais quatre ans. Je ne me souviens pas bien d'elle. Carrick m'a raconté. Je ne me rappelle que certaines choses. Dors, s'il te plaît.

Elle finit par se détendre.

— Bonne nuit, Christian.

— Bonne nuit, Ana.

Je m'enivre de son parfum, et repousse mes souvenirs.

« Si tu cueilles une pomme, mange-la, connard ! »

« Va te faire foutre, pauvre débile ! »

Elliot prend une pomme, mord dedans, et la lance sur moi.

« Asticot ! » raille-t-il.

Non ! Ne m'appelle pas comme ça !

Je lui saute dessus et frappe son visage à coups de poing.

« Espèce de porc ! C'est de la nourriture. Tu la gaspilles. Grand-pa les vend. Espèce de porc. Porc. Porc. »

« ELLIOT. CHRISTIAN. »

Papa m'arrache à Elliot, roulé en boule par terre.

« Qu'est-ce qui s'est passé ? »

« Il est fou. »

« Elliot ! »

« Il détruit les pommes. »

La colère enfle dans ma poitrine, ma gorge. Je vais exploser.

« Il en croque un morceau et jette le reste. Sur moi. »

« Elliot, c'est la vérité ? »

Le regard sévère de papa fait rougir Elliot.

« Je crois que tu ferais bien de venir avec moi. Christian, ramasse les pommes. Tu pourras aider maman à faire une tarte. »

Elle dort profondément quand je me réveille, le nez dans ses cheveux, les bras autour d'elle. J'ai rêvé que je jouais avec Elliot dans le verger de mon grand-père. C'était des jours de joie et de colère.

Il est bientôt 7 heures – encore une nuit passée avec Mlle Steele. Se réveiller à côté d'elle est une sensation bizarre, mais dans le bon sens. J'ai envie d'une baise matinale – mon corps y est plus que disposé –, mais elle est comateuse et sans doute courbatue. Mieux vaut la laisser dormir. Je me lève en prenant soin de ne pas la réveiller, enfile un tee-shirt, et ramasse ses vêtements par terre avant de me rendre au salon.

— Bonjour, monsieur Grey.

Mme Jones s'affaire dans la cuisine.

— Bonjour, Gail.

Je m'étire et contemple les dernières lueurs de l'aube par les baies vitrées.

— C'est du linge à laver que vous avez là ?

— Oui. Ce sont les vêtements d'Anastasia.

— Vous voulez que je les lave et les repasse ?

— Vous avez le temps ?

— Je vais lancer un cycle rapide.

— Parfait, merci, dis-je en lui donnant mon paquet de linge. Comment va votre sœur ?

— Très bien, merci. Les enfants grandissent. Les garçons ne sont pas toujours faciles.

— Je sais.

Elle sourit et me propose du café.

— Merci, je serai dans mon bureau.

Elle m'observe avec un petit sourire en coin, typiquement féminin. Puis elle quitte rapidement la cuisine, sans doute pour aller lancer la lessive.

C'est quoi son problème ?

D'accord, c'est le premier lundi – la première fois – depuis qu'elle travaille pour moi, soit en quatre ans, qu'une femme dort dans mon lit. Mais inutile d'en faire toute une histoire. *Un petit déjeuner pour deux, madame Jones, ce n'est pas trop vous demander il me semble.*

Je secoue la tête et vais travailler dans mon bureau. La douche sera pour plus tard… peut-être avec Ana.

Je consulte mes mails et en envoie un à Andréa et Ros pour les informer que j'irai au bureau cet après-midi, et non ce matin. Puis je passe en revue les derniers schémas de Barney.

Gail frappe à la porte et m'apporte une deuxième tasse de café, puis m'informe qu'il est déjà 8 h 15.

Si tard que ça ?

— Je ne vais pas au bureau ce matin.

— Taylor me posait justement la question.

— J'irai cet après-midi.

— Je vais lui transmettre le message. J'ai pendu les vêtements de Mlle Steele dans votre dressing.

— Merci. C'était rapide. Elle dort encore ?

— Je crois que oui.

Et là, encore ce petit sourire. Je hausse les sourcils. Son sourire s'élargit, puis elle tourne les talons et quitte la pièce. Je m'interromps pour aller me doucher et me raser.

Ana est toujours assoupie quand j'ai fini de m'habiller.

Tu l'as épuisée, Grey. C'était agréable, bien plus qu'agréable même. Elle a l'air sereine, comme si elle n'avait aucun souci au monde.

Bien. Je récupère ma montre et, sur une impulsion, prends le dernier préservatif dans le tiroir.

On ne sait jamais. Puis je traverse le salon pour regagner mon bureau.

— Voulez-vous votre petit déjeuner, monsieur ? me demande Mme Jones.

— Non. Je déjeunerai avec Ana, merci.

J'appelle Andréa depuis mon bureau. Après avoir échangé quelques mots, elle me passe Ros.

— Alors, quand peut-on espérer vous voir ? s'enquiert Ros d'un ton railleur.

— Bonjour, Ros. Comment allez-vous ?

— Je suis furieuse.

— Contre moi ?

— Oui, contre vous et votre laxisme.

— Je serai là plus tard. Je vous appelle car j'ai décidé de liquider la société de Woods.

Je l'en ai déjà informé, mais Marco et elle traînent trop. Je veux que ce soit réglé tout de suite. C'était ce qui devait arriver si les finances de la société ne s'amélioraient pas. Or ça va de mal en pis.

— Il lui faut plus de temps.

— Je m'en fous, Ros. Pas question de s'encombrer d'un poids mort.

— Vous en êtes sûr ?

— Je ne veux plus de fausses excuses.

J'en ai assez entendu. Ma décision est prise.

— Christian…

— Dites à Marco de m'appeler.

— D'accord, d'accord. Si c'est vraiment ce que vous voulez. Autre chose ?

— Oui. Dites à Barney que le prototype me paraît bien, même si je ne suis pas tout à fait sûr de l'interface.

— Je trouvais que l'interface fonctionnait bien. Cela dit, je ne suis pas une spécialiste.

— Non, c'est juste qu'il manque quelque chose.

— Parlez-en à Barney.

— Oui, je voudrais le voir cet après-midi pour en discuter.

— En personne ?

J'ignore le sarcasme et lui demande de réunir toute l'équipe de Barney pour un brainstorming.

— Il en sera ravi. Alors à cet après-midi ?

— Oui. Repassez-moi Andréa.

En attendant qu'elle reprenne la communication, je contemple le ciel sans nuages. Il est de la même teinte que les prunelles d'Ana.

Sentimental, Grey ?

— Andréa...

Un mouvement attire mon attention. Je lève les yeux, et suis ravi de découvrir Ana sur le pas de la porte, avec mon tee-shirt pour seul vêtement. Ses longues jambes galbées sont un vrai régal. Elles sont fabuleuses.

— Monsieur Grey, dit Andréa.

Nos regards se rivent l'un à l'autre. Ses iris sont de la couleur d'un ciel d'été. C'est fou, je pourrais m'oublier toute la journée dans la chaleur de ses yeux – et tous les jours.

Ne sois pas absurde, Grey.

— Annulez tous mes rendez-vous de ce matin. Et demandez à Bill de m'appeler. Je serai au bureau à 14 heures. Il faut que je parle à Marco cet après-midi, j'en ai pour une demi-heure environ...

Un sourire éclaire le visage d'Ana. Je me surprends à lui sourire aussi.

— Oui, monsieur.

— Réunissez Barney et son équipe après Marco, ou alors demain, et trouvez-moi un moment pour voir Bastille tous les jours cette semaine...

— Sam voulait vous parler, ce matin.

— Demandez-lui d'attendre.

— C'est à propos du Darfour.

— Ah.

— Il pense que le convoi humanitaire vous ferait une excellente publicité.

Oh, non. Il n'oserait pas, si ?

— Non, je ne veux pas communiquer sur le Darfour.

Je suis exaspéré.

— Il dit qu'un journaliste de *Forbes* veut en discuter avec vous.

Comment est-il au courant, celui-là ?

— Dites à Sam de s'en charger.

— Vous voulez lui parler directement ?

— Non.

— D'accord. J'ai aussi besoin de votre réponse pour la soirée de samedi.

— Quelle soirée ?

— Le gala de la Chambre de commerce.

— Samedi prochain ?

Il me vient une idée.

— Oui, monsieur.

— Un instant…

Je me tourne vers Ana, qui se dandine d'un pied sur l'autre sans me quitter des yeux.

— Quand rentres-tu de Savannah ?

— Vendredi.

— Il me faut une autre invitation, je serai accompagné…

— Accompagné ? répète Andréa, incrédule. (Je soupire.) Oui, Andréa, c'est bien ce que j'ai dit, je serai accompagné. Mlle Anastasia Steele…

— Oui, monsieur Grey.

On dirait que j'ai illuminé sa journée. Putain. Qu'est-ce qui se passe avec mon personnel ?

— C'est tout. Merci, Andréa.

Je raccroche.

— Bonjour, mademoiselle Steele.

— Monsieur Grey.

Je contourne mon bureau pour lui faire face et lui caresse doucement le visage.

— Je ne voulais pas te réveiller, tu avais l'air tellement paisible. Tu as bien dormi ?

— Très bien, merci. Je suis passée te dire bonjour avant d'aller prendre une douche.

Ses yeux pétillent et son sourire me fait fondre. Quel plaisir de la voir aussi épanouie. Avant de me remettre au travail, je me penche pour lui effleurer les lèvres d'un baiser. Soudain, elle me passe les bras autour du cou, mêle ses doigts à mes cheveux et se presse contre mon torse.

Hou là. Surpris par l'intensité de son étreinte, je lui rends son baiser. Mes mains glissent dans son dos, sur ses reins, et empoignent ses fesses nues, sans doute encore rouges, rallumant la flamme dans mon corps. Je m'embrase comme du bois sec.

— On dirait que ça te fait du bien de dormir. Tu devrais aller te doucher, à moins que je ne te prenne sur mon bureau, là, tout de suite ?

— Je choisis le bureau, répond-elle effrontément.

Tiens, tiens… voyez-vous ça ? Elle me dévore des yeux.

— Vous y avez vraiment pris goût, on dirait, mademoiselle Steele ? Vous devenez insatiable.

— Seulement de toi.

— Y a intérêt. Moi, et personne d'autre.

Ses paroles déclenchent le signal d'alarme. Perdant tout contrôle, je balaie tout ce qui se trouve sur mon bureau – documents, téléphone, stylos, tout y passe et je m'en fous. Je soulève Ana et la plaque sur la table, tandis que ses cheveux retombent sur mon fauteuil.

— Tu le veux, tu l'auras, bébé.

Je tire la capote de ma poche et baisse ma braguette. Après avoir rapidement déroulé le latex sur ma queue, je regarde Mlle Steele.

— J'espère que tu es prête, lui dis-je d'un ton menaçant en lui maintenant les poignets de chaque côté de la tête.

D'un coup de boutoir, je m'enfonce brutalement en elle.

— Putain, Ana, qu'est-ce que tu mouilles.

Je lui accorde une nanoseconde pour s'adapter à moi, puis je commence à la baiser, de plus en plus fort. Elle renverse la tête en arrière, la bouche ouverte. Son corps est parcouru de spasmes. Elle enroule ses jambes autour de ma taille alors que je la pilonne brutalement.

C'est ça que tu veux, bébé ?

Elle accueille chaque coup avec un gémissement et je l'emmène toujours plus haut – jusqu'à sentir ses membres se tendre à l'extrême.

— Bébé, laisse-toi aller, dis-je entre mes dents.

Elle se consume alors de façon spectaculaire, dans un cri déchirant, et m'entraîne avec elle au septième ciel. Je jouis avec la même puissance, avant de m'effondrer sur son corps secoué de tremblements.

Bon sang, c'était incroyable. *Et inattendu.*

— Putain, qu'est-ce que tu me fais ? dis-je en expirant dans son cou, hors d'haleine. Tu m'ensorcelles, Ana. Tu es une magicienne.

Et tu m'as sauté dessus !

Je lui lâche les poignets et veux me relever, mais elle resserre l'étau de ses jambes autour de moi, ses doigts toujours dans mes cheveux.

— C'est toi qui m'ensorcelles, dit-elle dans un souffle.

Elle me regarde intensément, comme si elle pouvait lire en moi. Et voir toute la noirceur de mon âme.

Mon Dieu. Laisse-moi m'en aller. C'est trop. Je prends son visage dans mes mains et lui donne un bref baiser, mais l'image insoutenable d'elle dans cette position avec un autre s'impose à mon esprit. *Non, elle ne peut pas faire ça avec un autre. Jamais.*

— Tu. Es. À. Moi. Tu comprends ?

— Oui, je suis à toi.

Ses paroles sont tellement sincères que ma jalousie irrationnelle s'apaise.

— Tu es sûre que tu veux aller à Savannah ?

Elle hoche la tête. *Bon sang.* Je me retire abruptement ; elle grimace.

— Ça t'a fait mal ?

— Un peu, répond-elle avec un sourire timide.

— J'aime bien que tu aies mal. Ça te rappelle que je suis passé par là, moi et personne d'autre.

Je lui donne un baiser possessif, dur. Parce que je ne veux pas qu'elle parte à Savannah.

Et personne ne m'a sauté dessus depuis… depuis Elena. Mais avec Elena, c'était toujours calculé, ça faisait partie d'une mise en scène.

Je me redresse et lui tends la main pour l'aider à se relever. En me voyant retirer le préservatif, elle murmure :

— Toujours prêt.

Je me reboutonne sans comprendre sa remarque. Elle brandit l'emballage vide en guise d'explication.

— On peut toujours espérer, Anastasia. Parfois, les rêves se réalisent.

Je ne pensais pas m'en servir aussi vite. *Et c'était selon tes termes, bébé, pas les miens. Pour une innocente, mademoiselle Steele, vous êtes, comme toujours, pleine de surprises.*

— Donc, tu rêvais de faire ça sur ton bureau ?

Ma belle, j'ai baisé sur ce bureau un millier de fois, mais toujours dans le rôle du dominant.

Ça ne se passe pas comme ça d'habitude. Son visage se renferme quand elle lit dans mes pensées.

Mon Dieu. *Ana, contrairement à toi, j'ai un passé.* Frustré, je passe la main dans mes cheveux. Ce matin, tout va de travers.

— Bon, je vais me doucher.

Contrariée, elle se dirige vers la porte.

— J'ai encore deux, trois coups de fil à passer. Je prendrai le petit déjeuner avec toi quand tu seras sortie de ta douche.

J'espère trouver les mots pour me rattraper.

— Mme Jones a nettoyé les vêtements que tu portais hier. Ils sont dans le dressing.

Elle paraît surprise, et impressionnée.

— Merci.

— Je t'en prie.

Elle fronce les sourcils et me regarde d'un air bizarre.

— Quoi, Ana ?

— Qu'est-ce qui ne va pas ?

— Qu'est-ce que tu veux dire par là ?

— Eh bien… je te trouve un peu plus bizarre que d'habitude.

— Tu me trouves bizarre ?

Ana, bébé, « Bizarre » est mon deuxième prénom.

— Parfois.

Dis-lui. Dis-lui que personne ne s'est jeté sur toi depuis très longtemps.

— Comme toujours, vous me surprenez, mademoiselle Steele.

— Comment ça ?

— Disons que cette petite visite, c'était une gâterie inattendue.

— Vous satisfaire est notre priorité, monsieur Grey.

— Et vous m'avez satisfait, en effet, mademoiselle Steele.

Mais tu m'as désarmé aussi.

— Je croyais que tu allais prendre ta douche ?

Elle fait la moue. *Merde.*

— Ouais… bon, alors à tout de suite.

Elle disparaît, me laissant dans un état de profonde confusion. Je secoue la tête pour mettre de l'ordre dans mes pensées. Je ramasse mes affaires éparpillées par terre et les range sur mon bureau.

Comment peut-elle s'inviter dans mon monde et me séduire ? C'est moi qui suis censé mener le jeu.

Comment gérer son enthousiasme et son affection débridés ? Tout ça, c'est si nouveau.

Je m'arrête pour attraper mon téléphone.

Mais c'était sympa. Non, beaucoup mieux que ça.

Je souris à cette pensée et me remémore son mail où elle disait que « c'était sympa ». Merde, un appel manqué de Bill. Il a dû m'appeler pendant mon intermède avec Mlle Steele. Je m'assois à mon bureau – de nouveau maître de mon univers, maintenant qu'elle est sous la douche – et le rappelle. J'ai besoin de l'avis de Bill sur Detroit… et j'ai besoin de reprendre le contrôle.

Bill ne décroche pas. J'appelle Andréa.

— Monsieur Grey.

— Le jet est disponible aujourd'hui et demain ?

— Aucun vol n'est prévu avant jeudi, monsieur.

— Parfait. Pouvez-vous essayer de rappeler Bill pour moi ?

— Bien sûr.

Ma conversation avec Bill est très longue. Ruth a fait un excellent travail de repérage de friches industrielles à Detroit. Deux sont exploitables pour l'usine que nous voulons implanter, et Bill est certain que la ville possède la main-d'œuvre nécessaire à notre projet.

Mon cœur se serre. *Faut-il vraiment que ce soit Detroit ?*

J'ai de vagues souvenirs de cette ville : des ivrognes, des clochards, des drogués qui nous crient après dans la rue ; le taudis qui nous servait de maison ; et une jeune femme brisée, la pute camée que j'appelais maman, assise dans une pièce miteuse, à l'odeur de moisi, le regard perdu dans le vide.

Et lui.

Je frissonne. *Ne pense pas à lui... ni à elle.*

Mais je ne peux m'en empêcher. Ana n'a rien dit de ma confession nocturne. Je n'avais jamais parlé de la pute camée à personne. C'est peut-être pour ça qu'elle m'a sauté dessus ce matin : elle pense que j'ai besoin d'amour.

Putain. Bébé. Je prendrai ton corps si tu me l'offres. Je vais bien. Mais au moment où cette pensée me traverse l'esprit, je me demande si je vais si bien que ça. J'en parlerai au Dr Flynn quand il sera de retour.

Pour le moment, j'ai surtout besoin de manger. Alors j'espère que son joli petit cul est sorti de la douche, parce que j'ai une faim de loup.

Ana est dans la cuisine, avec Mme Jones qui prépare le petit déjeuner.

— Vous voulez manger quelque chose ?

— Non merci.

Ça, c'est ce qu'on va voir !

— Bien sûr que tu vas manger. Elle prend des pancakes, du bacon et des œufs, madame Jones.

— Très bien, monsieur Grey. Et pour vous ?

— Une omelette, s'il vous plaît, et une salade de fruits.

Je désigne un des tabourets.

— Assieds-toi.

Elle s'exécute et je m'installe à côté d'elle pendant que Mme Jones s'affaire aux fourneaux.

— Tu as déjà ton billet d'avion ?

— Non, je l'achèterai sur Internet quand je serai rentrée.

— Tu as assez d'argent ?

— Mais oui, répond-elle comme si j'avais cinq ans.

Elle rejette ses cheveux en arrière. Elle a l'air agacé.

Je relève un sourcil. *Je pourrais te coller une autre fessée, tu sais ?*

— Oui, j'ai ce qu'il faut, merci.

Voilà qui est mieux.

— J'ai un jet privé. Je ne m'en servirai pas au cours des trois prochains jours. Il est à ta disposition.

Elle va refuser. Mais au moins j'aurais essayé.

Elle est bouche bée. À la fois impressionnée et exaspérée.

— On a déjà assez abusé de la flotte de ta société, non ?

— C'est ma société. Et c'est mon jet.

Elle secoue la tête.

— Merci de ton offre. Mais je préfère prendre un vol commercial.

La plupart des femmes seraient ravies de voyager en jet privé. Mais cette fille semble indifférente aux biens matériels. Ou alors, elle ne veut rien me devoir. J'hésite entre les deux. En tout cas, elle est têtue.

— Comme tu veux. Tu dois te préparer, pour ton entretien ?

— Non.

— Bien.

Je sais qu'elle ne me dira pas avec quel éditeur elle a rendez-vous. Elle me retourne son sourire de sphinx. Elle restera muette comme une tombe.

— J'ai beaucoup de ressources, mademoiselle Steele.

— J'en suis pleinement consciente, monsieur Grey. Vous comptez tracer mes appels pour l'apprendre ?

J'étais sûr qu'elle allait me dire ça !

— En fait, je suis très occupé cet après-midi. Je vais devoir demander à l'un de mes collaborateurs de s'en charger !

— Si vous avez assez de personnel pour mettre quelqu'un sur le dossier, je vous suggère de réviser vos effectifs, ils sont trop nombreux.

Elle est bien insolente aujourd'hui.

— Je demanderai à la DRH d'étudier la question.

C'est tout ce que j'aime. Nos plaisanteries. C'est si rafraîchissant et drôle. Et si nouveau pour moi.

— Qu'est-ce qu'il y a, Anastasia ?

— Tu ne m'as toujours pas dit pourquoi tu n'aimais pas être touché.

Ça ne va pas recommencer...

— Je t'en ai déjà raconté plus qu'à qui que ce soit.

J'ai du mal à cacher mon agacement. Pourquoi revient-elle toujours là-dessus ? Je la regarde avaler deux bouchées de son pancake.

— Tu réfléchiras à notre accord, là-bas ?

— Oui.

— Je te manquerai ?

Grey, tais-toi !

Elle me dévisage, aussi surprise que moi par cette question.

— Oui, dit-elle au bout d'un moment.

Elle paraît sincère. Je m'attendais à une petite pique, mais elle a opté pour l'honnêteté. Curieusement, ça me rassure.

— Toi aussi, tu vas me manquer. Plus que tu ne l'imagines.

Mon appartement sera plus calme sans elle, et plus vide aussi. Je lui caresse la joue, l'embrasse. Elle m'adresse un petit sourire avant de retourner à son petit déjeuner.

— Je vais aller me brosser les dents, et puis je file, m'annonce-t-elle quand elle a terminé.

— Déjà ? Je pensais que tu resterais plus longtemps.

Elle est prise de court. *Quoi ? Elle a cru que j'allais la mettre à la porte ?*

— Je me disais que je vous avais pris assez de temps comme ça, monsieur Grey. Et vous avez un empire à gérer, non ?

— Je peux me faire porter pâle.

Une bouffée d'espoir me gagne. Ça doit s'entendre dans ma voix. En fait, je me suis libéré pour la matinée.

— Je dois me préparer pour mes entretiens. Et me changer.

Elle me regarde d'un air méfiant.

— Tu es magnifique, lui dis-je.

— Merci, monsieur Grey, répond-elle malicieusement, mais ses joues sont aussi rouges que ses fesses hier.

Quand apprendra-t-elle à accepter un compliment ?

Elle se lève et emporte les assiettes dans l'évier.

— Laisse. Mme Jones s'en chargera.

— D'accord. Je vais aller me laver les dents.

— Tu peux te servir de ma brosse !

— C'est bien ce que j'avais l'intention de faire ! réplique-t-elle en quittant la pièce.

Cette fille a vraiment du caractère. Elle revient quelques minutes plus tard avec son sac à main.

— N'oublie pas ton BlackBerry et ton Mac, et les chargeurs pour Savannah.

— Oui, monsieur.

C'est bien. Tu es une bonne petite.

— Viens.

Je l'accompagne à l'ascenseur et entre avec elle dans la cabine.

— Inutile de descendre. Je retrouverai ma voiture toute seule.

— Cela fait partie du service de la maison, mademoiselle Steele. Et comme ça, je pourrai t'embrasser pendant la descente.

Je la prends dans mes bras, tout simplement. Rien d'autre. J'aime sa bouche, son goût. Voilà comment je veux lui dire au revoir.

Quand les portes s'ouvrent au niveau du parking, nous sommes déjà au comble de l'excitation tous les deux, mais elle doit partir. Je la conduis à sa voiture, lui ouvre la portière, réfrénant mon désir.

— Eh bien, au revoir, monsieur, murmure-t-elle.

Et elle m'embrasse à nouveau.

— Sois prudente, Anastasia. Et bon voyage.

Je referme la portière, recule d'un pas et la regarde s'en aller. Puis je remonte chez moi.

Je toque à la porte du bureau de Taylor et le préviens que je veux partir au bureau dans dix minutes.

— Je vais préparer la voiture, monsieur.

J'appelle Welch pendant le trajet.

— Oui, monsieur ?

— Welch. Anastasia Steele va acheter un billet d'avion aujourd'hui, par Internet. Pour Savannah, en Georgie. Je veux savoir quel vol elle prend.

— Elle a une compagnie préférée ?

— Je n'en sais rien, désolé.

— Je vais faire mon possible.

Je raccroche. Mon plan se met en place.

— Monsieur Grey !

Andréa se lève d'un bond, étonnée de me voir débarquer beaucoup plus tôt que prévu à Grey House. J'ai envie de lui rappeler que je bosse ici, bordel ! mais je décide de me contenir.

— Surprise, n'est-ce pas ?

— Un café, monsieur ? gazouille-t-elle.

— S'il vous plaît, oui.

— Avec ou sans lait ?

C'est bien, ma belle.

— Avec. Mais chaud, le lait.

— Tout de suite, monsieur Grey.

— Trouvez-moi Caroline Acton. Je dois lui parler.

— Entendu.

— Et calez-moi un rendez-vous avec Flynn, pour la semaine prochaine.

Elle acquiesce et se remet au travail.

Une fois dans mon bureau, j'allume mon ordinateur.

Le premier mail est d'Elena.

Il ne manquait plus qu'elle ! Je ferme son message, bien décidé à ne pas répondre. Olivia frappe à la porte et entre avec mon café, tandis qu'Andréa m'appelle au téléphone.

— J'ai Welch en ligne, et j'ai laissé un message à Mlle Acton, m'annonce-t-elle

— Très bien. Passez-le-moi.

Olivia, dans tous ses états, pose la tasse sur mon bureau et détale. Je fais mon possible pour l'ignorer.

— Welch.

— Aucun billet acheté pour l'instant, monsieur Grey. Mais je surveille et vous tiens informé dès que j'ai du nouveau.

— Je compte sur vous.

Il raccroche. Je prends une gorgée de mon *latte* et téléphone à Ros.

Juste avant le déjeuner, Andréa me met en ligne avec Caroline Acton.

— Monsieur Grey, c'est un plaisir de vous parler. Que puis-je pour vous ?

— Bonjour, mademoiselle Acton. La même chose que d'habitude.

— Une garde-robe ? Vous avez une gamme de couleurs en tête ?

— Dans les bleus et les verts. Et pourquoi pas de l'argenté, pour une tenue de soirée, dis-je en songeant au gala de la Chambre de commerce.

— Excellent choix ! répond-elle avec son enthousiasme coutumier.

— Et du satin, de la soie, pour les dessous et la lingerie de nuit. Quelque chose de glamour.

— Entendu, monsieur. Quel budget ?

— Pas de limite. Vous avez carte blanche. Trouvez-moi ce qu'il y a de mieux.

— Des chaussures aussi ?

— Oui, s'il vous plaît.

— Parfait. Quelle taille ?

— Je vous dis ça par mail. J'ai votre adresse depuis la dernière fois.

— Vous voulez tout ça pour quand ?

— Pour ce vendredi.

— Ce sera fait. Je vous envoie ma sélection par photos ?

— Bonne idée, mademoiselle Acton.

— Entendu. Je m'occupe de ça tout de suite, monsieur.

— Merci.

Je raccroche et Andréa me passe Welch.

— Je vous écoute, Welch.

— Mlle Steele a réservé le vol DL2610 pour Atlanta. Départ à 22 h 25, ce soir.

Je note les détails des correspondances jusqu'à Savannah. J'appelle Andréa qui rapplique dans mon bureau avec son calepin à la main.

— Andréa, Anastasia Steele doit prendre ces vols. Surclassez-la. Je veux qu'elle puisse avoir accès au salon des premières. Et achetez toutes les places à côté d'elle, dans tous les avions. À l'aller comme au retour. Payez avec ma carte personnelle.

Andréa me regarde avec des yeux ronds. Mais elle se reprend vite et saisit le papier où j'ai noté les références des vols.

— Ce sera fait, monsieur Grey.

En bonne professionnelle, elle s'efforce de rester imperturbable, mais je vois bien son petit sourire.

De quoi je me mêle !

Les réunions s'enchaînent tout l'après-midi. Marco m'a préparé un topo sur les quatre maisons d'édition de Seattle. Je le lirai plus tard. Il est d'accord avec moi en ce qui concerne la société de Woods. Ça va être rude, mais il n'y a pas d'autres solutions. Il faut tout liquider et ne garder que son département technologie. Ça va coûter une fortune, mais c'est dans l'intérêt de GEH.

À la fin de la journée, je bloque un créneau pour une petite séance avec Bastille. Rapide et intense. Ça me détend bien avant de rentrer chez moi.

Après un dîner léger, je m'installe à mon bureau. Priorité numéro UN : répondre à Elena. Mais quand j'ouvre ma messagerie, je trouve un mail d'Ana. Elle n'a pas quitté mes pensées de la journée.

De : Anastasia Steele
Objet : Entretiens
Date : 30 mai 2011 18:49
À : Christian Grey

Cher monsieur,
Mes entretiens d'aujourd'hui se sont très bien passés. J'ai pensé que ça pouvait vous intéresser. Et vous, comment s'est passée votre journée ?

Ana

Je réponds aussitôt.

De : Christian Grey
Objet : Ma journée
Date : 30 mai 2011 19:03
À : Anastasia Steele

Chère mademoiselle Steele,
Tout ce que vous faites m'intéresse. Vous êtes la femme la plus fascinante que je connaisse. Je suis ravi que vos entretiens se soient bien passés. Ma matinée a dépassé toutes mes espérances. Mon après-midi a été très ennuyeux en comparaison.

Christian Grey
P-DG, Grey Enterprises Holdings, Inc.

Je me laisse aller au fond de mon siège, en me frottant le menton. J'attends.

De : Anastasia Steele
Objet : Excellente matinée
Date : 30 mai 2011 19:05
À : Christian Grey

Cher monsieur,
Pour moi aussi, la matinée a été exemplaire, même si vous avez été *strange* après le sexe sur le bureau – ça, c'était impeccable. Ne pensez pas que je n'aie pas remarqué. Merci pour le petit déjeuner. Ou remerciez Mme Jones pour moi. J'aimerais vous poser des questions à son sujet – sans que ça redevienne *strange*.

Ana

Comment ça « *strange* » ? Qu'est-ce qu'elle sous-entend ? Que je suis bizarre ? D'accord, je le suis. C'est possible. Elle a peut-être vu ma surprise quand elle a grimpé sur moi ? Ça fait longtemps que personne ne m'a fait ça.

« Impeccable », en revanche, ça je prends.

De : Christian Grey
Objet : Toi, éditrice ?
Date : 30 mai 2011 19:10
À : Anastasia Steele

Anastasia,
« *Strange* » n'est pas dans le dictionnaire et ne devrait pas être utilisé par quelqu'un qui projette de travailler dans l'édition. Impeccable ? Comparé à quoi, dis-moi ? Et qu'est-ce

que tu veux me demander au sujet de Mme Jones ? Je suis curieux.

Christian Grey
P-DG, Grey Enterprises Holdings, Inc.

De : Anastasia Steele
Objet : Vous et Mme Jones
Date : 30 mai 2011 19:17
À : Christian Grey

Cher monsieur,
Le langage évolue organiquement. Il ne s'isole pas dans une tour d'ivoire décorée d'œuvres d'art surplombant Seattle, avec hélistation sur le toit.
Impeccable, par comparaison aux autres fois où nous avons... comment dites-vous, déjà ?... ah oui... baisé. En fait, de façon générale, côté baise, ça a toujours été impeccable à mon humble avis – mais comme vous le savez, mon expérience en ce domaine est assez restreinte.
Mme Jones est-elle l'une de vos anciennes soumises ?

Ana

Sa réponse me fait rire. Mais quand je commence à visualiser la chose, je suis choqué.

Mme Jones, ma soumise ? Jamais de la vie !

Ana. Serais-tu jalouse ? Et en parlant de langage, surveille le tien !

De : Christian Grey
Objet : Attention à ce que tu dis !
Date : 30 mai 2011 19:22

À : Anastasia Steele

Anastasia,

Mme Jones est une employée que j'estime beaucoup. Nos rapports ont toujours été purement professionnels. Je n'ai eu ni n'ai aucun rapport sexuel avec mes collaboratrices, et je suis choqué que tu puisses m'en soupçonner. Tu es la seule pour laquelle je ferais une exception à cette règle, parce que tu es une jeune femme brillante, remarquablement douée pour la négociation. Cela dit, si tu continues à utiliser ce genre de langage, je risque de changer d'avis. Je suis ravi que tu n'aies qu'une expérience limitée. Elle restera d'ailleurs limitée – à moi. Je choisis de considérer « impeccable » comme un compliment – remarque, je ne sais jamais si tu parles sincèrement ou si tu laisses ton ironie prendre le dessus.

Christian Grey
P-DG, Grey Enterprises Holdings, Inc., en Sa Tour d'Ivoire

Au fond, ce n'est peut-être pas une bonne idée qu'Ana travaille pour moi.

De : Anastasia Steele
Objet : Pas ma tasse de thé
Date : 30 mai 2011 19:27
À : Christian Grey

Cher monsieur Grey,

Je crois avoir déjà exprimé mes réticences quant à l'éventualité de travailler pour votre société. Je n'ai pas changé d'avis, et je n'en changerai jamais. Je dois vous quitter maintenant, car Kate vient de rentrer avec le dîner. Mon ironie et moi, nous vous souhaitons une bonne soirée.
Je t'écrirai quand je serai à Savannah.

Ana

Je suis un peu vexé qu'elle ne veuille pas travailler pour moi. Elle est sortie dans les premières de sa promo. Elle est intelligente, charmante, drôle. Ce serait un plus pour notre société. Mais elle a raison de refuser.

De : Christian Grey
Objet : Même pas du Twinings English Breakfast Tea ?
Date : 30 mai 2011 19:29
À : Anastasia Steele

Bonne soirée, Anastasia.
Je vous souhaite bon vol, à toi et à ton ironie.

Christian Grey
P-DG, Grey Enterprises Holdings, Inc.

Je m'efforce d'oublier Mlle Steele un moment pour répondre à Elena.

De : Christian Grey
Objet : Week-end
Date : 30 mai 2011 19:47
À : Elena Lincoln

Bonjour Elena,
Ma mère parle trop. Que dire ?
J'ai rencontré une fille. Je l'ai amenée dîner chez mes parents.
La belle affaire.
Et toi ? Comment ça va ?

Bien à toi,
Christian

Christian Grey
P-DG, Grey Enterprises Holdings, Inc.

De : Elena Lincoln
Objet : Week-end
Date : 30 mai 2011 19:50
À : Christian Grey

Christian, ne me raconte pas de conneries.
Dînons ensemble.
Demain ?
XXX

ELENA LINCOLN

ESCLAVA

La Beauté qui est en vous™

Merde !

De : Christian Grey
Objet : Week-end
Date : 30 mai 2011 20:01
À : Elena Lincoln

Avec plaisir.

Bien à toi
Christian

Christian Grey
P-DG, Grey Enterprises Holdings, Inc

De : Elena Lincoln
Objet : Week-end
Date : 30 mai 2011 20:05
À : Christian Grey

Tu veux que je te présente la fille dont je t'ai parlé ?
XXX

ELENA LINCOLN

ESCLAVA

La Beauté qui est en vous™

Pas pour l'instant.

De : Christian Grey
Objet : Week-end
Date : 30 mai 2011 20:11
À : Elena Lincoln

Je préfère m'en tenir à mon accord actuel.
On se voit demain.

C.

Christian Grey
P-DG, Grey Enterprises Holdings, Inc

Je m'installe pour lire la première mouture de notre proposition pour Eamon Kavanagh, puis je passe aux rapports que m'a préparés Marco sur les maisons d'édition de Seattle.

Un peu avant 22 heures, le « ping » de mon ordinateur interrompt ma lecture. Il est tard. C'est sans doute Ana.

De : Anastasia Steele
Objet : Extravagance
Date : 30 mai 2011 21:53
À : Christian Grey

Cher monsieur Grey,

Ce qui m'inquiète le plus, c'est que vous ayez su quel vol je prenais. Vos tendances au harcèlement atteignent des proportions alarmantes. J'espère que le Dr Flynn rentre bientôt de vacances.

J'ai eu une manucure, un massage et deux coupes de champagne. C'est une façon très agréable d'entamer mon voyage.

Merci,

Ana

Elle a bien été surclassée. *Bien joué, Andréa.*

De : Christian Grey
Objet : Mais je vous en prie
Date : 30 mai 2011 21:59
À : Anastasia Steele

Chère mademoiselle Steele,

Le Dr Flynn est de retour et j'ai un rendez-vous la semaine prochaine.

Qui vous a massée ?

Christian Grey
P-DG qui a des amis bien placés,
Grey Enterprises Holdings, Inc.

Je consulte l'heure de son mail. Elle devrait déjà être à bord, si l'avion n'a pas de retard. Je vais vite vérifier les horaires de départ de Sea-Tac. Son vol est annoncé « à l'heure ».

De : Anastasia Steele
Objet : Des mains fortes et habiles
Date : 30 mai 2011 22:22
À : Christian Grey
Cher monsieur,
Un charmant jeune homme m'a massé le dos. Vraiment très charmant. Je n'aurais jamais rencontré Jean-Paul dans une salle d'embarquement en classe économique, encore merci de votre cadeau.

Quoi ?

Comme on est sur le point de décoller, je ne pourrai plus vous écrire. Et maintenant, je vais dormir, parce que dernièrement j'ai passé des nuits assez courtes.
Faites de beaux rêves, monsieur Grey... je pense à vous.

Ana

Essaie-t-elle de me rendre jaloux ? Elle n'imagine pas à quel point ça peut me rendre fou ! Elle est partie depuis seulement quelques heures et elle cherche déjà à me mettre en colère... Pourquoi ?

De : Christian Grey
Objet : Profitez-en tant que c'est possible
Date : 30 mai 2011 22:25

510

À : Anastasia Steele

Chère mademoiselle Steele,

Votre petit manège ne m'abuse pas, mais il a été efficace. La prochaine fois, vous voyagerez en soute, ligotée et bâillonnée, dans une malle. Faites-moi confiance : m'occuper de vous dans ces conditions me sera bien plus agréable que de vous faire surclasser.

Dans l'attente de votre retour,

Christian Grey
P-DG à la main qui le démange
Grey Enterprises Holdings, Inc.

Sa réponse ne se fait pas attendre !

De : Anastasia Steele
Objet : Plaisanterie ?
Date : 30 mai 2011 22:30
À : Christian Grey

Je ne sais pas si tu plaisantes, mais si tu ne plaisantes pas, je crois que je vais rester à Savannah. Les malles, c'est une limite à ne pas franchir. Désolée de t'avoir fâché. Dis-moi que tu me pardonnes.

A.

Bien sûr que je plaisante... enfin presque. Au moins, elle aura compris que je suis fou de rage. Son avion devrait avoir décollé. D'où m'envoie-t-elle ce mail ?

De : Christian Grey
Objet : Plaisanterie
Date : 30 mai 2011 22:31
À : Anastasia Steele

Comment se fait-il que tu m'écrives ? Risques-tu la vie de tous ceux qui sont à bord, la tienne comprise, pour utiliser ton BlackBerry ? Je pense que ça contrevient à l'une des règles.

Christian Grey
P-DG avec deux mains qui le démangent
Grey Enterprises Holdings, Inc.

Et nous savons ce qui arrive quand vous ne suivez pas les règles, n'est-ce pas mademoiselle Steele ?

Je consulte le site de Sea-Tac pour les horaires de départ. Son avion est bien parti. Je n'aurai pas de nouvelles avant un bon moment. Cette pensée, tout comme son petit jeu, me met de mauvaise humeur. J'abandonne mon travail et vais me servir un verre à la cuisine. Un armagnac, ce soir.

Taylor passe la tête à la porte du salon.

— Pas maintenant !

— Très bien, monsieur.

Sa tête disparaît aussitôt.

C'est bon, Grey, ne passe pas tes nerfs sur ton personnel !

Agacé, cette fois par moi-même, je me dirige vers les baies vitrées et contemple les gratte-ciel de Seattle. Pourquoi ai-je autant cette fille dans la peau ? Et pourquoi notre relation ne prend-elle pas le chemin que je veux ? J'espère qu'elle aura le temps de réfléchir à Savannah et qu'elle fera le bon choix. Mais on ne peut être sûr de rien avec Ana.

L'inquiétude m'oppresse. J'avale une nouvelle gorgée et m'installe au piano.

Mardi 31 mai 2011

Maman est partie. Je ne sais pas où.

Il est ici. J'entends le bruit de ses bottes. De grosses bottes.

Il y a dessus des boucles argentées. Elles cognent le sol. Très fort.

Et il crie.

Je suis dans la penderie de maman.

Je me cache.

Il ne va pas m'entendre.

Je peux être silencieux. Très silencieux.

Parce que je ne suis pas là.

Il crie encore : « Sale pute ! »

Il crie sur maman.

Il crie sur moi.

Il frappe maman.

Il me frappe aussi.

J'entends la porte qui se ferme. Il est parti.

Je reste dans la penderie. Dans le noir. Sans bruit.

Je reste là longtemps. Très longtemps.

Maman ? Où est maman ?

Les premières lueurs de l'aube éclairent le ciel quand j'ouvre les yeux. Le radioréveil indique 5 h 23. J'ai mal dormi. J'ai fait plein de cauchemars et je suis épuisé, mais je décide quand même d'aller courir. Une fois en survêt, je prends mon téléphone. Il y a un SMS d'Ana.

« Suis bien arrivée à Savannah. A. :-) »

Parfait. Elle est saine et sauve. Ça me rassure. Je vérifie rapidement mes mails. L'objet du dernier message d'Ana me file un coup au cœur. « Tu aimes me faire peur ? »

N'importe quoi !

Ma nuque se raidit. Je m'assois sur le lit. Elle a dû envoyer ça pendant sa correspondance à Atlanta, juste avant son texto.

De : Anastasia Steele
Objet : Tu aimes me faire peur ?
Date : 31 mai 2011 06:52 EST
À : Christian Grey

Tu sais à quel point je déteste que tu fasses des dépenses pour moi. D'accord, tu es très riche, mais ça me met quand même mal à l'aise : c'est comme si tu payais pour coucher avec moi. Toutefois, j'aime voyager en première classe, c'est tellement plus chic que la classe économique. Alors merci. Sincèrement. Et j'ai bien aimé le massage de Jean-Paul. Qui était on ne peut plus gay, soit dit en passant. J'ai omis ce détail dans mon mail pour te faire rager, parce que tu m'avais agacée, et j'en suis désolée.

Mais comme toujours, tu as eu une réaction exagérée. Tu ne peux pas m'écrire des choses comme ça... ligotée et bâillonnée dans une malle... Tu étais sérieux ou tu plaisantais ? Ça me fait peur... tu me fais peur... tu m'as complètement ensorcelée, tu me fais envisager un mode de vie dont je ne connaissais même pas l'existence la semaine dernière, et puis tu m'écris un truc comme ça qui me donne envie de m'enfuir en hurlant. Sauf que tu me manquerais. Tu me manquerais vraiment. J'ai envie que ça marche entre nous, mais je suis terrifiée par la profondeur des sentiments que j'éprouve pour toi et par la voie obscure où tu m'entraînes. C'est très érotique, et je suis curieuse, mais, en même temps, j'ai peur que tu me fasses mal, physiquement et psychologiquement. Au bout de trois mois, tu pourrais me congédier, et qu'est-ce que je deviendrais ? Mais bon, je suppose que c'est un risque inhérent à toutes les relations amoureuses. Simplement, ce n'est pas le genre de relation amoureuse que j'envisageais, surtout pour une première fois. Ce que tu me demandes représente un acte de foi énorme pour moi.

Tu avais raison quand tu m'as dit que je n'avais pas un gramme de soumission en moi... Je m'en rends compte maintenant. Mais je veux être avec toi, et si c'est ça qu'il faut que je fasse, j'aimerais essayer. Mais je pense que je serai nulle, comme soumise, et qu'en plus j'aurai des bleus partout – et ça, ça ne me plaît pas du tout comme perspective.

Je suis heureuse que tu m'aies dit que tu essaierais d'en faire plus. Il faut seulement que je réfléchisse à ce que « plus » signifie pour moi. C'est pour cette raison, entre autres, que j'ai voulu prendre du recul. Tu m'éblouis tellement que j'ai du mal à avoir les idées claires quand nous sommes ensemble.
On annonce mon vol. Il faut que j'y aille.

À plus tard,
Ton Ana

516

Elle me fait des reproches. Encore. Mais son honnêteté continue de m'étonner. C'est si agréable. Comme un rayon de lumière. Je lis et relis son mail, et chaque fois, je m'arrête sur « Ton Ana ».

Elle veut vraiment que ça marche, nous deux.

Elle veut être avec moi.

Tu vois qu'il y a de l'espoir, Grey !

Je pose le téléphone sur la table de nuit. Il faut que j'aille courir, pour me vider la tête, pour réfléchir à ce que je vais répondre.

Je suis mon circuit habituel. Stewart, Westlake Avenue puis plusieurs tours de Denny Park, avec *She Just Likes to Fight* de Four Tet, en boucle dans mes écouteurs.

Ana me pose un problème de fond.

Payer pour coucher ? Comme une pute ?

Je n'ai jamais pensé à elle en ces termes. Cette simple idée m'écœure. Ça me fout en l'air. Vraiment. Je fais encore un tour du parc, pour tenter d'évacuer ma colère. Pourquoi me dit-elle ça ? Je suis riche, et alors ? Il faudra bien qu'elle s'y habitue. Je me souviens de sa réaction hier quand je lui ai proposé de prendre le jet de la boîte. C'était un refus catégorique.

Au moins, elle ne court pas après mon argent.

Mais est-ce qu'elle me veut, moi ?

Elle dit que je l'éblouis. Mais elle a tout faux ! C'est elle qui m'éblouit, comme jamais personne auparavant. Et pourtant elle a traversé tout le pays pour me fuir.

Qu'est-ce que je suis censé en conclure ?

Elle a raison. Je l'emmène sur une voie obscure, mais tellement plus intime et intense que l'amour-vanille – du moins celui que je connais. Il me suffit de regarder Elliot et le détachement inquiétant avec lequel il traite ses conquêtes.

Et je ne lui ferais jamais de mal, ni physiquement ni psychologiquement. Comment peut-elle croire ça ? Je veux juste repousser ses limites, voir ce qu'elle est prête ou non à faire. Et la punir quand elle franchit la ligne… D'accord, ça risque d'être douloureux, mais rien qui ne dépasse ce qu'elle est capable de supporter. On peut avancer ensemble, tous les deux, vers ce que j'aime. Pas à pas.

Mais c'est là que ça coince.

Si elle est prête à faire ce que je veux, je vais devoir la rassurer, faire des concessions et lui donner « plus ». Je ne sais pas trop quoi pour l'instant. Je lui ai déjà présenté mes parents. Ce n'était pas rien. Et, pour tout dire, cela a été plus facile que je ne le pensais.

J'effectue encore un tour du parc, au ralenti, pour réfléchir à ce qui m'a le plus troublé dans son mail. Ce n'est pas sa peur en soi, mais le fait qu'elle soit terrifiée par la force de ses sentiments envers moi.

C'est insensé, non ?

Cette étrange sensation d'oppression me gagne à nouveau, alors que mes poumons en feu cherchent de l'air. Cela m'effraie tellement que je reprends ma course, force l'allure pour que la douleur dans mes jambes et ma poitrine occulte tout, pour que je ne sente plus que ma sueur froide coulant dans mon dos.

Ne t'aventure pas sur ce terrain, Grey ! Tu dois gar-
der le contrôle.

De retour dans mon appartement, je prends rapidement une douche, me rase et m'habille. Gail est
dans la cuisine quand je traverse la pièce pour me
rendre dans mon bureau.

— Bonjour, monsieur Grey. Du café ?

— Oui.

Je lui réponds sans même ralentir le pas. J'ai une
affaire urgente à régler.

Une fois à ma table de travail, j'allume le Mac et
rédige ma réponse à Ana.

De : Christian Grey
Objet : Enfin !
Date : 31 mai 2011 07:30
À : Anastasia Steele

Anastasia,
Dès que tu t'éloignes, tu communiques ouvertement et honnêtement avec moi. Pourquoi en es-tu incapable quand nous
sommes ensemble ? C'est vraiment exaspérant.
Oui, je suis riche. Il faudra que tu t'y habitues. Pourquoi
ne ferais-je pas de dépenses pour toi ? Nous avons dit à
ton père que j'étais ton petit ami, pour l'amour du ciel (au
fait, tu peux le dire à ta mère, aussi). N'est-ce pas ce que
font les petits amis ? Offrir des cadeaux à leurs copines ?
En tant que Dominant, je m'attendrais que tu acceptes tout
ce que je t'offre sans discussion.

Quand tu affirmes que mes cadeaux te donnent l'impression
d'être une pute, je ne sais pas quoi répondre. Je sais bien
que ce n'est pas l'expression que tu as employée, mais c'est

ce que tu sous-entends. Que puis-je dire ou faire pour t'enlever cette idée de la tête ? Je veux t'offrir ce qu'il y a de mieux. Je travaille très dur pour pouvoir dépenser mon argent comme bon me semble. Je pourrais t'acheter tout ce que tu désires, Anastasia, et je tiens à le faire. Disons qu'il s'agit d'une redistribution des richesses, si tu préfères. Et sache que je ne pourrai pas, que je ne pourrai jamais songer à toi de la façon que tu décris. Je suis furieux que tu puisses te voir comme ça. Pour une jeune femme brillante, spirituelle et belle, tu as vraiment des problèmes d'estime de soi, et j'aurais presque envie de te prendre un rendez-vous chez le Dr Flynn.

Pardonne-moi de t'avoir fait peur. J'abhorre l'idée même de te faire peur. Tu as cru sérieusement que je te ferais voyager en soute ? Je t'ai proposé mon jet privé, pour l'amour du ciel. Oui, c'était une plaisanterie, et mauvaise, en plus. Toutefois, l'idée de te voir ligotée et bâillonnée m'excite (ça, ce n'est pas une plaisanterie, c'est vrai). La malle, on oublie – les malles, ça ne m'excite pas. Je sais que tu as peur du bâillon – nous en avons discuté –, alors, au cas où je te bâillonnerais, nous en parlerions avant. Ce que tu ne comprends pas, il me semble, c'est que, dans la relation de domination-soumission, c'est la soumise qui a tout le pouvoir. Autrement dit, toi. Je répète : c'est toi qui as tout le pouvoir. Pas moi. Dans le hangar à bateaux, tu as dit non. Je ne peux pas te toucher si tu refuses – c'est la raison d'être du contrat. Si nous essayons des choses qui ne te plaisent pas, nous pouvons les réviser. C'est à toi de décider – pas à moi. Et si tu ne veux pas être ligotée et bâillonnée dans une malle, ça n'arrivera pas.

Je veux partager mon mode de vie avec toi. Je n'ai jamais autant désiré quoi que ce soit. Sincèrement, je t'admire. Tu es prête à tenter l'expérience alors que tu es si jeune, si éloignée de tout ça... Ça m'en dit plus que tu ne te l'imagines sur ta force de caractère. Ce que tu ne comprends pas non plus, même si je te l'ai répété plusieurs fois, c'est que c'est toi qui m'as ensorcelé. Je ne veux pas te perdre. Ça me fait peur que tu sois partie à des milliers de kilomètres pour t'éloigner de moi, parce que tu ne peux pas avoir les idées claires quand tu es près de moi. Pour moi, c'est pareil, Anastasia. Je perds la raison quand nous sommes ensemble – voilà à quel point mes sentiments pour toi sont profonds.

Je comprends ton appréhension. J'ai vraiment essayé de t'oublier ; je savais que tu étais inexpérimentée, mais je ne t'aurais jamais fait la cour si j'avais su à quel point tu étais innocente – et pourtant, tu arrives à me désarmer complètement, comme personne avant toi. Ton mail, par exemple : je l'ai lu et relu des dizaines de fois pour tenter de comprendre ton point de vue. Trois mois, c'est une durée arbitraire. Ça peut être six mois, un an... Tu veux combien de temps ? Qu'est-ce qui te mettrait à l'aise ? Dis-moi.

Je comprends qu'il s'agisse d'un immense acte de foi pour toi. Je dois gagner ta confiance, mais, de la même façon, tu dois communiquer avec moi lorsque je n'y réussis pas. Tu sembles tellement forte et indépendante, et puis je lis ce que tu as écrit et je découvre ta face cachée, ta vulnérabilité. Nous devons nous guider l'un l'autre, Anastasia, et toi seule peux me montrer le chemin. Tu dois être honnête avec moi, et à nous deux, nous trouverons le moyen de faire que cet accord fonctionne.

Tu t'inquiètes de ne pas être une soumise. C'est peut-être le cas. Le seul endroit où tu adoptes le comportement attendu d'une soumise, c'est dans la salle de jeux. C'est le seul endroit où tu me laisses exercer mon contrôle sur toi, le seul où tu obéis. Là, tu es impeccable, pour reprendre ton expression. Et je ne te ferai jamais de bleus : c'est le rose que je vise. En dehors de la salle de jeux, j'aime bien que tu me défies. C'est une expérience très nouvelle et très rafraîchissante, et je n'ai aucune envie que tu changes. Alors oui, dis-moi ce que tu veux en plus. Je tenterai de rester ouvert, de te donner l'espace dont tu as besoin, et j'essaierai de me tenir à l'écart pendant que tu es à Savannah. J'attends avec impatience ton prochain mail.

Entre-temps, amuse-toi. Mais pas trop.

Christian Grey
P-DG, Grey Enterprises Holdings, Inc.

J'appuie sur la touche « envoi » et avale une gorgée de mon café froid.

Maintenant tu dois attendre, Grey. Attendre sa réaction.

Je reviens dans la cuisine pour voir ce que Gail a préparé pour le petit déjeuner.

Taylor patiente dans la voiture pour me conduire à Grey House.

— Qu'est-ce que vous vouliez me demander hier soir ?

— Rien d'important, monsieur.

— Parfait.

Je regarde par la fenêtre, m'efforçant de faire sortir Ana de mes pensées. Ana qui est à Savannah, si loin. J'échoue lamentablement, mais une idée commence à germer dans mon esprit. J'appelle le bureau.

— Bonjour, Andréa.

— Bonjour, monsieur Grey.

— Je suis en chemin, mais vous voulez bien me passer Bill ?

— Tout de suite, monsieur.

Quelques instants plus tard, j'ai Bill en ligne.

— Monsieur Grey.

— Si je ne m'abuse, la Georgie est l'un des sites envisagés pour l'implantation de l'usine ? Vos équipes parlent même de Savannah ?

— Je crois bien, monsieur. Il faut que je vérifie.

— C'est ça, vérifiez. Et tenez-moi au courant.

— Entendu. Ce sera tout ?

— Oui pour le moment. Merci.

J'ai des rendez-vous toute la journée. Je consulte mes mails de temps en temps, mais aucune nouvelle d'Ana. A-t-elle été effrayée par le ton de mon dernier message ? À moins qu'elle n'ait d'autres choses à faire ?

Mais quoi au juste ?

Je n'arrive pas à la chasser de mes pensées. J'échange des SMS avec Caroline Acton, pour valider ou non sa sélection de vêtements. J'espère qu'Ana les aimera. Ils lui iront à ravir.

Bill est revenu avec des infos. Il y a effectivement un site exploitable près de Savannah. Ruth se renseigne.

Au moins, ce n'est pas Detroit.

Elena m'appelle et nous convenons de dîner ensemble à la Columbia Tower.

— Christian, pourquoi me fais-tu des cachotteries au sujet de cette fille ?

— Je te raconterai tout ce soir. Pour l'instant, je suis occupé.

— Tu es toujours occupé, réplique-t-elle en riant. Allez, à ce soir 20 heures.

— Oui. À ce soir.

Pourquoi faut-il que les femmes de ma vie soient toutes aussi curieuses ? Elena. Ma mère. Ana… pour la centième fois de la journée, je me demande ce que fabrique Ana. Et soudain, je reçois un message d'elle. Enfin !

De : Anastasia Steele
Objet : Prolixe ?
Date : 31 mai 2011 19:08 EST
À : Christian Grey

Monsieur,
Vous ne vous êtes jamais montré aussi loquace ! Je pars dîner au club de golf de Bob, et je tiens à vous faire savoir que cette perspective me fait lever les yeux au ciel. Mais, comme vous êtes loin, vous et votre main qui vous démange, mon cul ne risque rien.

J'ai adoré ton mail. J'y réponds dès que je peux. Tu me manques déjà.

Bon après-midi,

Ton Ana

Ce n'est pas un « non ». Et je lui manque. Je suis rassuré, et son ton m'amuse.

De : Christian Grey
Objet : Ton cul
Date : 31 mai 2011 16:10

524

À : Anastasia Steele

Chère mademoiselle Steele,
Rien que le fait de taper l'intitulé de ce mail me trouble.
Votre cul ne perd rien pour attendre. Bon appétit, et toi
aussi, tu me manques. Surtout ton cul et ton insolence.
Mon après-midi sera ennuyeux. La seule chose qui l'égaiera,
ce sera de penser à toi et à ta façon de lever les yeux au
ciel. Il me semble que tu m'as judicieusement fait remarquer
que, moi aussi, j'avais cette fâcheuse habitude.

Christian Grey
P-DG, Grey Enterprises Holdings, Inc.

Quelques minutes plus tard, sa réponse fait
« ping ».

De : Anastasia Steele
Objet : Lever les yeux au ciel
Date : 31 mai 2011 19:14 EST
À : Christian Grey

Cher monsieur Grey,
Arrêtez de m'écrire. Je dois me préparer pour aller dîner.
Vous me déconcentrez, même lorsque vous êtes de l'autre
côté du continent. Et, au fait, qui vous donne la fessée, à
vous, quand vous levez les yeux au ciel ?

Votre Ana

Toi, Ana. Toi. Tout le temps !
Je l'entends encore me dire : « Tu vas apprendre à
te tenir tranquille » tandis qu'elle tirait sur mes poils
pubiens, juchée à califourchon sur mes cuisses, toute
nue. À ce souvenir, je sens mon sexe se tendre.

De : Christian Grey
Objet : Ton cul
Date : 31 mai 2011 16:18
À : Anastasia Steele

Chère mademoiselle Steele,
Je préfère mon intitulé au vôtre, à plus d'un titre. Heureusement, je suis le maître de ma destinée et personne ne me châtie. Sauf ma mère, de temps en temps, et le Dr Flynn, évidemment.
Et vous.

Christian Grey
P-DG, Grey Enterprises Holdings, Inc.

Je me surprends à tapoter des doigts tant je suis impatient de recevoir sa réponse.

De : Anastasia Steele
Objet : Moi, je vous châtie ?
Date : 31 mai 2011 19:22 EST
À : Christian Grey

Cher monsieur,
Quand ai-je jamais trouvé le courage de vous châtier ? Je crois que vous me confondez avec quelqu'un d'autre... ce qui est très inquiétant. Maintenant, il faut vraiment que je me prépare.

Votre Ana

Quand ? Mais dans tous tes mails. À la moindre occasion. Et jamais, je dis bien « jamais », je ne te confondrai avec une autre.

Dé : Christian Grey
Objet : Ton cul
Date : 31 mai 2011 16:25
À : Anastasia Steele

Chère mademoiselle Steele,
Vous me châtiez sans arrêt, par écrit. Puis-je zipper votre robe ?

Christian Grey
P-DG, Grey Enterprises Holdings, Inc.

De : Anastasia Steele
Objet : Interdit aux moins de seize ans
Date : 31 mai 2011 19:28 EST
À : Christian Grey

Je préférerais que vous la dé-zippiez.

Ses mots se propagent directement jusqu'à ma queue, sonnant le branle-bas général.

Oh putain !

Ça, ça mérite une réaction en proportion ! Comment dit-elle déjà ? Ah oui : CRIER AVEC DES MAJUSCULES !

De : Christian Grey
Objet : Prenez garde à ce que vous souhaitez...
Date : 31 mai 2011 16:31
À : Anastasia Steele

MOI AUSSI.

Christian Grey
P-DG, Grey Enterprises Holdings, Inc.

De : Anastasia Steele
Objet : Haletante
Date : 31 mai 2011 19:33 EST
À : Christian Grey

Lentement...

De : Christian Grey
Objet : Gémissant
Date : 31 mai 2011 16:35
À : Anastasia Steele

Je voudrais être là.

Christian Grey
P-DG, Grey Enterprises Holdings, Inc.

De : Anastasia Steele
Objet : Pantelante
Date : 31 mai 2011 19:37 EST
À : Christian Grey

MOI AUSSI.

Qui d'autre pourrait m'exciter ainsi par mail ?

De : Anastasia Steele
Objet : Pantelante
Date : 31 mai 2011 19:39 EST
À : Christian Grey

Il faut que j'y aille.
À plus, bébé.

Je souris en lisant ces derniers mots.

De : Christian Grey
Objet : Plagiat
Date : 31 mai 2011 16:41
À : Anastasia Steele

Tu m'as piqué mon expression.
Et puis tu m'as planté là.
Bon appétit.

Christian Grey
P-DG, Grey Enterprises Holdings, Inc.

Andréa frappe à la porte. Elle m'apporte les nouveaux plans de Barney pour notre future tablette à
énergie solaire. Elle ne comprend pas pourquoi j'ai
cet air béat.

— Merci, Andréa.

— Je vous en prie, monsieur Grey. Vous voulez
du café ? propose-t-elle, ne parvenant pas à dissimuler son petit sourire

— Oui.

— Avec du lait ?

— Non merci.

Ma journée se termine finalement mieux qu'elle
n'a commencé. J'ai fichu Bastille par terre deux fois
au cours de nos deux rounds de kick-boxing. Ça
n'était jamais arrivé. Alors que j'enfile ma veste après
ma douche, prêt à affronter Elena et son interrogatoire en règle, Taylor apparaît.

— Vous voulez que je vous emmène, monsieur ?
— Non. Je vais prendre la R8.
— Très bien, monsieur.

Avant de partir, je consulte mes mails.

De : Anastasia Steele
Objet : Qui plagie qui ?
Date : 31 mai 2011 22:18 EST
À : Christian Grey

Monsieur,
Je vous signale qu'à l'origine c'était l'expression d'Elliot.
Je t'ai planté là, moi ?

Ton Ana

Elle recommence à me titiller. Et elle est « mon Ana » à nouveau.

De : Christian Grey
Objet : Des choses à régler
Date : 31 mai 2011 19:22
À : Anastasia Steele

Mademoiselle Steele,
Vous voilà de retour. Vous êtes partie brusquement, juste au moment où ça commençait à devenir intéressant.
Elliot n'est pas très original. Il a dû piquer cette expression à quelqu'un d'autre.
C'était comment, ce dîner ?

Christian Grey
P-DG, Grey Enterprises Holdings, Inc.

J'appuie sur la touche « envoi ».

De : Anastasia Steele
Objet : Des choses à régler ?
Date : 31 mai 2011 22:26 EST
À : Christian Grey

Abondant.
Et vous serez ravi d'apprendre que j'ai beaucoup trop mangé.
Ça commençait à devenir intéressant ? En quoi ?

C'est bien qu'elle ait mangé...

De : Christian Grey
Objet : Des choses à régler, et comment !
Date : 31 mai 2011 19:30
À : Anastasia Steele

Vous faites exprès de ne pas comprendre ? Vous veniez de me demander de dé-zipper votre robe. Je m'apprêtais à le faire. Et je suis en effet ravi d'apprendre que vous mangez.

Christian
Grey P-DG, Grey Enterprises Holdings, Inc.

De : Anastasia Steele
Objet : Eh bien... on a le week-end pour ça
Date : 31 mai 2011 22:36 EST
À : Christian Grey

Évidemment que je mange... C'est simplement l'incertitude que j'éprouve quand je suis avec vous qui me coupe l'appétit.

Et quand je suis obtuse, c'est que je le fais exprès, monsieur Grey. Vous auriez dû le comprendre, depuis le temps. ;-)

Elle perd l'appétit quand elle est avec moi ? Ce n'est pas bien, ça. Et elle se fout encore de moi.

De : Christian Grey
Objet : J'ai hâte
Date : 31 mai 2011 19:40
À : Anastasia Steele

Je m'en souviendrai, mademoiselle Steele, et j'utiliserai cette information à mon avantage.
Je suis désolé d'apprendre que je vous coupe l'appétit. Je pensais plutôt attiser votre concupiscence. Du moins, cela a été mon expérience, et une expérience des plus agréables.

J'attends avec impatience la prochaine fois.

Christian Grey
P-DG, Grey Enterprises Holdings, Inc.

De : Anastasia Steele
Objet : Gymnastique linguistique
Date : 31 mai 2011 22:46 EST
À : Christian Grey

Tu as encore joué avec le dictionnaire, on dirait ?

J'éclate de rire.

De : Christian Grey
Objet : Pris la main dans le sac
Date : 31 mai 2011 19:50
À : Anastasia Steele

Vous me connaissez si bien, mademoiselle Steele.
Je dîne avec une vieille amie, alors il faut que j'y aille.

À plus, bébé ©

Christian Grey P-DG,
Grey Enterprises Holdings, Inc.

Je resterais bien encore à plaisanter avec Ana, mais je ne veux pas être en retard au restaurant. Sinon, Elena risque de ne pas être contente. J'éteins l'ordinateur, récupère mon portefeuille et mon téléphone, et prends l'ascenseur pour descendre au parking.

Le Mile High Club est au dernier étage de la Columbia Tower. Le soleil plonge derrière les montagnes de l'Olympic National Park, parant le ciel d'orange, de rose et d'opale. Un spectacle impressionnant. Ana adorerait cette vue. Il faudra que je l'emmène dîner ici.

Elena est installée dans un angle de la salle. Elle me fait un petit signe de la main en souriant. Le maître d'hôtel me conduit jusqu'à sa table. Elle se lève et me tend la joue.

— Bonjour, Christian, roucoule-t-elle.

— Bonsoir, Elena. Tu es magnifique, comme d'habitude.

Je l'embrasse. Elle rejette ses cheveux platine sur un côté, comme chaque fois qu'elle est d'humeur badine.

— Assieds-toi. Que veux-tu boire ?

Elle a déjà une coupe de champagne à la main. Ses ongles, comme toujours, sont d'un rouge écarlate.

— Je vois que tu as commandé du Cristal.

— On a quelque chose à célébrer !

— Ah bon ?

— Allez, Christian. Cette fille. Raconte !

Je me tourne vers le serveur.

— Pour moi, ce sera un Mendocino blanc.

Il acquiesce avant de disparaître.

— Il faut fêter ça, non ? insiste Elena en buvant une gorgée de son champagne.

— Je ne vois pas pourquoi tu en fais tout un plat.

— Je suis curieuse, c'est tout. Quel âge a-t-elle ? Que fait-elle dans la vie ?

— Elle sort de la fac.

— Oh. Ce n'est pas un peu jeune pour toi ?

Je fronce les sourcils.

— Tu es mal placée pour dire ça.

Elena part d'un grand rire. J'enfonce le clou :

— Et d'ailleurs, comment va Isaac ?

Elle rit de plus belle.

— Il obéit bien, répond-elle avec une lueur perverse dans les yeux.

— Ce doit être d'un ennui mortel pour toi.

Elle sourit, l'air résigné.

— C'est un bon toutou. On commande ?

J'attends qu'on ait attaqué notre bisque de crabe pour mettre fin au supplice d'Elena.

— Elle s'appelle Anastasia. Elle a suivi des études de lettres et j'ai fait sa connaissance quand elle est venue m'interviewer pour le journal de sa fac. J'ai prononcé un discours là-bas, pour la remise des diplômes.

— Elle fait partie du club ?

— Pas encore. Mais j'ai bon espoir.

— Rien que ça !

— Oui. Elle est partie en Georgie pour y réfléchir.

— Elle n'a pas choisi la porte à côté !

— C'est vrai.

Je baisse les yeux vers mon assiette, me demandant ce que fait Ana, comment elle va. Elle dort sans doute… seule, j'espère. Quand je relève la tête, Elena me regarde fixement.

— Je ne t'ai jamais vu dans cet état.

— Comment ça ?

— Tu as la tête ailleurs. Ça ne te ressemble pas.

— Cela se voit tant que ça ?

Elle acquiesce et son regard s'adoucit.

— Moi, je le vois. J'ai l'impression qu'elle chamboule toute ta vie.

Ça me fait un choc d'entendre ça, mais je porte mon verre à mes lèvres pour cacher mon trouble.

Perspicace, madame Lincoln !

— Tu crois ?

— Cela ne fait aucun doute, réplique-t-elle en vrillant ses yeux dans les miens.

— Elle est si touchante et désarmante.

— C'est sûr que ça doit te changer ! Et je parie que tu te demandes ce qu'elle fait en Georgie, à quoi elle pense. Je te connais.

— J'aimerais tellement qu'elle prenne la bonne décision.

— Tu devrais aller la retrouver.

— Quoi ?

— Saute dans un avion.

— Vraiment ?

— Et si elle hésite, use de ton charme irrésistible.

Je lâche un grognement fataliste.

— Christian, quand tu veux quelque chose, tu te bats et tu l'obtiens toujours. Tu le sais. Cesse d'être aussi négatif. Ça me rend folle !

Je soupire.

— Je ne suis pas sûr que ce soit une bonne idée.

— Cette pauvre gamine doit s'ennuyer à mourir là-bas. Vas-y. Et tu l'auras, ta réponse. Si c'est non, tu reprends le cours de ton existence. Si c'est oui, tu pourras être toi-même avec elle et profiter de la vie.

— Elle rentre vendredi.

— N'attends pas.

— Elle dit que je lui manque.

— Tu vois bien !

Elle paraît sûre de son fait.

— Je vais y réfléchir. Tu veux une autre coupe ?

— Je veux bien. Merci.

Elle m'adresse un petit sourire malicieux.

Sur le chemin du retour, je réfléchis au conseil d'Elena. Oui, je pourrais aller voir Ana. Elle dit que je lui manque, non ? Et le jet est dispo.

De retour à l'Escala, je lis son dernier mail.

De : Anastasia Steele
Objet : Convives convenables
Date : 31 mai 2011 23:58 EST
À : Christian Grey

J'espère que tu as eu un dîner agréable avec ton amie.

Ana

P.-S. : C'est Mrs Robinson ?

Et merde !
Finalement cette remarque me donne une excuse toute trouvée. Car elle nécessite une réponse en tête à tête.

J'appelle Taylor et le préviens que j'aurai besoin de Stephan et du Gulfstream demain matin.

— Entendu, monsieur Grey. Où voulez-vous aller ?

— À Savannah, en Georgie.

— Très bien, monsieur.

Et il y a une pointe d'amusement dans sa voix.

Mercredi 1er juin 2011

Intéressante matinée. Nous avons quitté Boeing Field à 11 h 30, heure du Pacifique. Stephan est avec son copilote, Jill Beighley, et nous devons arriver en Georgie à 19 h 30, heure locale sur la côte Est.

Bill a organisé un rendez-vous avec le comité d'urbanisme de Savannah en charge du réaménagement des sites industriels. Je pourrai même les rencontrer ce soir pour boire un verre. Donc, si Ana est prise, ou si elle ne veut pas me voir, je n'aurai pas fait tout ce voyage pour rien.

Ben voyons, Grey. Qui essaies-tu de convaincre ?

Taylor m'a rejoint pour déjeuner. Il est en train de trier des papiers pendant que j'épluche des dossiers.

Il reste cependant une inconnue de taille : quand et comment vais-je approcher Ana ? J'aviserai en arrivant à Savannah. J'espère que l'inspiration me viendra pendant le voyage.

Je passe ma main dans mes cheveux et m'allonge sur le siège. Ça fait longtemps que je n'ai pas dormi en avion. Une douce torpeur m'envahit tandis que le G550 vole à trente mille pieds vers le Savannah/Hilton Head International. Le bourdonnement des moteurs est apaisant et je suis fatigué. Si fatigué.

C'est à cause des cauchemars.

Je ne sais pas pourquoi j'en fais autant en ce moment. Je ferme les yeux.

« C'est comme ça que tu dois être avec moi. Tu as compris ? »

« Oui, madame. »

Elle fait courir son ongle écarlate sur ma poitrine.

Je tressaille et tire sur mes liens. Les ténèbres montent en moi. Ma peau brûle dans le sillage de ses doigts. Mais je ne dis rien.

J'ai bien trop peur.

« Si tu obéis, je te laisserai jouir. Dans ma bouche. »

Oh oui...

« Mais pas tout de suite. La route est longue encore. »

Son ongle me griffe, de la pointe du sternum jusqu'au nombril.

Je veux crier.

Elle attrape mon visage, m'écrase la bouche, m'embrasse.

Sa langue est avide et mouillée.

Elle brandit le martinet.

Et je sais que ça va faire mal.

Mais j'ai ma récompense sous les yeux. Sa putain de bouche.

Quand les lanières de cuir s'abattent sur ma peau, je loue la douleur et la poussée d'endorphine qui me submergent.

— Monsieur Grey, nous atterrissons dans vingt minutes, m'annonce Taylor.

Je me réveille en sursaut.

— Tout va bien, monsieur ?

— Oui. Bien sûr. Merci, Taylor.

— Vous voulez un peu d'eau ?

— Oui, s'il vous plaît.

Je prends une longue inspiration pour apaiser les battements de mon cœur. Taylor me donne un verre d'Évian. Je bois une gorgée. Heureusement qu'il n'y a que Taylor à bord avec moi. Je ne rêve pas souvent de cette époque enivrante avec Mme Lincoln.

Derrière les hublots le ciel est bleu, les nuages épars sont teintés de rose. C'est la fin de journée. La lumière est mordorée, tranquille. Le soleil couchant se mire dans les cumulus. Pendant un moment, je regrette de ne pas être à bord de mon planeur. Les thermiques doivent être fantastiques ici.

Mais oui !

Voilà ce que je vais faire : du vol à voile avec Ana ! Ce sera un « plus », non ?

— Taylor.

— Oui, monsieur.

— J'aimerais emmener Anastasia en planeur. Demain, à l'aube. Vous pouvez nous arranger ça ? Sinon, plus tard, ça ira aussi.

Auquel cas, je déplacerai mon rendez-vous.

— Je vais m'en occuper.

— Peu importe ce que ça coûte.

— Très bien, monsieur.

— Merci.

Il ne me reste plus qu'à en parler à Ana.

Deux voitures nous attendent quand le G550 s'immobilise sur le tarmac à proximité du terminal de l'aviation générale. Taylor et moi sortons de l'appareil. La chaleur est suffocante et l'air poisseux. Même à cette époque de l'année.

Deux gars remettent les clés des voitures à Taylor. Je fronce les sourcils.

— Une Ford Mustang ? Rouge ?

— C'est tout ce que j'ai pu trouver en si peu de temps.

Il prend un air penaud.

— Au moins, elle est décapotable. Cela dit, par cette canicule, j'espère qu'il y aura la clim'.

— Elle est toutes options, monsieur.

— Parfait. Merci.

Je prends les clés, ma serviette, et laisse Taylor charger le reste des bagages dans l'autre voiture, une Suburban.

Je remercie Stephan et Beighley pour ce vol confortable. Une fois dans la Mustang, je quitte l'aéroport et me dirige vers le centre de Savannah, en écoutant Bruce Springsteen sur mon iPod via la sono de bord.

Andréa m'a réservé une suite au Bohemian Hotel, avec vue sur le fleuve. La nuit est en train de tomber et, du balcon, le panorama est impressionnant. L'eau est éclairée par les feux du pont suspendu et des docks. Le ciel au-dessus est incandescent, un dégradé chatoyant allant du rose au pourpre. C'est presque aussi beau qu'un coucher de soleil sur Seattle et le détroit.

Mais je n'ai pas le temps de m'attarder devant ce spectacle. Je sors mon ordinateur, monte au maximum la climatisation et appelle Ros pour avoir des nouvelles.

— Pourquoi cet intérêt soudain pour la Georgie ? me demande-t-elle.

— C'est personnel.

Elle prend la mouche. Évidemment.

— Depuis quand vos affaires privées interfèrent-elles dans votre travail ?

Depuis que j'ai rencontré Anastasia Steele !

— Je n'aime pas Detroit !

— D'accord, d'accord.

Je tente de la rassurer :

— Je vais peut-être rencontrer la représentante de la municipalité ce soir.

— Comme vous voudrez, Christian. Il y a encore deux ou trois petites choses dont on doit discuter. L'aide alimentaire est arrivée à Rotterdam. Vous voulez toujours poursuivre l'aventure ?

— Plus que jamais. Je m'y suis engagé lors du lancement du programme End Global Hunger. Je me dois de réussir. Ma parole et ma réputation sont en jeu.

— D'accord. D'autres idées pour mettre un pied dans le secteur de l'édition ?

— J'hésite encore.

— Je pense que la SIP a du potentiel.

— Oui. C'est possible. Je vais y réfléchir.

— Avec Marco, on peaufine les conditions de reprise de la société de Woods.

— Parfait. Vous me direz comment ça avance. À plus tard.

— Je vous tiens au courant. Au revoir.

Je repousse le moment fatidique, je le sais. Mais je préfère approcher Mlle Steele le ventre plein. Par mail ou par téléphone, je n'en sais rien encore. Je commande donc à dîner. Pendant que j'attends le room-service, je reçois un SMS d'Andréa m'annonçant que le rendez-vous de ce soir avec la représentante de la ville est annulé. C'est parfait. Je les verrai demain matin comme prévu, si je ne suis pas encore dans le ciel avec Ana.

Puis Taylor m'appelle :

— Monsieur Grey.

— Taylor. Vous êtes arrivé à l'hôtel ?

— Oui, monsieur. On va monter vos bagages dans un instant.

— Parfait.

— Il y a un centre aéronautique à Brunswick. Ils ont un planeur disponible. J'ai demandé à Andréa de leur faxer vos brevets de pilote. Il ne nous reste plus qu'à signer les papiers.

— Super.

— Ils ouvrent à 6 heures du matin.

— On ne pouvait rêver mieux. Dites-leur de tout préparer pour la première heure. Vous m'enverrez leur adresse.

— Entendu.

On frappe à la porte. Mes bagages et le repas arrivent en même temps. Ça sent très bon : des beignets de tomates vertes, des crevettes, et du gruau de maïs. On est dans le Sud !

En mangeant, je mets au point ma stratégie. Je pourrais débarquer chez la mère d'Ana demain matin au petit déjeuner. Apporter des bagels. Puis l'emmener voler. Ce serait sans doute la meilleure approche. Je n'ai pas eu de nouvelles d'elle de toute la journée. Je suppose qu'elle est furieuse. Après le dîner, je relis son dernier message.

Pourquoi est-elle si remontée contre Elena ? Elle ne sait rien de notre relation. Et c'est de l'histoire ancienne. Aujourd'hui, nous sommes juste amis. Je ne vois pas pourquoi ça la met en colère.

Et puis, sans Elena, je ne sais pas ce que je serais devenu.

On frappe à la porte. C'est Taylor.

— Bonsoir, monsieur. Votre chambre vous convient ?

— Oui. Elle est parfaite.

— J'ai les papiers du centre de vol à voile.

Je parcours le contrat de location. Tout me paraît en ordre. Je signe et le rends à Taylor.

— Demain, j'irai au terrain par mes propres moyens. On se retrouvera là-bas.

— Entendu, monsieur. J'y serai pour 6 heures.

— Je vous préviendrai s'il y a un changement de programme.

— Je défais vos bagages, monsieur ?

— Oui.

Il hoche la tête et emporte ma valise dans la chambre.

Je suis tendu. Il faut que je trouve ce que je vais dire à Ana. Je ne peux pas rester dans le flou. Je consulte ma montre : 21 h 20. Le temps a filé. Je pourrais aller boire un petit verre pour me détendre. Je laisse Taylor ranger mes affaires et décide d'aller au bar de l'hôtel avant de parler à Ros ou d'écrire à Ana.

Le toit terrasse est bondé, mais je trouve une place au bout du comptoir. Je commande une bière. C'est un endroit branché, avec un éclairage tamisé et de bonnes ondes. Je scrute la foule, en évitant le regard des deux jeunes femmes assises à côté de moi. Un mouvement attire mon attention. Une masse de cheveux acajou, agités d'un coup de tête nerveux, attrape la lumière.

Merde ! Ana !

Elle me tourne le dos. Elle est assise en face d'une femme qui ne peut être que sa mère. Leur ressemblance est frappante.

Quel hasard !

Quand on imagine tous les bars de toutes les villes du monde… un miracle.

Je les observe, médusé. Elles boivent des cocktails. Apparemment des Cosmopolitan. Sa mère est magnifique, comme Ana, en plus âgée ; elle doit approcher la quarantaine. Elle a de longs cheveux bruns et les mêmes yeux bleus que sa fille. Elle a un look bohème… Ce n'est pas quelqu'un qu'on imagine croiser sur un parcours de golf. Peut-être s'est-elle habillée ainsi parce qu'elle sortait avec sa fille, la belle et jeune Ana ?

Une occasion en or.

Vas-y, Grey.

Je sors mon téléphone de la poche de mon jean. Il est temps d'envoyer un mail à Ana. Cela va être intéressant. Je vais pouvoir sonder son humeur… étudier sa réaction.

De : Christian Grey
Objet : Convives
Date : 1er juin 2011 21:40 EST
À : Anastasia Steele

Oui, j'ai dîné avec Mrs Robinson. C'est une vieille amie, rien d'autre, Anastasia.
J'ai hâte de te revoir. Tu me manques.

Christian Grey
P-DG, Grey Enterprises Holdings, Inc.

La mère regarde sa fille avec gravité. Est-elle inquiète ? Ou curieuse d'en savoir plus ?

Vous ne saurez rien, madame Adams !

Pendant un moment, je me demande si elles parlent de moi. La mère se lève. Sans doute pour aller aux toilettes. Ana ouvre son sac à main et sort son BlackBerry.

C'est parti !

Elle commence à lire. Ses épaules s'affaissent. Elle tapote la table, agacée. Puis ses doigts virevoltent sur les touches. Je ne peux pas voir son visage. C'est frustrant. Mais je ne pense pas l'avoir convaincue. Quelques instants plus tard, elle lâche le téléphone sur la table, l'air dégoûté.

Pas bon, ça…

Sa mère revient des toilettes et fait signe au serveur pour une nouvelle tournée. Combien de verre ont-elles déjà vidés ?

J'allume mon téléphone. La réponse est là, bien sûr.

De : Anastasia Steele
Objet : VIEILLE amie
Date : 1er juin 2011 21:42 EST
À : Christian Grey

C'est bien plus qu'une vieille amie.
A-t-elle mis le grappin sur un autre adolescent ?
Tu es trop vieux pour elle, maintenant ?
C'est pour ça que vous avez rompu ?

La moutarde me monte au nez.
Isaac a une vingtaine d'années.
Comme moi !
Comment ose-t-elle ?
Grey ! Il est temps de passer à l'action !

De : Christian Grey
Objet : Attention...
Date : 1er juin 2011 21:45 EST
À : Anastasia Steele

Je ne souhaite pas en discuter par mail.
Combien de Cosmopolitan comptes-tu boire ?

Christian Grey
P-DG, Grey Enterprises Holdings, Inc.

Elle regarde fixement son téléphone, puis elle se redresse et scrute la salle.

Et maintenant, j'entre en scène.

Je laisse dix dollars sur le comptoir et me dirige vers les deux femmes.

Nos regards se croisent. Ana pâlit. Le choc sans doute. Je ne sais pas comment elle va m'accueillir, ni si je vais pouvoir garder mon calme au cas où elle recommencerait à râler pour Elena.

D'une main fébrile, elle coince ses cheveux derrière ses oreilles. Elle n'est pas rassurée.

— Bonsoir, articule-t-elle d'une voix trop stridente.

— Bonsoir.

Je me penche et lui fais un petit baiser sur la joue. Elle sent si bon, même si elle se raidit quand mes lèvres touchent sa peau. Elle est charmante. Elle a un peu bronzé, et ne porte pas de soutien-gorge. Ses seins sont pressés sous la soie de son petit haut, mais cachés par ses longs cheveux.

Rien que pour mes yeux, j'espère.

Malgré sa mauvaise humeur, je suis content de la voir. Elle m'a manqué.

— Christian, je te présente ma mère, Carla.

— Madame Adams, je suis enchanté de faire votre connaissance.

Sa mère me scrute de la tête aux pieds.

Bon sang ! C'est une inspection en règle ! *Fais comme si tu n'avais rien remarqué, Grey !*

Après un silence un peu trop long, elle me tend la main.

— Christian, dit-elle.

— Qu'est-ce que tu fais là ? s'étonne Ana.

Je sens le reproche dans sa voix.

— Je suis venu te voir, évidemment. J'ai pris une chambre ici.

— Tu es dans cet hôtel ? couine-t-elle.

La coïncidence me surprend autant que toi.

— Hier tu m'as écrit que tu regrettais que je ne sois pas là.

Je jauge sa réaction. Pour l'instant les signes sont clairs : mouvement nerveux des doigts, raideur de la posture, ton accusateur, et trémolo dans la voix. Ça ne s'annonce pas bien du tout.

— Vous satisfaire est notre priorité, mademoiselle Steele.

Je lui dis ça, de but en blanc, pince-sans-rire, dans l'espoir de la dérider.

— Vous vous joindrez bien à nous, Christian ? propose la mère, en faisant à nouveau signe au serveur.

J'ai besoin d'un truc plus fort qu'une bière. Le garçon rapplique.

— Un gin tonic. Hendricks, si vous avez. Sinon, Bombay Sapphire. Concombre avec le Hendricks, limette avec le Bombay.

— Et encore deux Cosmo, s'il vous plaît, ajoute Ana, en me lançant un coup d'œil inquiet.

Elle a raison de s'inquiéter. Il est évident qu'elle a assez bu comme ça.

— Asseyez-vous, Christian, je vous en prie.

— Merci, madame Adams.

J'obéis et m'installe à côté d'Ana.

— Alors, comme par hasard, tu as pris une chambre dans l'hôtel où nous sommes venues boire un verre ?

Il y a toujours cette vibration de colère dans sa voix.

— Ou alors, comme par hasard, vous êtes venues boire un verre dans l'hôtel où j'ai pris une chambre. Après avoir dîné, je suis entré ici et je vous ai vues. J'étais en train de penser à ton dernier mail. (Je lui jette un regard entendu.) Et, tout d'un coup, en levant les yeux, tu es apparue. Quelle coïncidence, non ?

Ana paraît troublée.

— Maman et moi, on a fait du shopping ce matin et on est allées à la plage cet après-midi. On a décidé que ce soir, on irait prendre un verre entre filles, débite-t-elle à toute allure, comme pour se justifier.

Elle a le droit de boire un verre avec sa mère.

— Tu as acheté ce haut ?

Elle est vraiment superbe dans ce caraco émeraude. J'ai donné les bonnes consignes à Caroline Acton.

— Ce vert te va bien. Et tu as pris des couleurs au soleil. Tu es ravissante.

Ses joues rosissent et ses lèvres s'entrouvrent à ce compliment.

— J'allais passer te voir demain. Mais puisque tu es là...

Je lui attrape la main, j'ai besoin de la toucher, et je la serre doucement. Je lui caresse les doigts. Je sens sa respiration s'altérer.

550

Oui, Ana. Laisse-toi aller. Ne sois plus fâchée contre moi.

Ses yeux rencontrent à nouveau les miens. Elle m'offre un sourire timide. Ma récompense.

— Je pensais te faire la surprise. Mais comme toujours, Anastasia, c'est toi qui me surprends. Je ne veux pas interrompre votre soirée. Je prends un verre avec vous rapidement et je remonte. J'ai du travail.

Je me retiens de lui embrasser les doigts. Je ne sais pas ce qu'elle a raconté à sa mère sur moi, sur nous. Si tant est qu'elle ait dit quoi que ce soit.

— Christian, je suis ravie de vous rencontrer enfin, lance sa mère avec un gentil sourire. Ana m'a dit beaucoup de bien de vous.

— Vraiment ?

Je regarde Ana, qui s'empourpre.

Beaucoup de bien ? Bonne nouvelle.

Le serveur pose mon gin tonic devant moi.

— Hendricks, monsieur, annonce-t-il.

— Merci.

Il sert à Ana et sa mère leurs deux nouveaux Cosmopolitan.

— Vous restez longtemps à Savannah, Christian ? me demande sa mère.

— Jusqu'à vendredi, madame Adams.

— Voulez-vous dîner avec nous demain soir ? Et, s'il vous plaît, appelez-moi Carla.

— J'en serais enchanté, Carla.

— Excellent. Maintenant, excusez-moi, il faut que j'aille me laver les mains.

Ne vient-elle pas d'aller aux toilettes ?

Je me lève quand elle s'en va et me rassois pour affronter la colère de Mlle Steele.

— Donc, tu es furieuse contre moi parce que j'ai dîné avec une vieille amie.

J'embrasse chacun de ses doigts.

— Oui.

Serait-ce de la jalousie ?

— Notre relation sexuelle est finie depuis longtemps, Anastasia. Je ne veux personne d'autre que toi. Tu ne l'as pas encore compris ?

— Pour moi, cette femme est une pédophile, Christian.

Sous le choc, tous les poils de mon corps se hérissent.

— C'est très sévère, comme jugement. Les choses ne se sont pas passées comme ça.

Malgré moi, je lâche sa main.

— Et alors, comment ça s'est passé, dis-moi ? réplique-t-elle d'un air de défi.

Elle est soûle ou quoi ? Elle poursuit la charge :

— Elle a profité de la vulnérabilité d'un adolescent de quinze ans. Si tu avais été une jeune fille et que Mrs Robinson avait été un homme t'entraînant dans une relation sado-maso, ça t'aurait paru normal ? Si c'était arrivé à Mia, par exemple ?

Ça devient carrément n'importe quoi.

— Ana, ça ne s'est pas passé comme ça.

Elle me foudroie du regard. Elle est vraiment furieuse. Pourquoi ? Ça n'a rien à voir avec elle. Mais je ne veux pas me disputer devant tout le monde. Je reprends, d'une voix la plus neutre possible :

— En tout cas, ce n'est pas comme ça que je l'ai vécu. Elle m'a fait du bien. C'était ce dont j'avais besoin.

Nom de Dieu, sans Elena, je serais peut-être mort à l'heure qu'il est ! Vraiment, je dois faire des efforts surhumains pour rester calme.

Elle fronce les sourcils.

— Je ne comprends pas.

Fais-la taire, Grey !

— Anastasia, ta mère va revenir. Ça me met mal à l'aise de parler de cette histoire maintenant. Plus tard, peut-être. Si tu préfères que je m'en aille, mon avion est en stand-by à Hilton Head.

Son visage blêmit. Visiblement, c'est la panique.

— Non, ne t'en va pas. S'il te plaît. Je suis ravie que tu sois venu.

Ravie ? On ne dirait pas !

— J'essaie juste de te faire comprendre. Si je suis fâchée, c'est parce que, dès que j'ai eu le dos tourné, tu es allé la rejoindre. Pense à ta réaction chaque fois que je vois José. José est un ami. Je n'ai jamais couché avec lui. Alors qu'elle et toi…

— Tu es jalouse ?

Comment lui faire comprendre qu'Elena et moi sommes amis ? Il n'y a aucune raison qu'elle voie en elle une rivale.

À l'évidence Mlle Steele est possessive. Et, brusquement, je m'aperçois que ça me plaît.

— Oui, et furieuse de ce qu'elle t'a fait.

— Anastasia, elle m'a aidé. Je n'en dirai pas plus pour l'instant. Et, quant à ta jalousie, mets-toi à ma place. Je n'ai pas eu à justifier mes actes à qui que ce soit depuis sept ans. Je fais ce que je veux, Anastasia. J'aime mon indépendance. Je ne suis pas allé voir Mrs Robinson pour te faire de la peine. J'y suis allé parce qu'on dîne ensemble de temps en temps. C'est une amie et une associée.

Elle écarquille les yeux.

Et merde ! Pourquoi j'ai dit ça ? Ça ne la regarde pas.

— Nous ne couchons plus ensemble depuis plusieurs années.

— Pourquoi avez-vous arrêté ?

— Son mari l'a appris. On peut en reparler plus tard, dans un endroit plus discret ?

— Tu n'arriveras jamais à me convaincre que ce n'est pas une pédophile.

Putain de merde, Ana ! Arrête !

— Je ne la vois pas comme ça. Je ne l'ai jamais vue comme ça. Assez, maintenant !

— Tu étais amoureux d'elle ?

Quoi ?

— Alors, vous deux, ça va ?

Carla est revenue. Ana se force à lui sourire. Ça me vrille l'estomac.

— Très bien, maman.

Moi, amoureux d'Elena ?

Je bois une gorgée de mon gin tonic. J'étais sa chose, bien sûr… mais est-ce que j'étais amoureux d'elle ? Quelle question ridicule ! Je suis imperméable à ces affaires-là. C'est ça qu'elle veut ? De l'amour ? Du romantisme ? Des fleurs et des chocolats ? Comme dans tous ces romans du XIXᵉ siècle qu'elle a passé son temps à lire. Toutes ces inepties !

Je n'en peux plus.

— Mesdames, je ne vais pas vous déranger plus longtemps. Et acceptez que je mette vos consommations sur mon compte, chambre 612. Je t'appelle demain matin, Anastasia. À demain, Carla.

Ana reste silencieuse, m'implore du regard. Je l'ignore et l'embrasse sur la joue. Je lui murmure dans l'oreille « À plus, bébé » avant de m'en aller.

Aucune fille ne m'a défié ainsi.

Et elle était furieuse contre moi. Elle a peut-être bientôt ses règles ? Elle a dit que ça devait tomber cette semaine.

Je rentre dans ma chambre au pas de charge, claque la porte et fonce sur le balcon prendre l'air. Il fait encore chaud. Je prends une grande bouffée d'air. Je respire l'odeur iodée de l'estuaire. La nuit tombe. L'eau est d'un noir d'encre, comme le ciel… comme mon humeur. Je n'ai même pas pu lui parler de mon idée de faire du planeur demain. Je pose les mains sur la rambarde. Les lumières du rivage et les feux du pont égaient la vue… mais pas mes pensées.

Pourquoi dois-je me justifier d'une relation qui a débuté quand Ana était encore au CM1 ? En quoi ça la regarde ? Oui, c'était une relation spéciale. Et alors ?

Je passe mes doigts dans mes cheveux. Ma visite ne se déroule pas du tout comme je l'espérais. Absolument pas. En fin de compte, c'était peut-être une erreur de venir ici. Quand je pense que c'est Elena qui m'a conseillé de faire le voyage…

Le téléphone sonne. Ana, j'espère.

Mais non, c'est Ros.

— Oui, quoi ?

— Hou là ! Je tombe mal, c'est ça ?

— Non. Excusez-moi. Je vous écoute.

— Je voulais vous résumer la discussion que j'ai eue avec Marco. Mais si ce n'est pas le moment, je vous rappelle demain.

— Allez-y. Je suis tout ouïe.

On frappe à la porte.

— Ne quittez pas, Ros.

Je vais ouvrir. Ce doit être Taylor ou une femme de chambre venant préparer le lit. Mais c'est Ana. Elle se tient sur le seuil, toute timide, magnifique.

Enfin !

J'ouvre en grand et lui fais signe d'entrer. Je reprends ma conversation avec Ros sans la quitter des yeux.

— Le plan de licenciement est bouclé ?

— Oui.

Ana s'avance dans la pièce, me sonde d'un air méfiant, lèvres entrouvertes, ses yeux d'un bleu plus sombre que de coutume.

Qu'est-ce que ça veut dire ? Elle a soudain changé d'humeur ? Je connais ce regard. C'est du désir. Elle a envie de moi. Et j'ai envie d'elle aussi, et particulièrement depuis notre prise de bec au bar.

Pour quelle autre raison serait-elle montée ?

— Et les coûts ?

— Près de deux millions.

Je lâche un sifflement.

— Ça fait cher l'erreur !

— GEH récupérera ainsi toute l'unité de production des fibres optiques.

556

Elle a raison. C'était l'un de nos objectifs.

— Et Lucas ?

— Il ne l'a pas bien pris du tout.

J'ouvre le minibar pour inciter Ana à se servir à boire. Le téléphone toujours à l'oreille, je file dans la chambre.

— Qu'est-ce qu'il a fait ?

— Il a piqué une grosse colère.

Dans la salle de bains, j'ouvre le robinet de la baignoire – une énorme vasque en marbre – et verse plusieurs huiles parfumées. On pourrait tenir à six là-dedans !

— Le gros de la somme est pour lui, pourtant. (Je vérifie la température de l'eau.) Avec l'argent du rachat, il peut lancer une autre affaire.

Au moment de sortir de la salle de bains, je me ravise. J'allume les bougies qui sont déjà disposées avec goût sur le banc de pierre.

Des bougies, ce n'est pas encore un « plus », ça ?

— En fait, il veut nous intenter un procès, explique Ros. Même si je ne vois pas pourquoi. De toute façon, on ne risque rien. C'est quoi ce bruit ? De l'eau ?

— Oui. Je me fais couler un bain.

— Oh… je tombe vraiment mal alors.

— Pas du tout. Autre chose ?

— Oui. Fred veut vous parler.

— Ah oui ?

— Il a étudié les nouveaux schémas de Barney.

Une fois dans le salon de la suite, je prends connaissance des nouvelles solutions de Barney pour la tablette et demande à Ros de me faire parvenir les croquis. Ana s'est servi un jus d'orange.

— C'est votre nouveau style de management ? raille Ros. La gestion à distance ?

J'éclate de rire. Pour cette remarque. Et aussi quand je vois la boisson qu'a choisie Ana. *C'est bien, ma belle !* J'annonce à Ros que je ne serai pas de retour avant vendredi.

— Vous êtes sûr de ne pas vouloir Detroit ?

— Il y a un terrain ici qui m'intéresse.

— Bill est au courant ? lâche-t-elle froidement.

— Dites-lui donc de m'appeler.

— C'est ce que je vais faire. Vous avez pu voir les gens de Savannah ce soir ?

Je lui explique que j'ai rendez-vous avec eux demain matin. Je veille à me montrer aimable et conciliant avec Ros, car je suis en terrain miné.

— Je veux voir ce que Savannah peut nous offrir.

Je prends un verre sur l'étagère, le tends à Ana, et lui montre le seau à glace.

— Si leurs primes à l'implantation sont intéressantes, je pense qu'on devrait l'envisager, encore qu'avec cette putain de chaleur…

Ana se sert.

— Il est tard pour changer d'avis, Christian. Mais cela peut nous donner un moyen de pression sur Detroit.

— Je suis d'accord. Detroit a aussi des avantages, et il y fait plus frais.

Mais il y a, là-bas, bien trop de fantômes pour moi !

— Demandez à Bill de m'appeler. Demain. Pas trop tôt.

Là j'ai de la visite.

Ros me dit bonsoir et raccroche.

Ana, gardant ses distances, me regarde me servir à boire. Ses cheveux tombent en cascades sur ses épaules, encadrant son joli minois tout pensif.

— Tu n'as toujours pas répondu à ma question, murmure-t-elle.

— Non.

. — Non, tu n'as pas répondu à ma question, ou non, tu n'étais pas amoureux d'elle ?

Elle ne compte pas lâcher l'affaire. Je m'appuie contre le mur et croise les bras comme pour mettre une barrière symbolique entre nous.

— Qu'est-ce que tu fais ici, Anastasia ?

— Je viens de te le dire.

Arrête de la torturer, Grey !

— Non, je n'étais pas amoureux d'elle.

Ses épaules se détendent. Ses traits s'adoucissent. C'est tout ce qu'elle voulait entendre.

— Tu es la jalousie incarnée, une vraie tigresse, Anastasia. Qui l'eût cru ?

Mais es-tu ma tigresse, ma tigresse à moi ?

— Vous vous moquez de moi, monsieur Grey ?

— Je n'oserais pas.

— Je pense que oui, et je pense que tu oses – souvent.

Avec un petit sourire, elle plante ses dents parfaites dans sa lèvre.

Elle le fait exprès.

— Arrête de te mordiller la lèvre. Tu es dans ma chambre, nous sommes séparés depuis trois jours et j'ai fait des milliers de kilomètres pour te voir.

J'ai besoin de savoir que tout va bien entre nous. Et je ne connais qu'un moyen de m'en assurer. La baiser. La baiser à fond.

Mon téléphone vibre, mais je l'éteins sans regarder qui m'appelle. Ça peut attendre.

Je m'avance vers elle.

— J'ai envie de toi, Anastasia. Maintenant. Et je sais que tu as envie de moi. C'est pour ça que tu es montée.

— Je voulais vraiment savoir.

— Bon, maintenant que tu sais, tu restes ou tu t'en vas ?

Je me plante devant elle.

— Je reste, me souffle-t-elle, les yeux rivés aux miens.

— Je l'espère.

Je la regarde aussi, émerveillé, tandis que ses yeux s'agrandissent.

Oui, elle me veut.

— Tu étais tellement fâchée contre moi.

C'est encore une nouveauté pour moi, de devoir gérer sa colère, de prendre en compte les sentiments de quelqu'un.

— C'est vrai.

— Personne, à part ma famille, ne s'est jamais fâché contre moi. Ça me plaît.

Je lui caresse la joue du bout des doigts, et descends jusqu'à son menton. Elle ferme les yeux et renverse la tête. Je me penche et enfouis mon nez dans son épaule nue, remonte vers son oreille. Je hume son odeur sucrée alors que le désir m'inonde. Mes doigts glissent vers la naissance des cheveux, s'enfoncent dans sa crinière.

— Il faut qu'on parle, murmure-t-elle.

— Plus tard.

— J'ai tellement de choses à te dire.

— Moi aussi.

J'embrasse le lobe de son oreille, empoigne ses cheveux et lui tire la tête en arrière pour qu'elle m'offre sa gorge. Mes dents et mes lèvres effleurent son menton, son cou. Tout mon corps vibre de désir.

— J'ai envie de toi.

J'embrasse le creux de son épaule, là où son sang bat sous la peau. Elle gémit et s'accroche à moi. Je tressaille, mais les ténèbres ne m'envahissent pas.

Entre deux baisers, je lui demande :

— Tu saignes ?

Elle se raidit.

— Oui.

— Tu as des crampes ?

— Non.

Elle parle d'une voix égale, mais je perçois sa gêne. J'arrête de l'embrasser et la regarde dans les yeux. *Qu'est-ce qui l'embarrasse ? C'est naturel.*

— Tu as pris ta pilule ?

— Oui.

Parfait.

— On va prendre un bain.

Arrivé près de la baignoire, je lâche la main d'Ana. L'air est chaud et moite. Des volutes de vapeur s'élèvent au-dessus de la mousse. Dans cette touffeur, je suis trop vêtu. Ma chemise de lin et mon jean me collent à la peau.

Ana me regarde ; sa peau est luisante.

— Tu as de quoi t'attacher les cheveux ?

Ils commencent à se plaquer sur son visage. Elle sort un élastique de sa poche.

— Attache-les !

Je la regarde s'exécuter. Elle a des gestes adroits et gracieux.

C'est bien, ma belle. Finies les discussions.

Quelques mèches rebelles s'échappent de sa queue-de-cheval, mais elle est charmante. Je ferme le robinet, et l'entraîne vers l'autre partie de la pièce où trône un grand miroir doré au-dessus de deux lavabos. Sans la quitter des yeux, je me place derrière elle et lui demande d'ôter ses sandales. Elle obéit aussitôt et laisse tomber ses chaussures au sol.

— Lève les bras.

J'attrape l'ourlet de son joli petit haut, et le fais passer au-dessus de sa tête, dévoilant ses seins. Je passe mon bras sur son ventre, ouvre le bouton de son jean et descends le zip.

— Je vais te prendre dans la salle de bains, Anastasia.

Son regard s'attarde sur ma bouche. Elle se lèche les lèvres. Dans la lumière tamisée, ses pupilles brillent d'excitation. Je me penche sur elle, lui embrasse le cou, glisse mes pouces sous la taille de son jean et le fais glisser lentement sur son joli cul, en attrapant sa petite culotte au passage. Je m'agenouille devant elle pour descendre le tout sur ses cuisses, ses mollets, jusqu'à ses chevilles.

— Sors les pieds de ton jean.

Elle s'exécute, en prenant appui sur le rebord du lavabo. Elle est nue et j'ai son cul devant moi. Je lance son jean, sa culotte et son haut sur un tabouret blanc et songe à tout ce que je pourrais faire à ce cul. Je remarque le fil bleu entre ses cuisses. Son tampon est toujours en place. Je me mets donc à lui embrasser les fesses, à les mordiller doucement, avant de me relever. Nos regards se rencontrent encore dans le miroir et je passe ma main ouverte sur son ventre plat et doux.

— Regarde, comme tu es belle. Regarde.

Son souffle s'accélère quand je prends ses mains dans les miennes et presse ses doigts sur son ventre.

— Sens, comme ta peau est douce.

Je fais remonter ses mains sur son torse, en lui faisant décrire des cercles de plus en plus grands, de plus en plus haut, jusqu'à sa poitrine.

— Sens, comme tes seins sont lourds.

Je place ses mains dessous pour qu'elle les soupèse tandis que je titille ses tétons. Elle gémit, se cambre, plaquant ses mamelons contre nos mains jointes. Je coince ses tétons entre nos pouces réunis, et tire dessus lentement. Comme c'est bon de les sentir durcir et grandir.

Comme une certaine partie de mon anatomie.

Elle ferme les yeux et se tortille contre moi, se frotte contre mon érection. Elle gémit, la tête renversée sur mon torse.

Je murmure dans son cou :

— C'est ça, bébé.

Comme son corps est sensible ! Il réagit à tout. Je fais descendre ses mains sur ses hanches, puis vers ses poils pubiens. Je passe une jambe entre les siennes et, ainsi, lui écarte les cuisses pour lui permettre de passer ses mains sur son sexe, l'une après l'autre, encore et encore, pressant chaque fois ses doigts contre son clitoris.

Elle gémit. Je l'observe dans la glace collée à moi. *Une vraie déesse.*

— Regarde-toi, tu irradies, Anastasia.

Je la butine, lui mordille le cou, les épaules et, d'un coup, je m'arrête, la laissant pantelante. Elle ouvre les yeux, au moment où je me recule.

— Continue toute seule.

Je ne suis pas sûr qu'elle m'obéisse.

Elle a un moment d'hésitation, puis commence à se caresser d'une main, mais l'enthousiasme n'y est pas.

Non, ça ne marchera jamais.

J'ôte vite ma chemise, mon jean et mon boxer pour libérer mon érection.

— Tu préfères que ce soit moi ?

Son regard s'illumine dans le miroir.

— Oui… s'il te plaît.

Sa voix frémit de désir, vibre. Je l'entoure de mes bras, mon torse dans son dos, ma queue lovée dans la raie de son cul magnifique, irrésistible. À nouveau, je prends ses mains. Je les fais glisser l'une après l'autre sur son clitoris, encore et encore, à nouveau l'une puis l'autre, plus fort, plus insistante, et je sens son excitation monter. Elle gémit, pendant que je parsème sa nuque de baisers et de petites morsures. Ses jambes se mettent à trembler. Brusquement, je la retourne pour l'avoir face à moi. J'emprisonne ses poignets dans une main, les plaque dans son dos, et de l'autre j'empoigne sa queue-de-cheval, pour lui renverser la tête, pour avoir sa bouche offerte. Je la croque, la dévore, savourant son goût de jus d'orange et de sucre. Ana. Ana. Son souffle est court, rauque, comme le mien.

— Tes règles ont commencé quand, Anastasia ?

Je veux te baiser sans capote.

— Euh… hier, répond-elle dans un halètement.

— Bien.

Je m'écarte et la retourne.

— Accroche-toi au lavabo.

Je la saisis par les hanches et la fais ployer pour qu'elle me présente ses fesses. Je glisse une main entre ses cuisses, saisis la ficelle bleue et arrache le tampon que je jette dans la cuvette des toilettes. Elle hoquette de surprise, puis je prends ma queue et m'enfonce en elle.

Mon souffle siffle entre mes dents.

Bordel. C'est si bon. Si bon. Être peau contre peau.

Je me retire puis plonge à nouveau en elle, lentement, savourant chaque centimètre de sa chair humide. Elle geint et plaque ses fesses contre moi.

Oh oui. Ana.

Elle s'agrippe plus fort au lavabo et j'augmente la cadence. Je la tiens par les hanches, le va-et-vient s'accélère, des coups de boutoir, plus fort plus fort. Je la pilonne. Je réclame mon dû. Elle est à moi. À moi.

Ne sois pas jalouse, Ana. Il n'y a que toi.

Toi.

Toi.

Mes doigts trouvent son clitoris. Je la caresse, la tourmente, la stimule, jusqu'à ce que ses jambes recommencent à trembler.

— Vas-y, bébé.

Je cogne et cogne contre elle, de plus en plus violemment, de plus en plus vite, comme pour la punir.

Ne discute jamais avec moi. Ne me tiens pas tête.

Ses cuisses se raidissent tandis que je la laboure et que tout son corps frémit. Soudain, elle crie. Son orgasme l'emporte et m'emporte aussi.

— Ah Ana ! Ana, Ana !

Je cède. Le monde se brouille et je coule en elle.

Oh putain…

Je m'effondre, épuisé.

— Bébé, je n'en aurai jamais assez de toi.

Lentement je me laisse glisser au sol, l'entraînant avec moi et l'entoure de mes bras. Elle pose sa tête contre mon épaule, encore haletante.

Mon Dieu. Ça n'a jamais été comme ça.

J'embrasse ses cheveux, attends qu'elle s'apaise, les yeux clos, et retrouve peu à peu une respiration normale. On est tous les deux brûlants et trempés de sueur sur les dalles de cette salle de bains, mais je ne voudrais être nulle part ailleurs.

Elle remue.

— Je saigne, déclare-t-elle.

— Ça ne me dérange pas.

Je ne veux pas la lâcher.

— J'ai remarqué.

— Ça te gêne, toi ?

566

Ça ne devrait pas. C'est la nature. Je n'ai connu qu'une femme qui était dégoûtée à l'idée de baiser pendant ses règles, mais je ne tolérais pas ce caprice.

— Non, pas du tout.

Elle me fixe de ses beaux yeux bleus.

— Tant mieux. Allez, on va prendre un bain.

Je la libère. Elle a un moment d'arrêt. Elle observe ma poitrine, les sourcils froncés. Son visage rose pâlit. Son regard cherche le mien.

— Qu'est-ce qu'il y a ?

— Tes cicatrices. Ce n'est pas la varicelle.

— Non. En effet.

Je ne veux pas parler de ça ! Je me lève et lui tends la main pour l'aider à se relever. Elle écarquille les yeux, horrifiée.

Et après, je vais avoir droit à de la pitié.

— Ne me regarde pas comme ça.

Dès qu'elle est debout, je lui lâche la main.

Ana. Non. Tais-toi.

J'espère qu'elle a compris le message.

— C'est elle qui t'a fait ça ? demande-t-elle d'une voix quasi inaudible.

— Elle ? Mrs Robinson ?

Ana blêmit devant mon ton glacial.

— Ce n'est pas un monstre, Anastasia. Quelle idée. Je ne comprends pas pourquoi tu t'obstines à la diaboliser.

Elle baisse la tête pour fuir mon regard, et se dirige vers la baignoire. Elle entre dans l'eau, cache son corps dans la mousse et lève vers moi des yeux contrits.

— Je me demande ce que tu serais devenu si tu ne l'avais pas connue. Si elle ne t'avait pas initié à son… mode de vie.

Bon sang, elle recommence avec Elena !

Je me glisse à mon tour dans la baignoire et m'assois loin d'elle. Elle m'observe, attendant une réponse. Le silence s'installe entre nous. Je finis par entendre le sang battre dans mes oreilles.

Et merde !

Elle ne me lâche pas des yeux.

Laisse tomber, Ana !

Je peux toujours rêver, oui !

Je secoue la tête. Cette fille est impossible.

— Sans Mrs Robinson, j'aurais sans doute fini comme ma mère biologique.

Elle remet une mèche humide derrière son oreille, toujours silencieuse.

Que veux-tu que je te dise encore sur Elena ?

Je songe à notre relation : Elena et moi. Ces années de folie. Le secret. Les étreintes furtives. La douleur. Le plaisir. La délivrance… L'ordre et la paix qu'elle avait apportés dans mon monde.

— Elle m'a aimé de la seule façon que je trouvais… acceptable.

— Acceptable ? répète Ana, incrédule.

— Oui.

Visiblement, elle en veut plus.

Merde.

— Elle m'a détourné de ma tendance à l'autodestruction. C'est dur de grandir dans une famille parfaite quand on ne l'est pas soi-même.

Elle pousse un long soupir. Je déteste parler de ça.

— Elle t'aime encore ?

Bien sûr que non !

— Je ne crois pas. Pas de cette façon-là. Je te le répète. C'est fini depuis longtemps. C'est du passé. Je ne pourrais rien y changer, même si je le voulais, et je ne veux pas. Elle m'a sauvé de moi-même. Je n'en ai jamais parlé à personne. Sauf au Dr Flynn, évidemment. Et si je t'en parle à toi, maintenant, c'est parce que je veux que tu me fasses confiance.

— J'ai confiance en toi, mais je veux mieux te connaître et, à chaque fois que j'essaie de te parler, tu détournes la conversation. Il y a tant de choses que je voudrais savoir.

— Pour l'amour du ciel, Anastasia. Qu'est-ce que tu veux savoir ? Qu'est-ce qu'il faut que je fasse ?

Elle contemple ses mains sous l'eau.

— J'essaie de comprendre, c'est tout. Tu es tellement énigmatique. Je n'ai jamais rencontré personne comme toi. Je suis heureuse que tu me dises ce que je veux savoir.

Soudain pleine de résolution, elle change de place, et se cale contre moi, de sorte que nos flancs se touchent.

— S'il te plaît, ne sois pas fâché.

— Je ne le suis pas. Mais je ne suis pas habitué à ce genre de conversation, à ces questions. Je ne parle de ça qu'avec le Dr Flynn et avec…

Et merde…

— Avec elle. Avec Mrs Robinson. Tu lui parles ?

— Oui.

— De quoi ?

Je me tourne vers elle si brusquement que j'envoie de l'eau partout.

— Qu'est-ce que tu es têtue. On parle de la vie, de l'univers, des affaires… Anastasia, Mrs R. et moi, on se connaît depuis une éternité. On parle de tout.

— De moi ?

— Oui.

— Pourquoi lui parles-tu de moi ? demande-t-elle d'un ton sinistre.

— Je n'ai jamais rencontré de femme comme toi, Anastasia.

— Qu'est-ce que ça veut dire, « de femme comme moi » ? Une femme qui ne signe pas automatiquement tes paperasses sans se poser de questions ?

Je secoue la tête. *Pas du tout.*

— J'ai besoin de conseils.

— Et tu suis ceux de Mme Pédophile ?

— Anastasia, ça suffit !

J'ai failli hurler. Je me reprends :

— Arrête, ou tu vas te prendre une fessée. Je n'ai plus le moindre intérêt sexuel ou amoureux pour elle. C'est une amie très chère, une associée. C'est tout. Nous avons un passé, une histoire commune, qui m'a été incroyablement bénéfique, et qui a foutu son mariage en l'air, mais cet aspect de notre relation est terminé.

Elle se redresse.

— Tes parents n'ont jamais découvert la vérité ?

— Non ! Je te l'ai déjà dit.

Elle me jette un regard en coin. Elle sait qu'elle a franchi la ligne jaune.

— C'est fini ?

— Pour l'instant, réplique-t-elle.

Enfin ! Quand elle disait vouloir en savoir davantage, ce n'était pas des paroles en l'air ! Avec tout ça, nous n'avons pas parlé du sujet qui moi m'intéressait : où en sommes-nous tous les deux ? Pouvons-nous trouver un accord ?

Vas-y, Grey. C'est le moment.

— Très bien. À moi, maintenant. Tu n'as pas répondu à mon mail.

Elle coince une mèche rebelle derrière son oreille, puis secoue la tête

— J'allais t'écrire. Mais maintenant, puisque tu es là…

— Tu aurais préféré que je ne vienne pas ?

Je retiens mon souffle malgré moi.

— Non, je suis contente.

— Bien. Je suis content d'être ici, moi aussi, malgré ton interrogatoire. Donc, tu as le droit de me cuisiner, mais toi, tu penses avoir droit à une espèce d'immunité diplomatique parce que j'ai fait des milliers de kilomètres pour te rejoindre ? Pas de ça avec moi, mademoiselle Steele. Je veux savoir ce que tu éprouves.

Elle plisse le front.

— Je te l'ai déjà dit. Je suis contente que tu sois là. Merci d'avoir fait tout ce chemin pour venir me voir.

Elle paraît sincère.

— Ça me fait plaisir.

Je me penche pour l'embrasser, et elle s'ouvre comme une fleur, offerte, avide. Je me recule.

— Non. Je veux d'abord des réponses, avant qu'on en fasse plus.

Elle soupire.

— Qu'est-ce que tu veux savoir ?

— D'abord, ce que tu penses de notre éventuel accord.

Elle fait la moue, comme si sa réponse n'allait pas me plaire.

Oh non...

— Je pense que je ne pourrais pas m'y conformer pendant une période prolongée. Je serais incapable de passer un week-end entier à être quelqu'un d'autre.

Elle baisse les yeux, évite mon regard.

Ce n'est pas un « non », c'est déjà ça. En plus, je crois qu'elle a raison.

Je lui relève le menton.

— En effet, je pense que tu en es incapable.

— Tu te moques de moi, là ?

— Oui, mais gentiment.

Je l'embrasse.

— Tu n'es pas très douée pour la soumission.

Elle en reste bouche bée. *Qu'est-ce qu'elle me fait là ? Elle fait semblant d'être vexée ?* Et puis elle se met à rire, un rire contagieux.

— C'est peut-être mon prof qui n'est pas très doué.

Un point pour vous, mademoiselle Steele !

— Je devrais me montrer plus sévère avec toi, tu crois ? (Je cherche son regard.) C'était vraiment si terrible que ça, quand je t'ai donné la fessée la première fois ?

— Non, pas vraiment.

Je vois ses joues rosir.

— C'est plutôt l'idée qui te fait peur ?

— Je crois. Et le fait d'éprouver du plaisir quand on n'est pas censé en avoir.

— C'était pareil pour moi. On met un moment à s'y faire.

Finalement, on l'a, cette discussion…

— Tu peux toujours te servir des mots d'alerte, Anastasia. N'oublie pas. Et, tant que tu respectes les règles qui assouvissent mon besoin de contrôle et assurent ta sécurité, nous pouvons peut-être trouver le moyen d'aller de l'avant.

— Pourquoi dois-tu absolument avoir ce contrôle sur moi ?

— Parce que ça satisfait un besoin chez moi qui n'a pas été assouvi dans mon enfance.

— Donc, c'est une espèce de thérapie ?

— Je n'y ai jamais songé sous cet angle, mais oui, en quelque sorte.

Elle hoche la tête, perplexe :

— Mais tantôt tu me dis « ne me défie pas » et tantôt tu dis que tu aimes que je te défie. C'est difficile de savoir sur quel pied danser.

— En effet. Mais jusqu'ici tu t'en es bien tirée.

— Mais ça me coûte. Je risque de me retrouver prise au piège.

— J'aimerais bien te voir comme ça !

— Ça n'est pas ce que je veux dire !

Pour se venger, elle m'envoie de l'eau à la figure.

— Tu viens de m'éclabousser, là ?

— Oui.

— Ah, mademoiselle Steele.

Je l'attrape par la taille et la juche sur mes cuisses. Dans le mouvement, quelques litres d'eau se déversent hors de la baignoire.

— Assez parlé, maintenant.

Je tiens sa tête entre mes mains et l'embrasse. Ma langue s'insinue entre ses lèvres, s'enfonce dans sa bouche pour prendre possession d'elle. Elle passe ses doigts dans mes cheveux. Elle me rend mon baiser, et sa langue s'enroule à la mienne. Je lui attrape les cheveux d'une main, et la soulève pour la placer à califourchon sur moi. Je me recule pour la contempler. Ses yeux sombres et sauvages, son envie de chair. Je coince ses poignets dans son dos, les emprisonne d'une main.

— Maintenant, je vais te prendre.

Je la place juste sur mon érection.

— Prête ?

— Oui.

Elle respire profondément et lentement je l'abaisse sur moi. Je ne la quitte pas du regard pendant que j'entre en elle et la remplis. Elle ferme les paupières, gémit, se cabre, pointe ses seins vers ma bouche.

Oh mon Dieu.

Je me cambre pour plonger plus profondément en elle et me redresse pour que nos deux fronts se touchent.

Elle sent si bon.

— S'il te plaît, lâche mes mains, murmure-t-elle.

J'ouvre les yeux. Et je vois sa bouche ouverte, à la recherche d'air.

— À condition que tu ne me touches pas.

Je la libère et la saisis par les hanches. Elle attrape le rebord de la baignoire et, lentement, commence à aller et venir. Elle fait ça si doucement. Elle monte, redescend, remonte... Elle soulève les paupières et découvre que je la dévore du regard. Je ne vois qu'elle. Elle qui me chevauche. Qui se penche sur moi, m'embrasse, sa langue loin et profond en moi. Je referme les yeux pour mieux savourer cette sensation.

Oh oui, Ana.

Ses doigts fouillent mes cheveux, les tirent, malaxent mon crâne pendant que sa langue s'enroule à la mienne et que ses coups de reins m'emportent. Je la tiens par les hanches et lui fait accélérer le mouvement. J'entends l'eau déborder de partout mais je m'en fiche.

C'est elle que je veux. Comme ça.

Cette femme miraculeuse qui gémit dans ma bouche. Encore. Encore. Encore.

Elle se donne à moi. Me baise.

— Ah...

Le plaisir monte dans sa gorge

— C'est bon, bébé.

Elle m'enserre comme un étau, puis crie quand son orgasme explose autour de moi.

Je l'enlace, la serre contre moi comme si je me dissolvais et me perdais en elle.

— Ana !

Jamais je ne la laisserai partir. Jamais.

Elle m'embrasse doucement l'oreille.

— C'était..., susurre-t-elle.

— Oui.

Je la redresse pour pouvoir la regarder. Elle semble vidée, rassasiée. J'imagine que je dois avoir la même tête.

— Merci…

Elle me regarde, perplexe.

— Merci de ne pas m'avoir touché.

Ses traits s'adoucissent. Elle lève la main. Je me raidis. Mais elle secoue la tête et se contente de faire passer son doigt sur mes lèvres.

— Tu as dit que c'était une limite à ne pas franchir. Je comprends.

Elle se penche vers moi et me donne un baiser. Encore une fois, cette sensation nouvelle monte dans ma poitrine, inconnue et dangereuse.

— On va au lit ? À moins que tu ne doives rentrer chez ta mère ?

Je suis troublé par mes émotions. Où vont-elles m'emmener ? Cela m'inquiète.

— Non. Je peux passer la nuit ici.

— Alors parfait. Reste.

Je me lève, sors de la baignoire pour aller nous chercher des serviettes, et masquer mon trouble.

Je l'enveloppe d'un drap de bain, passe l'autre autour de ma taille et en lâche un troisième par terre dans l'espoir d'éponger l'eau qu'on a mise partout. Ana fait une halte aux lavabos pendant que je vide la baignoire.

Elle se lave les dents avec ma brosse. Ça me fait sourire. De retour dans la chambre, je prends mon téléphone. Un appel manqué : Taylor.

Je lui envoie un SMS.

« Tout va bien ? Je serai sur
le terrain à 6 heures. »

« C'est pour cela que j'appelais. Beau temps prévu. Je
vous retrouve là-bas. Bonsoir, monsieur. »

Je vais emmener Mlle Steele faire du planeur !
Cette simple idée me donne le sourire, un sourire qui
s'élargit quand je vois Ana sortir de la salle de bains,
drapée dans sa serviette.

— Je cherche mon sac à main, déclare-t-elle d'une
petite voix.

— Je crois que tu l'as laissé dans le salon.

Pendant qu'elle va le récupérer, je vais me laver les
dents, sachant que ma brosse sort tout juste de sa
bouche.

Quand je reviens dans la chambre, je me débarrasse de la serviette, tire les draps et m'allonge en
attendant Ana.

Quelques instants plus tard, elle apparaît. Elle jette
sa serviette à son tour et s'étend à côté de moi, nue
avec son seul sourire comme parure. On se fait face,
chacun avec un oreiller dans les bras.

— Tu as sommeil ?

Je sais qu'on doit se lever tôt demain, et il est près
de 23 heures.

— Non, je ne suis pas fatiguée, répond-elle, les
yeux pétillants.

— Tu veux faire quoi ?

Encore baiser ?

— Parler.

Parler ? Oh non... Je souris, résigné.

— De quoi ?

— De plein de trucs.

— Quels trucs ?

— De toi.

— Par exemple ?

— C'est quoi, ton film préféré ?

J'aime bien ses salves de questions.

— Pour l'instant, c'est *La Leçon de piano*.

Elle me regarde avec un grand sourire.

— Ça ne m'étonne pas. La bande sonore est tellement triste. Tu sais la jouer, évidemment ? Vous
réussissez tellement de choses, monsieur Grey.

— Et ma plus grande réussite, c'est vous, mademoiselle Steele.

Son sourire grandit encore.

— Donc, je suis le numéro dix-sept.

— Dix-sept ?

— Le nombre de femmes avec qui tu as, euh...
couché.

Oh merde...

— Pas exactement.

Son sourire s'évanouit.

— Tu m'avais dit quinze ? Je suis perdue.

— Quinze, c'est le nombre de femmes qui sont
venues dans ma salle de jeux. Tu ne m'as pas
demandé avec combien de femmes j'avais couché.

— Ah ! (Elle me regarde avec de grands yeux.)
Les Vanilles ?

— Non. Tu es mon unique conquête vanille.

Pour une raison qui m'échappe, cette constatation m'emplit de joie.

— Alors ? Combien ?

— Je ne peux pas te dire combien. Je n'ai pas fait d'encoches sur ma tête de lit.

— On parle de quoi, là... des dizaines, des centaines... des milliers ?

— Tu pousses un peu, quand même. Des dizaines.

— Toutes des soumises ?

— Oui.

— Arrête de rigoler !

Elle tente de prendre un air vexé, mais ça ne marche pas.

— Impossible, Ana. Tu es trop drôle.

Nous voir comme ça face à face, ça a quelque chose de grisant.

— Drôle bizarre ou drôle ha, ha ?

— Un peu des deux, tu sais bien.

— Tu peux parler.

Je l'embrasse sur le bout du nez pour la préparer.

— Je vais te choquer, Anastasia. Prête ?

Elle attend, le regard pétillant.

Allez, dis-lui !

— Toutes des soumises en formation, pendant que je me formais moi-même. Il y a des endroits, à Seattle ou dans les environs, où on peut apprendre à faire ce que je fais.

— Oh !

— Ouais, j'ai payé, Anastasia.

— Pas de quoi se vanter. Et tu as raison... je suis profondément choquée. Et vexée de ne pas pouvoir te choquer, toi.

— Tu as porté mon boxer.

— Ça t'a choqué ?

— Oui. Et tu es venue dîner chez mes parents sans culotte.

Son sourire est revenu.

— Ça t'a choqué, ça aussi ?

— Oui.

— J'ai l'impression qu'il n'y a qu'au département lingerie que je peux te choquer.

— Tu m'as dit que tu étais vierge. Ça a été le plus grand choc de ma vie.

— Oui, en effet, tu aurais dû voir ta tête !

Elle éclate de rire à ce souvenir.

— Tu m'as laissé te cravacher.

Et moi je souris béatement comme ce con de chat du Cheshire. Quand ai-je été ainsi étendu nu à côté d'une femme ? Juste pour parler ?

— Ça t'a choqué ?

— Ouais.

— Bon, alors peut-être que je te laisserai recommencer.

— Je l'espère, mademoiselle Steele. Ce week-end ?

— D'accord.

— D'accord ?

— Oui. On retourne dans la Chambre rouge de la Douleur.

— Tu dis mon prénom.

— Et ça te choque, ça ?

— Ce qui me choque, c'est que ça me plaise.

— Christian, me dit-elle tout bas.

Et en entendant mon nom chuchoté, une onde de chaleur traverse tout mon corps.

580

Ana…

— Je veux faire un truc avec toi, demain.

— Quoi ?

— Une surprise. Pour toi.

Elle bâille.

Ça suffit. Elle est épuisée.

— Je vous ennuie, mademoiselle Steele ?

— Jamais.

Je me penche pour déposer un léger baiser sur sa bouche.

— Dors.

J'éteins la lumière.

Quelques instants plus tard, j'entends sa respiration régulière. Elle est tombée comme une masse. Je remonte le drap sur elle, roule sur le dos et fixe le ventilateur au plafond.

Finalement, parler ce n'est pas si mal. La journée s'est bien terminée. Merci, Elena…

Et avec un sourire apaisé, je m'endors.

Jeudi 2 juin 2011

« Non, ne me quitte pas. »

Ces mots s'insinuent dans mon sommeil. Je remue et me réveille.

C'était quoi ça ?

Je regarde autour de moi. Où suis-je ? Ah oui. Savannah…

— Non, s'il te plaît. Ne me quitte pas.

C'est Ana.

— Je ne vais nulle part.

Je suis encore tout ensommeillé. Je me redresse sur un coude, troublé. Elle est pelotonnée à côté de moi. Elle paraît dormir.

— Je ne te quitterai pas, marmonne-t-elle.

À ces mots, je frémis.

— C'est une très bonne nouvelle.

Elle soupire.

— Ana ?

Mais elle ne réagit pas. Elle a les yeux fermés. Elle dort. Elle doit rêver… mais de quoi ?

— Christian, dit-elle.

Je réponds par réflexe :

— Oui.

Mais elle ne dit rien d'autre. Elle est toujours dans les bras de Morphée. J'ignorais qu'elle parlait dans son sommeil.

Je la regarde, fasciné. Son visage est éclairé par la lumière du salon. Ses sourcils se froncent un moment, comme si une pensée déplaisante l'envahissait, puis reprennent leur place. Ses lèvres s'entrouvrent, ses traits sont détendus. Comme elle est belle !

Elle ne veut pas que je m'en aille. Et elle ne veut pas partir non plus. La candeur de cette déclaration me traverse comme une brise d'été, laissant dans son sillage une douce chaleur et de l'espoir.

Non, elle ne va pas me quitter. *Tu l'as ta réponse, Grey !*

Je lui souris. Elle semble apaisée. Elle ne parle plus. Je consulte l'heure sur le radioréveil. 4 h 57.

C'est l'heure de se lever de toute façon, et je suis plein d'entrain. Je vais voler. Avec Ana. J'adore faire du planeur. Je l'embrasse doucement sur la tempe, sors du lit et me rends dans le salon. Je commande un petit déjeuner et consulte le service de météo locale.

Encore un jour de canicule, avec beaucoup d'humidité. Pas de pluie prévue.

Je me douche rapidement, me sèche, puis récupère les vêtements d'Ana dans la salle de bains et les dépose sur une chaise à côté du lit. En ramassant sa culotte, je repense à la façon dont elle a déjoué mon plan quand je la lui ai subtilisée. L'arroseur arrosé !

Chère mademoiselle Steele. Après notre première nuit ensemble... « Ah, au fait je porte un de tes boxers », m'avait-elle dit en tirant sur l'élastique pour que je voie le logo Calvin Klein…

Je secoue la tête. Je sors de l'armoire deux boxers et en dépose un sur sa chaise. J'aime bien quand elle porte mes affaires.

Elle marmonne à nouveau dans son sommeil. Je crois l'entendre dire le mot « cage », mais je n'en suis pas sûr.

À quoi rêve-t-elle ?

Elle dort à poings fermés pendant que je m'habille. Au moment où j'enfile mon tee-shirt, on frappe à la porte. C'est le petit déjeuner : viennoiseries, café pour monsieur, Twinings English Breakfast Tea pour madame. Une chance que l'hôtel ait en réserve sa marque de thé préférée.

Il est temps de se lever, mademoiselle Steele.

— Des fraises, marmonne-t-elle au moment où je m'assois à côté d'elle.

Des fruits, maintenant ?

— Anastasia.

Je la secoue doucement.

— Non… j'en veux plus.

Je le sais. Et moi aussi.

— Allez, bébé.

Je continue à lui parler pour la réveiller.

— Non, je veux te toucher.

Merde.

— Réveille-toi.

Je me penche vers elle et commence à lui mordiller l'oreille.

— Non…

Elle ferme les yeux plus fort encore.

— Debout, bébé. Attention, je vais allumer.

J'appuie sur l'interrupteur et une douche de lumière lui tombe dessus. Elle grimace.

— Non, gémit-elle.

Son refus de se lever m'amuse. C'est si nouveau aussi. Dans mes relations précédentes, une soumise qui ne se réveillait pas rapidement pouvait s'attendre à être punie.

Je lui murmure à l'oreille :

— Je veux aller chasser l'aube avec toi.

Je lui embrasse la joue, les paupières, le bout de son nez, et puis les lèvres.

Elle ouvre enfin les yeux.

— Bonjour, ma belle.

Elle les referme. Et pousse un grognement.

— Visiblement, tu n'es pas du matin.

Elle ouvre un œil, et m'observe.

— Je pensais que tu voulais baiser, dit-elle, avec un soulagement ostensible.

Ma joie retombe aussitôt.

— Anastasia, j'ai tout le temps envie de baiser avec toi. Ça me fait chaud au cœur de savoir que c'est pareil pour toi.

— Évidemment, mais pas si tard dans la nuit.

Elle enfouit sa tête sous l'oreiller.

— Il n'est pas tard, il est tôt. Allez, debout. On sort. Pour le sexe, c'est partie remise.

— Je faisais un si beau rêve.

— Tu rêvais de quoi ?

Elle soupire, pleine de regret.

— De toi.

Son visage s'illumine.

— Qu'est-ce que je faisais, cette fois ?

— Tu essayais de me faire manger des fraises, répond-elle d'une petite voix.

Tout s'explique…

— Le Dr Flynn s'en donnerait à cœur joie. Allez, debout, habille-toi. Ne prends pas ta douche, on fera ça plus tard.

Elle proteste mais finit par s'asseoir. Elle ne remarque pas le drap qui tombe sur ses hanches, dévoilant sa poitrine. Mon sexe tressaille. Avec ses cheveux emmêlés, qui lui tombent sur les épaules et les seins, elle est sublime. Je refoule mon excitation et me lève pour lui laisser plus de place dans le lit.

— Il est quelle heure ? demande-t-elle d'une voix ensommeillée.

— 5 h 30.

— J'ai l'impression qu'il est 3 heures.

— Dépêche-toi. Je t'ai laissée dormir aussi longtemps que possible. Allez.

J'ai envie de la traîner hors du lit et de l'habiller moi-même. J'ai tellement hâte de voler.

— Je ne peux pas prendre une douche ?

— Si tu prends ta douche, j'aurai envie de la prendre avec toi, et on sait comment ça va finir – la journée va y passer. Allez, remue-toi !

Elle me regarde, comme si elle avait affaire à un gamin.

— On fait quoi ?

— C'est une surprise, je te l'ai déjà dit.

Elle secoue la tête et me sourit, amusée et attendrie.

— D'accord.

586

Elle sort du lit, en tenue d'Ève, et aperçoit ses habits sur la chaise. Je suis ravi qu'elle ne soit pas aussi pudique qu'au début. Un effet sans doute du sommeil ? Elle enfile mon boxer et me retourne un grand sourire.

— Je te laisse t'habiller.

Je me rends dans le salon, m'installe à la table et me sers du café.

Elle me rejoint quelques minutes plus tard.

— Mange.

Je lui fais signe de s'asseoir. Elle se fige, et me regarde bizarrement, comme si quelque chose la troublait. Il serait temps qu'elle se réveille !

— Anastasia.

Elle bat des paupières et revient sur terre.

— Je veux juste du thé. J'emporterai un croissant pour plus tard.

Tu ne vas rien avaler !

— Pas de caprice, Anastasia.

— Je mangerai plus tard, quand mon estomac sera réveillé, vers 7 h 30… d'accord ?

— Bon, d'accord.

Je ne peux pas la gaver de force… Elle me fixe avec défi.

— J'ai envie de lever les yeux au ciel.

Oh Ana, ne recommence pas.

— Ne te gêne surtout pas, tu me feras plaisir.

Par bravade, elle se met à contempler le détecteur de fumée au plafond.

— Une bonne fessée me réveillerait peut-être ? déclare-t-elle, comme si elle se posait réellement la question.

Tu es sérieuse, là ? Ça ne marche pas comme ça, Anastasia !

— D'un autre côté, poursuit-elle avec un sourire taquin, je ne tiens pas à t'échauffer, il fait déjà bien assez chaud à Savannah.

— Toujours aussi insolente, mademoiselle Steele. (Mais je ne parviens pas à prendre un air sévère.) Buvez votre thé.

Elle s'assoit et avale deux gorgées.

— Dépêche-toi. Il faut qu'on y aille.

J'ai hâte de partir. Ce n'est pas la porte à côté.

— Où allons-nous ?

— Tu verras.

Arrête de sourire comme un benêt, Grey !

De son côté, elle a une moue dépitée. *Allons, mademoiselle Steele, ne soyez pas aussi curieuse !* Je remarque qu'elle ne porte que son caraco et son jean. Là-haut, elle va avoir froid.

— Finis ton thé.

Je me lève et vais dans la chambre prendre un sweat. Ça devrait faire l'affaire. J'appelle les voituriers pour les prévenir de notre arrivée.

— Je suis prête, m'annonce-t-elle à mon retour dans le salon.

Quand je lui lance le sweat, elle me regarde étonnée.

— Tu vas en avoir besoin.

Je l'embrasse, lui saisis la main et l'emmène vers les ascenseurs. Un employé de l'hôtel – un certain Brian, à en croire son badge – attend l'arrivée d'une cabine.

— Bonjour, messieurs dames ! nous lance-t-il gaiement alors que les portes s'ouvrent.

Je jette un regard amusé à Ana. *Pas de tripotages dans l'ascenseur ce matin !*

Elle aussi sourit et baisse la tête, en rosissant. Elle sait très bien à quoi je pense. Quand nous arrivons au rez-de-chaussée, Brian nous souhaite une bonne journée.

Dehors, devant l'entrée, un voiturier nous attend à côté de la Mustang. Ana hausse les sourcils, impressionnée par la GT500. Oui, c'est un plaisir de la conduire, même si ce n'est qu'une Mustang.

— Tu sais, parfois c'est génial d'être moi !

Avec une petite courbette, je lui ouvre la portière.

— On va où ?

— Tu verras.

Je m'installe au volant et démarre. Au feu rouge, j'entre l'adresse de l'aérodrome dans le GPS. Direction l'autoroute I-95, m'indique l'appareil. J'allume mon iPod grâce aux commandes au volant, et la musique emplit l'habitacle.

— Qu'est-ce que c'est ?

— Un air de *La Traviata* de Verdi.

— Qu'est-ce que ça veut dire, *La Traviata* ?

Je la regarde avec un petit sourire.

— Littéralement, « la femme dévoyée ». Le livret est tiré de *La Dame aux camélias* d'Alexandre Dumas.

— Je l'ai lu.

— Ça ne m'étonne pas.

— C'est l'histoire d'une courtisane condamnée. Et, pour elle, ça finit mal.

— Tu trouves ça trop déprimant ?

Ne nous sapons pas le moral, mademoiselle Steele. En particulier quand une journée s'annonce si belle.

— Tu veux écouter autre chose ? Regarde sur mon iPod.

Je tapote sur l'écran pour afficher la liste de lecture.

— Choisis.

Je me demande si elle va trouver son bonheur dans mes morceaux. Elle fait défiler la liste, l'air très concentré. Elle sélectionne un titre. Les violons de Verdi s'arrêtent et sont remplacés par les *boum ! boum !* de Britney Spears.

— *Toxic*, vraiment ?

Elle veut me faire passer un message ? *Qui est toxique ? Moi ?*

— Oui. Pourquoi pas ? répond-elle, d'un air innocent.

Quoi ? Elle voudrait que je porte un écriteau « Attention Danger » ?

Mlle Steele veut jouer. Alors jouons !

Je baisse la musique. Il est un peu tôt pour ce remix techno, et pour les souvenirs.

« La soumise demande humblement l'iPod du maître. »

Je cesse d'étudier les chiffres que j'ai sous les yeux et la regarde s'agenouiller à mes pieds, tête baissée.

Elle a été exceptionnelle ce week-end. Je ne peux lui refuser.

« Bien sûr, Leila. Prends-le. Je crois qu'il est sur sa base. »

« Merci, maître », dit-elle en se relevant avec sa grâce habituelle, la tête toujours parfaitement baissée.

Bonne petite !

Elle ne porte que les escarpins rouges. Et perchée sur ses talons aiguilles, elle va chercher sa récompense.

— Ce n'est pas moi qui ai téléchargé ça sur mon iPod.

Je lui dis ça d'un ton léger, et j'enfonce la pédale de l'accélérateur. La poussée nous plaque au fond de nos sièges. Mais, malgré le bruit du moteur, j'entends le soupir exaspéré d'Ana.

Pendant que Britney Spears pousse ses vocalises lascives, Ana tapote sa cuisse du bout des doigts, agacée, la tête tournée vers la fenêtre. La Mustang avale les kilomètres. Il n'y a personne sur la voie express et les premières lueurs de l'aube pâlissent dans le ciel derrière nous.

Elle pousse encore un soupir quand Damien Rice prend la suite.

Allez, abrège son supplice, Grey. Je ne sais si c'est ma bonne humeur, ou notre conversation de la nuit dernière, ou le fait que je vais faire du planeur, mais j'ai envie de tout lui dire.

— C'est Leila.

— Leila ?

— Une ex. C'est elle qui a mis ce morceau dans l'iPod.

— L'une des quinze ?

J'ai toute son attention.

— Oui.

— Qu'est-ce qu'elle est devenue ?

— On a rompu.

— Pourquoi ?

— Elle en voulait plus.

— Pas toi ?

Je la regarde et secoue la tête.

— Je n'ai jamais voulu aller plus loin avant de te rencontrer.

Je reçois un sourire radieux en réponse.

Oui, Ana. Moi aussi, j'en veux plus. Avec toi.

— Et les autres ?

— Tu veux une liste ? Divorcée, décapitée, morte ?

— Tu n'es pas Henri VIII.

— Je n'ai eu de relation à long terme qu'avec quatre femmes, à part Elena.

— Elena ?

— Mrs Robinson.

Elle ne dit plus rien. Je sais qu'elle me scrute. Je garde les yeux rivés à la route.

— Qu'est-ce qui s'est passé avec les quatre ?

— Toujours aussi curieuse, mademoiselle Steele ?

— Et toi, tu ne poses jamais de questions indiscrètes, monsieur « Tes règles commencent quand » ?

— Anastasia, c'est important pour un homme de savoir ces choses-là.

— Vraiment ?

— Pour moi, en tout cas.

— Pourquoi ?

— Parce que je ne veux pas que tu tombes enceinte.

— Moi non plus ! Du moins, pas avant quelques années, précise-t-elle avec une pointe de déception.

Bien sûr. Et ce sera avec un autre... cette pensée me perturbe. Ana est à moi.

— Tu ne m'as toujours pas dit ce qui s'était passé avec les quatre.

— L'une d'elles a rencontré quelqu'un. Les trois autres en voulaient… plus. Ça ne m'intéressait pas à l'époque.

— Et les autres ?

Pourquoi ai-je abordé ce sujet. Pourquoi ?

— Ça n'a pas collé, c'est tout.

Elle hoche la tête, et regarde à nouveau par la fenêtre, pendant qu'Aaron Neville chante *Tell It Like It Is.*

— On va où ?

Ce n'est plus très loin.

— Dans un aérodrome.

— On rentre à Seattle ? s'inquiète-t-elle.

— Non, Anastasia, on va s'adonner à mon deuxième passe-temps favori.

— Le deuxième ?

— Ouais. Je t'ai déjà dit lequel était mon préféré.

Elle paraît complètement perdue. Je l'éclaire :

— M'adonner à vous, mademoiselle Steele. De toutes les façons possibles.

Elle baisse les yeux, se mordille la lèvre.

— Eh bien, moi aussi, c'est au sommet de la liste de mes priorités.

— Je suis ravi de l'entendre.

— Alors, l'aérodrome ?

Je lui adresse un grand sourire.

— Du planeur. On va chasser l'aube, Anastasia.

Je prends à gauche pour rejoindre le terrain d'aviation et me gare devant le hangar du centre aéronautique de Brunswick.

— Tu es partante ?

— Oui.

— Tu veux t'envoler avec moi ?

— Oui ! supplie-t-elle, son visage rayonnant de joie. S'il te plaît !

J'aime sa manière d'être toujours volontaire et enthousiaste pour de nouvelles expériences. Je me penche vers elle pour l'embrasser.

— Encore une première, mademoiselle Steele.

Dehors il fait frais, mais pas froid. Le ciel est moins sombre, et un blanc nacré apparaît à l'horizon. J'ouvre la portière d'Ana. Je la prends par la main et l'entraîne vers le bâtiment.

Taylor nous attend en compagnie d'un jeune type en short et sandales.

— Monsieur Grey, voici votre pilote remorqueur, M. Mark Benson, annonce Taylor.

Je lâche Ana pour saluer le pilote. Il a un regard un peu allumé.

— Vous allez avoir une belle matinée, monsieur Grey, annonce Benson. Le vent de nord-est, vitesse dix nœuds. Il y aura donc une belle convergence le long du rivage qui devrait vous porter un bon moment.

Benson est anglais, et il a une poignée de main virile.

— Cela s'annonce bien.

Je regarde Ana qui échange une petite plaisanterie avec Taylor.

— Anastasia, viens !

— À plus tard, lance-t-elle à Taylor.

Je ferme les yeux sur sa familiarité avec mon personnel et la présente à Benson.

— Monsieur Benson, voici mon amie, Anastasia Steele.

— Enchantée, dit-elle.

Benson, tout sourire, lui serre la main.

— Moi de même. Si vous voulez bien m'accompagner.

— On vous suit.

Je prends la main d'Ana et nous lui emboîtons le pas.

— On a un Blaník L-23 prêt à décoller. C'est de la construction à l'ancienne. Mais très maniable.

— Parfait. J'ai appris sur un Blaník. Un L-13.

— On n'a jamais de mauvaise surprise avec Blaník. Je suis très fan de ces modèles. Bien sûr le L-23 est plus efficace pour la voltige.

Je suis d'accord avec lui.

— Je vous remorque avec un Piper Pawnee. Je vous monte à trois mille pieds et je vous lâche. Cela devrait vous donner une bonne durée de vol.

— J'espère. La couverture nuageuse est de bon augure.

— Il est encore un peu tôt pour avoir beaucoup de gros ascendants. Mais on ne sait jamais. Dave, mon coéquipier, vous tiendra l'aile. Il est aux petits coins.

« Les petits coins. » Il n'y a qu'un Anglais pour dire ça !

— Vous volez depuis longtemps ?

— Depuis que je suis entré à la RAF. Mais je pilote ces avions à trains classiques depuis cinq ans. En cas de besoin, on est sur la fréquence 122,3.

— D'accord.

Le L-23 a l'air en bon état. Je note son immatriculation. Novembre. Papa. Trois. Alpha.

— D'abord, il faut mettre votre parachute, avertit Benson à l'intention d'Ana, en en sortant un du cockpit.

— Je m'en occupe.

Je prends le parachute des mains de Benson avant que celui-ci n'ait la moindre chance d'approcher Ana.

— Je vais chercher du ballast, annonce-t-il en se dirigeant vers son avion.

— Décidément, tu aimes bien m'attacher.

— Vous n'imaginez pas à quel point, mademoiselle Steele. Allez, passe tes jambes dans ces sangles.

Je lui présente les boucles. Pour garder son équilibre, elle s'appuie sur mon épaule. Je tressaille, prêt à sentir les ténèbres déployer leurs tentacules, mais il ne se passe rien. C'est curieux. Je ne sais jamais ce que je vais éprouver quand c'est elle qui me touche. Une fois les boucles refermées sur ses cuisses, je lui passe les sangles aux épaules et serre le tout.

Elle est tellement bandante harnachée comme ça !

Elle serait vraiment sexy attachée en l'air, bras et jambes en croix dans ma salle de jeux, sa bouche et son sexe offerts à moi. Malheureusement, elle a refusé la suspension.

— Voilà, tu es présentable.

Je m'efforce de chasser de mes pensées cette image excitante.

— Tu as encore ton élastique ?

— Tu veux que je m'attache les cheveux ?

— Oui.

Elle m'obéit sans discuter. Ça change !

— Allez, hop, à bord !

Je lui tends la main pour l'aider à grimper. Elle veut s'asseoir à l'arrière.

— Non, devant. C'est le pilote qui s'assoit derrière.

— Mais tu ne verras rien ?

— J'en verrai bien assez !

Je la verrai elle, je verrai son plaisir. Enfin, si elle aime…

Elle s'installe à bord, je finis de boucler son harnais et vérifie les sangles.

— Hé, deux fois dans une matinée. C'est mon jour de chance.

Je me penche pour l'embrasser. Elle brûle d'impatience et irradie de joie.

— Ça ne va pas durer longtemps. Vingt minutes, trente au maximum. Les thermiques ne sont pas terribles aussi tôt le matin, mais là-haut, à cette heure-ci, c'est magnifique. Tu n'es pas nerveuse, j'espère ?

— Non, excitée, me rassure-t-elle, ravie.

— Tant mieux.

Je fais courir mon index sur sa joue, puis enfile à mon tour mon parachute et grimpe à bord.

Benson revient avec le ballast. Il s'assure que les sangles d'Ana sont bien serrées.

— Parfait. Tout est OK. C'est votre première fois ? lui demande-t-il.

— Oui.

— Vous allez vous régaler.

— J'en suis sûre, monsieur Benson.

— Appelez-moi Mark.

Je rêve ! Il la drague ? Il se tourne vers moi. *Enfin !*

— C'est bon ?

— Ouais. On y va.

J'ai hâte d'être en l'air et de le savoir loin de ma copine.

Benson referme la verrière et se dirige vers le Piper. À tribord, j'aperçois Dave, le coéquipier de Benson, qui tient le bout de l'aile. Je fais les contrôles d'usage. Palonnier (j'entends la gouverne de direction pivoter derrière moi) ; manche – droite, gauche (un coup d'œil vers les ailes pour m'assurer de la réponse des ailerons) ; puis haut bas (j'entends s'actionner la gouverne de profondeur).

Parfait. Paré.

Benson monte dans le Piper et le monomoteur s'ébranle presque immédiatement, rompant le calme du petit matin. Quelques instants plus tard, son avion avance et tend le câble. On va décoller. J'affine la position des volets alors que le Piper prend de la vitesse puis je tire doucement sur le manche. On s'envole bien avant que Benson n'ait quitté le sol.

— C'est parti, bébé !

— Tour de Brunswick, Delta Victor, cap au deux-sept-zéro.

C'est Benson à la radio. Je garde le silence. Nous prenons de l'altitude. Nous montons, toujours plus haut. Le L-23 répond bien. J'observe Ana. Elle regarde de droite à gauche, voulant profiter au maximum du paysage. Je suis sûr qu'elle sourit.

On met le cap plein ouest, avec le soleil derrière nous. On double l'I-95. J'aime la paix qu'il y a là-haut. On est si loin de tout, si loin du reste du monde. Il n'y a que moi et l'engin, à la recherche de courants ascendants. Jamais je n'aurais imaginé partager ça avec quelqu'un. La lumière est belle, chatoyante, comme je l'avais rêvé… pour Ana et moi.

Quand je consulte l'altimètre, on approche des trois mille pieds, et on vole à cent cinq nœuds. La voix de Benson crépite dans le haut-parleur, m'informant qu'on peut se décrocher.

— Bien reçu. On largue.

Je nous libère et le Piper disparaît. J'amorce une longue courbe pour nous orienter au sud-ouest et surfer sur le vent. Ana piaffe d'excitation. Encouragé par sa réaction, je poursuis la spirale, espérant profiter de convergences au-dessus de la côte ou de thermiques sous les nuages roses – la présence de petits cumulus indique des courants porteurs, même s'il est tôt.

La joie, le plaisir sont immenses. C'est enivrant. Espiègle, je crie à Ana :

— Accroche-toi !

Et je nous lance dans un tonneau. Elle pousse un cri, elle tend les bras pour se cramponner à la verrière. Quand je nous rétablis, je l'entends rire. Il n'y a pas plus belle récompense pour un homme. Et je ris avec elle.

— Heureusement que je n'ai pas mangé ce matin !

— Oui, je pense que c'était une bonne idée, parce que je vais recommencer.

Cette fois, elle s'accroche à son harnais et regarde le sol sous elle, tandis que nous volons tête en bas.

Elle glousse de plaisir, ses rires se mêlent au bruissement du vent.

— C'est magnifique, non ?

— Oui.

Le vol sera court. Il n'y a pas beaucoup de courants ascendants par ici. Mais je m'en fiche. Ana est heureuse… alors moi aussi.

— Tu vois le manche à balai devant toi ? Prends-le.

Elle veut se tourner vers moi, mais elle est sanglée trop serré pour bouger.

— Allez, Anastasia, prends-le !

Mon manche bouge entre mes jambes et je sais qu'elle a le sien dans les mains.

— Tiens-le bien… Tu vois le cadran du milieu ? L'aiguille doit être en plein centre.

On continue de voler en ligne droite, le brin de laine est bien vertical.

— Bravo, ma belle.

Mon Ana. Toujours prête à relever les défis. Curieusement, je suis très fier d'elle.

— Ça m'étonne que tu me laisses prendre le contrôle !

— Si vous saviez tout ce que je vous laisserais faire, mademoiselle Steele, vous seriez encore plus étonnée. Allez, je reprends la main.

De nouveau aux commandes, je mets le cap vers le terrain alors que nous commençons à perdre de l'altitude. Je pense pouvoir atterrir là-bas. Par radio, je préviens Benson – ou quiconque est à l'écoute – que nous sommes de retour et que je vais accomplir une autre boucle pour nous rapprocher du sol.

— Accroche-toi, bébé. Ça risque de secouer.

Je fais piquer le L-23 et le place dans l'axe de la piste. On touche le sol dans une secousse et je parviens à garder les deux ailes à l'horizontale jusqu'à l'arrêt complet. Je déverrouille la verrière, l'ouvre, détache mon harnais et saute par terre.

Je m'étire les bras et les jambes, défais mon parachute, et lance un sourire à Mlle Steele qui a les joues en feu.

— Alors, c'était comment ?

Je me penche dans le cockpit pour la détacher.

— Extraordinaire. Merci.

Ses yeux pétillent de joie.

— C'était... plus ?

J'espère qu'elle va entendre l'espoir dans ma voix.

— Beaucoup plus.

Soudain, j'ai l'impression d'être le roi du monde.

— Viens.

Je lui tends la main et l'aide à s'extraire du planeur. Au moment de sauter au sol, elle tombe dans mes bras et s'accroche à moi. Avec toute l'adrénaline que j'ai sécrétée pendant le vol, mon corps réagit immédiatement à ce doux contact. Dans l'instant, je lui empoigne les cheveux, je la renverse en arrière pour pouvoir l'embrasser. Mes mains descendent le long de ses reins, la plaquent contre mon érection. Et ma bouche prend la sienne dans un long et profond baiser.

J'ai envie d'elle.

Là.

Maintenant.

Sur l'herbe.

C'est ce qu'elle veut aussi. Ses doigts s'enfoncent dans mes cheveux, s'accrochent à moi. Tout son corps me quémande, me supplie. Elle s'offre à moi comme un matin glorieux.

Je m'arrête pour reprendre mon souffle et mes esprits. *Pas sur une piste d'atterrissage !*

Ses yeux flamboient, m'implorent.

Ne me regarde pas comme ça, Ana !

— On va manger ?

Il faut réagir tant qu'il me reste un soupçon de volonté. J'attrape sa main et la ramène vers la voiture.

— Et le planeur ? bredouille-t-elle tandis qu'elle trotte derrière moi.

— Ils vont s'en occuper. (C'est pour ça que je paie Taylor.) Allons prendre ce petit déjeuner.

Elle me suit, toute joyeuse. Jamais, je crois, je ne l'ai vue si rayonnante. Et son bonheur est contagieux. Moi non plus je ne me suis jamais senti aussi bien. Et j'ai toujours ce grand sourire niais quand je lui ouvre la portière. C'est plus fort que moi.

Accompagnés par les Kings of Leon, nous quittons l'aérodrome pour rattraper l'I-95.

Après quelques kilomètres, le BlackBerry d'Ana sonne.

— Qu'est-ce que c'est ?

— Une alarme pour me rappeler de prendre ma pilule.

— Très bien, bravo. Je déteste les capotes.

Je crois la voir lever les yeux au ciel, mais je n'en suis pas certain.

— Ça m'a fait plaisir, que tu m'aies présentée à Mark comme ton amie, déclare-t-elle, changeant de sujet.

— Tu l'es, non ?

— Ah bon ? Je croyais que tu voulais une soumise ?

— Oui, Anastasia, et c'est toujours le cas. Mais je te l'ai déjà dit, moi aussi, je veux plus.

— J'en suis vraiment très heureuse.

— Vous satisfaire est notre priorité, mademoiselle Steele.

Sur ce, je me gare devant l'International House of Pancakes.

— On va manger chez IHOP ?

Elle n'en revient pas.

Je coupe le V8 de la Mustang.

— J'espère que tu as faim.

— Je ne te voyais pas dans un endroit comme ça.

— Mon père nous y emmenait chaque fois que ma mère participait à un colloque à l'étranger. C'était notre petit secret.

On s'installe dans un box, assis l'un en face de l'autre. Je ramasse un menu et regarde Ana coincer ses cheveux derrière ses oreilles pour examiner ce que IHOP propose au petit déjeuner. Elle s'en pourlèche les lèvres d'envie.

Mon désir monte dans l'instant.

— Ça y est, je sais ce que je veux.

Serait-elle prête à faire un tour aux toilettes avec moi ? Ses yeux se vrillent aux miens, ses pupilles s'agrandissent.

— Je veux la même chose que toi, me murmure-t-elle en retour.

Comme toujours, Mlle Steele ne recule devant rien.

— Ici ?

Tu es sûre, Ana ? Elle jette un regard circulaire dans le restaurant tranquille, puis reporte son attention sur moi, le visage grave mais néanmoins vibrant de désir et de promesses.

— Arrête de te mordiller la lèvre.

Malgré mon envie d'elle, je ne veux pas la baiser dans les toilettes d'un IHOP. Elle mérite mieux que ça, et moi aussi d'ailleurs.

— Pas ici, pas maintenant. Et puisque je ne peux pas te prendre ici, ne me tente pas.

Une serveuse rousse vient nous interrompre :

— Bonjour, je m'appelle Leandra. Qu'est-ce qui vous ferait plaisir… euh… aujourd'hui… ce matin ?

Je l'ignore.

— Anastasia ?

— Je te l'ai déjà dit, je veux la même chose que toi.

Merde. C'est comme si elle parlait à ma queue !

— Vous voulez prendre encore une minute pour décider ? demande la serveuse.

— Non. Nous savons ce que nous voulons. (Je suis incapable de quitter Ana des yeux.) Donnez-nous deux portions de pancakes au babeurre avec du sirop d'érable et du bacon, deux verres de jus d'orange, un café noir avec du lait écrémé, et un thé English Breakfast, si vous avez.

604

Ana me sourit.

— Merci, monsieur. Ce sera tout ? bredouille la jeune femme, embarrassée.

Je la congédie d'un regard. Elle détale comme une souris.

— Tu sais, ça n'est vraiment pas juste.

— Qu'est-ce qui n'est pas juste ?

— La façon dont tu désarmes les gens. Les femmes. Moi.

— Je te désarme ?

— Tout le temps.

— Ce n'est qu'une question de physique, Anastasia.

— Non, Christian. C'est bien plus que ça.

Elle se trompe. C'est l'inverse. Je lui répète que c'est elle qui me désarme.

Elle fronce les sourcils.

— C'est ça qui t'a fait changer d'avis ?

— Changer d'avis ?

— Oui. Pour… euh… nous deux ?

J'aurais changé d'avis ? Je pensais juste avoir lâché un peu de lest.

— Je ne crois pas avoir changé d'avis. Il s'agit simplement de redéfinir nos paramètres, nos lignes de combat, si tu veux. Ça peut marcher, j'en suis sûr. Je veux que tu sois soumise dans la salle de jeux. Je te punirai si tu transgresses les règles. Mais autrement… eh bien, ça se discute. Voilà mes exigences, mademoiselle Steele. Qu'en dites-vous ?

— Je peux dormir avec toi ? Dans ton lit ?

— C'est ça que tu veux ?

— Oui.

— Dans ce cas, d'accord. En plus, je dors très bien avec toi. Je ne savais pas que c'était possible.

— J'avais peur que tu me quittes si je n'acceptais pas tout en bloc.

Elle est toute pâle quand elle me dit ça.

— Je ne te quitterai pas, Anastasia. En plus…

Comment peux-tu imaginer ça ? Il faut que je la rassure :

— Je respecte ta définition du mot « compromis », celle que tu m'as envoyée dans un mail. Jusqu'ici, ça me va.

— Ça me rend heureuse, que tu en veuilles plus.

— Je sais.

— Comment le sais-tu ?

— Fais-moi confiance, je sais.

Tu me l'as dit dans ton sommeil.

La serveuse revient avec notre commande. Ana se jette sur son petit déjeuner.

Ce « plus » lui a visiblement fait de l'effet.

— C'est délicieux, déclare-t-elle.

— Je vois que tu avais faim.

— Avec toutes nos galipettes de cette nuit, et l'excitation de ce matin…

— C'était excitant, n'est-ce pas ?

— Mieux que ça. Jouissif, monsieur Grey, lance-t-elle en engloutissant son dernier morceau de pancake. Je peux t'inviter ?

— M'inviter à quoi ?

— Je voudrais t'offrir ce repas.

— Pas question.

— S'il te plaît. J'y tiens.

— Tu tiens vraiment à me castrer ? dis-je en fronçant les sourcils.

— C'est probablement le seul endroit où j'ai les moyens de t'inviter.

— Anastasia, je suis touché, vraiment. Mais non.

Elle pince les lèvres.

— Ne boude pas.

Je consulte ma montre. Il est 8 h 30. J'ai rendez-vous avec les gens de Savannah à 11 h 15, pour cette histoire de terrain. Je dois donc rentrer en ville. Je suis tenté d'annuler cet entretien pour passer toute la journée avec Ana, mais ce serait trop. Il faut que je me concentre sur mon travail.

C'est une question de priorité, Grey !

Main dans la main, nous rejoignons la voiture, comme un couple normal. Elle a sué dans mon sweat, elle est en tenue décontractée, détendue, belle – et oui, elle est avec moi. Trois gars entrent au IHOP en la matant. Elle ne se rend compte de rien, même quand je passe mon bras autour d'elle pour leur signifier « pas touche ». Elle ne sait pas combien elle est craquante. Je lui ouvre la portière et elle me retourne un sourire radieux.

Je pourrais y prendre goût.

J'entre l'adresse de sa mère dans le GPS et nous repartons sur l'I-95, en écoutant les Foo Fighters. Ana bat la mesure du pied. Voilà la musique qu'elle aime. Du bon rock américain. Il y a plus de circulation. Les gens vont au boulot. Mais je m'en fiche. J'aime être avec elle, passer du temps en sa compagnie, lui prendre la main, caresser son genou, la regarder sourire. Elle me parle de ses derniers séjours à Savannah. Elle n'aime pas trop la chaleur, comme moi, mais ses yeux s'illuminent quand elle évoque sa mère. J'ai hâte de les voir toutes les deux, ainsi que son beau-père.

Avec regret, je me gare devant la maison de sa mère. J'aurais bien traîné avec Ana toute la journée. Ces dernières heures ont été si… agréables.

Plus qu'agréables, Grey ! Sublimes !

— Tu veux entrer un instant ?

— Il faut que je bosse, Anastasia. Je reviens ce soir. À quelle heure ?

Elle propose 19 heures. Puis elle relève les yeux vers moi, ils pétillent de bonheur.

— Merci pour le… plus.

— Tout le plaisir est pour moi, Anastasia.

Je me penche vers elle et l'embrasse, savourant son odeur, sa douce odeur.

— À tout à l'heure.

— Il y a intérêt.

Elle descend de voiture, avec mon sweat toujours sur elle, et me dit au revoir de la main. Je rentre à l'hôtel avec un sentiment de vide.

De retour dans la chambre, j'appelle Taylor.

— Monsieur Grey.

— Merci… pour l'organisation de ce matin.

— Je vous en prie, monsieur.

Il paraît un peu surpris.

— Je serai prêt à partir à 10 h 45 pour le rendez-vous avec les gens de Savannah.

— La Suburban vous attendra devant l'hôtel.

— Parfait.

Je retire mon jean, enfile mon costume, mais laisse ma cravate préférée à côté de l'ordinateur. Je commande un café au room-service.

Je lis mes mails en buvant mon café. Je songe à appeler Ros, mais il est un peu tôt sur la côte Ouest. J'étudie les documents que Bill m'a envoyés. Savannah n'est pas l'endroit rêvé pour implanter l'usine. Quand je consulte à nouveau ma boîte de réception, il y a un nouveau message d'Ana.

De : Anastasia Steele
Objet : Planer plutôt que s'envoyer en l'air
Date : 2 juin 2011 10:20 EST
À : Christian Grey

Parfois, tu sais vraiment faire passer un bon moment à une fille. Ça valait la peine d'être réveillée en pleine nuit !

Merci,

Ana x

L'intitulé me fait rire et le baiser me donne l'impression d'être le roi du monde. Je réponds aussitôt.

De : Christian Grey
Objet : Planer plutôt que s'envoyer en l'air
Date : 2 juin 2011 10:24 EST
À : Anastasia Steele

J'ai bien été obligé de te réveiller : tu ronflais.

Moi aussi, j'ai passé un bon moment. Mais je passe toujours un bon moment quand je suis avec toi.

Christian Grey
P-DG, Grey Enterprises Holdings, Inc.

Sa réaction est immédiate.

De : Anastasia Steele
Objet : RONFLER
Date : 2 juin 2011 10:26 EST
À : Christian Grey

JE NE RONFLE PAS. Et même si je ronflais, ce ne serait pas galant de ta part de me le signaler.
Vous n'êtes pas un gentleman, monsieur Grey !

Ana

Je m'esclaffe.

De : Christian Grey
Objet : Soliloque ensommeillé
Date : 2 juin 2011 10:28 EST
À : Anastasia Steele

Je n'ai jamais prétendu être un gentleman, Anastasia, et je crois te l'avoir démontré en maintes occasions. Tu ne m'intimides pas en CRIANT EN MAJUSCULES. Mais j'avoue un petit mensonge cousu de fil blanc : non, tu ne ronfles pas. En revanche, tu parles en dormant. C'est fascinant.
Alors, tu ne m'embrasses plus ?

Christian Grey
P-DG Goujat, Grey Enterprises Holdings, Inc.

Ça, ça va la rendre folle...

De : Anastasia Steele
Objet : Crache le morceau
Date : 2 juin 2011 10:32 EST
À : Christian Grey

Tu es un goujat et un scélérat – tout, sauf un gentleman.
Alors, j'ai dit quoi ? Plus de baisers avant que tu ne craches
le morceau !

On pourrait continuer comme ça pendant des
heures.

De : Christian Grey
Objet : Belle au bois parlant
Date : 2 juin 2011 10:35 EST
À : Anastasia Steele

Ce ne serait pas galant, et j'ai déjà subi des remontrances
à ce sujet.
Mais, si tu es gentille, je te le dirai peut-être ce soir. Il
faut que j'entre en réunion, maintenant.

À plus, bébé,

Christian Grey
P-DG, Goujat & Scélérat, Grey Enterprises Holdings, Inc.

Sourire aux lèvres, je noue ma cravate, enfile ma
veste, et descends rejoindre Taylor.

Une heure plus tard, mon rendez-vous avec les représentants de la ville de Savannah touche à sa fin. La Georgie a beaucoup d'atouts et la municipalité promet à GEH de belles déductions fiscales. On frappe à la porte. Taylor entre. Il a un air sinistre. Jamais il n'a interrompu une réunion. Un frisson me fait tressaillir.

Ana ? Il est arrivé quelque chose à Ana ?

— Oui, Taylor ?

Il s'approche et me chuchote à l'oreille :

— On a un souci avec Mlle Leila Williams.

Leila ? Bordel ! En même temps, je suis soulagé d'apprendre que ça ne concerne pas Ana.

Je me tourne vers les deux hommes et les deux femmes du comité d'urbanisme.

— Mesdames, messieurs, si vous voulez bien m'attendre quelques instants.

Dans le couloir, Taylor me prie de l'excuser de m'avoir dérangé.

— Pas de problème. Que se passe-t-il ?

— Mlle Williams est dans une ambulance. On l'emmène aux urgences du Seattle Free Hope.

— En ambulance ?

— Oui, monsieur. Elle est entrée chez vous et a tenté de mettre fin à ses jours devant Mme Jones.

— Un suicide ?

Leila ? Chez moi ?

— Elle s'est ouvert les veines. Gail est avec elle. Les secours sont arrivés à temps et les jours de Mlle Williams ne sont pas en danger.

— Pourquoi dans mon appartement ? Pourquoi devant Gail ?

— Je l'ignore, monsieur. Tout comme Gail. Mlle Williams n'a rien voulu lui dire. Apparemment, elle ne veut parler qu'à vous.

— Merde.

— Oui, monsieur, répond Taylor machinalement.

Nerveusement, je passe les mains dans mes cheveux en tentant de mesurer l'ampleur du problème. Que suis-je censé faire ? Pourquoi est-elle venue chez moi ? Qu'est-ce qu'elle attend de moi ? Où est son mari ? Que lui est-il arrivé ?

— Et Gail ? Comment va-t-elle ?

— Un peu secouée.

— On le serait à moins.

— J'ai pensé qu'il fallait vous prévenir.

— Oui. Bien sûr. Merci.

Je n'en reviens pas. Leila paraissait heureuse dans son dernier mail, il y a six ou sept mois. Mais je ne peux rien faire ici en Georgie. Je dois rentrer et lui parler si je veux avoir des réponses.

— Appelez Stephan. Dites-lui de préparer le jet. Je rentre à Seattle.

— Ce sera fait.

— On décolle dès que possible.

— Je vous attends dans la voiture.

— Merci.

Taylor s'éloigne dans le couloir et extirpe déjà son téléphone de sa poche.

Je suis sous le choc.

Leila. Bordel de merde !

Elle est sortie de ma vie depuis deux ans. On se donne de temps en temps des nouvelles par mails.

Elle s'est mariée. Elle semblait aller bien. Que s'est-il passé ?

Je pars annoncer aux gens de Savannah que je dois clore la réunion et leur présente à nouveau mes excuses. Je traverse le parvis sous la chaleur étouffante et rejoins Taylor qui m'attend près de la voiture.

— L'avion sera prêt à décoller dans quarante-cinq minutes. On peut retourner à votre hôtel, récupérer votre bagage et s'en aller.

— Parfait. (L'air climatisé de la Suburban me fait du bien.) Il faut que j'appelle Gail.

— J'ai essayé, mais je tombe sur sa boîte vocale. Elle doit être encore à l'hôpital.

— D'accord. Je le ferai plus tard. C'est une drôle de façon de commencer la journée. Pauvre Gail. Comment Leila est-elle entrée dans l'appartement ?

— Je l'ignore, monsieur.

Taylor cherche mon regard dans le rétroviseur, sa mine est à la fois sinistre et contrite.

— Mais je vais mener mon enquête, promet-il.

Nos valises sont bouclées et nous roulons vers le Savannah/Hilton Head International. J'appelle Ana, mais elle ne répond pas. Je ronge mon frein. Elle me rappelle presque aussitôt.

— Anastasia.

— Coucou, me répond-elle, un peu haletante.

C'est un tel bonheur d'entendre sa voix.

— Il faut que je rentre à Seattle. J'ai un imprévu. Je suis en route pour l'aéroport en ce moment. Je ne pourrai pas dîner avec vous ce soir. Transmets toutes mes excuses à ta mère.

614

— Rien de grave, j'espère ?

— Un problème à régler. Je te verrai demain. J'enverrai Taylor te prendre à l'aéroport si je ne peux pas venir moi-même.

— D'accord, soupire-t-elle. J'espère que tu arriveras à régler ça. Bon vol.

J'aurais préféré rester, tu sais.

— Toi aussi, bébé.

Je raccroche vite. Parce que je suis à deux doigts de changer d'avis et de rester ici avec elle.

J'appelle Ros pendant que le jet roule vers la piste.

— Bonjour, Christian. Comment ça s'est passé à Savannah ?

— Je suis dans l'avion pour rentrer. J'ai un problème à régler.

— Ça a un rapport avec GEH ?

— Non. C'est personnel.

— Je peux faire quelque chose ?

— Non. On se verra demain.

— Et la réunion avec le comité d'urbanisme ?

— Très positif. Malheureusement j'ai dû écourter. On va voir ce qu'ils nous proposent. Mais je risque de préférer Detroit. Il fait moins chaud.

— C'était aussi terrible que ça ?

— Une vraie fournaise. Il faut que je raccroche. On fera le point plus tard.

— Je vous souhaite un bon voyage, Christian.

Dans l'avion, je me plonge dans le travail pour m'occuper l'esprit et ne pas penser à ce qui m'attend à la maison. Quand nous atterrissons, j'ai lu trois rapports et rédigé quinze mails. Notre voiture est là. Taylor traverse Seattle sous la pluie pour me conduire à l'hôpital. Je dois voir Leila et comprendre ce qui se passe. Alors qu'on approche du Seattle Free Hope, une colère sourde me gagne.

Pourquoi moi ? Pourquoi me fait-elle ça à moi ?

Il tombe des cordes quand je sors de là voiture. Le temps est aussi maussade que mon humeur. Je prends une grande inspiration pour me calmer et me dirige vers l'entrée. À l'accueil, je demande la chambre de Mme Leila Reed.

— Vous êtes de la famille ?

La bouche pincée, l'infirmière me lance un regard noir.

— Non.

Ça va être compliqué.

— Alors, je regrette. Mais je ne peux pas vous renseigner.

— Elle s'est ouvert les veines dans mon appartement. Je crois avoir le droit de savoir où elle est !

— Ne prenez pas ce ton avec moi !

Elle me fusille du regard. Je n'arriverai à rien avec cette femme.

— Où sont les urgences ?

— Monsieur, je vous le répète, nous ne pouvons rien faire pour vous si vous n'êtes pas de la famille.

— Pas de problème. Je trouverai tout seul.

Je sors en pestant. J'aurais dû appeler ma mère. Ça m'aurait ouvert toutes les portes… mais j'aurais été obligé de lui expliquer ce qui s'était passé.

Le service des urgences est une ruche bourdonnante de médecins, d'infirmières et de patients attendant qu'on s'occupe d'eux. J'accoste une jeune infirmière, et lui adresse mon plus beau sourire.

— Bonjour, je cherche Leila Reed. Elle a été admise aujourd'hui. Vous savez où je peux la trouver ?

— Et vous êtes ? répond-elle en s'empourprant.

— Je suis son frère.

— Par ici, monsieur Reed.

Elle se rend au bureau des infirmières et consulte l'ordinateur.

— Elle est au premier étage. Au service psychiatrie. L'ascenseur est au bout du couloir.

— Je vous remercie, dis-je avec un clin d'œil.

Dans un sourire, elle remet en place une mèche rebelle derrière son oreille. Ça me rappelle quelqu'un que j'ai laissé en Georgie.

Dès que je sors de la cabine, je sens que quelque chose cloche. Derrière des doubles portes apparemment fermées, j'aperçois deux gardes et une infirmière qui arpentent le couloir, inspectant chaque chambre. Un frisson me traverse, mais je me dirige vers l'accueil comme si de rien n'était.

— Je peux vous renseigner ? me demande un jeune homme avec un anneau dans le nez.

— Je cherche Leila Reed. Je suis son frère.

Il blêmit.

— Oh, monsieur Reed. Suivez-moi, s'il vous plaît.

Il me conduit dans une salle d'attente et m'invite à m'asseoir sur l'une des chaises en plastique. Je remarque qu'elles sont boulonnées au sol.

— Le médecin arrive tout de suite.

— Je ne peux pas la voir ?

— Le médecin va nous expliquer.

Le jeune homme s'en va avant que je n'aie le temps de poser d'autres questions.

Merde ! Il est peut-être trop tard.

Cette pensée me noue l'estomac. Je me lève et me mets à faire les cent pas dans la salle. Je songe à appeler Gail, mais l'attente est moins longue que prévu. Un jeune type avec des dreadlocks, des yeux sombres et intenses fait son entrée. C'est lui son médecin ?

— Monsieur Reed ?

— Où est Leila ?

Il me regarde un moment, puis pousse un soupir.

— Pour tout vous dire, on n'en sait rien. Elle a réussi à sortir.

— Quoi ?

— Elle est partie. Comment ? Je ne sais pas.

— Partie ?

Sous le choc, je me laisse tomber sur une chaise.

— Oui. Elle a disparu. On fouille tout le bâtiment en ce moment.

— Parce qu'elle est toujours dans les murs ?

— C'est possible.

— Qui êtes-vous ?

— Le Dr Azikiwe. Je suis le psychiatre de garde.

Il me paraît bien jeune pour être psychiatre.

— Vous savez ce qui s'est passé ?

— Elle a été admise pour une tentative de suicide. Elle a essayé de se couper les veines dans l'appartement de son ancien petit ami. C'est sa gouvernante qui l'a amenée.

Je me sens pâlir.

— Et... ?

— C'est à peu près tout ce que je sais. Elle a prétendu qu'il s'agissait juste d'un moment d'égarement, qu'elle allait bien, mais on a préféré la garder ici en observation et lui poser des questions.

— Vous lui avez parlé ?

— Oui.

— Alors ? Pourquoi a-t-elle fait ça ?

— Elle a dit que c'était un appel au secours. Rien de plus. Qu'elle s'en voulait d'avoir provoqué tout ce ramdam et qu'elle voulait rentrer chez elle. Elle affirme qu'elle n'a jamais voulu sérieusement se tuer. Et je la crois. Je pense que c'était juste une idéation suicidaire.

— Comment avez-vous pu la laisser s'échapper ?

Je me frotte la tête, tentant de contenir mon énervement.

— Je ne sais pas comment elle a pu filer. Il y aura certainement une enquête interne. Si elle vous contacte, convainquez-la de revenir à l'hôpital. Elle a besoin d'être aidée. Je peux vous poser quelques questions ?

— Bien sûr.

— Y a-t-il eu des cas de maladies mentales dans votre famille ?

Je fronce les sourcils, puis je me souviens qu'il parle de la famille de Leila...

— Je n'en sais rien. Ma famille n'est pas très loquace sur ce genre de choses.

Cela paraît l'inquiéter.

— Vous connaissez son ancien petit ami ?

— Non. (Aïe, j'aurais dû répondre moins vite.) Vous avez prévenu son mari ?

Le médecin écarquille les yeux.

— Elle est mariée ?

— Oui.

— Ce n'est pas ce qu'elle nous a dit.

— Je l'appellerai pour le prévenir. Je ne vais pas vous retarder plus longtemps.

— Mais j'ai encore d'autres questions...

— Je vais essayer de la retrouver, c'est ça l'urgence. Visiblement, elle ne va pas bien.

Je me lève de mon siège.

— Mais ce mari...

— Je vais l'avertir, ne vous inquiétez pas.

Cette discussion ne mène nulle part.

— Nous devrions...

Le Dr Azikiwe se lève à son tour.

— Je n'ai pas le temps, désolé... Il faut que je la retrouve, dis-je en me dirigeant vers la porte.

— Monsieur Reed...

— Au revoir, docteur.

Je sors de la salle d'attente et descends par l'escalier pour gagner du temps. Je déteste les hôpitaux. Un souvenir d'enfance me revient. Je suis petit, terrifié, hébété. J'ai l'odeur du désinfectant et du sang dans mes narines.

Je frissonne.

Une fois dehors, je m'arrête sous la pluie battante en espérant qu'elle emporte ce souvenir. L'après-midi a été éprouvant, mais cette pluie, c'est agréable après la touffeur de Savannah.

Taylor, dans le SUV, arrive pour me récupérer.

— À la maison !

Une fois dans l'habitacle, j'appelle Welch.

— Monsieur Grey, lâche-t-il de sa voix râpeuse.

— Welch, j'ai un problème. J'ai besoin que vous retrouviez une certaine Leila Reed, née Williams.

Gail est pâle et silencieuse. Elle m'observe, inquiète.

— Vous ne finissez pas votre assiette, monsieur ?

Je secoue la tête.

— Ce n'était pas bon ?

— Bien sûr que si. (Je lui fais un petit sourire.) Après tous les événements de la journée, je n'ai pas faim. Et vous, comment ça va ?

— Ça va, monsieur Grey. Ç'a été un choc. Je préfère m'occuper.

— Je vous comprends. Merci d'avoir préparé le dîner. Si quelque chose vous revient, prévenez-moi.

— Sans faute. Mais comme je vous l'ai dit, elle ne voulait parler qu'à vous.

Pourquoi ? Qu'est-ce qu'elle me veut ?

— Je vous remercie de ne pas avoir appelé la police.

— La police n'aurait été d'aucune utilité. Cette pauvre fille a besoin d'aide.

— Je suis d'accord. Si seulement je savais où elle se trouve.

— Vous le saurez bientôt, répond-elle avec une assurance qui me surprend.

— Vous avez besoin de quelque chose ?

— Non, monsieur Grey. Tout va bien.

Elle débarrasse mon assiette.

Les nouvelles de Welch sont décevantes. Il n'a aucune piste. Elle n'est pas à l'hôpital, et il ne sait toujours pas comment elle a pu s'échapper. Je me prends à l'admirer pour cette évasion. Leila a toujours été un être plein de ressources. Mais qu'est-ce qui a pu la rendre si malheureuse ? Je m'enfouis la tête dans les mains. Quelle journée ! Du sublime au pathétique. Du vol à voile avec Ana, et maintenant tout ce bordel à régler. Taylor ne comprend pas comment Leila a pu entrer dans l'appartement. Gail n'en sait rien non plus. Apparemment, Leila a fait irruption dans le coin cuisine en demandant où j'étais. Quand Gail lui a répondu que j'étais absent, elle s'est mise à crier « Il est parti ! » et a commencé à se taillader le poignet avec un cutter. Heureusement, les entailles n'étaient pas profondes.

Je regarde Gail faire la vaisselle. Mon sang se glace : Leila aurait pu la blesser. M'en voulait-elle ? Mais pourquoi ? Je me frotte les yeux en tentant de me souvenir si, dans notre dernier échange, il y avait des indices, des signes annonciateurs de son acte ? Mais rien ne me vient. Avec un soupir, je vais dans mon bureau.

Au moment où je m'assois, mon téléphone vibre. Un SMS.

Ana ?

C'est Elliot.

« Salut champion. Un petit billard ? »

Pour Elliot faire un billard, cela signifie débarquer ici et boire toutes mes bières. Je ne suis vraiment pas d'humeur.

« J'ai du boulot. La semaine
prochaine ? »

« D'accord. Avant que je
parte.
Je vais t'écraser
À plus. »

Je balance mon téléphone sur le bureau et me
plonge dans le dossier « Leila ». Peut-être un détail
m'a-t-il échappé ? Je trouve les coordonnées de ses
parents, mais je n'ai rien sur son mari. Où est-il ?
Pourquoi n'est-elle pas avec lui ?

Je ne veux pas appeler ses parents et les inquiéter.
Je contacte Welch et lui donne leur numéro ; il
pourra vérifier si elle leur a téléphoné.

Quand j'allume mon Mac, j'ai un mail d'Ana.

De : Anastasia Steele
Objet : Arrivé sain et sauf ?
Date : 2 juin 2011 22:32 EST
À : Christian Grey

Cher monsieur,
Merci de me faire savoir que vous êtes arrivé sain et sauf.
Je commence à m'inquiéter. Je pense à vous.

Votre Ana x

Par réflexe, je passe mon doigt sur le petit baiser
qu'elle vient de m'envoyer.

Ana.

Du nerf, Grey ! Ressaisis-toi !

De : Christian Grey
Objet : Désolé
Date : 2 juin 2011 19:36
À : Anastasia Steele

Chère mademoiselle Steele,
Je suis arrivé sain et sauf, et je vous prie d'accepter mes excuses de ne pas vous en avoir avertie. Je regrette de vous avoir inquiétée. Je suis heureux d'apprendre que vous tenez à moi. Je pense à vous aussi, et comme toujours, j'ai hâte de vous revoir.

Christian Grey
P-DG, Grey Enterprises Holdings, Inc.

J'appuie sur « envoi ». Elle me manque. Sa présence illumine mon appartement, ma vie… Je secoue la tête, pour chasser ces drôles de pensées, et consulte mes autres mails.

Un « ping » retentit. Ana…

De : Anastasia Steele
Objet : Le Problème
Date : 2 juin 2011 22:40 EST
À : Christian Grey

Cher monsieur Grey,
Je crois qu'il est plus qu'évident que je tiens énormément à vous. Comment pouvez-vous en douter ?
J'espère que vous avez su régler le « problème ».

Votre Ana x

P.-S. : Allez-vous enfin me révéler ce que j'ai dit dans mon sommeil ?

Elle tient à moi ? C'est gentil. Et aussitôt cette sensation étrange, qui avait été absente toute la journée, emplit à nouveau ma poitrine. Dessous, il y a un puits de douleur que je ne veux pas regarder, et encore moins explorer. Tout au fond, il y a un souvenir ancien… une jeune femme brossant ses longs cheveux bruns…

Non, Grey ! Ne t'aventure pas sur ce terrain !

Je réponds à Ana. Pour me sortir de ces idées noires, je décide de la taquiner un peu.

De : Christian Grey
Objet : Je ne parlerai qu'en présence de mon avocat
Date : 2 juin 2011 19:45
À : Anastasia Steele

Chère mademoiselle Steele,
Cela me fait très plaisir que vous teniez à moi.
Le « problème » n'est pas encore résolu.
Quant à votre P.-S., la réponse est « non ».

Christian Grey
P-DG, Grey Enterprises Holdings, Inc.

De : Anastasia Steele
Objet : Pénalement irresponsable
Date : 2 juin 2011 22:48 EST
À : Christian Grey

J'espère au moins que c'était amusant. Mais vous devriez savoir que je ne peux accepter aucune responsabilité pour ce qui me sort de la bouche lorsque je suis inconsciente. D'ailleurs, vous m'avez probablement mal comprise. Un homme de votre âge avancé est sûrement un peu sourd.

Elle est vraiment drôle. Pour la première fois depuis mon retour à Seattle, j'éclate de rire. Merci, Ana.

De : Christian Grey
Objet : Plaider coupable
Date : 2 juin 2011 19:52
À : Anastasia Steele

Chère mademoiselle Steele,
Pardon, pourriez-vous parler un peu plus fort ? Je ne vous entends pas.

Christian Grey
P-DG, Grey Enterprises Holdings, Inc.

Sa réponse est quasi immédiate.

De : Anastasia Steele
Objet : Plaider la folie
Date : 2 juin 2011 22:52 EST
À : Christian Grey

Vous me rendez folle.

De : Christian Grey
Objet : Plaider coupable
Date : 2 juin 2011 19:59
À : Anastasia Steele

Chère mademoiselle Steele,
C'est exactement ce que j'ai l'intention de faire vendredi soir. Je m'en réjouis d'avance.
;-)

Christian Grey
P-DG, Grey Enterprises Holdings, Inc.

Il va falloir que je prépare quelque chose de spécial pour mon petit monstre.

De : Anastasia Steele
Objet : Grrrrr
Date : 2 juin 2011 23:02 EST
À : Christian Grey

Vous m'avez mal comprise. En fait, je suis officiellement folle de rage contre vous.
Bonne nuit

Mademoiselle A. R. Steele

Hou là. Vais-je tolérer une telle insolence ?

De : Christian Grey
Objet : Chat sauvage
Date : 2 juin 2011 20:05
À : Anastasia Steele

Vous feulez, mademoiselle Steele ?
Pour les feulements, j'ai déjà un chat.

Christian Grey
P-DG, Grey Enterprises Holdings, Inc.

Elle ne répond pas. Cinq minutes passent. Puis six... sept...

Merde ! Elle y tient vraiment. Comment puis-je lui dire que, pendant son sommeil, elle a promis qu'elle ne me quitterait jamais ? Elle va me prendre pour un dingue.

De : Christian Grey
Objet : Ce que tu as dit en dormant
Date : 2 juin 2011 20:20
À : Anastasia Steele

Anastasia,
Je préférerais t'entendre dire les mots que tu as prononcés en dormant lorsque tu es consciente, c'est pourquoi je ne veux pas te les répéter. Dors. Tu dois être en forme pour ce que je prévois de te faire demain.

Christian Grey
P-DG, Grey Enterprises Holdings, Inc.

Elle ne répond toujours pas. J'espère que, pour une fois, elle va m'obéir et aller se coucher. Je commence à réfléchir à ce qu'on pourrait faire demain, mais c'est trop excitant. J'arrête tout de suite et reporte mon attention sur mes mails.

Mais je dois reconnaître que je me sens mieux après ce petit échange espiègle avec Mlle Steele. Elle est un bon remède pour mon âme noire.

Vendredi 3 juin 2011

Je ne peux pas dormir. Il est 2 heures du matin passées et j'ai les yeux grands ouverts, rivés au plafond. Cette nuit, ce ne sont pas mes cauchemars habituels qui m'empêchent de dormir. C'en est un de la vie réelle.

Leila Williams.

Au-dessus de moi, le détecteur de fumée clignote, émettant des petits flashes verts, comme s'il se moquait de moi.

Merde !

Je ferme les paupières et laisse mes pensées tourner en boucle dans ma tête.

Pourquoi Leila a-t-elle voulu se suicider ? Qu'est-ce qui la hante ? Son désespoir me rappelle le mien, quand j'étais plus jeune et malheureux. Je tente d'étouffer ces souvenirs, mais la colère et la tristesse que j'éprouvais quand j'avais dix ans refont surface et refusent de s'en aller. Je me sentais alors si seul, si perdu. Je me rappelle ma souffrance, mon agressivité. J'étais tout le temps à me bagarrer. J'ai souvent eu envie de me suicider, mais j'ai toujours résisté. Pour Grace. Parce que cela lui aurait fait trop de peine. Si j'avais mis fin à mes jours, elle se serait dit que c'était sa faute, qu'elle n'en avait pas assez fait pour moi… comment lui infliger ça ? Comment lui faire aussi mal ? Et puis j'ai rencontré Elena… et tout a changé.

Je sors du lit pour chasser ces pensées perturbantes. J'ai besoin de jouer du piano.

Et j'ai besoin d'Ana.

Si elle avait signé le contrat, et si tout s'était passé comme prévu, elle serait là-haut, dans sa chambre, et je pourrais la réveiller, me servir d'elle et me soulager… ou plutôt, selon les termes de notre nouvel accord, elle serait dans mon lit, à côté de moi, et je pourrais baiser avec elle, et la regarder dormir.

Comment réagirait-elle si elle savait pour Leila ?

Je m'installe au piano. Heureusement, Ana ne rencontrera jamais Leila, c'est déjà ça. J'ai vu sa réaction avec Elena. Je n'ose imaginer la scène face à une ex récente… une ex devenue incontrôlable.

Voilà ce qui me dépasse : Leila était joyeuse, espiègle et pétillante quand j'étais avec elle. Et une excellente soumise. Je pensais qu'elle avait posé ses valises et qu'elle était heureuse avec son mari. Dans aucun de ses mails elle ne m'a laissé entendre que ça n'allait pas. Que s'est-il passé ?

Je commence à jouer… Mes tourments s'estompent. Bientôt, il n'y a plus que moi et la musique.

Leila s'occupe de ma queue avec sa bouche experte.
Ses mains sont attachées dans son dos.
Elle est à genoux.
Les yeux baissés. Humble. Charmante.
Elle ne me regarde pas.

Et soudain, elle est Ana.

C'est Ana qui est à genoux devant moi. Nue. Magnifique.

Elle a ma queue dans sa bouche.

Mais ses yeux sont rivés aux miens.

Ses grands yeux bleus qui voient tout.

Tout de moi. Jusqu'à mon âme.

Elle voit le monstre et les ténèbres qu'il y a tout au fond.

Ses yeux s'écarquillent d'horreur et soudain elle disparaît.

Je me réveille en sursaut. Mon érection douloureuse s'affaisse quand je revois le regard blessé d'Ana dans mon rêve.

Bordel de merde !

Je fais rarement des rêves érotiques. Pourquoi maintenant ? Je regarde le radioréveil. Il va sonner dans quelques minutes. Le jour se lève entre les gratte-ciels. À peine debout, je suis déjà nerveux et tendu, à cause de ce songe troublant. Il faut que j'aille courir pour me calmer. Il n'y a pas de nouveau mail, pas de messages, ni de nouvelles de Leila. L'appartement est silencieux quand je m'en vais. Gail n'est pas encore arrivée. J'espère qu'elle s'est remise du choc d'hier.

J'ouvre les portes vitrées du hall. Dehors, il fait beau. L'air sent bon. Je scrute la rue, à droite, à gauche. Tout en courant, je surveille du regard les allées, les porches, les cachettes possibles entre les voitures. Leila peut être partout.

Où es-tu, nom de Dieu !

Je pousse le volume des Foo Fighters. Mes pas battent le rythme sur le macadam.

Olivia est particulièrement agaçante ce matin. Elle renverse mon café, oublie un appel important, et passe l'essentiel de son temps à me contempler avec ses grands yeux. Elle m'énerve avec ses airs langoureux !

— Appelez-moi Ros ! Non. Dites-lui plutôt de venir ici.

Je claque la porte de mon bureau et retourne à ma table. J'ai tort de passer mes nerfs sur mon équipe.

Welch n'a pas de nouvelles, sinon que les parents de Leila pensent que leur fille est toujours à Portland avec son mari. On frappe à la porte.

— Oui ?

J'espère que ce n'est pas Olivia. Heureusement, c'est Ros qui passe la tête.

— Vous vouliez me voir ?

— Oui. Entrez. Où en sommes-nous avec Woods ?

Ros quitte mon bureau un peu avant 10 heures. Tout est calé : Woods a accepté notre proposition et la cargaison pour le Darfour sera bientôt acheminée à Munich pour être transportée en avion. Pas de nouvelles du comité de Savannah concernant leur offre.

Je consulte mes mails. Il y en a un d'Ana.

De : Anastasia Steele
Objet : Sur le chemin du retour
Date : 3 juin 2011 12:53 EST
À : Christian Grey

Cher monsieur Grey,
Je suis à nouveau installée en première classe, ce dont je vous remercie. Je compte les minutes en attendant de vous revoir ce soir, et peut-être de vous torturer pour vous faire avouer ce que je vous ai dit lors de ma confession nocturne.

Votre Ana x

Me torturer ? Oh, mademoiselle Steele, je crois que ce sera plutôt l'inverse.

Comme j'ai mille choses à faire, je lui réponds brièvement.

De : Christian Grey
Objet : Sur le chemin du retour
Date : 3 juin 2011 09:58
À : Anastasia Steele

Anastasia, j'ai hâte de te revoir.

Christian Grey
P-DG, Grey Enterprises Holdings, Inc.

Mais elle en veut plus…

De : Anastasia Steele
Objet : Sur le chemin du retour
Date : 3 juin 2011 13:01 EST

Mon très cher monsieur Grey,

J'espère que tout va bien en ce qui concerne le « problème ». Le ton de votre dernier mail m'inquiète.

Ana x

Au moins, j'ai droit à un baiser. Elle doit être dans l'avion à l'heure qu'il est.

De : Christian Grey
Objet : Sur le chemin du retour
Date : 3 juin 2011 10:04
À : Anastasia Steele

Anastasia,

La situation pourrait être plus brillante. Vous avez déjà décollé ? Si c'est le cas, vous ne devriez pas envoyer de mail. Vous vous mettez en danger, en infraction directe à la règle concernant votre sécurité personnelle. Quand j'ai parlé de punition, j'étais sérieux.

Christian Grey
P-DG, Grey Enterprises Holdings, Inc.

Je suis sur le point d'appeler Welch pour avoir des nouvelles quand j'entends un nouveau « ping ». Encore Ana.

De : Anastasia Steele
Objet : On se calme
Date : 3 juin 2011 13:06 EST
À : Christian Grey

Cher monsieur Grognon,

Les portes de l'avion sont encore ouvertes. Nous sommes

retardés, mais seulement de dix minutes. Ma sécurité et celle des autres passagers n'est pas compromise. Vous pouvez ranger votre main qui vous démange pour l'instant.

Mademoiselle Steele

J'esquisse un pâle sourire. Monsieur Grognon ? Et pas de bisou ?

Oh non… pas ça.

De : Christian Grey
Objet : Mes excuses – Main rangée
Date : 3 juin 2011 10:08
À : Anastasia Steele

Vous me manquez, vous et votre insolence, mademoiselle Steele.
J'ai hâte que vous rentriez.

Christian Grey
P-DG, Grey Enterprises Holdings, Inc.

De : Anastasia Steele
Objet : Excuses acceptées
Date : 3 juin 2011 13:10 EST
À : Christian Grey

On ferme les portes. Vous n'entendrez plus un mot de moi, d'autant plus que vous êtes un peu sourd.

À plus,

Ana x

Ah… j'ai de nouveau droit à mon baiser. Quel soulagement ! À contrecœur, j'abandonne l'ordinateur et attrape mon téléphone pour appeler Welch.

À 13 heures, j'annonce à Andréa que je ne mangerai pas au bureau. Je veux sortir. J'étouffe entre ces murs – sans doute parce que je n'ai toujours pas de nouvelles de Leila.

Je me fais du souci pour elle. Merde, elle est passée chez moi pour me voir ! Elle a choisi mon appartement pour jouer sa petite scène. Bien sûr que tout cela est dirigé contre ma personne ! Pourquoi n'ai-je aucun message d'elle, aucun appel ? Si elle a des ennuis, je l'aiderai. Elle le sait pourtant. C'est déjà arrivé.

J'ai besoin d'air. Je passe devant Olivia et Andréa. Elles paraissent très occupées, mais je surprends le regard étonné d'Andréa au moment où je pénètre dans l'ascenseur.

Dehors, le soleil brille. La ville est belle et bruyante. Je prends une grande inspiration, savourant l'odeur iodée qui vient du détroit. Et si je prenais un jour de congé ? Mais non. Impossible. J'ai rendez-vous avec le maire tout à l'heure. Ça m'agace, puisque je vais le voir demain au gala de la Chambre de commerce.

Le gala !

Soudain, cela me donne une idée. Et je me dirige d'un bon pas vers une petite boutique que je connais bien.

Après mon rendez-vous avec le maire, je rentre à l'Escala à pied. Taylor est parti chercher Ana à Sea-

Tac. À mon arrivée, Mme Jones est dans le coin cuisine.

— Bonjour, monsieur Grey.

— Bonjour, Gail. Comment s'est passée votre journée ?

— Bien. Je vous remercie, monsieur.

— Vous vous sentez mieux ?

— Oui, monsieur. Les vêtements pour Mlle Steele
sont arrivés. Je les ai accrochés dans le dressing de sa
chambre.

— Parfait. Aucune nouvelle de Leila ?

Question idiote. Elle me l'aurait dit.

— Non, monsieur. Ceci aussi est arrivé.

Elle me tend un joli petit sac rouge.

— Parfait.

Je le prends, ignorant son petit air ravi.

— Combien de personnes au dîner ?

— Nous serons deux. Et…

— Oui ?

— Pouvez-vous mettre des draps de satin dans la
salle de jeux ?

Je compte bien y emmener Ana durant ce week-end.

— Bien sûr, monsieur Grey, répond Gail avec une
pointe de surprise.

Elle retourne vaquer à ses occupations. Je suis un
peu interloqué par sa réaction. *Peut-être qu'elle
n'approuve pas ? Mais c'est ce que je veux faire avec
Ana.*

Dans mon bureau, je sors du sac l'écrin Cartier.
C'est un cadeau pour Ana. Je le lui donnerai demain
avant d'aller au gala. Ce sont des boucles d'oreilles.
Toutes simples. Élégantes. Magnifiques. Comme

elle. Même si j'aime bien aussi son charme de garçon manqué quand elle est en jean et Converse. Je souris.

J'espère qu'elle acceptera ce cadeau. Si elle était ma soumise, elle n'aurait pas le choix, mais après notre nouvel arrangement, impossible de prévoir sa réaction. De toute façon, ce sera intéressant. Ana me surprend toujours. Au moment où je range la boîte dans mon tiroir, j'entends un « ping ». C'est Barney qui m'envoie ses derniers croquis pour la tablette. J'ai hâte de voir ça.

Cinq minutes plus tard, Welch m'appelle.

— Monsieur Grey, commence-t-il avec sa respiration sifflante

— Oui. Du nouveau ?

— J'ai parlé à Russell Reed. Le mari.

— Et ?

Je me lève d'un bond. Incapable de tenir en place, je sors du bureau et me dirige vers les baies vitrées du salon.

— Il dit que sa femme est partie rendre visite à ses parents.

— Quoi ?

— Exactement, réplique Welch, aussi agacé que moi.

Je contemple Seattle à mes pieds. Mme Reed, alias Leila Williams est là, quelque part. Tout mon corps se raidit de frustration.

— C'est peut-être ce qu'elle lui a dit.

— Sans doute, concède-t-il. Mais on n'a rien trouvé pour l'instant.

— Aucune piste ?

638

Comment a-t-elle pu s'évaporer ainsi dans la nature ?

— Pas la moindre. Mais si elle tire de l'argent, encaisse un chèque, se connecte à Facebook ou ailleurs, on la retrouvera.

— Entendu.

— On aimerait visionner les enregistrements des caméras de surveillance autour de l'hôpital. Ça risque d'être un peu long, et un peu cher. Vous êtes d'accord ?

— Oui.

Tout à coup, un frisson me parcourt. Cela n'a rien à voir avec ce coup de fil… J'ai brusquement l'impression d'être observé. Je me retourne. Ana est là, sur le seuil. Elle me regarde les sourcils froncés, la mine pensive. Elle porte une petite jupe, vraiment très courte. Elle n'est que yeux et jambes – jambes, surtout ! Je les imagine déjà resserrées autour de mes hanches.

Un désir brûlant m'envahit, mon sang bouillonne dans mes veines.

— On s'y met tout de suite, assure Welch toujours en ligne.

Je termine notre conversation, les yeux rivés sur Ana, puis je m'avance vers elle, ôte ma veste et ma cravate que je jette sur le canapé.

Ana.

Je referme mes bras autour d'elle, empoigne sa queue-de-cheval, approche sa bouche avide de la mienne. Je la goûte, je la dévore. Elle a un goût de paradis, d'automne, de retour au foyer et d'Ana. Son odeur me grise. Je prends tout ce que sa bouche chaude et douce peut m'offrir. Mon corps se cambre, impatient et vorace, pendant que nos langues se mêlent. Je veux me perdre en elle, tout oublier, toute cette fin de semaine merdique, pour qu'il ne reste qu'elle. Juste elle.

Mes lèvres fiévreuses frémissent contre les siennes. Je tire sur ses cheveux, ses doigts fouillent les miens. Je suis soudain submergé par mon désir, par mon envie d'elle. Je me fige et me recule, contemple son visage vibrant de passion.

Elle me fait tellement d'effet ! À chaque fois.

— Qu'est-ce qu'il y a ? souffle-t-elle.

La réponse est claire, assourdissante. Elle hurle dans ma tête.

Tu m'as tellement manqué.

— Je suis heureux que tu sois là. Prends une douche avec moi, tout de suite.

— Oui, répond-elle d'une voix rauque.

Je l'attrape par la main et l'entraîne vers la salle de bains. J'ouvre le robinet, puis je me tourne face à elle. Elle est magnifique, renversante, ses yeux étincelants, lumineux d'envie. Mon regard court sur son corps, sur ses jambes nues. Jamais je n'ai vu de jupe aussi minuscule. Je ne suis pas sûr d'approuver. Ana est à moi, rien que pour mes yeux.

— J'aime bien ta jupe. Elle est très courte. (*Trop !*) Tu as des jambes superbes.

J'arrache mes chaussures, mes chaussettes. Sans me quitter des yeux, elle retire ses chaussures aussi.

Au diable la douche. Je la veux tout de suite.

Je fais un pas vers elle, j'attrape sa tête et la plaque contre le mur. Ses lèvres s'entrouvrent, cherchent de l'air. Je lui tiens le visage, plonge mes doigts dans ses cheveux, j'embrasse ses joues, sa gorge, sa bouche. Elle est un nectar et j'en veux plus encore. Son souffle palpite dans sa gorge. Elle me saisit les bras, mais à ce contact, les ténèbres en moi ne se réveillent pas. En cet instant, il n'y a qu'Ana. Ana dans toute sa beauté, son innocence, qui m'embrasse en retour, avec autant d'avidité que moi.

Mon sang est chargé de désir, mon érection douloureuse.

— J'ai envie de toi, ici. Tout de suite. Je veux te baiser fort, fort et très vite.

Je remonte mes mains le long de ses cuisses nues, les glisse sous sa jupe.

— Tu saignes encore ?

— Non.

— Tant mieux.

Je retrousse sa jupe, m'agenouille devant elle, glisse mes deux pouces dans sa culotte et la lui baisse jusqu'aux pieds.

Elle hoquette quand je la saisis par les hanches et que j'embrasse la jonction délicieuse sous son pubis. Je passe mes mains sous elle, lui écarte les cuisses, pour exposer son clitoris. Quand je commence mon assaut sensuel, elle enfonce ses doigts dans mes cheveux. Ma langue la titille, la tourmente, et elle renverse la tête en arrière en gémissant.

Elle a un goût exquis.

Ronronnant de plaisir, elle tend son sexe vers ma langue insistante, envahissante. Ses cuisses commencent à trembler.

Stop ! Je veux jouir en elle.

Je la veux à nouveau peau contre peau, comme à Savannah. Je me relève et saisis son visage. J'attrape sa moue déçue dans ma bouche, écrase ses lèvres dans un baiser fougueux. J'ouvre mon pantalon, la soulève par les cuisses.

— Serre tes jambes autour de moi, bébé.

J'ai la voix rauque, vibrante. Dès qu'elle s'exécute, je m'enfonce en elle d'un coup de rein.

Elle est à moi. Mon paradis.

Elle s'accroche à moi, gémit tandis que je commence à aller et venir – d'abord lentement, puis de plus en plus vite à mesure que mon corps prend le contrôle, qu'il m'emporte plus profondément en elle, toujours plus loin, plus fort, plus haut. Elle grogne et geint. Je la sens se resserrer autour de moi, et je me perds en elle, m'abandonne, alors que son orgasme lui arrache un cri. Ses contractions, sa chair qui bat tout autour de moi achèvent de m'emporter et je jouis tout au fond d'elle, dans une ultime poussée. Son nom s'échappe de ma bouche dans un râle d'extase.

J'embrasse sa gorge. Je ne veux pas me retirer. J'attends que ses spasmes s'apaisent. La douche qui coule nous nimbe d'un nuage de vapeur. Ma chemise et mon pantalon me collent à la peau, mais je m'en fiche. La respiration d'Ana ralentit. Maintenant qu'elle se détend, elle pèse plus lourd dans mes bras. Elle a une expression coquine et émerveillée quand je ressors d'elle et la dépose lentement au sol. Sa bouche esquisse un sourire triomphant.

— On dirait que tu es content de me voir.

— Oui, mademoiselle Steele, il me semble que je vous ai prouvé à quel point ça me faisait plaisir. Allez, prenons cette douche.

Je retire vite mes vêtements et, une fois nu, j'entreprends de déboutonner le chemisier d'Ana. Ses yeux ne cessent d'aller et venir entre mes doigts et mon visage.

— Comment s'est passé ton voyage ?

— Très bien, répond-elle d'une voix encore un peu rauque. Merci encore pour la première classe. C'est vraiment plus agréable de voyager comme ça.

Elle prend une petite inspiration, comme pour se donner du courage.

— J'ai une nouvelle à t'annoncer.

— Ah ?

Qu'est-ce qui m'attend encore ? Je lui ôte son chemisier et le pose sur mes affaires.

— J'ai trouvé du boulot.

Elle guette ma réaction.

Pourquoi le prendrais-je mal ? Bien sûr qu'elle a trouvé du travail. Ma poitrine se gonfle de fierté.

— Félicitations, mademoiselle Steele. Tu daigneras me dire où, maintenant ?

— Tu ne sais pas ?

— Comment le saurais-je ?

— Vu ton réseau de renseignements, je me disais que…

Elle s'interrompt pour étudier ma réaction.

— Anastasia, il ne me viendrait pas à l'idée de me mêler de ta carrière, à moins que tu ne me le demandes, évidemment.

— Alors tu ne sais vraiment pas ?

— Non. Il y a quatre maisons d'édition à Seattle. Je suppose que c'est l'une d'entre elles.

— La SIP.

— Ah, la petite indépendante, très bien.

C'est celle que Ros a jugée mûre pour un rachat. Cela va être du gâteau. J'embrasse Ana sur le front.

— Bravo. Tu commences quand ?

— Lundi.

— Si tôt ? Alors il faut que je profite de toi à fond tant que c'est encore possible. Retourne-toi.

Elle obéit aussitôt. Je lui retire son soutien-gorge et sa jupe. Je referme mes mains sur ses fesses et l'embrasse dans le creux de l'épaule. Je me penche sur elle, et plonge mon nez dans ses cheveux. Son odeur, familière et unique, me chatouille les narines. L'odeur d'Ana. Le contact de son corps contre le mien est à la fois rassurant et irrésistible. Un vrai cadeau !

— Vous m'enivrez, mademoiselle Steele, et, en même temps, vous m'apaisez. C'est un cocktail grisant.

Je suis si heureux qu'elle soit là. J'embrasse ses cheveux, lui prends la main et l'entraîne sous la douche.

— Aïe !

Elle sursaute et ferme les yeux. Elle tressaille sous le jet.

— Ce n'est qu'un peu d'eau chaude.

Elle ouvre un œil, lève lentement la tête et s'abandonne à la cascade.

— Retourne-toi. Je vais te laver.

Elle s'exécute encore. Je verse un peu de gel douche au creux de ma paume, le fais mousser et commence à lui masser les épaules.

— Je dois te parler d'autre chose.

— Ah bon ?

Pourquoi est-elle si tendue ? Je fais glisser mes mains sur son torse, sur ses jolis seins.

— Mon ami José a un vernissage jeudi à Portland.

— Oui, et alors ?

Encore ce photographe ?

— J'ai promis d'y assister. Tu veux m'accompagner ?

Elle a posé cette question très vite, comme si elle était pressée de s'en débarrasser.

Une invitation ? Je suis pris de court. Il n'y a que ma famille qui m'invite, ou des relations d'affaires. Ou Elena.

— C'est à quelle heure ?

— À partir de 19 h 30.

Cette invitation est encore un « plus ». Je l'embrasse et lui murmure à l'oreille :

— D'accord.

Ses épaules se relâchent et elle se laisse aller contre moi. Elle semble soulagée. Je ne sais pas si ça doit m'attendrir ou m'attrister.

— Tu avais peur de me demander ?

— Oui. Comment as-tu deviné ?

— Anastasia, tout ton corps vient de se détendre.

Je suis si inquiétant que ça ?

— Eh bien, disons que tu serais plutôt, euh... du genre jaloux.

C'est vrai. Je suis jaloux. Imaginer Ana avec quelqu'un d'autre, c'est perturbant. Insupportable même.

— Oui, en effet. Tu as intérêt à ne pas l'oublier. Mais merci de m'avoir invité. On prendra Charlie Tango.

Elle me fait un grand sourire alors que mes mains glissent sur son corps, ce corps qu'elle m'a offert – à moi et à personne d'autre.

— Je peux te laver ? murmure-t-elle.

— Je ne crois pas.

Je l'embrasse doucement dans le cou pendant que je lui rince le dos.

— Vas-tu me laisser te toucher un jour ?

La démarche est bienveillante mais, à cette idée, les ténèbres remontent aussitôt en moi et m'étreignent la gorge.

Non.

Pour chasser mon malaise, je me mets à malaxer ses fesses, son cul glorieux. Mon corps réagit de façon animale, dans son combat contre les ténèbres. J'ai besoin d'elle. J'ai besoin d'elle pour chasser mes démons.

— Plaque tes mains au mur, Anastasia. Je vais te prendre encore une fois.

Avec un petit regard en coin, elle s'exécute. Je l'attrape par les hanches, la penche en avant.

— Accroche-toi bien, Anastasia.

Le jet lui tombe sur le dos, éclabousse sa croupe. Je glisse mes mains sur sa toison. Elle ondule, se frotte contre moi.

Et, brusquement, toute ma terreur disparaît.

— Tu veux comme ça ?

Pour toute réponse, elle remue plus fort ses fesses contre mon érection.

— Dis-le. Dis-le.

— Oui, comme ça.

Transperçant la cascade d'eau, son assentiment repousse mes ténèbres.

Oh, bébé.

Elle est encore mouillée – de ma jouissance et de la sienne. Je remercie en silence le Dr Greene. Plus de préservatifs. J'entre en Ana, et lentement, méthodiquement, je la possède encore une fois.

Je l'enveloppe d'un peignoir et l'embrasse.

— Sèche tes cheveux.

Je lui tends un séchoir dont je ne me suis jamais servi.

— Tu as faim ?

— Je suis carrément affamée !

Je ne sais pas si c'est vrai ou si elle dit ça pour me faire plaisir. Mais, dans un cas comme dans l'autre, je suis ravi.

— Tant mieux. Moi aussi. Je vais voir où en est Mme Jones avec le dîner. Tu as dix minutes. Ne t'habille pas.

Je l'embrasse à nouveau avant de gagner la cuisine.

Gail lave quelque chose dans l'évier. Je m'approche et passe la tête au-dessus de son épaule.

— Ce sont des palourdes, monsieur Grey.

Délicieux. Des *pasta alle vongole*, l'un de mes plats favoris.

— Dans dix minutes ?

— Dans douze, réplique Gail.

— Parfait.

Elle me regarde partir vers le bureau. Elle m'a déjà vu avec un peignoir, et parfois avec moins encore. Qu'est-ce qu'il lui prend ?

Je vérifie mes mails et mon téléphone. Rien. Pas de nouvelles de Leila. Mais depuis l'arrivée d'Ana, ça me tourmente moins.

Sans doute attirée par l'odeur appétissante, Ana apparaît dans la cuisine au moment où je sors du bureau. En découvrant la présence de Mme Jones, elle resserre instinctivement le col de son peignoir.

— Juste à l'heure ! lance Gail en déposant deux grandes assiettes fumantes sur le bar.

Je désigne à Ana un tabouret.

— Assieds-toi.

Ana regarde tour à tour Gail et moi. Elle est mal à l'aise.

Bébé, j'ai du personnel. Il faudra t'y habituer.

— Du vin ?

— Oui, acquiesce-t-elle d'une petite voix, en se juchant sur son siège.

J'ouvre une bouteille de sancerre et remplis deux verres.

— Si vous le souhaitez, monsieur, il y a du fromage dans le réfrigérateur, annonce Gail.

Elle quitte la cuisine, au grand soulagement d'Ana. Je m'installe au comptoir.

— À la tienne !

— À la tienne ! me répond Ana.

Nous faisons tinter nos deux verres de cristal. Elle avale une bouchée de son plat et pousse un grognement de plaisir. Elle devait être vraiment affamée.

— Tu comptes me le dire quand ? lâche-t-elle.

— Te dire quoi ?

Gail s'est surpassée. C'est absolument délicieux.

— Ce que j'ai raconté dans mon sommeil.

Je secoue la tête.

— Mange. Tu sais que j'aime te voir manger.

Elle me retourne une grimace.

— Tu es vraiment sadique.

Tu ne crois pas si bien dire, bébé. Une idée me traverse l'esprit. On pourrait peut-être explorer une nouvelle piste dans la salle de jeux. Quelque chose d'amusant.

— Et si tu me parlais de cet ami ?

— Quel ami ? réplique-t-elle.

— Ton photographe.

Je garde un ton léger, mais je vois bien que ça la déstabilise. Ses sourcils forment un petit « v ».

— On s'est rencontrés à la fac. Il fait des études d'ingénieur, mais sa passion, c'est la photo.

— Et ?

— Et c'est tout.

Sa réponse évasive m'agace.

— Vraiment tout ?

Elle rejette ses cheveux en arrière.

— On est devenus bons amis. Mon père et le père de José ont fait l'armée ensemble avant ma naissance. Ils sont restés en contact et maintenant ils sont inséparables.

— Son père et ton père ?

— Oui.

Elle fait à nouveau tourner sa fourchette dans les spaghettis.

— Je vois.

— C'est vraiment très bon, tu sais.

Elle me lance un sourire et son peignoir s'entrouvre légèrement, révélant la naissance de ses seins. Ma queue en tressaille.

— Comment tu te sens ?

— Super bien.

— Tu en veux plus ?

— Plus ?

— Plus de vin ?

Plus de sexe ? Dans la salle de jeux ?

— Oui.

Je la sers. Sans remplir son verre. Je ne veux pas qu'on ait trop bu si on veut s'amuser.

— Et ce « problème » qui t'a ramené à Seattle, ça s'arrange ?

Merde. Ce n'est pas le moment de parler de ça !

— Pas du tout. Mais ne t'en fais pas pour ça, Anastasia. J'ai des projets pour toi ce soir.

Je veux voir si tu es prête à accepter l'autre partie de notre arrangement.

— Ah ?

— Oui. Je veux que tu m'attendes dans la salle de jeux dans quinze minutes.

Je me lève et étudie sa réaction. Elle prend une petite gorgée de vin, alors que ses pupilles se dilatent d'excitation.

650

— Tu peux te préparer dans ta chambre. Au fait, il y a des vêtements pour toi dans le dressing. Je ne veux pas de discussion à ce sujet.

Sa bouche s'arrondit sous le coup de la surprise. Je lui lance un regard sévère, la mettant au défi de discuter. Curieusement, elle ne dit rien. Je retourne dans mon bureau pour envoyer un petit mail à Ros, lui demandant de préparer le rachat de la SIP.

J'ai deux messages de boulot, mais aucune nouvelle de Mme Reed. Je me sors Leila de la tête. Elle m'a assez occupé l'esprit ces dernières vingt-quatre heures. Ce soir, je me consacre à Ana, et à mon plaisir.

Quand je reviens dans la cuisine, Ana n'est plus là. Elle a dû monter à l'étage.

Dans mon dressing, je retire mon peignoir et enfile un jean – mon favori. Je revois Ana dans la salle de bains – son dos parfait, ses mains plaquées sur les carreaux pendant notre séance de baise.

Cette fille a de l'endurance.

Voyons jusqu'où.

Excité, je récupère mon iPod dans le salon et monte l'escalier vers la salle de jeux.

Quand je découvre Ana agenouillée derrière la porte, à l'endroit convenu, les yeux baissés, les jambes écartées, avec juste sa culotte, je suis soulagé. C'est ce que je ressens d'abord, du soulagement.

Elle ne s'est pas enfuie. Elle est prête à jouer.

Juste après, j'éprouve de la fierté : elle a suivi mes instructions à la lettre. J'ai du mal à dissimuler mon sourire de satisfaction.

Mlle Steele relève tous les défis.

En refermant la porte derrière moi, je remarque que son peignoir est accroché à la patère. Pieds nus, je passe devant elle et vais déposer mon iPod sur la commode. J'ai décidé de la priver de tous ses sens, sauf celui du toucher, et de voir l'effet que ça lui fait.

Gail a mis les draps de satin.

Les bracelets de cuir sont en place.

Dans la commode, je récupère un élastique à cheveux, un bandeau, un gant de fourrure, des écouteurs, et le petit transmetteur que Barney m'a bricolé pour l'iPod. J'aligne soigneusement tous ces objets sur le dessus du meuble, faisant patienter Ana. L'attente, c'est la moitié du plaisir dans un jeu. Satisfait par ma sélection, je reviens vers elle. Elle a toujours la tête baissée, et la lumière crée de jolis reflets dans ses cheveux. Elle est humble et belle, la quintessence de la soumise.

— Tu es ravissante.

Je prends son menton et lui relève la tête, jusqu'à ce que ses yeux bleus rencontrent les miens

— Tu es une très belle femme, Anastasia. Et tu es toute à moi. Lève-toi.

Elle semble avoir les jambes un peu ankylosées quand elle se met debout.

— Regarde-moi.

Quand je vois ses yeux, cette lumière intense qui s'en dégage, je sais que je pourrais m'y noyer. J'ai toute son attention.

— Nous n'avons pas signé de contrat, Anastasia. Mais nous avons parlé des limites. Et je tiens à répéter que nous avons des mots d'alerte, d'accord ?

Elle cligne des yeux deux fois, mais se tait.

— Quels sont-ils ?

Elle hésite. *Pff ! ça ne marchera jamais.*

— Quels sont les mots d'alerte, Anastasia ?

— Jaune.

— Et ?

— Rouge.

— Retiens-les.

Elle lève un sourcil, avec un dédain évident. Elle va dire quelque chose.

Non ! Pas ici. Pas dans ma salle de jeux !

— Pas d'insolence, mademoiselle Steele. Ou je te mets à genoux et je te baise la bouche. Compris ?

Même si la chose serait fort plaisante, pour l'instant, je n'exige que son obéissance. Elle déglutit en silence.

— Alors ?

— Oui, monsieur.

— C'est bien, ma petite. Si je te rappelle les mots d'alerte, ce n'est pas parce que j'ai l'intention de te faire mal. Mais ce que je m'apprête à te faire sera intense. Très intense. Tu dois me guider. Tu comprends ?

Son visage reste impassible. Elle ne veut rien laisser paraître.

— Tu ne pourras ni me voir ni m'entendre, mais tu pourras me sentir.

Je vais allumer le système audio au-dessus de la commode et procède à quelques réglages.

Il me reste à choisir un morceau ; je me rappelle notre conversation dans la voiture l'autre matin, après notre nuit à l'hôtel Heathman. Va-t-elle apprécier ce chant religieux du XVIe siècle ?

— Je vais t'attacher sur ce lit. Mais d'abord, je vais te bander les yeux et tu ne pourras pas m'entendre. (Je lui montre l'iPod.) Tu n'entendras que de la musique. Celle que j'ai choisie pour toi.

Je crois percevoir de la surprise dans son regard.

— Viens.

Je la conduis au pied du lit.

— Mets-toi là.

Je me penche et lui murmure à l'oreille :

— Ne bouge pas. Ne détourne pas tes yeux du lit. Imagine-toi attachée dessus, complètement à ma merci.

Elle a un petit hoquet.

C'est ça, bébé. Représente-toi bien la scène.

J'ai envie de déposer un baiser sur son épaule, mais je résiste. Je dois d'abord lui attacher les cheveux et prendre un accessoire. Je récupère l'élastique sur la commode, et vais chercher sur le rack un martinet, mon préféré, que je glisse dans la poche arrière de mon jean.

Je reviens me placer derrière elle, je prends doucement ses cheveux et commence à les tresser.

— Je t'aime bien en couettes, Anastasia, mais je suis impatient de te posséder, alors une tresse, ça suffira.

Je passe l'élastique, puis je tire sur ses cheveux et la plaque contre moi. J'enroule la natte dans ma main et lui penche la tête sur le côté, pour qu'elle me dévoile son cou. Je fais courir mon nez de son oreille

654

à l'épaule, j'effleure sa peau avec ma langue, la mordille.

Mmm. Elle sent si bon.

Elle tressaille. Un gémissement monte dans sa gorge.

— Chut !

Je sors le martinet de ma poche. Je passe mes bras autour d'elle pour lui montrer ce que je tiens.

— Touche-le.

Je sais qu'elle en meurt d'envie. Elle hésite, puis fait courir ses doigts sur les lanières de daim. C'est excitant.

— Je vais m'en servir. Ça ne te fera pas mal, mais ça va faire affleurer ton sang à la surface de ta peau et la rendre très sensible. Quels sont les mots d'alerte ?

— Euh… « jaune » et « rouge », monsieur, répond-elle d'une voix blanche, hypnotisée par le martinet.

— Tu es une bonne petite. Rappelle-toi, la peur, c'est dans ta tête.

Je lance le martinet sur le lit et fais courir mes doigts sur ses flancs, dépasse la rondeur des hanches et les glisse sous sa culotte.

— Tu n'auras pas besoin de ça.

Je fais descendre le sous-vêtement le long de ses jambes et m'agenouille derrière elle. Elle s'accroche au poteau pour dégager ses pieds.

— Ne bouge pas.

Je lui embrasse les fesses et les mordille.

— Maintenant, allonge-toi. Sur le dos.

Je lui donne une claque sur le postérieur. Elle sursaute et se dépêche de s'étendre sur le lit.

Elle me fait face, les yeux dans les miens, le regard luisant d'excitation. Elle tremble un peu aussi, je crois.

— Mains au-dessus de la tête.

Elle obéit. Je prends sur la commode les écouteurs, le bandeau, l'iPod et la télécommande. Je m'assois à côté d'elle sur le lit, je lui montre le lecteur équipé du petit transmetteur. Ses yeux font des allers et retours entre moi et l'appareil.

— Ceci transmet ce qui passe sur l'iPod aux haut-parleurs de la chambre. J'entends la même chose que toi, et j'ai une télécommande.

Une fois qu'elle a tout vu, j'insère les écouteurs dans ses oreilles et dépose l'iPod sur l'oreiller.

— Soulève la tête.

Je passe le bandeau sur ses yeux. Je me relève, prends sa main gauche et lui attache le poignet au bracelet de cuir fixé au coin du lit. Je fais glisser mes doigts sur son bras tendu. Elle tressaute. Je contourne lentement le lit. Sa tête pivote avec moi, suivant le bruit de mes pas. J'attache de la même façon son bras droit.

La respiration d'Ana s'accélère, devient sifflante entre ses lèvres ouvertes. Elle se tortille, se cambre, pleine d'impatience. Sa poitrine rosit.

C'est bien.

Au pied du lit, je saisis ses deux chevilles.

— Soulève encore la tête.

Elle obéit aussitôt. J'étire ses bras au maximum.

Elle pousse un petit gémissement et soulève à nouveau ses hanches.

Je fixe ses chevilles aux deux poteaux restants. Elle est attachée en croix devant moi, bras et jambes écartés. Je recule d'un pas pour admirer la vue. Elle n'a jamais été aussi bandante.

Elle est totalement à ma merci. C'est si excitant que j'en ai le tournis. Je reste un moment immobile, émerveillé par sa générosité et son courage.

Je m'arrache à cette vue ensorcelante et vais chercher sur la commode le gant en fourrure de lapin. Avant de l'enfiler, j'appuie sur le bouton de lecture de la télécommande. Il y a un petit chuintement et puis le motet commence. Des voix angéliques s'élèvent dans la salle de jeux, enveloppant la délectable Mlle Steele.

Elle se fige, transportée.

Je fais le tour du lit pour la contempler.

J'entreprends de caresser son cou avec le gant. Sa respiration s'accélère, elle tire sur ses liens, mais ne me demande pas d'arrêter. Avec lenteur, je passe le gant sur sa gorge, descends sur son sternum, puis sur ses seins. J'aime la voir gigoter, pieds et mains liés. Je décris des cercles autour de ses tétons, les pince doucement. Ses gémissements m'encouragent à descendre au sud. J'explore son corps, m'attarde, suis ses courbes : son ventre, ses hanches, la naissance des cuisses, ses jambes, une à une. La musique enfle, d'autres voix se joignent dans un contrepoint parfait avec les mouvements de ma main. Je surveille sa bouche pour mesurer son plaisir ; elle hoquette, se mord les lèvres. Quand j'effleure son sexe, elle se tend, se soulève, pour se presser contre ma caresse.

D'ordinaire, j'aime quand elle se tient tranquille, mais cette fois, je me délecte de ses soubresauts.

Mlle Steele apprécie. Elle est avide, affamée.

Quand j'effleure à nouveau ses seins, je sens ses tétons se durcir sous mon gant.

Oui...

Maintenant que toute sa peau est excitée, je retire le gant et le remplace par le martinet. Avec délicatesse, je fais rouler les perles des lanières sur son torse, ses seins, son ventre, sa toison et le long de ses jambes. Au moment où d'autres choristes se mêlent au chant, je lève le manche du martinet et cingle son ventre. Elle pousse un cri. Sans doute de surprise. Je ne l'entends pas dire le mot d'alerte. J'attends un peu, pour lui laisser le temps d'intégrer cette nouvelle sensation dans sa chair, puis je donne un autre coup. Plus fort.

Elle tire sur les bracelets, laisse échapper un son étranglé, guttural, mais elle ne prononce toujours pas le mot d'alerte. Je fais claquer alors les lanières sur ses seins. Elle rejette la tête en arrière, sa bouche est ouverte en un gémissement silencieux, son corps est arc-bouté sur le satin rouge.

Toujours pas de mot d'alerte. Parcourue de spasmes, Ana découvre son monstre intérieur.

Tant de ravissement me donne le vertige, et j'abats à nouveau les lanières sur son corps, encore et encore, me délectant de voir sa peau rougir sous leurs morsures. Quand le chœur marque une pause, je m'arrête moi aussi.

Bon sang, elle est sublime.

Puis, quand la mélopée reprend, quand toutes les voix s'unissent pour la coda, je recommence à frapper crescendo, la regardant se tortiller sous chacun de mes coups.

Lorsque enfin la dernière note résonne dans la pièce, je lâche le martinet. Je suis à bout de souffle, pantelant de désir et d'envie.

Merde !

Elle gît sur le lit, vulnérable, la peau cramoisie. Elle aussi halète.

Oh bébé.

Je grimpe sur le lit, entre ses jambes, et m'allonge sur elle. Quand la musique redémarre, avec cette voix d'ange solitaire, j'emprunte le même chemin que le gant et le martinet, mais cette fois avec ma bouche, l'embrassant, la léchant, en adoration pour chaque centimètre de son corps. Je titille, suce ses tétons jusqu'à ce qu'ils luisent de salive, dressés et tout durs. Elle ondule, forçant sur ses liens, gémit sous moi. Ma langue descend le long de son ventre, tourne autour de son nombril. Je la lèche. Je la goûte. Je la vénère. Ma déesse. Je descends encore, vers ses poils pubiens, vers son clitoris offert et tendre qui quémande ma langue. Je l'encercle, l'agace. Je bois son odeur, je bois son désir, jusqu'à ce que je la sente trembler tout entière.

Non, Ana. Pas encore. Attends.

Je m'arrête net et elle pousse un râle de frustration.

Je m'agenouille entre ses cuisses, ouvre ma braguette, libérant mon érection. Puis je défais le bracelet gauche à sa cheville. Elle referme aussitôt sa jambe autour de moi, et me caresse de toute la longueur de son mollet pendant que je lui détache l'autre cheville. Une fois libre, je masse ses jambes pour faire revenir le sang, du bas jusqu'en haut, jusqu'à la naissance des cuisses, mes pouces s'insinuant à l'intérieur, glissant sur sa peau trempée d'excitation. Elle se tortille sous moi, soulève ses hanches au rythme du motet de Thomas Tallis, en harmonie complète avec nous.

Dans un grognement animal, je la saisis par les hanches, la soulève du lit et, d'un coup puissant, sauvage, je la prends.

Oh putain !

Elle est si chaude et lisse, si mouillée… sa chair palpite autour de moi, au bord de la jouissance.

Non, c'est trop tôt. Trop tôt.

Je m'arrête à nouveau, toujours au-dessus d'elle, le front dégoulinant de sueur.

— S'il te plaît ! bredouille-t-elle.

Je resserre mon étreinte pour m'empêcher de bouger, m'empêcher de me perdre en elle. Je ferme les yeux. Il ne faut pas que je la voie sous moi dans toute sa splendeur. Je dois me concentrer sur la musique. Une fois que j'ai repris le contrôle, je recommence à bouger, très lentement. Puis, lorsque l'intensité du chœur grandit, j'augmente le rythme, suivant la force et le tempo de la musique, honorant, chérissant chaque centimètre de son sexe.

Elle serre les poings, renverse la tête, gémit.

Oui !

— S'il te plaît.

Elle m'implore entre ses dents serrées.

Je t'entends, bébé.

Je la repose sur le lit, viens sur elle, en appui sur mes coudes, et augmente la cadence, me laissant emporter par son désir et par les voix célestes.

Ma douce et courageuse Ana.

La sueur ruisselle dans mon dos.

Allez bébé, viens !

Et elle explose autour de moi, dans un cri, enfin libérée, délivrée. Elle m'entraîne avec elle, à coups de reins, m'offrant un orgasme intense et aveuglant où je perds toute conscience. Je m'effondre sur elle. Quand peu à peu le monde se matérialise à nouveau, je ressens une sensation étrange dans ma poitrine, comme un tourbillon qui me consume de l'intérieur.

Je secoue la tête pour chasser cette sensation déroutante et inquiétante. Je tends la main, attrape la télécommande et coupe la musique.

Assez de Tallis pour aujourd'hui.

La musique a donné à ce moment une intensité particulière : ce fut presque une expérience mystique. Je fronce les sourcils, tentant en vain de contrôler mon émotion.

Je détache les bras d'Ana. Elle remue ses doigts engourdis en soupirant. Je lui ôte doucement les écouteurs et son bandeau.

Ses grands yeux bleus me regardent.

— Salut.

— Salut, murmure-t-elle, d'un ton malicieux.

Sa réaction me ravit. Je l'embrasse doucement.

— Bravo.

Je suis vraiment très fier d'elle. Elle l'a fait. Elle a tout accepté. Tout.

— Retourne-toi.

Une lueur de panique passe dans ses yeux.

— Je veux juste te masser.

— Ah… d'accord.

Elle roule sur le ventre et ferme les yeux. Je m'assois à califourchon sur elle et commence à malaxer ses épaules.

Un ronronnement de plaisir monte dans sa gorge.

— C'était quoi, cette musique ?

— Un motet à quarante voix de Thomas Tallis, *Spem in alium*.

— C'était... irrésistible.

— J'ai toujours eu envie de baiser en l'écoutant.

— Ne me dites pas que c'est encore une première, monsieur Grey ?

— En effet, mademoiselle Steele.

— Eh bien, moi aussi, c'est la première fois que je baise en l'écoutant.

Sa voix est tout ensommeillée.

— Hum... on vit beaucoup de premières, tous les deux.

— Qu'est-ce que je t'ai dit en dormant, Christ... euh, monsieur ?

Lâche-lui le morceau, Grey, qu'on passe à autre chose.

— Tu as dit beaucoup de choses, Anastasia. Tu as parlé de cages, de fraises... tu as dit que tu en voulais plus... et que je te manquais.

— C'est tout ?

Elle paraît soulagée. *Qu'est-ce qu'elle redoutait ?* Je m'étends à côté d'elle pour pouvoir étudier son visage.

— Tu pensais que tu avais dit quoi ?

Elle ouvre brusquement les yeux, puis les referme aussitôt.

— Que je te trouvais moche, prétentieux, et que tu étais nul au pieu.

Elle soulève une paupière pour voir ma réaction.

Elle noie le poisson !

— Naturellement, tout ça est vrai, mais maintenant, je suis encore plus curieux. Que me cachez-vous, mademoiselle Steele ?

— Je ne te cache rien.

— Anastasia, tu mens lamentablement mal.

— Je plaisantais. On n'a pas le droit de rire après le sexe ?

Je ne m'attendais pas à cette réponse. Je m'efforce de sourire.

— Je ne suis pas très doué pour les plaisanteries.

— Monsieur Grey ! Enfin quelque chose que vous ne savez pas faire ?

— Oui, je suis nul pour les blagues.

Je dis ça comme si j'en étais fier.

— Moi aussi, je suis nulle !

Et elle part d'un grand rire.

— Quel son ravissant.

Je l'embrasse, tout attendri. Mais je voudrais bien quand même savoir ce qu'elle dissimule.

— Mais tu ne me dis pas tout, Anastasia. Je vais devoir te faire avouer sous la torture.

— Me torturer ? Encore ?

Cette réponse me glace.

— Mais oui. Je veux bien, se reprend-elle.

Ouf !

— Cela me ferait très plaisir, mademoiselle Steele.

— Vous satisfaire est notre priorité, monsieur Grey.

— Tu serais d'accord ?

Je suis à la fois touché par sa réponse, et excité.

— Plus que d'accord.

Elle m'adresse un sourire timide.

— Tu es étonnante.

Je dépose un baiser sur son front, puis sors du lit. Une vague me traverse. Je me secoue pour la chasser, enfile mon pantalon et lui tends la main pour l'aider à se relever. Dès qu'elle est debout, je la prends dans mes bras, l'embrasse. Je me rassasie d'elle.

— Maintenant, dodo.

Je récupère son peignoir sur la patère, et la soulève de terre pour l'emporter dans ma chambre.

— Je suis vannée, marmonne-t-elle lorsque je la dépose dans mon lit.

— Dors.

Je m'allonge à côté d'elle, la serre contre moi. Je ferme les yeux, luttant à nouveau contre cette vague qui enfle dans ma poitrine. C'est un mélange de regret et de joie, l'impression d'avoir trouvé un foyer après l'avoir longtemps perdu… c'est terrifiant.

Samedi 4 juin 2011

La brise d'été m'effleure le visage, légère et douce comme les doigts d'une amante.

Mon amante.

Anastasia.

Je m'éveille en sursaut. La chambre est plongée dans l'obscurité. À côté de moi, Ana dort. J'entends son souffle régulier. Je me redresse sur un coude, passe ma main dans mes cheveux. J'ai la désagréable impression que quelqu'un vient juste de faire ça – toucher mes cheveux. Je scrute la pièce, m'attardant sur les zones d'ombre. Mais nous sommes seuls. Juste Ana et moi.

C'est étrange. J'aurais juré qu'il y avait quelqu'un. Quelqu'un qui m'a touché.

Un simple rêve, Grey !

Je regarde l'heure. 4 h 30 passées. Quand je me laisse retomber sur l'oreiller, Ana marmonne des mots incohérents et se tourne vers moi, toujours endormie. Elle est si sereine, si belle.

Je lève les yeux au plafond. Encore une fois, le détecteur de fumée, avec sa petite diode verte, se moque de moi. On n'a pas signé de contrat. Mais Ana est ici, avec moi. Que dois-je en penser ? Que

suis-je censé faire d'elle ? Va-t-elle suivre mes règles ?
J'ai besoin de la savoir en sécurité. Je me frotte
le visage. Je suis en terrain inconnu. Je n'ai plus le
contrôle. Et je n'aime pas ça.

Soudain, Leila s'invite dans mes pensées.

Et merde.

Tout se télescope dans mon crâne : Leila, le travail,
Ana… Jamais je ne pourrai me rendormir. Je me lève,
enfile un pantalon de pyjama, et pars dans le salon
jouer du piano.

Chopin est mon réconfort. Ses mélodies mélanco-
liques s'accordent à mon humeur. Et je prends plaisir
à en jouer chaque note. Un mouvement, à la périphérie de mon champ de vision, attire mon attention.
C'est Ana. Elle s'approche d'un pas hésitant.

— Tu devrais être en train de dormir.

Ça me contrarie, mais je continue à jouer.

— Toi aussi.

Elle a un air résolu, et en même temps, elle paraît
si fragile dans mon peignoir trop grand pour elle.

— Vous me grondez, mademoiselle Steele.

— Oui, monsieur Grey, en effet.

— Je n'arrivais pas à dormir.

J'ai trop de soucis en tête. Je préférerais qu'elle
retourne se coucher. Mais elle n'a que faire de mon
humeur et s'assoit près de moi sur le banc. Elle
appuie sa tête contre mon épaule.

C'est un geste si tendre et intime que, pendant une
fraction de seconde, j'en oublie de jouer. Puis je
reprends, me sentant beaucoup plus en paix maintenant qu'elle est là.

— C'était quoi ? demande-t-elle quand je m'arrête.

— Chopin. *Prélude* opus vingt-huit, numéro quatre. En *mi* mineur, au cas où ça t'intéresse.

— Tout ce que tu fais m'intéresse.

Douce Ana. J'enfouis mes lèvres dans ses cheveux.

— Je ne voulais pas te réveiller.

— Ce n'est pas toi qui m'as réveillée. Joue un autre morceau.

— Un autre ?

— Le morceau de Bach que tu jouais, la première nuit que j'ai passée ici.

— Ah, le *Marcello*.

Jamais je n'ai joué du piano pour quelqu'un. Pour moi, c'est un instrument solitaire, reservé à mes seules oreilles. Ma famille ne m'a pas entendu au piano depuis des années. Mais, puisqu'elle me le demande, je vais le faire pour elle. Mes doigts effleurent les touches, les notes envoûtantes emplissent le salon.

— Pourquoi joues-tu toujours des airs aussi tristes ?

Tristes ?

— Tu n'avais que six ans quand tu as commencé à apprendre le piano ?

Elle incline la tête sur le côté. Elle veut tout savoir. Comme toujours ! Après la nuit dernière, je ne peux rien lui refuser.

— J'ai appris à jouer du piano pour faire plaisir à ma nouvelle mère.

— Pour mériter ta place dans cette famille parfaite ?

Ma « famille parfaite ». Elle reprend les mots que j'avais prononcés durant notre agréable conversation nocturne à Savannah.

— Oui, en quelque sorte.

Je ne veux pas en parler. Elle se souvient de tout ce que je lui ai raconté. C'est étonnant.

— Pourquoi es-tu debout ? Tu n'as pas besoin de récupérer, après les efforts d'hier ?

— Il est 8 heures du matin pour moi. Et il faut que je prenne ma pilule.

— Bravo, tu t'en es souvenue. Il n'y a que toi pour commencer à utiliser un mode de contraception à heures fixes alors que tu es dans un fuseau horaire différent. Tu devrais peut-être attendre une demi-heure, puis encore une demi-heure demain matin. Pour que tu finisses par prendre ta pilule à une heure raisonnable.

— Bonne idée. Alors, qu'est-ce qu'on va faire pendant une demi-heure ?

— J'ai une ou deux idées derrière la tête.

— Ou alors, on pourrait parler, répond-elle, malicieuse.

— Je préfère mon idée.

Je la juche sur mes genoux et plonge mon nez dans ses cheveux.

— Tu préfères toujours baiser au lieu de parler.

— C'est vrai. Surtout avec toi.

Elle referme la main sur mon bras – ça va, les ténèbres se tiennent tranquilles. Je commence à lui mordiller l'oreille, descends vers sa gorge.

— Peut-être sur le piano ?

Mon corps frémit. Je l'imagine déjà étendue sur l'instrument, offerte, les cheveux pendant dans le vide.

668

— Je veux tirer une chose au clair, me chuchote-t-elle.

— Toujours aussi curieuse, mademoiselle Steele. Qu'est-ce que tu veux tirer au clair ?

Sa peau est douce et chaude sous mes lèvres. Je fourre mon nez sous le peignoir, le fais glisser sur son épaule.

— Nous.

Et ce simple mot dans sa bouche sonne comme une prière.

— Nous, quoi ?

Où veut-elle en venir ?

— Le contrat.

Je me fige et la regarde avec intensité. Je fais courir mon doigt sur sa joue.

— Eh bien, je pense que le contrat est caduc, pas toi ?

— Caduc ?

— Caduc.

— Mais tu y tenais tellement ?

— Ça, c'était avant. Mais les règles restent applicables.

Je tiens à sa sécurité.

— Avant ? Avant quoi ?

— Avant…

Avant tout ça. Avant que tu ne mettes mon monde sens dessus dessous, avant que tu ne dormes avec moi dans mon lit, avant que tu ne poses ainsi ta tête contre mon épaule.

— Avant… le « plus ».

Je repousse la vague désormais familière qui monte en moi.

— Oh.

Je discerne sa joie.

— En plus, on est allés dans la salle de jeux deux fois déjà, et tu ne t'es pas enfuie en courant.

— Tu t'attendais à ça ?

— Tu me réserves toujours des surprises, Anastasia.

Ses sourcils se froncent à nouveau.

— Bon, parlons clairement. Tu veux que j'obéisse aux règles du contrat tout le temps, mais pas au reste ?

— Sauf dans la salle de jeux. Je veux que tu respectes l'esprit du contrat dans la salle de jeux, et, oui, je veux que tu observes les règles tout le temps. Comme ça, je sais que tu es en sécurité, et je pourrai t'avoir quand je veux.

— Et si je transgresse l'une des règles ?

— Je te punirai.

— Mais tu n'auras pas besoin de ma permission pour me punir ?

— Si, il faudra que tu me la donnes.

— Et si je refuse ?

Pourquoi est-elle aussi têtue ?

— Si tu refuses, c'est à moi de te persuader d'accepter.

Elle devrait le savoir maintenant. Dans le hangar à bateaux, elle n'a pas voulu que je lui donne une fessée, alors que j'en avais très envie. Mais on l'a fait plus tard… avec son accord.

Elle se lève et s'éloigne. Je crois qu'elle s'en va, mais elle se retourne, et me fixe avec perplexité.

— Donc, pour les punitions, le contrat reste toujours valable.

— Seulement si tu transgresses une règle.

C'est pourtant clair !

— Il va falloir que je les relise.

— Je vais te les chercher.

J'allume l'ordinateur dans le bureau et imprime les règles. Comment en sommes-nous arrivés à parler de ça à 5 heures du matin ?

Elle est dans la cuisine, elle boit un verre devant l'évier. Elle a le dos raide, ses épaules sont tendues. Ça s'annonce mal. Je pose le papier sur l'îlot central.

— Tiens.

Elle parcourt le document des yeux.

— Donc pour l'obéissance, ça tient toujours ?

— Oh oui.

Elle secoue la tête, un sourire ironique retrousse le coin de ses lèvres, et elle lève les yeux au ciel.

Ô joie !

— Qu'est-ce que tu viens de faire, là, Anastasia ?

— Je ne sais pas. Tout dépend de ta réaction.

Elle semble à la fois amusée et terrifiée.

— Toujours la même.

Elle déglutit. Ses yeux s'agrandissent d'excitation.

— Alors…

— Oui ?

— Tu veux me donner une fessée.

— Oui. Et je vais te la donner.

— Vraiment, monsieur Grey ?

Elle croise les bras sur sa poitrine, relève le menton.

— Tu comptes m'en empêcher ?

— Il faudra que tu m'attrapes.

Ah, elle veut jouer !

Je descends du tabouret et la regarde fixement.

— Vraiment, mademoiselle Steele ?

Par où va-t-elle s'enfuir ? À droite ? À gauche ?

Son visage rayonne d'une joie espiègle. Elle mordille sa lèvre. *Elle le fait exprès ?*

— En plus, tu te mordilles la lèvre.

Je me déplace lentement vers la gauche.

— Tu n'oseras pas. Après tout, toi aussi tu lèves les yeux au ciel.

Évidemment, elle se décale dans le sens opposé.

— Oui, mais toi, tu viens de faire monter les enjeux d'un cran.

— Je cours très vite, tu sais.

— Moi aussi.

Elle a vraiment le don de rendre tous les moments de la vie excitants.

— Tu vas être une gentille fille. Et venir sans faire d'histoires.

— Ça m'est déjà arrivé ?

— Mademoiselle Steele. Si je suis obligé de venir vous chercher, ça va être bien pire.

Je contourne l'îlot.

— À condition que tu m'attrapes, Christian. Et là, je n'ai aucune intention de te laisser faire.

— Anastasia, tu pourrais tomber et te faire mal. Ce qui te placerait en infraction directe à la règle numéro six.

— Je suis en danger depuis que je vous connais, monsieur Grey, avec ou sans règles.

— En effet.

S'agit-il vraiment d'un jeu ? Essaie-t-elle de me dire quelque chose ? Elle hésite. Je saute soudain sur elle pour l'attraper. Elle pousse un cri et va se réfugier derrière la table de la salle à manger. Elle me regarde, bouche ouverte, avec un air de défi et de peur mêlés, et son peignoir a glissé sur sa peau, dévoilant toute son épaule. *Elle est si sexy, bordel. Irrésistible.*

Lentement je m'avance vers elle. Elle recule.

— Tu sais distraire un homme, Anastasia.

— Vous satisfaire est notre priorité. Te distraire de quoi ?

— De la vie. De l'univers.

De mon ex-soumise portée disparue, de mon travail, de notre accord. De tout !

— Tu avais en effet l'air très préoccupé quand tu jouais du piano.

Jamais je ne pourrai la coincer. Je m'arrête, bras croisés, pour repenser ma stratégie.

— On pourrait passer la journée à ça, bébé, mais je vais finir par t'attraper, et ça sera encore pire pour toi.

— Non, tu ne m'attraperas pas.

— On jurerait que tu ne veux pas que je t'attrape.

— Je ne veux pas, figure-toi. Pour moi, me faire punir, c'est comme pour toi, te faire toucher.

D'un coup, les ténèbres s'abattent, m'enveloppent comme un suaire glacé, m'emplissant d'un désespoir noir.

Non. Personne ne peut me toucher. C'est au-dessus de mes forces.

— C'est ça que tu éprouves, Anastasia ?

J'imagine avec horreur ses ongles glissant sur ma poitrine, y laissant une trace de feu.

Elle bat des cils, saisie par mon trouble. Puis sa voix se fait plus douce :

— Non. Ça ne m'affecte pas à ce point-là, mais ça te donne une petite idée de ce que je ressens.

Et merde. Ça change tout. Je ne sais plus quoi dire.

— Ah.

Elle prend une grande inspiration et s'approche. Une fois devant moi, elle relève les yeux vers moi. Son regard est plein d'appréhension.

— Tu détestes ça à ce point-là, Ana ?

Voilà, c'est fini. Nous sommes incompatibles.

— Non, c'est plus ambivalent que ça. Je n'aime pas, mais je ne déteste pas.

— Mais hier, dans la salle de jeux, tu…

— Je le fais pour toi, Christian, parce que tu as besoin de ça. Pas moi. Tu ne m'as pas fait mal hier soir. C'était dans un contexte différent, je peux me le justifier, et en plus je te fais confiance. Mais quand tu veux me punir, j'ai peur que tu me fasses mal.

Dis-lui ! Dis-lui donc ! C'est le moment de jouer cartes sur table !

— Je veux te faire mal. Mais pas plus que tu ne peux le supporter.

Je n'irai jamais trop loin.

— Pourquoi ?

— J'en ai besoin, c'est tout. Je ne peux pas t'expliquer.

— Tu ne peux pas ou tu ne veux pas ?

— Je ne veux pas.

— Donc, tu sais pourquoi.

— Oui.

— Mais tu ne veux pas me le dire.

— Si je te le dis, tu vas partir en hurlant pour ne plus jamais revenir. Je ne peux pas courir ce risque, Anastasia.

— Tu veux que je reste ?

— Plus que tu ne l'imagines. Je ne supporte pas l'idée de te perdre.

Cette distance entre nous, c'est trop douloureux. Je l'attrape pour qu'elle cesse de me fuir et la serre contre moi. Mes lèvres cherchent les siennes. Elle répond à mon appel, sa bouche se soude à la mienne et m'embrasse avec la même ardeur que moi, le même désir, le même espoir. Les ténèbres repartent. Je me sens réconforté.

— Ne me quitte pas. Pendant que tu dormais, tu m'as dit que tu ne me quitterais pas, tu m'as supplié de ne pas te quitter.

— Je ne veux pas m'en aller.

Mais ses yeux fouillent les miens à la recherche d'une réponse. Elle m'a mis à nu… elle a vu mon âme noire, mon âme mutilée.

— Montre-moi, dit-elle soudain.

— Te montrer quoi ?

— Montre-moi à quel point ça peut faire mal.

— Quoi ?

— Punis-moi. Je veux savoir jusqu'où ça peut aller.

Non, pas ça !

Je recule d'un pas.

Elle me regarde, sincère, honnête et grave. Elle s'offre une fois de plus. Elle est prête à être ma chose, à assouvir tous mes désirs. Je suis stupéfait.

— Tu serais prête à essayer ?

— Oui. Je viens de te le demander.

— Ana, je ne comprends pas.

— Moi non plus, mais j'essaie. Comme ça, toi et moi, on saura une fois pour toutes où on en est. Si je supporte la douleur, alors peut-être que tu...

Elle s'interrompt. Je recule encore d'un pas. Elle veut me toucher.

Non !

Mais si on le fait, on sera fixés, elle comme moi.

Nous sommes arrivés à ce moment clé plus vite que je ne l'aurais pensé.

Y arriverai-je ?

À cet instant, je sais que c'est ce que je désire le plus au monde. C'est ce que réclame le monstre qui est en moi.

Avant de changer d'avis, je lui prends le bras et l'entraîne dans l'escalier, vers la salle de jeux. Je m'arrête devant la porte.

— Je vais te montrer jusqu'où ça peut aller. Ensuite, la décision t'appartiendra. Tu es prête ?

Elle acquiesce. Elle a cet air obstiné que je lui connais bien à présent.

Qu'il en soit ainsi !

J'ouvre la porte, saisis une large ceinture sur le rack avant qu'elle n'ait le temps d'y réfléchir à deux fois, et la conduis dans un angle de la pièce.

— Penche-toi sur ce banc.

Elle obéit en silence.

— Nous sommes ici parce que tu as accepté d'y être, Anastasia. Et parce que tu m'as fui tout à l'heure. Je vais te frapper six fois, et tu vas compter les coups avec moi.

Elle ne dit toujours rien.

Je remonte le bas du peignoir dans son dos, pour exposer son beau cul. Je passe ma main sur ses fesses et le haut de ses cuisses. Un frisson me traverse.

Ça y est ! J'ai ce que je veux ! Ce que je voulais par-dessus tout !

— Je fais ça pour que tu te rappelles de ne pas me fuir. Même si ça m'a excité, je ne veux plus jamais que tu me fuies. Et tu as levé les yeux au ciel. Tu sais que je n'aime pas ça.

Je prends une profonde inspiration, savourant l'instant. Mon cœur cogne dans ma poitrine.

J'ai besoin de ça. C'est dans ma nature. Et on y est enfin !

Elle peut y arriver. Elle ne m'a jamais déçu jusqu'à présent.

Je plaque une main sur sa nuque pour la maintenir en place, et de l'autre je brandis la ceinture. Je prends une autre inspiration, et me concentre sur ce que j'ai à faire.

Elle ne va pas s'en aller. C'est elle qui me l'a demandé.

Puis j'abats la sangle, fort, cinglant les deux fesses à la fois.

Elle pousse un cri.

Mais elle n'a pas dit « Un »… ni le mot d'alerte.

— Compte, Anastasia !

— Un !

Parfait… elle n'a pas dit le mot d'alerte.

Je frappe à nouveau.

— Deux ! crie-t-elle.

C'est bien, bébé. Lâche tout !

Un autre coup.

— Trois !

Elle grimace. Je vois trois belles marques sur son cul. J'en laisse une quatrième.

Elle crie un « Quatre », fort et clair.

Personne ne peut t'entendre. Vas-y, bébé, tu peux crier tant que tu veux.

J'abats encore la ceinture.

— Cinq !

Elle sanglote. J'attends pour voir si elle va dire le mot d'alerte.

Mais non.

Et un dernier pour la gloire !

— Six…

Sa voix n'est plus qu'un souffle rauque et tremblant.

Je lâche la ceinture, satisfait, extatique. Je suis comme ivre, haletant, euphorique et enfin comblé. Oh ma déesse, ma déesse magnifique. Je veux embrasser chaque parcelle de son corps. On l'a fait ! On est arrivé là où je voulais. Je lui prends le bras pour l'aider à se relever.

— Lâche-moi… non…

Elle se dégage et recule avant de se retourner comme une tigresse.

— Ne me touche pas !

Ses joues sont maculées de larmes, son nez plein de morve, ses cheveux emmêlés et poisseux… jamais elle n'a été aussi belle… et aussi furieuse.

Sa colère déferle sur moi comme un raz-de-marée.

Merde ! La colère. Je n'avais pas prévu ça.

Attends un peu. Elle va se calmer. Les endorphines vont apaiser la douleur.

Elle chasse ses larmes du revers de la main.

— C'est ça que tu aimes ? Moi, comme ça ?

Elle s'essuie le nez sur la manche du peignoir.

Mon euphorie se dissipe. Je suis sonné, pris de court, totalement paralysé par sa fureur. Les pleurs, je comprends, mais cette rage ? Cela réveille des choses au fond de moi, des choses auxquelles je ne veux pas penser.

Non, Grey. Pas par là. Danger !

Pourquoi ne m'a-t-elle pas demandé d'arrêter ? Elle n'a pas prononcé le mot d'alerte. Elle méritait sa punition. Elle a fui devant moi. Elle a levé les yeux au ciel.

Voilà ce qui se passe, bébé, quand on défie mon autorité.

Elle me jette un regard noir. Ses grands yeux bleus brûlent de rage. Ses yeux qui me fixent, comme si elle venait soudain de tout comprendre.

Mon Dieu ! Qu'est-ce que j'ai fait ?

D'un coup, je reprends mes esprits. Je me retrouve chancelant, au bord d'un dangereux précipice. Je cherche les mots qui pourraient nous sauver, mais rien ne me vient.

— Pauvre cinglé ! crie-t-elle.

J'en ai le souffle coupé. C'est comme si j'avais moi-même reçu les coups de ceinture.

Oui. C'est exactement ce que je suis.

Elle a vu le monstre...

— Ana...

Je veux la serrer contre moi, apaiser sa douleur. Je veux qu'elle pleure dans mes bras.

— Il n'y a pas d'Ana ! Va te faire soigner, Grey !

Elle quitte la salle de jeux. Hébété, je regarde la porte qui s'est refermée, ses mots résonnant encore dans ma tête.

Pauvre cinglé !

Personne ne m'a jamais rejeté comme ça. D'un geste machinal, je passe ma main dans les cheveux. Je dois être rationnel, il faut que j'analyse sa réaction et la mienne. Je viens de la laisser partir. Je ne suis pas en colère... qu'est-ce que je ressens au juste ? Je ramasse la ceinture, l'accroche au portant. Cette séance a, sans aucun doute, été l'une des plus satis-faisantes de ma vie. Il y a un instant encore, je me sentais léger, euphorique, certain d'avoir effacé le fossé qui nous séparait, levé tous les doutes.

Mais voilà. C'est fini.

Maintenant qu'elle sait ce que ça implique, nous pouvons chacun continuer notre route.

Je l'ai prévenue. Les gens comme moi aiment infli-ger de la douleur.

Mais seulement aux femmes qui aiment ça.

Un malaise m'envahit. Je revois son visage, son air outré, blessé. Je ne comprends pas. Je suis habitué à voir les femmes pleurer. C'est ce que je fais avec elles.

Mais Ana ?

680

Je me laisse glisser contre le mur, les bras refermés sur mes genoux. Laisse-la pleurer. Ça ira mieux après. Les femmes sont comme ça. Laisse-lui un peu de temps, puis va la retrouver pour la consoler. Elle n'a pas dit le mot d'alerte. C'est elle qui m'a demandé de le faire. Elle voulait savoir, elle était curieuse, comme toujours. Le réveil a été un peu brutal, c'est tout.

Pauvre cinglé !

Je ferme les yeux, esquisse un sourire fataliste. Oui, Ana, c'est ce que je suis, un cinglé, un malade. Et, maintenant que tu le sais, nous pouvons avancer dans notre relation… notre entente contractuelle, appelle ça comme tu veux.

Ces pensées ne me rassurent pas et mon malaise continue de grandir. Ses yeux courroucés me regardent au fond de l'âme. J'y vois tout son outrage, sa révolte, sa pitié… Oui. Elle m'a percé à jour. Elle a vu la bête en moi.

Les paroles de Flynn me reviennent en mémoire. *Ne vous focalisez pas sur le négatif, Christian.*

Je ferme à nouveau les yeux. Mais je vois toujours le visage d'Ana. Sa souffrance.

Quel con je suis !

C'était trop tôt. Bien trop tôt.

Je vais la consoler. C'est ça… il faut la laisser pleurer, puis la consoler.

Je lui en veux d'être partie comme ça. Pourquoi cette réaction ?

Merde. Elle est si différente des autres. J'aurais dû prévoir sa réaction. Il faut que je la voie, que je la serre contre moi. On peut surmonter ça. Où est-elle ?

La panique me prend. Et si elle s'était enfuie ? Non, elle ne ferait pas ça. Pas sans me dire au revoir. Je me relève, sors de la pièce et descends l'escalier quatre à quatre. Elle n'est pas dans le salon. Peut-être au lit ? Je fonce dans la chambre.

Personne.

Un nœud d'angoisse me tord l'estomac. Non, elle ne peut pas être partie ! À l'étage ? Dans sa chambre ? Je remonte à toute vitesse l'escalier. Et, hors d'haleine, je m'arrête sur le seuil. Elle est là, en pleurs.

Merci, mon Dieu !

Je m'adosse contre la porte. Le soulagement de la voir encore ici me scie les jambes.

Ne me quitte pas. Cette idée m'est insupportable.

Mais elle a juste besoin de pleurer, c'est tout.

Je me rends dans la salle de bains à côté de la salle de jeux pour prendre de l'arnica, de l'Advil et un verre d'eau, et je reviens dans la chambre.

Il fait sombre dans la pièce même si l'aube pâlit à l'horizon. Il me faut un petit temps pour la repérer. Je la trouve pelotonnée sur le lit, frêle et vulnérable, en sanglots. Son chagrin me fait mal, me coupe la respiration. Mes soumises ne m'ont jamais ému comme ça, même quand elles hurlaient. Je suis perdu. Pourquoi ? Je pose l'arnica, l'eau et les cachets. Je soulève le couvre-lit et m'allonge à côté d'elle. J'approche mon bras, mais elle se raidit. Tout son corps crie « ne me touche pas ! ». Quelle ironie du sort.

— Chut…

Je tente en vain de la calmer, de faire cesser ses larmes. Elle ne réagit pas. Elle reste immobile, fermée à double tour.

— Ne me repousse pas, Ana, s'il te plaît.

Elle se détend un peu, me laisse la serrer dans mes bras. Elle sent toujours aussi bon, et son odeur est un baume. Je dépose un baiser sur sa joue.

— Ne me déteste pas.

Elle ne répond rien, mais lentement ses sanglots s'apaisent. Au moins, elle s'est calmée. Elle s'est peut-être endormie. Je n'ose pas bouger, de peur de la déranger.

Le jour se lève. Nous sommes toujours étendus en silence. Mes pensées vagabondent pendant que je tiens ma déesse dans mes bras. Et je regarde la lumière du jour changer de couleur et d'intensité dans la pièce. Cela fait longtemps que je ne me suis pas retrouvé allongé en silence, à regarder le temps passer, l'esprit libre. C'est si agréable de se dire qu'on pourrait faire ça toute la journée. Peut-être pourrais-je l'emmener sur le *Grace* ?

Oui. Pourquoi ne pas aller naviguer cet après-midi ?

Si elle t'adresse encore la parole, Grey !

Elle bouge, un léger mouvement du pied. Je sais qu'elle est réveillée.

— Je t'ai apporté de l'ibuprofène et de la pommade à l'arnica.

Enfin, elle se tourne pour me faire face. Ses yeux rouges se posent sur les miens. Son regard est profond, interrogateur. Elle prend tout son temps pour m'observer, comme si elle me voyait pour la première fois. C'est troublant parce que, comme d'habitude, je ne sais pas ce qu'elle pense, ni ce qu'elle perçoit. Elle est totalement calme. C'est déjà ça. Ce sera peut-être une belle journée, après tout.

Elle caresse ma joue, fait courir ses doigts sur ma mâchoire, caresse ma barbe naissante. Je ferme les yeux pour savourer ce contact. C'est encore nouveau cette sensation, mais j'aime bien cette main innocente qui effleure mon visage – sans réveiller les ténèbres. Je peux supporter sa main sur mon visage ou dans mes cheveux.

— Christian, je regrette.

Sa voix douce me surprend. *C'est elle qui s'excuse ?*

— Quoi ?

— Ce que j'ai dit.

Une onde de soulagement me traverse. Elle me pardonne. Et pour ce qu'elle a dit sous le coup de la colère, elle avait raison. Je suis cinglé.

— Tu n'as rien dit que je ne sache déjà.

Pour la première fois depuis des années, j'ai envie de m'excuser.

— Et je regrette de t'avoir fait mal.

Elle hausse les épaules et esquisse un petit sourire. J'ai obtenu un sursis. Nous sommes sauvés. Ça va aller.

— Je l'ai bien cherché.

C'est vrai, bébé.

Elle déglutit, dans une grimace.

— Je ne pense pas que je puisse être ce que tu attends de moi, déclare-t-elle avec une sincérité confondante.

Le monde s'arrête de tourner.

Non !

Grey ! Rattrape le coup !

684

— Tu es tout ce que j'attendais.

Elle fronce les sourcils. Ses yeux sont bouffis, ses joues si pâles. C'est curieusement émouvant.

— Je ne comprends pas. Je ne suis pas obéissante, et je peux te jurer que plus jamais je ne te laisserai refaire ce que tu viens de me faire. Et c'est de ça que tu as besoin, tu me l'as dit.

C'est le coup de grâce. Je suis allé trop loin. Et maintenant elle sait. Toutes mes mises en garde me reviennent en mémoire. Elle n'adhère pas à mon mode de vie. De quel droit pourrais-je la corrompre ? Elle est trop jeune, trop innocente. Trop... Ana.

Mes rêves ne sont rien d'autre que ça... des rêves. Ça ne marchera jamais.

Je ferme les yeux. Je n'ai plus la force de la regarder. C'est vrai, elle sera mieux sans moi. Maintenant qu'elle a vu la bête, elle sait qu'elle ne peut pas me satisfaire. Je dois la laisser partir, la laisser faire son chemin. Nous deux, c'est sans espoir.

Reprends-toi, Grey !

— Tu as raison. Je devrais te laisser partir. Je ne suis pas bon pour toi.

Ses pupilles s'agrandissent.

— Je ne veux pas m'en aller.

Les larmes perlent dans ses yeux, scintillent à travers ses longs cils.

— Moi non plus, je ne veux pas que tu t'en ailles.

Et c'est la vérité. Et cette vague – ce tourbillon en moi – m'emporte à nouveau. C'est terrifiant, menaçant. Ses joues sont humides. Je les essuie de mon pouce.

— Depuis que je t'ai rencontrée, je me sens vivre.

Ces mots m'échappent. Mon doigt poursuit son chemin sur sa lèvre. J'ai envie de l'embrasser. De lui faire oublier tout ça. De l'enivrer. De l'exciter. Je sais que j'en ai le pouvoir. Mais quelque chose me retient : sa mine de petit oiseau blessé. Pourquoi embrasserait-elle un monstre ? Elle risque de me repousser. Et je ne sais pas si je supporterais d'être encore une fois rejeté. Ses paroles me hantent, réveillent des souvenirs enfouis.

Pauvre cinglé !

— Moi aussi. Je suis amoureuse de toi, Christian.

Je me souviens quand Carrick m'apprenait à plonger. Mes pieds étaient rivés au rebord de la piscine et je me penchais vers l'eau, courbé. Et maintenant, une fois encore, je tombe dans l'abîme, au ralenti.

Elle ne peut éprouver ça pour moi. *Impossible. On ne peut pas m'aimer !*

Je manque d'air, ses paroles m'oppressent, m'étouffent. Je tombe encore et encore, les ténèbres m'enveloppent. Je ne peux pas entendre ces mots. Je ne peux les supporter. Elle ne sait pas ce qu'elle dit. Elle ne sait pas à qui elle a affaire, à quoi elle a affaire.

— Non ! Tu ne peux pas m'aimer, Ana. Non... c'est mal.

Elle doit revenir sur terre. Elle ne peut aimer un monstre. Elle ne peut être amoureuse d'un cinglé. Il faut qu'elle parte, qu'elle sorte d'ici. Soudain, tout devient limpide. C'est mon eurêka, mon sinistre eurêka : je ne peux lui offrir ce dont elle a besoin. Ça ne peut pas continuer entre nous. Il faut en finir. Cette histoire n'aurait jamais dû commencer.

— Mal ? Qu'est-ce qui est mal ?

— Regarde-moi. Je ne peux pas te rendre heureuse.

L'angoisse noue ma gorge. Je m'enfonce davantage dans mon abîme de désespoir.

Personne ne peut m'aimer.

— Mais si, tu me rends heureuse.

Je dois être honnête avec elle. Il ne me reste que ça.

— Pas en ce moment. Pas quand je fais ce que je veux faire.

Ses longs cils papillonnent devant ses yeux tristes. Elle me scrute, cherchant la vérité en moi.

— On n'arrivera jamais à dépasser ça ?

Je secoue la tête, parce que je suis à court de mots. Encore cette incompatibilité entre nous. Elle ferme à nouveau les yeux. Quand elle les rouvre, son regard est plus clair, plus résolu. Les larmes se sont taries. Je sais ce qu'elle va dire.

— Bon… alors il vaut mieux que je m'en aille.

Elle grimace en se redressant.

Maintenant ?

— Non, ne pars pas.

Je tombe en chute libre, toujours plus bas. Si elle s'en va, c'est ma faute. Mais si elle est réellement amoureuse de moi, elle n'a pas le choix.

— Ça ne sert à rien de rester.

Elle sort du lit d'un pas maladroit, toujours enveloppée du peignoir. *Elle s'en va vraiment !* Je n'en reviens pas. Je saute du lit pour la rattraper, mais son regard froid m'arrête net. Son expression est implacable. Ana est déjà partie.

— Je vais m'habiller. Je voudrais rester seule, dit-elle d'une voix atone.

Elle quitte la pièce et referme la porte derrière elle. Je regarde fixement la porte.

C'est la deuxième fois en une journée qu'elle me rejette.

Je me rassois, prends ma tête entre mes mains, et m'efforce de me calmer, de réfléchir.

Elle m'aime ? Comment est-ce possible ?

Pauvre idiot !

C'était pourtant le risque, avec quelqu'un comme elle – une personne généreuse, innocente et courageuse –, le risque qu'elle découvre trop tard l'être que je suis réellement, le risque que je la fasse souffrir.

Pourquoi est-ce si douloureux ? J'ai l'impression qu'on m'a perforé les poumons. Je quitte la pièce à mon tour. Elle veut de l'intimité, mais sans vêtements, elle n'ira nulle part.

Quand j'entre dans ma chambre, elle est sous la douche. J'enfile rapidement un jean et un tee-shirt que je choisis noir – c'est plus en accord avec mon humeur. Je récupère mon téléphone et erre dans l'appartement. Je songe un moment à aller m'installer au piano pour jouer une complainte torturée, mais je reste planté au milieu du salon.

Je me sens vide.

C'est la bonne décision, Grey. Laisse-la partir.

Mon portable sonne. C'est Welch. Il a peut-être trouvé Leila…

— Welch ?

— Monsieur Grey, j'ai des nouvelles.

Quelle voix ! Ce type devrait vraiment arrêter de fumer.

— Vous l'avez retrouvée ?

— Non, monsieur.

Pourquoi m'appeler, alors ?

— Vous avez appris quoi ?

— Leila a quitté son mari. Il a fini par me l'avouer. Il se fiche à présent de ce qui peut lui arriver.

Effectivement, ça valait un coup de fil.

— Je vois.

— Il croit savoir où elle peut être. Mais il veut de l'argent. Et connaître l'identité de celui qui s'intéresse comme ça à son épouse… enfin c'est moi qui dis « épouse », lui, il lui donne d'autres noms d'oiseaux !

La moutarde me monte au nez.

— Combien il veut ?

— Deux mille.

— Quoi ? Putain, il aurait pu nous dire la vérité. C'est quoi, son numéro ? Il faut que je l'appelle… C'est vraiment la merde.

Je relève les yeux. Ana se tient sur le seuil, dans son jean et un horrible sweat. Elle a un air pincé. Sa valise est à côté d'elle.

— Trouvez-la !

Et je raccroche.

Ana récupère son sac sur le canapé et en sort le Mac, son téléphone et les clés de sa voiture. Elle va déposer tout ça sur le bar du coin cuisine. Puis elle se tourne vers moi avec détermination. Je lui connais bien cette expression.

— Il me faut l'argent que Taylor a obtenu pour ma Coccinelle, déclare-t-elle d'un ton monocorde.

— Ana, je ne veux pas de ces choses, elles sont à toi. Garde-les.

— Non, Christian. Je ne les ai acceptées que parce que tu as insisté. Je n'en veux plus.

— Ana, sois raisonnable !

— Je ne veux rien qui puisse te rappeler à mon souvenir. Tout ce que je veux, c'est l'argent que Taylor a obtenu pour ma voiture.

Elle veut m'oublier.

— Tu fais exprès de me blesser ?

— Non, j'essaie simplement de me protéger.

— Je t'en prie, Ana, garde tout.

Ses lèvres sont si pâles.

— Christian, je n'ai aucune envie de me disputer. Je veux simplement l'argent.

L'argent. On en revient toujours à ça !

— Tu prendrais un chèque ?

— Oui. Je pense que ton compte doit être approvisionné.

Elle veut son argent ? Je vais le lui donner. Peinant à contenir ma colère, je fonce dans le bureau. J'appelle Taylor.

— Bonjour, monsieur Grey.

— Combien avez-vous réussi à tirer de la Volkswagen d'Ana ?

— Douze mille dollars.

— Tant que ça ?

— C'est une voiture de collection.

— Merci. Vous pouvez raccompagner Mlle Steele chez elle ?

690

— Bien sûr. J'arrive tout de suite.

Je raccroche et sors mon chéquier du tiroir.

Ma conversation avec Welch me revient en mémoire : « C'est toujours une question d'argent ! »

Dans ma colère, je double le montant que Taylor a obtenu pour ce tas de ferraille et glisse le chèque dans une enveloppe.

Ana est toujours plantée dans la cuisine, comme une enfant perdue. En la voyant, mon irritation s'envole aussitôt. Je lui tends l'enveloppe.

— Taylor en a obtenu un bon prix… C'est une voiture de collection. Tu peux lui poser la question. Il va te raccompagner chez toi.

Je désigne Taylor qui arrive.

— Pas la peine. Je peux rentrer toute seule, merci.

Accepte, Ana !

— Tu vas donc me défier jusqu'au bout ?

— Pourquoi changer les bonnes habitudes ?

Son ton est glacial.

Quelle tête de mule ! Notre arrangement était voué à l'échec dès le début. Elle n'est pas faite pour ça. Et, au fond de moi, je l'ai toujours su. Je ferme les yeux.

Quel idiot !

Je tente une approche moins frontale.

— Je t'en prie, Ana. Laisse Taylor te raccompagner.

— Je vais aller chercher la voiture, mademoiselle Steele, intervient posément Taylor, avant de s'éclipser.

Elle veut protester mais il est déjà parti.

Elle se retourne vers moi. Ses yeux s'agrandissent tout à coup. Je retiens mon souffle. Je n'arrive pas à croire qu'elle s'en va. C'est la dernière fois que je la vois, et elle a l'air si triste. Et c'est moi qui lui cause tout ce mal. Je fais un pas vers elle. Je veux la serrer dans mes bras encore une fois, la supplier de rester.

Elle a un mouvement de recul. Le message est clair. Je m'arrête net.

— Je ne veux pas que tu t'en ailles.

— Je ne peux pas rester. Je sais ce que je veux et tu ne peux pas me le donner, et moi je ne peux pas te donner ce dont tu as besoin.

Ana, je t'en prie. Laisse-moi te prendre dans mes bras une dernière fois. Sentir ton odeur, ta douce odeur. Sentir ton corps contre le mien. Je tente un nouveau pas, mais elle lève les mains.

— Non, s'il te plaît. Je ne peux pas.

Elle prend sa valise, son sac et se dirige vers le vestibule. Je la suis, penaud, impuissant, le regard rivé à sa frêle silhouette.

J'appelle l'ascenseur. Je ne peux pas la quitter des yeux. Son visage délicat, ses lèvres, ses longs cils qui papillonnent au-dessus de ses joues pâles. Les mots me manquent tandis que je tente de graver dans ma mémoire tous ces détails. Aucun argument ne me vient, aucun trait d'esprit, aucun ordre arrogant. Il n'y a plus rien en moi sinon un vide béant.

Les portes s'ouvrent et Ana entre dans la cabine. Elle me regarde. L'espace d'un instant son masque tombe. Je le vois sur son beau visage. Elle souffre comme moi.

Non, Ana, ne pars pas…

— Adieu, Christian.

— Adieu, Ana.

Les portes se referment. Je me laisse glisser au sol et enfouis ma tête dans mes mains. L'abîme est vertigineux, terrible. Il me happe tout entier.

Qu'est-ce que tu as fait, Grey !

Quand je rouvre les yeux, j'esquisse un pâle sourire à la vue des tableaux de l'entrée. Toutes des madones. L'idéalisation de la mère ! Soit elles contemplent leurs enfants avec amour, soit elles me lancent un regard hostile.

Elles ont raison de me fixer comme ça. Ana est partie. Vraiment partie. Ana, la meilleure chose qui me soit arrivée dans la vie. Elle avait promis de ne jamais me quitter. Je ferme les yeux pour ne plus voir ces regards figés, pleins d'apitoiement. Je m'appuie contre le mur, renverse la tête en arrière. Elle avait dit ça dans son sommeil. Et comme un idiot je l'ai crue. J'ai toujours su au fond de moi que nous n'étions pas faits l'un pour l'autre. C'est donc un juste retour à la normale.

Alors pourquoi te sens-tu aussi mal ? Pourquoi est-ce si douloureux ?

Quand l'ascenseur sonne, annonçant l'arrivée de la cabine, mon cœur cesse de battre. Elle est revenue ! Je reste paralysé, plein d'espoir, attendant que les portes s'ouvrent. Mais c'est Taylor qui apparaît. Il s'arrête un instant en me voyant.

Combien de temps suis-je resté assis ici ?

— Mlle Steele est chez elle, monsieur Grey, m'annonce-t-il avec flegme, comme s'il avait l'habitude de me trouver ainsi, par terre, prostré.

— Comment va-t-elle ?

Je tâche de prendre un ton détaché.

— Secouée, monsieur, répond-il, impavide.

Je hoche la tête et lui fais signe qu'il peut disposer. Mais il ne bouge pas.

— Je peux vous être utile en quoi que ce soit, monsieur ? demande-t-il, avec un peu trop de gentillesse à mon goût.

— Non.

Laissez-moi tranquille.

— Bien, monsieur.

Il s'en va, me laissant affalé dans l'entrée.

Je resterais bien là toute la journée, à me complaire dans mon désespoir, mais je ne peux pas. Je dois faire un point avec Welch et appeler le mari de Leila.

Avant, il me faut une douche. Cela me fera sans doute du bien.

En me levant, je pose la main sur la table qui trône dans le hall. Mes doigts caressent la délicate marqueterie. J'aurais bien aimé baiser Mlle Steele là-dessus. Je ferme les yeux, l'imaginant, offerte, la tête renversée en arrière, la bouche ouverte d'extase, et sa somptueuse chevelure répandue sur les motifs du bois.

Bon sang, ça me fait bander rien que d'y penser !

Elle est partie, Grey. Faut t'y faire.

En expert du contrôle, je remets vite mon corps au pas.

694

La douche est bouillante, juste un degré en dessous de la douleur – comme j'aime. Je me tiens sous le jet, espérant que cette eau chassera Ana de mon esprit comme elle retire son odeur de mon corps.

Elle ne reviendra pas. Jamais.

Je me lave les cheveux avec vigueur.

Bon débarras.

Non, ce n'est pas vrai. Elle me manque déjà.

Sous la cascade brûlante, j'appuie mon front contre la paroi. Elle était ici avec moi, la nuit dernière. Je regarde mes mains qui caressent machinalement les joints des carreaux où les doigts d'Ana se sont accrochés la veille.

Putain de merde !

Je coupe l'eau et sors de la cabine. Au moment où je noue la serviette sur mes hanches, ça me tombe dessus : sans elle, chaque jour va être vide et sinistre.

Finis les mails facétieux.

Finie l'insolence.

Finies les surprises.

Ses yeux bleus si lumineux ne seront plus là pour me regarder avec ironie… ou avec stupeur… ou avec désir. Je contemple le pauvre type qui me fait face dans la glace de la salle de bains.

— T'es content de toi, connard ?

Le connard répète mes mots avec un mépris au vitriol, et me regarde de ses yeux gris misérables.

— Elle est mieux sans toi. Tu ne peux pas lui donner ce qu'elle veut, ce dont elle a besoin. Elle veut des fleurs et des chocolats. Elle mérite mieux que toi, pauvre con.

Ce type me dégoûte, je me détourne du miroir.

On se rasera un autre jour.

Je me sèche devant ma commode et prends un boxer et un tee-shirt propres. En me retournant, j'aperçois une petite boîte posée sur l'oreiller. Le sol se dérobe sous moi, ouvrant à nouveau un abîme béant, une gueule noire avide. Dans l'instant, ma colère se mue en terreur.

Un cadeau d'Ana ! Qu'est-ce que ça peut être ? Je lâche mes vêtements et retiens mon souffle. Je m'assois sur le lit et prends la boîte.

C'est un planeur. La maquette à construire d'un Blaník L-23. Un petit mot tombe du rabat et atterrit sur l'oreiller.

Ça m'a rappelé un bon moment.
Merci.
Ana

Le cadeau parfait d'une fille parfaite.
La douleur me transperce
Pourquoi ça fait si mal ? Pourquoi ?

Des souvenirs enfouis, horribles, s'agitent en moi, tentent de remonter à la surface. Non. Je ne veux pas repartir là-bas. Je me lève, lâche la boîte et m'habille en hâte. Puis je récupère la maquette, le petit mot, et me rends dans mon bureau. C'est l'endroit idéal pour l'assembler.

Ma conversation avec Welch est brève. Celle avec Russell Reed – le connard qu'a épousé Leila – l'est encore plus. J'ignorais qu'ils s'étaient mariés après une nuit de beuverie à Las Vegas. Pas étonnant que leur mariage ait capoté après un an et demi. Cela faisait trois mois qu'elle était partie.

Où es-tu, Leila Williams ? Que fais-tu ?

Je fouille ma mémoire à la recherche d'indices. Il faut que je sache si elle est en sécurité. Et pourquoi elle est venue chez moi ? Pourquoi moi ?

Leila en voulait plus et pas moi, mais c'était il y a longtemps. Son départ ne m'a causé aucun tourment. Nous avons mis fin à notre contrat par consentement mutuel. Notre arrangement était parfait, un modèle du genre. Elle était espiègle et malicieuse quand elle était avec moi, toute joyeuse… pas du tout la « pauvre fille » que Gail a décrite.

Elle aimait tellement nos séances dans la salle de jeux ! Elle adorait être ficelée. Des images me reviennent. J'attache ensemble ses gros orteils, lui tourne les pieds en dedans, de sorte qu'elle ne puisse plus serrer les fesses pour atténuer la douleur. Elle adorait ce genre de truc. Et moi aussi. C'était une grande soumise. Mais jamais elle ne m'a attiré comme Ana.

Jamais elle ne m'a diverti comme Ana.

Je regarde la boîte de la maquette et, sachant qu'Ana l'a touchée, passe mes doigts sur ses arêtes.

Ma douce Anastasia.

Quel contraste par rapport aux autres femmes que j'ai connues. La seule que j'ai courtisée et la seule qui ne peut pas me donner ce dont j'ai besoin !

Je ne comprends pas.

Depuis que je l'ai rencontrée, j'ai l'impression de renaître. Ces dernières semaines ont été les plus excitantes de ma vie, les plus surprenantes, les plus fascinantes.

Elle m'a fait sortir de mon monde monochrome, pour m'en offrir un en Technicolor… et pourtant elle ne peut être ce que je veux.

Je couvre mon visage de mes mains. Elle n'aimera jamais ce que j'aime. J'ai tenté de me convaincre que, pas à pas, nous pourrions aller vers des trucs plus hard, mais ça n'arrivera jamais. Elle est mieux sans moi. Que ferait-elle avec un cinglé qui ne supporte pas d'être touché ?

Et pourtant, elle m'a fait ce cadeau très personnel. Qui en aurait eu l'idée, hormis un membre de ma famille ? J'examine la boîte et l'ouvre. Toutes les pièces de plastique sont sur la même plaque, prédécoupées, enveloppées dans un sachet de cellophane. Je me rappelle son cri de terreur mêlé de plaisir pendant le tonneau. Je la revois les mains en l'air, s'accrochant désespérément à la verrière. Je ne peux m'empêcher de sourire à ce souvenir.

C'était si drôle – l'équivalent adulte d'un tirage de couettes dans une cour de récréation. Ah, Ana en couettes… Je chasse cette image immédiatement. Je ne veux pas penser à notre premier bain. Tout ce dont je dois me souvenir, c'est que je ne la reverrai plus.

Les abysses s'ouvrent pour m'avaler.

Non. Pas encore !

Je vais construire cet avion. Ça va m'occuper l'esprit. Je déchire l'emballage et lis les instructions de montage. Il me faut de la colle, de la colle spéciale maquette. Je fouille mon bureau.

Merde !

Au fond d'un tiroir je trouve l'écrin de chez Cartier contenant les boucles d'oreilles. Je n'ai pas eu l'occasion de les lui donner – et je ne l'aurai jamais plus.

J'appelle Andréa et laisse un message sur son portable, pour lui demander d'annuler ma sortie de ce soir. Je n'ai pas la force d'aller à ce gala, pas sans Ana.

J'ouvre la petite boîte de cuir rouge et contemple les boucles. Elles sont belles. Tout comme la merveilleuse Mlle Steele... qui m'a quitté ce matin parce que je l'ai punie... parce que je suis allé trop loin. J'enfouis encore ma tête dans les mains. Elle ne m'a pas arrêté. Elle m'a laissé faire parce qu'elle m'aimait. Cette pensée me terrifie et je l'occulte immédiatement. Elle ne peut pas m'aimer. La raison est simple : personne ne peut m'aimer. Pas quand on sait qui je suis.

Allez, Grey. On se concentre.

Où est cette putain de colle ?

Je range les boucles d'oreilles dans le tiroir et reprends mes recherches. En vain.

J'appelle Taylor.

— Monsieur Grey ?

— Il me faudrait de la colle pour maquette.

Il marque un silence.

— Pour quel type de maquette, monsieur ?

— Un planeur.

— En balsa ou en plastique ?

— En plastique.

— J'en ai. Je vous apporte ça tout de suite, monsieur.

Je le remercie, un peu étonné qu'il ait de la colle pour modélisme.

Quelques instants plus tard, il toque à la porte.

— Entrez.

Il traverse la pièce et pose un petit flacon sur mon bureau. Curieusement, il s'attarde.

— Comment se fait-il que vous ayez ce genre de colle, Taylor ?

— Il m'arrive de construire un modèle de temps en temps, répond-il en rougissant.

— Ah bon ?

Ma curiosité est piquée au vif.

— Voler était mon premier amour, monsieur.

Devant mon air perplexe, il précise :

— Je suis daltonien.

— Et vous vous êtes donc engagé dans les Marines ?

— Oui, monsieur.

— Merci pour la colle.

— Pas de problème, monsieur Grey. Vous avez mangé ?

Sa question me prend de court.

— Je n'ai pas faim, Taylor. Prenez votre après-midi et profitez de votre fille. Je vous verrai demain. Je ne vous dérangerai plus.

Il hésite à partir, et ça m'agace.

— Je vais bien.

Merde, ma voix tremblote.

— Très bien, monsieur. Je serai de retour demain soir.

Je lui fais signe de s'en aller et il part enfin.

700

Depuis quand Taylor me demande si j'ai mangé ? Je dois vraiment avoir une sale tête. En maugréant, je saisis le flacon de colle.

Le planeur est dans la paume de ma main. Je le contemple avec la satisfaction du travail accompli, tandis que les souvenirs affluent. Comme j'avais eu du mal à tirer Ana du lit ! Et comme elle était, une fois réveillée, entêtée, désarmante, belle et drôle !

C'était vraiment un moment agréable : son excitation de petite fille pendant le vol, ses cris, ses rires, et puis ensuite notre baiser.

C'était ma première tentative pour en offrir « plus ». C'est fou comme, en si peu de temps, j'ai pu engranger tant de souvenirs heureux.

L'éperon de douleur me traverse à nouveau, me rappelant tout ce que j'ai perdu.

Concentre-toi sur le planeur, Grey !

Il me reste désormais à coller les stickers ; ces petits machins sont minuscules, vraiment pas faciles à manipuler.

Enfin, le dernier est en place. J'attends que la colle prenne. Mon planeur a son immatriculation. Novembre. Neuf. Cinq. Deux. Echo. Charlie.

Echo Charlie.

Je relève les yeux. Le jour décline. Il est tard. Ma première impulsion est de montrer mon chef-d'œuvre à Ana.

Mais il n'y a plus d'Ana.

Je serre les dents, et remue mes épaules ankylosées. Quand je me lève, j'ai le tournis. Je n'ai rien avalé de la journée.

Je consulte mon téléphone dans l'espoir d'avoir un message d'elle, mais il n'y a qu'un SMS d'Andréa.

« Gala Ch. commerce annulé.
J'espère que tout va bien. A »

Pendant que je lis le message d'Andréa, le téléphone bourdonne. Mon cœur fait un bond dans ma poitrine. Fausse alerte. C'est Elena.

— Ouais ?

Je n'arrive pas à me montrer aimable.

— En voilà un accueil ! Quelle mouche te pique ?

Elle fait mine d'être vexée, mais garde sa bonne humeur.

Je regarde par la fenêtre. Le soir tombe sur Seattle. Je me demande ce que fait Ana. Je ne veux pas dire à Elena ce qui est arrivé. Ne pas mettre de mots là-dessus et que cela devienne une réalité.

— Christian ? Qu'est-ce qui se passe ? Raconte.

Son ton est devenu brusque et agacé.

— Elle m'a quitté.

— Oh. Tu veux que je vienne ?

— Non.

Elle prend une longue inspiration.

— Cette vie n'est pas pour tout le monde.

— Je sais.

— Christian, tu n'as pas l'air bien du tout. Tu ne veux pas qu'on aille dîner quelque part ?

— Non.

— Alors j'arrive.

— Non, Elena. Je ne serais pas de bonne compagnie. Je suis vanné et je veux être seul. Je t'appelle dans la semaine.

— Christian… c'est mieux comme ça.

— Je sais. Au revoir.

Je raccroche. Je ne veux pas lui parler. Elle m'a encouragé à me rendre à Savannah. Savait-elle que la fin était inéluctable ? Je jette un regard noir au téléphone, le balance sur mon bureau, et vais me chercher de quoi boire et manger.

J'examine ce qu'il y a dans le réfrigérateur.

Rien ne me tente.

Dans le placard, je trouve un sachet de bretzels. Je l'ouvre et commence à grignoter en me dirigeant vers la baie vitrée. Dehors, il fait nuit. Les lumières clignotent sous la pluie. Le monde continue de tourner.

Remue-toi, Grey !

Dimanche 5 juin 2011

Je regarde le plafond de la chambre. Le sommeil ne vient pas. L'odeur d'Ana qui imprègne encore les draps est un vrai supplice de Tantale. Je plaque son oreiller sur mon visage pour humer son parfum. C'est une torture, une félicité. Et si je m'étouffais avec ?

Grey ! Reprends-toi !

En pensée, je me repasse la scène du matin. Une autre fin était-elle possible ? D'ordinaire, je m'interdis ce genre de questionnement. C'est une perte de temps. Mais aujourd'hui, je cherche des indices, je veux comprendre où je me suis fourvoyé. Même si je sais, au fond de moi, que nous serions arrivés dans cette impasse, que ce soit ce matin, dans une semaine, un mois, un an. Il valait mieux que cela se produise maintenant. Ana aura finalement moins souffert.

Je l'imagine pelotonnée dans son petit lit blanc. Je ne peux me représenter son nouvel appartement – je ne le connais pas –, mais je la revois dans sa chambre à Vancouver où j'ai passé une nuit. Jamais je n'avais aussi bien dormi.

Le radioréveil indique 2 heures du matin. Cela fait deux heures que je suis allongé comme ça, hanté par toutes ces pensées. Je prends une longue inspiration, le nez dans l'oreiller, pour avoir son odeur au plus profond de moi, et je ferme les yeux.

Maman ne peut pas me voir. Je suis devant elle. Elle dort les yeux ouverts. Ou elle est malade.

J'entends le bruit de la serrure. Il est de retour.

Je vais vite me cacher sous la table de la cuisine et me recroqueville. J'ai mes petites voitures avec moi.

Vlan ! La porte claque et ça me fait sursauter. Entre mes doigts, je vois maman. Elle relève la tête vers lui. Puis elle se rendort sur le canapé. Il porte ses grosses bottes avec la boucle qui brille. Il s'approche au-dessus de maman. Il la frappe avec un ceinturon. « Debout ! Debout ! Tu n'es qu'une traînée défoncée. Une traînée défoncée. » Maman fait un bruit. Une sorte de gémissement.

« Arrête. Arrête de taper maman. Arrête de taper maman. »

Je lui saute dessus. Je le frappe, je le frappe. Je le frappe.

Mais il rit et me donne une claque.

« Ne le touche pas ! » crie maman.

« Ta gueule, pauvre cinglée ! »

Maman se recroqueville. Comme moi. Puis elle ne dit plus rien. « Pauvre cinglée ! Pauvre cinglée ! Pauvre cinglée ! »

Je suis tapi sous la table. Je me bouche les oreilles. Je me bouche les yeux. Les bruits s'arrêtent. Puis il se tourne. Et je vois ses bottes arriver dans la cuisine. Il a toujours le ceinturon à la main. Il le fait claquer contre sa jambe. Il me cherche. Il s'accroupit et me sourit. Il sent mauvais. Il pue la cigarette et l'alcool. « Te voilà, petit merdeux. »

Un hurlement me réveille. Je suis trempé de sueur et mon cœur cogne dans ma poitrine. Je me redresse dans le lit.

Putain ! C'est moi qui ai crié ?

Je prends plusieurs grandes inspirations, pour chasser de mes narines cette odeur de sueur, de bourbon et de Camel froide.

Pauvre cinglée.

Ces mots résonnent dans ma tête.

Les mêmes paroles qu'Ana.

Merde.

Je ne pouvais rien faire pour la pute camée.

J'ai essayé. Nom de Dieu, j'ai essayé.

Te voilà, petit merdeux.

Mais Ana, je pouvais l'aider.

C'est pour ça que je l'ai laissée s'en aller.

Je l'ai fait pour elle.

Elle n'a pas à subir tout ça.

Je regarde l'heure : 3 h 30. Je vais dans la cuisine. Je bois un grand verre d'eau et me mets au piano.

Je me réveille en sursaut. Il fait jour ! Le soleil du matin baigne la chambre. J'ai rêvé d'Ana : les baisers d'Ana, sa langue dans ma bouche, mes doigts dans ses cheveux. Son corps délicieux contre le mien, ses mains attachées au-dessus de sa tête.

Où est-elle ?

Pendant un moment, les événements de la veille m'étaient sortis de la tête… mais ils me reviennent d'un coup.

Elle t'a quitté.

Mon désir d'elle s'imprime dans le matelas, mais au souvenir de son expression blessée et humiliée quand elle est partie, tout rentre dans l'ordre.

Avec un nœud au ventre, je me retourne sur le dos, le nez au plafond, les bras derrière la nuque. Le jour s'étire devant moi et, pour la première fois depuis des années, je ne sais pas quoi faire. Je regarde l'heure : 5 h 58.

Je devrais aller courir.

La Danse des Chevaliers de Prokofiev retentit dans mes oreilles pendant que je cours sur la 4ᵉ Avenue encore calme à cette heure matinale. J'ai mal partout. Mes poumons sont en feu, mon cœur tambourine dans ma poitrine, ma tête me lance, et la douleur d'avoir perdu Ana me vrille les entrailles. Je ne peux pas courir comme ça. J'ai beau essayer, en vain. Je coupe le célèbre morceau de *Roméo et Juliette*. Je prends plusieurs goulées d'air frais. Il me faut quelque chose de plus… violent. *Pump It* des Black Eyed Peas. Parfait. Je reprends mon jogging.

Je me retrouve sur Vine Street. C'est idiot, je sais, mais j'espère la voir. Alors que je m'approche de sa rue, mon pouls s'accélère, et mon angoisse grandit.

Je ne veux pas vraiment la voir. Je veux surtout m'assurer qu'elle va bien. *Ben voyons !* Bien sûr que je veux la voir. Je tourne dans sa rue, passe sous les fenêtres de son appartement.

Tout est calme. Une Oldsmobile me double au ralenti. Deux jeunes promènent des chiens. Mais aucun signe de vie dans l'appartement. Je traverse la rue et m'arrête sur le trottoir d'en face. Puis je me cache dans le hall de l'immeuble. Je retiens mon souffle.

Les rideaux d'une fenêtre sont tirés. Sa chambre ? Peut-être dort-elle encore… si elle est bien là. J'imagine malgré moi les pires scénarios. Elle est sortie hier soir, s'est soûlée, et un type l'a…

Non !

De la bile me remonte dans la gorge. J'imagine son corps dans les bras de quelqu'un, d'un connard qui profite de son sourire, qui la fait rire et pouffer, qui la fait jouir. Il me faut rassembler toute ma volonté pour ne pas foncer chez elle et vérifier qu'elle est bien là… et seule.

Tout ça, c'est à cause de toi, Grey. Oublie-la. Elle n'est pas pour toi.

J'enfonce ma casquette des Seahawks et pique un sprint pour quitter Western Avenue.

Ma jalousie enfle, bouillonne. Elle me pousse dans ce trou béant. Je déteste ça. Cela réveille quelque chose au tréfonds de moi, des choses que je ne veux pas voir. Je force l'allure pour fuir ces souvenirs, fuir cette douleur, loin d'Ana Steele.

Le crépuscule tombe sur Seattle. Je me lève et m'étire. J'ai passé toute la journée à mon bureau. Et cela a été productif. Ros a bien travaillé, elle aussi. Elle a préparé le dossier pour le rachat de la SIP, ainsi que ma présentation.

Comme ça, je pourrai garder un œil sur Ana.

Cette idée est à la fois un soulagement et une souffrance.

J'ai lu et commenté deux demandes de dépôts de brevet, quelques contrats, et les spécifications techniques d'un nouveau produit. Pendant tout ce temps, je suis parvenu à l'oublier. Le petit planeur est toujours sur ma table, une invite au souvenir, pour se rappeler un bon moment, comme elle dit. Je la revois sur le seuil de la pièce, portant l'un de mes tee-shirts, avec ses jambes qui n'en finissent pas, ses yeux azur, juste avant qu'elle ne me saute dessus.

Encore une première.

Elle me manque. D'accord, je l'admets !

Je consulte mon téléphone, espérant qu'elle ait appelé. Mais rien. Il y a juste un message d'Elliot.

« Une bière, champion ? »

« Peux pas. Trop de boulot. »

La réponse d'Elliot est immédiate :

« Va te faire foutre, trouduc ! »

C'est ça. Tu as bien raison.

Pas de nouvelles d'Ana. Pas d'appel. Pas de mail. Le nœud dans mon estomac grossit. Elle ne m'appellera pas. Elle veut prendre le large. Me rayer de sa vie.

Comme le dit Elena, c'est mieux comme ça.

Je vais à la cuisine pour me changer les idées.

Gail est de retour. Tout a été nettoyé et quelque chose mijote sur la cuisinière. Ça sent bon. Mais je n'ai pas faim.

— Bonsoir, monsieur.

— Gail.

Elle a un temps d'arrêt. Quelque chose la surprend. Moi ?

Merde, je dois avoir une sale tête.

— Du poulet chasseur. Ça vous ira, monsieur ?

— Bien sûr.

— Pour deux ?

Je la regarde. Elle pique aussitôt un fard.

— Non. Pour un.

— Dans dix minutes ?

— Très bien, dis-je en m'éloignant.

— Monsieur Grey ?

— Oui, Gail ?

— Rien, monsieur. Pardon de vous avoir dérangé.

Elle se détourne pour remuer le poulet. Je file prendre une autre douche.

Bordel, tout mon personnel a remarqué qu'il y avait quelque chose de pourri au royaume du Danemark !

Lundi 6 juin 2011

Il faut que je dorme. Il est minuit passé, et je suis épuisé. Mais je suis au piano ; je joue en boucle le *Marcello* de Bach. Je revois sa tête posée contre mon épaule. Je sens presque son parfum, sa douce odeur.

Bon sang, elle avait dit qu'elle essaierait !

J'arrête de jouer et prends mon visage entre mes mains ; mes coudes, en écrasant les touches, claquent deux accords discordants. Elle a dit ça, mais elle a abandonné au premier obstacle.

Pourquoi ai-je frappé si fort ?

Au fond de moi, je connais la réponse : parce qu'elle me l'a demandé, parce que j'ai été trop impétueux et égoïste pour résister à la tentation. Son défi m'a fait tourner la tête. J'y ai vu l'occasion de nous emmener là où je voulais. Et elle n'a pas dit le mot d'alerte. Alors je l'ai frappée de plus en plus fort, au-delà de ce qu'elle pouvait supporter. Alors que je lui avais promis de ne jamais lui infliger ça.

Je suis vraiment un crétin.

Comment aurait-elle pu m'accorder sa confiance après ça ? Elle a eu raison de s'en aller. Pourquoi voudrait-elle rester avec moi ?

Et si je me soûlais ? Je n'ai pas été ivre depuis mes quinze ans. Sauf une fois, une seule, à vingt et un ans. Je déteste perdre le contrôle. Je sais jusqu'où peut aller un homme sous l'emprise de l'alcool. Je tressaille et bloque ce souvenir. Au lit !

Une fois allongé, je prie pour ne pas faire de rêve… ou alors seulement des rêves d'elle.

Maman est jolie aujourd'hui. Elle est assise et me laisse lui brosser les cheveux. Elle me regarde dans le miroir et me fait son sourire « spécial ». Son sourire « spécial pour moi ». Il y a un bruit. Un grand bruit. Il est de retour. Non ! « Où es-tu, sale pute ? J'ai un ami en manque. Un ami qui a du fric. » Maman se lève, me prend par la main et me pousse dans la penderie. Je m'installe sur ses chaussures et essaie de ne pas faire de bruit. Je bouche mes oreilles et je ferme les yeux. Les vêtements ont l'odeur de maman. J'aime bien cette odeur. J'aime bien être ici. Loin de lui. Il est en train de crier. « Où est l'autre avorton ? » Il me saisit par les cheveux et me tire de l'armoire. « Tu voulais gâcher la fête, petit merdeux ? » Il donne une grande claque à maman. « Sois bien gentille avec mon ami et tu auras ta dope, sale pute ! » Maman me regarde. Il y a des larmes dans ses yeux. Pleure pas, maman. Un autre homme entre dans la pièce. Un grand, avec des cheveux très sales. Il regarde maman en souriant. On m'emmène dans l'autre pièce. Il me jette par terre. Je tombe sur les genoux et ça me fait mal. « Tu sais ce que je vais te faire maintenant, petit merdeux. » Il sent mauvais. Il pue la bière et il a une cigarette à la main.

Je me réveille. Mon cœur cogne, comme si je venais de courir dix kilomètres avec une meute de chiens à mes trousses. Je sors du lit, enterre mon cauchemar au plus profond de ma conscience et vais me chercher un verre d'eau.

Il faut que je voie Flynn. Mes cauchemars sont plus terribles que jamais. Je n'en faisais plus quand je dormais avec Ana.

Jamais je ne passais la nuit avec mes soumises. Ça ne m'est pas venu à l'idée une seule fois. Sans doute craignais-je qu'elles n'en profitent pour me toucher ? Et c'est une vierge soûle qui m'a montré la voie.

J'ai déjà regardé mes soumises dormir, mais c'était toujours un prélude, avant que je ne les réveille pour assouvir mes besoins.

Pourtant, j'ai regardé Ana pendant des heures cette nuit-là à l'hôtel Heathman. Plus je la contemplais, plus je la trouvais belle : sa peau lumineuse, ses cheveux sombres étalés sur l'oreiller blanc, ses cils frémissant dans son sommeil, sa bouche entrouverte. Je voyais la pointe de ses dents, et le bout de sa langue qui passait de temps en temps sur ses lèvres. C'était excitant, rien que de la regarder. Et finalement, quand je me suis étendu à côté d'elle, bercé par son souffle tranquille et la vue de ses seins qui se soulevaient doucement à chacune de ses inspirations, je me suis endormi… Jamais je n'avais passé une nuit aussi paisible.

Je vais chercher dans mon bureau la maquette du planeur. Je souris. Cet objet me réconforte. Je suis fier de l'avoir construit et me sens un peu ridicule à l'idée de ce que je m'apprête à faire.

Son premier cadeau ? Non bien sûr. Son premier cadeau, c'était elle-même. Elle s'est sacrifiée pour moi. Pour mes besoins. Pour mon plaisir. Pour mon ego. *Putain d'ego mutilé !*

Un peu honteux, j'emporte le planeur avec moi dans le lit.

— Que voulez-vous pour le petit déjeuner, monsieur ?

— Juste du café, Gail.

Je vois qu'elle hésite.

— Vous n'avez pas touché à votre dîner, monsieur.

— Et alors ?

— Vous couvez peut-être une grippe ?

— Juste du café. Ça ira. Merci.

Je veux qu'elle se taise. Ce ne sont pas ses affaires. Les lèvres pincées, elle hoche la tête et se tourne vers la machine à expresso. Je passe récupérer mes documents de travail dans mon bureau et chercher une enveloppe matelassée.

Dans la voiture qui m'emmène à Grey House, j'appelle Ros.

— Bravo pour votre dossier sur la SIP. Même si le plan de développement a besoin d'être peaufiné. Faisons une offre.

— Christian, c'est un peu précipité.

— Je veux agir vite. Je vous ai envoyé le détail de ma proposition. Je serai au bureau à partir de 7 h 30. On fera le point.

— Si vous êtes sûr de votre coup.

— Je le suis.

— Entendu. J'appelle Andréa pour caler tout ça. J'ai le comparatif entre Savannah et Detroit.

— Résultat des courses ?

— Detroit, haut la main.

— Je vois.

Merde, j'aurais préféré Savannah.

— On en reparle, dis-je en raccrochant.

Je reste songeur à l'arrière de l'Audi, tandis que Taylor se faufile dans la circulation. Anastasia va-t-elle aller travailler ce matin ? A-t-elle acheté une nouvelle voiture hier ? J'en doute. Se sent-elle aussi mal que moi ? J'espère que non. Peut-être s'est-elle aperçue que j'étais un salaud.

Elle ne peut pas être amoureuse de moi.

Et en tout cas, plus maintenant. Pas après ce que je lui ai fait. On ne m'a jamais dit qu'on m'aimait, à part mes parents, bien sûr. Et encore, je pense qu'ils se sentaient obligés de dire ça. Ce que m'a raconté Flynn sur l'amour inconditionnel des parents – même de parents adoptifs – me revient en mémoire. Il ne m'a jamais convaincu. Je n'ai été qu'une longue suite de déceptions pour eux.

— Monsieur Grey ?

— Pardon… oui ?

Taylor m'arrache de mes rêveries. Il me tient la portière ouverte, me regarde d'un air soucieux.

— Nous sommes arrivés, monsieur.

Bon sang, ça fait longtemps qu'on est arrêtés ?

— Merci. Je vous appellerai pour vous dire l'heure ce soir.

Reprends-toi, Grey !

Andréa et Olivia relèvent la tête de concert quand je sors de l'ascenseur. Olivia bat des cils et s'empresse de lisser ses cheveux. *Putain, j'en ai ma claque de cette idiote et de ses minauderies !* Je vais demander à la DRH de l'affecter à un autre service.

— Café, Olivia. Avec un croissant.

Elle bondit de sa chaise.

— Andréa, appelez-moi Welch, puis Barney, puis Flynn, et enfin Bastille. Je ne veux pas être dérangé. Même par ma mère... Par personne à l'exception d'Anastasia Steele. C'est clair ?

— Oui, monsieur. Vous voulez qu'on passe en revue vos rendez-vous maintenant ?

— Non. Il me faut d'abord un café et avaler quelque chose.

Je lance un regard agacé en direction d'Olivia qui progresse avec une lenteur d'escargot vers l'ascenseur.

— Très bien, monsieur Grey, me répond Andréa.

Sitôt dans mon bureau, je sors l'enveloppe matelassée de ma sacoche. Elle contient mon petit trésor : le planeur.

Je le pose sur ma table de travail et mes pensées aussitôt s'envolent vers Mlle Steele.

Elle commence son nouveau travail aujourd'hui. Elle va rencontrer de nouvelles personnes, de nouveaux hommes. Cette idée me déprime. Elle va m'oublier.

Bien sûr que non. Les femmes se souviennent toujours des hommes qui les ont baisées pour la première fois. Rien que pour ça, j'aurai droit à une place à part. Mais je refuse de n'être qu'un souvenir. Je veux rester présent dans ses pensées.

On frappe à la porte. Andréa apparaît.

— Café et croissants, monsieur Grey.

— Entrez.

En s'approchant, elle remarque la maquette sur mon bureau, mais s'abstient de tout commentaire. Elle dépose le plateau devant moi.

Café noir. *Parfait, Andréa.*

— Merci.

— J'ai laissé des messages à Welch, Barney et Bastille. Le Dr Flynn vous rappelle à 17 heures.

— Très bien. Je veux que vous annuliez toutes mes sorties cette semaine. Pas de déjeuner, et rien le soir. Passez-moi Barney et trouvez-moi le numéro d'un bon fleuriste.

Elle fouille fébrilement son carnet.

— Nous passons souvent par Arcadia's Roses. Vous voulez que j'envoie des fleurs pour vous ?

— Non. Donnez-moi leur numéro. Je vais le faire moi-même. Ce sera tout.

Elle hoche la tête et s'en va prestement. Quelques instants plus tard, le téléphone sonne. C'est Barney.

— Barney. Je voudrais que vous me confectionniez un socle pour une maquette de planeur.

Entre deux rendez-vous, j'appelle le fleuriste et commande deux douzaines de roses blanches pour Ana, à livrer chez elle ce soir. Je préfère ne pas lui faire porter le bouquet à son travail. Cela risquerait de la mettre mal à l'aise devant ses nouveaux collègues.

Je me rappellerai ainsi à son bon souvenir.

— Vous voulez ajouter une carte avec les fleurs ?

Un message pour Ana.

Pour lui dire quoi ?

« Reviens. Je suis désolé. Je ne te frapperai plus » ?

— Euh oui. Quelque chose comme « Bonne chance pour ton premier jour au travail. J'espère que ça s'est bien passé... » (Puis, apercevant la maquette :) « Et merci pour le planeur. C'était très bien choisi. Il trône fièrement sur mon bureau. Christian. »

Le fleuriste me relit le message.

Merde, c'est bien trop froid.

— Ce sera tout, monsieur Grey ?

— Oui. Merci.

— À votre service. Je vous souhaite une bonne journée.

Je jette un regard assassin vers mon téléphone. *Une bonne journée, à d'autres !*

— Hé, vous avez mangé du lion ! me lance Bastille. (Je viens de le faire tomber sur son postérieur tout ferme !) Vous pétez la forme, Grey !

Il se relève, avec la grâce d'un fauve qui se rend compte que sa proie va être plus difficile à attraper que prévu.

Nous avons la salle pour nous tout seuls.

— J'ai la rage.

Il tourne autour de moi, d'un air nonchalant.

— Il ne faut jamais monter sur un ring si on a l'esprit ailleurs.

Il plaisante, mais ne me quitte pas des yeux.

— Au contraire, je trouve que c'est un plus.

— Relevez la garde. Protégez votre droite, Grey.

Il pivote et me frappe à l'épaule. Sous le coup, je manque de m'étaler.

— Concentrez-vous, Grey. On oublie le travail, ici. À moins qu'il ne s'agisse d'une fille ? Un joli petit cul vous fait tourner la tête, c'est ça ?

Il fait exprès de me provoquer. Et ça marche : un coup de pied au flanc suivi d'un crochet, et d'un autre. Il recule sous le choc, faisant danser ses dreadlocks.

— Occupez-vous de vos affaires, Bastille.

— Hé hé ! J'ai mis le doigt là où ça fait mal !

Il attaque mais je m'y attendais. Je pare le coup, et lui renvoie un uppercut doublé d'une frappe du pied. Cette fois, il fait un saut en arrière pour esquiver.

— Je ne sais pas ce qui vous est arrivé dans votre petite bulle dorée, Grey, mais ça vous réussit. Continuez à attaquer.

Oh que oui ! Je lui fonce dessus.

Sur le chemin du retour, la circulation est plutôt fluide.

— Taylor, on peut faire un détour ?

— Pour aller où monsieur ?

— On peut passer devant l'appartement de Mlle Steele ?

— Bien sûr, monsieur.

Je me suis habitué à la douleur. Elle fait quasiment partie de moi à présent – comme un acouphène. Durant les réunions, c'est moins fort, moins gênant. Mais quand je suis seul, je n'entends plus que ça. Mon être en est empli. Combien de temps cela va-t-il durer ?

Plus on s'approche de chez elle, plus mon cœur s'emballe. Vais-je la voir ? Cette éventualité m'excite et me terrifie à la fois. Ana a occupé toutes mes pensées depuis qu'elle est partie. Son absence est devenue ma nouvelle compagne.

— Ralentissez.

Il y a de la lumière aux fenêtres !

Elle est là.

J'espère qu'elle est seule et qu'elle pense à moi.

A-t-elle reçu mes fleurs ? Je brûle de consulter mon téléphone pour voir si elle m'a envoyé un message, mais je ne veux pas quitter ses fenêtres des yeux. Comment va-t-elle ? Comment s'est passé son premier jour au travail ?

— Encore, monsieur ? demande Taylor alors que l'appartement disparaît derrière nous.

— Non.

Je suis à court de souffle. Sans m'en rendre compte, j'avais arrêté de respirer. Pendant que nous rentrons à l'Escala, je consulte mes messages. Toujours rien d'Ana. Mais il y a un SMS d'Elena.

« Ça va ? »

Je ne réponds pas.

Il règne un grand silence dans mon appartement. Je ne l'avais jamais remarqué auparavant. Mais l'absence d'Anastasia me le rend assourdissant désormais.

Tout en avalant une lampée de cognac, je parcours des yeux les rayonnages de la bibliothèque. Je ne lui ai jamais montré cette pièce, alors qu'elle adore la littérature. Un comble ! J'espère trouver un peu de paix ici, parce que nous n'y avons aucun souvenir en commun. Je contemple les livres, tous bien rangés et classés, puis mon regard s'arrête sur la table de billard. Sait-elle jouer ? J'imagine que non.

Je l'imagine bras et jambes en croix sur la feutrine verte... Nous ne sommes jamais venus ici tous les deux, mais cela n'arrête pas pour autant mon esprit qui en redemande, et s'empresse de fabriquer des images érotiques de la charmante Mlle Steele. Je n'en peux plus.

J'avale une nouvelle gorgée de cognac et me réfugie dans la chambre à coucher.

Mardi 7 juin 2011

On baise. Fort. Contre la porte de la salle de bains. Elle est à moi. Je m'enfonce en elle, encore et encore. Je me délecte d'elle : son contact, son odeur, son goût. J'empoigne ses cheveux pour la maintenir en place. Je soulève son cul. Ses jambes se referment sur mes hanches. Elle ne peut plus bouger. Elle est empalée sur moi. Elle m'enveloppe comme de la soie. Ses mains dans mes cheveux. Oh oui. Je suis chez moi. Elle est chez elle. Je suis là où je veux être. En elle. Tout au fond d'elle. Elle. Est. À. Moi. Ses muscles se tétanisent alors que le plaisir monte en elle, elle s'accroche à moi, renverse la tête. Viens ! Donne-moi tout ! Elle crie et je la suis… oh oui, ma douce, douce Anastasia. Elle sourit, épuisée, assouvie et si sexy. Elle se redresse et me regarde, avec ce sourire mutin sur les lèvres et soudain elle me repousse et recule, sans un mot. Je l'attrape et on se retrouve dans la salle de jeux. Je l'allonge sur le banc. Je lève le bras pour la punir, la ceinture à la main… et elle disparaît. Elle est sur le pas de la porte. Son visage blanc, choqué et triste. Et en silence elle s'éloigne… la porte a disparu et elle s'éloigne toujours. Elle me tend les mains comme pour une prière. « Viens avec moi », murmure-t-elle, mais elle continue de reculer, devient de plus en plus diaphane. Puis invisible… et elle disparaît… Ça y est, elle n'est plus là. *Non ! Non !* mais on n'entend pas mes cris. Je n'ai plus de voix. Je n'ai plus rien. Je suis muet. Comme avant.

Je me réveille, désorienté.
Un rêve. Encore un putain de rêve.
Mais d'un nouveau genre, cette fois.
Merde, je suis tout poisseux ! Un court moment, je retrouve cette sensation de peur et d'excitation mêlées – mais je ne suis plus à Elena, désormais.
J'ai mouillé mes draps ! Ça ne m'était plus arrivé depuis mes quinze ou seize ans.
Je m'étends sur le dos, dégoûté de moi-même. Il y a du sperme partout. Je souris dans l'obscurité, malgré la douleur d'avoir perdu Ana. Il n'était pas mal, ce rêve. À part la fin. Je me retourne et me rendors.

Il est parti. Maman est assise sur le canapé. Elle est silencieuse. Elle regarde le mur, bat parfois des paupières. Je suis debout devant elle, mais elle ne me voit pas. J'agite la main. Elle me voit enfin, mais me fait signe de partir. Non, Asticot, pas maintenant. Il fait du mal à maman. Il me fait du mal. Je le hais. Ça me rend fou de rage. C'est mieux quand on est juste maman et moi. Elle est alors toute à moi. Ma maman. J'ai mal au ventre. C'est encore la faim. Je suis dans la cuisine, je cherche des cookies. Je tire une chaise pour atteindre le placard du haut. Je trouve une boîte de crackers. C'est tout ce qu'il y a. Je m'assois et ouvre la boîte. Il en reste deux. Je les mange. C'est bon. Je l'entends. Il revient ! Je saute de la chaise, cours dans ma chambre et grimpe dans le lit. Je fais semblant de dormir. Il me secoue. « Ne bouge pas, petit merdeux. Je vais baiser ta pute de mère. Je ne veux pas voir ta face de rat de toute la soirée, t'as compris ? » Il me gifle parce que je ne réponds pas. « Ou alors je te brûle encore, petit con. » Non ! non ! pas ça ! Je n'aime pas quand il me brûle. « Tu as bien compris, débile ? » Je sais qu'il veut que je pleure. Mais c'est difficile. Je n'ai pas le droit de faire du bruit. Il lève son poing et me frappe...

Je me réveille à nouveau, haletant dans la lumière de l'aube. J'attends que les battements de mon cœur ralentissent, que ce goût acide de la peur disparaisse de ma bouche.

Elle t'avait sauvé de toute cette merde, Grey.

Tu n'avais plus à revivre l'horreur de ces souvenirs quand elle était là. Pourquoi l'as-tu laissée partir ?

Je regarde le radioréveil : 5 h 15. Il est temps d'aller courir.

Son immeuble semble lugubre. Il se dresse dans l'ombre, à l'abri des rayons du soleil levant. Lugubre, comme mon humeur. Tout est éteint dans son appartement. À la même fenêtre, les rideaux sont tirés. Ce doit être sa chambre.

Pourvu qu'elle soit seule là-haut. Je l'imagine pelotonnée dans son lit de fer, une petite bosse sous l'édredon. Rêve-t-elle de moi ? Fait-elle des cauchemars ? M'a-t-elle oublié ?

Jamais je ne me suis senti aussi malheureux, même adolescent. Peut-être avant que je ne devienne un Grey… des souvenirs remontent du gouffre… non ! non ! Pas la journée. C'est trop ! Je tire ma capuche et m'adosse contre le mur de granit, sous le porche de l'immeuble d'en face, invisible de la rue. Avec horreur, je m'imagine caché à la même place dans une semaine, un mois… un an ? À attendre, à guetter, dans l'espoir d'entrevoir la femme qui autrefois était mienne. Je suis devenu ce qu'elle me reprochait d'être. Un harceleur.

Je ne peux pas continuer comme ça. Je dois la voir. M'assurer qu'elle va bien. Je dois effacer cette dernière image que j'ai d'elle. Celle d'une femme blessée, humiliée, vaincue.

Il faut que je trouve un moyen.

Quand je rentre à l'Escala, Gail est en cuisine. Elle pose devant moi une omelette.

— Je ne vous ai pas demandé ça.

— Alors, je vais la mettre à la poubelle, monsieur Grey.

Elle fait mine de prendre l'assiette. Elle sait que je déteste jeter de la nourriture.

— Vous l'avez fait exprès, madame Jones.

Elle sourit. Un petit sourire triomphant. Je lui jette un regard noir, mais elle reste imperturbable. En me souvenant de mon cauchemar, je me jette sur le petit déjeuner.

Je pourrais lui passer juste un coup de fil pour lui dire bonjour ? Est-ce qu'elle décrocherait ? Je regarde le planeur sur mon bureau. Elle m'a demandé une rupture nette. Et je respecterai son choix ; je la laisserai tranquille. Mais j'ai besoin d'entendre sa voix. J'envisage même un instant de l'appeler et de raccrocher aussitôt, juste pour l'entendre parler...

— Christian ? Christian ?

— Pardon, Ros ?

— Vous avez la tête ailleurs. Je ne vous ai jamais vu comme ça.

— Tout va bien !

Reprends-toi, Grey.

— Vous disiez ?

Ros me regarde, perplexe.

— Je disais que la situation financière de la SIP est plus fragile que nous le pensions. Vous êtes sûr de vouloir faire ça ?

— Oui. J'en suis sûr.

— Ils seront ici cet après-midi pour signer l'accord.

— Parfait. Et maintenant la suite. Quelle était notre dernière proposition pour Eamon Kavanagh ?

À travers les lattes du store, je regarde Taylor garé devant le cabinet de Flynn. Je suis toujours aussi morose. C'est la fin de l'après-midi et je pense à Ana.

— Christian, je suis ravi de prendre votre argent pour vous regarder rêvasser, mais je pense que ce n'est pas pour ça que vous êtes ici.

Il attend, avec un sourire poli. Je me dirige vers le divan en soupirant.

— Les cauchemars sont revenus. Pires que jamais.

Flynn soulève un sourcil.

— Les mêmes que d'habitude ?

— Oui.

— Qu'est-ce qui a changé dans votre situation ?

Il incline la tête, attendant ma réponse. Devant mon mutisme, il insiste :

— Christian, vous avez une mine de déterré. Que vous est-il arrivé ?

C'est comme avec Elena ; une part de moi ne veut pas en parler de peur qu'après ça devienne vrai.

— J'ai rencontré une femme.

— Et ?

— Et elle m'a quitté.

— C'est déjà arrivé. En quoi est-ce différent, cette fois ?

Je le regarde fixement. En quoi c'est différent ? *Parce que c'est Ana.*

Mes souvenirs se mélangent. Elle n'était pas une soumise. Nous n'avions aucun contrat. Elle n'avait aucune expérience sexuelle. C'est la première femme avec qui je voulais plus que du sexe. Avec elle, ça a été une succession de premières fois : la première avec qui j'ai dormi, ma première vierge, la première à rencontrer ma famille, la première à monter dans Charlie Tango, la première que j'ai emmenée en planeur.

C'est tout ça qui fait la différence.

Flynn interrompt mon énumération intérieure.

— C'est une question toute simple, Christian.

— Elle me manque.

Imperturbable, Flynn reste attentif et à l'écoute.

— Et ce n'était pas le cas pour les autres femmes qui vous ont quitté ?

— Non.

— Cette femme a donc quelque chose de différent.

Je hausse les épaules. Mais il ne lâche pas l'affaire :

— Vous aviez signé un contrat ? Elle était votre soumise ?

— J'aurais bien voulu. Mais ce n'était pas son genre.

— Je ne comprends pas.

— J'ai dérogé à l'une de mes règles. J'ai courtisé cette femme, je lui ai couru après, pensant qu'elle serait intéressée, mais je me suis trompé sur son compte.

— Que s'est-il passé ?

Les vannes s'ouvrent et je lui raconte tous les événements du mois, depuis la chute d'Ana dans mon bureau jusqu'à notre séparation samedi matin.

— Je vois. Effectivement, il s'est passé beaucoup de choses depuis notre dernier rendez-vous. (Il se frotte le menton en me dévisageant.) Et cela soulève beaucoup de questions, Christian. Mais pour le moment, j'aimerais que vous vous concentriez sur un seul point : sur ce que vous avez ressenti quand elle vous a dit qu'elle vous aimait.

Mon ventre se noue dans l'instant.

— De l'horreur.

— Bien sûr. (Il secoue la tête.) Vous n'êtes pas le monstre que vous pensez être. Vous méritez de recevoir de l'affection, Christian. Vous le savez. Je vous l'ai assez dit. C'est juste dans votre tête.

Si c'est pour me dire ce genre de platitude…

— Et qu'éprouvez-vous en ce moment ?

Je me sens perdu. Totalement perdu.

— Elle me manque. Je veux la revoir.

J'ai l'impression d'être au confessionnal, avouant mes péchés : mon besoin d'elle, un besoin noir, si noir, comme si elle était une drogue.

— Ah oui ? Bien que vous ayez l'impression qu'elle ne peut assouvir vos besoins, elle vous manque ?

— Oui. Ce n'est pas une impression, John. Elle ne peut pas être la femme que je veux, et moi non plus, je ne peux pas être l'homme qu'elle veut.

— Vous en êtes certain ?

— Elle est partie.

— Parce que vous l'avez frappée à coups de ceinture. Vous lui reprochez de ne pas partager vos penchants ?

— Non. Bien sûr que non.

— Avez-vous essayé d'avoir une relation selon ses goûts ?

Quoi ? Je le regarde, choqué. Mais il poursuit :

— Vous aimez avoir des relations sexuelles avec elle ?

— Évidemment !

— Vous aimez la frapper ?

— Oui. Beaucoup.

— Est-ce que vous recommenceriez ?

Recommencer ? Pour la voir partir à nouveau ?

— Non.

— Et pourquoi ça ?

— Parce que ce n'est pas son truc. Ça la blesse. Ça la blesse vraiment… Et elle ne peut pas… ne voudra pas… (Je m'interromps.) Elle n'aime pas ça. Elle était en colère. Très en colère.

Je revois son expression qui me hante, son regard de femme humiliée. Je ne veux jamais plus qu'elle me regarde comme ça.

— Cela vous surprend ?

Je secoue la tête.

— Elle était furieuse. C'est la première fois que je la voyais dans cet état.

— Qu'avez-vous ressenti ?

— Je me suis senti impuissant, désarmé.

— Et c'est un sentiment qui vous est familier.

— Familier ? Comment ça ?

— Cela ne vous rappelle rien ? Vraiment ? Une certaine époque de votre passé ?

Merde, on ne va pas recommencer avec ça !

— Non. Rien à voir. La relation que j'avais avec Mme Lincoln était totalement différente.

— Je ne parlais pas de Mme Lincoln.

— De quoi parlez-vous, alors ?

Ma voix est sourde. Je sais maintenant où il veut en venir.

— Vous vous en doutez bien.

Je manque d'air. Je suffoque, je suis submergé par la rage et le sentiment d'impuissance d'un enfant sans défense. Oui. La rage. Une rage ardente, immense. Et la peur aussi. Aussitôt les ténèbres se mettent à tournoyer en moi, furieuses.

— Non. Ce n'est pas pareil.

Je serre les dents, tente de me contenir.

— C'est vrai. Ce n'est pas la même chose.

Mais cette vision d'Ana, de sa colère, revient me tourmenter : « C'est ça que tu aimes ? Moi, comme ça ? »

Et cela étouffe ma propre colère.

— Je sais ce que vous tentez de faire, docteur, mais la comparaison n'est pas juste. Elle m'a demandé de lui montrer. C'était une adulte consentante, putain de merde ! Elle pouvait dire le mot d'alerte ! Elle aurait pu dire stop ! Et elle ne l'a pas fait.

— Je sais. Je sais. (Flynn lève les mains pour me calmer.) C'est un parallèle déplaisant. Vous êtes un homme rempli de colère et avez mille raisons de l'être. Je ne vais pas revenir là-dessus aujourd'hui. Vous êtes en souffrance, et le but de toutes ces séances est de vous emmener quelque part où vous serez plus en paix et en accord avec vous-même. (Il marque un silence.) Cette personne…

— Anastasia.

— Anastasia. Elle a visiblement une grande influence sur vous. Son départ a déclenché chez vous votre syndrome de l'abandon et votre trouble de stress post-traumatique. À l'évidence, elle a pour vous beaucoup plus d'importance que vous ne le dites. Beaucoup plus.

C'est pour ça que ça fait si mal ?

— Il faut vous concentrer sur ce que vous voulez vraiment, poursuit Flynn. Et il me semble que vous aimeriez être avec cette femme. C'est bien ce que vous voulez ?

Être avec Ana ?

— Oui.

— Alors, il faut vous recentrer sur cet objectif. Cela nous ramène à ce que nous avons évoqué dans nos dernières séances : il faut vous centrer sur les solutions. Si elle est amoureuse, comme elle vous l'a dit, elle doit souffrir aussi. Alors je vous repose la question : avez-vous songé à avoir une relation plus conventionnelle avec elle ?

— Non.

— Pourquoi ?

— Parce que je me suis dit que j'en étais incapable.

— Certes, si elle ne peut pas être votre soumise, vous ne pouvez jouer le rôle du dominant.

Je le fusille du regard. Ce n'est pas un rôle. C'est ce que je suis. Subitement un mail à Anastasia me revient en mémoire. J'avais écrit : « Ce que tu ne comprends pas, il me semble, c'est que, dans la relation de domination-soumission, c'est la soumise qui a tout le pouvoir. Autrement dit, toi. Je répète : c'est toi qui as tout le pouvoir. Pas moi. » Si elle ne veut pas de cette relation-là… alors moi non plus.

Une bouffée d'espoir monte dans ma poitrine.

Pourrais-je y arriver ? Avoir une relation vanille avec Anastasia ? J'en ai des fourmillements dans la tête. Peut-être, en fin de compte. *Si je pouvais faire ça, est-ce qu'elle me reviendrait ?*

— Christian, vous avez montré que vous êtes une personne extrêmement forte et volontaire, malgré vos problèmes. Vous êtes un être exceptionnel. Quand vous vous fixez un but, vous l'atteignez, et bien souvent le résultat est au-delà de vos espérances. À vous écouter aujourd'hui, il est clair que vous étiez focalisé sur le fait d'emmener cette personne sur votre terrain, sans prendre en compte son inexpérience, ni son ressenti. Vous étiez tellement obnubilé par votre objectif que vous n'avez pas vu le chemin que vous avez parcouru ensemble.

Je revois en accéléré ce mois qui vient de s'écouler : sa chute dans mon bureau, sa gêne à la quincaillerie Clayton's, ses mails facétieux, son insolence... son rire... sa force de caractère, son courage... J'ai aimé chaque minute passée avec elle. Chaque seconde de sa présence pétillante, effrontée, étonnante, sensuelle et charnelle. Oui, nous avons fait un voyage extraordinaire tous les deux. Un voyage que j'ai aimé de bout en bout.

Mais elle ne connaît pas ma dépravation, les ténèbres de mon âme, le monstre tapi en moi. Il serait peut-être préférable que je reste loin d'elle.

Je ne la mérite pas. Elle ne peut m'aimer.

Mais, au moment où je forme cette pensée, je sais que je ne pourrai pas me passer d'elle... si elle veut bien encore de moi.

Flynn me tire de mes pensées :

— Christian, réfléchissez-y. C'est l'heure. Je veux vous revoir dans deux ou trois jours pour parler des autres points que vous avez soulevés. Je demanderai à Janet d'appeler Andréa pour caler un rendez-vous.

Il se lève. C'est la fin de la séance.

— Vous m'avez donné effectivement matière à réfléchir.

— C'est mon métier, Christian. On se revoit dans deux ou trois jours, pas plus. Vous avez encore beaucoup de choses à me raconter.

Il me serre la main et m'adresse un sourire rassurant. Je quitte son cabinet, le cœur plein d'espoir.

Je contemple Seattle la nuit, du haut de mon balcon. Ici, je suis isolé, loin de tout. *Ma tour d'ivoire*, comme elle dit. D'ordinaire, je trouve cet endroit rassurant, mais ces derniers temps ma sérénité a été mise en pièces par une certaine femme aux yeux bleus.

« Avez-vous songé à avoir une relation plus conventionnelle avec elle ? » Cette question ouvre tant de possibilités.

Encore faut-il qu'elle accepte de me revenir.

Je prends une gorgée de cognac. *Pourrais-je être celui qu'elle veut ? Y parviendrais-je ?* C'est mon seul espoir. Je dois trouver un moyen.

Je ne peux pas vivre sans elle.

Quelque chose attire mon regard… un mouvement, une ombre à la périphérie de mon champ de vision. Je fronce les sourcils, plisse les yeux. Non. Il n'y a rien. Voilà que j'ai des hallucinations. Je vide mon verre et rentre dans le salon.

Mercredi 8 juin 2011

« Maman ! Maman ! » Maman dort par terre.
Ça fait longtemps qu'elle dort. Je lui brosse
les cheveux parce qu'elle aime ça. Elle ne se
réveille pas. Je la secoue. Maman ! J'ai mal
au ventre. J'ai faim. J'ai soif. Dans la cuisine, je traîne une chaise jusqu'à l'évier et je
bois. Je mouille mon chandail bleu. Maman
dort encore. « Maman, réveille-toi ! » Elle ne
bouge pas. Elle est froide. Je prends ma couverture doudou et je couvre maman, et je
m'allonge à côté d'elle sur la moquette verte
toute tachée. Maman dort encore. « Maman,
réveille-toi ! » J'ai deux petites voitures. Je
joue avec mes voitures par terre à côté de
maman qui dort. Je pense que maman est
malade. Je cherche quelque chose à manger.
Dans le congélateur, je trouve des petits pois.
Ils sont froids. Je les mange. Ça fait mal au
ventre. Je dors à côté de maman. Il n'y a plus
de petits pois. Il y a un truc dans le congélateur. Ça pue. Je le lèche et ma langue colle
dessus. Je le mange. Ce n'est pas bon. Je bois
de l'eau. Je joue avec mes voitures, puis je

dors à côté de maman. Maman est froide, et elle ne veut pas se réveiller. La porte s'ouvre tout d'un coup. Je cache maman avec ma couverture. Il est là. « Putain. C'est quoi ce bordel… Merde, la pute ! Putain de merde. Pousse-toi de là, petit merdeux. » Il me donne un coup de pied, et je me cogne la tête par terre. J'ai mal à la tête. Il téléphone à quelqu'un et il s'en va. Il ferme la porte à clé. Je m'allonge à côté de maman. J'ai mal à la tête. La dame de la police arrive. Non. Non. Non. Ne me touchez pas. Je reste à côté de maman. Non. Laissez-moi. La dame de la police prend mon doudou et m'attrape. Je crie. Maman ! Maman ! Je veux ma maman. Les mots sont partis. Je ne peux plus dire les mots. Maman ne peut pas m'entendre. Je n'ai plus de mots.

J'ouvre les yeux, haletant. Je manque d'air, je regarde autour de moi. Oh merci, mon Dieu, je suis dans mon lit. Lentement, la peur reflue. J'ai vingt-sept ans, pas quatre. J'en ai marre de toute cette merde. Il faut que ça cesse.

Je dois contrôler mes cauchemars. Je veux bien en supporter un ou deux par mois, mais pas toutes les nuits ! *C'est comme ça depuis qu'elle est partie.* Je me retourne et contemple le plafond. Quand elle dormait à côté de moi, je passais des nuits tranquilles. J'ai besoin d'elle dans ma vie, dans mon lit. Elle était la lumière de mes nuits. Il faut qu'elle revienne.

Mais comment ?

« Avez-vous essayé d'avoir une relation selon ses goûts ? »

Elle veut des fleurs et des chocolats. Je peux lui donner ça ? J'essaie de me souvenir des moments romantiques dans ma vie... Il n'y en a pas... sauf avec Ana. C'était ça le « plus ». Le planeur, le petit déjeuner au IHOP, le voyage dans Charlie Tango.

J'y arriverai peut-être. Je me rendors, avec ce mantra tournant dans ma tête : Elle est à moi. Elle est à moi... Je sens son odeur, le doux contact de sa peau, le goût de ses lèvres, et j'entends ses gémissements. Épuisé, je sombre dans un rêve érotique.

Je me réveille brusquement. Ma tête fourmille. Pendant un moment, je suis persuadé que c'est quelque chose dehors, et non dans ma tête, qui m'a tiré du sommeil. Je me redresse, me frotte le crâne. Je scrute la chambre en vain.

Malgré mon rêve torride, mon corps s'est tenu. Elena serait satisfaite. Elle m'a envoyé un SMS hier. Mais c'est bien la dernière personne avec qui j'ai envie de parler. Pour l'instant je n'ai qu'une idée en tête. Je me lève, enfile mon survêt.

Aller voir comment va Ana.

Sa rue est tranquille, hormis le bruit de moteur d'un camion de livraison et le sifflotement d'un type qui promène des chiens. Chez Ana, toutes les lumières sont éteintes, les rideaux de sa chambre tirés. Je reprends ma garde silencieuse dans ma cachette du bâtiment d'en face. Il me faut un plan, une stratégie pour la faire revenir.

Quand les rayons du soleil frappent sa fenêtre, je monte le son de mon iPod et, avec Moby dans les oreilles, je pars en courant vers l'Escala.

— Je prendrai un croissant, madame Jones.

Je remarque sa surprise.

— Avec de la confiture d'abricots ?

— Oui, s'il vous plaît.

— Je vais vous en réchauffer deux, monsieur Grey. Voici votre café.

— Merci, Gail.

Elle sourit. Tout ça parce que je veux des croissants ? Si ça peut lui faire plaisir, j'en prendrai plus souvent.

À l'arrière de l'Audi, je prépare mon plan d'attaque. D'abord, approcher ma cible et établir le contact. J'appelle Andréa, sachant qu'à 7 h 15 elle ne sera pas encore au bureau. Je laisse un message sur le répondeur : « Andréa, dès que vous serez arrivée, je veux revoir avec vous mes rendez-vous pour les prochains jours. » Première étape de l'offensive. Me réserver du temps libre pour Ana. Qu'est-ce que j'étais censé faire cette semaine ? Aucune idée. Dernièrement, j'ai eu un peu la tête ailleurs. Mais cette fois j'ai une mission. Et un objectif. *Allez, Grey. Tu peux le faire !*

J'espère que j'aurai la force d'aller jusqu'au bout. L'inquiétude me serre l'estomac. Sera-t-il possible de convaincre Ana ? Voudra-t-elle m'écouter ? J'en rêve. Il faut que ça marche. Elle me manque trop.

— Monsieur Grey, j'ai annulé toutes vos sorties, excepté celle de demain. Je ne sais pas de quoi il s'agit. Dans l'agenda, c'est juste écrit « Portland ».

Le photographe d'Ana !

Je regarde Andréa, ravi. Elle hausse les sourcils, étonnée.

— Merci, Andréa. Ce sera tout pour l'instant. Envoyez-moi Sam.

— Tout de suite, monsieur Grey. Vous voulez du café ?

— Avec plaisir.

— Avec du lait ?

— Oui. Merci.

Le voilà, mon ticket d'entrée ! Le photographe !

Toute la matinée, j'ai enchaîné les rendez-vous et mon équipe est restée sur ses gardes, s'attendant à me voir piquer une colère à tout moment. C'est vrai que je n'étais pas à prendre avec des pincettes ces derniers temps. Mais aujourd'hui, je suis calme, l'esprit clair, et dans l'action. Je suis prêt à relever tous les défis.

C'est l'heure du déjeuner. Mon entraînement avec Bastille s'est bien passé. Seul bémol : toujours aucune nouvelle de Leila. Tout ce que je sais, c'est qu'elle a quitté son mari et qu'elle peut être n'importe où. Si elle refait surface, Welch la trouvera.

Je suis affamé. Olivia dépose un plateau sur mon bureau.

— Votre sandwich, monsieur.

— Poulet mayonnaise ?

— Euh…

Je lui lance un regard irrité.

— J'ai demandé un poulet avec de la mayonnaise, Olivia. Ce n'est pas difficile à comprendre.

— Toutes mes excuses, monsieur Grey.

— Ce n'est pas grave. Merci.

Elle semble rassurée mais s'empresse quand même de quitter mon bureau.

J'appelle Andréa.

— Monsieur ?

— Venez ici.

Andréa apparaît sur le pas de la porte, calme et prête à exécuter mes ordres.

— Débarrassez-nous de cette fille.

Andréa se raidit.

— Monsieur, Olivia est la fille du sénateur Blandino.

— Elle pourrait être la reine d'Angleterre que j'en aurais rien à carrer ! Je ne veux plus la voir ici.

— Bien, monsieur, répond-elle, les joues toutes rouges.

J'ajoute d'une voix plus douce :

— Trouvez quelqu'un d'autre pour vous aider.

— Entendu, monsieur Grey.

— Merci. Ce sera tout.

Elle esquisse un sourire et je sais que j'ai son soutien. C'est une bonne assistante. Je ne veux pas qu'elle démissionne parce que je deviens un emmerdeur. Elle sort du bureau, et me laisse avec mon sandwich au poulet « sans » mayonnaise. J'ai mon plan d'attaque.

Portland.

Je connais le format des adresses mails des employés de la SIP. Je me dis qu'Anastasia sera plus encline à me répondre si je l'approche par écrit. Comment commencer ?

~~Chère Ana~~

Non.

~~Chère Anastasia~~

Non.

~~Chère mademoiselle Steele~~

Et merde !

Une demi-heure plus tard, je suis toujours devant mon écran. Je sèche. Que lui dire ?

Reviens, s'il te plaît ?

~~Pardonne-moi~~

~~Tu me manques.~~

~~Essayons à ta façon.~~

Je prends ma tête entre mes mains. Pourquoi est-ce si compliqué ?

Fais simple, Grey. Sans bla-bla.

Je prends une profonde inspiration et commence à taper mon mail.

Oui... ça devrait le faire.

Andréa m'appelle.

— Mlle Bailey voudrait vous voir.

— Dites-lui d'attendre.

Je raccroche. Et le cœur battant, j'appuie sur la touche « envoi ».

De : Christian Grey
Objet : Demain
Date : 8 juin 2011 14:05
À : Anastasia Steele

Chère Anastasia,
Pardonne-moi cette intrusion à ton travail. J'espère que cela se passe bien. As-tu reçu mes fleurs ?
Je constate que le vernissage de l'exposition de ton ami a lieu demain. Je suis certain que tu n'as pas eu le temps de t'acheter une voiture, et c'est assez loin. Je serais plus qu'heureux de t'accompagner – si tu le souhaites.
Tiens-moi au courant.

Christian Grey
P-DG, Grey Enterprises Holdings, Inc.

Je surveille ma boîte de réception.

Rien.

Rien.

Mon angoisse grandit à chaque seconde.

Je me lève et commence à faire les cent pas. Mais cela m'éloigne trop de mon ordinateur. Je reviens m'asseoir, consulte à nouveau ma boîte de réception.

Toujours rien.

Pour penser à autre chose, je caresse du doigt les ailes de mon planeur.

Allez, Grey. On y croit !

Réponds, Anastasia ! Toi qui es si rapide d'ordinaire. Je regarde ma montre : 14 h 09.

Quatre minutes !

Toujours rien.

Je me lève à nouveau et recommence à marcher de long en large, en regardant ma montre toutes les trois secondes.

14 h 20, je suis au désespoir. Elle ne répondra pas. Elle me déteste vraiment… je la comprends.

Puis j'entends un « ping ». Mon cœur bondit de joie.

Merde. C'est Ros. Elle me prévient qu'elle est repartie à son bureau. Et enfin ils apparaissent. Les mots magiques :

De : Anastasia Steele.

De : Anastasia Steele
Objet : Demain
Date : 8 juin 2011 14:25
À : Christian Grey

Bonjour Christian,
Merci pour les fleurs, elles sont très jolies.
Oui, ce serait sympa que tu m'emmènes.
Merci.

Anastasia Steele
Assistante de Jack Hyde, Éditeur, SIP

Une vague de soulagement me submerge. Je ferme les yeux pour savourer l'instant.

OUI !

Je relis son mail, à la recherche d'indices, mais comme d'habitude, je ne sais pas ce qu'elle pense derrière les mots. Le ton est amical, toutefois. Mais c'est tout. Juste amical.

Chaque chose en son temps, Grey !

De : Christian Grey
Objet : Demain
Date : 8 juin 2011 14:27
À : Anastasia Steele

Chère Anastasia,
À quelle heure dois-je venir te chercher ?

Christian Grey
P-DG, Grey Enterprises Holdings, Inc.

Cette fois-ci, l'attente est moins longue.

De : Anastasia Steele
Objet : Demain
Date : 8 juin 2011 14:32
À : Christian Grey

Le vernissage commence à 19:30. Quelle heure te conviendrait ?

Anastasia Steele
Assistante de Jack Hyde, Éditeur, SIP

On pourrait prendre Charlie Tango.

De : Christian Grey
Objet : Demain
Date : 8 juin 2011 14:34
À : Anastasia Steele

Chère Anastasia,
Portland est assez loin. Je passerai te prendre à 17:45.
J'ai hâte de te voir.

Christian Grey
P-DG, Grey Enterprises Holdings, Inc.

Ma campagne de reconquête est lancée. Je me sens sur un petit nuage. Les bourgeons d'espoir sont devenus rameaux de cerisiers en fleurs.

J'appelle Andréa.

— Mlle Bailey est retournée dans son bureau, monsieur Grey.

— Je sais, elle m'a prévenu par mail. J'aurais besoin de Taylor dans une heure.

— Entendu, monsieur.

Je raccroche. Anastasia travaille avec un certain Jack Hyde. Il faut que j'en sache plus sur lui. J'appelle Ros.

— Christian, enfin !

Elle n'a pas l'air contente.

— On a les dossiers des employés de la SIP ?

— Pas encore. Mais je peux les récupérer.

— Ce serait bien. Aujourd'hui, si possible. Je veux toutes les infos sur Jack Hyde et les gens de son équipe.

— Je peux savoir pourquoi ?

— Non.

Elle accuse le coup.

— Christian, je ne sais pas ce que vous avez, mais vous êtes bizarre ces temps-ci.

— Ros, faites ce que je vous demande, d'accord ?

— D'accord, soupire-t-elle. On peut se voir maintenant ? Pour parler de la proposition des chantiers navals de Taïwan ?

— Bien sûr. J'ai eu un coup de fil qui a duré plus longtemps que prévu.

— Alors, j'arrive.

Après ma séance de travail avec Ros, je sors du bureau en sa compagnie.

— On va à l'université de Washington vendredi prochain, Andréa.

Celle-ci note aussitôt l'information dans son carnet.

— Et je vais faire le voyage dans l'hélico de la compagnie ? s'exclame Ros.

— Son nom est Charlie Tango.

— D'accord, Christian. Charlie Tango.

Elle lève les yeux au ciel et rentre dans l'ascenseur. Ça me fait sourire.

Andréa se tourne vers moi, attendant mes instructions.

— Prévenez Stephan. Je prends Charlie Tango pour me rendre à Portland demain soir et j'aurais besoin qu'il le ramène à Boeing Field.

— Entendu, monsieur Grey.

Je jette un regard circulaire dans le hall.

— Elle est partie ?

— Olivia ?

J'acquiesce.

— Oui, elle est partie.

Elle semble soulagée.

— Où ça ?

— Au service financier.

— Bien joué. Comme ça, je n'aurai pas le sénateur sur le dos.

Andréa apprécie le compliment.

— Vous avez trouvé quelqu'un pour vous aider ?

— Oui, monsieur. Je vois trois candidates demain matin.

— Parfait. Taylor est là ?

— Oui, monsieur.

— Annulez mes autres rendez-vous de la journée. Je sors.

— Ah bon ?

J'affiche un grand sourire.

— Absolument. Je sors.

— Où allons-nous, monsieur ? demande Taylor tandis que je m'installe à l'arrière du SUV.

— À l'Apple Store.

— Sur la 45e Nord-Est ?

— Oui.

Je veux acheter un iPad pour Ana. Je me laisse aller au fond du siège et ferme les yeux. Quelles applications et quels morceaux vais-je télécharger pour elle ? Je pourrais choisir *Toxic* ? Cette pensée me fait sourire. Non, ça ne va pas la faire rire. Au contraire ! Pour la première fois depuis longtemps, l'idée de la mettre en colère m'amuse. En colère comme en Georgie, pas comme samedi dernier. Je m'agite sur la banquette. Non, je ne veux pas repenser à ça. Réfléchis plutôt aux autres choix possibles.

Je suis content. Ça fait des jours que ça ne m'est pas arrivé ! Mon téléphone vibre. Mon pouls s'affole.

Un miracle ?

« Une bière, trouduc ? »

Merde. Mon frère.

> « Impossible. Trop de bou-
> lot. »

« Tu as toujours du boulot. Je pars pour la Barbade demain. Pour ME DÉTENDRE. Tu sais ce que c'est ? On se voit à mon retour. Et on se la boira cette bière ! »

> « À plus, Lelliot. Fais bon
> voyage. »

J'ai passé une soirée agréable, pleine de musique. Un voyage nostalgique sur iTunes, à concocter la liste de lecture idéale pour Ana. Je la revois danser dans la cuisine. J'aurais bien aimé savoir ce qu'elle écoutait à ce moment-là. Elle était à la fois totalement ridicule et adorable. C'était après que je l'ai baisée pour la première fois.

Non. Après que je lui ai fait l'amour ?

Aucun des deux termes ne convient.

Je me souviens de sa demande pleine de passion, le soir où je l'ai présentée à mes parents : « Je veux que tu me fasses l'amour. » Cette demande toute simple m'avait saisi d'effroi. Tout ce qu'elle voulait, c'était me toucher. Je tressaille à cette idée. Il faut que je lui fasse comprendre que c'est la limite à ne pas franchir. Je ne supporte pas qu'on me touche.

Je secoue la tête. *Ne mets pas encore la charrue avant les bœufs, Grey !* D'abord, occupe-toi de l'étape Un. Je relis la carte que j'ai écrite :

Anastasia, ceci est pour toi.
Je sais ce que tu veux entendre.
La musique de l'iPad le dit pour moi.
Christian

Peut-être que ça marchera. Elle veut des fleurs et des chocolats. Je n'en suis peut-être pas si loin ? Comment savoir ? J'ai tant de choses à lui dire… si elle veut bien m'écouter. Et si elle refuse, ces chansons le diront pour moi. J'espère simplement qu'elle acceptera ce cadeau.

Mais si elle ne veut pas ? Si elle n'a pas envie d'être à nouveau avec moi ? Si c'est juste le transport à Portland qui l'intéresse ? Cette idée me mine tandis que je me dirige vers ma chambre.

Ai-je le droit d'espérer ?

Bien sûr que oui, Grey !

Jeudi 9 juin 2011

La docteur lève les mains. « Je ne vais pas te faire mal. Je veux juste examiner ton ventre. Tiens. » Elle me donne un truc rond et froid et me laisse jouer avec. « Tu vas le poser sur ton ventre, et je ne te toucherai pas. Je vais juste écouter ton ventre. » La docteur est gentille... la docteur est ma maman.

Ma nouvelle maman est jolie. Elle est comme un ange. Un ange-docteur. Elle caresse mes cheveux. J'aime bien quand elle me caresse les cheveux. Avec elle, je peux manger de la glace et des gâteaux. Elle ne crie pas quand elle trouve du pain et des pommes cachés dans mes chaussures. Ou sous mon lit. Ou sous mon oreiller. « Chéri, la nourriture est dans la cuisine. Il te suffit de me demander, à moi ou à papa, quand tu as faim. De tendre le doigt vers le placard. Tu peux faire ça ? » Il y a un autre garçon, Lelliot. Il est méchant parfois. Alors je le tape. Mais ma nouvelle maman n'aime pas les bagarres. Il y a un piano. J'aime bien le bruit que ça fait. Je me tiens debout devant le piano et j'appuie sur les touches noires et blanches. Le bruit que font les noires est bizarre. Mlle Kathie s'assoit au piano avec moi. Elle m'apprend les notes. Elle a de longs cheveux bruns et ressemble à quelqu'un que je connais. Elle sent les fleurs et la tarte aux pommes. Elle sent bon. Avec elle, le piano fait un joli bruit. Elle me sourit et je joue. Elle me sourit et je suis heureux. Elle me sourit et elle est Ana. Ma belle Ana, assise à côté de moi quand je joue une fugue, un prélude, un adagio, une sonate. Elle pousse un soupir de plaisir, la tête posée sur mon épaule, et elle sourit. « J'aime t'écouter jouer. Je t'aime, Christian. » Ana. Reste avec moi. Tu es à moi. Je t'aime aussi.

Je me réveille plein d'entrain.
Aujourd'hui, je vais reconquérir Ana.

REMERCIEMENTS

Merci à :

Anne Messitte pour ses conseils et sa bonne humeur. Je lui serai éternellement redevable d'avoir consacré autant de temps et d'efforts à clarifier ma prose.

Tony Chirico et Russell Perreault pour leur bienveillance envers moi, et la fabuleuse équipe éditoriale qui a accompagné ce livre jusqu'au bout : Amy Brosey, Lydia Buechler, Katherine Hourigan, Andy Hughes, Claudia Martinez et Megan Wilson.

Niall Leonard pour son amour, son soutien et ses conseils, et pour être le seul homme qui sache vraiment (mais vraiment !) me faire rire.

Valerie Hoskins, mon agent, sans qui je serais toujours en train de travailler à la télévision. Merci pour tout.

Kathleen Blandino, Ruth Clampett et Belinda Willis : merci pour la lecture en amont.

Les Lost Girls pour leur précieuse amitié.

Les Bunker Babes pour leur éternel enthousiasme, leur sagesse, leur soutien et leur amitié.

Les dames FP pour m'avoir prêté main-forte avec mes américanismes.

Peter Branston pour son aide concernant le TBCS (Thérapie brève centrée sur la solution).

Brian Brunetti pour les informations sur le pilotage d'un hélicoptère.

Pr Dawn Carusi grâce à qui j'ai mieux cerné le système éducatif américain.

Pr Chris Collins pour ses ressources sur la science du sol.

Dr Raina Sluder pour ses connaissances en santé comportementale.

Enfin et surtout, mes enfants. Je vous aime plus que je ne pourrai jamais l'exprimer. Vous apportez tant de bonheur dans ma vie et à ceux et celles qui vous entourent. Vous êtes des jeunes gens beaux, drôles, intelligents et sensibles, dont je ne pourrais pas être plus fière.

EL James
dans Le Livre de Poche

LA TRILOGIE FIFTY SHADES

Cinquante nuances de Grey   n° 33242

Anastasia Steele, étudiante en littérature, a accepté la proposition de son amie journaliste de prendre sa place pour interviewer Christian Grey, un jeune et richissime chef d'entreprise de Seattle. Dès le premier regard, elle est à la fois séduite et intimidée. Convaincue que leur rencontre a été désastreuse, elle tente de l'oublier, jusqu'à ce qu'il débarque dans le magasin où elle travaille à mi-temps et lui propose un rendez-vous. Ana est follement attirée par cet homme. Lorsqu'ils entament une liaison passionnée, elle découvre son pouvoir érotique, ainsi que la part obscure qu'il tient à dissimuler...

Cinquante nuances plus sombres

Dépassée par les sombres secrets de Christian Grey, Anastasia Steele a mis un terme à leur relation pour se consacrer à sa carrière d'éditrice. Mais Grey occupe toujours toutes ses pensées et, lorsqu'il lui propose un nouvel accord, elle ne peut lui résister. Peu à peu, elle découvre le douloureux passé de son sulfureux M. Cinquante Nuances. Tandis que Christian lutte contre ses démons intérieurs, Ana doit prendre la décision la plus importante de sa vie...

Cinquante nuances plus claires

Ana et Christian ont tout pour être heureux : l'amour, la fortune et un avenir plein de promesses. Ana apprend à vivre dans le monde fastueux de son M. Cinquante Nuances, sans perdre son intégrité ni son indépendance, tandis que Christian s'efforce de se défaire de son obsession du contrôle et d'oublier son terrible passé. Mais bientôt, alors que tout semble leur sourire, le destin les rattrape et leurs pires cauchemars deviennent réalité... Un *happy end* est-il possible pour Christian Grey et Anastasia Steele ?

Le Livre de Poche s'engage pour l'environnement en réduisant l'empreinte carbone de ses livres. Celle de cet exemplaire est de :

700 g éq. CO_2

Rendez-vous sur
www.livredepoche-durable.fr

PAPIER À BASE DE
FIBRES CERTIFIÉES

Composition réalisée par Nord Compo

Achevé d'imprimer en avril 2016 en Allemagne par
GGP Media GmbH, Pößneck
N° d'impression :
Dépôt légal 1re publication : juin 2016
LIBRAIRIE GÉNÉRALE FRANÇAISE
31, rue de Fleurus – 75278 Paris Cedex 06